Bertolt Brecht
Werke

Große kommentierte
Berliner und Frankfurter Ausgabe
Herausgegeben von
Werner Hecht
Jan Knopf
Werner Mittenzwei
Klaus-Detlef Müller
Band 24

Die Verlage Aufbau und Suhrkamp widmen
diese gemeinsame Ausgabe Helene Brecht-Weigel.

Bertolt Brecht
Schriften 4
Texte zu Stücken

Aufbau-Verlag Berlin und Weimar
Suhrkamp Verlag Frankfurt am Main

Bearbeitet von Peter Kraft
unter Mitarbeit von Marianne Conrad, Sigmar Gerund
und Benno Slupianek

Bertolt Brecht, Werke, Band 24
Suhrkamp Verlag. Erste Auflage 1991

Schriften 4
Texte zu Stücken

Zu eigenen Stücken und Stückbearbeitungen
Zu Stücken anderer Autoren in Inszenierungen
des Berliner Ensembles

Zu eigenen Stücken und Stückbearbeitungen

ZU »BAAL« (Band 1)

An meinen Freund Orge!

Dieses Theaterstück behandelt die gewöhnliche Geschichte eines Mannes, der in einer Branntweinschenke einen Hymnus auf den Sommer singt, ohne die Zuschauer ausgesucht zu haben – einschließlich der Folgen des Sommers, des Branntweins und des Gesanges. Der Mann ist kein besonders moderner Dichter. Baal ist von der Natur nicht benachteiligt. Man muß wissen, daß er bis über sein 30. Lebensjahr hinaus völlig unbescholten dahinlebte. Er entstammt der Zeit, die dieses Stück aufführen wird. Es ist der peinliche Schädel des Sokrates und des Verlaine. Den Schauspielern, die für Extreme schwärmen, wo sie mit Mittelmäßigkeit nicht auskommen: Baal ist weder eine besonders komische noch eine besonders tragische Natur. Er hat den Ernst aller Tiere. Was das Stück betrifft, so hat sein Verfasser nach scharfem Nachdenken eine Tendenz darin entdeckt: Es will beweisen, daß es möglich ist, zu seiner Portion zu kommen, wenn man bezahlen will. Und wenn man nicht bezahlen will. Wenn man eben nur bezahlt... Das Stück ist weder die Geschichte einer noch die vieler Episoden, sondern die eines Lebens. Es hieß ursprünglich: »Baal frißt! Baal tanzt!! Baal verklärt sich!!!«

Baal-Regie

Die erste Buchszene kann in der Orchestra gespielt werden. Wenn nicht, kommt der Choral von unten. (Südliche Winde nach oben.)

1) Johannesszene
2½ m hoher roter lappiger Vorhang. Davor zwei Holzschemel. Von der Orchestra herauf (von links nach der Mitte zu) steigt Baal mit der Klampfe. Der Jüngling grünlich, schmal von rechts seitwärts. Baal fängt stehend, steigend an.

Dann sitzen beide. Johannes steht nach »schmutzig« (Seite 18 unten) auf, setzt sich vor »Aber das Gesetz« (19 Mitte).
Baal stimmt während der Arie die Gitarre.
Schluß: Johannes sitzt ganz zerdrückt, Baal steht auf, geht nach hinten.
Die Gardine öffnet sich ratternd.

2) Branntweinschenke
Davor Holzbank. Vorn rechts Schanktisch mit *Luise.* (Hinten links ein Tisch mit Fenster und weißen Wolken.)
Johannes vorn langsam, mit gesenktem Kopf, schlapp nach rechts seitlich ab.
Baal (inzwischen) zu *Fuhrleuten*, die am Schanktisch stehen.
Tür weit rechts.

3) Dachkammer
Roter Vorhang. Bettstelle, eisern.

Vorspruch

In dieser dramatischen Biographie von Bertolt Brecht sehen Sie das Leben des Mannes Baal, wie es sich abgespielt hat im Anfang dieses Jahrhunderts. Sie sehen die Abnormität Baal, wie sie sich zurechtfindet in der Welt des zwanzigsten Jahrhunderts. Baal, der relative Mensch, Baal, das passive Genie, das Phänomen Baal von seinem ersten Auftauchen unter gesitteten Menschen bis zu seinem entsetzlichen Ende, mit seinem ungeheuerlichen Verbrauch von Damen der besten Gesellschaft, in seinem Umgang mit den Menschen. Das Leben dieser Erscheinung war von sensationeller Unsittlichkeit. Sie wurde durch die Bearbeitung für die Bühne stark gemildert. Die Vorstellung beginnt mit Baals erstem Auftauchen als Lyriker unter gesitteten Menschen im Jahre 1904. Als Auftakt sehen Sie Baal plastisch von allen Seiten und hören aus seinem eigenen Munde, wie er seinen bekannten »Choral vom großen Baal« vorzutragen pflegte, und zwar unter Begleitung durch sein von ihm selbst erfundenes Original-Blechsaiten-Banjo.

Das Urbild Baals

Die dramatische Biographie »Baal« behandelt das Leben eines Mannes, der wirklich gelebt hat. Es war ein gewisser Josef K., von dem mir Leute erzählten, die sich sowohl an seine Person, als auch auf das Aufsehen, das er seinerzeit erregte, noch deutlich erinnern konnten. K. war das ledige Kind einer Waschfrau. Er geriet früh in üblen Ruf. Ohne irgendwelche Bildung zu besitzen, soll er imstande gewesen sein, selbst wirklich gebildete Leute durch erstaunlich informierte Gespräche für sich einzunehmen. Mein Freund sagte mir, er habe durch die unvergleichliche Art, sich zu bewegen (im Nehmen einer Zigarette, beim Sichsetzen auf einen Stuhl usw.), auf eine Reihe von vornehmlich jüngeren Leuten einen solchen Eindruck gemacht, daß sie seine Art nachahmten. Jedoch sank er durch seinen unbedenklichen Lebenswandel immer tiefer, besonders weil er, ohne übrigens irgend etwas zu unternehmen, jede ihm gebotene Gelegenheit schamlos ausnützte. Verschiedene dunkle Fälle, zum Beispiel der Selbstmord eines jungen Mädchens, wurden auf sein Konto gesetzt. Er war gelernter Monteur, arbeitete aber unseres Wissens niemals. Als der Boden für ihn in A. brennend wurde, zog er mit einem heruntergekommenen Mediziner ziemlich weit herum, kam aber dann wieder, etwa im Jahre 1911, nach A. zurück. Dort kam bei einer Messerstecherei in einer Schankwirtschaft am Lauterlech dieser Freund ums Leben, ziemlich sicher durch K. selbst. Er verschwand jedenfalls daraufhin fluchtartig aus A. und soll im Schwarzwald elend verstorben sein.

Der Mann Baal
... und die Geburt dramatischer Gestalten

In irgendeiner Gesellschaft werde ich mitunter, meine Stücke betreffend, gefragt: Woher haben Sie das? Ist das wirklich passiert? Gab es diese Leute? Ich bemerke dann vor allem jedesmal, daß der größere Teil der Tischgesellschaft diese Frage ein wenig komisch, den Frager naiv findet. Ich finde den Frager auch naiv. Gerade deswegen kann ich seine Frage auf keinen

Fall komisch finden. Dieser Frager ist mein bester Zuschauer am Tisch, er hat den richtigen Standpunkt, ihn meinte ich mit dem Stück.

Ich antwortete ihm, daß von meinen Figuren tatsächlich nur der *Mann Baal* wirklich gelebt hat, unter anderem Namen, und ich habe ihn auch nicht selber kennengelernt, sondern über ihn nur Freunde erzählen hören. Aber wenn der Zuschauer *ein* Recht hat, so ist es das, mißtrauisch zu sein. Man hat ihn allzuoft mit puren Hirngespinsten abgespeist. Er nimmt an: Wenn der Mann Baal gelebt hat, hat er wirkliche Spuren hinterlassen, und der Brecht hat über ihn zumindest die Leute ausgefragt. Mit dieser Annahme nimmt der Zuschauer meinen eigenen Standpunkt ein. Tatsächlich interessierte mich hier ein Phänomen, ich fand seine Taten wert, aufgehoben zu werden, und seine Philosophie bemerkenswert. Ich versuchte, ihn so darzustellen, daß jede seiner Handlungen beurteilt werden kann und sein ganzes Leben einige Schlüsse über das Leben selbst ermöglicht.

In anderen Stücken habe ich nicht bestimmte Menschen, wohl aber ganz bestimmte und mir repräsentativ scheinende Typen dargestellt, und mein Ehrgeiz war es, sie möchten den Wert von Dokumenten besitzen. Aber mehr und mehr scheint es mir über das hinaus wichtig, auf der Bühne der Zukunft Figuren zu sehen, die wirklich gelebt haben und die sogar möglichst viele Menschen kennen. Es ist gerade uns Jüngeren immer vorgeworfen worden, in unseren Stücken gäbe es nur niedrige Charaktere und sinnlose, unvernünftige Handlungen zu sehen. Tatsächlich haben wir heroische Typen dargestellt. Es mag sein, daß ihre Instinkte mitunter niedrig erscheinen mochten, solche Menschentypen mögen in vielen Hinsichten gefährlich für andere und sich selbst sein, aber die Kraft ihrer Instinkte und Appetite kann nicht bestritten werden.

Es ist natürlich im Grunde gleichgültig, woher die Gestalten großer Dramen stammen. Es kommt nur darauf an, daß sie leben. Trotzdem wäre etwa der Einwand, solche Figuren könnten nicht gelebt haben, äußerst schmerzlich für den Dramatiker. Allerdings bestreite ich im allgemeinen, daß diese Leute etwas vom Leben wissen und sich vorstellen können, wie irgendeine Handlung eines Menschen, die sie z. B. in der Zeitung lesen, vor sich gegangen ist.

Ein sehr berühmter und seiner Dämonie wegen gefeierter Schauspieler sagte mir einmal in bezug auf eine meiner Rollen, die er spielen sollte: »Das ist doch keine Figur. Einmal sagt er so, einmal so. Er weiß überhaupt nicht, was er sagt.« Damit meinte der Mann, meine Figur sei nicht »aus dem Leben gegriffen«; aber in Wirklichkeit bestätigte er nur ihre Echtheit. Wer sagt nicht einmal so, einmal so? Wer weiß, was er sagt? Ein ganz mittelmäßiger Mensch. Würden die Dramatiker wirklich dazu übergehen, bekannte Persönlichkeiten auf die Bühne zu bringen, was sehr wünschenswert wäre, so wäre es ihre Hauptaufgabe, klar und ruhig aufzuzeigen, wie sich ihr Leben abgewickelt hat. Niemals dürfte man sie lediglich das sagen lassen, was dazu nötig scheint, daß die (bekannte) Handlung, die sie begingen, zustande kommt, sondern man müßte, der Wahrheit des wirklichen Lebens folgend, alle ihre Umwege, alle ihre Fehler aufzählen und sie so darstellen, daß ihre (den Inhalt der Geschichtsbücher bildenden) Taten um so begreiflicher und phänomenaler erscheinen. Es ist, wenn der Dramatiker die Figur des Dritten Richard darstellt, nicht seine Aufgabe, uns die Taten dieses Menschen möglichst begreiflich zu machen, sondern sie uns als ganz ungeheuerlich, unmenschlich, fremdartig, ihren Täter als bemerkenswertes, aber fast unzugängliches Tier vorzustellen. Dadurch entsteht der Zuwachs im Zuschauer, denn er erlebt die Reichhaltigkeit und durch sein Verständnis keineswegs erschöpfbare Göttlichkeit der Welt.

ZU »TROMMELN IN DER NACHT« (Band 1)

Glosse für die Bühne

Dieses Drama wurde in München vor folgenden Kulissen gespielt: Hinter den etwa zwei Meter hohen Pappschirmen, die Zimmerwände darstellten, war die große Stadt in kindlicher Weise aufgemalt. Jeweils einige Sekunden vor dem Auftauchen Kraglers glühte der Mond rot auf. Die Geräusche wurden dünn angedeutet, die Marseillaise wurde im letzten Akt durch ein Grammophon gespielt. Der dritte Akt kann, wenn er nicht fliegend und musikalisch wirkt und das Tempo beschwingt, ausgelassen werden. Es empfiehlt sich, im Zuschauerraum einige Plakate mit Sprüchen wie: »JEDER MANN IST DER BESTE IN SEINER HAUT« und »GLOTZT NICHT SO ROMANTISCH« aufzuhängen.

Zu den »Trommeln«

Es liegt mir daran, die geheimen Reize des Stückes auszustellen. In der Hauptsache ist es ein Mann, der eine Omelette verspeist, mit viel zuviel Lärm, einem nach Kräften haarsträubenden Lärm, eine kleine Omelette. Es ist die Rede von einem Mann, d.h. dem Appetit eines Mannes, der nicht übertrieben wählerisch ist. Was an ihm auf den Brettern auffällt, ist, daß er im Leben (einer bekanntlich unvollkommenen Imitation der Bretter) durchaus *nicht* auffiele. Er ist der Mob. Er hat, man muß es gestehen, er hat keinen Sinn für das Tragische, für die reine Linie, er ist ohne jedes Pflichtgefühl, er tut nicht, was man von ihm erwarten muß, er nimmt nicht den Aufschwung ins Höhere, der ihm so leicht gemacht wird, darin ist er pervers. Sein Fall verschlimmert sich dadurch, was seine endgültige Beurteilung betrifft, daß er nicht ohne Sinn für eure Romantik ist, er weiß genau, daß er enttäuscht, und er hat nicht so viel in sich, daß er sich mit Manneswürde und einigem Anstand aus der Affäre zieht, sondern man sieht, unwillkürlich die Nase rümpfend, wie er sich mit fadenscheinigen Ausreden durchzuschwindeln sucht, sich kläglich windet und dann dumm losbrüllt, so viel liegt ihm daran, daß ihr einseht, daß auch er recht hat. Aber ihr seht es doch sowieso ein, d. h., es ist euch gleichgültig. Und ich, trotz meiner unausstehlichen Banalität, bin ja doch euer lieber Freund, der euch serviert, was er eben hat, und der euch mit den Augen zuzwinkert und genau dasselbe denkt wie ihr, nämlich ganz wenig, z. B. daß es gut ist, daß der Mensch *nicht* gut ist. Und wenn wir die Sache so betrachten (und wir *können* das doch: wie schön ist es doch, wenn wir einig sind, ein einig Volk von Brüdern, und es ist doch das Wichtigste, daß es schön ist), dann wollen wir das nicht so ins Gewicht fallen lassen, daß ich euch den Kerl nicht geliefert habe und mit seiner Verklärung nicht ernst machen wollte, weil ich nicht mit so viel Sinn für das Höhere begabt bin wie ihr und der Kerl mir ans Herz gewachsen ist. Aber wenn ihr gerecht abwägt, könnt ihr Billette zur Verklärung überall kaufen, es gibt doch Abonnements auf Heldenleichen, wovon leben die richtigen Theater sonst? Und schließlich ist das Stück doch sonst recht romantisch!

Vorwort zu »Trommeln«

1. Gespräch mit George Grosz

Das, was die Bourgeoisie gegen den Proletarier geltend macht, ist sein schlechter Teint. Ich denke, das, was Sie zum Feind des Bourgeois gemacht hat, George Grosz, ist seine Physiognomie. Es ist ziemlich bekannt, daß zwischen dem Proletariat und der Bourgeoisie gegenwärtig Krieg herrscht. Dieser Krieg beruht allerdings nicht auf einem Unterschied der Geschmäcker, wenn man die gegenseitigen Argumente gelten läßt. Aber die Argumente sind trügerisch und tatsächlich ohne Beweiskraft, und vor allem: sie werden nie und nimmer berücksichtigt. Es geschieht Unrecht von seiten der Bourgeoisie, aber es geschieht überall Unrecht. Sie, George Grosz, und ich sind gegen Unrecht (wie alle Welt), aber wir hätten weniger dagegen, wenn vom Proletariat aus Unrecht getan werden könnte. Ich will damit sagen: Das Unrecht kann es nicht sein, das Ihnen »den Pinsel in die Hand drückt«. Wäre es aber doch das Unrecht, das

Sie nicht sehen können, dann wären Sie konterrevolutionär, und ich würde Sie erschießen und Ihnen ein Denkmal setzen. Ich glaube nicht, Grosz, daß Sie eines Tages aus unbezwinglichem Mitleid mit einem Ausgebeuteten oder aus Zorn gegen einen ausbeutenden Mann eine unbezwingliche Lust verspürten, mit einer Feder etwas dies Betreffendes auf Papier zu zeichnen. Ich denke mir, daß Zeichnen eine Unterhaltung für Sie war und die Physiognomien von Leuten Gelegenheiten dazu. Ich stelle mir vor, wie Sie eines Tages eine heftige und unwiderstehliche Liebe zu einer bestimmten typischen Visage in sich entdeckten als einer fabelhaften Gelegenheit für Sie, Ihrer Unterhaltung zu frönen. Es war die »Visage der herrschenden Klasse«. Ich unterschätze nicht die Lust am Protest, die Sie gereizt haben mag, gerade jene Leute, die sich als Elite der Menschheit vorkamen und die darauf angewiesen waren, Elite zu sein, da nur einer Elite solche Schweinereien erlaubt sein können, als faktische Schweine darzustellen. Es war im protestantischen Sinn keine Wahrheit herauszubringen, wenn man etwa einen proletarischen Typus auf seine elementare Form brachte. Der Proletarier hatte keinen Grund, anders sein zu wollen, als er ist. In der ungeheuren Anstrengung, die ihm seine bloße Existenz kostete, nahm er einfach von selber seine wahrhaftigste Grundform an. Hier war keinerlei Luxus möglich. Jeder Bourgeoistyp machte Geschäfte, indem er besser erschien, als er war, aber der Proletarier macht auf keinen Fall Geschäfte. Die Stellung der Kunst ist in unseren Tagen die Ihre: Der Typus, den Sie als Objekt lieben, kann Ihnen nicht gefallen als Publikum. Ihre politische Feindschaft gegen die Bourgeoisie kommt nicht daher, weil Sie Proletarier, sondern weil Sie Künstler sind. Ihre politische Stellung (die ich, wie Sie sehen, anders als Sie, als sekundär betrachte) ist Ihre Stellung zum Publikum (nicht Ihre Stellung zu Ihrem Objekt). Diesen Prozeß habe ich keineswegs so ertragsreich wie Sie, aber nicht weniger ernsthaft durchgemacht. Ich verweise dabei auf eines meiner Stücke, das gerade Ihren politischen Gesinnungsgenossen sehr mißfiel, die kleine Komödie »Trommeln in der Nacht«.

2. Der Erfolg von »Trommeln in der Nacht« bei der Bourgeoisie

Dieses Stück wurde auf etwa 50 bourgeoisen Bühnen aufgeführt. Der Erfolg war groß und bewies lediglich, daß ich an die falsche Adresse geraten war. Ich war mit dem Erfolg absolut unzufrieden. Den Grund hierzu konnte ich nicht sofort feststellen. Ich hatte lediglich ein schlechtes Gefühl. Ich hatte die unklare Vorstellung, daß die Leute, die stürmisch mir die Hände zu schütteln wünschten, gerade das Pack war, das ich hatte auf den Kopf hauen wollen, vielleicht nicht in diesem Stück, aber überhaupt. Mir war wie einem Mann, der auf Leute, die ihm nicht gefallen, aus einer Kanone geschossen hat, und nun kommen eben diese Leute und lassen ihn hochleben: Er hat aus Versehen mit Brotlaiben geschossen. Als ich dann versuchte, mich aus den Zeitungen zu orientieren, fand ich, daß der größte Teil des Erfolges in den wütenden Angriffen der künstlerisch reaktionären Presse bestand. Es gab also auch noch Leute, die das Brot kritisierten!

Das Ganze war eine ästhetische Angelegenheit, von der ich nichts verstand. In einer anderen Zeit hätte ich übrigens davon vielleicht sogar etwas verstanden, aber gerade jetzt spielte die Ästhetik, während New York ausgebaut und Moskau zerstört wurde und dies eine Angelegenheit der ganzen Welt zu werden schien, nicht die geringste Rolle. Das bourgeoise Theater, gleichfalls unfähig, die ältesten wie die neuesten Stücke aufzuführen, hielt seine Fortexistenz lediglich für eine Frage der Stile. Das untergehende Theater beschäftigte sich wie ein untergehender Dampfer mit der vielleicht sehr schwierigen, aber doch im Grund gleichgültigen Frage, ob es besser sei, nach rechts oder nach links zu versinken. Und die Besatzung kritisierte die Musik, die in der Verwirrung ihr »Näher, mein Gott, zu dir« immer weiterspielte und dabei den Gott meinte, der mit den stärkeren Bataillonen ist. Ich muß, um nicht in schrecklicher Weise mißverstanden zu werden, darauf aufmerksam machen, daß das Bild für den Untergang des Theaters vielleicht deswegen schlecht gewählt ist, weil das Theater viel teurer war wie ein alter Dampfer und viel weniger wert und die mit ihm Sinkenden keineswegs etwas verloren, ganz im Gegenteil. Übrigens fand sowohl Publikum als Künstlerschaft nach kurzer Selbstbetrachtung, daß das Theater unbedingt untergehen müßte, und die

Theater bezahlten diese Verzweiflungsschreie mit ihren Einnahmen aus den Theaterinseraten.

Ich habe immer behauptet, ein Mann zu sein, der vermittels einiger Getränke und Zigarren sich in den Stand setzen kann, eine literarische Arbeit anzufertigen, die er nach klarer Überlegung für wünschenswert hielte. Die Sache ist nur, daß ich nicht weiß, was herauskommt, wenn ich es so mache, wie ich es kann. Natürlich spreche ich jetzt nicht von ästhetischen Resultaten. Die »Trommeln« sind ein vorzügliches Beispiel menschlicher Willensschwäche. Ich habe sie angefertigt, um Geld zu verdienen. Aber wiewohl ich damit wirklich und verblüffenderweise Geld verdient habe, würde ich lügen mit der Behauptung, ich hätte mit meiner Mühe Erfolg gehabt. Es war einigen Leuten gelungen, mir dafür Geld zu geben, aber mir war es gelungen, ein politisches Stück zu schreiben.

3. Die Liebesgeschichte

Da ich bei der Stoffwahl meines Stückes von finanziellen Spekulationen bestimmt wurde, ist es von gewissem öffentlichen Interesse, daß mir eine Liebesgeschichte unbedingt nötig schien. Das Verfassen dieses Stückes war ein geschäftliches Unternehmen von wirklichem Ernst, und gerade dadurch wurde ich instand gesetzt, die Bedürfnisse des zahlenden Publikums zu erfassen. (An Erlebnissen war also in dem Stück die Habgier und das Schreiben.) Ich war also bereit, die Liebesgeschichte zu liefern, aber natürlich interessierte mich daran hauptsächlich die Besitzfrage. Der Typus Kragler, der mir der heldische Typ der Zeit schien, erlaubte sonst auch nichts. Er wünschte, ein bestimmtes Weib zu haben, und hatte seelisch, wenn er sie nicht bekam, lediglich die Möglichkeit eines Mannes, der etwa ein Haus nicht bekommt, das er besaß oder zu besitzen wünscht. Auf die Gründe seines Begehrens glaubte ich nicht eingehen zu müssen. Tatsächlich gestaltete ich das Weib nicht besonders wünschenswert. Sie verfügt über eine gewisse Alltagssinnlichkeit, welche deshalb, weil sie sich ohne weitere Umstände, im Grund ohne auf das Objekt, den Partner, angewiesen zu sein, befriedigt, nicht stark genannt werden darf. Der ganze Trieb bleibt dürftig und gewohnheitsmäßig. Er schadet weder dir noch mir. Das ist nicht jene fast revolutionäre kräftige Forderung nach körperlicher Befriedigung, die davon ausgeht, daß das Weib den Beischlaf eben braucht und den Mann nehmen muß, wo es ihn findet. Der Mann ist für diese Anna Balicke kein Gebrauchsgegenstand, sondern ein billiger Luxusartikel. Das Gebiet der Erotik ist in der bürgerlichen Gesellschaft erschöpft. Die Literatur konstatiert es daran, daß der Sexus keine Assoziationen mehr bildet. Noch das stärkste erotische Leben herrscht vielleicht in der Tat in jener primitiven Literatur, (die man in der Form bekannt wirksamer Wörter vorfindet und) die das Volk mit naiver Artistik anwendet. Was anders sollte es zu bedeuten haben, wenn das Volk die Anwendung ordinärer Wörter vor Frauen ablehnt, als daß man eben der Wirkung solcher Wörter starkes Vertrauen schenken darf? Die tragische Möglichkeit einer Liebesbeziehung besteht heute darin, daß das Paar kein Zimmer auftreibt. Es ist leider schwierig herauszufinden, ob heutige Zustände nicht auch gestrige waren, da man seinen Vater nicht nach seinem Beischlaf fragen darf. Aber heute ist jedenfalls die Verführungskraft ordinärer Wörter, den Beischlaf und seine Organe betreffend, deutlich konstatierbar. Der Genuß an zotigen Wörtern hängt sehr ab von ihrer verbürgten Schmutzigkeit. Ja, zeitweise hängt der Genuß am Beischlaf sogar von seiner verbürgten Schmutzigkeit ab. Dieses romantische Element ist es, das wirkt, wenn die Balicke sich an der schmutzigen Unwürdigkeit des Kragler angeilt. Die Bourgeoisie wird es als Triumph des Ideellen betrachten. Ich denke überhaupt, daß diese Liebesgeschichte ihres Charmes nicht einmal durch diese trüben Erwägungen einbüßen wird. Wirkliche sexuelle Genüsse werden außerdem vielleicht nur noch aus den Geschlechtskrankheiten geholt. Das ist ein Absatzgebiet für Gefühle, auf dem noch einiges Leben herrscht. Eine dieser Geschlechtskrankheiten ist die Schwangerschaft. Murk, durch die Gleichgültigkeit des Weibes – eine wahrhaft biblische Seuche, die sehr verbreitet ist – ohne Ankergrund, steckt sie einfach mit einem Kind an. Er handelt moralisch: er verbessert durch die Besetzung ihres verkümmerten Gemüts seine wirtschaftliche Lage. Aber die Moral ist dazu gemacht, Rechenfehler zu verhindern. Und das Weib handelt unmoralisch. Sie verspricht sich mehr von jener schmutzigen sexuellen Atmosphäre: einem Zusammenliegen mit Kragler in schwangerem Zustand.

4. 1918: Die Revolution der Kragler

Als das Stück Erfolg hatte, war es der Erfolg der Liebesgeschichte und der Verwendung von Trommeln hinter der Szene. (Wobei ich gern zugeben will, daß auch eine gewisse persönliche Frische und eine ziemlich hemmungslose Vorliebe dafür, die Sachen poetisch aufzuziehen, für mich sprachen.) Die Revolution, die als Milieu dienen mußte, interessierte mich nicht mehr, als der Vesuv einen Mann interessiert, der darauf seinen Suppentopf stellen will. Übrigens erschien mir mein Suppentopf im Vergleich zum Vesuv sehr umfangreich. Ich konnte wirklich nichts dafür, daß am End doch so etwas wie ein Abbild der ersten deutschen Revolution herauskam und vor allem ein Abbild dieses Revolutionärs.

Diese Revolution folgte einem Krieg, der durch den Nervenzusammenbruch der Diplomaten zustande gekommen und durch den der Militärs beendigt worden war. Die Bourgeoisie hatte diesen Krieg außerordentlich kraftvoll geführt. Auch sind Kriege schon aus dümmeren Beweggründen geführt worden als dem, die Kohlen- und Erzgebiete von Briey zu stehlen. Der berühmte Dolchstoß des Proletariats in den Rücken der Armee, von dem die Legende noch lang in den Köpfen der Faschisten und Kommunisten fortspukte, hätte, wäre er erfolgt, in eine Gegend getroffen, wo die Armee längst nicht mehr stand: Sie war geschlagen, auf dem Rückzug. Die Kraglers tauchten erst jetzt auf. Sie machten eine Revolution, weil das Land, das sie teilweise vier Jahre nicht mehr gesehen hatten, sich verändert hatte. Die Kraglers waren strenge Konservative. Da jener Teil der Bourgeoisie, der wußte, daß er Bourgeoisie war, plötzlich aus allen Regierungsstellen geflohen war, kam jener Teil, der es nicht wußte (nämlich die Sozialdemokratie), in die Verlegenheit, diese Ämter besetzen zu müssen. Sie waren ebensolche Revolutionäre, als Bergleute in einem wankenden Schacht Bergwerksingenieure sind. Die Schwierigkeiten der Kragler bestanden darin, Bourgeois zu werden. Sie wurden allgemein für Revolutionäre gehalten, und auch auf der Bühne machte ich die Erfahrung, daß Kragler sehr revolutionär wirkte. Vor allem wirkte er als Proletarier. Das Militär war natürlich proletarisiert worden. Sein Teint hatte sich verschlechtert. Die Fabriken glichen immer Kasernen, auch ihre Wirkung war eine ähnliche, wie man sieht. Die wirklichen Revolutionäre konnten eine Zeitlang das Stück bedauern, indem sie den Kragler für einen Proletarier hielten und sie Grund hatten, sich für solche Proletarier als Helden zu bedanken. Sie konnten auch dagegen sein, weil sie den Kragler für einen Bourgeois hielten, und sich für solch einen Helden bedanken. Denn es bestand kein Zweifel, daß dies ein Held war. Aber sie könnten heute nicht mehr leugnen, daß es ein eminent politisches Stück ist. Ein Anschauungsmaterial wie nicht leicht eines. Sie hatten hier vor sich jenen fatalen Typus des Sozialdemokraten, und sie hatten ihn in seiner heldischen Form. Er war schwer zu erkennen als Bourgeois, auf der Bühne und im Leben. Die Revolution, gar nicht leugbar, war verloren. Dieser Typ hatte sie gemacht. Das Wichtigste, was es gab, war, diesen Typ erkennen zu lernen. Er hatte sie gemacht, und hier war er. Hier in einer alltäglich romantischen Liebesgeschichte ohne besondere Tiefe war dieser Sozialdemokrat, dieser falsche Proletarier, dieser fatale Revolutionär, der die Revolution sabotierte, den Lenin heftiger bekämpfte als die offenen Bourgeois und der selbst ihm so schwer zu erfassen war, daß es vor der russischen Revolution kaum gelungen war, ihn den Massen kenntlich zu machen, um sie zu warnen. Dies war also dieser Kragler, dieser Revolutionär, den das Mitleid wieder zu Besitztum brachte, der jammerte und krakeelte und heimging, als er hatte, was ihm gefehlt hatte. Nun, den Proletariern wurde das Stück nicht gezeigt.

Der Boden der Tatsachen

Tatsächlich ist für Kragler die Revolution ohne den romantischen Mond nicht denkbar. Ein kindlicher Mensch, unfähig zu leiden, brüllt er los bei der ersten Entdeckung eines Schmerzes in sich. Seine Revolution ist wirklich die eines schwergereizten Mannes, der, weil seine Frau die Türe verriegelt, das gemeinsame Mobiliar zertrümmert. Der rote Mond ist ein beinahe unentbehrliches Requisit der Revolutionen, und ein sehr gefährliches. Von nichts unterscheidet sich eine Revolution mehr als von einem Volksauflauf. Eine Revolution ist eine Organisation, in der Leidenschaft steckt. Mit dem Typ Kragler verschwindet der rote Mond aus der Revolution. Er zertrümmert ihn, als er ihn nicht mehr braucht. Auch beschimpft er ihn sofort. Die Bourgeois aber kennt er. Er ruft ihnen zu, sie sollten nicht so romantisch glotzen; denn er weiß, in ihrer erregten Anteilnahme an seinem Geschick werden sie in einem Rausch der Großmut sein, auf Leben verzichten und ihn in den Tod ziehen sehen wollen.

Meine Arbeiten für das Theater

Kurz nach der Revolution des Jahres 18 schrieb ich die Komödie »Trommeln in der Nacht«. Sie beschrieb die Rückkehr eines deutschen Soldaten, der andere, neue, ungünstigere Verhältnisse vorfand, als er, in den Krieg ziehend, verlassen hatte, sich eine Zeitlang den revolutionären Volksmassen anschließt, sie aber dann verläßt, als er seine alten Rechte und Aufstiegsmöglichkeiten wieder erhält. Ich beschrieb hier die Haltungen von Leuten, die ich beobachtet hatte, und zitierte ihre Aussprüche, und meine eigene Haltung war bei der Beobachtung der Haltungen und dem Sammeln der Aussprüche eine gewisse Neugier, bei der Niederschrift aber eine Art triumphierendes Rechthaben, denn die wie ich und zu gleicher Zeit schrieben, weigerten sich, die wirklichen, allgemein beobachtbaren Vorgänge zu Notiz zu nehmen, und behandelten die Revolution als eine rein geistige ethische Erhebung der Menschen. Sie begrüßten, daß »der Mensch« sich gegen »das Unrecht« erhob und für »die Idee« starb. Daß welche starben, gehörte zu den Interessen der Stückeschreiber, aber nicht so sehr zu den Interessen derer, die wirklich starben, während sie für höchst lebendige genaue und vernünftige Interessen kämpften. Sie kämpften und riskierten den Tod so lange, wie ihre Interessen es verlangten, und ihre Interessen waren sehr verschieden. So war also auch die Dauer ihres Kämpfens verschieden, und viele brachen den Kampf ab oder stellten sich sogar auf die Gegenseite, wenn sie selber »fertig« waren. In meiner Abneigung gegen die Ideologen, die uns vorlogen, die Menschen seien bereit, für Ideen, die mit ihren Interessen nichts zu tun haben, ja ihnen widersprechen können, zu sterben, ging ich zu weit: Ich spendete dem Monteur meines

Stückes zuviel Beifall und feierte ihn, da er sich der Verführung des für ihn gegenstandlosen Ideals entzog, als Realisten. Auf diese Weise verlor ich jene anderen Revolutionäre aus den Augen, die für Interessen kämpften, die zwar ihre eigenen, lebendigen, genauen und vernünftigen, aber dabei ungleich tiefer, allgemeiner und bedeutender waren. Ich unterschlug durch meine demonstrative Anteilnahme für den kleinen Realisten Kragler, den meuternden Kleinbürgersoldaten, meinen, wie ich weiß, vorhandenen, viel ernsteren Respekt vor jenen, deren Kampf der Kleinbürger zu Erpressungen bei seiner eigenen oder der ihn an der Ausbeutung für gewöhnlich beteiligenden Klasse mißbrauchte und nach gelungener Ausnutzung verriet, vor den proletarischen Revolutionären. Zu meiner Entschuldigung kann ich vielleicht anführen, daß mich die Haltung meiner schreibenden Zeitgenossen und ihrer Zuschauer, die das Theater beherrschten, deshalb so aufreizte, weil sie selber lauter Kleinbürger waren und mit ihrem idealistischen Gewäsch an dem Betrug der Kragler teilnahmen, so als Provokatoren auftraten, von »allgemeinen«, »menschlichen«, »idealen« Interessen faselten, während auch sie keinen Augenblick bereit waren, den proletarischen Revolutionären, die den eigentlichen Kampf kämpften, das zu geben, was sie brauchten: die völlige Umänderung der Besitzverhältnisse und von allem, was dazu gehörte. Ebenso wie dieser Kragler lehnten sie ab, für jene zu sterben, die doch für sie und ihn sterben sollten, sie waren nur noch unverschämter als Kragler und verheimlichten dessen wirkliches Verhalten. Gegenüber dieser unverschämten die verschämtere Gemeinheit lobend, vergaß ich, auch diese gehörig als Gemeinheit zu bezeichnen. Gleichwohl konnte man an diesem Stück sehr gut sehen, woran die deutsche Revolution verlorenging: nicht nur an einem Verrat der Führer, sondern auch an der Interessenverschiedenheit der revoltierenden Volksmassen (der Verrat setzte erst da ein, wo diese Interessenverschiedenheit weggelogen wurde, damit jene Massen, deren Interessen überhaupt nicht befriedigt werden sollten, mitkämpften). Und die eigentliche große Lehre für die proletarische Politik hätte darin bestehen müssen, daß man die Kragler belehrt hätte, daß diese Interessenverschiedenheit eine sehr kurzlebige seichte und unwichtige war: ihre Erpressung hielt nicht sehr lange vor. Daß die proletarische Politik diese *realistische* Auffassung nicht hatte, ist einer der Hauptgründe dafür, daß die Kraglers zehn Jahre später ihre Revolution ohne und gegen das Proletariat machten.

ZU »IM DICKICHT« / »IM DICKICHT DER STÄDTE« (Band 1)

Ein Stück

Chicago.

Der Holzhändler Shlink, ein Malaie (Typ Wegener), führt einen Vernichtungskampf mit dem jüngeren George Garga (Typ Granach), in dessen Verlauf die beiden ihre menschlichen Qualitäten entblößen. Durch ein geistiges System scheinbarer Passivität durchhaut der Mann Shlink die Stricke, die den jungen George Garga mit der Umwelt verbinden, und zwingt ihn, einen verzweifelten Freiheitskampf gegen das um ihn dichter und dichter werdende Dickicht Shlinkscher Intrigen zu kämpfen. Shlinks Holzhandel, Gargas Familie fallen der Vernichtung anheim. Mehr und mehr isoliert, enger umstrickt, gehen die beiden hinunter in die Wälder, um ihren Kampf auszukämpfen. In dem letzten, mit äußerster Hingabe geführten Gefecht gewinnt George Garga den realen Boden wieder, er bricht den Kampf ab, der des Mannes Shlink letzte Sensation war, und übernimmt dessen Holzhandel in der großen Stadt Chicago.

Es handelt sich um lauter reale Ereignisse: Kampf um den Holzhandel, die Familie, eine Ehe, Kampf um die persönliche Freiheit. Es sind nicht viele Rollen, keine Statistenparts.

Programmzettel

Durch den Prozeß, der sich mit der *Aufklärung des Mordes an der Jane Garga* befaßte, wurde eine *jener dunklen Angelegenheiten im Chinesenviertel von Chicago* ans Licht gezogen, die von der Presse so gewissenlos ausgeschlachtet werden. Der *Fischzug eines malaiischen Holzhändlers* in einer Leihbücherbude, die gründliche Feindschaft eines Mannes, die nahezu völlige *Ruinierung einer* eingewanderten *Familie* französischer Abkunft, die *mysteriöse Lynchung des Malaien.*

Das vorliegende Stück bietet nur die vielleicht etwas grobe Zurechtzimmerung dieses, ein breiteres Publikum gewiß interessierenden Stoffes für die Theater. Sie ist ziemlich lückenhaft.

Selbst *Punkte,* die durch den Prozeß ziemlich *geklärt wurden,* wie etwa die *Verbrechen des malaiischen Mörders,* die ihn wieder in den Besitz seines *an die Heilsarmee verschenkten Holzhandels* setzten, und die seine und George Gargas Flucht in die gelben Sümpfe als Akt der Besorgnis vor der *Lynchjustiz der anständigen Bevölkerung* charakterisieren, sind in diesem Stück weggelassen. Anderes freilich blieb an sich und wohl für immer dunkel. *Das Schicksal der Maë Garga,* ihr unbekannter Aufenthaltsort, ihre Motive zum Verlassen einer Familie, die sie durch viele Jahre betreut hatte, wurden *niemals aufgedeckt.* In dem vorliegenden Bühnentext handelte es sich hauptsächlich darum, für das Theater *einige merkwürdige Szenen* zu gewinnen, deren wahrhaftige Urbilder in den düsteren Septembertagen des Jahres 14 *im Chinesenviertel Chicagos* sich abgespielt haben mögen, und deren Folgen aus den Blättern noch allgemein in Erinnerung sein dürften. Schon aus diesem letzteren Grunde sind die paar Gespräche, um die es sich handelt (denn in diesem seltenen und schauerlichsten Fall handelt es sich lediglich um einige wenige Gespräche, deren Stoff teuer und nicht leicht zu beschaffen war), hier nur im Extrakt wiedergegeben: es sind, einige für das Drama *unentbehrliche* Verdeutlichungen und *Unwahrhaftigkeiten* abgerechnet und eine den Brettern anhängige, vielleicht zu *romantische Ausschmückung* der Ereignisse zugegeben, lediglich die wichtigsten Sätze, die hier an einem bestimmten Punkt des Globus zu bestimmten Minuten *der Menschheitsgeschichte* fielen.

Neu und alt
Vorrede zu »Dickicht«

Neu war ein Typus Mensch, der einen Kampf ohne Feindschaft mit bisher unerhörten, d. h. noch nicht gestalteten Methoden führte, und seine Stellung gegen die Familie, zur Ehe, überhaupt zum Mitmenschen und vieles mehr; im Grund natürlich *zu* viel. Aber das war es nicht, was sie neu finden. Neu finden sie z. B. die Maschine, d. h. ein Ding, das sie, ohne es zu verstehen oder gemacht zu haben, benützen können. Das Letzte, was sie in der Literatur neu finden, war etwa die Behauptung, der

Mann solle die Frau nicht als Puppe behandeln, oder: heiraten sei gefährlich, oder: ein Fuhrmann sei im Grund etwas ebenso Tragisches wie ein höhergestellter Mensch, um so tragischer, als er sich noch weniger auskenne.

Formal neu kann in den Augen dieser Kulinarier nur die alleräußerlichste Aufmachung sein. Da man uns in der ältesten der äußerlichsten Aufmachungen gab, waren wir nicht neu genug. »Valencia« mit Jazz ist neu. Ohne Jazz ist es nicht besonders neu. Der Jazz allerdings ist neu.

Für das Programmheft zur Heidelberger Aufführung

1

Der Besuch des Stückes »Im Dickicht der Städte« hat sich bereits als so schwierig herausgestellt, daß nur die mutigsten Theater sich daran wagten. Tatsächlich ist eine völlige Ablehnung des Stückes durch das Publikum nichts Unbegreifliches. Dieses Stück beruht auf einigen Voraussetzungen, was schon ärgerlich ist und was also die übliche Produktion vermeidet. Nachfolgende Informationen über diese Voraussetzungen werden da nur wenig oder gar nicht helfen.

2

Die Handlungsweise der Menschen unserer Zeit, die, wenn auch unvollständig, in manchem Zeitungsbericht zum Ausdruck kommt, ist durch alte (oft der Literatur entlehnte) Motive nicht mehr erklärbar. Die Polizeiberichte häufen sich, wo das »Motiv« des Täters fehlt. So dürfen Sie nicht erstaunt sein, wenn in den neueren Dramen gewisse Menschentypen in gewissen Situationen anders handeln, als Sie erwartet haben, und auch nicht, wenn Ihre Mutmaßungen über die Motive einer bestimmten Handlungsweise sich als falsch erweisen. *In dieser Welt und in dieser Dramatik findet sich der Philosoph besser zurecht als der Psychologe.*

3

Das Bürgertum wird auch auf dem Theater, nachdem es hundert Jahre damit vertrödelt hat, Kämpfe zwischen Männern lediglich um Frauen zu veranstalten, für Kämpfe um wichtigere Dinge nur mehr wenig Zeit haben, bevor es sich genötigt sehen wird, sich, auch im Theater, ausschließlich dem wichtigsten aller zeitgemäßen Kämpfe, dem Klassenkampf, zu widmen. Einen so idealen Kampf, wie man ihn in dem Stück »Im Dickicht der Städte« sehen kann, wird man vorerst nur im Theater, in der Wirklichkeit erst in fünfzig Jahren haben können.

4

Sie sehen, ich weiß, daß ich heute noch den einfachen Grundgedanken des Stückes »Im Dickicht der Städte« zu verteidigen habe. Nämlich den, daß purer Sport zwei Männer in einen Kampf verwickeln könnte, der ihre wirtschaftliche Situation sowie sie selbst bis zur Unkenntlichkeit verändert. Hier wird Sport als Passion einfach den für das Theater schon zur Verfügung stehenden Passionen angereiht. Wahrscheinlich wird diese Passion erst durch ihre durch mindestens fünf Jahrzehnte fortgesetzte Übung auf mindestens zwei Kontinenten gefühlsmäßig zu jenen großen und tragischen Passionen gerechnet werden, die Katastrophen sowie Triumphe von Ausmaß zur Folge haben können. Zur Verdeutlichung: Es gibt heute Katastrophen, deren Motiv »Sport« ist, der als solcher aber nicht erkannt werden kann. Außer dieser fortgesetzten Übung wird es noch notwendig sein, daß andere (weniger reine) Kampfmotive verschwinden, die heute noch überwiegen, z. B. Besitzgier nach Frauen, Produktionsmitteln, Ausbeutungsobjekten, kurz: Motive, die eben verschwinden *können*, da sie einfach wegorganisiert werden können.

5

Ungewohnt sind wohl auch die Kampfzonen, die in diesem Stück Anwendung finden. Als Kampfzonen werden nämlich gewisse Vorstellungskomplexe verwendet, wie zum Beispiel diejenigen, welche ein junger Mann von der Art des George Garga von der Familie, von der Ehe oder von seiner Ehre hat. Diese Vorstellungskomplexe benutzt sein Gegner, um ihn zu schädigen. Außerdem erzeugt der eine Kämpfer im andern gewisse Gedanken, die ihn zerstören müssen, er schießt Gedanken in seinen Kopf wie Brandpfeile. Ich kann Ihnen diese Kampfesweise nicht verständlicher machen.

6

Meine Wahl amerikanischen Milieus entspringt nicht, wie oft gemeint wurde, einem Hang zur Romantik. Ich hätte ebensogut Berlin wählen können, aber das Publikum hätte dann nicht gesagt: »Der Mensch handelt eigenartig, auffällig, bemerkenswert«, sondern nur: »Ein Berliner, der so handelt, ist eine Ausnahmeerscheinung«. Durch einen Hintergrund (eben den amerikanischen), der meinen Typen von Natur entsprach, so daß er sie nicht preisgab, sondern sie deckte, glaubte ich das Augenmerk am leichtesten auf die eigenartige Handlungsweise zeitgemäßer großer Menschentypen lenken zu können. In deutschem Milieu wären diese Typen romantisch: Sie hätten sich bloß in einem Gegensatz zu ihrer Umgebung befunden, statt im Gegensatz zu einem romantischen Publikum. Praktisch gesprochen, würde es mir ausreichen, wenn die Theater Amerika als gewöhnliche Fotografie auf den Prospekt würfen und sich damit begnügten, das Asiatentum des Shlink durch einen schlichten gelben Anstrich anzudeuten, und ihm im übrigen erlaubten, sich zu benehmen wie ein Asiate, nämlich wie ein Europäer. Damit würde schon *ein* großes Geheimnis aus dem Stück ferngehalten.

ZU »LEBEN EDUARDS DES ZWEITEN VON ENGLAND« (Band 2)

[Zur Kölner Aufführung]

Angesichts der babylonischen Stilverwirrung des zeitgenössischen Theaters sollte es dem dramatischen Schriftsteller, ebenso wie dem Ingenieur, der in Fachschriften über technische Auswertungen seiner Arbeiten berichtet, erlaubt sein, auf wesentliche Aufführungen seiner Stücke hinzuweisen. In der 2¼stündigen, die geistige Struktur des Stückes vorbildlich ausleuchtenden *musischen* Inszenierung der Historie »Leben Edwards II. von England« durch den Dichter Ernst Hardt in Köln wurde, keineswegs unerwartet, *die eminente Bedeutung des Schauspielers Lothar Müthel für die zeitgenössische Dramatik* deutlich sichtbar. Seine großartige schauspielerische Anmut gestattet ihm vollkommene Sachlichkeit, und, in jedem Augenblick kontrollierbar, führte er die schwer übersehbare Lebenskurve des Edward schwer übersehbar in voller Deutlichkeit, beinahe physikalisch arbeitend, vor. Die Sterbeszene von elfenbeinerner Majestät ...

ZU »MANN IST MANN« (Band 2)

Für Zeitungen

Verhängnisvoller Spaß dreier Soldaten des Worcesterregiments, Standort Kankerdan Ostindien
Verbrechen oder Spaß?
Der Hafenarbeiter J. Galgei hält sich für einen Soldaten namens Jerome Jip

Saipong / Ganz Vorderindien spricht über den unglaublichen Fall des Hafenpackers J. Galgei. In Saipong herrschte in diesen Wochen ein großes Tohuwabohu von Soldaten, Proviantyänen und dem im Gefolge von mobilen Armeeteilen unausbleiblichen Gesindel durch die dreitägige Zusammenstellung der afghanischen Division. Vier Soldaten aus Kankerdan, die nach Saipong abkommandiert waren, mußten bei einem noch unaufgeklärten Verbrechen, das sie begangen haben wollen, *um Whisky zu bekommen (!!!)*, einen der ihren zurücklassen. Um ihr Verbrechen zu verheimlichen, das durch das Fehlen des vierten Mannes aufgekommen wäre, benutzten sie die Person des Packers J. Galgei. Sie veranlaßten diesen, der anfänglich *lediglich aus Mitleid* darauf einging, bei zwei Appellen den vermißten vierten Mann, der Jerome Jip hieß, zu spielen. Als er sich dann aber mit dem Hinweis auf seine Familie weigerte, noch die restlichen zwei Tage bis zum Abmarsch weiter den Gefälligen zu spielen, machten sie ihn zum Hauptaktor einer *geradezu leinwandgerechten Komödie.* Sie überließen ihm nämlich im Komplott mit einer Kantinenwirtin zweifelhaftester Natur einen angeblichen Elefanten der englischen Armee völlig umsonst zum beliebigen Weiterverkauf. Bei dem maßlosen Verbrauch von Whisky dieser Tage bemerkte Galgei nicht die wahre Beschaffenheit dieses gefährlichen Geschenkes, eines sehr natürlich auftretenden Elefanten, der aus nichts anderem bestand als aus einigen Zeltbahnen und seinen Gönnern, den drei Soldaten selbst. Wegen dieses »Diebstahls« verhafteten sie ihn dann am »Tatort« und erschossen ihn standrechtlich unter den drei Sykomoren von Saipong. Den dumpf und hilflos Mittrottenden, der lange vor der natürlich nur scheinbaren Erschießung ohnmächtig wurde, weckten sie mit dem Ansinnen, er habe einem eben Erschossenen namens Galgei die Leichenrede zu halten. Alles dies und noch vieles andere machte der nun schon sehr Verwirrte ohne nennenswerten Widerstand mit. Auch der Tag darauf brachte dem Packer, der von nun an seiner eigenen Person mißtraute, eigentümliche Ahnungen. Die Soldaten trieben ihr grausames Spiel unter Verwendung eines Passes bis zum Höhepunkt. Galgeis Verhalten gegen seine Frau, die ihn endlich als Soldaten aufstöberte, bewies, daß er zu diesem Zeitpunkt über seine Identität bereits im unklaren war. Als ihm die »humorbegabten« Soldaten auch noch in der Führung des Namens Jip Schwierigkeiten zu machen anfingen, stürzte er sich mit solcher Wucht auf diesen Namen, daß sogar das nunmehrige Auftauchen des wirklichen Jip ihn nicht mehr davon abbringen konnte. Dieser ganze Vorfall sowie der Fall des Sergeanten P., der sich zu gleicher Zeit aus Wut darüber, daß er seiner geschlechtlichen Hemmungslosigkeit wegen nicht Herr seiner selbst war, selber mit eigener Hand kastrierte, beweist den oberflächlichen Firnis des Individualismus in unserer Zeit.

Epischer Verlauf

Die Verwandlung eines lebendigen Menschen in den Militärbaracken zu Kilkoa im Jahre neunzehnhundertfünfundzwanzig

1

Da halfen sie alle zusammen und machten einen falschen Elefanten und brachten den Mann Galy Gay zu ihm und forderten ihn auf, daß er ihn verkaufe. Aber der Sergeant kam hinzu, als er ihn am Strick hielt, und sie erschraken und sprachen: was wird er tun? Denn sie konnten nicht bei ihm bleiben des Sergeanten wegen. Und sie schauten ihm zu über eine Mauer, wie er allein war, ob er den Elefanten ansähe und merkte, daß er unecht war. Da sahen sie aber, daß ihn der Mann nicht ansah, und wußten von nun an, daß er einer war, der da glaubte, was für ihn gut war, und wollte nichts wissen. Darum betrachtete er nicht den Elefanten, daß er nicht sähe, daß er unecht sei, denn er wollte ihn verkaufen. Und das Weib, das bei ihnen war, brachte den Sergeanten weg.

2
Also verkaufte der Mann den Elefanten, der nicht sein war und dazu unecht. Aber einer von ihnen trat auf ihn zu, legte ihm die Hand auf die Schulter und redete ihn an mit: was machst du da. Und da er sich nicht ausweisen konnte, machten sie ihm den Prozeß. Sie verurteilten ihn aber zum Tode. Da leugnete er, daß er Galy Gay sei, der Verbrecher, und schrie laut, er sei nicht Galy Gay. Sie aber taten, als glaubten sie ihm nicht. Und schossen auf ihn falsch aus sieben Flintenläufen, und er verfiel in Ohnmacht.

3
Als er aber erwachte, stellten sie eine Kiste vor ihn hin und sagten ihm, darinnen liege der Mann Galy Gay, welcher erschossen wurde. Da verwirrte sich sein Verstand vollends, und er fing an zu glauben, er sei nicht Galy Gay, der erschossen wurde und in der Kiste lag. Und er wollte es auch nicht sein. Darum stand er auf und redete über Galy Gay wie über einen Fremden, damit sie ihm glaubten, er sei es nicht, denn er fürchtete sich vor dem Tode. Und sie begruben die Kiste, welche leer war, und er hielt die Leichenrede.

Also nahmen sie ihn mit sich fort in derselbigen Nacht.

»Mannistmann«

Die ganze Geschichte wird als unwahrscheinlich bezeichnet werden. Aber alle jene Geschichtsabschnitte, die in der Erinnerung der Menschheit blieben, sind unwahrscheinlich. Und am unwahrscheinlichsten ist jener Geschichtsabschnitt, der *vor* uns liegt: der Bolschewismus.

Entwurf einer Vorrede zu dem Lustspiel »Mannistmann«

1 Ich bin neugierig, was Sozialismus ist

Ich will zunächst etwas über das Denken sagen, und zwar ohne Angst, daß es etwas Selbstverständliches ist, eher mit dem Wunsch: das wichtigste beim Denken ist, daß man Einfälle ausschaltet. Man stellt eine möglichst vollzählige Anhäufung von allen ein Thema betreffenden Argumenten her, taucht in diese unter und hat, nachdem man durch eine leichte Reaktion seines Geschmacks ein bestimmtes Argument herausgefischt hat, die übrigen Argumente sozusagen nur mehr als Einwände. Nach einigem Denken so – zugegeben – leichtfertiger Art habe ich festgestellt, daß es gegen einen Mann spricht, wenn er nicht sagen kann, was er braucht. Viel von solch einem Manne hat aber der Sozialismus. Er ist absolut vage und verschwommen, und gerade diese Eigenschaft hat ihm solche Verbreitung verschafft und so wenig Erfolg. Es gehört eine große Selbstüberwindung dazu, nicht in Wut zu geraten, wenn man sieht, wie ein sonst guter und brauchbarer Mensch, der im übrigen für sich selber spricht, ein so elendes und gefühlvolles Gewäsch von sich gibt wie der redende Sozialist im allgemeinen. Wenn unter zehn Leuten drei Sozialisten waren, so entschied ich mich erfahrungsgemäß, wenn ich, sagen wir, vier aus den zehn her ausholte, für zwei von den Sozialisten. Aber ihr Geschwätz war entsetzlich. Sie zeigten im allgemeinen (ich spreche aus der Erinnerung) eine starke Ausbildung des Gefühlsmäßigen bei gut entwickelter Schamhaftigkeit. (Sie leugneten Gefühle.) Was ich ihnen vorwerfe, ist, daß ihre Gefühle immer zu schwach waren, sich ausdrücken zu lassen. (Von der Sorte, die mir mit kalter Tatsächlichkeit kam, rentiert es sich kaum zu reden. Gehirne, die fähig sind, Kursbücher zu schreiben und sonst nichts, kann man der Bourgeoisie mit wenig Geld abkaufen.) Von allen Verteidigungen des Sozialismus erscheint mir keine abgeschmackter als der sentimentale Vorwurf, die Bourgeoisie entwickle das Denken bei ihrem Proletariat absichtlich zu wenig. Um sich ausdrücken zu können, braucht man nicht denken zu können. Was man braucht, ist ein starkes Gefühl. Ich habe niemals gelesen, daß ein Polarforscher dadurch verhungert sei, daß er seinen Hunger nicht ins Eskimoische übersetzen konnte, und auch nie dadurch, daß sein Hunger so groß war, daß er vor Überstärke des Hungergefühls keine Worte mehr fand. Ich erlaube mir also, aus der Tatsache, daß der Prolet sich nicht ausdrücken kann, zu schließen, daß seine Gefühle zu schwach sind. Das ist aber ein ungeheurer Vorwurf.

Hier angelangt, lasse ich alle möglichen Einwände zu, nur nicht den, daß Sozialismus etwas Klares, und zwar etwas so Klares ist, wie es zu einem Kampf nötig ist.

Aus einer Vorrede zu »Mannistmann«

1. Der ästhetische Standpunkt

Es muß um das Jahr 1920 herum gewesen sein, daß wir zuerst von uns reden machten. Wir kamen auf einer großen, aber nicht sehr sympathischen Welle von Anarchie, Heeresgutschiebung, Relativitätstheorie und Amerikanismus dahergeschwommen. Unsere Freunde waren junge Burschen, die Platinteile aus Heerestelefonen verschoben oder die Broschüren von Lenin verschlangen, aber unser Publikum waren jene Väter, die wir in unseren Stücken auf der Bühne umbringen ließen. Ich erinnere mich, mit welch unechtem Aplomb wir empfangen wurden. Dies war nicht das etwas neugierige Interesse, mit dem man Nachfolger im Geschäft, sondern die lärmende Betriebsamkeit, mit der man Konkurrenz empfängt. Das, was man mit naivem Ärger abtat, waren die paar Ideen, die man aus den verzerrenden Aufführungen der wenigen Stücke herauslas oder herausschmeckte und denen man doch leicht ungeheure Ketten von alterprobten Ideologien hätte entgegensetzen können, und das, was man uns fragte, war: Wie ist eure Ästhetik? Sie war nicht besonders imponierend. Man sah bestenfalls Kraft, aber keineswegs klare Formen. Noch dazu entstand auf den für unsere unbedenklichen Stücke nicht eingerichteten Bühnen jedesmal eine furchtbare, deprimierende Unordnung, die anstatt den Bühnen die Bezeichnung Schwimmanstalten, uns die Bezeichnung Chaotiker eintrug. Bei genauerem Zusehen waren unsere Formen (die man, wofern man nur den Theatern fernblieb und sich an die Bücher hielt und sie ohne allzuviel Erinnerungen an altgewohnte Dramenaufführungen las, ja immerhin ahnen konnte) nicht besonders neu. Wir hatten viel zuviel Lust zum Theater, um nicht seine bekannten Wirkungen zu lieben, und glaubten stark an unsere Inhalte. Einige von uns rechneten mit einem epischen, fast alle mit einem naiven Theater, und überhaupt alle wurden wir in einem krampfigen, unechten, auf Bluff gestellten Stil aufgeführt, der nur unter ungeheurer Anspannung aller Schauspieler und Zuschauer erreicht werden konnte und der jeden vernünftigen und humorvollen Menschen für Lebenszeit aus dem Theater der jungen Generation scheuchte. Nun, der ästhetische Standpunkt, von dem man uns beurteilte, war nicht der, für den wir gearbeitet hatten. Wir hatten unserer Meinung nach genügend Gefühl, um Humor zu vertragen, und genügend Ursprünglichkeit, um die Vernunft zu lieben. Wir sahen ein Theater, in dem man ruhig sitzen konnte, die Bilder des Lebens zu betrachten, seine Ansichten und Erfahrungen auszutauschen und die neuen Menschentypen zu empfangen, die eine in starken Übergängen begriffene Welt jeden Tag gebar. Hätte man uns so gespielt, nämlich *angenehm,* dann wäre wohl auch vom ästhetischen Standpunkt aus irgend etwas herausgekommen, und besonders einige von uns hätte man ganz gut genießen können.

Zu der Aufführung im Radio

Als meine Generation nach dem Kriege in Sicht kam, haben sich die Theater keineswegs ablehnend verhalten. Sie versuchten im Gegenteil sofort, ihre Lieferanten zu wechseln. Eine Zeitlang hat meine Generation in der starken Nachfrage der Theater eine wirkliche Chance erblickt. In Wirklichkeit waren wir aber eine Chance für die Theater, die, alt und ideenlos, die Gewohnheit ihres Publikums, in das Theater zu gehen, zwar noch zu benützen, aber nicht mehr zu rechtfertigen vermochten. Die Theater haben diese Chance nicht mehr ausnützen können. Sie waren einfach zu alt. Mit dem Radio ist es eine andere Sache, und ich glaube, eine bessere. Es ist sicher nicht zu alt, um Kunst auszuüben, sondern höchstens noch zu jung. Kann das Radio auch einige Seiten der neuen Stücke vielleicht nicht ganz zur Wirkung bringen, so muß doch, einige Phantasie und ein gewisses allgemeines Interesse des Zuhörers für seine Zeit vorausgesetzt, das Wesentliche davon erfaßt werden können. Mehr und mehr entfernen sich die Stücke dieser *unserer* Zeit in ihren Themen und in ihrem Bau von jenen Stücken, die dem alten Theater einst seinen Stil gaben. Ich denke, daß Stücke, die für den raschen Konsum des Marktes gemacht wurden, sich auf möglichst wenige, deutlich sichtbare Interessen des Publikums konzentrieren mußten, aber ich denke auch, daß es noch eine andere Gattung von Stücken geben muß, solche, die es unternehmen, mehr Interessen als die momentanen zu befriedigen und also auch: vorauszusetzen. Es mag durchaus eine Erschwerung für den Zuschauer oder Zuhörer etwa des Lustspiels »Mann ist Mann« sein, daß es nicht dem sicheren Rezept folgt, in einem dem Publikum und dem Theater geläufigen Aufbau eines ihm bekannten Stoffes einige neuere *Varianten,* irgend etwas Problematisches, Feinsinniges, irgendwelche Nuancen dem momentanen Interesse auszuhändigen. Dennoch kann ich mich auch vor einem Publikum, das gerade solche Kost gewöhnt ist, darauf berufen, daß einige sogenannte Zeitprobleme auch in diesem Lustspiel eine Rolle spielen; sei es auch nur insofern, als Voraussetzungen älterer Stücke, eine Reihe von Problemen, die das literarische Bürgertum heute noch beschäftigen (unter anderem ganze Psychologien), *einfach übergangen wird.* Es ist unter Umständen auch interessant, daß etwa die Probleme usw. von erfolgreichen bürgerlichen Stücken wie »Cromwell«, »Bonaparte«, »Patriot«, »Gneisenau« in »Mann ist Mann« (außer dadurch, daß sie im Titel »berührt« werden) *nicht* vorkommen.

Nebenbei denke ich mir für die Anhänger älterer Richtungen etwa die Beschäftigung mit dem individuellen psychologischen Zustand des Packers Galy Gay, der genötigt wird, seine individuelle Existenz aufzugeben, durchaus fruchtbringend. Wenn man jedoch will, kann man in »Mann ist Mann« jene große Bewegung verfolgen, die heute die wichtigste der Welt ist: die Auseinandersetzung der Masse mit dem Individuum. Denn schon zeigt das Individuum Galy Gay eigentümliche Zweifel an seiner Identität oder deren Feststellbarkeit und ist so ein Schaubild dafür, wie in unserer Zeit fortschreitend der oberflächliche Firnis des Individualismus sich zersetzt.

Die Geschichte des Packers Galy Gay

Der Packer Galy lebte in der Stadt Kilkoa in Indien, bis ein Krieg ausbrach und die Stadt sich in ein großes Heerlager verwandelte. An einem bestimmten Morgen ging Galy Gay auf den Markt, um für seine Frau einen Fisch zum Mittagessen zu kaufen: von diesem Gang kam er weder an diesem Tage, noch sonst jemals wieder heim. An jenem Morgen, an dem der Packer auf den Fischmarkt ging, verübten vier Soldaten einer Maschinengewehrabteilung, die von weit her kamen, um hier mit der Armee verladen zu werden, einen Einbruch in einen tibetanischen Götzentempel, weil sie kein Geld für Whisky hatten. Da hierbei einer der Ihren im Tempel steckenblieb und da ihnen auf dem Wege zum Lager der Packer begegnete, nahmen sie diesen mit als Ersatz für ihren Kameraden Jeraiah Jip; denn sie mußten, damit sie nicht als die Verbrecher erkannt wurden, vollzählig sein. – Galy Gay,

ein Mann, der nicht nein sagen konnte,

ließ sich unschwer dazu überreden, im Lager beim Appell der Neuangekommenen als Soldat Jeraiah Jip aufzutreten. Am selben Abend noch kam der wirkliche Jip im Tempel zu sich. Aber er hörte den Schlag der Gongs und das Gemurmel einer großen Menge im Tempel und erfuhr, daß ihn der bestohlene Bonze zu einem Götzen gemacht hatte und daß die Armee schon vor Wochen fortgezogen sei. Bis neun Uhr abends warteten seine Kameraden auf ihn. Dann erst beschlossen sie, den fremden Packer zu bestimmen, endgültig als Jeraiah Jip mit ihnen nach Tibet zu gehen.

Natürlich weigerte sich dieser mit dem Hinweis auf seine Frau. Erst als sie ihm

ein großes Geschäft

in Aussicht stellten, willigte er ein, wenigstens diese Nacht noch bei ihnen zu bleiben. Und in derselben Nacht überraschte sie der Aufbruch der Armee nach Tibet. Als sie, noch bevor sie den Aufbruchsbefehl erfahren hatten, mit dem Packer zusammensaßen und sich bemühten, ein Geschäft, das ihn halten könnte, zu erfinden, erschien bei ihnen der Sergeant mit Galy Gays Frau. Sie war gekommen, um ihren Mann zu suchen, aber dieser, der das verlockende Geschäft nicht im Stich lassen wollte, benahm sich gegen sie geradeso, als kenne er sie gar nicht, und leugnete ihr ins Gesicht ab, daß er Galy Gay sei. Wenige Minuten, nachdem Galy Gay seine eigene Frau verleugnet hatte, kam dann der Armeeaufbruchsbefehl. In derselben Nacht würde die Armee in die Waggons nach dem tibetanischen Kriegsschauplatz verladen werden, und immer noch waren die drei von der Maschinengewehrabteilung im Grund ohne vierten Mann. Und nun kam es, nur durch die verzweifelten Umstände erklärlich, zu der

Verwandlung eines lebendigen Menschen in den Militärbaracken zu Kilkoa.

Nachts um 11 Uhr sah sich der Packer Galy Gay in ein dunkles Elefantengeschäft verwickelt. Er wird, entsprechend der abgekarteten Regie der Maschinengewehrleute, bei der Auktion des künstlichen Elefanten gefaßt, verhaftet, vor ein angebliches Kriegsgericht geschleppt und zum Tode durch Erschießen verurteilt. Angesichts von sieben auf seine Brust gerichteten Gewehrläufen fällt er in Ohnmacht. Erwachend, gewahrt der nun schon völlig Verwirrte die ergreifenden Vorbereitungen eines militärischen Begräbnisses, und auf die Frage, wer denn begraben würde, erhält er die Antwort: ein gewisser Galy Gay, der erschossen worden sei. Der Aufforderung, diesem Galy Gay, da er der einzige sei, »der diesem Zivilisten früher menschlich nahegestanden habe«, die Leichenrede zu halten, kommt der nunmehr von allen als Jeraiah Jip Angesprochene in tiefer Benommenheit nach. Längst zeigt er wirkliche Zweifel darüber, wer er ist. Als der Mond verblaßt, marschiert

der neue Jip

mit allen anderen in die Waggons nach Tibet. Die nächsten Tage im rollenden Waggon, verwandelt sich der ehemalige Pakker vollends in den Soldaten Jeraiah Jip. Ja, selbst als der wirkliche Jip, aus seiner Gefangenschaft befreit, knapp vor dem Einmarsch in tibetanisches Gebiet noch eintrifft, besteht der Verwandelte diese stärkste Belastungsprobe: er ist und bleibt Jip. Und er hat nicht nur nichts an Kraft verloren, sondern er blüht im Gegenteil sichtlich auf, er wird stärker und stärker. Unter den vielen einer von vielen, erlangt er seine größte ihm mögliche Entfaltung, er ist gleichsam der erste von allen, der durch die Masse an Stärke wirklich gewinnt. Tief im fernen Tibet erobert der Mann, der ausgegangen war, einen Fisch zu kaufen, eine ganze Bergfestung, die der Armee den Weg nach Tibet versperrte. Denn seine Schwäche war es, nicht nein, aber seine Stärke wurde es, ja sagen zu können.

Rede im Rundfunk

...Sehen Sie, unsere Stücke enthalten einen Teil der neuen Dinge, die schon lange vor dem Weltkrieg in die Welt gekommen sind. Das bedeutet aber auch, daß sie einen großen Teil alter, gewohnter Dinge nicht mehr enthalten. Warum enthalten sie diese alten Dinge nicht mehr, die einmal anerkannt und richtig *waren*? Das, glaube ich, kann ich Ihnen genau sagen. Sie enthalten diese alten Dinge nicht mehr, weil jene Leute, für die diese Dinge wichtig waren, heute im Niedergehen begriffen sind. In Zeiten aber, wo eine breite Schicht Menschen niedergeht, werden ihre Lebensäußerungen schwächer und schwächer, ihre Vorstellungskraft erlahmt, ihre Appetite schwinden hin, ihre ganze Geschichte bietet nichts Merkwürdiges mehr, nicht einmal für sie selber. Was immer eine solche niedergehende Schicht tut, läßt keinen Schluß mehr zu auf das Tun der Menschen. Für die Kunst bedeutet das nun, daß solche Menschen keinerlei Kunst mehr machen und keinerlei Kunst mehr aufnehmen können.

Diese Menschenschicht hat ihre große Epoche gehabt. Sie hat ihre Monumente errichtet, die geblieben sind, aber auch diese übriggebliebenen Monumente können nicht mehr begeistern. Die großen Gebäude der Stadt New York und die großen Erfindungen der Elektrizität allein vermehren noch nicht das Triumphgefühl der Menschheit. Denn, wichtiger als sie, bildet sich jetzt, eben jetzt, *ein neuer Typus von Mensch* heraus, und das gesamte Interesse der Welt ist auf seine Entwicklung gerichtet. Die Kanonen, welche vorhanden sind, und die Kanonen, welche noch gemacht werden, sind gegen ihn eingestellt oder für ihn. Die Häuser, welche da sind und die gebaut werden, sind gebaut, ihn zu unterdrücken oder ihn zu beherbergen. Alle lebendigen Werke, die in dieser Zeit geschaffen oder für diese Zeit verwendet werden, versuchen ihn zu entmutigen oder ihm

Mut einzuflößen. Und Werke, die nichts mit ihm zu tun haben, sind nicht lebendig und haben mit nichts etwas zu tun. Dieser neue Typus Mensch wird nicht so sein, wie ihn der alte Typus Mensch sich gedacht hat. Ich glaube: er wird sich nicht durch die Maschinen verändern lassen, sondern er wird die Maschinen verändern, und wie immer er aussehen wird, vor allem wird er wie ein Mensch aussehen.

Ich will jetzt noch kurz auf das Lustspiel »Mann ist Mann« zu sprechen kommen und erklären, wozu ich diese Einleitung über den neuen Typ Mensch gebraucht habe. Denn natürlich werden nicht etwa alle diese Probleme in gerade diesem Stück vorkommen und geklärt werden. Sie werden ganz woanders geklärt werden. Aber ich dachte mir, daß allerhand in dem Stück »Mann ist Mann«, besonders das, was die Hauptfigur, jener Packer Galy Gay, tut oder nicht tut, Sie vielleicht zunächst befremden wird, und da ist es besser, Sie stellen sich vor, Sie hören nicht einen alten Bekannten von Ihnen reden oder sich selber, wie das bisher fast immer der Fall war im Theater, sondern eine neue Art von Typus, vielleicht eben einen Vorfahren dieses neuen Typus Mensch, von dem ich gesprochen habe. Es ist vielleicht interessant, wenn Sie ihn von diesem Standpunkt aus direkt beobachten, um möglichst genau herauszubringen, wie er sich zu den Dingen verhält. Sie werden sehen, daß er unter anderm ein großer Lügner ist und ein unverbesserlicher Opportunist, er kann sich allem anpassen, fast ohne Schwierigkeiten. Er ist anscheinend sehr vieles zu ertragen gewohnt. Er kann sich sogar nur sehr selten eine eigene Meinung gestatten. Wenn man ihm zum Beispiel, wie Sie hören werden, einen durch und durch unechten Elefanten zum Weiterverkaufen anbietet, so wird er sich hüten, über diesen Elefanten irgendeine eigene Meinung zu verraten, wenn er hört, daß ein Käufer da ist. Ich denke auch, Sie sind gewohnt, einen Menschen, der nicht nein sagen kann, als einen Schwächling zu betrachten, aber dieser Galy Gay ist gar kein Schwächling, im Gegenteil, er ist der Stärkste. Er ist allerdings erst der Stärkste, nachdem er aufgehört hat, eine Privatperson zu sein, er wird erst in der Masse stark. Und wenn er zum Beispiel zum Schluß eine ganze Bergfestung erobert, so ist das nur deshalb, weil er damit anscheinend den unbedingten Willen einer großen Menschenmasse ausführt, die durch eben diesen Engpaß will, den diese Bergfestung verstopft. Sie werden sicher auch sagen, daß es eher bedauernswert sei, wenn einem Menschen so mitgespielt und er einfach gezwungen wird, sein kostbares Ich aufzugeben, sozusagen das einzige, was er besitzt, aber das ist es nicht. Es ist eine lustige Sache. Denn dieser Galy Gay nimmt eben keinen Schaden, sondern er gewinnt. Und ein Mensch, der eine solche Haltung einnimmt, muß gewinnen. Aber vielleicht gelangen Sie zu einer ganz anderen Ansicht. Wogegen ich am wenigsten etwas einzuwenden habe.

»Mann ist Mann«

»Mann ist Mann« ist der repräsentative erste Versuch der jüngeren Generation, die neue Form des großen Lustspiels aufzustellen. Deutlich zeigt sich die von den Anhängern des bisherigen Theaters so heftig angegriffene und von Brecht immer wieder geforderte Spezies des epischen Theaters. Jede einzelne Szene des Lustspiels ist so weit von Problematik und Psychologie entfernt, daß sie der naive Schauspieler noch aus dem Gedächtnis nachspielen können müßte. Nach Brechts Meinung ist dies eine Haupteigenschaft aller wesentlichen Stücke der Weltliteratur. Das Stück wendet sich an ein Publikum, das weniger ästhetisch als primitiv philosophisch interessiert ist. Es ist das erste kollektivistische Lustspiel einer Zeit, deren Haupterlebnis der Triumph und Zerfall des Individualismus und der Aufstieg des Marxismus ist.

Dialog zu Bert Brechts »Mann ist Mann«

– »Wo kommst du her, daß du so voll Mißmut bist und grämlicher Laune?«
– »Ich komme von dem Stück ›Mann ist Mann‹ des Bert Brecht, und ich sage, daß es ein schlechtes Stück ist und dieser Abend ein verlorener.«
– »Warum aber sagst du das?«
– »Weil dieses Stück von häßlichen Dingen handelt, die mir

ferne sind, und die Männer darin schlecht gekleidet sind und starrend vom Unrat ihres niedrigen Lebens, das mir ferne ist. Ich aber liebe Stücke, in welchen anmutige oder rührende Dinge geschehen und gutgekleidete, saubere Menschen handeln.«

– »Was hilft es dir, wenn anmutige oder rührende Dinge und gutgekleidete, saubere Menschen um dich sind – und es trifft dich ein glühendes Stück Eisen und löscht dich aus von der Welt und dem Leben?«

– »Der Witz dieses Stückes macht mich nicht lachen und sein Ernst nicht weinen. Ich aber liebe Stücke, in welchen die Raketen des Witzes prasseln oder ein trauriges Geschehen mein Herz zum Mitleid bewegt. Denn das Leben ist schwer, und ich will für kurze Zeit seine Bürde nicht fühlen.«

– »Was hilft es dir, wenn du dich an den Raketen des Witzes freust oder dein Herz zum Mitleid bewegt wird für ein trauriges Geschehen – und es trifft dich ein glühendes Stück Eisen und löscht dich aus von der Welt und dem Leben?«

– »Ich liebe die Stücke, in welchen die Rede ist von den Reizen der Natur: vom Glanz der Frühlinge und vom Sausen des Windes in den Sommerbäumen, vom fahlen Himmel im April und von der späten Blume des Herbstes.«

– »Was hilft dir der Glanz der Frühlinge und das Sausen des Windes in den Sommerbäumen, was der fahle Himmel im April und die späte Blume des Herbstes – wenn ein glühendes Stück Eisen dich trifft und auslöscht von der Welt und dem Leben?«

– »Ich habe Vergnügen an schönen Frauen und liebe die Lust, die ihr Anblick schafft, wenn sie in den Stücken lachen und sich bewegen und die Männer locken und von ihnen genommen werden. Denn dann fühle ich, daß ich ein Mann bin und kräftig im Geschlecht.«

– »Was hilft es dir, daß der Anblick der Frauen dir Lust schafft, wenn sie lachen und die Männer locken und genommen werden und du fühlst, daß du ein Mann bist und kräftig im Geschlecht – wenn ein glühendes Stück Eisen dich trifft und dich auslöscht aus der Welt und dem Leben?«

– »Ich aber verschmähe das Quälende und Herabziehende und fühle mich erhoben von dem Edlen, das in den Stücken der Meister lebt, ich liebe das Hohe und Bildende, das mich das

Walten eines Gottes ahnen läßt und das Dasein einer gerechten Macht.«
– »Was hilft es dir, wenn das Edle dich erhebt und du das Walten eines Gottes ahnst und das Dasein einer gerechten Macht – und ein glühendes Stück Eisen trifft dich und löscht dich aus von der Welt und dem Leben?«
– »Warum wiederholst du immer die gleichen Worte auf alles, was ich sage von den schönen und erhebenden Dingen in den Stücken der Meister?«
– »Weil dich wie jenen Mann in dem Stück des Bert Brecht es fassen kann und auslöschen dein Selbst und deinen Namen und dein Haus und dein Weib und deine Erinnerung, dein Lachen und dein Mitleid, deine Lust am Weib und dein Erheben zum Gott, – weil dich wie jenen Mann es einreihen kann in die Reihe der hunderttausend, zwischen Mann und Mann, zwischen Kochgeschirr und Kochgeschirr, wie es Millionen Männer eingereiht hat in der Vergangenheit und Millionen Männer einreihen wird in der Zukunft, – weil dich wie jenen Mann ein glühendes Stück Eisen treffen kann und auslöschen aus der Welt und dem Leben!!!«
– *aufschreiend* »O jetzt erkenne ich, daß es ein gutes Stück ist und seine Lehre eine beherzigenswerte.«

[Zur Aufführung 1931]

Masken, Stelzen, Riesenhände usw. dienten gleichermaßen der Parabeldeutlichkeit, der Verwandlung wie der Entpersönlichung der Schauspieler, die dadurch gezwungen wurden, durch äußere Gesten, durch auffälligstes Benehmen sonst immer innerlich bleibende Emotionen nach außen zu bringen. So konnte das »natürliche Gesicht« des Hauptdarstellers an einem bestimmten Punkt der Handlung zur Wirkung gemacht werden. Es war jener Punkt, wo er das Zwischen-alter-Funktion-und-neuer-Funktion-Sein darzustellen hatte. Die Äußerungen, die er in diesem Zustand von sich gibt, erfolgen denn auch in der Form von Ausstellungen innerlicher Vorgänge. Hierbei wurde der Versuch unternommen, monotones Sprechen, das aber gegliedert war (etwa strophenförmig), zu bestimmten Wirkungen zu verwenden. Es muß dem Schauspieler Lorre als besondere Kühnheit angerechnet werden, daß er hier einer Wirkung wegen, die er doch nur bei ganz wenigen erreichen konnte, eine allgemeine und sehr leicht zu erreichende aufgab.

Man berichtete uns, daß sich ein großer Geschäftsmann die Aufführung ansah und den vom gewöhnlichen Publikum abgelehnten Elefantenverkauf sehr verstanden habe. So ist es, sagte er grinsend, so vollzieht sich in unserer Zeit ein Geschäft. Niemand will etwas von der Ware wissen, als daß sie gekauft wird. Überraschend wenige wissen anscheinend etwas über Geschäfte, und noch weniger wollen etwas darüber wissen.

Anmerkungen zum Lustspiel »Mann ist Mann«

1. Zur Regie

Bei der Berliner Aufführung des Lustspiels »Mann ist Mann«, eines Stückes vom Parabel-Typus, wurden ungewöhnliche Mittel angewendet. Die Soldaten und der Sergeant erschienen vermittels Stelzen und Drahtbügeln als besonders große und besonders breite Ungeheuer. Sie trugen Teilmasken und Riesenhände. Auch der Packer Galy Gay verwandelte sich ganz zuletzt in ein solches Ungeheuer.

Die vier Verwandlungen wurden deutlich voneinander abgesetzt (Verwandlung des Soldaten Jeraiah Jip in einen Gott; Verwandlung des Sergeanten Fairchild in einen Zivilisten; Verwandlung der Kantine in einen leeren Platz; Verwandlung des Packers Galy Gay in einen Soldaten).

Sämtliche Stücke der Dekoration hatten den Charakter von Requisiten. Während der Verwandlung des Galy Gay zeigten im Hintergrund zwei Tafeln – große Eisenrahmen mit Leinwand bespannt – die Bilder des unverwandelten und des verwandelten Galy Gay. Vor der letzteren Tafel liegt Galy Gay, wenn er nach der Erschießung wieder erwacht. Projektionen gaben die einzelnen Nummern des Verwandlungsaktes an. Die Bühne war so gebaut, daß der Schauplatz durch Wegnahme weniger Stücke der Dekorationen ein völlig anderes Aussehen erhielt.

Das »Lied vom Fluß der Dinge«, während dieser Verwandlung von der Besitzerin der Kantine rezitiert, war von drei Tätigkeiten begleitet. Erstens das Segelraffen: mit einem Stock, an dessen Ende ein eiserner Haken befestigt ist, rafft die Kantinenbesitzerin, während sie rezitierend zum Publikum gewendet an der Rampe entlang geht, die zwei Sonnensegel zusammen. Zweitens das Segelwaschen: vor einer Öffnung im Bühnenboden kniend, senkt sie die schmutzigen Leinenstücke in die Öffnung, schwenkt sie wie in Wasser und zieht reine Stücke hoch. Drittens das Segelfalten: quer über die ganze Bühne falten die Kantinenbesitzerin und der Soldat Uria Shelley die Segel, die sie senkrecht halten.

Die Verwandlung des Sergeanten Fairchild in einen Zivilisten (Nr. 4a) wurde durch Fallen der Gardine vor- und nachher deutlich als Einlage bezeichnet. Der Inspizient des Theaters trat mit dem Textbuch vor und verlas während des ganzen Vorgangs Zwischentitel. Zu Beginn: »Als Einlage: Übermut und Abbau einer großen Persönlichkeit.« Nach dem Satz: ... Ja, denn es ist ein Zivilist, der da kommt ...: »Einer Privatangelegenheit wegen suchte der Sergeant Fairchild während des Aufbruchs der Armee die Witwe Begbick auf.« Nach dem Satz: ... Halt das Maul, Zivilist! ...: »Schmerzliche Erfahrungen belehrten ihn nicht. In der Kleidung eines Zivilisten versuchte er, seinen großen Soldatennamen der Witwe gegenüber auszuspielen.« Nach dem Satz: ... Sie sollten es wirklich für mich tun ...: »Um die Witwe zu gewinnen, zeigte er ohne Überlegung seine Schießkünste.« Nach dem Satz: ... Welche Frau unter sieben würde einen wilden und blutigen Mann nicht lieben ...: »Ein berühmter Vorgang wurde seiner Schreckenswirkung beraubt.« Nach: ... daß aus militärischen Gründen die Kantine eingepackt werden muß ...: »Ausdrücklich an seine Pflichten erinnert, bestand der Sergeant auf seinen Wünschen.« Nach: ... damit er nicht die Kompanie demoralisiert ...: »So büßte er durch ein unverständliches Beharren auf seinen Privatangelegenheiten einen großen Namen ein, den er durch lange Dienste erworben hatte.«

2. Zur Frage der Maßstäbe bei der Beurteilung der Schauspielkunst (Brief an den »Berliner Börsen-Courier«)

Unter denen, die der als episch angekündigten Aufführung des Stückes »Mann ist Mann« im Staatstheater mit *Interesse* folgten, herrschte ein Konflikt der Meinungen über die Leistung des Schauspielers Lorre, der die Hauptrolle spielte. Die einen fanden seine Art zu spielen von den neueren Gesichtspunkten aus betrachtet besonders richtig, ja beispielgebend, die anderen verwarfen sie ganz und gar. Ich selbst gehöre zu der ersten Gruppe. Um der Frage den prinzipiellen Rang, der ihr zukommt, zu erhalten, möchte ich als Augenzeuge aller Proben zuerst versichern, daß es keineswegs bloße Mängel in der Begabung des Schauspielers waren, die sein Spiel für einige so enttäuschend machten: wer bei der Aufführung an ihm etwa »die Kraft des tragenden Schauspielers« oder »die Fähigkeit, klar auf Sinn zu sprechen« vermißte, der hätte bei den ersten Proben die Fähigkeit dazu leicht feststellen können. Wenn diese bisherigen Kennzeichen eines großen, befähigten Schauspielers bei der Aufführung zurücktraten, um, meiner Meinung nach, anderen Kennzeichen, nämlich denen einer neuen Schauspielkunst, zu weichen, so war dies das beabsichtigte Ergebnis der Probenarbeit, und diese also, nichts anderes, steht zur Beurteilung und ist der Grund der Meinungsverschiedenheit.

Um eine ganz bestimmte Frage, nämlich die, wie weit gewisse allgemein als gültig angesehene Maßstäbe durch eine Umwälzung in der Funktion des Theaters aus ihrer die Beurteilung des Schauspielers beherrschenden Stellung gedrängt werden können, möglichst zu vereinfachen, wollen wir uns auf die zwei der obengenannten Haupteinwände gegen den Schauspieler Lorre beschränken: seine Art, nicht auf klaren Sinn zu sprechen, und daß er nur Episoden gespielt habe.

Es ist anzunehmen, daß der Einwand gegen die Art des Sprechens weniger gegen den ersten Teil des Stückes erfolgt als gegen den zweiten mit seinen großen Sprechpartien. Es sind dies: die Argumente gegen das Urteil bei der Verkündung desselben, die Reklamationen an der Mauer vor der Erschießung und der Identitätsmonolog auf der Sargkiste vor dem Begräbnis. Im ersten Teil war die Art des Sprechens als ganz nach dem Gestischen aufgelöst nicht allzusehr aufgefallen; hier, bei den langen, zusammenfassenden Reden trat sie – es war ein und dieselbe Art – als dem Sinn nicht förderlich, als monoton in Erscheinung. Hatte es der Sprechart im ersten Teil nicht geschadet, daß ihr das Gestische herausarbeitender Charakter nicht ohne weiteres erkannt wurde (als Wirkung verspürt wurde), so brachte dieses Nichterkennen dieselbe Sprechart im zweiten Teil vollkommen um ihre Wirkung. Denn hier war wieder über den Einzelsinn der Sätze hinaus ein ganz bestimmter Grundgestus herausgearbeitet, der zu seiner Wahrnehmbarkeit zwar des Sinns der einzelnen Sätze nicht ganz entraten konnte, aber doch eben dieses Sinns nur mehr als Mittel zum Zweck bedurfte. Der Inhalt der Partien bestand aus Widersprüchen, und der Schauspieler mußte versuchen, den Zuschauer nicht etwa durch Identifizierung mit den einzelnen Sätzen selber in Widersprüche zu verwickeln, sondern ihn *daraus zu halten.* Es mußte eine möglichst objektive Ausstellung eines widerspruchsvollen inneren Vorgangs als eines Ganzen sein. So wurden bestimmte Sätze als besonders aufschlußreich sozusagen »am besten Platz ausgestellt«, also laut gerufen, und ihre Auswahl war eine beinahe intellektuelle Leistung (selbstverständlich kommt auch eine solche aus einem künstlerischen Prozeß). Dies war der Fall mit den Sätzen »Ich verlange, daß alles aufhört!« und »Gestern abend regnete es doch?« Die Sätze (Aussprüche) wurden also nicht dem Zuschauer nahegebracht, sondern entfernt, der Zuschauer wurde nicht geführt, sondern seinen Entdeckungen überlassen. Die »Argumente gegen das Urteil« waren, wie im Gedicht, durch Zäsuren in einzelne Strophen geteilt, damit der Charakter des Nacheinander-Vorbringens verschiedener Argumente entstehen konnte, wobei die Tatsache, daß die einzelnen Argumente keineswegs logische Fortführungen darstellen, eingeschätzt und sogar gerade verwertet wurde. Auch sollte der Eindruck entstehen, als läse hier ein Mann lediglich eine zu einem andern Zeitpunkt verfaßte Verteidigungsschrift vor, ohne sie im Augenblick ihrem Sinn nach zu verstehen. Und dieser Eindruck entstand auch bei den Zuschauern, die derlei Wahrnehmungen zu machen verstehen. Jedoch ist zuzugeben, daß die wahrhaft große Art, in der der Schauspieler Lorre diese »Inventur« veranstaltete, beim erstmaligen Sehen einfach übersehen werden konnte. Dies mag befremdlich erscheinen. Denn im allgemeinen wird mit Recht gerade die Kunst, gesehen zu werden, als entscheidend betrachtet, und hier soll etwas großartig sein, was erst gesucht und gefunden werden muß. Dennoch muß das epische Theater aus tiefliegenden Ursachen auf einer solchen Umstellung der Maßstäbe bestehen. Es hängt mit der gesellschaftlichen Umfunktionierung des Theaters zusammen, daß der Zuschauer hier nicht in dem gewohnten Maß bearbeitet werden kann. Sein Interesse soll nicht im Theater erzeugt, sondern dorthin mitgebracht und dann befriedigt werden. (So sind auch die Anschauungen über das »Tempo« für das epische Theater zu revidieren. Denkprozesse brauchen z. B. ein ganz anderes Tempo als Gefühlsprozesse und vertragen nicht ohne weiteres dieselbe zusätzliche Beschleunigung.)

Ein sehr interessantes Experiment, ein kleiner Film, den wir von der Vorstellung aufnahmen, indem wir mit Unterbrechungen die hauptsächlichen Drehpunkte der Handlung filmten, so daß also in großer Verkürzung das Gestische herauskommt, bestätigt überraschend gut, wie treffend Lorre gerade in diesen langen Sprechpartien den allen (ja unhörbaren) Sätzen zugrunde liegenden mimischen Sinn wiedergibt.

Was nun den andern Einwand betrifft: es ist möglich, daß das epische Theater mit seiner ganz anderen Einstellung zum Individuum den Begriff des »das Stück tragenden Schauspielers« einfach auflöst. Das Stück wird von ihm nicht mehr im alten Sinn »getragen«. Eine gewisse Fähigkeit, die Hauptrolle einheitlich und ununterbrochen innerlich zu evolvieren, die den Schauspieler alter Art auszeichnete, hat hier nicht mehr dieselbe Bedeutung. Dennoch muß der epische Schauspieler vielleicht einen noch längeren Atem haben als der alte Protagonist, denn er muß imstande sein, seinen Typus trotz oder besser vermittels der Brechungen und Sprünge als einen einheitlichen vorzuführen. Da alles auf die Entwicklung, den Fluß ankommt, müssen die einzelnen Phasen deutlich eingesehen werden können, also getrennt sein, jedoch darf dies nicht mechanisch erfolgen. Es gilt hier, ganz neue Gesetzlichkeiten der Schauspielkunst zu konstituieren (gegen den Fluß spielen, sich durch die Mitspieler charakterisieren lassen usw.). Wenn Lorre in einem ganz bestimmten Augenblick sein Gesicht weiß schminkt (anstatt sein

Spiel mehr und mehr »von innen her« durch Todesfurcht beeinflussen zu lassen), so mag ihn das vielleicht zunächst als Episodisten erscheinen lassen, es ist aber etwas ganz anderes. Er verhilft zumindest der Dramaturgie zu einiger Auffälligkeit. Aber es ist natürlich noch mehr. Die Entwicklung der Figur ist sehr sorgfältig in vier Phasen eingeteilt, wozu vier Masken verwendet werden (das Packergesicht – bis in den Prozeß hinein; das »natürliche« Gesicht – bis zum Erwachen nach der Erschießung; das »unbeschriebene Blatt« – bis zur Aufmontierung nach der Leichenrede; am Ende: das Soldatengesicht). Um von der Art der Arbeit einen Begriff zu geben: es bestanden Meinungsverschiedenheiten darüber, in welcher (der zweiten oder der dritten) Phase das Gesicht weiß geschminkt werden soll. Lorre entschied sich nach langer Überlegung für die dritte, da es »die der größten Entscheidung und der größten Anstrengung« sei. Er zog es vor, von Todes- und Lebensfurcht die letztere als die tiefere zu bezeichnen.

Das Bestreben des epischen Schauspielers, bestimmte Vorgänge unter Menschen auffällig zu machen (als Milieu Menschen zu setzen), mag ebenfalls zu dem Irrtum verleiten, er sei ein kurzatmiger Episodist, wenn man nicht berücksichtigt, wie er alle Einzelvorgänge miteinander verknüpft und in den Gesamtfluß seiner Darstellung eingehen läßt. Im Gegensatz zum dramatischen Schauspieler, der von Anfang an seine Figur hat und sie dann lediglich den Unbilden der Welt und der Tragödie aussetzt, läßt der epische Schauspieler seine Figur vor den Augen des Zuschauers entstehen durch die Art, wie sie sich benimmt. »Die Art, sich engagieren zu lassen«, »die Art, einen Elefanten zu verkaufen«, »die Art, den Prozeß zu führen«, ergeben aber nicht etwa eine einzige unwandelbare Figur, sondern eine sich ständig ändernde und in der »Art, sich zu ändern«, immer deutlicher werdende Figur. Dies ist dem Zuschauer, der anderes gewohnt ist, nicht so ohne weiteres einleuchtend. Wie viele Zuschauer vermögen sich so weit von »Spannungsverlangen« freizumachen, daß sie bemerken, wie etwa ein unterschiedliches Verhalten in ähnlicher Situation vom Schauspieler dieser neuen Art ausgenutzt wird, wenn er zum Zwecke des Umgekleidetwerdens mit einer bestimmten Geste an die Wand gebeten wird, die ihn später dann auch zum

Zwecke des Erschossenwerdens dorthin bittet? Hier wird vom Zuschauer eine Haltung verlangt, die etwa dem vergleichenden Umblättern des Buchlesers entspricht. Der Schauspieler des epischen Theaters benötigt eine ganz andere Ökonomie als der dramatische. (Übrigens würde auch der Schauspieler Chaplin in manchem mehr den Ansprüchen des epischen Theaters entsprechen als denen des dramatischen!)

Es ist möglich, daß das epische Theater mehr als anderes Theater Kredit a priori benötigt, um zur vollen Geltung zu kommen, und dieser Frage ist einiges Augenmerk zuzuwenden. Vielleicht müssen die Vorgänge, die der epische Schauspieler darstellt, schon bekannt sein. Dann wären geschichtliche Vorgänge zunächst am geeignetsten. Vielleicht ist es sogar gut, wenn der Schauspieler mit anderen Schauspielern in der gleichen Rolle verglichen werden kann. Wäre all dies und noch einiges andere nötig, um dem epischen Theater zur Wirkung zu verhelfen, so müßte es eben organisiert werden.

3. Zur Frage der Konkretisierung

Die Parabel »Mann ist Mann« kann ohne große Mühe konkretisiert werden. Die Verwandlung des Kleinbürgers Galy Gay in eine »menschliche Kampfmaschine« kann statt in Indien in Deutschland spielen. Die Sammlung der Armee zu Kilkoa kann in den Parteitag der NSDAP zu Nürnberg verwandelt werden. Die Stelle des Elefanten Billy Humph kann ein gestohlenes, nunmehr der SA gehörendes Privatauto einnehmen. Der Einbruch kann statt in den Tempel des Herrn Wang in den Laden eines jüdischen Trödlers erfolgen. Jip würde dann als arischer Geschäftsteilhaber von dem Krämer angestellt. Das Verbot sichtbarer Beschädigungen jüdischer Geschäfte wäre mit der Anwesenheit englischer Journalisten zu begründen.

ZU »MACBETH« VON WILLIAM SHAKESPEARE

Vorrede zu »Macbeth«

Einige meiner Freunde haben mir offenherzig und rückhaltlos versichert, daß sie sich für das Stück »Macbeth« auf keinen Fall interessieren würden. Sie sagten, sie könnten sich bei diesem Gerede der Hexen nichts denken, poetische Stimmungen seien schädlich, weil sie ihren Mann davon abhielten, Ordnung in die Welt zu bringen, und eine mehr allgemeine Verherrlichung unbebauter Landstriche, wie es Heiden sind, käme unbedingt zu spät in einem Zeitpunkt, wo die ganze Energie der Menschheit darauf gerichtet sein müsse, diese Heiden zu überreden, zur Produktion von Getreide überzugehen. Übrigens sei ein solcher Versuch, aus Heiden Äcker und aus Königsmördern Sozialisten zu machen, sowohl nützlicher als auch poetischer. Diese Einwände muß man sehr ernsthaft anhören, denn sie kommen von den frischesten Leuten, die nach meiner Ansicht durchaus zum Theaterbesuch angehalten werden müssen. Diesen Leuten kann man auch nicht mit Ästhetik kommen, obwohl wir davon genügend auf Lager haben. Wir haben es heute auf mindestens fünf bis zehn Ästhetiken gebracht.

Bei einer Durchsicht des Stückes »Macbeth« muß es jedem auffallen, daß dieses Stück der zeitgenössischen Theaterkritik, mit nur eineinhalb Ausnahmen, nicht standhält. Wir wollen noch nicht einmal darüber ein Wort verlieren, daß zum Beispiel unsere Mordpsychologie denn doch schon mit viel feineren und subtileren Werkzeugen zu arbeiten gelernt hat. Über die Psychologie eines Mörders hat dieses Stück einer Zeit, die die naturalistischen Standardwerke des vorigen Jahrhunderts und das Aufblühen der Wissenschaft erleben durfte, nichts mehr zu sagen.

Aber sogar als Theaterstück ist das Stück wenig gestuft und überhaupt nicht geballt. Ich bin gern bereit, Ihnen das, zehn Minuten bevor die Aufführung des Stückes beginnt, noch rasch zu beweisen.

Vor allem möchte ich Ihre Aufmerksamkeit auf die erschreckende Unlogik richten, die anscheinend schon den Entwurf des Stückes ausgezeichnet hat.

Wenn dem General Banquo zum Beispiel zu Beginn des Stückes geweissagt wird, daß seine Nachkommen Könige werden würden, so hat das nichts zu sagen, wenn sie das wirklich einmal in der Geschichte wirklich wurden. Im Stück werden sie es nicht. Man könnte es durchgehen lassen, wenn nicht das ganze Stück darauf beruhte, daß der andere Teil derselben Prophezeiung, nämlich, daß Macbeth König wird, in Erfüllung geht. Wenn je Ästhetik eine Rolle gespielt hat beim Verfassen eines Dramas, dann müßte der Zuschauer verlangen können, daß er, wenn er sich darauf einrichten soll, daß Prophezeiungen, die in diesem Stück ausgesprochen werden, in Erfüllung gehen – und das tun sie im Falle Macbeth, der ja König wird –, Aussicht hat und darauf warten kann, daß der Sohn Banquos König wird, vor der Vorhang zum letztenmal fällt. Statt dessen aber wird Malcolm, des ermordeten Königs Duncan Sohn, König, und der Zuschauer mit der nun doch einmal in ihm erweckten Hoffnung, Banquos Sohn den Thron besteigen zu sehen, sitzt schmählich auf. Banquos Sohn ist Fleance. Als Banquo ermordet wird, entflieht er, und Macbeth beklagt sich bitter darüber, daß er nun erst recht sich Sorgen machen müsse dieses Fleance wegen. Er scheint genau ebenso von dem Eintreffen der Prophezeiung überzeugt zu sein wie der Zuschauer. Aber Fleance, aus dessen Entkommen ein großes Wesen gemacht wird, kommt dann nie wieder vor. Man kann nur annehmen, daß der Verfasser ihn vergessen hat oder daß dieser Schauspieler, der den Fleance spielte, nicht gut genug war, um bei der Verbeugung am Schluß dabei zu sein. Ja, sollen wir gezwungen sein, die Früchte solcher Schlamperei 300 Jahre lang vor unseren Freunden zu verbergen? Wie Sie sehen, gebe ich meinen Freunden recht: Wir sind nicht gezwungen.

Das Stück »Macbeth« hält den mit eineinhalb Ausnahmen üblichen Anforderungen der zeitgenössischen Theaterkritik sicherlich nicht stand. Ich glaube, es ist nicht zuviel behauptet, wenn ich behaupte, daß es auch dem zeitgenössischen Theater nicht standhält. Ich bin nicht genau orientiert, aber ich glaube nicht, daß dieses Stück, zumindest in den letzten fünfzig Jahren, in irgendeinem unserer Theater, in irgendeiner Übersetzung und in irgendeiner Regieauffassung Erfolg haben konnte. Besonders die mittleren Partien des Stückes, jene Szenenfolge, die den Macbeth in blutige, aber aussichtslose Unternehmungen verwickelt, können auf dem Theater, wie es jetzt ist, nicht dargestellt werden. Und dies sind ohne Frage die wichtigsten Partien. Ich kann hier die Frage, warum sie nicht dargestellt werden können, auch nicht annähernd komplett behandeln, ich kann aus diesem Komplex nur herausheben, was mir als der Hauptgrund erscheint.

Wir haben gesehen, daß es sich hier um eine gewisse Unlogik, um eine wilde Willkür handelt, die alle technischen Folgen szenischer Dezentralisierung ruhig auf sich nimmt. Jene gewisse Unlogik der Vorgänge, jener immer wieder gestörte Ablauf eines tragischen Geschehnisses ist unserm Theater nicht eigen, er ist nur dem Leben eigen.

Wenn wir die Stücke Shakespeares betrachten, dem wir ruhig einen gewissen Kredit gewähren können, so müssen wir zu dem Schluß kommen, daß es irgendwann ein Theater gegeben hat, das mit dem Leben in einem ganz anderen Kontakt stand. In einem Gespräch erhob der große Epiker Alfred Döblin gegen das Drama den vernichtenden Einwand, diese Kunstgattung könne das Leben überhaupt nicht wahr darstellen. Das Drama sei ein mehr künstliches als künstlerisches Erzeugnis, es stecke keine unmittelbare Wahrheit darin, und man könne aus einem Drama niemals das Leben, sondern nur den Geisteszustand des Dramatikers erfahren. Auf eine Theateraufführung gemünzt, trifft dies unbedingt zu, besonders, wenn es sich um ein Stück handelt, das sich auf einem gewissen geistigen Niveau abspielt. Und es trifft vielleicht auch jenen Teil der deutschen Dramatik, von dem das deutsche Theater seinen Stil ableitete. Das Drama Shakespeares jedoch und wohl auch sein Theater war der Form zumindest sehr nahe, die jene Wahrheit des Lebens selbst konservieren kann. Durch jenes epische Element, das in den Stücken des Shakespeare steckt und das die theatralische Wiedergabe dieser Stücke so erschwert, war Shakespeare imstande, diese Wahrheit einzufangen.

Es gibt einen einzigen Stil für das heutige Theater, der den wirklichen, nämlich den philosophischen Gehalt Shakespeares zur Wirkung bringt, das ist: der epische Stil.

Das Shakespearesche Theater, Angriffen anscheinend überhaupt nicht ausgesetzt und dadurch in unberührter Naivität, konnte bei seinem Publikum ohne weiteres voraussetzen, daß es sich keinerlei Gedanken über das Stück, wohl aber Gedanken über das Leben machen würde.

Wir wollen von der Dramatik einer fast hundertjährigen Ebbezeit gar nicht reden. Der philosophische Gehalt ist gleich null. Aber auch die Dramenschreiber der letzten Flut, die Klassiker, können weit eher auf ihre philosophische Vorbildung hinweisen als auf einen philosophischen Gehalt ihrer Stücke. Das Unglück zumindest unserer dramatischen Literatur ist der ungeheure Unterschied zwischen Intelligenz und Weisheit. Wo die deutschen Dramenschreiber, wie etwa im Fall Hebbel und früher schon im Fall Schiller, zu denken anfingen, fingen sie an zu konstruieren. Shakespeare etwa hat das Denken nicht nötig. Er hat auch das Konstruieren nicht nötig. Bei ihm konstruiert der Zuschauer. Shakespeare biegt keineswegs den Verlauf eines Menschenschicksals im zweiten Akt etwas zurecht, um einen fünften Akt zu ermöglichen. Alle Dinge laufen bei ihm natürlich aus. In der Zusammenhanglosigkeit seiner Akte erkennt man wieder die Zusammenhanglosigkeit eines menschlichen Schicksals, wenn es von jemand berichtet wird, der kein Interesse daran hat, es zu ordnen, um eine Idee, die nur ein Vorurteil sein kann, mit einem Argument zu versehen, das nicht aus dem Leben gegriffen ist. Es gibt nichts Dümmeres, Shakespeare so aufzuführen, daß er klar ist. Er ist von Natur unklar. Er ist absoluter Stoff.

Ich habe zu erklären versucht, daß gerade das Beste bei Shakespeare, im Widerspruch stehend zu unserer herrschenden Ästhetik und unsern Theatern nicht faßbar, heute nicht aufgeführt werden kann, und dies ist um so bedauernswerter, als gerade eine Generation, die gut getan hat, die ganze Klassik aus ihrem Gedächtnis auszutilgen, da sie ohne eine Umwertung der wesentlichsten Ideenkomplexe gar keine Existenzmöglichkeit hat, hier in der Dramatik des Shakespeare das tröstliche Beispiel für die Möglichkeit reinen Stoffes fände.

ZU »DIE DREIGROSCHENOPER« (Band 2)

Einführung
»Die Dreigroschenoper«

Die »Dreigroschenoper«, in England durch zwei Jahrhunderte unter dem Titel »The Beggar's Opera« in allen englischen Theatern gespielt, führt in das Milieu von den Verbrechervorstädten Londons, Soho und Whitechapel, die vor zweihundert Jahren so wie heute die Zufluchtsstätte der ärmsten und nicht immer durchsichtigsten Schichten der Londoner Bevölkerung waren. Herr Jonathan Peachum schlägt aus dem Elend auf seine originelle Weise Kapital, indem er gesunde Menschen künstlich zu Krüppeln herausstaffiert und sie betteln schickt, um aus dem Mitleid der wohlhabenden Stände seinen Profit zu ziehen. Er tut das keineswegs aus angeborener Schlechtigkeit. »Ich befinde mich auf der Welt in Notwehr«, das ist sein Grundsatz, der ihn in allen seinen Handlungen zur schärfsten Entschiedenheit zwingt. Er hat in der Londoner Verbrecherwelt nur einen ernsthaften Gegner, und das ist der junge, von den Dämchen vergötterte Gentleman Macheath. Dieser hat Peachums Tochter Polly entführt und auf eine ganz groteske Weise in einem Pferdestall geheiratet. Als Peachum von der Heirat mit seiner Tochter erfährt – die ihn nicht so sehr aus moralischen Gründen schmerzt wie aus sozialen –, beginnt er einen Krieg auf Tod und Leben mit Macheath und seiner Gaunerplatte, dessen Hin und Her den Inhalt der »Dreigroschenoper« bildet. Aber schließlich wird Macheath in des Wortes wirklichster Bedeutung vom Galgen herab gerettet, und in einem großen, etwas parodistischen Opernschluß geht die ganze Affäre gut aus. »The Beggar's Opera« wurde im Jahre 1728 zum erstenmal im Lincoln's Inn Theatre aufgeführt. Der Titel bedeutet nicht etwa, wie manche deutsche Übersetzer geglaubt haben: »Die Bettleroper«, d.h. eine Oper, in der eben Bettler vorkommen, sondern »Des Bettlers Oper«, d.h. eine Oper für Bettler. »The Beggar's Opera«, auf Anregung des großen Jonathan Swift verfaßt, war eine Händel-Travestie und hatte, wie berichtet wird, den großartigen Erfolg, daß Händels Theater ruiniert wurde. Da uns heute ein so großer Anlaß zur Parodie wie die Händelsche Oper fehlt, wurde jede Absicht zu parodieren aufgegeben: die Musik ist vollständig neu komponiert. *Nicht* fehlen uns Heutigen die soziologischen Anlässe von »The Beggar's Opera«: wie vor zweihundert Jahren haben wir eine Gesellschaftsordnung, in der so ziemlich alle Schichten der Bevölkerung, allerdings auf die allerverschiedenste Weise, moralische Grundsätze berücksichtigen, indem sie nicht *in* Moral, sondern natürlich *von* Moral leben. Formal stellt die »Dreigroschenoper« den Urtypus einer Oper dar: sie enthält die Elemente der Oper und die Elemente des Dramas.

»Dreigroschenoper« [1]

Ich verstehe nichts vom Operettengewerbe und sollte man keine Kunst in dasselbe investieren.

Was die »Dreigroschenoper« betrifft, so ist sie – wenn nichts anderes – eher ein Versuch, der völligen Verblödung der *Oper* entgegenzuwirken. Die Oper scheint mir bei weitem dümmer, wirklichkeitsferner und in der Gesinnung niedriger als die Operette.

Anmerkungen zur »Dreigroschenoper«

Das Lesen von Dramen

Es besteht kein Grund, das Motto des John Gay für seine »Beggar's Opera« »Nos haec novimus esse nihil« für die »Dreigroschenoper« zu ändern. Was ihren Abdruck in den »Versuchen« betrifft: er bringt kaum mehr als das Soufflierbuch eines den Theatern völlig überlieferten Stückes, wendet sich also eher an den Fachmann als an den Genießer. Wobei zu sagen ist, daß eine Umwandlung von möglichst vielen Zuschauern oder Lesern in Fachleute durchaus anzustreben ist – sie ist auch im Gange.

Die »Dreigroschenoper« befaßt sich mit den bürgerlichen Vorstellungen nicht nur als Inhalt, indem sie diese darstellt, sondern auch durch die Art, wie sie sie darstellt. Sie ist eine Art

Referat über das, was der Zuschauer im Theater vom Leben zu sehen wünscht. Da er jedoch gleichzeitig auch einiges sieht, was er nicht zu sehen wünscht, da er also seine Wünsche nicht nur ausgeführt, sondern auch kritisiert sieht (er sieht sich nicht als Subjekt, sondern als Objekt), ist er prinzipiell imstande, dem Theater eine neue Funktion zu erteilen. Da aber das Theater selber seiner Umfunktionierung Widerstand entgegensetzt, ist es gut, wenn der Zuschauer Dramen, die nicht nur den Zweck verfolgen, auf dem Theater aufgeführt zu werden, sondern auch den, es zu verändern, selber liest: aus Mißtrauen gegen das Theater. Wir haben heute das absolute Primat des Theaters über die dramatische Literatur. Das Primat des Theaterapparates ist das Primat der Produktionsmittel. Der Theaterapparat widersteht seinem Umbau für andere Zwecke dadurch, daß er, mit dem Drama zusammentreffend, dieses sofort verändert, so daß es in ihm keineswegs ein Fremdkörper bleibt – außer an Punkten, wo es sich selber erledigt. Die Notwendigkeit, die neue Dramatik richtig zu spielen – wichtiger für das Theater als für die Dramatik –, wird dadurch abgeschwächt, daß das Theater *alles* spielen kann: es »theatert« alles »ein«. Selbstverständlich hat dies Primat wirtschaftliche Gründe.

Titel und Tafeln

Die Tafeln, auf welche die Titel der Szenen projiziert werden, sind ein primitiver Anlauf zur *Literarisierung des Theaters.* Diese Literarisierung des Theaters muß, wie überhaupt die Literarisierung aller öffentlichen Angelegenheiten, in größtem Ausmaß weiterentwickelt werden.

Die Literarisierung bedeutet das Durchsetzen des »Gestalteten« mit »Formuliertem«, gibt dem Theater die Möglichkeit, den Anschluß an andere Institute für geistige Tätigkeit herzustellen, bleibt aber einseitig, solange sich nicht auch das Publikum an ihr beteiligt und durch sie »oben« eindringt.

Gegen die Titel ist vom Standpunkt der Schuldramatik aus geltend zu machen, daß der Stückeschreiber alles zu Sagende in der Handlung unterzubringen habe, daß die Dichtung aus sich heraus alles ausdrücken müsse. Dies entspricht einer Haltung des Zuschauers, in der er nicht über die Sache denkt, sondern aus der Sache heraus. Aber diese Manier, alles einer Idee unterzuordnen, die Sucht, den Zuschauer in eine einlinige Dynamik hineinzuhetzen, wo er nicht nach rechts und links, nach unten und oben schauen kann, ist vom Standpunkt der neueren Dramatik aus abzulehnen. Auch in die Dramatik ist die Fußnote und das vergleichende Blättern einzuführen.

Das komplexe Sehen muß geübt werden. Allerdings ist dann beinahe wichtiger als das Imflußdenken das Überdenflußdenken. Außerdem erzwingen und ermöglichen die Tafeln vom Schauspieler einen neuen Stil. Dieser Stil ist *der epische Stil.* Beim Ablesen der Tafelprojektionen nimmt der Zuschauer die Haltung des Rauchend-Beobachtens ein. Durch eine solche Haltung erzwingt er ohne weiteres ein besseres und anständigeres Spiel, denn es ist aussichtslos, einen rauchenden Mann, der also hinlänglich mit sich selbst beschäftigt ist, »in den Bann ziehen« zu wollen. Sehr rasch hätte man so ein Theater voll von Fachleuten, wie man Sporthallen voll von Fachleuten hat. Unmöglich, daß solchen Leuten die Schauspieler jene elenden paar Pfund Mimik vorzusetzen wagten, die sie heute in ein paar Proben ohne jedes Nachdenken »irgendwie« zurechtmachen! Niemals würde ihnen ihr Stoff in solch rohem Zustand, so unverarbeitet abgenommen. Der Schauspieler müßte jene Vorgänge, die durch die Titel schon angezeigt, also ihrer stofflichen Sensation schon beraubt sind, ganz anders auffällig machen.

Leider steht zu fürchten, daß Titel und Raucherlaubnis doch nicht ganz genügen, um das Publikum zu einer ergiebigeren Benutzung des Theaters zu bringen.

Die Hauptpersonen

Der Charakter des *Jonathan Peachum* darf nicht auf die gewöhnliche Formel »Geizhals« gebracht werden. Er hält nichts von Geld. Ihm, der alles bezweifelt, was Hoffnung erwecken könnte, erscheint auch das Geld als ein ganz unzulängliches Verteidigungsmittel. Er ist zweifellos ein Schurke, und zwar ein Schurke im Sinn älteren Theaters. Sein Verbrechen besteht in seinem Weltbild. Dieses Weltbild ist in seiner Scheußlichkeit würdig, neben die Leistungen irgendeines anderen der großen Verbrecher gestellt zu werden, und doch folgt er nur dem »Zug der Zeit«, wenn er Elend als Ware betrachtet. Praktisch gesprochen: Peachum wird etwa das Geld, das er Filch in der ersten

Szene abnimmt, durchaus nicht in einer Kassette verschließen, sondern es einfach in die Hosentasche stecken: er kann weder durch dieses Geld noch durch anderes gerettet werden. Es ist Gewissenhaftigkeit von ihm und beweist seine allgemeine Hoffnungslosigkeit, daß er es nicht einfach wegwirft, er kann nicht das Geringste wegwerfen. Über eine Million Schillinge würde er nicht anders denken. Nach seiner Meinung reicht weder sein Geld (auch nicht alles Geld der Welt) noch sein Kopf aus (und auch alle Köpfe der Welt reichen nicht aus). Dies ist auch der Grund, weshalb er nicht arbeitet, sondern mit einem Hut auf dem Kopf und die Hände in den Hosentaschen durch sein Geschäft läuft, lediglich kontrollierend, daß nichts wegkommt. Kein wirklich Geängstigter arbeitet. Es ist nicht kleinlich von ihm, wenn er die Bibel auf seinem Pult an eine Kette schließt aus Furcht, sie könne gestohlen werden. Er betrachtet seinen Schwiegersohn niemals, vor er ihn an den Galgen gebracht hat, da kein persönlicher Wert irgendeiner Art denkbar wäre, der ihn zu einer anderen Haltung gegenüber einem Mann verlocken könnte, der ihm seine Tochter wegnimmt. Die sonstigen Verbrechen des Mackie Messer sind ihm nur insofern interessant, als sie ihm eine Handhabe für seine Erledigung bieten. Was seine Tochter betrifft, so ist sie wie die Bibel: nichts als eine Hilfsquelle. Dies wirkt weniger abstoßend als erschütternd, wenn man jenen Grad der Verzweiflung erwägt, bei dem von den Dingen der Welt nur mehr jener kleinste Teil verwendbar wird, der einen Untergehenden retten könnte.

Der Räuber Macheath ist vom Schauspieler darzustellen als bürgerliche Erscheinung. Die Vorliebe des Bürgertums für Räuber erklärt sich aus dem Irrtum: ein Räuber sei kein Bürger. Dieser Irrtum hat als Vater einen anderen Irrtum: ein Bürger sei kein Räuber. So ist also kein Unterschied? Doch: ein Räuber ist manchmal kein Feigling. Die Assoziation »friedfertig«, die dem Bürger auf dem Theater anhaftet, wird wieder hergestellt durch die Abneigung des Geschäftsmannes Macheath gegen Blutvergießen, wo es nicht – zur Führung des Geschäftes – unbedingt nötig ist. Die Einschränkung des Blutvergießens auf ein Minimum, seine Rationalisierung ist Geschäftsprinzip: im Notfall legt Herr Macheath Beweise außerordentlicher Fechtkunst ab.

Er weiß, was er seinem Rufe schuldig ist: eine gewisse Romantik dient, wenn gesorgt wird, daß sie sich herumspricht, dieser oben erwähnten Rationalisierung. Er sieht streng darauf, daß sämtliche kühnen oder zumindest Schrecken einflößenden Taten seiner Untergebenen ihm selber zugeschrieben werden, und duldet sowenig wie ein Hochschulprofessor, daß seine Assistenten eine Arbeit selbst zeichnen. Frauen gegenüber wirkt er weniger als der schöne Mann, weit mehr als der gutsituierte Mann. Englische Originalzeichnungen zur »Beggar's Opera« zeigen einen etwa vierzigjährigen untersetzten, aber stämmigen Mann mit einem Kopf wie ein Rettich, schon etwas kahl, nicht ohne Würde. Er ist durchaus gesetzt, hat überhaupt keinen Humor, und seine Solidität spricht sich schon dadurch aus, daß er sein geschäftliches Augenmerk, mehr noch als auf die Beraubung Fremder, auf die Ausbeutung seiner Angestellten richtet. Mit den Hütern der öffentlichen Ordnung steht er sich, selbst wenn dies Kosten verursacht, gut, und dies nicht *nur* aus Gründen seiner eigenen Sicherheit – sein praktischer Sinn sagt ihm, daß seine eigene Sicherheit und die Sicherheit dieser Gesellschaft innigst verknüpft sind. Eine Maßnahme gegen die öffentliche Ordnung, wie sie Peachum zum Beispiel der Polizei androht, würde Herrn Macheath tiefsten Abscheu erregen. Sein Verkehr mit den Damen von Turnbridge bedarf seiner eigenen Ansicht nach sicherlich einer Entschuldigung, jedoch reicht zu dieser Entschuldigung die besondere Art seines Geschäfts aus. Den rein geschäftlichen Verkehr hat er gelegentlich zu Zwecken der Erheiterung ausgenützt, wozu er als Junggeselle in gemäßigtem Umfange berechtigt ist; was jedoch diese intime Seite betrifft, so schätzt er seine regelmäßigen und mit pedantischer Pünktlichkeit eingehaltenen Besuche in einem bestimmten Turnbridger Kaffeehaus hauptsächlich, weil sie *Gewohnheiten* sind, die zu pflegen und mehren beinahe das Hauptziel seines eben bürgerlichen Lebens darstellt.

Jedenfalls darf der Darsteller des Macheath dieses Aufsuchen eines öffentlichen Hauses unter keinen Umständen als Ausgangspunkt seiner Charakterisierung wählen. Es ist einer der nicht seltenen, dennoch unverständlichen Fälle bürgerlicher Dämonie.

Seinen eigentlichen geschlechtlichen Bedarf deckt Macheath

natürlich am liebsten, wo er damit gewisse Annehmlichkeiten häuslicher Art vereinen kann, also bei Frauen, die nicht ganz unvermögend sind. In seiner Ehe sieht er eine Sicherung seines Geschäftes. Vorübergehende Abwesenheit von der Hauptstadt macht sein Beruf, sowenig er sie schätzen mag, unvermeidbar, und seine Angestellten sind sehr unzuverlässig. In seine Zukunft blickend, sieht er sich keineswegs am Galgen, sondern an einem ruhigen und ihm gehörenden Fischwasser.

Die Darstellerin der *Polly Peachum* tut gut, die vorstehende Charakteristik des Herrn Peachum zu studieren: sie ist seine Tochter.

Der Polizeipräsident *Brown* ist eine sehr moderne Erscheinung. Er birgt in sich zwei Persönlichkeiten: als Privatmann ist er ganz anders als als Beamter. Und dies ist nicht ein Zwiespalt, trotz dem er lebt, sondern einer, durch den er lebt. Und mit ihm lebt die ganze Gesellschaft durch diesen seinen Zwiespalt. Als Privatmann würde er sich niemals zu dem hergeben, was er als Beamter für seine Pflicht hält. Als Privatmann könnte (und müßte) er keiner Fliege ein Haar krümmen ... Seine Liebe zu Macheath ist also durchaus echt, gewisse geschäftliche Vorteile, die ihr entspringen, können diese Liebe nicht verdächtigen: das Leben beschmutzt eben alles ...

Winke für Schauspieler[1]

Der Zuschauer soll nicht auf den Weg der Einfühlung verwiesen werden, was die Übermittlung des Stoffes betrifft, sondern zwischen dem Zuschauer und dem Schauspieler findet ein Verkehr statt, und bei aller Fremdheit und allem Abstand wendet der Schauspieler sich doch letzten Endes direkt an den Zuschauer. Dabei soll der Schauspieler dem Zuschauer über die Figur, die er darzustellen hat, mehr erzählen, als »in seiner Rolle steht«. Er muß natürlich jene Haltung einnehmen, durch die es sich der Vorgang bequem macht. Er muß jedoch auch noch Beziehungen zu anderen Vorgängen als denen der Fabel eingehen können, also nicht nur die Fabel bedienen. Die Polly

1 Vgl. Versuch 5, »Über die Oper«.

ist etwa in einer Liebesszene mit Macheath nicht nur die Geliebte des Macheath, sondern auch die Tochter des Peachum; und immer nicht nur Tochter, sondern auch die Angestellte ihres Vaters. Ihre Beziehungen zum Zuschauer müssen beinhalten ihre Kritik der landläufigen Vorstellungen des Zuschauers über Räuberbräute und Kaufmannstöchter usf.

1) Die Schauspieler sollten es vermeiden, diese Banditen als eine Rotte jener traurigen Individuen mit roten Halstüchern hinzustellen, die die Rummelplätze beleben und mit denen kein anständiger Mensch ein Glas Bier trinken würde. Es sind natürlich gesetzte Männer, teilweise beleibt und ohne Ausnahme außerhalb ihres Berufes umgänglich. (S. 241)

2) Die Schauspieler können hier die Nützlichkeit bürgerlicher Tugenden und die innige Beziehung zwischen Gemüt und Gaunerei zeigen. (S. 241)

3) Es ist zu zeigen, welche brutale Energie ein Mann aufwenden muß, um einen Zustand zu schaffen, in dem eine menschenwürdige Haltung (die eines Bräutigams) möglich ist. (S. 242)

4) Zu zeigen ist die Ausstellung der Braut, ihrer Fleischlichkeit, im Augenblick der endgültigen Reservierung. Zu dem Zeitpunkt nämlich, wo das Angebot aufzuhören hat, muß die Nachfrage noch einmal auf die Spitze getrieben werden. Die Braut wird allgemein begehrt, der Bräutigam »macht dann das Rennen«. Es handelt sich also um ein durchaus theatralisches Ereignis. Zu zeigen ist auch, daß die Braut sehr wenig ißt. Wie oft sieht man die zartesten Wesen ganze Hühner und Fische hineinschlingen, Bräute niemals. (S. 245)

5) Die Schauspieler brauchen sich bei dem Zeigen solcher Dinge wie des Peachumgeschäftes nicht allzusehr um den gewöhnlichen *Fortgang der Handlung* zu kümmern. Allerdings dürfen sie nicht ein Milieu, sondern müssen sie einen Vorgang geben. Der Darsteller eines dieser Bettler muß das Auswählen eines passenden und effektvollen Holzbeines (er prüft ein solches, legt es wieder beiseite, prüft ein anderes und greift dann zum ersten zurück) so zeigen wollen, daß eigens dieser Nummer wegen Leute sich vornehmen, zu dem Zeitpunkt, wo sie stattfindet, noch einmal das Theater aufzusuchen, und nichts

steht dem im Wege, daß das Theater auf den Tafeln des Hintergrundes diese Nummer dann anzeigt! (S. 258)

6) Es ist absolut wünschenswert, daß Fräulein Polly Peachum vom Zuschauer als tugendhaftes und angenehmes Mädchen empfunden wird. Hat sie in der zweiten Szene ihre jeder Berechnung ferne Liebe bewiesen, so zeigt sie jetzt jene praktische Veranlagung, ohne welche die erstere gewöhnlicher Leichtsinn wäre. (S. 265)

7) Diese Damen sind im ungestörten Besitz ihrer Produktionsmittel. Gerade deshalb aber dürfen sie nicht den Eindruck erwecken, als wären sie frei. Für sie hat die Demokratie nicht jene Freiheit, die sie für alle hat, denen die Produktionsmittel genommen werden können. (S. 269)

8) Die Darsteller des Macheath, die in der Darstellung des Todeskampfes keinerlei Hemmung zeigen, weigern sich hier gewöhnlich, diese dritte Strophe zu singen: Sie würden selbstverständlich eine tragische Formulierung des Geschlechtlichen nicht zurückweisen. Aber das Geschlechtliche in unserer Zeit gehört unzweifelhaft in den Bezirk des Komischen, denn das Geschlechtsleben steht in einem Widerspruch zu dem gesellschaftlichen Leben, und dieser Widerspruch ist komisch, weil er historisch, d. h. durch eine andere Gesellschaftsordnung lösbar ist. Der Schauspieler muß also eine solche Ballade komisch bringen. Die Darstellung des Geschlechtslebens auf der Bühne ist sehr wichtig, schon weil dabei immer ein primitiver Materialismus auftritt. Das Künstliche und Vergängliche aller gesellschaftlichen Überbauten wird sichtbar. (S. 272)

9) Diese Ballade enthält, wie auch andere Balladen der »Dreigroschenoper«, einige Zeilen François Villons in der Übersetzung K. L. Ammers. Für den Schauspieler lohnt es sich, die Ammersche Übersetzung nachzulesen, damit er sieht, welches die Unterschiede zwischen einer Ballade zum Singen und einer zum Lesen sind. (S. 275)

10) Diese Szene ist eine Einlage für solche Darstellerinnen der Polly, welche die Begabung der Komik besitzen. (S. 294)

11) Im Kreise laufend kann der Darsteller des Macheath hier in seinem Käfig alle Gangarten wiederholen, die er bisher dem Publikum vorgeführt hat. Den frechen Schritt des Verführers, den mutlosen des Gehetzten, den überheblichen, den belehrten

usw. In dieser kurzen Wanderung kann er alle Haltungen des Macheath während dieser wenigen Tage noch einmal zeigen. (S. 299)

12) Der Schauspieler des epischen Theaters wird zum Beispiel an dieser Stelle sich nicht durch das Bestreben, die Todesangst des Macheath weiterzutreiben und zur beherrschenden Wirkung des ganzen Aktes zu machen, dazu verleiten lassen, etwa die folgende Darstellung *wahrer* Freundschaft unter die Rampe fallen zu lassen. (Wahr ist wahre Freundschaft doch wohl nur, wenn sie begrenzt ist. Der moralische Sieg der beiden wahrsten Freunde des Herrn Macheath wird doch kaum geschmälert durch jene zeitlich später fallende moralische Niederlage dieser beiden Herren, wenn sie bei der Ablieferung ihrer Existenzmittel zur Rettung ihres Freundes sich nicht *genug* beeilen.) (S. 299)

13) Vielleicht findet der Schauspieler eine Möglichkeit, folgendes zu zeigen: Macheath hat die durchaus richtige Empfindung, daß es sich bei seinem Fall um einen grauenvollen Justizirrtum handelt. Tatsächlich würde die Justiz, falls ihr häufiger, als es der Fall ist, *Banditen* zum Opfer fielen, ihr Ansehen vollends verlieren! (S. 302)

Über das Singen der Songs

Indem er singt, vollzieht der Schauspieler einen Funktionswechsel. Nichts ist abscheulicher, als wenn der Schauspieler sich den Anschein gibt, als merke er nicht, daß er eben den Boden der nüchternen Rede verlassen hat und bereits singt. Die drei Ebenen: nüchternes Reden, gehobenes Reden und Singen, müssen stets voneinander getrennt bleiben, und keinesfalls bedeutet das gehobene Reden eine Steigerung des nüchternen Redens und das Singen eine solche des gehobenen Redens. Keinesfalls also stellt sich, wo Worte infolge des Übermaßes der Gefühle fehlen, der Gesang ein. Der Schauspieler muß nicht nur singen, sondern auch einen Singenden zeigen. Er versucht nicht so sehr, den Gefühlsinhalt seines Liedes hervorzuholen (darf man eine Speise andern anbieten, die man selbst schon gegessen hat?), sondern er zeigt Gesten, welche sozusagen die Sitten und Gebräuche des Körpers sind. Zu diesem Zweck benützt er beim Einstudieren am besten nicht die Worte des Textes, sondern landläufige, profane Redensarten, die Ähnliches ausdrücken, aber in der schnoddrigen Sprache des Alltags. Was die Melodie betrifft, so folgt er ihr nicht blindlings: es gibt ein Gegen-die-Musik-Sprechen, welches große Wirkungen haben kann, die von einer hartnäckigen, von Musik und Rhythmus unabhängigen und unbestechlichen Nüchternheit ausgehen. Mündet er in die Melodie ein, so muß dies ein Ereignis sein; zu dessen Betonung kann der Schauspieler seinen eigenen Genuß an der Melodie deutlich verraten. Gut für den Schauspieler ist es, wenn die Musiker während seines Vortrags sichtbar sind, und gut, wenn ihm erlaubt wird, zu seinem Vortrag sichtbar Vorbereitungen zu treffen (indem er etwa einen Stuhl zurechtrückt oder sich eigens schminkt usf.). Besonders beim Lied ist es wichtig, daß »der Zeigende gezeigt wird«.

Warum zwei Verhaftungen des Macheath und nicht eine?
Diese erste Gefängnisszene ist, aus dem Gesichtswinkel der deutschen Pseudoklassik betrachtet, ein *Umweg*, nach unserer Ansicht ein Beispiel primitiver epischer Form. Sie ist nämlich ein Umweg, wenn man wie diese rein dynamische Dramatik, der Idee das Primat zuerteilend, den Zuschauer ein immer bestimmteres Ziel wünschen macht – was hier der Tod des Helden wäre –, sozusagen eine immer größere Nachfrage nach dem Angebot schafft und, schon um eine starke Gefühlsbeteiligung des Zuschauers zu ermöglichen – Gefühle trauen sich nur auf völlig gesicherte Terrains heraus, vertragen keinerlei Enttäuschung –, eine Zwangsläufigkeit in gerader Linie braucht. *Die epische Dramatik, materialistisch eingestellt,* an Gefühlsinvestierungen ihres Zuschauers wenig interessiert, kennt eigentlich kein Ziel, sondern nur ein Ende und kennt eine andere Zwangsläufigkeit – in der der Lauf nicht nur in gerader Linie, sondern auch in Kurven, ja, sogar in Sprüngen erfolgen kann. Die dynamische, ideell gerichtete, das Individuum behandelnde Dramatik war, als sie ihren Weg begann (bei den Elisabethanern), in allen für sie entscheidenden Punkten radikaler als 200 Jahre später bei der deutschen Pseudoklassik, welche die Dynamik der Darstellung mit der Dynamik des Darzustellenden verwechselt und sein Individuum schon »geordnet« hat (die heutigen Nachfahren der Nachfahren sind schon nicht mehr zu tref-

fen: die Dynamik der Darstellung hat sich inzwischen in die empirisch gewonnene schlaue Anordnung eines Haufens von Effekten verwandelt, und das Individuum, in voller Auflösung begriffen, wird immer noch aus sich heraus, aber nur mehr zu Rollen vervollständigt – während der spätbürgerliche Roman wenigstens die Psychologie ausgearbeitet hat, wie er glaubt, um das Individuum analysieren zu können – als ob nicht das Individuum schon lang einfach auseinandergefallen wäre). Aber diese große Dramatik war weniger radikal in der Ausmerzung der Materie. Die Konstruktion beseitigte hier nicht die Abweichungen der Individuen von ihrem gradlinigen Lauf, welche »durch das Leben« verursacht werden (hier spielen allerorten noch Beziehungen nach außen herein, zu anderen »nicht vorkommenden« Angelegenheiten, der Ausstich des Spatens ist ein viel größerer), sondern sie verwendet diese Abweichungen als Motoren der Dynamik. Bis in das Individuelle hinein schlägt diese Irritierung, in ihm wird sie überwunden. Die ganze Wucht dieser Dramatik kommt von dem Aufsammeln der Widerstände. Noch bestimmt eben nicht der Wunsch nach einer billigen ideellen Formel die Anordnung der Materie. Hierin lebt ein Etwas jenes Baconschen Materialismus, und auch das Individuum selber hat noch Fleisch und Bein und widerstrebt der Formel. Überall aber, wo es Materialismus gibt, entstehen epische Formen in der Dramatik, im Komischen, das immer materialistischer, »niedriger« eingestellt ist, am meisten und öftesten. Heute, wo das menschliche Wesen als »das Ensemble aller gesellschaftlichen Verhältnisse« aufgefaßt werden muß, ist die epische Form die einzige, die jene Prozesse fassen kann, welche einer Dramatik als Stoff eines umfassenden Weltbildes dienen. Auch der Mensch, und zwar der fleischliche Mensch, ist nur mehr aus den Prozessen, in denen er und durch die er steht, erfaßbar. Die neue Dramatik muß methodologisch den »Versuch« in ihrer Form unterbringen. Sie muß die Zusammenhänge nach allen Seiten benützen dürfen, sie braucht Statik und hat eine Spannung, die unter ihren Einzelteilen herrscht und diese gegenseitig »lädt«. (Diese Form ist also alles andere eher als eine revuehafte Aneinanderreihung.)

Warum muß der reitende Bote reiten?

Die »Dreigroschenoper« gibt eine Darstellung der bürgerlichen Gesellschaft (und nicht nur »lumpenproletarischer Elemente«). Diese bürgerliche Gesellschaft hat ihrerseits produziert eine bürgerliche Weltordnung, also eine ganz bestimmte Weltanschauung, ohne die sie nicht ohne weiteres auskommt. Das Auftauchen des reitenden Boten des Königs ist, wo das Bürgertum seine Welt dargestellt sieht, ganz unumgänglich. Herr Peachum bemüht, wenn er das schlechte Gewissen der Gesellschaft finanziell ausnützt, nichts anderes. Theaterpraktiker mögen nachdenken, warum nichts dümmer ist, als das *Pferd* des reitenden Boten zu unterschlagen – wie dies beinahe sämtliche modernistischen Regisseure der »Dreigroschenoper« gemacht haben. Bei der Darstellung eines Justizmordes müßte doch, damit der Rolle des Theaters in der bürgerlichen Gesellschaft Genüge getan wird, der Journalist, der die Unschuld des Ermordeten enthüllt, zweifellos von einem Schwan gezogen in den Gerichtssaal einziehen. Sieht man denn nicht, wie taktlos es ist, das Publikum dazu zu verführen, über sich selbst zu lachen, indem man das Auftauchen des reitenden Boten der Heiterkeit preisgibt? Ohne das Auftauchen eines in irgendeiner Form reitenden Boten würde die bürgerliche Literatur zu einer bloßen Darstellung von Zuständen herabsinken. Der reitende Bote garantiert ein wirklich ungestörtes Genießen selbst an sich unhaltbarer Zustände und ist also eine conditio sine qua non für eine Literatur, deren conditio sine qua non die Folgenlosigkeit ist.

Selbstverständlich ist das dritte Finale mit vollkommenem Ernst und absoluter Würde zu spielen.

»Dreigroschenoper« [2]

Sie werden jetzt ein paar Songs aus einer Oper für Bettler hören. Weil diese Oper so prunkvoll gedacht war, wie nur Bettler sie erträumen, und weil sie doch so billig sein sollte, daß Bettler sie bezahlen können, heißt sie »Die Dreigroschenoper«. Zuerst hören Sie eine Moritat über den Räuber Macheath, genannt Mackie Messer.

»Und der Haifisch, der hat Zähne ...«

Lied eines kleinen Abwaschmädchens in einer Vierpenny-Kneipe, genannt Jenny, die Seeräuberbraut.

»Meine Herren, heute sehen Sie mich Gläser abwaschen ...«

In der Erinnerung an ihre gemeinsame Jugendzeit singen der Räuber Macheath und der Polizeipräsident Brown den Kanonen-Song.

»John war darunter und Jim war dabei ...«

Sinn für Höheres im Rinnstein. Liebesduett zwischen Macheath und seiner Braut Polly.

»Siehst du den Mond über Soho?«

Durch ein kleines Lied deutet Polly ihren Eltern ihre Verheiratung mit dem Räuber Macheath an. Sie berichtet von ihrer lange bewahrten Unschuld und von ihrem Vorsatz, in allen Lebenslagen den Kopf hoch zu behalten. Sie führt Beispiele ihrer Standhaftigkeit an. Jedoch eines Tages ...

»Einst glaubte ich, als ich noch unschuldig war ...«
(3. Strophe).

Herr und Frau Peachum raten ihrer Tochter ab, nur aus Liebe zu heiraten. Sie tun dies mit dem Hinweis auf die Unsicherheit menschlicher Verhältnisse.

»Was ich möchte, ist es viel«

Macheath verabschiedet sich von seiner Frau Polly, angeblich um vor seinen Feinden zu fliehen, in Wirklichkeit aber um sich seinem alten Lotterleben wieder in die Arme zu werfen.

»Ach, Mac, reiß mir nicht das Herz aus dem Leibe ...«

Macheath und die Hure Jenny gedenken in einem Lied gemeinsam verbrachter schöner Stunden.

»In einer Zeit, die längst vergangen ist«

Hören Sie jetzt, wie Herr Macheath über die Annehmlichkeiten des Lebens denkt.

»Ihr Herren, urteilt jetzt selbst, ist das ein Leben!«

Erste Wolken am Himmel des jungen Glücks im Gerichtsduett.

»Komm heraus, du Schönheit von Soho«

Parabel über die Frage: Wovon lebt der Mensch?

»Ihr Herren, die ihr uns lehrt, wie man brav leben ...«

Ballade von der Unzulänglichkeit menschlichen Strebens.

»Der Mensch lebt durch den Kopf«

Im Gegensatz zu den Geschehnissen des wirklichen Lebens hat die »Dreigroschenoper« aber ein glückliches Ende. Ein reitender Bote des Königs rettet Macheath vom Galgen. Die Befriedigung aller Beteiligten kommt in folgenden Strophen zum Ausdruck.

»Und so kommt zum guten Ende« (Moritat)
»Schlußchoral«

Aufbau der »Dreigroschenopern«-Bühne

Eine Bühne für die »Dreigroschenoper« ist um so besser aufgebaut, je größer der Unterschied zwischen ihrem Aussehen beim Spiel und ihrem Aussehen beim Song ist. Die Berliner Aufführung (1928) stellte in den Hintergrund eine große Jahrmarktsorgel, in die auf Stufen die Jazzband eingebaut war und deren bunte Lampen aufglühten, wenn das Orchester arbeitete. Rechts und links von der Orgel waren zwei riesige Leinwandtafeln in roten Samtrahmen aufgestellt, auf welche die *Neher*schen Bilder projiziert wurden. Während der Songs standen auf ihnen groß die Song-Titel, und aus dem Schnürboden gingen Lampen nieder. Um Patina mit Neuheit, Prunk mit Schäbigkeit zu mischen, war dementsprechend der Vorhang ein kleiner, nicht zu sauberer Nesselfetzen, an Blechschnüren auf- und zugezogen. Die Pariser Aufführung (1937) verlegte Prunk und Patina nach vorn. Auf einer roten Samtdraperie mit goldenen Fransen waren seitlich und oben große Karussellampen aufgehängt, welche während der Songs brannten. Der Vorhang war mit Figuren bemalt, mit zwei überlebensgroßen Bettlergestalten, die auf den Titel »Die Dreigroschenoper« zeigten. Ganz vorn, rechts und links, standen Tafeln mit gemalten Bettlerfiguren.

Peachums Bettlergarderobe
Peachums Bettlergarderobe muß so ausgestattet werden, daß dieser eigentümliche Laden dem Zuschauer verständlich wird. Die Pariser Aufführung hatte im Hintergrund zwei Schaufenster, in denen Schaufensterpuppen mit Bettlerrequisiten standen. An einer Holzstellage im Laden hingen, mit weißen Nummern und Täfelchen versehen, Modellkleidungsstücke und spezielle Kopfbedeckungen. Auf einer kleinen, flachen Staffelei

standen einzelne zerlumpte Schuhe, ebenfalls numeriert wie Modelle, die man sonst in Museen unter Vitrinen sieht.

Das Moskauer Kammertheater zeigte, wie normale Leute, die Klienten des Herrn Peachum, die Boxen betraten und als schreckliche Wracks sie wieder verließen.

Ein alter Hut

Bei den Pariser Proben meiner »Dreigroschenoper« fiel mir von Anfang an ein junger Schauspieler auf, der den Filch spielte, einen verkommenen Halbwüchsigen, der den Beruf eines qualifizierten Bettlers ergreifen möchte. Er begriff schneller als die meisten anderen, wie man probieren muß, nämlich behutsam, beim Sprechen sich selber zuhörend und der Beobachtung der Zuschauer menschliche Züge vorbereitend, die man selber am Menschen beobachtet hat. Ich war nicht erstaunt, als er sich eines Vormittags ungebeten mit einigen Hauptdarstellern in einem der großen Kostümhäuser einfand, er sagte höflich, er wolle sich einen Hut für seine Rolle aussuchen. Während ich der Hauptdarstellerin half, Kostüme zusammenzustellen, was einige Stunden in Anspruch nahm, beobachtete ich ihn aus den Augenwinkeln bei seiner Hutsuche. Er hatte einiges Personal des Kostümhauses in Arbeit gesetzt und stand bald vor einem großen Haufen von Kopfbedeckungen, nach etwa einer Stunde hatte er zwei Hüte aus dem Haufen ausgesondert und ging nun daran, seine endgültige Wahl zu treffen. Sie kostete ihn eine weitere Stunde. Ich werde nie den Ausdruck von Qual vergessen, der auf seinem verhungerten und ausdrucksvollen Gesicht lag. Er konnte sich einfach nicht entscheiden. Zögernd nahm er den einen Hut auf und betrachtete ihn mit der Miene eines Mannes, der sein letztes, lange aufgespartes Geld in eine verzweifelte Spekulation steckt, von der es kein Zurück mehr gibt. Zögernd legte er ihn zurück, keineswegs wie etwas, was man nie mehr aufnehmen wird. Natürlich, der Hut war nicht vollkommen, aber vielleicht war er der beste der vorhandenen. Andererseits, wenn er der beste war, so war er jedenfalls nicht vollkommen. Und er griff nach dem andern, das Auge noch auf dem, den er weglegte. Dieser andere hatte anscheinend auch

Vorzüge, nur, sie lagen auf anderem Gebiete als die Schwächen des einen. Das wohl machte die Wahl so überaus schwierig. Da gab es Nuancen der Verkommenheit, unsichtbar dem fahrlässigen Auge; da war der eine Hut vielleicht einmal neu teuer gewesen, aber nun noch elender als der andere. War Filchs Hut einmal teuer gewesen oder wenigstens teurer als eben dieser andere? Wie sehr mochte er verkommen sein? Hatte Filch ihn geschont bei seinem Abstieg, war er in der Lage gewesen, ihn zu schonen? Oder war es gar ein Hut, den er überhaupt nicht getragen hatte in seiner guten Zeit? Wie lange lag diese gute Zeit zurück? Wie lange dauerte ein Hut? Der Kragen war weg, das war festgestellt in einer schlaflosen Nacht, schmutzige Kragen sind schlimmer als gar keine (großer Gott, stimmt das wirklich?), immerhin, es war festgestellt, die Debatte darüber war geschlossen, die Krawatte war noch da, das war ebenfalls festgestellt, wie konnte da der Hut aussehen? Ich sah ihn die Augen schließen, ihn wie in einen Stehschlaf verfallen. Er nahm noch einmal alle Stadien des Niedergangs durch, eines nach dem anderen. Und die Augen wieder öffnend, anscheinend ohne Erleuchtung, setzte er mechanisch den Hut auf den Kopf, als ließe er sich so ausprobieren, rein empirisch, und dann fiel sein Blick wieder auf den anderen Hut, der beiseite lag. Seine Hand griff nach ihm, und so stand er lange, den einen Hut auf dem Kopf, den anderen in der Hand, der Künstler, zerrissen von Zweifeln, verzweifelt grabend in seinen Erfahrungen, gequält von der beinahe nicht stillbaren Begierde, den *einzigen* Weg zu finden, wie er seine Figur darstellen konnte, in vier Bühnenminuten alle Schicksale und Eigenschaften seiner Figur, ein Stück Leben. Als ich wieder nach ihm sah, setzte er den Hut, den er aufhatte, mit einer entschlossenen Bewegung ab, drehte sich brüsk auf den Absätzen um und ging zum Fenster. Abwesend schaute er auf die Straße hinab, und erst nach einiger Zeit blickte er wieder, diesmal lässig, fast gelangweilt, nach den Hüten. Er musterte sie aus der Entfernung, kalt, mit einem Minimum an Interesse. Dann, nicht ohne zuvor noch einmal durchs Fenster geschaut zu haben, ging er schlendernd wieder auf die Hüte zu, griff einen von ihnen heraus und warf ihn auf den Tisch, damit man ihn einpacke. Am nächsten Probentag zeigte er mir eine alte Zahnbürste, die aus seiner oberen Jackentasche herauslugte und die zum Ausdruck brachte, daß Filch unter den Brückenbögen die allerunentbehrlichsten Requisiten der Zivilisation nicht aufgab. Diese Zahnbürste bewies mir, daß er mit dem besten Hut, den er auftreiben konnte, keineswegs zufrieden war.

Dies, dachte ich beglückt, ist ein Schauspieler des wissenschaftlichen Zeitalters.

ZU »AUFSTIEG UND FALL DER STADT MAHAGONNY« (Band 2)

Anmerkungen zur Oper »Aufstieg und Fall der Stadt Mahagonny«

Oper – aber Neuerungen!
Seit einiger Zeit ist man auf eine Erneuerung der Oper aus. Die Oper soll, ohne daß ihr kulinarischer Charakter geändert wird, inhaltlich *aktualisiert* und der Form nach *technifiziert* werden. Da die Oper ihrem Publikum gerade durch ihre Rückständigkeit teuer ist, müßte man auf den Zustrom neuer Schichten mit neuen Appetiten bedacht sein, und man ist es auch: man will *demokratisieren,* natürlich ohne daß der Charakter der Demokratie geändert wird, welcher darin besteht, daß dem »Volk« neue Rechte, aber nicht die Möglichkeit, sie wahrzunehmen, gegeben werden. Letzten Endes ist es dem Kellner gleich, wem serviert wird, es muß nur serviert werden! Es werden also – von den Fortgeschrittensten – Neuerungen verlangt oder verteidigt, die zur Erneuerung der Oper führen sollen – eine prinzipielle Diskussion der Oper (ihrer Funktion!) wird nicht verlangt und würde wohl nicht verteidigt.

Diese Bescheidenheit in den Forderungen der Fortgeschrittensten hat wirtschaftliche Gründe, die ihnen selbst teilweise unbekannt sind. Die großen Apparate wie Oper, Schaubühne, Presse usw. setzen ihre Auffassung sozusagen inkognito durch. Während sie schon längst die Kopfarbeit (hier Musik, Dichtung, Kritik usw.) noch mitverdienender – ökonomisch betrachtet also mitherrschender, gesellschaftlich betrachtet schon proletaroider – Kopfarbeiter nur mehr zur Speisung ihrer Publikumsorganisationen verwerten, diese Arbeit also nach ihrer Art bewerten und in ihre Bahnen lenken, besteht bei den Kopfarbeitern selber immer noch die Fiktion, es handele sich bei dem ganzen Betrieb lediglich um die Auswertung ihrer Kopfarbeit, also um einen sekundären Vorgang, der auf ihre Arbeit keinen Einfluß hat, sondern ihr nur Einfluß verschafft. Diese bei Musikern, Schriftstellern und Kritikern herrschende Unklarheit über ihre Situation hat ungeheure Folgen, die viel zu wenig beachtet werden. Denn in der Meinung, sie seien im Besitz eines Apparates, der in Wirklichkeit sie besitzt, verteidigen sie einen Apparat, über den sie keine Kontrolle mehr haben, der nicht mehr, wie sie noch glauben, Mittel für die Produzenten ist, sondern Mittel gegen die Produzenten wurde, also gegen ihre eigene Produktion (wo nämlich dieselbe eigene, neue, dem Apparat nicht gemäße oder ihm entgegengesetzte Tendenzen verfolgt). Ihre Produktion gewinnt Lieferantencharakter. Es entsteht ein Wertbegriff, der die Verwertung zur Grundlage hat. Und dies ergibt allgemein den Usus, jedes Kunstwerk auf seine Eignung für den Apparat, niemals aber den Apparat auf seine Eignung für das Kunstwerk hin zu überprüfen. Es wird gesagt: dies oder das Werk sei gut; und es wird gemeint, aber nicht gesagt: gut für den Apparat. Dieser Apparat aber ist durch die bestehende Gesellschaft bestimmt und nimmt nur auf, was ihn in dieser Gesellschaft hält. Jede Neuerung, welche die gesellschaftliche Funktion dieses Apparates, nämlich Abendunterhaltung, nicht bedrohte, könnte diskutiert werden. Nicht diskutiert werden können solche Neuerungen, die auf seinen Funktionswechsel drängten, die den Apparat also anders in die Gesellschaft stellen, etwa ihn den Lehranstalten oder den großen Publikationsorganen anschließen wollten. Die Gesellschaft nimmt durch den Apparat auf, was sie braucht, um sich selbst zu reproduzieren. Durchgehen kann also auch nur eine »Neuerung«, welche zur Erneuerung, nicht aber Veränderung der bestehenden Gesellschaft führt – ob nun diese Gesellschaftsform gut oder schlecht ist.

Die Fortgeschrittensten denken nicht daran, den Apparat zu ändern, weil sie glauben, einen Apparat in der Hand zu haben, der serviert, was sie frei erfinden, der sich also mit jedem ihrer Gedanken von selber verändert. Aber sie erfinden nicht frei: der Apparat erfüllt mit ihnen oder ohne sie seine Funktion, die Theater spielen jeden Abend, die Zeitungen erscheinen xmal am Tag; und sie nehmen auf, was sie brauchen; und sie brauchen einfach ein bestimmtes Quantum Stoff[1].

1 Die Produzenten aber sind völlig auf den Apparat angewiesen, wirtschaftlich und gesellschaftlich, er monopolisiert ihre Wirkung, und zunehmend nehmen die Produkte der Schriftsteller, Komponisten und Kritiker Rohstoffcharakter an: das Fertigprodukt stellt der Apparat her.

Man könnte annehmen, daß die Aufdeckung dieses Sachverhaltes (der unentrinnbaren Abhängigkeit der Kunstschaffenden vom Apparat) seiner Verurteilung gleichkäme. Er wird so schamhaft verborgen!

An sich aber ist die Einschränkung der freien Erfindung des einzelnen ein fortschrittlicher Prozeß. Der einzelne wird mehr und mehr in große, die Welt verändernde Vorgänge einbezogen. Er kann nicht mehr sich lediglich »ausdrücken«. Er wird angehalten und instand gesetzt, allgemeine Aufgaben zu lösen. Der Fehler ist nur, daß die Apparate heute noch nicht die der Allgemeinheit sind, daß die Produktionsmittel nicht den Produzierenden gehören, und daß so die Arbeit Warencharakter bekommt und den allgemeinen Gesetzen einer Ware unterliegt. Kunst ist Ware – ohne Produktionsmittel (Apparate) nicht herzustellen! Eine Oper kann man nur für die Oper machen. (Nicht etwa kann man eine Oper ausdenken wie ein Böcklinsches Seetier und dieses Phänomen dann, nach Ergreifung der Macht, in den Aquarien ausstellen; noch lächerlicher wäre es: es in unseren guten alten Zoo einschmuggeln zu wollen!) Selbst wenn man die Oper als solche (ihre Funktion!) zur Diskussion stellen wollte, müßte man eine Oper machen.

Oper –

Die Oper, die wir haben, ist *die kulinarische Oper.* Sie war ein Genußmittel, lange bevor sie eine Ware war. Sie dient dem Genuß, auch wo sie Bildung verlangt oder vermittelt, denn sie verlangt oder vermittelt dann eben Geschmacksbildung. Sie nähert sich selber jedem Gegenstand in genießerischer Haltung. Sie »erlebt«, und sie dient als »Erlebnis«.

Warum ist »Mahagonny« eine Oper? Die Grundhaltung ist die der Oper, nämlich kulinarisch. Nähert »Mahagonny« sich dem Gegenstand in genießerischer Haltung? Es nähert sich. Ist »Mahagonny« ein Erlebnis? Es ist ein Erlebnis. Denn: »Mahagonny« ist ein Spaß.

Die Oper »Mahagonny« wird dem Unvernünftigen der Kunstgattung Oper bewußt gerecht. Dieses Unvernünftige der Oper liegt darin, daß hier rationelle Elemente benutzt werden, Plastik und Realität angestrebt, aber zugleich alles durch die Musik wieder aufgehoben wird. Ein sterbender Mann ist real.

Wenn er zugleich singt, ist die Sphäre der Unvernunft erreicht. (Sänge der *Hörer* bei seinem Anblick, wäre das nicht der Fall.) Je undeutlicher, irrealer die Realität durch die Musik wird – es entsteht ja ein Drittes, sehr Komplexes, an sich wieder ganz Reales, von dem ganz reale Wirkungen ausgehen können, das aber eben von seinem Gegenstand, von der benutzten Realität, völlig entfernt ist –, desto genußvoller wird der Gesamtvorgang: der Grad des Genusses hängt direkt vom Grad der Irrealität ab.

Mit dem Begriff Oper – es sollte nicht an ihm gerüttelt werden – sollte für »Mahagonny« alles Weitere gegeben sein. Also sollte etwas Unvernünftiges, Unwirkliches und Unernstes, an die rechte Stelle gesetzt, sich selbst aufheben in doppelter Bedeutung[2]. Das Unvernünftige, das hier auftritt, ist nur dem Ort gemäß, an dem es auftritt.

Eine solche Haltung ist schlechtweg genießerisch.

Was den Inhalt dieser Oper betrifft – *ihr Inhalt ist der Genuß*. Spaß also nicht nur als Form, sondern auch als Gegenstand. Das Vergnügen sollte wenigstens Gegenstand der Untersuchung sein, wenn schon die Untersuchung Gegenstand des Vergnügens sein sollte. Es tritt hier in seiner gegenwärtigen historischen Gestalt auf: als Ware[3].

Es soll nicht geleugnet werden, daß dieser Inhalt zunächst provokatorisch wirken muß. Wenn zum Beispiel im dreizehnten Abschnitt der Vielfraß sich zu Tode frißt, so tut er dies, weil Hunger herrscht. Obgleich wir nicht einmal andeuten, daß andere hungerten, während dieser fraß, war die Wirkung dennoch provozierend. Denn wenn nicht jeder am Fressen stirbt, der zu fressen hat, so gibt es doch viele, die am Hunger sterben, weil er am Fressen stirbt. Sein Genuß provoziert, weil er so vieles ent-

2 Die enge Grenze hinderte nicht, etwas Direktes, Lehrhaftes hineinzubringen und alles vom Gestischen aus anzuordnen. Das Auge, welches alles auf das Gestische bringt, ist die Moral. Also Sittenschilderung. Aber subjektive.

Jetzt trinken wir noch eins
Dann gehen wir noch nicht nach Hause
Dann trinken wir noch eins
Dann machen wir mal eine Pause.

Was hier singt, das sind subjektive Moralisten. Sie beschreiben sich selbst!

3 Ware ist hier auch die Romantik. Sie tritt lediglich als Inhalt auf, nicht als Form.

hält[4]. In ähnlichen Zusammenhängen wirkt heute Oper als Genußmittel überhaupt provokatorisch. Freilich nicht auf ihre paar Zuhörer. Im Provokatorischen sehen wir die Realität wiederhergestellt. »Mahagonny« mag nicht sehr schmackhaft sein, es mag sogar (aus schlechtem Gewissen) seinen Ehrgeiz darein setzen, es nicht zu sein – es ist durch und durch kulinarisch.

»Mahagonny« ist nichts anderes als eine Oper.

– Aber Neuerungen!

Die Oper war auf den technischen Standard des modernen Theaters zu bringen. Das moderne Theater ist das epische Theater. Folgendes Schema zeigt einige Gewichtsverschiebungen vom dramatischen zum epischen Theater[5].

Dramatische Form des Theaters	*Epische Form des Theaters*
handelnd	erzählend
verwickelt den Zuschauer in eine Bühnenaktion	macht den Zuschauer zum Betrachter, aber
verbraucht seine Aktivität	weckt seine Aktivität
ermöglicht ihm Gefühle	erzwingt von ihm Entscheidungen
Erlebnis	Weltbild
Der Zuschauer wird in etwas hineinversetzt	er wird gegenübergesetzt
Suggestion	Argument
Die Empfindungen werden konserviert	bis zu Erkenntnissen getrieben
Der Zuschauer steht mittendrin	Der Zuschauer steht gegenüber
miterlebt	studiert

4 »Ein würdiger Herr mit gesottenem Antlitz hatte einen Schlüsselbund gezogen und kämpfte durchdringend gegen das epische Theater. Seine Frau verließ ihn nicht in der Stunde der Entscheidung. Die Dame hatte zwei Finger in den Mund gesteckt, die Augen zugekniffen, die Backen aufgeblasen. Sie überpfiff den Kasse-Schlüssel.«

(A. Polgar über die Uraufführung der Oper »Mahagonny« in Leipzig.)

5 Dieses Schema zeigt nicht absolute Gegensätze, sondern lediglich Akzentverschiebungen. So kann innerhalb eines Mitteilungsvorgangs das gefühlsmäßig Suggestive oder das rein rationell Überredende bevorzugt werden.

nicht mehr berücksichtigt. Wie ist die Haltung des Publikums in der Oper, und kann sie sich ändern?

Herausstürzend aus dem Untergrundbahnhof, begierig, Wachs zu werden in den Händen der Magier, hasten erwachsene, im Daseinskampf erprobte und unerbittliche Männer an die Theaterkassen. Mit dem Hut geben sie in der Garderobe ihr gewohntes Benehmen, ihre Haltung »im Leben« ab; die Garderobe verlassend, nehmen sie ihre Plätze mit der Haltung von Königen ein. Soll man ihnen dies übelnehmen? Man brauchte, um dies lächerlich zu finden, nicht die königliche Haltung der käsehändlerischen vorzuziehen. Die Haltung dieser Leute in der Oper ist ihrer unwürdig. Ist es möglich, daß sie sie ändern? Kann man sie veranlassen, ihre Zigarren herauszuziehen?

Dadurch, daß, technisch betrachtet, der »Inhalt« zu einem selbständigen Bestandteil geworden ist, zu dem Text, Musik und Bild »sich verhalten«, durch die Aufgabe der Illusion zugunsten der Diskutierbarkeit und dadurch, daß der Zuschauer, statt erleben zu dürfen, sozusagen abstimmen, statt sich hineinversetzen, sich auseinandersetzen soll, ist eine Umwandlung angebahnt, die über Formales weit hinausgeht und die eigentliche, die gesellschaftliche Funktion des Theaters überhaupt zu erfassen beginnt.

Die alte Oper schließt die Diskussion des Inhaltlichen absolut aus. Geschähe es etwa, daß der Zuschauer bei der Darstellung irgendwelcher Zustände zu diesen Zuständen Stellung nähme, hätte die alte Oper ihre Schlacht verloren, der Zuschauer wäre »drausgekommen«. Die alte Oper enthielt natürlich auch Elemente, die nicht rein kulinarisch waren – man muß die Epoche ihres Aufstiegs von der ihres Abstiegs unterscheiden –. »Zauberflöte«, »Figaro«, »Fidelio« enthielten weltanschauliche, aktivistische Elemente. Jedoch war das Weltanschauliche, etwa das Wagnis, stets so kulinarisch bedingt, daß *der Sinn* dieser Opern sozusagen ein absterbender war und dann in den Genuß einging. War der eigentliche »Sinn« abgestorben, hatte die Oper keineswegs nun keinen Sinn mehr, sondern eben einen anderen, nämlich den als Oper. Der Inhalt war in der Oper abgelegt. Die heutigen Wagnerianer begnügen sich mit der Erinnerung, daß die ursprünglichen Wagnerianer einen Sinn festgestellt und also gewußt hätten. Bei den von Wagner abhängig Produzierenden wird sogar die Haltung des Weltanschauenden noch stur beibehalten. (Eine Weltanschauung, die, zu sonst nichts mehr nütze, nur noch als Genußmittel verschleudert wird!) (»Elektra«, »Jonny spielt auf«.) Eine ganze, reich entwickelte Technik, die diese Haltung ermöglicht hat, wird beibehalten: in der Haltung des Weltanschauenden geht der Spießer durch seinen beschaulichen Alltag. Nur von hier aus, vom absterbenden Sinn aus (also wohlverstanden: dieser Sinn *konnte* absterben), werden die fortgesetzten Neuerungen verständlich, die die Oper heimsuchen – als verzweifelte Versuche, dieser Kunst hinterher einen Sinn zu verleihen, einen »neuen« Sinn, wobei dann am Ende das Musikalische selber dieser Sinn wird; wo also etwa der Ablauf der musikalischen Formen als Ablauf einen Sinn bekommt und gewisse Proportionen, Verschiebungen usw. aus einem Mittel glücklich ein Zweck geworden sind. Fortschritte, welche die Folge von nichts sind und nichts zur Folge haben, welche nicht aus neuen Bedürfnissen kommen, sondern nur mit neuen Reizen alte Bedürfnisse befriedigen, also eine rein konservierende Aufgabe haben. Man nimmt neue stoffliche Elemente herein, die »an dieser Stelle« noch nicht bekannt sind, da sie, als »diese Stelle« eingenommen wurde, auch an anderer noch nicht bekannt gewesen waren. (Lokomotiven, Maschinenhallen, Aeroplane, Badezimmer usw. dienen als Ablenkung. Die Besseren verneinen den Inhalt überhaupt und tragen ihn in lateinischer Sprache vor oder vielmehr weg.) Das sind Fortschritte, welche nur anzeigen, daß etwas zurückgeblieben ist. Sie werden gemacht, ohne daß sich die Gesamtfunktion ändert oder vielmehr: nur damit die sich nicht ändert. Und die Gebrauchsmusik?

In dem gleichen Augenblick, als man das konzertante, also nackteste l'art pour l'art erreicht hatte (es wurde als Reaktion auf das emotionelle Moment der impressionistischen Musik erreicht), tauchte sozusagen schaumgeboren der Begriff der Gebrauchsmusik auf; worin die Musik sozusagen von dem Laien Gebrauch machte. Der Laie wurde so gebraucht, wie eine Frau »gebraucht« wird. Neuerung über Neuerung: der hörmüde Hörer wurde spielfreudig. Der Kampf gegen die Hörfaulheit schlug direkt um in den Kampf für den Hörfleiß und dann in den Spielfleiß. Der Cellist des Orchesters, ein mehrfacher Familienvater, spielte nicht mehr aus Weltanschauung, sondern aus Freude. Der Kulinarismus war gerettet![9]

Man fragt sich: Warum dieser Marsch auf der Stelle? Warum dieses zähe Festhalten am Genießerischen, an der Berauschung? Warum dieses geringe Interesse für die eigenen Angelegenheiten außerhalb der eigenen vier Wände? Warum keine Diskussion?

Antwort: Es ist von einer Diskussion nichts zu erwarten. Eine Diskussion der heutigen Gesellschaftsform, ja sogar eine solche nur ihrer unwichtigsten Bestandteile würde sofort und unhemmbar zu einer absoluten Bedrohung dieser Gesellschaftsform überhaupt führen.

Wir haben gesehen, daß die Oper als Abendunterhaltung verkauft wird, wodurch alle Versuche, sie zu ändern, ganz bestimmte Grenzen finden. Wir sehen: diese Unterhaltung muß eine feierliche und den Illusionen gewidmete sein. Warum?

In der jetzigen Gesellschaft ist die alte Oper sozusagen nicht »wegzudenken«. Ihre Illusionen haben gesellschaftlich wichtige Funktionen. Der Rausch ist unentbehrlich; nichts kann an seine Stelle gesetzt werden[10]. Nirgends, wenn nicht in der Oper, hat

9 Neuerungen solcher Art sind zu kritisieren, solange sie lediglich der Erneuerung überfällig gewordener Institutionen dienen. Sie stellen Fortschritte dar, wenn man einen grundsätzlichen *Funktionswechsel* dieser Institutionen durchführen will. Dann sind sie quantitative Verbesserungen, Entledigungen, Reinigungsprozesse, die von dem stattgefundenen oder stattzufindenden Funktionswechsel aus erst ihren Sinn bekommen.
Wirklicher Fortschritt ist nicht Fortgeschrittensein, sondern Fortschreiten. Wirklicher Fortschritt ist, was Fortschreiten ermöglicht oder erzwingt. Und zwar in breiter Front die angeschlossenen Kategorien mitbewegend. Wirklicher Fortschritt hat als Ursache die Unhaltbarkeit eines wirklichen Zustandes und als Folge seine Veränderung.

10 Das Leben, wie es uns auferlegt ist, ist zu schwer für uns, es bringt uns zuviel Schmerzen, Enttäuschungen, unlösbare Aufgaben. Um es zu ertragen, können wir Linderungsmittel nicht entbehren. Solcher Mittel gibt es vielleicht dreierlei: mächtige Ablenkungen, die uns unser Elend gering schätzen lassen, Ersatzbefriedigungen, die es verringern, Rauschstoffe, die uns für dasselbe unempfindlich machen. Irgend etwas dieser Art ist unerläßlich. Die Ersatzbefriedigungen, wie die Kunst sie bietet, sind gegen die Realität Illusionen, darum nicht minder psychisch wirksam, dank der Rolle, die die Phantasie im Seelenleben behauptet hat. (Freud, »Das Unbehagen in der Kultur«, Seite 22.) Diese Rauschmittel tragen unter Umständen die Schuld daran, daß große Energiebeträge, die zur Verbesserung des menschlichen Loses verwendet werden könnten, nutzlos verlorengehen. (Ebendaselbst, Seite 28.)

der Mensch die Gelegenheit, ein Mensch zu bleiben! Seine sämtlichen Verstandesfunktionen sind längst zurückgeschraubt auf solche des angstvollen Mißtrauens, der Übervorteilung des anderen, der selbstischen Berechnung.

Die alte Oper gibt es nicht nur deshalb noch, weil sie alt ist, sondern hauptsächlich deshalb, weil der Zustand, dem sie dient, noch immer der alte ist. Er ist es nicht ganz. Und darin liegen die Aussichten der neuen Oper. Heute ist schon die Frage zu stellen, ob nicht die Oper bereits in einem Zustand ist, in dem weitere Neuerungen nicht mehr zur Erneuerung dieser Gattung, sondern schon zu ihrer Zerstörung führen[11].

Mag »Mahagonny« so kulinarisch sein wie immer – eben so kulinarisch wie es sich für eine Oper schickt –, so hat es doch schon eine gesellschaftsändernde Funktion; es stellt eben das Kulinarische zur Diskussion, es greift die Gesellschaft an, die solche Opern benötigt; sozusagen sitzt es noch prächtig auf dem alten Ast, aber es sägt ihn wenigstens schon (zerstreut oder aus schlechtem Gewissen) ein wenig an... Und das haben mit ihrem Singen die Neuerungen getan.

Wirkliche Neuerungen greifen die Basis an.

Für Neuerungen – gegen Erneuerung!

Die Oper »Mahagonny« ist vor drei Jahren, 1927, geschrieben. In den anschließenden Arbeiten wurden Versuche unternommen, das Lehrhafte auf Kosten des Kulinarischen immer stärker zu betonen. Also aus dem Genußmittel den Lehrgegenstand zu entwickeln und gewisse Institute aus Vergnügungsstätten in Publikationsorgane umzubauen.

11 In der Oper »Mahagonny« sind dies jene Neuerungen, die es dem Theater ermöglichen, Sittenschilderungen zu bringen (den Warencharakter des Vergnügens sowie den des sich Vergnügenden aufzudecken), und jene, durch die der Zuschauer moralisch eingestellt wird.

[ANHANG]

[Zur dramatischen und epischen Form des Theaters]
[Fassung 1938]

Dramatische Form des Theaters	*Epische Form des Theaters*
Die Bühne »verkörpert« einen Vorgang	sie erzählt ihn
verwickelt den Zuschauer in eine Aktion und	macht ihn zum Betrachter, aber
verbraucht seine Aktivität	weckt seine Aktivität
ermöglicht ihm Gefühle	erzwingt von ihm Entscheidungen
vermittelt ihm Erlebnisse	vermittelt ihm Kenntnisse
der Zuschauer wird in eine Handlung hineinversetzt	er wird ihr gegenübergesetzt
es wird mit Suggestion gearbeitet	es wird mit Argumenten gearbeitet
die Empfindungen werden konserviert	bis zu Erkenntnissen getrieben
der Mensch wird als bekannt vorausgesetzt	der Mensch ist Gegenstand der Untersuchung
der unveränderliche Mensch	der veränderliche und verändernde Mensch
Spannung auf den Ausgang	Spannung auf den Gang
eine Szene für die andere	jede Szene für sich
die Geschehnisse verlaufen linear	in Kurven
natura non facit saltus	facit saltus
die Welt, wie sie ist	die Welt, wie sie wird
was der Mensch soll	was der Mensch muß
seine Triebe	seine Beweggründe
das Denken bestimmt das Sein	das gesellschaftliche Sein bestimmt das Denken

[Erklärung]

Die Oper »Aufstieg und Fall der Stadt Mahagonny« hat, obwohl bei den verschiedenen Aufführungen ganz verschieden inszeniert, beinahe immer Skandale erzeugt. Gegen diese Skandale war nichts einzuwenden, soweit sie nicht auf primitiven Mißverständnissen beruhten. Eines der hauptsächlichen Mißverständnisse war das folgende: die Freude (Unterhaltung, Erholung), die in der Stadt Mahagonny dargeboten wird, ist nur gegen Geld zu haben und wird in Form von Exzessen genossen. Viele glaubten nun fälschlicherweise, das Werk wende sich einzig und allein dagegen, daß die betreffenden Exzesse nur gegen Geld zu haben sind, das Werk sei also dafür, daß Exzesse möglichst umsonst zu haben sind, es sei also *für* Exzesse. In Wirklichkeit bemüht sich das Werk, wie schon die letzte große Demonstrationsszene beweist, gerade den Zusammenhang zwischen der Käuflichkeit von Freude (Unterhaltung, Erholung) und ihrem exzessiven Charakter aufzuzeigen. Die Skandale, die – bei richtigem Verständnis – durch die Oper »Mahagonny« erzeugt werden, entsprechen nur dem großen, tiefen und umfassenden Skandal, durch den sie selber erzeugt wurde.

ZU »DER FLUG DER LINDBERGHS« (Band 3)

Erläuterungen

Der »Flug der Lindberghs« nicht Genuß-, sondern Lehrmittel. Der »Flug der Lindberghs« hat keinen Wert, wenn man sich nicht daran schult. Er besitzt keinen Kunstwert, der eine Aufführung rechtfertigt, die diese Schulung nicht bezweckt. Er ist ein *Lehrgegenstand* und zerfällt in zwei Teile. Der eine Teil (die Gesänge der Elemente, die Chöre, die Wasser- und Motorengeräusche usw.) hat die Aufgabe, die Übung zu ermöglichen, d. h. einzuleiten und zu unterbrechen, was am besten durch einen Apparat geschieht. Der andere *pädagogische* Teil (der Lindberghpart) ist der Text für die Übung: der Übende ist Hörer des einen Textteiles und Sprecher des anderen Teiles. Auf diese Art entsteht eine Zusammenarbeit zwischen Apparat und Übenden, wobei es mehr auf Genauigkeit als auf Ausdruck ankommt. Der Text ist mechanisch zu sprechen und zu singen, am Schluß jeder Verszeile ist abzusetzen, der abgehörte Teil ist mechanisch mitzulesen.

»In Verfolg der Grundsätze: der Staat soll reich sein, der Mensch soll arm sein, der Staat soll verpflichtet sein, vieles zu können, dem Menschen soll es erlaubt sein, weniges zu können, soll der Staat, was die Musik betrifft, alles hervorbringen, was besondere Apparate und besondere Fähigkeiten verlangt, aber der einzelne soll eine Übung hervorbringen. Freischweifende Gefühle anläßlich von Musik, besondere Gedanken, wie sie beim Anhören von Musik gedacht werden, Erschöpfung des Körpers, wie sie beim bloßen Anhören von Musik leicht eintritt, sind Ablenkungen von der Musik. Um diese Ablenkungen zu vermeiden, beteiligt sich der einzelne an der Musik, hierin auch dem Grundsatz folgend: tun ist besser als fühlen, indem er die Musik im Buch mit den Augen verfolgt und die für ihn ausgesparten Stellen und Stimmen hinzufügt, indem er sie für sich oder im Verein mit anderen singt (Schulklasse).«

Der Rundfunk nicht zu beliefern, sondern zu verändern.
Dem gegenwärtigen Rundfunk soll der »Flug der Lindberghs« nicht zum Gebrauch dienen, sondern er *soll ihn verändern.* Die zunehmende Konzentration der mechanischen Mittel, sowie die zunehmende Spezialisierung in der Ausbildung – Vorgänge, die zu beschleunigen sind – erfordern eine Art *Aufstand* des Hörers, seine Aktivisierung und seine Wiedereinsetzung als Produzent.

Das Baden-Badener Radioexperiment.
Die Verwertung des »Flugs der Lindberghs« und die Verwendung des Radios in der veränderten Form ist durch eine Vorführung auf dem Baden-Badener Musikfest 1929 demonstriert worden. Auf der linken Seite des Podiums war das Rundfunkorchester mit seinen Apparaten und Sängern, auf der rechten Seite der Hörer aufgestellt, der, eine Partitur vor sich, den Lindberghpart als den pädagogischen durchführte. Zu der instrumentalen Begleitung, die der Rundfunk lieferte, sang er seine Noten. Die zu sprechenden Teile las er, ohne sein eigenes Gefühl mit dem Gefühlsinhalt des Textes zu identifizieren, am Schluß jeder Verszeile absetzend, also in der Art einer *Übung.* Auf der Rückwand des Podiums stand die Theorie, die so demonstriert wurde.

Warum ist der »Flug der Lindberghs« nicht als Lehrgegenstand zu verwenden und der Rundfunk nicht zu verändern?
Diese Übung dient der Disziplinierung, welche die Grundlage der Freiheit ist. Der einzelne aber wird zwar nach einem Genußmittel von selber greifen, nicht aber nach einem Lehrgegenstand, der ihm weder Verdienst noch gesellschaftliche Vorteile verspricht. Solche Übungen nützen dem einzelnen nur, indem sie dem Staat nützen, und sie nützen nur einem Staat, der allen gleichmäßig nützen will. Der Lindberghflug hat also weder einen ästhetischen noch einen revolutionären Wert, der unabhängig von seiner Anwendung besteht, die nur der Staat organisieren kann. Seine richtige Anwendung aber macht ihn immerhin so weit »revolutionär«, daß der gegenwärtige Staat kein Interesse hat, diese Übungen zu veranstalten.

Vorstellung bei falscher konzertanter Verwendung.
Wie die Anwendung über den Text entscheidet, zeigt folgendes Beispiel: die Figur eines öffentlichen Helden im »Flug der Lindberghs« könnte dazu benutzt werden, die Hörer etwa eines *Konzertes* zu veranlassen, sich durch Hineinfühlen in den Helden von der Masse zu trennen. In einer konzertanten, also falschen Aufführung muß wenigstens, damit der Sinn des Ganzen nicht völlig zerstört werde, der Lindberghpart von einem *Chor* gesungen werden. Nur durch *das gemeinsame Ich-Singen* (Ich bin Charles Lindbergh, ich breche auf, ich bin nicht müde usw.) kann ein Weniges von der pädagogischen Wirkung gerettet werden.«[1]

1 Siehe »Versuche«, 2, »Geschichten von Herrn Keuner«: »Vorschlag, wenn der Vorschlag nicht beachtet wird«.

ZU »DAS BADENER LEHRSTÜCK VOM EINVERSTÄNDNIS« (Band 3)

Zum »Lehrstück«

Das »Lehrstück«, gegeben durch einige Theorien musikalischer, dramatischer und politischer Art, die auf eine kollektive Kunstübung hinzielen, ist zur Selbstverständigung der Autoren und derjenigen, die sich dabei tätig beteiligen, gemacht und nicht dazu, irgendwelchen Leuten ein Erlebnis zu sein. Es ist nicht einmal ganz fertig gemacht. Das Publikum würde also, *sofern es nicht bei dem Experiment mithilft,* nicht die Rolle des Empfangenden, sondern eines schlicht Anwesenden spielen.

Anmerkung

Ohne hier näher einzugehen auf die besonderen Gesetze des Lehrstücks (dies wird in einer ausführlichen »Theorie der Pädagogien« geschehen), müssen hier in aller Kürze die Anweisungen des Komponisten Hindemith (im Klavierauszug zum »Lehrstück«, dem die erste, ganz unvollständige Fassung des Textes zugrunde liegt) als abwegig korrigiert werden. Hindemith meint:

»Da das Lehrstück nur den Zweck hat, alle Anwesenden an der Ausführung eines Werkes zu beteiligen, und nicht als musikalische und dichterische Äußerung in erster Linie bestimmte Eindrücke hervorrufen will, ist die Form des Stückes dem jeweiligen Zwecke nach Möglichkeit anzupassen. Der in der Partitur angegebene Verlauf ist demnach mehr Vorschlag als Vorschrift. Auslassungen, Zusätze und Umstellungen sind möglich. Ganze Musiknummern können wegbleiben, der Tanz kann ausfallen, die Clownszene kann gekürzt oder ausgelassen werden. Andere Musikstücke, Szenen, Tänze oder Vorlesungen können eingefügt werden, wenn es nötig ist und die eingefügten Stücke nicht den Stil des Ganzen stören. Kleinere Übungen können darin bestehen, das Examen allein oder den Anfang und das Examen auszuführen. Andere Teile können ebensogut allein geübt werden. Dem die Übung Leitenden und der Gemeinschaft der Ausführenden ist es überlassen, die für ihren Zweck passende Form zu finden.«

An diesem Mißverständnis ist wohl hauptsächlich meine eigene Bereitwilligkeit, einen unabgeschlossenen und mißverständlichen Textteil, wie es die in Baden-Baden aufgeführte Fassung des Lehrstücks war, zu rein experimentalen Zwecken auszuliefern, schuld, so daß tatsächlich der einzige Schulungszweck, der in Betracht kommen konnte, ein rein musikalisch formaler war. Aber die Baden-Badener Aufführung war natürlich lediglich zur Selbstverständigung und einmalig gedacht. Selbstverständlich wäre der Lehrwert einer solchen musikalischen Übung an einem »besinnlichen und die Fantasie des Übenden ansprechenden« Text viel zu gering. Selbst wenn man erwartete, daß der einzelne »sich in irgendwas dabei einordnet« oder daß hier auf musikalischer Grundlage gewisse geistige formale Kongruenzen entstehen, wäre eine solche künstliche und seichte Harmonie doch niemals imstande, den die Menschen unserer Zeit mit ganz anderer Gewalt auseinander zerrenden Kollektivbildungen auf breitester und vitalster Basis auch nur für Minuten ein Gegengewicht zu schaffen.

ZU »DER JASAGER« / »DER JASAGER. DER NEINSAGER« (Band 3)

Protokolle von Diskussionen über den »Jasager« (auszugsweise) in der Karl-Marx-Schule, Neukölln

Diskutiert wurde eine dem Japanischen nahe Fassung des Stückes, in der die Reise eine Forschungsreise war (der Knabe schließt sich ihr an, um für seine Mutter Medizin und Unterweisung zu holen) und die Tötung des Knaben auf Grund eines alten großen Brauches erfolgte. (Der Knabe ist damit einverstanden.) Die beiden in den »Versuchen« abgedruckten Fassungen sind unter Berücksichtigung dieser Protokolle hergestellt worden. Die berücksichtigten Einwände und Vorschläge sind durch Sperrdruck hervorgehoben.

... Das Stück ist nicht geeignet für unsere Schule, da der Lehrer des Spieles sehr kaltblütig ist und damit unsere Schule verglichen werden kann ... Die Forschung ist nicht so wichtig wie ein Menschenleben ... Das Spiel bleibt; der Junge kann nicht mehr weiter, bleibt aber und wartet. Der Hunger zwingt ihn, und er stürzt freiwillig in die Tiefe ... Es soll noch ein gerichtliches Nachspiel folgen ... Stück bleibt; der Junge mit großen Anstrengungen mitgenommen. Auf dem Wege rutschen zwei ab und stürzen ab ... *Durch Anseilen den Jungen mitnehmen* ... Klasse OIIIa.

... Völlig neu ist uns, daß in diesem Stück die Musik nicht mit dem Text gleichläuft. Zum Schluß, als der Knabe tot ist, würde ein anderer Komponist wahrscheinlich einige feierliche, langanhaltende Akkorde als Begleitung des Chors laufen lassen. Dadurch ist man von dieser Szene so erschüttert, daß man nur diesen Teil im Kopf behält und sich über andere Teile gar nicht im klaren ist. Dieses wird durch Bertolt Brechts flotte Art beseitigt. Die Musik ist in Bertolt Brechts Oper immer gleichbleibend flott. Als nun der Knabe tot ist, ist die Musik zum Gesang des Chors »Und er war tot« sehr stark an einen jetzigen Tanz angelehnt. Man hat durch die leichte flotte Art Bertolt Brechts einen Überblick über die Oper, der sehr vorteilhaft ist, denn sie ist an keiner Stelle so ergreifend, daß einem direkt Tränen ausgepreßt werden, und auch nicht so ablehnend, daß man sagen kann, man hätte über einzelne Stellen gar keinen Überblick, sondern man könne sich nur die Oper als Ganzes vorstellen ... Leider ist der Text in der Oper an einer Stelle nicht sehr überzeugend. *Der Knabe wird fast zu einem Märtyrer verklärt, denn er zieht freiwillig, ohne Widerstand, in den Tod.* Man könnte fast meinen, der Knabe geht auf die Wünsche der Kameraden ein, weil es auch seine Wünsche sind, die er allerdings nicht ausspricht. Wie wäre es, wenn der Knabe erst ein wenig zaudert? Nach unserer Meinung hätte die Oper dadurch auch *eine Hauptwirkung, wenn der Knabe erst ein wenig zaudert* ... Im ganzen ist unsere Meinung, daß das Stück zu den wenigen gehört, die auch Schüler ohne große Anstrengung aufführen können ...

... Entweder soll der Student auch krank werden und die Expedition soll umkehren, trotzdem der Knabe will, daß man ihn den Felsen hinunterstürzt. Oder *sie sollen versuchen, über den Pfad zu kommen,* und dabei soll der Junge abstürzen oder auch alle, so daß nachher keiner die Schuld an dem Tod des Knaben hat ... W. Berg, Klasse IVa, 12 Jahre.

Ich schreibe nur, was die Schüler sagen. »Die Oper ist sehr traurig.« »Sie klingt nicht gut.« »In der Oper wird doch gesungen.« »Es ist komische Satzstellung, und der Vers gehört nicht dazu.« »Das Stück gefällt mir sehr gut, nur *das mit dem Brauch ist, glaube ich, nicht richtig.*« »Es ist gut, daß man die Kranken runterwirft, denn sonst quält er sich mehr.« »Das ist ja Mord.« »Ich war auch in den Alpen in Hütten, da haben wir aber immer was zu essen gefunden, da kommt jeden Abend jemand hin, dem das Geschirr gehört.« »Ich verstehe nicht den Sinn mit dem Jasager.« »Das mit dem Jasager ist so, er sagt ja, ohne es zu wissen, und genau so ist es mit der Mutter. Aber sie haben ihn doch, soviel man hört, hinaufgetragen, und ich denke, man kann da niemanden tragen.« »Nur bis zum Abgrund.« »Das Stück ist eher für Erwachsene.« »Wir sind doch keine Trauerklöße.« »Ich meine, er soll verständlicher schreiben.« »Ich finde, das mit dem Chor ist nur für Primaner.« »Ich glaube, daß er ja gesagt hat, weil er seine Mutter gesund haben wollte, und wenn er nein gesagt hätte, wären die andern auch nicht zu den Ärzten gekommen.« »Was wollen die eigentlich da, das ist unklar.« »Ich möchte sagen, wenn seine Mutter von seinem Tode erfährt, sie doch noch kränker wird.« »Wie werfen sie ihn denn runter?« »Das ist doch grausam.« »Vielleicht ist einer zäh und lebt noch.« »Ich meine, ein junges Leben ist mehr wert als ein altes.« »*Es wäre schöner, wenn er sagte, ich will es mir überlegen,* und man hört ein Selbstgespräch vom Jungen, da werden einem die Gründe klar.« B. Korsch, VIb, 10 Jahre.

... Es wurden bei uns zwei Vorschläge gemacht, die aber den Sinn des Stückes verändern würden. 1. Dem Jungen »Biomalz« geben (wo aber welches hernehmen?); 2. Den Jungen vorher untersuchen. Va, 11 Jahre.

... Mehrere Stimmen schließen sich der Ansicht an, daß *das Schicksal* des Jasagers *nicht so dargestellt* ist, *daß man seine Notwendigkeit sieht. Warum ist nicht die ganze Gesellschaft umgekehrt und hat das kranke Glied gerettet, anstatt es zu töten?* ... Von dieser Seite kommt der Vorschlag, die Szene des Bergsteigens und des Absturzes stärker zu realisieren, um dadurch vielleicht das nötige Verständnis herbeizuführen ... *Die Mystik, die die Oper durchzieht, wird nicht angenehm empfunden ... Die Motivierung der Handlung ist nicht deutlich (real) genug ...* Gruppe der OI, 18 Jahre.

... *Man könnte das Stück gerade dazu benutzen, die Schädlichkeit des Aberglaubens zu zeigen.* Es wäre vielleicht aus seiner japanischen Heimat heraus verständlich, uns aber fremd, höchstens etwas für künstlerische Feinschmecker ...
M. Tautz, UIIIa, 14 Jahre.

... Der größte Teil der Klasse ist der Meinung, daß das Stück unbedingt so bleiben müsse. Bei der Aufführung sei höchstens das Programm mit einer Erklärung zu versehen ... Es muß in dieser Einleitung versucht werden, den Zuschauer von der Notwendigkeit dieser brutalen, jedoch nicht lebensunwahren Sache zu überzeugen. H. Zeschel, UIb, 17 Jahre.

... Die Gesellschaft muß solidarisch handeln, den unfähigen Kranken zurückführen ... Die übrige Gesellschaft darf auf keinen Fall einen moralischen Druck auf den Knaben ausüben, um seine Einwilligung zu erlangen ... *Die Frage ist zu prüfen, ob der Vorteil des Gewonnenen so groß ist, daß der Opfertod des Knaben notwendig ist.*

Gerhard Krieger (Arbeiter-Kurs), 20 Jahre.

ZU »DIE MASSNAHME« (Band 3)

[Das Lehrstück »Die Massnahme«]

Das Lehrstück »Die Maßnahme« ist kein Theaterstück im üblichen Sinne. Es ist eine Veranstaltung von einem Massenchor und 4 Schauspielern. Den Part der Spieler haben bei unserer heutigen Aufführung, die mehr eine Art Ausstellung sein soll, 4 Schauspieler übernommen, aber dieser Part kann natürlich auch in ganz einfacher und primitiver Weise von jungen Leuten ausgeführt werden und gerade das ist sein Hauptzweck.

Der Inhalt des Lehrstückes ist kurz folgender: 4 kommunistische Agitatoren stehen vor einem Parteigericht, dargestellt durch den Massenchor. Sie haben in China kommunistische Propaganda getrieben und dabei ihren jüngsten Genossen erschießen müssen. Um nun dem Gericht die Notwendigkeit dieser Maßnahme der Erschießung eines Genossen zu beweisen, zeigen sie, wie sich der junge Genosse in den verschiedenen politischen Situationen verhalten hat. Sie zeigen, daß der junge Genosse gefühlsmäßig ein Revolutionär war, aber nicht genügend Disziplin hielt und zu wenig seinen Verstand sprechen ließ, so daß er, ohne es zu wollen, zu einer schweren Gefahr für die Bewegung wurde.

Der Zweck des Lehrstückes ist also, politisch unrichtiges Verhalten zu zeigen und dadurch richtiges Verhalten zu lehren. Zur Diskussion soll durch diese Aufführung gestellt werden, ob eine solche Veranstaltung politischen Lehrwert hat.

Fragebogen

1. Glauben Sie, daß eine solche Veranstaltung politischen Lehrwert für den Zuschauer hat?
2. Glauben Sie, daß eine solche Veranstaltung politischen Lehrwert für den Ausführenden (also Spieler und Chor) hat?
3. Gegen welche in der »Maßnahme« enthaltenen Lehrtendenzen haben Sie politische Einwände?
4. Glauben Sie, daß die Form unserer Veranstaltung für ihren politischen Zweck die richtige ist? Könnten Sie uns noch andere Formen vorschlagen?

[Über Begriffe]

Will man den Vorgängen der »Maßnahme« Begriffe abziehen, dann muß man für dieselben sehr genau die jeweilige Zuständigkeit bezeichnen. Bekäme man z. B. den Begriff Gerechtigkeit, so müßte man sich durchaus auf einen Begriff der Gerechtigkeit beschränken, welcher durch die Ungerechtigkeit der kapitalistischen Gesellschaft gesetzt wird und durch deren Vernichtung erlangt werden kann.

Anmerkungen

1. Offener Brief an die künstlerische Leitung der Neuen Musik Berlin 1930, Heinrich Burkard, Paul Hindemith, Georg Schünemann

Berlin, den 12. Mai 1930

Sie haben es abgelehnt, die Verantwortung für die Aufführung unseres neuen, zwischen uns verabredeten Lehrstücks vor Ihrem uns namentlich nicht bekannten »Programmausschuß« zu übernehmen, und fordern uns auf, den Text diesem Ausschuß zur Zerstreuung politischer Bedenken vorzulegen. (Diese Kontrolle, fügen Sie hinzu, komme für alle Werke in Betracht.) Wir haben dies abgelehnt. Hier der Grund:

Wenn Sie Ihre so wichtigen Veranstaltungen, in denen Sie neue Verwendungsarten der Musik zur Diskussion stellen, weiterführen wollen, dann dürfen Sie sich auf keinen Fall in finanzielle Abhängigkeit von Leuten oder Institutionen begeben, die Ihnen von vornherein soundsoviele und vielleicht nicht die schlechtesten Verwendungsarten aus ganz anderen als künstlerischen Gründen verbieten. So wenig es Ihre künstlerische Aufgabe sein kann, etwa die Polizei zu kritisieren, so wenig rätlich wäre es etwa, ausgerechnet von der Polizei Ihre künstlerischen Veranstaltungen finanzieren zu lassen: Sie setzen sie nämlich eventuell der Vorkritik der Polizei aus. Es gibt nämlich Aufgaben der neuen Musik, welche der Staat zwar nicht verbieten, aber auch nicht gerade finanzieren kann. Seien wir doch zufrieden, wenn der Polizeipräsident unsere Arbeiten nicht verbietet, fordern wir doch nicht auch noch das Schupoorchester an!

Im übrigen sind wir ja jetzt endlich auf dem Stand, den wir immer ersehnt haben: Haben wir nicht immer nach Laienkunst gerufen? Hatten wir nicht schon lange Bedenken gegen diese großen, von hundert Bedenken gehemmten Apparate?

Ein positiver Vorschlag:

Wir nehmen diese wichtigen Veranstaltungen aus allen Abhängigkeiten heraus und lassen sie von denen machen, für die sie bestimmt sind und die allein eine Verwendung dafür haben: von Arbeiterchören, Laienspielgruppen, Schülerchören und Schülerorchestern, also von solchen, die weder für Kunst bezahlen noch für Kunst bezahlt werden, sondern Kunst machen wollen.

Sie müssen einsehen, daß in der jetzigen Situation Ihr Rücktritt von der künstlerischen Leitung der Neuen Musik Berlin 1930 als Protest gegen alle Zensurversuche der neuen Musik mehr nützen würde, als wenn Sie im Sommer 1930 noch einmal ein Musikfest feiern. gez. *Bertolt Brecht. Hans Eisler.*

Es blieb jedoch bei der Abhaltung des Musikfestes und der Ablehnung einer Aufführung der »Maßnahme« »wegen formaler Minderwertigkeit des Textes«.

2. Die Musik zur »Maßnahme«

a) Die Einleitung (Zeile 1 bis 25) [S. 101, 1–19] enthält im Text eine Situationsänderung. Die Agitatoren unterbrechen dic ihnen dargebrachte Rühmung mit dem Antrag, über ihre Arbeit eine Untersuchung anzustellen. Indem die Musik, im Ganzen einen Brauch konstituierend, die Haltung des Kontrollchors *nicht* verändert, unterwirft sie rückwirkend auch die Rühmung des Anfangs ihrer allgemeineren Funktion, eine geschäftsordnende Haltung als eine heroische zu fixieren. Wird also der Gesamtvorgang als sich von a bis b entwickelnd vorgestellt, wobei a eine rühmende, b eine geschäftsordnende Haltung bedeutet, dann erhält dadurch, daß die Musik ihre heroisierende Haltung, die aus a genommen ist, bei b beibehält, die rühmende Haltung des Anfangs rückwirkend einen geschäftsordnenden und die geschäftsordnende Haltung einen heroischen Charakter. Es ist jedoch denkbar, daß dies auch erreicht ist, wenn der letzte Satz »Stellt dar, wie es geschah« ohne Musik kommt.

b) Die unterbrechenden Rezitativakte in dem Teil 1 (Die Lehren der Klassiker) haben eine disziplinierende Funktion. Sie legen die Zeitmaße der Sprechweise fest. Sie richten sich also keineswegs nach den Sprechern.

c) Bei den Stücken »Lob der U.S.S.R.«, »Lob der illegalen Arbeit«, »Ändere die Welt: sie braucht es«, »Lob der Partei« wurden der Musik Theorien überliefert. Es handelte sich darum, den Chören nicht zu gestatten »sich auszudrücken«, also waren Modulationen in der Tonstärke vorsichtig anzuwenden und auch melodische Buntheit zu vermeiden. Die Chöre sind hier mit voller Stimmstärke unter Anstrengung zu singen. Sie haben organisatorischen Charakter, die Theorien selber sind nicht bloße Widerspiegelungen (»wie sie es sehen«), sondern Kampfmittel.

d) Die Musik zum Teil 2 (Auslöschung) stellt einen Versuch dar, eine gesellschaftliche Umfunktionierung als heroischen Brauch zu konstituieren. Es ist denkbar, daß so etwas gefährlich ist, denn ohne Zweifel wirkt dadurch der Vorgang rituell, d.h. entfernt von seinem jeweiligen praktischen Zweck. Es wird darauf hinauslaufen, ob man in solchen Übungen Glorifizierungen psychischer Akte oder lediglich ihre Ermöglichung sieht. Jedenfalls wird hier (nur der Leiter des Parteihauses singt!) ein emotionelles Feld geschaffen. Es ist durchaus nötig, daß die drei ihr »ja« bewußt außerhalb der Konstruktion der Musik, also feldfrei sprechen.

e) Die Musik zu Teil 5 (Was ist eigentlich ein Mensch?) ist die Imitation einer Musik, die die Grundhaltung des Händlers widerspiegelt, des Jazz. Die Brutalität, Dummheit, Souveränität und Selbstverachtung dieses Typus konnte in keiner anderen musikalischen Form »gestaltet« werden. Auch gibt es kaum eine Musik, welche so provokatorisch auf den jungen Genossen wirken könnte. (Dennoch ist eine Ablehnung des Jazz, welche nicht von einer Ablehnung seiner gesellschaftlichen Funktionen herkommt, ein Rückschritt.) Man muß nämlich unterscheiden können, zwischen dem Jazz als Technikum und der widerlichen Ware, welche die Vergnügungsindustrie aus ihm machte. Die bürgerliche Musik war nicht imstande, das Fortschrittliche im Jazz weiterzuentwickeln, nämlich das montagemäßige, das den Musiker zum technischen Spezialisten machte. Hier waren

Möglichkeiten gezeigt, eine neue Einheit von Freiheit des einzelnen und Diszipliniertheit des Gesamtkörpers zu erzielen (Improvisieren mit festem Ziel), das Gestische zu betonen, die Methode des Musizierens der Funktion unterzuordnen, also bei Funktionswechsel Stilarten übergangslos zu wechseln usw.

3. Sätze des Sprechers bei öffentlichen Aufführungen

Bei öffentlichen Aufführungen kann ein Mitglied des Kontrollchores folgende Sätze sprechen:

Zwischen den Zeilen 2 und 3 [vor 101,1]:

Wir begrüßen jetzt die vier Agitatoren, die in Mukden gearbeitet haben.

Zwischen 26 und 27 [nach 101,22]:

Wer war der Genosse, den ihr getötet habt, und wie war er?

Zwischen 33 und 34 [nach 101,31]:

Spielt uns den Vorgang mit verteilten Rollen vor!

Zwischen 124 und 125 [103,35]:

Kannte der junge Genosse die Gefahren illegaler Arbeit?

Zwischen 225 und 226 [106,15]:

Wie arbeitete der junge Genosse?

Zwischen 397 und 398 [110,15]:

Lernte der Genosse aus seinem ersten Fehler?

Zwischen 565 und 566 [113,9]:

Stelltet ihr dem Genossen auch leichtere Aufgaben?

Zwischen 706 und 707 [vor 117,4]:

Brachte der Genosse die Bewegung in Gefahr?

Zwischen 964 und 965 [123,21]:

Nennt jetzt eure Maßnahme!

4. Einübung der »Maßnahme«

Die dramatische Vorführung muß einfach und nüchtern sein, besonderer Schwung und besonders »ausdrucksvolles« Spiel sind überflüssig. Die Spieler müssen lediglich das jeweilige Verhalten der Vier zeigen, welches zum Verständnis und zur Beurteilung des Falles gekannt werden muß. (Der Text der drei Agitatoren kann aufgeteilt werden.) Jeder der vier Spieler soll die Gelegenheit haben, einmal das Verhalten des jungen Genossen zu zeigen, daher soll jeder Spieler eine der vier Hauptszenen des jungen Genossen spielen.

Die Vorführenden (Sänger und Spieler) haben die Aufgabe, lernend zu lehren. Da es in Deutschland eine halbe Million Arbeitersänger gibt, ist die Frage, was im Singenden vorgeht, mindestens so wichtig wie die Frage, was im Hörenden vorgeht. Jedoch sollten Versuche, aus der »Maßnahme« Rezepte für politisches Handeln zu entnehmen, ohne Kenntnis des Abc des dialektischen Materialismus nicht unternommen werden. Für einige ethische Begriffe wie Gerechtigkeit, Freiheit, Menschlichkeit usw., die in der »Maßnahme« vorkommen, gilt, was Lenin über Sittlichkeit sagt: »Unsere Sittlichkeit leiten wir aus den Interessen des proletarischen Klassenkampfes ab.« (Band 25, S. 483.)

5. Lenin über Lernen

»Es gibt noch keine Antwort auf die wichtigste, wesentlichste Frage: Wie und was soll man lernen? Hier aber handelt es sich in der Hauptsache darum, daß zugleich mit der Umgestaltung der alten kapitalistischen Gesellschaft die Unterweisung, Erziehung und Bildung der neuen Generationen, die die kommunistische Gesellschaft aufbauen werden, nicht nach den alten Methoden betrieben werden kann.« (Rede auf dem dritten allrussischen Kongreß des kommunistischen Jugendverbandes Rußlands am 2. Oktober 1920. Band 25, S. 474.)

Für das Einstudieren

1) Suchen jener Stelle des falschen Verhaltens.
2) Dazuerfinden von Regiebemerkungen von der Art: Die Vier lachten, sahen sich an und sagten: ...
3) Die Vorstellung, die Vorführung geschehe zum Anleiten jüngerer und unerfahrener Darsteller. Dann spielen also *Regisseure.*
4) Vers 289 [107,35 f.] z. B. kann als historischer Moment aufgefaßt werden. Vielleicht zum ersten Mal stellt ein Mensch diese Frage? Sie wird auch nicht verstanden.
5) Vers 49 [102,5]: Die Frage, wie die sechs Neins gesagt werden, führt zu der Frage, wieviel zu zeigen ist nötig?

ZU »DIE HEILIGE JOHANNA DER SCHLACHTHÖFE« (Band 3)

Darstellung der Geschäfte des Pierpont Mauler

1. Phase:

Der Fleisch- und Konservenfabrikant Mauler fühlt das Heraufkommen einer großen Absatzkrise auf dem Fleischmarkt. Er verkauft seine Anteile an den Packhöfen an seinen Kompagnon, verpflichtet sich aber, vor seinem Ausscheiden aus dem Geschäft noch die Konkurrenz niederzuringen. (I)

2. Phase:

Die Lennoxschen Fleischfabriken sind von Mauler und Cridle niederkonkurriert worden und schließen. (II)

3. Phase:

Cridle schließt ebenfalls, und zwar um seine Viehhöfe durchzurationalisieren. Auch will er abwarten, bis die Preise sich wieder erholen.

Mauler verlangt nun das Geld für seine Anteile von Cridle. Da aber die Preise sehr niedrig stehen, weil immerfort große Massen von Fleisch auf dem Markt verkauft werden, ist Cridle ruiniert, wenn er auszahlen muß.

Erklärung des Sinns der »Heiligen Johanna der Schlachthöfe«

In Zeiten, wo für sehr große Massen des Volkes das herrschende gesellschaftliche System, das Arbeit und Broterwerb regelt, unerträgliche Härten verursacht, kann es nicht wundernehmen, wenn diese Massen (selber oder durch den Mund derer, die für sie sprechen) die großen geistigen Systeme überprüfen, welche die Lebenshaltung in moralischer und religiöser Hinsicht zu gestalten suchen. Für die Institutionen, die diese Systeme vertreten, wie die Kirchen, Schulen usw., stellt sich das so dar: Riesige Teile der Arbeiterschaft, unzufrieden mit dem herrschenden gesellschaftlichen System, erklären diese Institutionen für organisatorisch und geistig verknüpft und verbündet mit der gesellschaftlichen Ordnung, die für sie keine Lebensmöglichkeit mehr schafft, und wenden sich von bestimmten religiösen und moralischen Gedankengängen ab.

[Zur »Heiligen Johanna der Schlachthöfe«]

1

»Die heilige Johanna der Schlachthöfe« ist ein Stück nichtaristotelischer Dramatik. Diese Dramatik erfordert eine ganz bestimmte Einstellung ihres Zuschauers. Er muß imstande sein, in einer ganz bestimmten erlernbaren Haltung die Vorgänge auf der Bühne zu verfolgen, sie in ihrem allseitigen Zusammenhang und totalen Verlauf zu begreifen. Und zwar zum Zwecke einer gründlichen Revision seines eigenen Verhaltens. Er darf sich nicht spontan mit bestimmten Figuren identifizieren, um dann lediglich an ihrem Erleben teilzunehmen. Er geht also nicht aus von ihrem intuitiv erfaßten »Wesen«, sondern aus ihren Äußerungen und Handlungen setzt er die Gesamtprozesse zusammen.

(Zu dieser Einstellung verhilft ihm nicht unter allen Umständen suggestiv das Kunstwerk; es kann auch nötig sein, daß er sie auf anderem Wege, durch einfache Lebenserfahrung oder auch durch Studium usw. sich aneignet.)

2

So steht in der »Heiligen Johanna der Schlachthöfe«, einem Stück dieser Dramatik, nicht das »innere Wesen der Religion«, die Existenz Gottes, der Glaube zur Diskussion. Was zur Diskussion steht, ist das Verhalten des religiösen Menschen (soweit es von außen wahrnehmbar ist), das Reden von Gott, die Bemühungen von Menschen, Glauben zu erzeugen. Das Ziel des Stückes, eine tiefgreifende und zum Handeln ausreichende Erkenntnis der großen gesellschaftlichen Prozesse unserer Zeit zu vermitteln, würde verfehlt werden durch eine Lästerung »Gottes« oder eine Verächtlichmachung des religiösen Verhaltens. Denn wichtig ist von diesem Standpunkt aus die Aufspürung der Folgen religiösen Verhaltens in ganz bestimmten Situationen unserer Zeit und eines ganz bestimmten historischen, *jetzt* wahrnehmbaren Verhaltens.

3

Das Stück bezeichnet als notwendig für die Beurteilung des Verhaltens religiöser Institutionen (wie der Sekte der Schwarzen Strohhüte) das Erfassen der *Gänze* einer solchen Bewegung. Diese Bewegung wird gezeigt als eine in sich widerspruchsvolle: zu ihr gehören untrennbar das religiöse Ingenium (die Johanna Dark) und der Apparat (Paulus Snyder und die übrige Station). In den Streit dieser Gegensätze darf sich aber der Zuschauer nicht zu sehr einmischen. Er soll nicht etwa die Johanna anerkennen und den Apparat verwerfen oder umgekehrt. Seine Kritik soll erfolgen an dem Ganzen der betreffenden Institution, denn im gesellschaftlichen Prozeß tritt die in sich widerspruchsvolle Institution als ein Ganzes auf. Weder die Johanna allein noch der Apparat allein könnte jene Folgen zeitigen, die in der Wirklichkeit wahrnehmbar sind. Ebenso ist auch die »andere Welt« der Schlachthöfe eine widerspruchsvolle Einheit, und in gewisser Weise, nämlich den ausgesperrten Arbeitern gegenüber, und hier erst erfolgt der eigentliche große kritische Hinweis auf die Unhaltbarkeit unserer Zustände durch das Stück, bilden Johanna und Mauler, mit ihnen die Schwarzen Strohhüte und die Besitzer der großen Produktionsmittel, eine Einheit.

4

Um die verschiedentlich von Katholiken mit Empörung zitierte, verzweifelte Warnung der Johanna Dark: zu verstehen, muß man sie genau nehmen und wird dann sehen, daß sie keineswegs über Gott spricht, sondern über das Reden von Gott, und zwar über ein bestimmtes Reden in einer bestimmten Situation und von bestimmten Aussagen über Gott. Sie spricht nämlich von jenen Reden, nach denen Gott keinerlei Wirksamkeit in gesellschaftlicher Hinsicht zu haben braucht, an einen solchen Gott glaubend, müssen die Menschen nichts Bestimmtes durchsetzen. Es genügt, wenn sie innerlich gewisse Sensationen verspüren. Der Glaube, der hier anempfohlen wird, ist ein folgenloser, was die Umwelt betrifft, und ihn anzuempfehlen, nennt die Johanna ein soziales Verbrechen.

Ist »Die heilige Johanna der Schlachthöfe« ein realistisches Werk?

Leute, die sich über den Unterschied zwischen Realismus und Materialismus nicht klar sind, werden dieses Werk kaum für ein realistisches halten. Es ist sogar fraglich, ob sie es als ein materialistisches Werk bezeichnen würden.

Schon das Formale würde sie wohl täuschen.

Außer den stofflichen Komplexen sind nämlich auch noch gewisse historische Darstellungsweisen der Stoffelemente ausgestellt, so daß das Werk unter anderm auch zu einer Untersuchung verschiedener Darstellungsweisen wird, ein zweifellos verwirrender Umstand! Die Verbundenheit einer bestimmten Handlungsweise der Menschen mit ihrer Ausdrucksweise (die sie in der Kunst findet – siehe besonders die Schlußszene!) mag verwirren, aber auf diese Weise werden bestimmte Darstellungsweisen zerstört, indem ihre soziale Funktion gezeigt wird, und das ist realistisch gehandelt!

Nun ist aber schon Stilisierung selber ein Moment, das unrealistisch wirkt, besonders, wenn die Jetztzeit stilisiert erscheint. (Ältere Dichtungen wirken auch, wenn sie starke Stilisierung enthalten, oft noch realistisch.) Die Vorgänge spielen sich in der Natur tatsächlich erkennbar anders ab, erkennbar anders, weil sie nicht nur mit den unmerklichen Verkürzungen der üblichen perspektivischen Zeichnung dargestellt werden. Ein Moment der Mannigfaltigkeit fehlt in der Stilisierung, das in der Realität da ist. Es ist entfernt, weil Vieldeutigkeit nicht geduldet werden soll, aber Vieldeutigkeit ist ebenfalls ein Moment der Realität!

Tatsächlich ergibt Stilisieren ohne Dialektik keine realistischen Werke. Ein gewisses leichtfertiges Abstrahieren ist nicht Sache eines Realisten. Dennoch abstrahiert er. Die Formel »Verwandlung des imperialistischen Krieges in den Bürgerkrieg«, der die Formel »Imperialistischer Krieg als eine Erscheinung des Bürgerkriegs« zugrunde liegt, ist eine Stilisierung.

Erst ihre nähere Konkretisierung zeigt den Realisten, ihre Verknüpfung mit der Praxis, der eigenen und fremden, ist Realismus.

Untersuchungen über die Wirksamkeit etwa des Verhaltens des Johanna-Mauler-Typus in unserer Zeit sind zweifellos Unternehmungen von Realisten auch dann, wenn das Feld, auf dem sie sich auswirkt, konstruiert ist.

Anmerkungen zur »Heiligen Johanna der Schlachthöfe«

Um den Gang der Geschäfte deutlich zu machen, können Zeitungsausrufer über die Bühne oder durch den Zuschauerraum geschickt werden.

Seite 130, vor: 2. Der Zusammenbruch der großen Fleischfabriken:

»Blutiger Konkurrenzkampf der Fleischkönige!«
»Der Fleischpreis wird niedergetrampelt!«
»Kampf der Fleischgiganten Mauler und Lennox!«
»Mauler bietet ein Kilo Speck zu zehn Cents!«
»Lennox zu acht! Lennox' Banken warnen! Wie lang wird Lennox durchhalten? Mauler oder Lennox: wer siegt?«

Seite 138, nach: Wohin mit uns?:

»Katastrophe für die Arbeiter der Schlachthöfe!«
»Nachdem Lennox geschlossen hat, schließt Mauler! Die Hälfte aller Arbeiter der Chikagoer Schlachthäuser ohne Arbeit. Der Winter vor der Tür!«

Seite 165, vor: 6. Der Grillenfang:

»Pierpont Mauler unter die Spekulanten gegangen!«
»Er verpflichtet sich, den Schlachthäusern ihre Produktion abzunehmen!«
»Ungeklärt die Lage der Viehzüchter, da die Schlachthäuser noch immer nicht Vieh kaufen. Sie glauben, der Viehpreis sinkt noch!«

Seite 172, vor: 7. Austreibung der Händler aus dem Tempel:

»Seltsame Vorgänge auf dem Viehmarkt!«
»Geheimnisvolle Aufkäufe von Vieh in Illinois und Arkansas!«

»Der Viehpreis im Steigen! Die Arbeiter der Schlachthöfe, die fünfte Woche ausgesperrt, werden unruhig!«

»Die Fleischfabriken planen Unterstützungsaktionen! Die karitativen Komitees in fieberhafter Tätigkeit!«

Seite 179, vor: 8. Pierpont Maulers Rede über die Unentbehrlichkeit ...:

»Auf den Schlachthöfen immer noch keine Arbeit!«

»Steigendes Elend unter den Massen! Die kleinen Geschäftsleute können ihre Ladenmieten nicht mehr bezahlen! Wer kauft heimlich das Vieh auf? Interview mit Pierpont Mauler! Pierpont Mauler kennt den geheimnisvollen Aufkäufer nicht!«

»Der erste Schnee! Chikago unter Schnee!«

Seite 185, vor: 9. Johannas dritter Gang in die Tiefe:

»Tumult an der Viehbörse! Ungeheures Steigen der Viehpreise!«

»Ein Schwarzestrohhütemädchen Johanna Dark sagt, sie werde nicht mehr vom Schlachthof gehen, bevor die Arbeit wieder aufgenommen wird! Zehntausende warten auf den Höfen, trotz Kälte und Schneefall!«

Seite 186, vor: DIE PACKHERREN Wehe, das Zollgesetz gefallen und wir ...:

»Zollschranken im Süden gefallen! Plötzliche große Nachfrage nach Exportvieh!«

»Zollschranken fallen völlig unerwartet!«

Seite 187, nach: Beißen die Hunde!:

»Zollschranken im Süden gefallen! Nachfrage nach Exportvieh! Wohin ist das Vieh verschwunden? In Illinois und Arkansas kein Stück Vieh aufzutreiben!«

Seite 190, vor: 5. Anderer Teil der Schlachthöfe:

»Der geheimnisvolle Aufkäufer: Pierpont Mauler!«

»Zunehmende Aktivität der Sozialisten auf den Schlachthöfen!«

»Agitatoren nützen das Elend der ausgesperrten Arbeiter aus!«

»Die Arbeiter der Städtischen Großbetriebe planen einen Sympathiestreik mit den Ausgesperrten! Polizeichef sagt: Wenn Umtriebe auf der Viehbörse fortdauern, herrscht in vier Stunden Anarchie in Chikago!«

Seite 193, vor: DIE KLEINEN SPEKULANTEN Die Papiere sinken!:

»Größte Sensation auf der Viehbörse!«

»Pierpont Maulers Riesenfleischkorner reißt die Fleischfabriken in den Abgrund!«

»Die größten Fabriken vor dem Fallissement! Tausende Aktieninhaber verlieren ihre Ersparnisse!«

Seite 194, nach: ... und können nicht dem Mauler zahlen 80 für das Vieh:

»Drohender Generalstreik! Gegen die Umtriebe auf der Viehbörse! Chikago in vier Stunden ohne Licht und Strom! Sollen die Börsentiger Chikago zugrunde richten?«

Seite 199, nach: ... trotz steigender Preise Vieh abläßt ...:

»Pierpont Mauler gibt Vieh ab! Umschwung an der Viehbörse!«

»Es steht zu erwarten, daß schon morgen die Fleischfabriken wieder arbeiten! Die Gewerkschaften blasen den Generalstreik ab!«

Seite 202, vor: 8. Pierpont Mauler überschreitet die Grenze der Armut:

»Gerüchte, wonach Pierpont Mauler Vieh abließ, stellen sich als Lüge heraus! Nach wie vor steigt der Viehpreis!

Seite 204, vor: 9. Menschenleere Gegend der Schlachthöfe:

»Letzte Nachrichten von der Viehbörse! Chikagos Fleischhandel bankrott!«

»Pierpont Mauler hat den Bogen überspannt und ist selber bankrott! Die Fabriken bleiben geschlossen. Viele Arbeiter haben im Glauben, es würde morgen gearbeitet, die Höfe verlassen! Keine Öffnung der Betriebe, aber kein Generalstreik!«

Seite 217, vor: 11. Schlachthöfe:

»Das Ergebnis der Kämpfe:

Zusammenschluß der großen Fleischfabriken! Präsident: Pierpont Mauler! Einsparung von Arbeitern, Verminderung der Fleischbestände! Wiederaufnahme der Arbeit!«

ZU »DIE AUSNAHME UND DIE REGEL« (Band 3)

Anmerkungen

Das Lehrstück »Die Ausnahme und die Regel« ist im Jahre 1931 verfaßt worden. Es soll zeigen, wie die aneignende Klasse unablässig den Klassenkampf betreibt, auch da, wo die hervorbringende Klasse zu großen Teilen noch nicht kämpft. Die aneignende Klasse handelt unter allen Umständen so, wie es die Erwartung des Widerstandes der hervorbringenden Klasse ihr befiehlt.

Es empfiehlt sich, einen der beiden Chöre ein Beispiel aus der Geschichte angeben zu lassen. So kann heute etwa der rechte Chor folgendes vortragen:

ZU »DIE MUTTER« (Band 3)

[Das Stück »Die Mutter«]

Das Stück »Die Mutter« wurde im Januar des Jahres 1932 in Berlin aufgeführt. Die Aufführung war in mehrfacher Hinsicht bedeutungsvoll. Zusammen mit hochqualifizierten, ersten Schauspielern des bürgerlichen Theaters spielten Mitglieder proletarischer Agitproptruppen. Der szenische Rahmen war von großer Einfachheit, stellte aber zugleich mit seinem Verzicht auf jede Illusion – es gab weder richtige Zimmer noch Straßen, nur einfache Leinwandwände, auf denen Texte und Zitate standen – große Anforderungen an das Denken des Publikums. Alles Russische war in Kostüm und Dekoration vermieden. Die einzelnen Szenen wirkten wie Gleichnisse. Was vorgezeigt wurde, konnte in vielen Ländern vorgehen, überall, wo Zustände und Bewegungen wie die eben geschilderten vorkamen. Das Stück selber, eine Nachdichtung des Gorkischen Romans »Die Mutter«, ist im Stil der Lehrstücke geschrieben und war ein Stück antimetaphysischer, materialistischer, nichtaristotelischer Dramatik, also von einem sehr hochentwickelten Typus, dramaturgisch betrachtet. Zu seiner Herausarbeitung haben sehr komplizierte Erwägungen und langjährige Theaterexperimente geführt. Die Gedankengänge, die zu nichtaristotelischer Dramatik führten, waren beeinflußt von den Gedankengängen einiger Wissenschaften, wie der neueren Psychologie, der empirischen Philosophie der Physiker usw., und es ist kein Zufall, daß gerade dieser Typus der Dramatik auf dem Gebiet der Politik von jener Bewegung eingesetzt wurde, die die höchstentwickelte, am weitesten fortgeschrittene politische Bewegung unserer Zeit darstellt, der marxistisch proletarischen Bewegung. Die Aufführung der »Mutter« wurde von großen proletarischen Organisationen herausgebracht. Sie verfolgte den Zweck, ihren Zuschauern gewisse Formen des politischen Kampfes zu lehren. Sie wandte sich hauptsächlich an Frauen. Etwa 15 000 Berliner Arbeiterfrauen wohnten der Aufführung des Stückes bei, das Methoden des illegalen revolutionären Kampfes demonstriert.

Um die Gesänge und Lieder zu verstehen, muß man wissen, welcher Art die Szenen waren, die sie enthielten.

Der Chor »Bürste den Rock, bürste ihn zweimal!« wurde von revolutionären Arbeitern einer proletarischen Mutter zugesungen. In mehreren Szenen wurde gezeigt, daß (um 1906 in Rußland) der Kampf um die Suppe nicht in der Küche geführt werden kann. Große politische Anstrengungen sind nötig, damit der Arbeiter zu seinem Essen, zu Kleidung und Obdach kommt. Ob Fleisch in der Küche, Brot in der Schublade ist, das hängt davon ab, wer die Macht im Staat in Händen hat. Gewisse Erfahrungen beweisen den russischen Revolutionären, daß diese Macht der Arbeiter selber haben muß, und zwar die volle, uneingeschränkte Macht, und daß diese nur durch große Kämpfe ökonomischer und politischer Art errungen werden kann.

Das Lied »Lob des Kommunismus« ist die Antwort auf die Frage eines Arbeiters an die Mutter, ob die Kommunisten Verbrecher sind. Die alte Frau erwidert, daß der Kommunismus lehrt, daß Ausbeutung und Unterdrückung in Rußland durch nichts anderes als einzig durch die Vergesellschaftung der Fabriken und des Großgrundbesitzes abgewehrt werden können.

Der Kampf für den Kommunismus aber erfordert ein großes Lernen. Das Lied »Lob des Lernens« fordert den Arbeiter auf, seine Kenntnisse zu verbessern und sich in jeder Weise geistig auszubilden, um die Führung übernehmen zu können. Besonders in Zeiten großer Unterdrückung, meint die Mutter, sei dies von allergrößter Wichtigkeit.

Die Bemühung um die geistige Ausbildung des Arbeiters, um klare Kenntnis seiner Lage erfordert in Zeiten großer Unterdrückung hartnäckige und kühne Kämpfe. Diese sind Sache der Revolutionäre. In einer bestimmten Szene spricht die Mutter das »Lob des Revolutionärs« aus, das Lob ihres Sohnes. Unzufriedenheit mit seiner schlechten Suppe und seinem ganzen unfreien, gedrückten Leben haben ihn zum Revolutionär gemacht, und in dem Kampf um die Suppe, um die nackte Notdurft des Lebens hat er den vornehmsten und notwendigsten und sittlich höchsten aller Kämpfe erkannt. Von dem Gelingen dieses Kampfes ist die Zukunft der Menschheit abhängig. Der Kampf ist die einzige Hoffnung des Menschengeschlechtes.

Nichts gefährdet diese Zukunft mehr als die Gleichgültigkeit der Ausgebeuteten gegen ihre Leiden. Deshalb erinnert der Revolutionär die Unterdrückten unaufhörlich und bei jeder Gelegenheit an ihre schreckliche Lage, sorgend, daß sie sich nicht etwa daran gewöhnen, und ruft sie zum Kampf auf.

Der Sohn erklärt in einem Lied, das mit den Worten »Sie haben Gesetzbücher und Verordnungen« beginnt, daß alle scheinbar so starken Einrichtungen der Unterdrücker diesen nichts mehr helfen, wenn die Unterdrückten zusammenstehen und ihren Kampf richtig führen.

Eine der folgenden Szenen zeigt den Anbruch schlimmer Zeiten in Rußland. Die Arbeiter werden mit allen Mitteln unterdrückt. Mit vielen anderen wird auch der Sohn dieser Mutter umgebracht. In dem Gedicht »Tod eines Revolutionärs« berichten Genossen der Mutter den Tod ihres Sohnes.

Die Mutter kämpft weiter. Sie hat anfänglich nur für ihren Sohn gekämpft. Um ihm eine anständige Suppe auf den Tisch setzen zu können, ist sie der Partei beigetreten. Längst aber hat sich ihr Kampf für den Sohn in einen Kampf für alle Arbeiter verwandelt, einen größeren und schwereren Kampf. Sie hat eingesehen, daß ihm, dem einzelnen, nur geholfen werden kann, indem allen seinesgleichen geholfen wird, indem alle seinesgleichen sich selber helfen. Deshalb kämpft die Mutter weiter, wenn ihr Sohn in diesem Kampf schon gefallen ist.

In einem Gedicht »Lob der dritten Sache« schildert die Mutter noch einmal, wie sehr sie und ihr Sohn sich durch den gemeinsamen Kampf um die proletarische Sache nahegekommen waren, und wie gut trotz allen Schwierigkeiten die Zeit war, in der sie gemeinsam mit ihm für diese gute Sache gekämpft hat.

In dem Chor »Lob der Wlassowas« werden alle guten proletarischen Kämpfer und Kämpferinnen gerühmt als die unbekannten Soldaten der Revolution. Diese Kämpfer bemühen sich unablässig, ihre Klassengenossen vor allen Teil- und Scheinlösungen zu warnen und ihnen zu beweisen, daß sie von keiner andern als ihrer eigenen Herrschaft etwas für sich zu erwarten haben. Trotz aller Unterdrückung erklären sie jedermann, daß sich bei einem Wechsel des Regimes so lange nichts für die Arbeiter geändert hat, als die Betriebe und der ganze Staat nicht in ihrer Hand sind. In Zeiten, wo ihre Unterdrücker zu Kriegen hetzen, beharren sie darauf, daß die arbeitenden Menschen der ganzen Welt keinerlei Grund zu Kriegen gegeneinander haben können, aber jeden Grund zu Kriegen gegen ihre Unterdrücker im eigenen Lande. Dabei bleiben sie auch, wenn ein großer Teil ihrer eigenen Klassengenossen das gesunde Urteil verloren haben und den Versprechungen und falschen Darstellungen jener zu glauben anfangen, die durch Kriege wirklich etwas zu gewinnen haben. In solchen Zeiten sind sie unbeliebt und verfolgt auch bei ihren eigenen Klassengenossen. Aber sie scheuen diese Unbeliebtheit und dieses Nichtverstandenwerden nicht, und zwar im Vertrauen darauf, daß ihre Vorhersage sich schließlich als richtig und ihre Vorschläge für die ihresgleichen sich als die besten herausstellen werden. Diese unbekannten Soldaten der Revolution sind niemals zum Verstummen zu bringen. Werden ihre kleinen Einheiten aufgelöst, so bilden sie sich neu, so daß es, solange es überhaupt noch Lebende gibt, auch eine Kampfeinheit gibt. Nimmt man ihnen ihre Druckmaschinen, so schreiben sie mit der Hand ihre Aufrufe, in denen die Wahrheit steht. Wird der Druck in einer Gegend zu groß, so weichen sie scheinbar zurück, aber in Wirklichkeit verändern sie nur die Art ihrer Tätigkeit, keinen Augenblick deren Ziel. Kurz, sie sind ebenso unbezwingbar, wie sie unscheinbar sind, und auf die Dauer müssen sie siegen, wie das unaufhörliche Wasser der Bäche den Felsen unterhöhlt, der ihm im Wege steht.

In einer Szene wird dargestellt, wie die Mutter beim Ausbruch des Krieges in den Arbeitervierteln agitiert und dabei niedergeschlagen wird. Schwerkrank darniederliegend, erfährt sie, daß die Abgeordneten der Bolschewiki verhaftet sind und die Partei mit allen Mitteln vernichtet werden soll. In dem Gesang »Die Partei ist in Gefahr« richtet die Partei einen dringenden Appell an alle Kämpfer, sie bis aufs äußerste zu verteidigen. Die Kranke erhebt sich von ihrem Krankenlager und läuft in die Zelle.

Der Schluß des Stückes zeigt die großen Demonstrationszüge der Petersburger Arbeiter, die durch ihre Riesenstreiks die Gewaltherrschaft des Zaren niederringen und den mörderischen Krieg beenden. Eine rote Fahne tragend, marschiert die alte Kämpferin für die Sache der Arbeiter in diesem Zug der

Tausende, und ein Gedicht über die Dialektik des Weltgeschehens drückt die Erfahrung ihres tapferen Lebens aus: daß es nämlich nur an den Unterdrückten liegt, wenn die Unterdrükkung bleibt, und daß der nicht aufzuhalten ist, der seine Lage erkannt hat.

Das Stück »Die Mutter«, aufgeführt am Todestag der großen proletarischen Revolutionärin Rosa Luxemburg, ist mit seinen Gesängen und Chören den für die proletarische Sache kämpfenden Arbeitern Deutschlands und insbesondere den kämpfenden Frauen gewidmet.

Was ist primitiv?
Eine kleine Bemerkung

Sie fragen mich, wie ich mich zu der in einem bestimmten Teil der bürgerlichen Presse geäußerten Behauptung, das Stück »Die Mutter« sei »primitiv«, stelle. Die Rezensenten fügten wie gewöhnlich der Kritik ihre Inhaltsangaben des Stückes bei. Wenn man diese Inhaltsangaben liest, hat man tatsächlich den Eindruck, es handle sich hier um eine ganz und gar simple Angelegenheit, die jedes geistigen Aufschwungs entbehrt, etwa eine Art dramatischen Neuruppiner Bilderbogen. Was ist dazu zu sagen? Das Stück wurde bis jetzt schon von Tausenden von Arbeitern gesehen, und die Äußerungen, die uns zu Ohren kommen, zeigen, daß die teilweise sehr komplizierten geistigen Fragestellungen des Stückes von den Arbeitern ohne jede Schwierigkeit beherrscht werden. Dahingegen würde jeder von ihnen jede dieser bürgerlichen Inhalts*angaben* für erstaunlich primitiv erklären. Da von den Aufführungen einige vor fast nur bürgerlichem, andere (die meisten) vor nur proletarischem Publikum stattfanden, konnten wir den Unterschied zwischen dem Reagieren der beiden Arten von Zuschauern genau beobachten. Er ist ungeheuer. Während die Arbeiter auf die feinsten Wendungen der Dialoge sofort reagierten und die kompliziertesten Voraussetzungen ohne weiteres mitmachten, begriff das bürgerliche Publikum nur mühsam den Gang der Handlung und überhaupt nicht das Wesentliche. Der Arbeiter (besonders lebhaft reagierten die proletarischen Frauen) stieß sich keinen Augenblick daran, daß die jeweiligen Situationen in der kürzestmöglichen und trockensten Weise angedeutet wurden, und konzentrierte sich sogleich auf das Wesentliche: das jeweilige Verhalten der Menschen den Situationen gegenüber, der Arbeiter reagierte also von vornherein politisch. Der Westen saß mit gelangweiltem Lächeln, dessen Dummheit geradezu komisch wirkte, da und vermißte die gewohnte gefühlvolle Ausschmückung und Buntfärbung der Situationen. Er hielt sich an das grob Stoffliche. Wer ist also primitiv und wer nicht?

Anmerkungen [1933]

1.

Das Stück »Die Mutter«, im Stil der Lehrstücke geschrieben, aber Schauspieler erfordernd, ist ein Stück antimetaphysischer, materialistischer, *nichtaristotelischer Dramatik.* Diese bedient sich der *hingebenden Einfühlung* des Zuschauers keineswegs so unbedenklich wie die aristotelische und steht auch zu gewissen psychischen Wirkungen, wie etwa der Katharsis, wesentlich anders. So wie sie nicht darauf ausgeht, ihren Helden der Welt als seinem unentrinnbaren Schicksal auszuliefern, liegt es auch nicht in ihrem Sinn, den Zuschauer einem suggestiven Theatererlebnis auszuliefern. Bemüht, ihrem Zuschauer ein ganz bestimmtes praktisches, die Änderung der Welt bezweckendes Verhalten zu lehren, muß sie ihm schon im Theater eine grundsätzlich andere Haltung verleihen, als er gewohnt ist. Nachstehend einige Maßnahmen, die bei der ersten Aufführung der »Mutter« in Berlin getroffen wurden.

2. Mittelbare Wirkung der epischen Bühne

Bei der ersten Aufführung der »Mutter« sollte die Bühne (Caspar Nehers) keine wirkliche Örtlichkeit vortäuschen: sie nahm sozusagen selber Stellung zu den Vorgängen, sie zitierte, erzählte, bereitete vor und erinnerte. In ihren spärlichen Andeutungen von Möbeln, Türen usw. beschränkte sie sich auf Gegenstände, die mitspielten, d. h. solche, ohne die die Handlung nicht oder anders verlaufen würde. Ein festes System von wenig über mannshohen Eisenröhren, die in verschieden großem Abstand senkrecht auf den Bühnenboden montiert waren und in die andere, waagerechte, verschiebbare, also beliebig zu verlängernde Röhren mit Leinwänden eingehakt werden konnten, gestattete rasches Verwandeln. Dazwischen hingen in Rahmen verschließbare Holztüren. Auf einer großen Leinwand des Hintergrundes wurden Texte und Bilddokumente projiziert, welche während der Szene stehen blieben, so daß diese Tafel ebenfalls den Charakter einer Kulisse bekam. Die Bühne zeigte also nicht nur in Andeutungen wirkliche Räume, sondern auch durch Texte und Bilddokumente die große geistige Bewegung, in der die Vorgänge sich abspielten. Die Projektionen sind keineswegs einfache mechanische Hilfsmittel im Sinne von Ergänzungen, keine Eselsbrücken; sie nehmen keine Hilfsstellung für den Zuschauer ein, sondern Gegenstellung: sie vereiteln seine totale Einfühlung, unterbrechen sein mechanisches Mitgehen. Sie machen die *Wirkung mittelbar*. Damit sind sie organische Teile des Kunstwerkes.

3. Projektionen

Szene 1 (S. 263)

DIE WLASSOWAS ALLER LÄNDER

Szene 2 (S. 265)

DER KAMPF UM DIE KOPEKE

(1 Kopeke = 2 Pfennige)

Szene 3 (S. 272)

Photographie »P. SUCHLINOW, BESITZER DER SUCHLINOW-WERKE«

Szene 4 (S. 277)

DIE THEORIE WIRD ZUR MATERIELLEN GEWALT, WENN SIE DIE MASSEN ERGREIFT! (MARX)

Szene 5 (S. 281)

DER 1. MAI. ARBEITER ALLER LÄNDER, VEREINIGT EUCH!

Szene 6 (S. 284)

MITGLIEDSBUCH DER RUSSISCHEN SOZIALDEMOKRATISCHEN PARTEI FÜR PELAGEA WLASSOWA AUS TWERSK

Szene 6 (S. 285)
DIE WERKTÄTIGEN STREBEN NACH WISSEN, DENN SIE BRAUCHEN ES ZU IHREM SIEG (LENIN)
Szene 7 (S. 294)
BEWEIST, DASS IHR KÄMPFEN KÖNNT! (LENIN AN DIE FRAUEN)
Szene 8 (S. 297)
Das Hammer-und-Sichel-Emblem auseinandergenommen, also Hammer und Sichel nebeneinander, durch das Wort »und« verbunden.
Szene 8 (S. 298 Mitte)
Das Hammer-und-Sichel-Emblem: Hammer und Sichel überkreuzt verbunden.
Szene 9 (S. 303)
DAS SOZIALE WIRKEN DER FRAUEN MUSS GEFÖRDERT WERDEN, DAMIT SIE IHRE SPIESSBÜRGERLICHE HEIM- UND FAMILIENPSYCHOLOGIE ABSTREIFEN (LENIN)
Szene 10 (S. 308)
BEWEIST, DASS IHR KÄMPFEN KÖNNT! (LENIN AN DIE FRAUEN)
Szene 11 (S. 310)
RELIGION IST OPIUM FÜRS VOLK (MARX)
Szene 12 (S. 316)
1914. GEGEN DEN STROM!
Szene 13 (S. 318)
Photographie der Kriegführenden: Der Zar, der deutsche Kaiser, Poincaré, Wilson, Grey
Szene 14 (S. 319)
Photographie Lenins, daneben: FÜR UMWANDLUNG DES IMPERIALISTISCHEN KRIEGES IN DEN BÜRGERKRIEG
Szene 15 (S. 323)
1917
Szene 15 (S. 324 als Schluß)
IM NOVEMBER 1917 ERGRIFF DAS RUSSISCHE PROLETARIAT DIE MACHT
Im Zuschauerraum als Transparent:
OHNE DIE FRAUEN GIBT ES KEINE WIRKLICHE MASSENBEWEGUNG (LENIN)

4. Epische Darstellungsweise

Das epische Theater bedient sich denkbar einfachster, den Sinn der Vorgänge übersichtlich ausdrückender Gruppierungen. Die »zufällige«, »Leben vortäuschende«, »zwanglose« Gruppierung ist aufgegeben: die Bühne spiegelt nicht die »natürliche« Unordnung der Dinge. Das angestrebte Gegenteil natürlicher Unordnung ist natürliche Ordnung. Die ordnenden Gesichtspunkte sind geschichtlich-gesellschaftlicher Art. Der Standpunkt, den die Regie einnehmen soll, wird nicht ausreichend gekennzeichnet, aber für manche erleichtert, wenn man ihn den eines Sittenschilderers und Historikers nennt. In der zweiten Szene der »Mutter« sind etwa folgende von der Regie deutlich herauszuarbeitende, voneinander zu trennende äußere Vorgänge enthalten:

1. Der junge Arbeiter Pawel Wlassow erhält zum ersten Male den Besuch revolutionärer Genossen, die in seiner Wohnung eine illegale Arbeit erledigen wollen.

2. Mit Kummer sieht seine Mutter ihn in der Gesellschaft revolutionärer Arbeiter. Sie versucht, sie zu verscheuchen.

3. In einem kleinen Lied bei der illegalen Arbeit erklärt die Arbeiterin Mascha Chalatowa, daß der Arbeiter, um Brot und Arbeit zu erkämpfen, den ganzen Staat »von unten nach oben umkehren« muß.

4. Eine polizeiliche Haussuchung zeigt der Mutter die Gefährlichkeit der neuen Tätigkeit ihres Sohnes.

5. Obgleich entsetzt über die Roheit der Polizisten, erklärt die Mutter doch, daß sie nicht den Staat, sondern ihren Sohn für den Gewalttätigen hält. Sie verurteilt ihn deswegen und mehr noch seine Verführer.

6. Die Mutter merkt, daß ihr Sohn zu einer gefährlichen Flugblattverteilung ausersehen ist, und bietet sich, um ihn aus dieser Sache herauszuhalten, selber dazu an.

7. Die Revolutionäre übergeben ihr nach kurzer Beratung die Flugblätter. Sie kann sie nicht lesen.

Diese sieben Vorgänge müssen ohne Pathetisierung ebenso bedeutungsvoll und auffällig wie irgendwelche bekannten historischen Vorgänge dargestellt werden. Der Schauspieler dieses einer nichtaristotelischen Dramatik dienenden epischen

Theaters wird dabei alles tun müssen, um sich als *zwischen* Beschauer und Vorgang stehend bemerkbar zu machen. Auch dieses *Sich-bemerkbar-Machen* macht die Wirkung zu der angestrebt mittelbaren.

5. Als Beispiel: Beschreibung der ersten Darstellung der Mutter

Nachfolgend einiges, was die erste Darstellerin der Mutter (Helene Weigel) durch episches Spiel zeigte:

1. In der ersten Szene sprach die Darstellerin, in einer bestimmten typischen Haltung in der Mitte der Bühne stehend, die Sätze so, als seien sie eigentlich in der dritten Person verfaßt, sie täuschte also nicht nur nicht vor, in Wirklichkeit die Wlassowa zu sein oder sich dafür zu halten und diese Sätze in Wirklichkeit zu sagen, sondern sie verhinderte sogar, daß der Zuschauer, aus Nachlässigkeit und alter Gewohnheit, sich in eine bestimmte Stube versetzte und sich für den unsichtbaren Augenzeugen und Belauscher einer einmaligen intimen Szene hielt. Vielmehr stellte sie dem Zuschauer offen die Person vor, die er nunmehr als handelnde und zu behandelnde einige Stunden lang sehen würde.

2. Die Versuche der Wlassowa, die Revolutionäre zu verscheuchen, wurden von der Darstellerin so gezeigt, daß man bei einiger Aufmerksamkeit ihre eigene Heiterkeit durchblicken konnte. Die Vorwürfe, die sie den Revolutionären macht, waren eher erschrocken als heftig, ihr Angebot, die Flugblätter zu verteilen, war voller Vorwurf.

3. Bei dem Eindringen in den Fabrikhof zeigte sie, daß es für die Revolutionäre ein guter Gewinn sein würde, eine solche Kämpferin zu gewinnen.

4. Ihre erste Belehrung über den Kommunismus empfängt sie in der Haltung einer großen Realistin. Mit einer gewissen nicht unfreundlichen Energie bekämpft sie ihre Diskussionsgegner, und zwar als Idealisten, die die Wirklichkeit nicht wahrhaben wollen. Von einem Beweis verlangt sie nicht nur Wahrheit, sondern auch Wahrscheinlichkeit.

5. Die Maidemonstration wurde so gesprochen, als stünden die Betreffenden vor Gericht, aber am Schluß deutete der Darsteller des Smilgin den Zusammenbruch an, indem er sich auf

die Knie niederließ, und die Darstellerin der Mutter beugte sich vor und ergriff bei ihren letzten Worten die ihm entfallene Fahne.

6. Von nun ab wurde die Mutter sehr viel freundlicher und überlegener dargestellt, ausgenommen ganz zu Beginn dieser Szenen, wo sie erschreckt wirkte. »Das Lob des Kommunismus« wurde leicht und ruhig gesungen.

Die Szene, in der die Mutter mit andern Arbeitern lesen und schreiben lernt, ist für den Darsteller eine der schwierigsten. Das Lachen der Zuschauer über einzelne Sätze darf ihn nicht davon abbringen, die Mühe des Lernens älterer und unbeweglicher Leute zu zeigen und so den Ernst des wahrhaft historischen Vorgangs zu erreichen, der Sozialisierung der Wissenschaft und geistigen Expropriation des Bürgertums durch das ausgebeutete und auf körperliche Arbeit verwiesene Proletariat. Dieser Vorgang geht nicht »zwischen den Zeilen« vor sich, er wird direkt gesagt. Viele unserer Schauspieler suchen nun, wenn in einer Szene etwas direkt gesagt wird, sofort unruhig etwas in ihr, was nicht direkt wäre, um dies darzustellen. Sie stürzen sich auf das »nicht Auszudrückende« zwischen den Zeilen, das *sie* braucht. Da dadurch aber das Ausdrückbare und Ausgedrückte zur Banalität wird, ist dieses Verhalten schädigend.

In der kleinen Szene »I. Wessowtschikow erkennt seinen Bruder nicht mehr« brachte die Darstellerin zum Ausdruck, daß die Mutter an ein unveränderliches Wesen des Lehrers nicht glaubt, aber auch nicht mit dem Finger auf die erzielten Veränderungen deutet.

7. Die Mutter hat unter den Augen des Feindes ihre revolutionäre Arbeit mit dem Sohn zu erledigen, sie täuscht den Gefängniswächter, indem sie ihm gegenüber das ihm vorschwebende rührende und folgenlose Verhalten einer Dutzendmutter an den Tag legt. Sie ermöglicht ihm folgenloses Mitgefühl. So verwendet sie, selbst ein Beispiel ganz neuartiger, eingreifender Mutterliebe, ihre Kenntnis der alten, abgelebten familiären. Die Darstellerin zeigte, daß sich die Mutter des Humors dieser Sachlage bewußt ist.

8. Auch in dieser Szene zeigte die Darstellerin, daß nicht nur sie selbst, sondern auch die Wlassowa die leichte Komik ihrer

Verstellung lustig begreift. Sie zeigte deutlich die Überzeugung, daß eine ganz passive, wenn auch plastische Haltung (des zu Recht Verletzten) genügen müßte, den Gutsmetzger zum Bewußtsein seiner Klassenzugehörigkeit zu bringen. Sie spielte den kleinen und bescheidenen Tropfen, der das Gefäß zum Überlaufen bringt. Das »Lob der Wlassowas« (Beispiel eines einschränkenden Lobes) wurde vor der Gardine rezitiert, und zwar im Beisein der Wlassowa, die etwas entfernt seitlich dabeistand.

11. Die Trauer der Mutter um den Sohn kann dadurch angedeutet werden, daß ihre Haare nunmehr weiß sind. Die Trauer ist stark, wird aber nur angedeutet. Selbstverständlich vernichtet sie den Humor nicht. Die Beschreibung der Verflüchtigung Gottes muß davon erfüllt sein.

12. Die Darstellerin stellte sich hier nicht nur gegen die Arbeiter, mit denen sie sprach, sondern sie zeigte sich doch auch als eine von ihnen: mit ihnen zusammengenommen ergab sie das Bild des Proletariats zur Zeit des Kriegsausbruchs. Besonders das »Jaa« in der viertletzten Zeile der Szene wurde mit großer Sorgfalt gesprochen, so daß es beinahe zur Hauptwirkung der Szene wurde. Bei gebeugter Haltung (einer Greisin) hob die Darstellerin das Kinn nach oben und lächelte, das Wort langgedehnt und leise mit Kopfstimme aussprechend, als begriffe sie die Verführung zum Allesgehenlassen zugleich mit der Notwendigkeit, immerfort sein Äußerstes zu geben in der Lage, in der das Proletariat sich befindet.

14. Die Antikriegspropaganda machte die Darstellerin, indem sie zunächst gebückt, abgewendet und verhüllt durch ein großes Kopftuch sprach. Sie zeigte das Maulwurfsartige der Arbeit.

Immerfort aber wählte sie von allen denkbaren Zügen jene, deren Kenntnis eine politische Behandlung der Wlassowas im weitesten Umfang ermöglichte (also auch ganz individuelle, einmalige und besondere!), und solche, die den Wlassowas selber ihre Arbeit ermöglichen; so also, als spiele sie vor einem Kreise von Politikern – darum aber nicht weniger Schauspielerin oder außerhalb der Kunst.

6. Chöre

Um das »Versinken« des Zuschauers, das »freie« Assoziieren zu bekämpfen, können im Zuschauerraum kleine Chöre plaziert werden, welche ihm die richtige Haltung vormachen, ihn einladen, sich Meinungen zu bilden, seine Erfahrung zu Hilfe zu rufen, Kontrolle zu üben. Solche Chöre richten einen *Appell an den Praktiker im Zuschauer*, rufen ihn zur Emanzipation gegenüber der dargestellten Welt und auch der Darstellung selber auf. Nachfolgend einige Beispiele von Chortexten. Sie sind änderbar (je nach der Situation) gedacht und können durch Verlesung von Zitaten oder Dokumenten, durch Vortrag von Gesängen ergänzt oder ersetzt werden.

1. Szene

S. 263, nach: »Früh am Morgen kocht die Mutter dem Sohn, der auf Arbeit geht, die Suppe.«

1. CHOR:

Seht hier Mutter und Sohn! Zwischen ihnen ist
Eine Entfremdung eingetreten. Durch äußere Umstände
Ist sie fast seine Feindin geworden: es kämpft hier die
Freundliche Mutter mit dem feindlichen Sohn.
Ihr seht also:
Der Kampf macht nicht halt in der Stube, der im Freien tobt
Und in von Kampf erfülltem Raum geht keiner kampflos.

S. 263, nach: »So wird er immer unzufriedener.«

2. CHOR:

Er ist unzufrieden, da er seine Lage erkannt hat!
Und auf seine Unzufriedenheit wartet
Die ganze Welt.

S. 263, nach: »Ich sehe keinen Ausweg.«

3. CHOR:

Seht doch, wie weit sie entfernt ist, ihre Aufgabe
Zu sehen, die riesige! Immer noch denkt sie, wie sie
Seinen verschwindenden Lohn einteile, so daß er
Noch kleiner werden könnte, dank ihrer Kunst unbemerkt!

2. Szene

S. 266, nach: »Solchen Leuten setze ich keinen Tee vor.«

4. CHOR:

Ihren natürlichen Feind erblickt die Mutter in jedem, der

Ihren Sohn in seiner Auflehnung bestärkt. Viel
Besser erschiene es ihr für den Sohn, er bliebe verträglich
Gern gesehn auch bei seinen Unterdrückern, vielleicht
Könnte er so durchschlüpfen unter dem Elend oder etwa
Gar sich zu seinem Vorteil den Ausbeutern gesellen. So aber
Gefährdet er nur beim Bemühn, zu verbessern sein Obdach
Eben dies Obdach!

S. 270, nach: »Sie tun nicht das Rechte, aber er tut auch nicht das Rechte.«

5. CHOR:

Halt! Fahrt nicht fort! merkwürdig ist's, was ihr da darstellt!
Diese verurteilt die Menschen, die sie bekämpfen, ob ihrer Roheit.
Nur die Ausübung scheint ihr roh, das Gesetz nicht!
Andere gibt es, die Menschen verzeihn, welche rohe Gesetze ausführen.
Beides ist falsch! Unterscheidet doch nicht
Dieses Gesetz von seinen Dienern und diesen
Staat von seinen Beherrschern!
Ganz so ist er wie sie sind! Denn von Menschen
Ist er gemacht. Aus Menschen besteht er, und für
Menschen ist er geplant
Und zwar nicht für alle
Sondern für wenige nur und für andre als du bist.
Leicht entsteht das Gerücht und erhält sich lange
Daß der Staat etwas anderes sei als die ihn verwalten
Und von edlerer Art als die, die ihn für sich benutzen.
So wie man sagt: das sind gute Leute mit schlechter Beschäftigung
Sagt man auch: schlechte Leute bedienen die gute Sache.
Aber in Wirklichkeit ist schlecht, wer schlecht handelt, und schlecht
Ist die Sache der Schlechten.
Sag also nicht: gut sei der Staat, der schlecht an dir handelt
Und er könnt besser sein. Nein: wenn er besser wär, wär er kein Staat mehr.

3. Szene

S. 276, nach: »Er ist schon so unzufrieden.«

6. CHOR:

Seht, jetzt merkt sie: es ist meine Sache

Und der Kampf ist nützlich. Bald
Wird sie kämpfen. Und laut wird sie
Sagen können: dieser Kampf ist nützlich
Stets mit lauter Stimme: für mich besonders!

7. Ist die nichtaristotelische Dramatik vom Typus der »Mutter« primitiv?

Die Beschwerden der um das gewohnte »Erlebnis« gebrachten Zuschauer blieben nicht aus:

»ACHT-UHR-ABENDBLATT« v. 18. 1. 1932

»... Brecht wendet sich an Ohr und Verstand und läßt fast gänzlich die Grundlagen der russischen Umwelt und Psychologie fallen, durch deren Darstellung Gorkis Tendenzwerk zum Kunstwerk ward ...«

»DEUTSCHE ZEITUNG«, BERLIN v. 18. 1. 1932

»... Für den Stil dieser Aufführungen stehen Schauspieler zur Verfügung, die durch die Klarheit ihres Spiels fesseln. Freilich, das eigentliche Schauspielerische, das heißt verwandelte Leidenschaft im erlebten Spiel der Bühne, wird unterdrückt, und an die Stelle tritt der Berichterstatter, der Erzähler, der unbeteiligte Zuschauer.«

»WESTFÄLISCHER KURIER«, HAMM

»... Er (Billinger) zeigt auch in seinem Schluß, wie nach dem Untergang dieses von den Dämonen verführten Paares sich einer unter dem Zwang der Ereignisse und angerührt von der Gnade des Christtages, einer, den die Rauhnacht auch in ihren Bann gezogen hat, sich zur Ehe entschließt – es ist ein Meisterwerk Billingers, wie er das gestaltet zur Ordnung der Ehe, so wie sie uns geheimnisvoll vorgebildet ist im Mysterium der Menschwerdung Gottes und der heiligen Familie. Wir können stolz darauf sein, endlich wieder einmal einen katholischen Dramatiker an so prominenter Stelle aufgeführt zu wissen.

Wie arm im Gegensatz dazu ist das von der kommunistischen Gruppe Junger Schauspieler aufgeführte und von Brecht als Lehrstück dramatisierte Schauspiel ›Die Mutter‹ nach dem bekannten Roman von Maxim Gorki. Die Erlebnisse einer Arbeiterfrau, die für ihren Sohn nicht mehr satt zu essen hat, entwickeln sich systematisch aus dem Privatleben in die Partei und wollen beweisen, daß auch der Platz einer Mutter dort ist, wo auch der imperialistische Krieg nach Lenins Lehre übergeleitet wird in den Bürgerkrieg.«

»DEUTSCHE TAGESZEITUNG« v. 18. 1. 1932
»... Was geschieht, vor den Augen des Publikums abläuft, ist vernichtend dürftig und kindlich ...«

»DER VORWÄRTS«, BERLIN v. 18. 1. 1932
»... Es (Gorkis Roman) ist ein herrlicher Roman ... Pelagea darf sterben als anbetungswürdige Proletarierseele, obwohl die Zarengendarmen die schimmernde Revolutionärin tödlich kränken ...«

»... Brecht krempelt aber den wunderbaren Gorkismus von dazumal in den Stalinismus von 1932 um ...«

»... Kurz, der großartige Roman, umgeformt zum Drama, wird wieder ein Roman, aber hat den psychologischen Schmelz verloren.«

»BERLINER TAGEBLATT« v. 18. 1. 1932
»... Mildernde Freundlichkeit bleibt es, zu sagen: es sei ein Stück für primitive Hörer. Sondern es ist das Stück eines primitiven Autors.«

Man sieht, wie hartnäckig das bürgerliche Publikum auf der prompten Befriedigung ideologischer und nervenmäßiger Bedürfnisse im Theater besteht. Kommt das Theater seiner festgelegten Funktion nicht oder mangelhaft nach, dann hat es eben versagt, ist zu dürftig, ist primitiv. Wie schwierig es ist, diese starre Funktionsfixierung zu durchbrechen, zeigt ein naives Geständnis Andor Gábors in der »Linkskurve« anläßlich einer Besprechung der Aufführung von Bechers »Großem Plan« durch (angebliche) Epigonen des epischen Theaters. Gábor schreibt:

»LINKSKURVE«, Nov.-Dez. 1932
»Ging er (der Zuschauer) auch mit der Absicht hin, der Bühne, den Verfassern und Darstellern zuzujubeln, so konnte er es doch nicht tun, weil das Dargebotene ihm ›nur‹ – das ist nicht wenig – die Saiten gespannt, nicht aber die mit allen Nerven erwünschte klingende Melodie hervorgebracht hat.«

So also gehen selbst politisch aufgeklärte Leute ins Theater! In den ganzen weiteren Ausführungen stand keine Zeile über die politischen Folgen der Veranstaltung! Aber nur durch sehr starke politische oder wenigstens philosophische oder verhaltenspraktische Interessen des Zuschauers kann das Theater einer neuen gesellschaftlichen Funktion zugeführt werden. Die Arbeiter, die das Stück ansahen, gingen denn auch keineswegs ohne Erlebnis aus der Vorstellung der »Mutter«. Sie konnten auch das Stück nicht primitiv finden.

»WELT AM ABEND«, BERLIN v. 18. 1. 1932
»... Primitiv ist diese Art wahrhaftig nicht. Es gab sehr viele Szenen, die gewiß Anlaß zu Aussprachen in ganzen Kursen gegeben hätten.«

Weit entfernt davon, auch nur einen Augenblick zu glauben, es handle sich hier um eine Schilderung gewisser historischer Vorkommnisse in Rußland zum Zwecke einer »Teilnahme im Geiste« an abenteuerlichen Begebenheiten, um eine »Herauskristallisierung des ewig Menschlichen« usw., weit entfernt auch, die unmenschlichen Verhältnisse, in denen sie leben, ganz besondere, änderbare Verhältnisse, vergessen zu wollen, waren diese Zuschauer bereit, ihre ganze Erfahrung, Intelligenz, Kampfbegeisterung zu mobilisieren, Schwierigkeiten und Aufgaben zu erkennen, Vergleiche anzustellen, Einwände zu erheben, das Verhalten der Personen auf der Bühne zu kritisieren oder es, abstrahierend, auf ihre eigenen Situationen zu transportieren, um daraus zu lernen. Sie verstanden diese Psychologie, die eine *anwendbare, politische Psychologie* ist. Der Zuschauer wird als Abbildern von Menschen gegenüberstehend behandelt, deren Urbilder er in der Wirklichkeit zu behandeln, d. h. zu Äußerungen und Handlungen zu bringen hat und nicht etwa als streng ausdeterminierte Phänomene auffassen darf. Seine Aufgabe seinen Mitmenschen gegenüber besteht darin, unter die determinierenden Faktoren sich selbst einzuschalten. Bei dieser Aufgabe hat ihn die Dramatik zu unterstützen. Die determinierenden Faktoren, wie soziales Mileu, spezielle Ereignisse usw., sind also als veränderliche darzustellen. Eine gewisse Austauschbarkeit der Vorkommnisse und Umstände muß dem Zuschauer das Montieren, Experimentieren und Abstrahieren gestatten und zur Aufgabe machen. Von den Unterschieden der Individuen interessieren den mit ihnen verkehrenden, auf sie angewiesenen, mit ihnen kämpfenden *politischen* Menschen ganz bestimmte Unterschiede (z. B. solche, deren Kenntnis die Führung des Klassenkampfes erleichtert). Es hat für ihn keinen Zweck, einen bestimmten Menschen so lange aller Besonderheiten zu entkleiden, bis er als »der« Mensch (schlechthin) dasteht, also als nicht weiter zu veränderndes Wesen. Der Mensch ist in seiner Eigenschaft als des Menschen (des Zuschauers) Schicksal zu fassen. Die Definition muß praktikabel sein.

Unter dem Begreifen eines Menschen verstehen wir nämlich nicht weniger als: ihm gegenüber Griffe haben. Jener »totale« Überblick über ihn, der ihn uns umreißt und der momentan sein muß, genügt nicht, sondern ist nur eine Voraussetzung unserer eigentlichen entscheidenden Operation des Begreifens, die ihn *handhabt*, und dazu eben jenen Überblick als eine Art Situationsplan braucht. Auch ist solch ein Überblick überhaupt nicht zu gewinnen ohne einen solchen Plan einer Operation: nur im Hinblick auf diese ist er zu gewinnen und gilt er. Wir können den andern nur begreifen, wenn wir in ihn eingreifen können. Auch uns selbst können wir nur begreifen, indem wir in uns eingreifen. Der Mensch scheint zunächst als ein von Menschen benutzbares und Menschen benutzendes Wesen nicht zu Ende definiert. Aber zumindest ist es für jene Bewegung, die die mißbräuchliche Benutzung des Menschen durch den Menschen zu bekämpfen hat, die kommunistische, praktisch, ihn so zu definieren. Er wird, so definiert, über seine Traktabilität hinaus in seiner Totalität erscheinen – so unerwartet dies geschehen mag.

8. »Unmittelbare«, überbrückende Wirkung

Die herrschende Ästhetik verlangt vom Kunstwerk, indem sie eine unmittelbare Wirkung verlangt, auch eine alle sozialen und sonstigen Unterschiede der Individuen überbrückende Wirkung. Eine solche, die Klassengegensätze überbrückende Wirkung wird von Dramen der aristotelischen Dramatik auch heute noch erzielt, obwohl die Klassenunterschiede den Individuen immer mehr bewußt werden. Sie wird auch erzielt, wenn die Klassengegensätze der Gegenstand dieser Dramen sind, und sogar, wenn in ihnen für die eine oder andere Klasse Stellung genommen wird. In jedem Fall entsteht im Zuschauerraum auf der Basis des allen Zuhörern gemeinsamen »allgemein Menschlichen« *für die Dauer des Kunstgenusses* ein Kollektivum. An der Herstellung dieses Kollektivums ist die nichtaristotelische Dramatik vom Typus der »Mutter« nicht interessiert. Sie spaltet ihr Publikum.

»NEUE PREUSSISCHE KREUZZEITUNG«, BERLIN v. 18. 1. 1932
»... Es handelt sich um eine Mutter, die durch ihren Sohn in die Parteiarbeit hineingezogen und schließlich eine fleißige Biene ausdauernder Wühlarbeit für den Kommunismus wird. Also: Hohes Lied auf den kleinen Mann aus der Partei, der seine Pflicht tut. Grob, aufreizend, propagandistisch gemacht. Ein Pfingstfest für die Gesinnungsgenossen, wirksamer als Reden und Zeitungen. Ein Irrsinn für den Außenstehenden ...«

9. Ist der Kommunismus exklusiv?

»DEUTSCHE ALLGEMEINE ZEITUNG«, BERLIN v. 17. 1. 1932
»... Brecht hat in dieser Bearbeitung einer dramatischen Bearbeitung des Romans ›Die Mutter‹ von Maxim Gorki wieder einmal ein Lehrstück geschrieben, Unterweisung für primitive Zuhörer zu richtigem, d. h. kommunistischem Verhalten in allen Lebenslagen. Als Theater und als Literatur ist das schrecklich: als politische Propaganda etwas, was man beachten sollte ...«

»... Thema des Stückes ist das politische Verhalten, sein Zweck die Erziehung der Hörer dazu. Auf diesen Zweck wird so zielbewußt mit allen Mitteln hingearbeitet, daß in diese Auf-

führung, die sicher wieder auch durch die Saalbühnen des Ostens und Nordens geschleppt werden wird, die Politiker viel mehr hineingehören, als unsereiner ...«

»Man kommt sich vor dieser Geschichte mit der Mutter, die trotz ihres Widerstrebens von ihrem Sohn und seinen Freunden kommunistisch erzogen wird und dann ihrerseits selbst energisch kommunistische Propagandaarbeit leistet, durchaus deplaciert vor. Die Verfasser haben keine dichterischen, sondern rein politische Ziele im Auge ...«

»GERMANIA«, BERLIN v. 19. 1. 1932

»... um endlich einmal denen entgegnen zu können, die Brecht als ästhetisches Phänomen nehmen – nur deshalb, weil er angeblich einen neuen Theaterstil erfunden hat.«

»Hinter ihm aber steht ja gar nicht sein Individualwille. Nicht seine Formabsicht. Hinter ihm steht – das bewies der Abend im Komödienhaus! – die ganze kommunistische Ideologie. Sie steht hinter Brecht als einem Bühnenschriftsteller, der sich langsam durchentwickelt hat zu einem der literarischen Interpreten des Bolschewismus in Deutschland. Damit ist er nicht mehr ästhetisch zu werten, sondern p o l i t i s c h.«

»KÖNIGSBERGER ALLGEMEINE ZEITUNG« v. 23. 2. 1932

»Mit Dichtung hat diese Geschichte von der Mutter, die trotz ihres Widerstrebens von ihrem Sohn und seinen Freunden kommunistisch erzogen wird und dann ihrerseits selbst energische kommunistische Propaganda-Arbeit leistet, nichts zu tun. Es ist ein reines Zweckstück, sehr geschickt mit den Mitteln gemacht, die Brecht sich aus seinen Prinzipien des epischen Theaters abgeleitet hat.«

»DEUTSCHE ALLGEMEINE ZEITUNG«, BERLIN v. 17. 1. 1932

»... Theatralisch ist dies alles belanglos, politisch ist es mit seinem Einhämmern: nur Gewalt tut es, jedes Mittel ist recht, doch wichtig ...«

»... Über das theatralische Drum und Dran ist, weil das Mittel nicht Zweck ist, wenig zu sagen ...«

»GERMANIA« v. 19. 1. 1932

»Das Ganze ist eine eindeutige, klipp und klare Heroisierung eines revolutionären Frauentypus, herausgeführt aus der bürgerlichen in die klassenkämpferische, proletarische Welt.«

»DEUTSCHE ALLGEMEINE ZEITUNG«, BERLIN v. 17. 1. 1932

»... Gerade weil die geistige Wirkung dieser Lehrstücke so lähmend und ertötend ist, soll man die politische nicht unterschätzen ...«

»... Denn hier ist die Propaganda zugleich praktische Anweisung zum Verhalten – und das ist das Entscheidende.«

»NEUE LEIPZIGER ZEITUNG«

»... Es gibt nur ein unbürgerliches Element in der Welt, das ist der ungebundene Geist. Auch ›Die Mutter‹ von Brecht atmet wie alle theatralisch propagandistischen Darstellungen einer organisierten Revolution eine kleinbürgerlich solide Hausbackenheit.« *(H. Kesten)*

Viele, beinahe alle bürgerlichen Beurteiler der »Mutter« sagten uns so, diese Aufführung sei eine Sache der Kommunisten allein. Von solch einer Sache sprachen sie wie etwa von einer Sache der Kaninchenzüchter oder Schachspieler, die also recht wenig Menschen angeht und vor allem nicht beurteilt werden kann von Leuten, die von Kaninchen oder Schachspielen nichts verstehen. Aber wenn schon nicht die ganze Welt den Kommunismus für ihre Sache hält, so ist doch die Sache des Kommunismus die ganze Welt. Der Kommunismus ist keine Spielart unter Spielarten. Radikal auf die Abschaffung des Privateigentums an Produktionsmitteln ausgehend, steht er allen Richtungen, die sich durch was immer unterscheiden, aber in der Beibehaltung des Privateigentums einig sind, als einer einzigen Richtung gegenüber. Er erhebt den Anspruch, die direkte und einzige Fortführung der großen abendländischen Philosophie zu sein, als solche Fortführung eine radikale Umfunktionierung dieser Philosophie, wie er die einzige praktische Fortführung der abendländischen (kapitalistischen) Entwicklung und als solche zugleich die radikale Umfunktionierung der entwickelten Wirtschaft ist. Wir können und müssen darauf hinweisen, daß unsere Aussagen keine beschränkt subjektiven, sondern objektive und allgemeinverbindliche sind. Wir sprechen nicht für uns als ein kleiner Teil, sondern für die gesamte Menschheit als der Teil, der die Interessen der gesamten Menschheit (nicht eines Teiles) vertritt. Niemand hat das Recht, daraus, daß wir kämpfen, den Schluß zu ziehen, wir seien nicht objektiv. Wer immer heute, um einen scheinbar objektiven Eindruck hervorzurufen, einen Eindruck, als kämpfe er nicht, hervorruft, der wird bei genauerer Betrachtung auf einem hoffnungslos subjektiven, die Interessen eines winzigen Teiles der Menschheit vertretenden Standpunkt ertappt werden können. Er wird, objektiv betrachtet, die Interessen der gesamten Menschheit durch sein Eintreten für die Beibehaltung der kapitalistischen Besitz- und Produktionsverhältnisse verraten. Der scheinbar objektive »linke« bürgerliche Skeptiker erkennt nicht oder will nicht erkennen lassen, daß er in diesem großen Kampfe mitkämpft, in dem er die permanente, aber durch den Usus langer Zeit dem Bewußtsein entrückte Ausübung der Gewalt durch eine kleine Schicht nicht Kampf nennt. Es ist notwendig, dieser besitzenden Schicht, einer entarteten, schmutzigen, objektiv und subjektiv unmenschlichen Clique, sämtliche »Güter idealer Art« aus den Händen zu schlagen, gleichgültig, was eine ausgebeutete, am Produzieren gehinderte, sich gegen das Verkommen wehrende Menschheit mit diesen Gütern weiterhin anzufangen wünscht. Zuerst muß unter allen Umständen diese Schicht jeden Anspruchs auf menschliches Ansehen verlustig gesprochen werden. Was immer weiterhin »Freiheit«, »Gerechtigkeit«, »Menschlichkeit«, »Bildung«, »Produktivität«, »Kühnheit«, »Zuverlässigkeit« bedeuten sollen – bevor diese Begriffe von allem gereinigt sind, was ihnen von ihrem Funktionieren in der bürgerlichen Gesellschaft anhaftet, werden sie nicht mehr gebraucht werden dürfen. Unsere Gegner sind die Gegner der Menschheit. Sie haben nicht »recht« von ihrem Standpunkt aus: das Unrecht besteht in ihrem Standpunkt. Sie müssen vielleicht so sein, wie sie sind, aber sie müssen nicht sein. Es ist verständlich, daß sie sich verteidigen, aber sie verteidigen den Raub und die Vorrechte, und verstehen darf hier nicht verzeihen heißen. Der dem Menschen ein Wolf ist, ist kein Mensch, sondern ein Wolf. »Güte« bedeutet heute, wo die nackte Notwehr riesiger

Massen zum Endkampf um die Kommandohöhe wird, die Vernichtung derer, die Güte unmöglich machen.

»GERMANIA«, BERLIN v. 19. 1. 32

»Die ›Mutter‹ ist also jetzt die Entwicklung eines Menschen aus der Sphäre des Privat-Humanen ins Allgemein-Politische im marxistischen Sinne. Sie liebt ihren Sohn, einen Arbeiter, Sohn eines Arbeiters. Der Konflikt setzt ein bei der Kopeke, die an der fetten Suppe fehlt. Er hört auf bei der roten Fahne, die die alte Frau an der Spitze der Partei in Demonstrationen bis in die 1917er Revolution trägt, und in den neuen Sowjet-Staat. Daß sie dabei alle Übungen kommunistischer Schulung vom Zettelverteilen übers Abc-Lernen zum Bauernunterricht bis zur ›glorreichen‹ Lenin-Revolte durchmacht, daß sie lernt, zuerst unpersönlich, dann unhuman, dann sogar betrügerisch (im Interesse der Partei natürlich), dann agitatorisch, erst mit ehrlichen, dann sogar mit lügnerischen Mitteln zu arbeiten für die Partei, indem sie während des Krieges zuerst so tut, als ob sie tapfer mit Kupfer abgäbe, dann mit ›bourgeoisen‹ Argumenten die andern listig zum Heimgehen verführt, um endlich Farbe zu bekennen; daß sie für die ›Überleitung des imperialistischen Krieges in den Bürgerkrieg‹ (Lenin) ist, da sie dann selbst teilnimmt an dieser ›Überleitung‹ und an seinem Sieg – das ist der Lehrstoff dieses Stückes.«

Den bürgerlichen Beurteilern scheinen solche Werke bestimmte Interessen nicht genug allgemeiner Natur vorauszusetzen, statt solche allgemeiner Natur zu wecken, aber die Interessen, die hier wenigstens als schlummernd vorausgesetzt werden, sind in Wahrheit von ganz besonders allgemeiner Art und gerade darum den Interessen der bürgerlichen Beurteiler entgegengesetzt. Jene Gruppen von Kopfarbeitern, die durch ihre existentielle Verknüpftheit mit den Besitzern der Produktionsmittel geistig festgelegt sind, haben nicht mit der Sache des Kommunismus, sondern mit der Sache der Welt nichts mehr zu tun. Sich von den Kommunisten als von einseitigen, festgelegten, unfreien Geistern trennend, trennen sie sich nur von der Sache der Menschheit und vereinigen sie sich nur mit der allerdings allseitigen, allerdings ungebundenen, allerdings freien Ausbeutung. Eine große Menge von Kopfarbeitern haben durchaus das Gefühl, daß die Welt (ihre Welt) von Unstimmigkeiten befallen ist, aber sie verhalten sich nicht dementsprechend. Wenn man jene ausscheidet, die sich einfach geistig eine Welt konstruieren, welche an sich unstimmig ist (gerade durch ihre Unstimmigkeit existiert), hat man es mit Menschen zu tun, die, der Unstimmigkeit mehr oder weniger bewußt, sich dennoch so verhalten, als wäre die Welt stimmig. In das Denken solcher Menschen greift also die Welt nur mangelhaft ein; es kann nicht überraschen, wenn ihr Denken dann nicht in die Welt eingreift. Dies bedeutet aber, daß sie dem Denken dann überhaupt kein Eingreifen zumuten: so entsteht der »Reine Geist«, der für sich existiert, mehr oder weniger behindert durch die »äußeren« Umstände. Die durch das Stück »Die Mutter« angeregten Auseinandersetzungen mit einer Arbeiterin gehören für diese Leute nicht zu den geistigen. Sie schicken die Politiker. So wie sie selber nicht mit der Praxis, haben jene nichts mit Geist zu tun. Was braucht der Kopf zu wissen, was die Hand tut, die ihm die Taschen füllt! Diese Leute sind gegen die Politik. Das bedeutet praktisch, daß sie für die Politik sind, die *mit* ihnen gemacht wird. Ihr Verhalten, selbst in ihrem Beruf, ist ein durchaus politisches. Außerhalb der Politik seinen Wohnsitz aufschlagen, ist nicht dasselbe, wie außerhalb der Politik angesiedelt werden; und außer der Politik stehen, ist nicht über der Politik stehen.

Manche von ihnen meinen, sie könnten in einem unvollkommenen Staatswesen vollkommen sein, ohne das Staatswesen zu vervollkommnen. Dabei ist es das Wesen unseres Staates, keinen vollkommenen oder sich vervollkommnenden Menschen zu brauchen. Überall sehen wir Anstalten, in denen Krüppel benötigt werden, Einarmige oder Einbeinige oder solche ohne Beine. Die Geschäfte der Verwaltung können am besten von Dummköpfen bewältigt werden. Unsere Schutzleute müssen, um ihr Amt auszuüben, Raufbolde und unsere Richter Blinde sein. Die Forscher Taubstumme oder zumindest Stumme. Und die Verlage der Bücher und Zeitungen rechnen, um nicht pleite zu gehen, nur mit Analphabeten. Nicht im Finden und Aussprechen der Wahrheit zeigt sich das, was Klugheit genannt wird, sondern im Finden der Unwahrheit und der größeren oder geringeren Feinheit des Verschweigens. Einige vermissen große Werke und schieben es dem Mangel an großen Begabungen zu. Aber kein Homer und kein Shakespeare könnte in Verse bringen, was sie hören wollen. Und die, die die großen Werke vermissen, können ohne sie ganz gut leben und könnten es vielleicht nicht mit ihnen.

10. Abneigung gegen das Lernen und Verachtung des Nützlichen

Einer der Haupteinwände der bürgerlichen Kritik gegen die nichtaristotelische Dramatik vom Typus der »Mutter« stützt sich auf eine ebenfalls rein bürgerliche Trennung der Begriffe »unterhaltsam« und »lehrreich«. Danach ist die »Mutter« vielleicht lehrreich (wenn auch nur, wie auseinandergesetzt wird, für einen kleinen Teil der möglichen Zuschauer), aber bestimmt nicht unterhaltend (nicht einmal für diesen kleinen Teil). Dieser Trennung nachzugehen ist nicht ohne Reiz. Es mag überraschen, daß hier eine Degradierung des Lernens schlechthin beabsichtigt ist, indem es nicht als Genuß vorgestellt wird. In Wirklichkeit wird natürlich der Genuß, indem er so sorgfältig von jedem Lehrwert entleert wird, degradiert. Aber man braucht sich nur umzusehen, welche Funktion das Lernen in der bürgerlichen Gesellschaftsordnung hat. Es funktioniert als Einkauf von materiell verwertbaren Kenntnissen. Dieser Einkauf hat stattzufinden, bevor das Individuum in den Produktionsprozeß eintritt. Seine Sphäre ist also die Unreife. Zugeben, daß ich etwas, was zu meinem Fach gehört, noch nicht kann, also mich beim Lernen ertappen lassen, ist gleichbedeutend mit eingestehen, daß ich nicht konkurrenzfähig bin und keinen Kredit beanspruchen darf. Die Erinnerung an die schreckliche Qual, unter der die bürgerliche Jugend ihr »Wissen« eingetrichtert bekommt, hält den zu seiner »Unterhaltung« ins Theater Gekommenen ab, sich wieder behandeln zu lassen wie einer, »der auf der Schulbank sitzt«. Die Haltung des Lernenden ist diffamiert.

Wie ja auch der Nützliche und der Sinn für das Nützliche der öffentlichen Verachtung anheimgefallen ist, seit die Menschen sich selbst nur mehr durch Gemeinheiten nützen, indem der Nutzen nur mehr aus der Ausnutzung des Mitmenschen gezogen werden kann.

Nützlich ist der Ausnutzbare, Rechtlose. Bevor er sich nützlich macht, muß ihm der Brotkorb höher gehängt werden. Aber auch der ihn ausnützt, bezieht nicht mehr daraus seine Achtung, sondern nur mehr aus dem, was ihm der gezogene (und im Dunkeln gezogene) Nutzen an Aufwand an Materiellem und Geistigem ermöglicht. Aus dem feudalen Zeitalter her wirkt noch die Geste, mit der die feudale Person, in Form von Vorrechten schon gesichert, vorgab, weder sich selbst noch anderen nützen zu müssen; aus der Zeit der Niederkämpfung der Kleinbürgerwelt die Verachtung des sich nützlich Machenden von seiten des ihn überflügelnden, andere nützlich machenden Kapitalisten, und schon meldet sich die große Störung in den ideologischen Systemen durch das herunter- und heraufkommende Proletariat in der Verweisung der Nutzungsakte in die Sphäre des im Dunkeln zu verübenden Verbrechens. Zugleich aber wächst im Proletariat der neue unbefangene und mächtige Sinn für das Nützliche, der keine Skrupeln erzeugen kann, da er eben auf die Ausrottung derjenigen Verhältnisse ausgeht, die den Nutzen aus der Schädigung holen.

[Empfehlungen für die Theatre Union]

I. Akt

Ich freue mich sehr über Euren Beschluß, für die ersten beiden Akte die mehr stilisierte Form des Originals zu wählen. Besonders wichtig sind mir die Monologe und die knappen Gespräche und Szenenschlüsse wie z. B. die nicht unterbrochenen Monologe der Mutter und der Schluß: »Nein, ich kann nicht lesen«, in der ersten Szene. In der dritten Szene das streng geformte Gespräch über das Eigentum. Was den Schluß dieser Szene betrifft, bitte ich vor allem die letzten Worte zu streichen, in denen die Mutter verspricht, mitzumarschieren. Sie nehmen die Überraschung in 4 weg.

II. Akt

Hier sind die Projektionen mit den Titeln der Szenen ganz besonders wichtig. In der 6. Szene (englische Version, Seite 38) müssen einige Veränderungen gemacht werden. Pawel ist nicht geflüchtet. Er hat seine Haft in Sibirien abgesessen, muß aber sogleich mit einem neuen Auftrag der Partei nach Finnland weiter. Für diese Veränderung genügen ein paar Sätze. Vor Beginn der Szene kann projiziert werden:

IN DEN JAHREN VOR DEM WELTKRIEG TRIEB DIE BOLSCHEWISTISCHE PARTEI UNERMÜDLICH PROPAGANDA. PELAGEA WLASSOWA IST IN EINER ILLEGALEN DRUCKEREI TÄTIG.

III. Akt

1. Szene

Projektion: 1914 DER ZAR MOBILISIERT

Szene im Eisenbahnabteil, Fassung beigefügt.

2. Szene

Die Bibelszene, Wiederherstellung des Originaltextes:

Genossin Wlassowa, dein Sohn
Ist erschossen worden. Aber
...

Einzige Änderung:

DIE DREI FRAUEN *vor der Tür:* Pawel Wlassow ist wegen revolutionärer Agitation im Heer gefaßt und erschossen worden ...

Die Mutter, sehr blaß geschminkt. Man merkt ihr die große Anstrengung an, welche sie das Gespräch mit den Frauen kostet. Nach dem Schlußsatz: »Aber auf jeden Fall rate ich Ihnen, Ihre Ernte zu versichern«, fällt sie um.

3. Szene

Wohnung des Lehrers.

Im Original Nummer 13, Seite 58. (Beigefügt, da geändert.) Vor und während dieser Szene im Hintergrund groß die Projektionen des Zaren, Poincarés, Greys und des Kaisers, die Mächte, gegen welche die Mutter zu kämpfen hat. Es muß durch die Szene klarwerden, daß die Mutter, für welche der Tod ihres Sohnes einen furchtbaren Schlag bedeutet hat, nunmehr angesichts der Gefahr für die Partei und die Sache der Arbeiter und angesichts der Notwendigkeit verstärkter Arbeit, sich wieder erhebt. Sie ist jedoch sehr gealtert.

4. Szene

Eine Hausecke. Im Original Nummer 12, Seite 57.

5. Szene
Schluß. Die Demonstration. Bevor sie beginnt, muß groß projiziert werden:
IM NOVEMBER 1917 ERGRIFF DAS RUSSISCHE PROLETARIAT DIE MACHT.

Für das Stück sind die Projektionen von größter Wichtigkeit. Durch sie kann das Stück allein den Charakter einer Historie bekommen. Es darf keinesfall als Story wirken. Im Original (7. Heft der »Versuche«) sind die Projektionen auf Seite 65 angegeben.

Je weniger Farbe die Dekorationen haben, desto besser kommt der Hintergrund des Stücks als ein historischer Hintergrund heraus. In Berlin haben wir vor weißen Leinwänden gespielt (mit sehr viel Licht auf der Bühne) und eigentlich nur vor projizierten Schriften und Fotografien.

Memorandum über die Verstümmelung und Entstellung des Textes

Angesichts der stilistischen Schwierigkeiten einer Aufführung des Stückes »Die Mutter« wehrte sich Brecht wochenlang, eine Aufführung zu erlauben, ohne daß er zu den Proben hinzugezogen würde und er die volle Kontrolle über die Integrität seines Textes hätte. Beides wurde ihm vom Theater durch Manuel Gomez in Dänemark zugesichert. Man einigte sich vertraglich auf eine bestimmte Fassung, die von der Buchfassung abwich, jedoch sollte das Theater kein Recht haben, ohne Einwilligung Brechts irgend etwas von diesem Text zu streichen. In New York angekommen, beteiligte sich Brecht an der Einstudierung der vorgesehenen Fassung des dritten Aktes, führte jedoch im Einverständnis mit dem Theater auch seine eigene, auf das Buch zurückgehende Fassung des dritten Aktes dem Theatre-Board vor. Dieser entschied sich definitiv für diese letztere (Brechtsche) Fassung des dritten Aktes.

Samstag, den 9. November 35, eröffnete das Theater Brecht und Eisler, daß im dritten Akt Striche notwendig seien. Die gekürzte Fassung sollte am darauffolgenden Montag (11.11.) dem Theatre-Board vorgeführt werden. Brecht protestierte gegen die Striche, und Brecht erklärte, daß die Schwäche des dritten Aktes nicht vom Text, sondern von der unzulänglichen Darstellung komme. Um das Prinzip der Integrität seines Textes zu verfechten, wandte sich Brecht Montag, den 11.11., zusammen mit Eisler an die Agitpropabteilung, Genossen Jerome, und bat um eine Klärung der Frage durch die Partei.

Genosse Jerome besuchte zusammen mit Eisler Montagabend die Aufführung des ohne Brechts Einwilligung gekürzten Stücks. (Es handelte sich um Kürzungen im Umfang etwa einer halben Textseite, allerdings waren diese Stellen dramaturgisch und politisch von Bedeutung.)

Dienstag, den 12.11., kam es nach einem Meeting mit der Fraktion der Theatre Union zum Parteibeschluß, in dem das Theater angehalten wurde, die Integrität des von Brecht gebilligten Textes, der am Freitag, dem 8.11., abends zum letzten Male vorgeführt wurde, zu wahren. Das Theater erkannte diesen Beschluß einstimmig an.

Mittwoch, den 13.11., und Donnerstag, den 14.11., versuchten Brecht und Eisler die Freitagabend-Fassung verabredungsmäßig wiederherzustellen. Da schon am Donnerstag, den 14.11., die erste Aufführung des Stückes vor dem Publikum stattfand, machte Brecht unaufgefordert den Vorschlag, zur Entlastung der Darstellerin der Mutter für diesen Abend noch einmal die Striche beizubehalten unter der Bedingung, daß sie von der nächsten Vorstellung ab endgültig beseitigt würden.

Diese Aufführung am Donnerstagabend war wieder sehr unzulänglich (Anlage 1). Nach wie vor schob das Theater die Schuld auf den Text des dritten Aktes. Die Versuche Brechts und Eislers, die wirklichen Fehler, die in der Darstellung lagen, zu beseitigen, waren schon am Donnerstagnachmittag vom Theater sabotiert worden und konnten auch Freitag nicht fortgesetzt werden. Entgegen der Verabredung wurden auch Freitagabend die Striche beibehalten, welche die Agitpropleitung zu beseitigen beschlossen hatte. Sonnabend erreichten Brecht und Eisler Jerome und baten ihn, dem Parteibeschluß Achtung zu verschaffen. Brecht bat ferner, ihm zu gestatten, alle Kritiker (auch die bürgerlichen), welche das Theater zur Premiere einladen würde, verständigen zu dürfen, daß das Stück verstümmelt sei. Genosse Jerome ersuchte Brecht, davon unter allen Umständen abzusehen, und versprach, dem Parteibeschluß Wirkung zu verschaffen. Er besuchte die Samstagabend-Aufführung, wobei er feststellte, daß nunmehr außer den bereits unstatthaften Strichen eine ganze weitere Szene (Landarbeiterszene) gestrichen war.

Sonntag früh (17. 11.) verständigte Genosse Jerome den Genossen Eisler, die Fraktion habe ihm zugesagt, den Autoren solle ihre Mitarbeit wieder ermöglicht werden, sie sollten »ins Theater eingeladen« werden. Tatsächlich rief Manuel Gomez Sonntagvormittag bei den Autoren an, und es kam zu einer Sitzung in Brechts Wohnung, wo eine Reihe von Verbesserungsvorschlägen Eislers und Brechts durchgesprochen wurden. (Anlage 2.) Brecht bestand noch einmal auf der Integrität seines Textes. (Anlage 3.)

Sonntagabend fehlten ebenfalls die gestrichenen Teile und die Landarbeiterszene.

Montagvormittag erfuhren die Autoren, daß das Theater nunmehr die Absicht hätte, noch eine weitere Szene (Bibelszene) zu streichen. Sie verständigten davon den Genossen Jerome, der sogleich im Theater anrief und die Streichung der Bibelszene entrüstet ablehnte. Jedoch kritisierte Jerome eine Stelle dieser Szene, in der die Bibel zerrissen wurde, als politisch bedenklich, worauf Brecht ohne Diskussion sich den Anordnungen der Partei fügte und in das Streichen der beanstandeten Stelle einwilligte.

Noch am Montagabend rief Manuel Gomez bei Brecht an und erkundigte sich nach einem technischen Detail, das die Beseitigung der von Jerome beanstandeten Stelle ermöglichen sollte.

Dienstagvormittag (19. 11.) begaben sich Brecht und Eisler ins Theater, da sie telefonisch niemand erreichen konnten, und hatten dort eine Besprechung mit Gomez über verschiedene technische Details. Zum größten Erstaunen der Autoren deutete Gomez an, daß es vielleicht dazu kommen könne, daß man noch eine Szene streichen müsse, die Antikriegspropaganda-Szene, die Kernszene des dritten Aktes. Die Autoren verwiesen von neuem auf den Parteibeschluß. Eine Stunde darauf wurden sie von Jerome zu einer Sitzung in der Agitpropleitung eingeladen, wo sie die Fraktion der Theatre Union vorfanden und hörten, das Theater wolle tatsächlich die Antikriegspropaganda-Szene streichen. Genosse Jerome verwies auf den Protest der Autoren und den Parteibeschluß, der die Integrität des Textes garantierte. Es war ganz offensichtlich, daß die Fraktion ihre Striche ohne die Einwilligung Brechts, ja, gegen sein ausdrückliches Verbot (Anlage 3) durchgeführt hatte. Der Versuch der Fraktion, Brecht (wie auch Eisler) Mangel an Interesse für die Aufführung nachzuweisen, ist sehr kühn angesichts der ständigen schriftlichen und telefonischen Versuche der Autoren, auf die Aufführung Einfluß zu bekommen. (Anlagen 4, 3 und 1.) Brecht schrieb genauso wie schon vordem der Hauptdarstellerin seine Vorschläge auf und konferierte mit dem Bühnenmaler noch zu einer Zeit, als ihm die persönliche Arbeit im Theater schon unmöglich gemacht worden war. Noch Sonntag übergaben Brecht und Eisler dem Theater praktische Vorschläge. (Anlage 2.) Den letzten entscheidenden Strich der Antikriegspropaganda-Szene verheimlichte das Theater dem Genossen Jerome und den Autoren bis zu dem Zeitpunkt, wo plötzlich ein angeblich »technisches« Fait accompli vorlag. Die Fraktion erklärte nämlich in der Besprechung am Dienstag, aus »technischen« Gründen (Unmöglichkeit, die Beleuchtung noch zu ändern) die Antikriegspropaganda-Szene auf keinen Fall aufnehmen zu wollen. Sie wurde tatsächlich bei der Premiere am Dienstagabend weggelassen, genauso wie die Landarbeiterszene und die Stellen, deren Aufnahme die Agitprop angeordnet hatte. Außerdem waren noch weitere politisch und dramaturgisch sehr wichtige Stellen gestrichen. Auch bei den folgenden Aufführungen, wo gewiß keine technische Verhinderung vorgeschützt werden konnte, blieb alles, was gestrichen war, gestrichen.

Im ganzen wurde gestrichen:

In der Bibelszene eine Rede der Mutter mit antireligiöser Propaganda, der ideologische Kernpunkt der ganzen Szene.

In der Szene »The Party is in Danger« der wichtige Satz »Wenn der Zar mobilisiert, müssen wir Arbeiter auch mobilisieren.« (Der entscheidende Satz, der die Vorbereitung des Bürgerkrieges durch die Bolschewiki ankündigte.)

In der Szene an der Straßenecke die Losungen, welche die Bolschewiki 1914 in die Massen brachten. (Nieder mit dem Krieg, es lebe die Revolution.)

Die ganze Szene »Die Mutter bei den Landarbeitern«, in der die Frage des Bündnisses der Arbeiter mit den armen Bauern dargestellt wird.

Die ganze Antikriegspropaganda-Szene. Durch das Streichen dieser Szene folgt auf die Weigerung der Arbeiter zu Beginn des Krieges, die Losungen der Bolschewiki anzuhören, unmittelbar der Triumph der Revolution 1917 als ein ohne jede revolutionäre Arbeit erzieltes Geschenk des Himmels.

Mit dem Hinweis auf politische Untragbarkeit hatte das Theater aus dem Gesang »Lob des Kommunismus« einen Gesang »Lob des Sozialismus« gemacht und den Ausspruch der Mutter in der Antikriegsszene »Ich bin eine Bolschewikin« in allen Aufführungen, in denen diese Szene gezeigt wurde, in »Ich bin eine Revolutionärin« verwandelt. Nunmehr wurden am letzten Tage gegen alle Verabredungen die Kostüme russifiziert, und dies mit der klaren, auch vom Theater oft betonten Erkenntnis, daß dadurch die revolutionäre Sache zu einer spezifisch russischen, exotischen gemacht würde. Ein Vorschlag der Autoren und des Bühnenmalers Gorelik, die Arbeiter in der letzten Szene (Demonstration 1917) zu bewaffnen, wurde ebenfalls abgelehnt.

Durch diese Striche wurde das Stück politisch und künstlerisch übel verstümmelt. Das Theater verhielt sich nicht anders als jedes beliebige Broadwaytheater, das ein Stück einfach als Ware oder als Rohmaterial zu einer leicht verkaufbaren Ware behandelt. Außerdem erhielt die Fraktion der Theatre Union einen klaren Parteibeschluß, der die Integrität des Textes als ein prinzipielles Recht des Autors zu wahren befahl. Die Autoren fügten sich den Wünschen der Partei, wenn sie darauf verzichteten, im Falle der Verstümmelung und Entstellung Stück und Musik zurückzuziehen. Brecht, obwohl nicht Parteimitglied, verzichtete sogar darauf, die Kritiker, die vom Theater zu der Premiere eingeladen waren, von der Verstümmelung und Entstellung seines Stückes in Kenntnis zu setzen. Das Versprechen der Partei, die Integrität des Textes zu schützen, konnte durch Disziplinlosigkeit der Fraktion der Theatre Union nicht gehalten werden.

[Zur amerikanischen Aufführung der »Mutter«]

Ich möchte sagen, daß ich den Versuch der Theatre Union, ein Stück vom Typus der »Mutter« aufzuführen, für ein sehr gutes Zeichen halte. Dieser Versuch zeigt, daß es Ihnen damit ernst ist, ein großes proletarisches Theater in Amerika aufzubauen. Das Stück, das auf den ersten Blick ziemlich einfach aussieht, ist natürlich eine ungewöhnlich komplizierte Sache und stellt riesige Anforderungen an das gegenwärtige Theater. Um ein solches Stück zum Erfolg zu führen, muß das betreffende Theater einen sehr großen Schritt vorwärts machen. Es besteht kein Zweifel darüber, daß die Theatre Union, nachdem sie den Mut hatte, das Stück aufzuführen, nicht den gleichen Mut aufbrachte, alle jene einschneidenden Änderungen in ihrer Produktionsweise vorzunehmen, die nötig waren, es zur Wirkung zu bringen.

Das proletarische Theater benutzt, wo es sich in den überkommenen Verkauf von Abendunterhaltung durch das bürgerliche Theater einschaltet, zunächst meist ganz bürgerliche Mittel, um zu wirken. Allerdings hat sein Naturalismus eine revolutionäre Seite, da gesellschaftliche Zustände gezeigt werden, die zu verdecken eine Hauptaufgabe der bürgerlichen Theater ist. Auch erschallt ein Ruf zum Kampf, der beweist, daß Kämpfer da sind. Erst in einer zweiten Phase fängt das proletarische Theater an, sich in Hinblick auf seine gesellschaftliche Funktion politisch und artistisch zu qualifizieren. In der ersten Phase wurde gezeigt, daß es Klassenkampf gibt. In der zweiten wird gezeigt, wie er geführt werden soll. In der ersten Phase (um nur noch einen Punkt zu erwähnen) wird gezeigt, daß auch der Proletarier ein Mensch ist, in der zweiten, inwiefern dieser Mensch ein proletarischer ist; das heißt technisch gesprochen: die Charakterisierung der Personen erfolgt nach soziologischen, nicht mehr nach biologischen Gesichtspunkten. Gleichzeitig beginnt in dieser Phase das proletarische Theater über sich selber nachzudenken. Es überprüft seine Mittel und nimmt den Kampf auf gegen die gewerbsmäßige Fabrikation von Illusionen und Rauschzuständen des bürgerlichen Theaters, welche diese artistischen Mittel bestimmt.

Vielleicht haben diejenigen recht, die meinen, man dürfe das junge proletarische Theater nicht zu sehr überanstrengen, sondern man müsse ihm Zeit lassen, vorwärtszuschreiten. Allerdings hängt die Zeit, die das proletarische Theater hat, die Zeit, die das Proletariat überhaupt hat, nicht nur von ihm ab. Das Proletariat muß in einer Epoche, wo es in schwierigste Kämpfe verwickelt ist und noch schwierigeren entgegengeht, von seinem Theater die außerordentlichsten Anstrengungen verlangen, ein ganz außerordentliches Tempo der Qualifizierung, das schnellste Erreichen eines ganz außerordentlichen Standes der politischen Erkenntnis. Dabei dürfen natürlich keineswegs irgendwelche nationalen Schranken errichtet werden, wie das M. Gold befürwortet. Das Proletariat lernt überall und ständig. Sein Theater muß überall und ständig lernen. Der Versuch der Qualifizierung mag am besten in einer spezifisch amerikanischen Weise unternommen werden. Es kann aber nicht die spezifisch amerikanische Weise darin bestehen, ihn nicht zu unternehmen.

Das amerikanische proletarische Theater muß, um diesen Schritt machen zu können, unbedingt seine Produktionsweise verändern. Seine Hauptaufgabe besteht zur Zeit offenbar darin, eine produktive Kontrolle seiner Produktion durch die Arbeiter und ihre Institutionen zu organisieren.

»Die Mutter«
(Leben der Revolutionärin Pelagea Wlassowa aus Twersk)
Nach dem Gorkischen Roman von Brecht

1

Beginn des Jahres 1904 in der russischen Stadt Twersk. Früh am Morgen kocht Pelagea Wlassowa, 42 Jahre alt, Witwe eines Arbeiters, dem Sohn, der auf Arbeit geht, die Suppe.

DIE MUTTER Fast schäme ich mich, meinem Sohn diese Suppe hinzustellen, aber ich kann kein Fett mehr hineintun, nicht einen halben Löffel voll. Ich spare einmal am Holz und einmal an der Kleidung, aber es langt nicht. Ich sehe keinen Ausweg.

ANSAGER Nr. 1 »Wie die Krähe ...«

2

Mit Kummer sieht die Mutter ihren Sohn in der Gesellschaft revolutionärer Arbeiter. Mißtrauisch hört sie von den neuen Ideen, die in Rußland aus den unterdrückten Massen aufsteigen.

Nr. 2 »Lied von der Suppe«

3

Im April 1906 hört Pelagea Wlassowa, daß ihr Sohn Flugblätter in der Fabrik verbreiten will. Um ihn, der schon der Polizei verdächtig ist, zu schützen, übernimmt sie selber, geschickt als Verkäuferin von Gurken und Piroggen auftretend, die Verteilung. Durch die Flugblätter aufgeklärt, lehnen die Arbeiter der Suchlinow-Werke gegen den Rat ihrer Gewerkschaftsführer die unzulänglichen Zugeständnisse des Unternehmers ab.

Nr. 3 »Das Lied vom Flicken und vom Rock«

4

Als es infolge des Streiks zu Verhaftungen kam, beteiligte sich Pelagea Wlassowa zum ersten Male an einer Demonstration.

ANDERER SPRECHER Aus dem Bericht über die erste Maidemonstration der Twersker Arbeiter im Revolutionsjahr 1905.

PAWEL Als wir Arbeiter von den Suchlinowwerken über den Wollmarkt kamen, stießen wir auf den Zug der anderen Betriebe, es waren schon viele Tausende. Wir trugen Transparente, darauf stand: Arbeiter, unterstützt unseren Kampf gegen die Lohnsenkung! Arbeiter, vereinigt euch!

IWAN Wir marschierten ruhig und in Ordnung. An Liedern wurde gesungen: »Wacht auf, Verdammte dieser Erde« und »Brüder, zur Sonne, zur Freiheit«. Unser Betrieb kam direkt hinter der großen roten Fahne.

ANDREJ Neben mir marschierte Pelagea Wlassowa dicht hinter ihrem Sohn. Als wir diesen in der Frühe abgeholt hatten, war sie plötzlich angekleidet aus der Küche gekommen, und auf unsere Frage, wohin sie wolle, hatte sie geantwortet:

PELAGEA WLASSOWA Mit euch gehen.

ANTON Solche wie sie gingen viel mit uns, denn der strenge Winter, die Lohnsenkungen in den Betrieben und unsere Agitation hatten viele zu uns geführt. Bevor wir zum Erlöserboulevard kamen, sahen wir einige Polizisten und keine Soldaten, aber an der Ecke des Erlöserboulevards und der Twerskaja stand plötzlich eine zweifache Kette von Polizisten. Als die unsere Fahne und unsere Transparente sahen, schrie plötzlich eine Stimme uns zu: Achtung! Auseinandergehen, es wird geschossen, und: Fahne weg! Unser Zug kam ins Stocken.

PAWEL Aber da die hinten Marschierenden nachrückten, konnten die Vorderen nicht stehenbleiben, und jetzt wurde geschossen. Als die ersten Leute umschlugen, erfolgte nichts weiter als eine Verwirrung. Viele konnten nicht glauben, daß das, was sie sahen, wirklich geschehen war. Dann setzten sich die Polizisten in Bewegung auf die Menge zu.

PELAGEA WLASSOWA Ich war mitgegangen, um für die Sache der Arbeiter zu demonstrieren. Es waren lauter ordentliche Leute, die da marschierten, die ihr Leben lang gearbeitet hatten. Freilich waren auch Verzweifelte darunter, die durch die Arbeitslosigkeit zum Äußersten getrieben waren, und Hungrige, die zu schwach waren, sich zur Wehr zu setzen.

ANDREJ Wir standen immer noch ziemlich vorn, und wir gingen auch nicht auseinander, als geschossen wurde.

PAWEL Wir hatten unsere Fahne, Smilgin trug sie, und wir dachten auch nicht daran, sie wegzugeben, denn jetzt schien uns, ohne daß wir uns verständigten, daß es wichtig wäre, daß sie gerade uns träfen und niedermachten und die Fahne, gerade unsere, die r o t e, wegnähmen. Dies wollten wir aber, damit alle Arbeiter sähen, wer wir sind und wofür wir sind, nämlich für die Arbeiter.

ANDREJ Die gegen uns waren, mußten sich benehmen wie die wilden Tiere. Weil sie dafür von den Suchlinows ihren Lebensunterhalt bekamen.

MASCHA Endlich würde es jeder sehen und unsere Fahne, die r o t e, mußte besonders hochgehalten werden, allen sichtbar, nicht zum wenigsten den Polizisten, aber auch allen anderen.

IWAN Und die sie nicht sahen, denen sollte es erzählt werden, heute noch oder morgen oder in den nächsten Jahren, so lange, bis sie w i e d e r gesehen würde. Denn, das glaubten wir zu wissen und viele wußten es sicher in diesem Augenblick, sie würde immer wieder gesehen werden, von jetzt ab bis zur völligen Umänderung aller Dinge, die auf dem Marsch ist: unsere Fahne, die die gefährlichste ist für alle Ausbeuter und Herrschenden, die unerbittlichste!

ANTON Aber für uns Arbeiter die endgültige!

Nr. 4

ALLE

Darum werdet ihr sie
Immer wieder sehen
Gern oder ungern
Je nach eurer Stellung in diesem Kampf
Der nicht mehr anders enden wird als
Mit unserem vollständigen Sieg
In allen Städten aller Länder
Wo es Arbeiter gibt.

PELAGEA WLASSOWA Aber an diesem Tag trug sie der Arbeiter Smilgin.

SMILGIN Mein Name ist Smilgin. Ich habe fünfzehn Jahre lang der Bewegung angehört. Ich war einer der ersten, die im Betriebe revolutionäre Aufklärung verbreiteten. Wir haben um die Löhne gekämpft und um bessere Arbeitsbedingungen. Dabei habe ich im Interesse meiner Kollegen oftmals mit den Unternehmern verhandelt. Anfangs voller Feindschaft, aber dann, ich gebe es zu, dachte ich, es ginge anders leichter. Wenn wir unsere Macht vermehrten, dachte ich, würden wir mitzubestimmen haben. Das war wohl falsch. Jetzt stehe ich hier, hinter mir sind es schon viele Tausende, aber vor uns steht wieder die Gewalt. Sollen wir die Fahne weggeben?

ANTON Gib sie nicht weg, Smilgin! Es geht nicht durch Verhandeln, sagten wir. Und Pelagea Wlassowa sagte ihm:

PELAGEA WLASSOWA Du mußt sie nicht hergeben, es kann dir nichts geschehen. Gegen eine friedliche Demonstration kann die Polizei nichts haben.

MASCHA Und in diesem Augenblick schrie ein Polizeioffizier uns zu: gebt die Fahne heraus!

IWAN Und Smilgin sah hinter sich und sah hinter seiner Fahne unsere Transparente und auf den Transparenten unsere Losungen. Und hinter den Transparenten standen die Streikenden von den Suchlinowwerken. Und wir sahen hin, was er neben uns, einer von uns, mit der Fahne machte.

PAWEL Fünfzehn Jahre in der Bewegung, Arbeiter, Revolutionär, am 1. Mai 1908, vormittags 11 Uhr an der Ecke des Erlöserboulevards, im entscheidenden Augenblick. Er sagte:

SMILGIN Ich gebe sie nicht her! Es wird nicht verhandelt.

ANDREJ Gut, Smilgin, sagten wir. So ist es recht. Jetzt ist alles in Ordnung.

IWAN Ja, sagte er, und fiel vornüber auf sein Gesicht, denn sie hatten ihn schon abgeschossen.

ANDREJ Und sie liefen hin, vier, fünf Mann, um sich die Fahne zu holen. Aber die Fahne lag neben ihm. Da bückte sich unsere Pelagea Wlassowa, die Ruhige, Gleichmütige, die Genossin, und griff nach der Fahne.

PELAGEA WLASSOWA Gib die Fahne her, Smilgin, sagte ich. Gib sie her! Ich werde sie schon tragen. Das wird alles noch anders werden!

5

Die erste russische Revolution endete mit einer Niederlage. Die schweren Jahre der Stolypinschen Reaktion brachen an. – Ein Freund ihres Sohnes bringt Pelagea Wlassowa zu einem Verwandten, Nikolai, dem Lehrer. Der Lehrer nimmt sie auf, weil sie ihm hilflos erscheint, aber wenige Wochen später ist seine Küche voll von Proleten der Nachbarschaft: Pelagea Wlassowa betreibt Propaganda für den Kommunismus.

EINE FRAU Wir haben gehört, der Kommunismus ist ein Verbrechen.

DIE MUTTER Das ist nicht wahr. Der Kommunismus ist gut für uns.

Nr. 5 »Das Lob des Kommunismus«

6

Bei dem Lehrer Nikolai lernte Pelagea Wlassowa im Alter von 45 Jahren das Lesen, zusammen mit jungen und alten Arbeitern der Nachbarschaft. Der Lehrer, ein Mann mit Weltschmerz, überlieferte sein Wissen nur unwillig, aber die Arbeiter ergriffen es begierig.

PELAGEA WLASSOWA Wie z. B. schreibt man Arbeiter?

EIN ARBEITER Sagen Sie uns bitte, Nikolai Nikolajewitsch, wie schreibt man Klassenkampf?

EIN ARBEITER Und bitte, wie schreibt man eigentlich Ausbeutung?

PELAGEA WLASSOWA Das »A« bei der Ausbeutung ist genau wie das »A« bei Arbeiter.

Nr. 6 »Lob des Lernens«

7

Pawel Wlassow ist zu Gefängnis verurteilt worden. Die Mutter besucht ihn und findet ihn ungebrochen.

Nr. 7 »Lied des eingekerkerten Sohns!«

8

Den Anleitungen entsprechend, die ihr Pawel vom Gefängnis aus erteilt, beteiligt sich die Mutter in diesen Jahren an der Landagitation. Landarbeiter rühmen sie und ihresgleichen.

Nr. 8 »Lob der unbekannten Soldaten der Revolution«

9

Pelagea Wlassowa sieht ihren Sohn wieder, als er auf der Flucht nach Finnland Twersk besucht. Er trifft sie beim Drucken illegaler Flugblätter an und nützt die wenigen Stunden, ihr dabei zu helfen. Pelagea Wlassowa lobt die gemeinsame politische Arbeit, die sie ihrem Sohn so sehr näher gebracht hat.

Nr. 9 »Lob der dritten Sache«

10

1910. Pawel Wlassow ist beim Versuch, die finnische Grenze zu überschreiten, erschossen worden. Die Partei unterrichtet die Mutter davon.

Nr. 10 Chor

11

Der Ausbruch des Weltkriegs trifft die Gealterte krank und elend. Mit ihren letzten Kräften folgt sie dem Aufruf der bolschewistischen Partei, unter den Arbeitern gegen den Krieg zu agitieren.

Nr. 11 »Steh auf, die Partei ist in Gefahr! ...«

12

Pelagea Wlassowa erlebt noch die Oktoberrevolution, in der die russischen Arbeiter sich vom Zarismus und Kapitalismus befreien. Vor einer historischen Demonstration trägt die alte Frau die rote Fahne. Bericht über die Demonstration der Twersker Arbeiter im Oktober 1917.

EIN ARBEITER Als wir über den Lybin-Prospekt kamen, waren wir schon viele Tausende. Über fünfzig Betriebe streikten, und die Streikenden schlossen sich uns an, um gegen den Krieg und gegen die zaristische Herrschaft zu demonstrieren.

ZWEITER ARBEITER Im Winter 1916/17 streikten schon 250 000 Mann in den Betrieben. Die unzulänglichen Löhne bei steigenden Preisen, Mangel an Lebensmitteln, die Verzweiflung über den Krieg, das Hinausjagen hungernder Arbeiter und Bauern auf die Schlachtfelder hatten sie zu uns Bolschewiken getrieben.

DRITTER ARBEITER Wir trugen Transparente mit der Aufschrift: »Nieder mit dem Krieg! Es lebe die Revolution!« und rote Fahnen.

PELAGEA WLASSOWA Denn was habe ich, Pelagea Wlassowa, Witwe eines Arbeiters und Mutter eines Arbeiters, noch alles zu tun! Als ich vor vielen Jahren mit Sorge sah, daß mein Sohn nicht mehr satt wurde, habe ich zuerst nur gejammert. Da änderte sich nichts. Dann half ich ihm bei seinem Kampf um die Kopeke. Damals sind wir in kleinen Streiks für bessere Löhne gestanden. Jetzt stehen wir in einem Riesenstreik in den Munitionsfabriken und kämpfen um die Macht im Staate.

DIENSTMÄDCHEN Viele sagten, das, was wir wollen, geht niemals. Wir sollten zufrieden sein mit dem, was wir hatten. Die Macht der Herrschenden sei doch sicher. Wir würden immer wieder niedergeschlagen werden. Auch viele Arbeiter sagten: das geht niemals!

Nr. 12 »Lob der Dialektik«

Wer noch lebt, sage nicht: niemals!
Das Sichere ist nicht sicher.
So, wie es ist, bleibt es nicht.
Wenn die Herrschenden gesprochen haben

Werden die Beherrschten sprechen.
Wer wagt zu sagen: niemals!
An wem liegt es, wenn die Unterdrückung bleibt? An uns.
An wem liegt es, wenn sie zerbrochen wird? Ebenfalls an uns.
Wer niedergeschlagen wird, der erhebe sich!
Wer verloren ist, kämpfe!
Wer seine Lage erkannt hat, wie soll der aufzuhalten sein?
Denn die Besiegten von heute sind die Sieger von morgen
Und aus Niemals wird: heute noch!

Anmerkungen zur »Mutter« [1938]

1.

Das Stück »Die Mutter«, im Stil der Lehrstücke geschrieben, aber Schauspieler erfordernd, ist ein Stück antimetaphysischer, materialistischer, *nichtaristotelischer Dramatik.* Diese bedient sich der *hingebenden Einfühlung* des Zuschauers keineswegs so unbedenklich wie die aristotelische und steht auch zu gewissen psychischen Wirkungen, wie etwa der Katharsis, wesentlich anders. So wie sie nicht darauf ausgeht, ihren Helden der Welt als seinem unentrinnbaren Schicksal auszuliefern, liegt es auch nicht in ihrem Sinn, den Zuschauer einem suggestiven Theatererlebnis auszuliefern. Bemüht, ihrem Zuschauer ein ganz bestimmtes praktisches, die Änderung der Welt bezweckendes Verhalten zu lehren, muß sie ihm schon im Theater eine grundsätzlich andere Haltung verleihen, als er gewohnt ist. Nachstehend einige Maßnahmen, die bei der Aufführung der »Mutter« in Berlin 1932 und in New York 1935 getroffen wurden.

2. Mittelbare Wirkung der epischen Bühne

Bei der ersten Aufführung der »Mutter« sollte die Bühne (Caspar Nehers) keine wirkliche Örtlichkeit vortäuschen: sie nahm sozusagen selber Stellung zu den Vorgängen, sie zitierte, erzählte, bereitete vor und erinnerte. In ihren spärlichen Andeutungen von Möbeln, Türen usw. beschränkte sie sich auf Gegenstände, die mitspielten, d. h. solche, ohne die die Handlung nicht oder anders verlaufen würde. Ein festes System von wenig über mannshohen Eisenröhren, die in verschieden großem Abstand senkrecht auf den Bühnenboden montiert waren und in die andere, waagrechte, verschiebbare, also beliebig zu verlängernde Röhren mit Leinwänden eingehakt werden konnten, gestattete in Berlin rasches Verwandeln. Dazwischen hingen in Rahmen verschließbare Holztüren. In New York war die Bühne (Max Goreliks) ähnlich, jedoch stabiler. Auf einer großen Leinwand des Hintergrundes wurden Texte und Bilddokumente projiziert, welche während der Szene stehen blieben, so daß diese Tafel ebenfalls den Charakter einer Kulisse bekam. Die Bühne zeigte also nicht nur in Andeutungen wirkliche Räume, sondern auch durch Texte und Bilddokumente die große geistige Bewegung, in der die Vorgänge sich abspielten. Die Projektionen sind keineswegs einfache mechanische Hilfsmittel im Sinne von Ergänzungen, keine Eselsbrücken; sie nehmen keine Hilfsstellung für den Zuschauer ein, sondern Gegenstellung: sie vereiteln seine totale Einfühlung, unterbrechen sein mechanisches Mitgehen. Sie machen die *Wirkung mittelbar.* Damit sind sie organische Teile des Kunstwerkes.

3. Projektionen

Berliner Aufführung

Szene 1 (S. 327)

DIE WLASSOWAS ALLER LÄNDER

Szene 2 (S. 329)

DER KAMPF UM DIE KOPEKE

(1 Kopeke = 2 Pfennige)

Szene 3 (S. 336)

Photographie »P. SUCHLINOW, BESITZER DER SUCHLINOW-WERKE«

Szene 4 (S. 342)

DIE THEORIE WIRD ZUR MATERIELLEN GEWALT, WENN SIE DIE MASSEN ERGREIFT! (*Marx*)

Szene 5 (S. 347)

DER 1. MAI. ARBEITER ALLER LÄNDER, VEREINIGT EUCH!

Szene 6 (S. 350)

MITGLIEDSBUCH DER RUSSISCHEN SOZIALDEMOKRATISCHEN PARTEI (BOLSCHEWIKI) FÜR PELAGEA WLASSOWA AUS TWERSK

Szene 6 (S. 351)

DIE WERKTÄTIGEN STREBEN NACH WISSEN, DENN SIE BRAUCHEN ES ZU IHREM SIEG *(Lenin)*

Szene 7 (S. 360)

BEWEIST, DASS IHR KÄMPFEN KÖNNT! *(Lenin an die Frauen)*

Szene 8 (S. 363)

Das Hammer-und-Sichel-Emblem auseinandergenommen, also Hammer und Sichel nebeneinander, durch das Wort »und« verbunden.

Szene 8 (S. 368 Mitte)

Das Hammer-und-Sichel-Emblem: Hammer und Sichel überkreuzt verbunden.

Szene 9 (S. 369)

DAS SOZIALE WIRKEN DER FRAUEN MUSS GEFÖRDERT WERDEN, DAMIT SIE IHRE SPIESSBÜRGERLICHE HEIM- UND FAMILIENPSYCHOLOGIE ABSTREIFEN *(Lenin)*

Szene 10 (S. 374)

RELIGION IST OPIUM FÜRS VOLK *(Marx)*

Szene 11 (S. 381)

Photographie der Kriegführenden: der Zar, der deutsche Kaiser, Poincaré, Wilson, Grey.

Szene 12 (S. 383)

1914. GEGEN DEN STROM!

Szene 13 (S. 384)

Photographie Lenins, daneben: FÜR UMWANDLUNG DES IMPERIALISTISCHEN KRIEGES IN DEN BÜRGERKRIEG

Szene 14 (S. 389)

1917

Szene 14 (S. 390) als Schluß:

IM NOVEMBER 1917 ERGRIFF DAS RUSSISCHE PROLETARIAT DIE MACHT

FILM MIT DOKUMENTARISCHEN AUFNAHMEN AUS DER OKTOBERREVOLUTION (Von der Zensur verboten)

Im Zuschauerraum als Transparent:

OHNE DIE FRAUEN GIBT ES KEINE WIRKLICHE MASSENBEWEGUNG *(Lenin)*

New Yorker Aufführung

Before Scene 1

Title: THE LIFE OF THE REVOLUTIONIST PELAGEA VLASSOVA OF TVERSK

Picture of the Mother

Scene 1

Title: IN 1907. THE WORKERS OF THE CITY OF TVERSK LIVED UNDER CONDITIONS OF EXTREME HARDSHIP

Picture: Shopping list in large handwriting of untutored person:

bread	4 kopeks
lard	7 "
cabbage	3 "
potatoes	5 "
onions	2 "
tea	5 "
	26 kopeks

Scene 2

Title: PELAGEA VLASSOVA SEES WITH SORROW THAT HER SON IS IN THE COMPANY OF REVOLUTIONARY WORKERS

Picture of four poor women of different nations including Negro and Chinese with caption:
IN EVERY COUNTRY OF THE WORLD THERE ARE WOMEN LIKE PELAGEA VLASSOVA

Scene 3

Title: THE MOTHER HERSELF DISTRIBUTES LEAFLETS IN THE SUCHLINOW PLANT TO KEEP HER SON OUT OF REVOLUTIONARY ACTIVITY

Picture: Leaflet: Workers:
Dont let Mr. Suchlinow
Cut your wages! Dont
Negotiate!
Strike!
Suchlinow Factory Committee

Scene 4

Title: THE MOTHER RECEIVES HER FIRST LESSON IN ECONOMICS

Picture of factory with picture of factory-owner in oval shape; caption under the whole: The Suchlinow Works and under the photograph of the man: P. Suchlinow, the owner

Scene 5

Title: ON MAY FIRST THE WORKERS OF TVERSK DEMONSTRATE AGAINST THE WAGE CUT. THE MOTHER RECEIVES A LESSON IN POLITICS

Picture of a demonstration

Scene 6

Title: 1908. PAVEL IS IN PRISON. IVAN VESSOVCHIKOV BRINGS THE MOTHER TO THE HOME OF HIS BROTHER NICOLAI, THE TEACHER, WHO LIVES IN THE CITY OF ROSTOV

Picture: Reproduction of Vlassova's membership card with picture of the Mother superimposed and caption: MEMBERSHIP CARD OF PELAGEA VLASSOVA IN THE RUSSIAN SOCIAL DEMOCRATIC LABOR PARTY

Title: THE TEACHER SURPRISES HIS HOUSEKEEPER IN THE MIDST OF A MEETING

Title: THE MOTHER LEARNS TO READ AND WRITE

Picture: KNOWLEDGE IS POWER (Francis Bacon)

Picture: The words: Class Struggle – Worker – Exploiter

Title: IVAN VESSOVCHIKOV DOES NOT RECOGNIZE HIS OWN BROTHER

Picture: Framed picture of the Czar

Scene 7

Title: THE MOTHER MAKES USE OF A VISIT TO HER SON IN PRISON TO GET THE ADDRESSES OF PEASANTS SYMPATHETIC TO THE MOVEMENT

Picture of prison

Scene 8

Title: IN THE YEARS 1909–13 THE WORKERS TRIED REPEATEDLY TO DRAW THE POOR PEASANTS INTO THEIR MOVEMENT

Pictures of workers on one side and peasants on the other side

Scene 9

Title: PAVEL RETURNS AFTER A LONG EXILE IN SIBERIA

Picture: Lines from the Third Thing

Scene 10

Title: CROSSING THE FINNISH BORDER, PAVEL VLASSOV HAS BEEN CAUGHT AND EXECUTED

Picture: Photograph of Pavel. Later Rogues Gallery Picture of him

Scene 11
Title: WAR IS DECLARED
Picture: Photograph of the Czar and his generals
Scene 12
Title: DURING THE FIRST YEARS OF THE WAR THE WORKERS WOULD NOT LISTEN TO THE REVOLUTIONISTS
Picture: Line of text: If you should fail!
Scene 13
Title: THE MOTHER CARRIES ON ANTI-WAR PROPAGANDA
Picture: Casualty list (three battles on the Eastern Front)
Scene 14
Title: JANUARY 1917, IN THE TUMULTUOUS RANKS OF THE STRIKING WORKERS AND MUTINYING SOLDIERS MARCHES PELAGEA VLASSOVA, THE MOTHER
Picture: Photograph of armed demonstrations
End
Title: IN NOVEMBER 1917, THE RUSSIAN PROLETARIAT SEIZED POWER

4. Epische Darstellungsweise

Das epische Theater bedient sich denkbar einfachster, den Sinn der Vorgänge übersichtlich ausdrückender Gruppierungen. Die »zufällige«, »Leben vortäuschende«, »zwanglose« Gruppierung ist aufgegeben: die Bühne spiegelt nicht die »natürliche« Unordnung der Dinge. Das angestrebte Gegenteil natürlicher Unordnung ist natürliche Ordnung. Die ordnenden Gesichtspunkte sind geschichtlich-gesellschaftlicher Art. Der Standpunkt, den die Regie einnehmen soll, wird nicht ausreichend gekennzeichnet, aber für manche erleichtert, wenn man ihn den eines Sittenschilderers und Historikers nennt. In der zweiten Szene der »Mutter« sind etwa folgende von der Regie deutlich herauszuarbeitende, voneinander zu trennende äußere Vorgänge enthalten:

1. Der junge Arbeiter Pawel Wlassow erhält zum ersten Male den Besuch revolutionärer Genossen, die in seiner Wohnung eine illegale Arbeit erledigen wollen.

2. Mit Kummer sieht seine Mutter ihn in der Gesellschaft revolutionärer Arbeiter. Sie versucht, sie zu verscheuchen.

3. In einem kleinen Lied erklärt die Arbeiterin Mascha Chalatowa, daß der Arbeiter, um Brot und Arbeit zu erkämpfen, den ganzen Staat »von unten nach oben umkehren« muß.

4. Eine polizeiliche Haussuchung zeigt Pelagea Wlassowa die Gefährlichkeit der neuen Tätigkeit ihres Sohnes.

5. Obgleich entsetzt über die Roheit der Polizisten, erklärt Pelagea Wlassowa doch, daß sie nicht den Staat, sondern ihren Sohn für den Gewalttätigen hält. Sie verurteilt ihn deswegen und mehr noch seine Verführer.

6. Pelagea Wlassowa merkt, daß ihr Sohn zu einer gefährlichen Flugblattverteilung ausersehen ist, und bietet sich, um ihn aus dieser Sache herauszuhalten, selber dazu an.

7. Die Revolutionäre übergeben ihr nach kurzer Beratung die Flugblätter. Sie kann sie nicht lesen.

Diese sieben Vorgänge müssen ohne Pathetisierung ebenso bedeutungsvoll und auffällig wie irgendwelche bekannten historischen Vorgänge dargestellt werden. Der Schauspieler dieses einer nichtaristotelischen Dramatik dienenden epischen Theaters wird dabei alles tun müssen, um sich als *zwischen* Beschauer und Vorgang stehend bemerkbar zu machen. Auch dieses *Sich-bemerkbar-Machen* macht die Wirkung zu der angestrebt mittelbaren.

5. Als Beispiel: Beschreibung der ersten Darstellung der Mutter

Nachfolgend einiges, was die erste Darstellerin der Mutter (Helene Weigel) durch episches Spiel zeigte:

1. In der ersten Szene sprach die Darstellerin, in einer bestimmten typischen Haltung in der Mitte der Bühne stehend, die Sätze so, als seien sie eigentlich in der dritten Person verfaßt, sie täuschte also nicht nur nicht vor, in Wirklichkeit die Wlassowa zu sein oder sich dafür zu halten und diese Sätze in Wirklichkeit zu sagen, sondern sie verhinderte sogar, daß der Zuschauer, aus Nachlässigkeit und alter Gewohnheit, sich in eine bestimmte Stube versetzte und sich für den unsichtbaren Augenzeugen und Belauscher einer einmaligen intimen Szene hielt. Vielmehr stellte sie dem Zuschauer offen die Person vor, die er nunmehr als handelnde und zu behandelnde einige Stunden lang sehen würde.

2. Die Versuche der Wlassowa, die Revolutionäre zu verscheuchen, wurden von der Darstellerin so gezeigt, daß man bei einiger Aufmerksamkeit ihre eigene Heiterkeit durchblicken konnte. Die Vorwürfe, die sie den Revolutionären macht, waren eher erschrocken als heftig, ihr Angebot, die Flugblätter zu verteilen, war voller Vorwurf.

3. Bei dem Eindringen in den Fabrikhof zeigte sie, daß es für die Revolutionäre ein guter Gewinn sein würde, eine solche Kämpferin zu gewinnen.

4. Ihre erste Belehrung über Ökonomie empfängt sie in der Haltung einer großen Realistin. Mit einer gewissen nicht unfreundlichen Energie bekämpft sie ihre Diskussionsgegner, und zwar als Idealisten, die die Wirklichkeit nicht wahrhaben wollen. Von einem Beweis verlangt sie nicht nur Wahrheit, sondern auch Wahrscheinlichkeit.

5. Die Maidemonstration wurde so gesprochen, als stünden die Betreffenden vor Gericht, aber am Schluß deutete der Darsteller des Smilgin den Zusammenbruch an, indem er sich auf die Knie niederließ, und die Darstellerin der Mutter beugte sich vor und ergriff bei ihren letzten Worten die ihm entfallene Fahne.

6. Von nun ab wurde die Mutter sehr viel freundlicher und überlegener dargestellt, ausgenommen ganz zu Beginn dieser Szenen, wo sie erschreckt wirkte. Das Lob des Kommunismus wurde leicht und ruhig gesungen.

Die Szene, in der Pelagea Wlassowa mit andern Arbeitern lesen und schreiben lernt, ist für den Darsteller eine der schwierigsten. Das Lachen der Zuschauer über einzelne Sätze darf ihn nicht davon abbringen, die Mühe des Lernens älterer und unbeweglicher Leute zu zeigen und so den Ernst des wahrhaft historischen Vorgangs zu erreichen, der Sozialisierung der Wissenschaft und geistigen Expropriation des Bürgertums durch das ausgebeutete und auf körperliche Arbeit verwiesene Proletariat. Dieser Vorgang geht nicht »zwischen den Zeilen« vor sich, er wird direkt gesagt. Viele unserer Schauspieler suchen nun, wenn in einer Szene etwas direkt gesagt wird, sofort unruhig etwas in ihr, was nicht direkt wäre, um dies darzustellen. Sie stürzen sich auf das »nicht Auszudrückende« zwischen den Zeilen, das sie braucht. Da dadurch aber das Ausdrückbare und Ausgedrückte zur Banalität wird, ist dieses Verhalten schädigend.

In der kleinen Szene »I. Wessowtschikow erkennt seinen Bruder nicht mehr« brachte die Darstellerin zum Ausdruck, daß Pelagea Wlassowa an ein unveränderliches Wesen des Lehrers nicht glaubt, aber auch nicht mit dem Finger auf die erzielten Veränderungen deutet.

7. Pelagea Wlassowa hat unter den Augen des Feindes ihre revolutionäre Arbeit mit dem Sohn zu erledigen, sie täuscht den Gefängniswächter, indem sie ihm gegenüber das ihm vorschwebende rührende und folgenlose Verhalten einer Dutzendmutter an den Tag legt. Sie ermöglicht ihm folgenloses Mitgefühl. So verwendet sie, selbst ein Beispiel ganz neuartiger, eingreifender Mutterliebe, ihre Kenntnis der alten, abgelebten familiären. Die Darstellerin zeigte, daß sich die Mutter des Humors dieser Sachlage bewußt ist.

8. Auch in dieser Szene zeigte die Darstellerin, daß nicht nur sie selbst, sondern auch die Wlassowa die leichte Komik ihrer Verstellung lustig begreift. Sie zeigte deutlich die Überzeugung, daß eine ganz passive, wenn auch plastische Haltung (des zu Recht Verletzten) genügen müßte, den Gutsmetzger zum Bewußtsein seiner Klassenzugehörigkeit zu bringen. Sie spielte den kleinen und bescheidenen Tropfen, der das Gefäß zum Überlaufen bringt. Das »Lob der Wlassowas« (Beispiel eines einschränkenden Lobes) wurde vor der Gardine rezitiert, und zwar im Beisein der Wlassowa, die etwas entfernt seitlich dabeistand.

10. Die Trauer der Mutter um den Sohn kann dadurch angedeutet werden, daß ihre Haare nunmehr weiß sind. Die Trauer ist stark, wird aber nur angedeutet. Selbstverständlich vernichtet sie den Humor nicht. Die Beschreibung der Verflüchtigung Gottes muß davon erfüllt sein.

11. Die Wirkung der Szene hängt davon ab, daß die Erschöpfung Pelagea Wlassowas deutlich wird. Sie hat große Schwierigkeiten, klar und laut zu sprechen. Vor jedem einzelnen Satz schöpft sie neue Kraft in einer langen Pause. Dann spricht sie den Satz mit klarer Stimme, bestimmt und ohne Emotionen. So zeigt sie ihre langjährige Schulung. Die Darstellerin tut gut, ihr Mitleid mit der von ihr dargestellten Figur zu unterdrücken.

12. Die Darstellerin stellte sich hier nicht nur gegen die Ar-

beiter, mit denen sie sprach, sondern sie zeigte sich doch auch als eine von ihnen: mit ihnen zusammengenommen ergab sie das Bild des Proletariats zur Zeit des Kriegsausbruchs. Besonders das »Jaa« in der viertletzten Zeile der Szene wurde mit großer Sorgfalt gesprochen, so daß es beinahe zur Hauptwirkung der Szene wurde. Bei gebeugter Haltung (einer Greisin) hob die Darstellerin das Kinn nach oben und lächelte, das Wort langgedehnt und leise mit Kopfstimme aussprechend, als begriffe sie die Verführung zum Allesgehenlassen zugleich mit der Notwendigkeit, immerfort sein Äußerstes zu geben in der Lage, in der das Proletariat sich befindet.

13. Die Antikriegspropaganda machte die Darstellerin, indem sie zunächst gebückt, abgewendet und verhüllt durch ein großes Kopftuch sprach. Sie zeigte das Maulwurfsartige der Arbeit.

Immerfort aber wählte sie von allen denkbaren Zügen jene, deren Kenntnis eine politische Behandlung der Wlassowas im weitesten Umfang ermöglichte (also auch ganz individuelle, einmalige und besondere!), und solche, die den Wlassowas selber ihre Arbeit ermöglichen; so also, als spiele sie vor einem Kreise von Politikern – darum aber nicht weniger Schauspielerin oder außerhalb der Kunst.

6. *Chöre*

Um das »Versinken« des Zuschauers, das »freie« Assoziieren zu bekämpfen, können im Zuschauerraum kleine Chöre plaziert werden, welche ihm die richtige Haltung vormachen, ihn einladen, sich Meinungen zu bilden, seine Erfahrung zu Hilfe zu rufen, Kontrolle zu üben. Solche Chöre richten einen *Appell an den Praktiker im Zuschauer*, rufen ihn zur Emanzipation gegenüber der dargestellten Welt und auch der Darstellung selber auf. Nachfolgend einige Beispiele von Chortexten. Sie sind änderbar (je nach der Situation) gedacht und können durch Verlesung von Zitaten oder Dokumenten, durch Vortrag von Gesängen ergänzt oder ersetzt werden.

Szene 1

S. 327, nach: »Früh am Morgen kocht Pelagea Wlassowa ihrem Sohn, der auf Arbeit geht, die Suppe.«

1. CHOR
Seht hier Mutter und Sohn! Zwischen ihnen ist
Eine Entfremdung eingetreten. Durch äußere Umstände
Ist sie fast seine Feindin geworden: es kämpft hier die
Freundliche Mutter mit dem feindlichen Sohn.
Ihr seht also:
Der Kampf macht nicht halt in der Stube, der im Freien tobt
Und in von Kampf erfülltem Raum geht keiner kampflos.

S. 327, nach: »So wird er immer unzufriedener.«

2. CHOR
Er ist unzufrieden, da er seine Lage erkannt hat!
Und auf seine Unzufriedenheit wartet
Die ganze Welt.

S. 327, nach: »Ich sehe keinen Ausweg.«

3. CHOR
Seht doch, wie weit sie entfernt ist, ihre Aufgabe
Zu sehen, die riesige! Immer noch denkt sie, wie sie
Seinen verschwindenden Lohn einteile, so daß er
Noch kleiner werden könnte, dank ihrer Kunst unbemerkt!

Szene 2

S. 330, nach: »Solchen Leuten setze ich keinen Tee vor.«

4. CHOR
Ihren natürlichen Feind erblickt die Mutter in jedem, der
Ihren Sohn in seiner Auflehnung bestärkt. Viel
Besser erschiene es ihr für den Sohn, er bliebe verträglich
Gern gesehn auch bei seinen Unterdrückern, vielleicht
Könnte er so durchschlüpfen unter dem Elend oder etwa
Gar sich zu seinem Vorteil den Ausbeutern gesellen. So aber
Gefährdet er nur beim Bemühn, zu verbessern sein Obdach
Eben dies Obdach!

S. 334, nach: »Sie tun nicht das Rechte, aber er tut auch nicht das Rechte.«

5. CHOR
Halt! Fahrt nicht fort! Merkwürdig ist's, was ihr da darstellt!
Diese verurteilt die Menschen, die sie bekämpfen, ob ihrer Roheit.
Nur die Ausübung scheint ihr roh, das Gesetz nicht!
Andere gibt es, die Menschen verzeihn, welche rohe Gesetze ausführen.

Beides ist falsch! Unterscheidet doch nicht
Dieses Gesetz von seinen Dienern und diesen
Staat von seinen Beherrschern!
Ganz so ist er, wie sie sind! Denn von Menschen
Ist er gemacht. Aus Menschen besteht er, und für
Menschen ist er geplant.
Und zwar nicht für alle
Sondern für wenige nur und für andre als du bist.
Leicht entsteht das Gerücht und erhält sich lange
Daß der Staat etwas anderes sei als die ihn verwalten
Und von edlerer Art als die, die ihn für sich benutzen.
So wie man sagt: das sind gute Leute mit schlechter Beschäftigung
Sagt man auch: schlechte Leute bedienen die gute Sache.
Aber in Wirklichkeit ist schlecht, wer schlecht handelt, und schlecht
Ist die Sache der Schlechten.
Sag also nicht: gut sei der Staat, der schlecht an dir handelt
Und er könnt besser sein. Nein: wenn er besser wäre, wär er kein Staat mehr.

Szene 3
S. 341, nach: »Er ist schon so unzufrieden.«
6. CHOR
Seht, jetzt merkt sie: es ist meine Sache
Und der Kampf ist nützlich. Bald
Wird sie kämpfen. Und laut wird sie
Sagen können: dieser Kampf ist nützlich
Stets mit lauter Stimme: für mich besonders!

7. Modell für weitere Szenen

Ist die Figur der »Mutter« durch eine Aufführung bekannt, dann können Einzelszenen folgender Art aufgeführt werden:

Der Papiermantel

AUCH BEI DEN KLEINEN GELEGENHEITEN DES ALLTAGS SUCHT PELAGEA WLASSOWA DIE GLEICHGÜLTIGKEIT DER AUSGEBEUTETEN GEGEN IHRE LEIDEN ZU BEKÄMPFEN

EINE ARBEITERIN *mit einem Kind:* Wieviel macht es jetzt?

DIE KRÄMERIN Die Wurst macht fünf, das Mehl macht zwölf, die Marmelade macht zehn, der Tee macht zwanzig, die Zündhölzer machen zwei Kopeken. Das sind neunundvierzig Kopeken.

DIE ARBEITERIN *zu dem Kind:* Siehst du, Iljitsch, neunundvierzig Kopeken, und jetzt soll ich dir noch einen Mantel kaufen. *Zu den andern Frauen im Laden:* Es friert ihn nämlich andauernd.

DIE FRAUEN Er ist viel zu dünn angezogen. Da ist es kein Wunder, wenn er sich erkältet. Wie können Sie ihn so herumlaufen lassen, wo es so schneit!

DIE ARBEITERIN Ich habe aber nur noch zwanzig Kopeken. Haben Sie denn Mäntel?

Die Krämerin zeigt eine Stange, an der sechs Kindermäntel hängen.

DIE ARBEITERIN Da sind ja gleich eine ganze Menge. *Sie prüft den Stoff.* Die richtige Größe wäre es. Der da ist nicht so teuer. Er ist natürlich auch nicht so warm. Aber schlecht ist er nicht. Der mit dem Futter wäre besser.

DIE KRÄMERIN Der ist auch teurer.

DIE ARBEITERIN Und der dünne, was kostet der?

DIE KRÄMERIN Fünfeinhalb Rubel.

DIE ARBEITERIN Ja, dann kann ich ihn nicht kaufen. Soviel Geld habe ich nicht.

DIE KRÄMERIN Für nichts ist der Tod. *Zu einer andern Frau:* Was kann ich Ihnen geben?

DIE FRAU Ein halbes Pfund Grieß.

DIE ARBEITERIN Vorige Woche haben sie in den Muratowwerken schon wieder den Lohn gekürzt.

PELAGEA WLASSOWA Das habe ich auch gehört: die Arbeiter waren einverstanden.

DIE ARBEITERIN Aber nur, weil Herr Muratow sonst die Fabrik überhaupt zugesperrt hätte. Wenn mein Mann zu wählen hat zwischen einem niederen Lohn und der Schließung der Fabrik, dann wählt er den niederen Lohn.

PELAGEA WLASSOWA Siehst du, Iljitsch, man muß immer für das kleinere Übel sein. Schließlich ist es auch für Herrn Muratow das kleinere Übel. Er wird uns lieber weniger zahlen als mehr. Wenn Herr Muratow einen Profit machen will, lieber

Iljitsch, dann muß er deinem Vater den Lohn kürzen. Dein Vater braucht ja nicht weiter zu arbeiten, wenn er nicht will. Aber du brauchst einen Mantel. Und zwar brauchst du nicht einen Mantel für zwanzig Kopeken, sondern einen Mantel. Wenn er einen Mantel für zwanzig Kopeken brauchte, wäre das sein Mantel. *Sie nimmt ein Schnittmuster aus Papier vom Ladentisch und zieht es dem kleinen Iljitsch an.*

DIE KRÄMERIN Lassen Sie meine Schnittmuster liegen.

PELAGEA WLASSOWA Siehst du, Iljitsch, du sollst gar keinen Mantel bekommen. Natürlich, so einer aus Papier, das ist auch kein richtiger. Und du willst doch einen richtigen? Da, er ist dünn wie Papier. Und deine Mutter hat überhaupt keinen. Das ist nicht recht.

DIE KRÄMERIN Sie sollen meine Schnittmuster in Ruhe lassen!

EINE FRAU Sie macht doch nur Spaß.

ZWEITE FRAU Warum wollen Sie das Kind verspotten?

PELAGEA WLASSOWA Wer verspottet Iljitsch? Ich oder Herr Muratow und der Mantelfabrikant? Iljitsch hat einen Mantel für ein paar Kopeken verlangt, er hat den Mantel bekommen. Ist er nicht warm? Hätte er doch einen warmen verlangt!

DIE KRÄMERIN Sagen Sie es nur: ich bin schuld, weil ich den Mantel nicht herschenke.

DIE ARBEITERIN Ich habe nichts von Ihnen verlangt, ich weiß, daß Sie das nicht können.

ERSTE FRAU *zu Pelagea Wlassowa:* Nicht wahr, das wollten Sie doch gar nicht sagen, daß die Krämerin schuld ist?

PELAGEA WLASSOWA Nein. Niemand ist schuld außer Iljitsch.

DIE ARBEITERIN Ich kann den Mantel jedenfalls nicht kaufen.

DIE KRÄMERIN Sie müssen ja nicht kaufen, wenn Ihnen der Preis zu hoch ist.

PELAGEA WLASSOWA Richtig, Iljitsch. Du brauchst keinen Mantel, wenn der Preis zu hoch ist.

DIE ARBEITERIN Ich habe noch zwanzig Kopeken übrig und nicht mehr.

ZWEITE FRAU Ich kenne sie schon. Sie geht herum und sät nur Unzufriedenheit.

ERSTE FRAU *deutet auf die Krämerin, die jetzt weint:* Sie muß doch die Mäntel dem Fabrikanten bezahlen.

PELAGEA WLASSOWA Natürlich ist das kein Mantel: er gibt nicht warm. Und das *sie zeigt auf die sechs Mäntel auf der Stange* sind auch keine Mäntel: das sind Waren. Wenn der Mantelfabrikant einen Profit machen soll, kann Iljitsch keinen andern Mantel bekommen. Dieser Mantel, Iljitsch, ist das kleinere Übel. Gar keiner wäre das größere. Geh also hinaus, Iljitsch, mit deinem Mantel, sag dem Schnee, er soll dich verschonen, da Herr Muratow dich nicht verschonen will. Du hast den falschen Mantel und die falschen Eltern, Iljitsch: sie wissen nicht, wie man Mäntel für dich bekommt. Jetzt sag dem Schnee und dem Wind, hierher sollen sie schneien, hier hängen die Mäntel.

8. Eine amerikanische Bearbeitung

Um das dramatische Prinzip zu beleuchten, hier eine Bearbeitung des Stückes, welche der amerikanische Dramatiker *Peters* im Auftrage der *Theatre Union* in New York machte und welche wieder zu älteren Prinzipien zurückführte.

Einleitende Szene

It is early morning in the kitchen and living room of Pelagea Vlassova. The mother is cooking soup for her son. Pavel enters from the little adjacent room, buttoning his shirt collar. He carries a pamphlet in his hand.

PAVEL Good morning, mother.

MOTHER But, Pavel, it's only five o'clock.

PAVEL I know, Mother. I got up early this morning. I've got some work to do. *He sits down und starts lacing his shoes, meanwhile reading at the pamphlet he has placed on the table.*

MOTHER *looking at him, troubled; then shaking her head:* Work to do! *She goes back to the stove and stirs the soup.* Pavel.

PAVEL *without looking up from his book:* Yes, mother.

MOTHER I'm almost ashamed to give you this soup for your dinner; it's so thin. But I haven't anything to put in it, Pavel: not a thing in the house. That penny an hour they cut you on your wages last week: that makes such a difference, Pavel. I skimp and I save, but somehow I just can't make it up.

PAVEL *absorbed in his reading, absently:* That's all right, mother.

MOTHER No, it isn't all right. You work long hours; and you work hard; you need food that will stay by you. *Turning back to the stove, shaking her head:* Oh, it's bad, it's bad. My only son, and I can't give him a good pail of soup – for his dinner! You're young, Pavel. You've got to grow. *She turns towards him, but he is deep in his book.* Why do you read those books all the time? You're dissatisfied now. With your wages cut and the soup getting thinner you'll only be more dissatisfied. *She has meanwhile poured the soup into his dinner pail and brought it to him, as he sits bent over the book on the table.*

PAVEL Thanks. *Without looking up from his book, he lifts the cover of the pail and smells the soup; then restoring the lid, he pushes the pail back.*

MOTHER Yes, I know, I know; it isn't good, Pavel. But what am I to do? What am I to do?

Pavel doesn't answer. A little pause.

MOTHER I know what you're thinking. »The old woman, she's no help to me any more. She's just a nuisance. Why do I have to keep her and feed her and dress her out of my little wages?« Yes, yes, you'll leave one of these days. *She sits down, fretting.* What am I to do, Pavel, what am I to do? I strech every nickel as far as it will go. I scrape on wood and I skimp on light. I patch and I darn and I save. But it doesn't do any good, Pavel. It doesn't do any good. I don't know what to do.

PAVEL *still deep in his book.*

The mother gets up and starts to clean the room. She brushes his coat, she dusts the furniture and sweeps. Meanwhile, a chorus of revolutionary workers appears at both sides of the stage and sings:

CHORUS

Work! Work harder, harder!
Skimp and pinch and save!
Reckon, reckon more closely!
But when the money is wanting
There's nothing you can do.

Do what you will
It won't help you any;
You're in a bad way:
It's going to be worse;
You can't go on this way
But what's the answer?

Once there was a crow
That could no longer feed its young
And struggled helplessly against the winter storms
And then, defeated, sat down and wept;
So you are too defeated
And so you weep.

Do what you will
It won't help you any;
You're in a bad way;
It's going to be worse;
You can't go on this way
But what's the answer?

In vain you work and spare yourself no effort
To provide what can never be provided
To replenish what can never be replenished;
But when the money is wanting, no work is enough.
It is not you who decides whether or not
There shall be meat in your kitchen.

Do what you will
It won't help you any;
You're in a bad way
It's going to be worse;
It can't go on this way
But what's the answer?

The chorus dims out: There is a knock on the door. Pavel gets up quickly. The mother, surprised, turns and watches him. A small group of revolutionary workers enters. Several of them have bulges under their coats.

ANTON RYBIN Well, here we are.

PAVEL Hello, Anton! Andrei!

MASCHA *looking around:* Yes, it looks safe here. They'll never find us here.

ANDREI This is Mascha Chalatova, Pavel. *They shake hands.* Pavel just joined last week. And this is Ivan, Ivan Vessovchikov. Pavel offered us his home, when there was special work to do.

More handshaking.

IVAN There's plenty of that, all right.

ANDREI We've got to print leaflets today, Pavel. That wage cut has set the whole plant on its ear. We've been passing out leaflets the last three days.

MASCHA But today's the day that counts.

ANDREI There's going to be a shop meeting tonight to decide whether we let them get away with it – or strike!

ANTON So – – *He pulls a hectograph out from under his coat and holds it up.* – – we brought our little printing plant along.

Mascha pulls out several reams of paper from under her coat. They all laugh.

PAVEL *laughing with them:* Sit down. Sit down. Mother will make some tea for you.

They all take off their coats, go to the table, set up their apparatus, and prepare for work.

ANDREI *handing Pavel the table cloth he has just removed:* Here. You'd better cover up the window, Pavel.

ANTON By the way: where's your brother, Mascha?

MASCHA We decided he'd better not come. Somebody seems to have followed him home yesterday. He thought he'd better go straight to the factory this morning.

PAVEL Listen *they look up at him and he lowers his voice* talk low, will you? I'd rather she didn't hear us *with his head he nods to the Mother at the stove.* She isn't young any more, you know.

They look at him and nod. A pause.

ANTON Well, here's the stencil. Now, let's see – –

Each one has a task, and they are soon busy at their work. At the stove, the Mother goes slowly about the job of making tea. Now and then, slyly, she turns about and watches them. What she sees she does not like.

MOTHER *mumbling to herself:* That's a fine-looking crew he's taken up with. I don't like their looks. They're going to ruin him. They'll lead him on into God only knows what trouble. *She slams the kettle down on the stove.* No, sir! For such people I don't make any tea. *She walks resolutely over to the table.* Pavel, I'm short on tea. You don't want weak tea, do you?

PAVEL Sure. We don't mind weak tea, mother.

MOTHER *not knowing what to say:* All right. All right. *She goes back to the alcove in which the stove stands, and sits down on a stool.* Now what am I to do? I don't make tea for them, he'll know I don't like them. *Anton and Mascha whisper to one another, as she watches them.* They're whispering, so I won't hear them. Humph! they must have a fine lot of things to say that they can't talk out loud. *She gets up and goes with determination to the table.* Pavel, what do you suppose the landlord would think, if he noticed that queerlooking people met here at five o'clock in the morning and printed things. We're behind on the rent as it is.

PAVEL What makes you think he'll notice, mother?

IVAN Believe me, Mrs. Vlassowa, that's what we're mainly concerned about, your being behind on the rent. Maybe it don't look that way, but it's the truth.

MOTHER *curt:* I'm not so sure about that. *She returns to the stove and sits down again.*

MASCHA I don't think your mother likes us, Pavel.

ANDREI My mother's the same way. It's hard for her to realize that what we're doing will help her buy tea and pay the rent.

MASCHA *sings to the mother:*

If you haven't any soup
How will you get food to eat?
Then you must take the entire state
And turn it upside down
Until you get your soup.
That's how you'll get food to eat.

If you haven't any job
How are you ever going to live?

Then you must take the entire state
And turn it upside down
Until you are your own boss.
Then there'll be a job for you.

If people laugh and say you're weak
There isn't any time to lose;
It's up to you to get
The weak ones all together.
Then you'll have a mighty strength.
Then no one will dare to laugh at you.

There is a shrill whistle from outside. The little group stops work instantly.

IVAN Police!

ANDREI Quick, the hectograph. *Mascha goes toward the sofa with it.* No, not here. Out the window. Anton, hide the leaflets. Sit on them. *All this is hastily done. The mother watches, bewildered.*

MOTHER The police? Pavel! Pavel, what have you been doing? Why are the police coming here, Pavel? What have you been printing?

MASCHA *leading her gently to a chair near the window:* Now, mother. Nothing 's going to happen. Just sit down and be quiet.

By this time, the hectograph has been cleared away, and the workers sit down. Then is a momentary pause; then, without knocking, the police breaks into the house.

A POLICEMAN Stop where you are! The first person to move will be shot. ...

Diese Bearbeitung wurde von uns abgelehnt, jedoch gelang es uns nicht, ihre Tendenzen im Aufführungsstil zu unterdrücken.

9. Kritik der New Yorker Aufführung
(Für die Zeitschrift »New Masses«)

Die Aufführung des Stückes *»Die Mutter«* durch die Theatre Union stellt den Versuch dar, New Yorker Arbeitern ein Stück von bisher unbekanntem Typus vorzustellen. Dieser Stücktypus nichtaristotelischer Dramatik, der sich der Darstellungsprinzipien eines neuartigen, nämlich epischen, Theaters bedient, verwertet einerseits die Technik des vollentwickelten bürgerlichen Theaters, andererseits die der kleinen proletarischen Spieltruppen, welche nach der Revolution in Deutschland für ihre proletarischen Zwecke einen eigentümlichen und neuartigen Stil ausarbeiteten; er ist nicht nur den Zuschauern, sondern auch den Schauspielern, Regisseuren und Dramaturgen unbekannt. Die Regieführung beansprucht plötzlich Kenntnisse politischer Art und Fähigkeiten künstlerischer Art, die zur Inszenierung von Stücken von bekanntem Typus unnötig sind.

Wenn *ein* Theater, so ist das proletarische Theater in der Lage, seinem Publikum voranzugehen, anstatt hinter ihm herzulaufen. Diesem Publikum vorangehen heißt aber nicht, es von der Teilnahme an der Produktion ausschalten. Unsere Theater sollten in viel größerem Maßstab, als es geschieht, die Kontrolle der politisch und kulturell meistentwickelten Teile ihres Publikums über die Produktion organisieren. Eine ganze Reihe von Fragen, die sich bei der Inszenierung der »Mutter« erhoben, hätten durch eine leicht zu organisierende Mitarbeit von Arbeitern gelöst werden können. Niemals beispielsweise hätten politisch geschulte Arbeiter dem Theater zugestimmt, als es behauptete, es sei dem Publikum so wichtig, daß das Stück nicht länger als zwei Stunden dauere, daß man die große (wenn auch nur sieben Minuten lange) Antikriegspropaganda-Szene des dritten Aktes unbedingt streichen müsse. Sie hätten sofort gesagt: aber dann folgt auf eine Szene, in der gezeigt wird, wie 1914 das Proletariat in überwiegender Mehrheit die Losungen der Bolschewiki ablehnt (12), unmittelbar, wie ein Geschenk des Himmels, das den untätig Wartenden zufällt (14), der Umschwung von 1917! Man *muß* doch zeigen, daß zur Herbeiführung solcher Umschwünge revolutionäre Arbeit nötig ist, und man muß zeigen, wie sie gemacht werden soll. So argumentierend, hätten sie auch die ästhetische Konstruktion des dritten Aktes gerettet, die durch die unglückselige Streichung der Hauptszene ruiniert wurde.

Gleichzeitig verlangt und ermöglicht eine Dramatik vom

Typus der »Mutter« ein viel größeres Maß von Freiheit für die Schwesterkünste, nämlich die Musik und die Bühnenarchitektur, als das Stück anderen Typs. Wir haben uns sehr gewundert über die geringen Möglichkeiten, die der ausgezeichnete Bühnenbauer hatte, seine Intentionen zu verwirklichen. Er wurde nicht für die Arrangements, die Stellungen der Schauspieler herangezogen und er hatte nichts zu den Kostümen zu sagen. Die im letzten Augenblick vorgenommene Russifizierung der Kostüme, eine politisch bedenkliche Operation, weil dadurch ein Bilderbucheindruck entstand und die Tätigkeit der revolutionären Arbeiter einen exotischen und lokalen Anstrich bekam, wurde ohne seine Befragung vorgenommen. Sogar die Beleuchtung wurde ohne ihn vorgenommen. Seine Konstruktion zeigt offen den Lampenapparat und den musikalischen Apparat. Da aber die Klaviere während der Musikstücke nicht beleuchtet wurden, hatte man nur den Eindruck, es sei für sie lediglich kein Platz anderswo vorhanden gewesen. (»Ich habe einen Plan / ich kleb mir einen Bart / halt einen Fächer vornedran / daß keiner ihn gewahrt.«) Auf einer desillusionierenden Bühne wurden die Beleuchtungstricks der Illusionsbühne vorgeführt: es gab stimmungsvolle Oktoberabendbeleuchtungen zwischen diesen ganz andere Wirkungen anstrebenden einfachen Wänden und Apparaten. Dieselbe Behandlung erfuhr Eisler mit seiner Musik. Da die Regie Gruppierung und Gestus der Singenden nicht für die Sache des Musikers hielt, verloren einige Stücke ganz ihre Wirkung, da ein falscher politischer Sinn entstand. Das Chorlied *»Die Partei ist in Gefahr«* beschädigte die ganze Aufführung. Die Regie ließ, anstatt den oder die Sänger auf der Seite der Musikapparatur oder hinter der Szene zu postieren, die Sänger in das Zimmer eindringen, wo die Mutter krank lag, und diese mit heftigen Gebärden auffordern, der Partei zu Hilfe zu kommen. Aus dem Zustreben des einzelnen zu seiner Partei in der Stunde der Gefahr wurde ein Roheitsakt, aus dem überallhin ausgesandten Ruf der Partei, auf den sich selbst die Todkranken erheben, wurde das Ausdembettjagen einer kranken alten Frau. Das proletarische Theater muß lernen, die verschiedenen Künste, die es benötigt, zu freier Entfaltung zu bringen. Es muß verstehen, den künstlerischen und politischen Argumenten Gehör zu geben, und darf nicht dem Regisseur Gelegenheit verschaffen, sich individuell »auszudrücken«.

Eine wichtige Frage ist die Frage der Vereinfachung. Damit das Verhalten der Figuren des Dramas so deutlich gezeigt werden kann, daß der Zuschauer die politische Bedeutung dieses Verhaltens voll erfassen kann, sind einige Vereinfachungen nötig. Aber Einfachheit ist nicht Primitivität. Auf dem epischen Theater ist es durchaus möglich, daß eine Figur sich in allerkürzester Zeit exponiert, indem sie zum Beispiel einfach berichtet: ich bin der Lehrer dieses Dorfes; meine Arbeit ist sehr schwer, da ich zuviel Schüler habe usw. Aber was möglich ist, muß doch erst möglich gemacht werden. Hier ist Kunst nötig. Sprechweise und Gestus müssen hier sorgfältig gewählt und groß geformt werden. Da das Interesse des Zuschauers einzig auf das Verhalten der Figuren gelenkt wird, muß, rein ästhetisch gesprochen, der jeweilige Gestus bedeutend und typisch sein. Die Regieführung muß vor allem historischen Blick haben. Die kleine Szene zum Beispiel, in der die Wlassowa ihre erste Lektion in der Ökonomie empfängt, ist keineswegs nur ein Ereignis in ihrem eigenen Leben; es ist ein historischer Vorgang: unter dem ungeheuren Druck des Elends beginnen die Ausgebeuteten zu denken. Sie entdecken die Ursachen ihres Elends. Stücke von diesem Typus sind so sehr interessiert an der Entwicklung des Lebens, das sie schildern, als an einem prozessualen Vorgang, daß sie eigentlich erst beim zweiten Besuch voll wirken können. Bestimmte Sätze der Personen werden erst voll erfaßt, wenn man schon weiß, wie diese Personen im späteren Verlauf sprechen werden. Es ist also nötig, den Vorgängen und den Sätzen eine Prägung zu verleihen, die sie dem Gedächtnis einverleibt. In der Aufführung der »Mutter« in der *Theatre Union* wurde eine richtige Art des Sprechens in folgenden Sätzen verwendet: in der Szene, in der die Mutter krank liegt, von Frau Henry (leider wurde die Szene dann gekürzt); in der Szene der Maidemonstration von dem Darsteller des Pawel, John Boruff, hauptsächlich bei der Stelle »Smilgin, worker, revolutionary, 15 years in the movement, on May First, 1908, at 11 o'clock in the morning etc.«; von Millicent Green in der Szene der Bibelzerreißung, wenn sie als gekündigte Mieterin die Bibel verlangt, um nachzuweisen, daß der Christ seinen Nächsten lieben soll.

Diese angeführten Stellen wurden richtig gesprochen, weil sie so verantwortlich wie Aussagen vor Gericht gesprochen wurden, die man zu Protokoll gibt, und weil der Gestus im Gedächtnis bleiben kann.

Das alles sind schwierige künstlerische Aufgaben, und auch ein Mißglücken oder Nurzumteilglücken am Anfang darf unsere Theater nicht entmutigen. Wenn wir die Organisation der künstlerischen Produktion verbessern können, wenn es uns gelingt, unsere Vorstellung vom Theater vor der Erstarrung zu bewahren, unsere Technik auszubilden und geschmeidig zu machen, kurz, zu lernen, haben wir die Möglichkeit angesichts der unvergleichlichen Bereitschaft unseres proletarischen Publikums und des unleugbar frischen Impetus unserer jungen Theater, eine wirkliche proletarische Kunst aufzubauen.

10. Brief an das Arbeitertheater Theatre Union in New York, das Stück »Die Mutter« betreffend

I

Als ich das Stück »Die Mutter« schrieb
Nach dem Buch des Genossen Gorki und vielen
Erzählungen proletarischer Genossen aus ihrem
Täglichen Kampf, schrieb ich es
Ohne allen Umschweif, in kärglicher Sprache
Reinlich die Worte setzend, alle Gesten
Meiner Gestalt sorgsam wählend, wie man
Die Worte und Taten der Großen berichtet.
Nach bestem Vermögen
Stellte ich jene alltäglich erscheinenden
Tausendfachen Vorgänge in verachteten Wohnungen
Unter den Vielzuvielen als historische Vorgänge dar
Keineswegs weniger bedeutend, als die berühmten
Taten der Feldherren und Staatsmänner der Lesebücher.
Für meine Aufgabe hielt ich es, von einer großen
historischen Gestalt zu berichten
Dem unbekannten Vorkämpfer der Menschheit.
Zur Nacheiferung.

2

So seht ihr also die proletarische Mutter den Weg gehn
Langen gewundenen Weg ihrer Klasse, seht, wie zuerst
Ihr der Pfennig fehlt am Lohn ihres Sohnes: sie kann ihm
Seine Suppe nicht schmackhaft kochen. So verwickelt sie sich
In einen Kampf mit ihm, fürchtet, ihn zu verlieren. Dann
Hilft sie ihm widerwillig bei seinem Kampf um den Pfennig
Ständig befürchtend, ihn nun im Kampf zu verlieren. Langsam
Folgt sie dem Sohn in das Dickicht der Lohnkämpfe. Dabei
Lernt sie lesen. Verläßt ihre Hütte, betreut noch andere
Als den Sohn, doch in gleicher Lage Befindliche, gegen die sie
Einstmals kämpfte um ihren Sohn, nun kämpft sie mit ihnen.
So beginnen die Wände zu fallen um ihren Herd. Ihr Tisch beherbergt
Mancher anderen Mutter Sohn. Zum Versammlungsraum
Wird die Hütte, die einmal für zweie zu klein war. Aber den Sohn
Sieht sie nur selten. Der Kampf entführt ihn ihr.
Und sie selber steht im Gedränge der Kämpfenden.
Das Gespräch
Zwischen dem Sohn und der Mutter wird zum Zuruf
Während der Schlacht. Am Ende fällt der Sohn. Nicht mehr
Möglich war ihr's, ihm die Suppe zu schaffen auf dem einzigen
Weg, den es gab. Aber nun steht sie schon
Im dichtesten Getümmel der unaufhörlichen
Riesigen Klassenschlacht. Immer noch Mutter
Mehr noch Mutter jetzt, vieler Gefallenen Mutter
Kämpfender Mutter, Ungeborener Mutter, räumt sie
Jetzt im Staatswesen auf. Gibt den Herrschenden Steine
In das erpreßte Mahl. Reinigt Waffen. Lehrt
Ihre vielen Söhne und Töchter die Sprache des Kampfes
Gegen den Krieg und die Ausbeutung, Mitglied einer Heeresmacht
Über den ganzen Planeten, Verfolgte und Verfolgerin
Nichtgeduldete und Unduldsame. Geschlagene und Unerbittliche.

3

So auch führten wir das Stück auf wie einen Bericht aus großer Zeit

Nicht weniger golden im Licht vieler Lampen, als die
Königlichen Stücke früherer Zeiten aufgeführt wurden
Nicht weniger heiter und lustig, maßvoll
In den traurigen Dingen. Vor reinliche Leinwand
Traten die Spieler einfach mit den charakteristischen
Gesten ihrer Szenen, ihre Sätze
Genau bringend, verbürgte Worte. Jeglichen Satzes Wirkung
Wurde abgewartet und aufgedeckt. Und abgewartet wurde
Bis die Menge die Sätze auf die Waagschale gelegt hatte –
haben wir doch bemerkt
Wie der Wenigbesitzende, Oftgetäuschte
Die Münze mit den Zähnen anbeißt, ob sie auch echt ist.
So wie die Münzen
Sollten die Wenigbesitzenden, Oftgetäuschten, unsere
Zuschauer
Die Sätze der Spielenden prüfen können. Wenige Andeutungen
Zeigten die Schauplätze an. Einige Tische und Stühle
Das Unentbehrlichste genügte schon. Aber die Photographien
Der großen Gegner waren projiziert auf die Tafeln des
Hintergrunds.
Und die Aussprüche der sozialistischen Klassiker
Umgaben, aufgemalt auf Tücher oder projiziert auf die Tafeln
Die sorgsamen Spieler. Ihr Auftreten war natürlich.
Jedoch blieb weg das Nichtsbesagende in der
Wohlüberlegten Kürzung. Die Musikstücke
Wurden leicht dargereicht, mit Anmut. Viel Lachen
War im Zuschauerraum. Die unversiegliche
Gute Laune der listigen Wlassowa, geschöpft aus der
Zuversicht
Ihrer jungen Klasse, erregte
Glückliches Lachen auf den Bänken der Arbeiter.
Sie benützten eifrig die seltene Gelegenheit
Ohne dringlichste Gefahr den üblichen Vorfällen
beizuwohnen und somit
Die Muße, sie zu studieren und sich das eigene Verhalten
Zurechtzulegen.

4
Genossen, ich sehe euch
Das kleine Stück lesend, in Verlegenheit.

Die kärgliche Sprache
Scheint euch ärmlich. So wie in diesem Bericht
Drücken sich, sagt ihr, die Leute nicht aus. Ich las
Eure Bearbeitung. Hier fügt ihr ein »Guten Morgen« ein
Dort ein »Hallo, mein Junge«. Den großen Schauplatz
Füllt ihr mit Hausrat. Kohlgeruch
Kommt vom Herd. Die Kühne wird brav,
das Historische alltäglich
Statt um Bewunderung
Werbt ihr um Mitgefühl mit der Mutter, die ihren Sohn verliert.
Den Tod des Sohnes
Legt ihr schlau an den Schluß. So nur, denkt ihr, wird der
Zuschauer
Sein Interesse bewahren, bis der Vorhang fällt. Wie der
Geschäftsmann
Geld investiert in einen Betrieb, so, meint ihr, investiert
der Zuschauer
Gefühl in den Helden: er will es wieder herausbekommen
Und zwar verdoppelt. Aber die proletarischen Zuschauer
Der ersten Aufführung vermißten den Sohn am Schluß nicht.
Ihr Interesse hielt an. Und nicht aus Roheit.
Und auch damals fragten uns etliche:
Wird der Arbeiter euch auch verstehen? Wird er verzichten
Auf das gewohnte Rauschgift; die Teilnahme im Geiste
An fremder Empörung, an dem Aufstieg der anderen; auf all
die Illusion
Die ihn aufpeitscht für zwei Stunden und erschöpfter
zurückläßt
Erfüllt mit vager Erinnerung und vagerer Hoffnung?
Werdet ihr wirklich, anbietend
Wissen und Erfahrung, ein Parkett von Staatsmännern haben?

Genossen, die Form der neuen Stücke
Ist neu. Aber warum
Fürchten, was neu ist? Ist es schwer zu machen?
Aber warum fürchten, was neu ist und schwer zu machen?
Für den Ausgebeuteten, immer Getäuschten
Ist auch das Leben ein ständiges Experiment
Der Erwerb einiger Pfennige

Ein unsicheres Unternehmen, das nirgends gelehrt wird.
Warum sollte er das Neue fürchten anstatt das Alte?
Aber selbst wenn
Euer Zuschauer, der Arbeiter, zögerte, dann müßtet ihr
Nicht hinter ihm herlaufen, sondern ihm vorangehen
Rasch vorangehen, mit weiten Schritten, seiner endlichen Kraft
Unbedingt vertrauend.

11. Ist die nichtaristotelische Dramatik vom Typus der »Mutter« primitiv?

War die New Yorker Aufführung auch in ihren Prinzipien schwankend, so blieb doch genügend, um sie zu einer epischen zu stempeln. Die Beschwerden der um das gewohnte »Erlebnis« gebrachten bürgerlichen Zuschauer blieben weder in Berlin noch in New York aus:

»ACHT-UHR-ABENDBLATT« v. 18. 1. 1932
»... Brecht wendet sich an Ohr und Verstand und läßt fast gänzlich die Grundlagen der russischen Umwelt und Psychologie fallen, durch deren Darstellung Gorkis Tendenzwerk zum Kunstwerk ward ...«

»NEW YORK DAILY HERALD« v. 20. 11. 1935
»... Pudovkin worked the novel into a gripping and masterful screen tragedy. In the Brecht adaptation, however, the bitter narrative of a worker's mother, who unwittingly betrays her son and redeems by marching into death with him in a strike has been incredibly distorted ... the mother is shown taking a sort of seminar in class struggle tactics from 1905 to 1917 and nearly all the color of the Gorky classic has vanished ...«

»DEUTSCHE ZEITUNG«, BERLIN v. 18. 1. 1932
»... Für den Stil dieser Aufführungen stehen Schauspieler zur Verfügung, die durch die Klarheit ihres Spiels fesseln. Freilich, das eigentliche Schauspielerische, das heißt verwandelte Leidenschaft im erlebten Spiel der Bühne, wird unterdrückt, und an die Stelle tritt der Berichterstatter, der Erzähler, der unbeteiligte Zuschauer.«

»WESTFÄLISCHER KURIER«, HAMM

»... Er (Billinger) zeigt auch in seinem Schluß, wie nach dem Untergang dieses von den Dämonen verführten Paares sich einer unter dem Zwang der Ereignisse und angerührt von der Gnade des Christtages, einer, den die Rauhnacht auch in ihren Bann gezogen hat, sich zur Ehe entschließt – es ist ein Meisterwerk Billingers, wie er das gestaltet zur Ordnung der Ehe, so wie sie uns geheimnisvoll vorgebildet ist im Mysterium der Menschwerdung Gottes und der heiligen Familie. Wir können stolz darauf sein, endlich wieder einmal einen katholischen Dramatiker an so prominenter Stelle aufgeführt zu wissen.

Wie arm im Gegensatz dazu ist das von der kommunistischen Gruppe junger Schauspieler aufgeführte und von Brecht als Lehrstück dramatisierte Schauspiel ›Die Mutter‹ nach dem bekannten Roman von Maxim Gorki. Die Erlebnisse einer Arbeiterfrau, die für ihren Sohn nicht mehr satt zu essen hat, entwickeln sich systematisch aus dem Privatleben in die Partei und wollen beweisen, daß auch der Platz einer Mutter dort ist, wo auch der imperialistische Krieg nach Lenins Lehre übergeleitet wird in den Bürgerkrieg.«

»DEUTSCHE TAGESZEITUNG« v. 18. 1. 1932

»... Was geschieht, vor den Augen des Publikums abläuft, ist vernichtend dürftig und kindlich ...«

»DAILY MIRROR« v. 20. 11. 1935

»... ›Mother‹ is poor stuff amateurishly presented.«

»DER VORWÄRTS«, BERLIN v. 18. 1. 1932

»... Es (Gorkis Roman) ist ein herrlicher Roman ... Pelagea darf sterben als anbetungswürdige Proletarierseele, obwohl die Zarengendarmen die schimmernde Revolutionärin tödlich kränken ...«

»... Brecht krempelt aber den wunderbaren Gorkismus von dazumal in den Stalinismus von 1932 um ...«

»... Kurz, der großartige Roman, umgeformt zum Drama, wird wieder ein Roman, aber hat den psychologischen Schmelz verloren.«

»BERLINER TAGEBLATT« v. 18. 1. 1932

»... Mildernde Freundlichkeit bleibt es, zu sagen: es sei ein Stück für primitive Hörer. Sondern es ist das Stück eines primitiven Autors.«

»BROOKLYN DAILY EAGLE« v. 20. 11. 1935

»... It should be classed as an entertainment for children for it is a simple kindergarten for Communist tots ...«

»NEW YORK EVENING JOURNAL« v. 20. 11. 1935

»... They underestimate, I suspect, the intelligence of their audience.

Their method is as naive as blackboard, as childish as a set of nursery building blocks.

›I am Pelagea Vlassowa‹, says the old woman, speaking directly to the audience, ›and I am making soup for my son, a worker. The soup gets thinner and thinner, and he will not like it. He will grow discontented and get into trouble. He reads books.‹

She might as well have added the significant news that ›CAT‹ spells cat ...«

Man sieht, wie hartnäckig das bürgerliche Publikum auf der prompten Befriedigung ideologischer und nervenmäßiger Bedürfnisse im Theater besteht. Kommt das Theater seiner festgelegten Funktion nicht oder mangelhaft nach, dann hat es eben versagt, ist zu dürftig, ist primitiv. Wie schwierig es ist, diese starre Funktionsfixierung zu durchbrechen, zeigt ein naives Geständnis Andor Gábors in der »Linkskurve« anläßlich einer Besprechung der Aufführung von Bechers »Großem Plan« durch (angebliche) Epigonen des epischen Theaters. Gábor schreibt:

»LINKSKURVE«, Nov.-Dez. 1932

»Ging er (der Zuschauer) auch mit der Absicht hin, der Bühne, den Verfassern und Darstellern zuzujubeln, so konnte er es doch nicht tun, weil das Dargebotene ihm ›nur‹ – das ist nicht wenig – die Saiten gespannt, nicht aber die mit allen Nerven erwünschte klingende Melodie hervorgebracht hat.«

So also gehen selbst politisch aufgeklärte Leute ins Theater! In den ganzen weiteren Ausführungen stand keine Zeile über die politischen Folgen der Veranstaltung! Aber nur durch sehr starke politische oder wenigstens philosophische oder verhaltenspraktische Interessen des Zuschauers kann das Theater einer neuen gesellschaftlichen Funktion zugeführt werden. Die Arbeiter, die das Stück ansahen, gingen denn auch keineswegs ohne Erlebnis aus der Vorstellung der »Mutter«. Sie konnten auch das Stück nicht primitiv finden.

»WELT AM ABEND«, BERLIN v. 18. 1. 1932

»... Primitiv ist diese Art wahrhaftig nicht. Es gab sehr viele Szenen, die gewiß Anlaß zu Aussprachen in ganzen Kursen gegeben hätten.«

»NEW YORK POST« v. 20. 11. 1935

»... The first-nighters interviewed by this reporter came for one of two reasons – curiosity or sympathy with the workers' struggle. Their comments, for the most part, disregarded the unconventional methods of the production and were more arguments for the political theme than for the play as a play ...«

»THE NEW LEADER« v. 30. 11. 1935

»... Taken on its own terms, ›Mother‹ is the most straightforward, most direct and undeviating drama the Theatre Union has presented. It takes several minutes to discover the plane of its presentation, and for that time ›Mother‹ seems sentimental and naive. It is, for it is the dramatic presentation of a lesson in terms of one woman's life, an elementary tract in terms of the theatre, the theme of class consciousness stripped of all fatty complications, clean to the bone of the contention – bone and marrow of pounding preachment through a play. As such, ›Mother‹ becomes a significant document, soundly devised and curiously impressive ... It is not, in any usual sense, a play; but it is in simplest terms a new demonstration of the far-reaching potency and value of the theatre. It is, not chronologically but in structure and spirit and fruitful energy, the ›Mother‹, the phylogenitor, of all ›Lehr-Stücke‹, of all propaganda plays.«

»NEW YORK DAILY WORKER« v. 22. 11. 1935

»... It was Brecht's plan to have a spectacle representing the dramatic story of presentday class struggle which must culminate in the victory of the proletariat. He planned his play on a grandiose scale. Scene after scene, picture after picture of the world conflict were to pass before the eyes of the beholder ... Revolutionary technics: Needless to say, such a production requires a technic of its own. It has been asserted that the acting must needs be abstract since social categories represent abstractions. We do not think this is correct. The workers, capitalists and state officials who appear in such a play can be living human beings, men and women of flesh and blood. In other words, they can be real. It is true, however, that this would be realism of a special kind ... At the Civic Theatre the Theatre Union is presenting an exiting new play ... It is different from any other play on the American stage ... The author has boldly utilized a new technic of style, staging and music to tell a great story ... In the center of the play is one of the most memorable of stage characters, Pelagea Vlassova, revolutionary mother ...«

Weit entfernt davon, auch nur einen Augenblick zu glauben, es handle sich hier um eine Schilderung gewisser historischer Vorkommnisse in Rußland zum Zwecke einer »Teilnahme im Geiste« an abenteuerlichen Begebenheiten, um eine »Herauskristallisierung des ewig Menschlichen« usw., weit entfernt auch, die unmenschlichen Verhältnisse, in denen sie leben, ganz besondere, änderbare Verhältnisse, vergessen zu wollen, waren diese Zuschauer bereit, ihre ganze Erfahrung, Intelligenz, Kampfbegeisterung zu mobilisieren, Schwierigkeiten und Aufgaben zu erkennen, Vergleiche anzustellen, Einwände zu erheben, das Verhalten der Personen auf der Bühne zu kritisieren oder es, abstrahierend, auf ihre eigenen Situationen zu transportieren, um daraus zu lernen. Sie verstanden diese Psychologie, die eine *anwendbare, politische Psychologie* ist. Der Zuschauer wird als Abbildern von Menschen gegenüberstehend behandelt, deren Urbilder er in der Wirklichkeit zu behandeln, d. h. zu Äußerungen und Handlungen zu bringen hat und nicht etwa als streng ausdeterminierte Phänomene auffassen darf. Seine Aufgabe seinen Mitmenschen gegenüber besteht darin, unter die determinierenden Faktoren sich selbst einzuschalten. Bei dieser Aufgabe hat ihn die Dramatik zu unterstützen. Die determinierenden Faktoren, wie soziales Milieu, spezielle Ereignisse usw., sind also als veränderliche darzustellen. Eine gewisse Austauschbarkeit der Vorkommnisse und Umstände muß dem Zuschauer das Montieren, Experimentieren und Abstrahieren gestatten und zur Aufgabe machen. Von den Unterschieden der Individuen interessieren den mit ihnen verkehrenden, auf sie angewiesenen, mit ihnen kämpfenden *politischen* Menschen ganz bestimmte Unterschiede (z. B. solche, deren Kenntnis die Führung des Klassenkampfes erleichtert). Es hat für ihn keinen Zweck, einen bestimmten Menschen so lange aller Besonderheiten zu entkleiden, bis er als »der« Mensch (schlechthin) dasteht, also als nicht weiter zu veränderndes Wesen. Der Mensch ist in seiner Eigenschaft als des Menschen (des Zuschauers) Schicksal zu fassen. Die Definition muß praktikabel sein.

Unter dem Begreifen eines Menschen verstehen wir nämlich nicht weniger als: ihm gegenüber Griffe haben. Jener »totale« Überblick über ihn, der ihn uns umreißt und der momentan sein muß, genügt nicht, sondern ist nur eine Voraussetzung unserer eigentlichen entscheidenden Operation des Begreifens, die ihn *handhabt,* und dazu eben jenen Überblick als eine Art Situationsplan braucht. Auch ist solch ein Überblick überhaupt nicht zu gewinnen ohne einen solchen Plan einer Operation: nur im Hinblick auf diese ist er zu gewinnen und gilt er. Wir können den andern nur begreifen, wenn wir in ihn eingreifen können. Auch uns selbst können wir nur begreifen, indem wir in uns eingreifen. Der Mensch scheint zunächst als ein von Menschen benutzbares und Menschen benutzendes Wesen nicht zu Ende definiert. Aber zumindest ist es für jene Bewegung, die die mißbräuchliche Benutzung des Menschen durch den Menschen zu bekämpfen hat, die kommunistische, praktisch, ihn so zu definieren. Er wird, so definiert, über seine Traktabilität hinaus in seiner Totalität erscheinen – so unerwartet dies geschehen mag.

12. »Unmittelbare«, überbrückende Wirkung

Die herrschende Ästhetik verlangt vom Kunstwerk, indem sie eine unmittelbare Wirkung verlangt, auch eine alle sozialen und sonstigen Unterschiede der Individuen überbrückende Wirkung. Eine solche die Klassengegensätze überbrückende Wirkung wird von Dramen der aristotelischen Dramatik auch heute noch erzielt, obwohl die Klassenunterschiede den Individuen immer mehr bewußt werden. Sie wird auch erzielt, wenn die Klassengegensätze der Gegenstand dieser Dramen sind, und sogar, wenn in ihnen für die eine oder andere Klasse Stellung genommen wird. In jedem Fall entsteht im Zuschauerraum auf der Basis des allen Zuhörern gemeinsamen »allgemein Menschlichen« *für die Dauer des Kunstgenusses* ein Kollektivum. An der Herstellung dieses Kollektivums ist die nichtaristotelische Dramatik vom Typus der »Mutter« nicht interessiert. Sie spaltet ihr Publikum.

»NEUE PREUSSISCHE KREUZZEITUNG«, BERLIN v. 18. 1. 1932
»... Es handelt sich um eine Mutter, die durch ihren Sohn in die Parteiarbeit hineingezogen und schließlich eine fleißige Biene ausdauernder Wühlarbeit für den Kommunismus wird. Also: Hohes Lied auf den kleinen Mann aus der Partei, der seine Pflicht tut. Grob, aufreizend, propagandistisch gemacht. Ein Pfingstfest für die Gesinnungsgenossen, wirksamer als Reden und Zeitungen. Ein Irrsinn für den Außenstehenden ...«

13. Ist der Kommunismus exklusiv?

»DEUTSCHE ALLGEMEINE ZEITUNG«, BERLIN v. 17. 1. 1932
»... Brecht hat in dieser Bearbeitung einer dramatischen Bearbeitung des Romans ›Die Mutter‹ von Maxim Gorki wieder einmal ein Lehrstück geschrieben, Unterweisung für primitive Zuhörer zu richtigem, d. h. kommunistischem Verhalten in allen Lebenslagen. Als Theater und als Literatur ist das schrecklich: als politische Propaganda etwas, was man beachten sollte ...«

»... Thema des Stückes ist das politische Verhalten, sein Zweck die Erziehung der Hörer dazu. Auf diesen Zweck wird so zielbewußt mit allen Mitteln hingearbeitet, daß in diese Auf-

führung, die sicher wieder auch durch die Saalbühnen des Ostens und Nordens geschleppt werden wird, die Politiker viel mehr hineingehören, als unsereiner ...«

»... Man kommt sich vor dieser Geschichte mit der Mutter, die trotz ihres Widerstrebens von ihrem Sohn und seinen Freunden kommunistisch erzogen wird und dann ihrerseits selbst energisch kommunistische Propagandaarbeit leistet, durchaus deplaciert vor. Die Verfasser haben keine dichterischen, sondern rein politische Ziele im Auge ...«

»GERMANIA«, BERLIN v. 19. 1. 1932

»... um endlich einmal denen entgegnen zu können, die Brecht als ästhetisches Phänomen nehmen – nur deshalb, weil er angeblich einen neuen Theaterstil erfunden hat.«

»Hinter ihm aber steht ja gar nicht sein Individualwille. Nicht seine Formabsicht. Hinter ihm steht – das bewies der Abend im Komödienhaus! – die ganze kommunistische Ideologie. Sie steht hinter Brecht als einem Bühnenschriftsteller, der sich langsam durchentwickelt hat zu einem der literarischen Interpreten des Bolschewismus in Deutschland. Damit ist er nicht mehr ästhetisch zu werten, sondern p o l i t i s c h.«

»KÖNIGSBERGER ALLGEMEINE ZEITUNG« v. 23. 1. 1932

»... Mit Dichtung hat diese Geschichte von der Mutter, die trotz ihres Widerstrebens von ihrem Sohn und seinen Freunden kommunistisch erzogen wird und dann ihrerseits selbst energische kommunistische Propaganda-Arbeit leistet, nichts zu tun. Es ist ein reines Zweckstück, sehr geschickt mit den Mitteln gemacht, die Brecht sich aus seinen Prinzipien des epischen Theaters abgeleitet hat.«

»DEUTSCHE ALLGEMEINE ZEITUNG«, BERLIN v. 17. 1. 1932

»... Theatralisch ist dies alles belanglos, politisch ist es mit seinem Einhämmern: nur Gewalt tut es, jedes Mittel ist recht, doch wichtig ...«

»... Über das theatralische Drum und Dran ist, weil das Mittel nicht Zweck ist, wenig zu sagen ...«

»GERMANIA« v. 19. 1. 1932
»Das Ganze ist eine eindeutige, klipp und klare Heroisierung eines revolutionären Frauentypus, herausgeführt aus der bürgerlichen in die klassenkämpferische, proletarische Welt.«

»DEUTSCHE ALLGEMEINE ZEITUNG«, BERLIN v. 17. 1. 1932
»... Gerade weil die geistige Wirkung dieser Lehrstücke so lähmend und ertötend ist, soll man die politische nicht unterschätzen ...«

»... Denn hier ist die Propaganda zugleich praktische Anweisung zum Verhalten – und das ist das Entscheidende.«

»NEUE LEIPZIGER ZEITUNG«
»... Es gibt nur ein unbürgerliches Element in der Welt, das ist der ungebundene Geist. Auch ›Die Mutter‹ von Brecht atmet wie alle theatralisch propagandistischen Darstellungen einer organisierten Revolution eine kleinbürgerlich solide Hausbackenheit.« *(H. Kesten)*

Viele, beinahe alle bürgerlichen Beurteiler der »Mutter« sagten uns so, diese Aufführung sei eine Sache der Kommunisten allein. Von solch einer Sache sprachen sie wie etwa von einer Sache der Kaninchenzüchter oder Schachspieler, die also recht wenige Menschen angeht und vor allem nicht beurteilt werden kann von Leuten, die von Kaninchen oder Schachspielen nichts verstehen. Aber wenn schon nicht die ganze Welt den Kommunismus für ihre Sache hält, so ist doch die Sache des Kommunismus die ganze Welt. Der Kommunismus ist keine Spielart unter Spielarten. Radikal auf die Abschaffung des Privateigentums an Produktionsmitteln ausgehend, steht er allen Richtungen, die sich durch was immer unterscheiden, aber in der Beibehaltung des Privateigentums einig sind, als einer einzigen Richtung gegenüber. Er erhebt den Anspruch, die direkte und einzige Fortführung der großen abendländischen Philosophie zu sein, als solche Fortführung eine radikale Umfunktionierung dieser Philosophie, wie er die einzige praktische Fortführung der abendländischen (kapitalistischen) Entwicklung und als solche zugleich die radikale Umfunktionierung der entwickelten Wirtschaft ist. Wir können und müssen darauf hinweisen, daß unsere Aussagen keine beschränkt subjektiven, sondern objektive und allgemeinverbindliche sind. Wir sprechen nicht für uns als ein kleiner Teil, sondern für die gesamte Menschheit als der Teil, der die Interessen der gesamten Menschheit (nicht eines Teiles) vertritt. Niemand hat das Recht, daraus, daß wir kämpfen, den Schluß zu ziehen, wir seien nicht objektiv. Wer immer heute, um einen scheinbar objektiven Eindruck hervorzurufen, einen Eindruck, als kämpfte er nicht, hervorruft, der wird bei genauerer Betrachtung auf einem hoffnungslos subjektiven, die Interessen eines winzigen Teiles der Menschheit vertretenden Standpunkt ertappt werden können. Er wird, objektiv betrachtet, die Interessen der gesamten Menschheit durch sein Eintreten für die Beibehaltung der kapitalistischen Besitz- und Produktionsverhältnisse verraten. Der scheinbar objektive »linke« bürgerliche Skeptiker erkennt nicht oder will nicht erkennen lassen, daß er in diesem großen Kampfe mitkämpft, indem er die permanente, aber durch den Usus langer Zeit dem Bewußtsein entrückte Ausübung der Gewalt durch eine kleine Schicht nicht Kampf nennt. Es ist notwendig, dieser besitzenden Schicht, einer entarteten, schmutzigen, objektiv und subjektiv unmenschlichen Clique, sämtliche »Güter idealer Art« aus den Händen zu schlagen, gleichgültig, was eine ausgebeutete, am Produzieren gehinderte, sich gegen das Verkommen wehrende Menschheit mit diesen Gütern weiterhin anzufangen wünscht. Zuerst muß unter allen Umständen diese Schicht jeden Anspruchs auf menschliches Ansehen verlustig gesprochen werden. Was immer weiterhin »Freiheit«, »Gerechtigkeit«, »Menschlichkeit«, »Bildung«, »Produktivität«, »Kühnheit«, »Zuverlässigkeit« bedeuten sollen – bevor diese Begriffe nicht von allem gereinigt sind, was ihnen von ihrem Funktionieren in der bürgerlichen Gesellschaft anhaftet, werden sie nicht mehr gebraucht werden dürfen. Unsere Gegner sind die Gegner der Menschheit. Sie haben nicht »recht« von ihrem Standpunkt aus: das Unrecht besteht in ihrem Standpunkt. Sie müssen vielleicht so sein, wie sie sind, aber sie müssen nicht sein. Es ist verständlich, daß sie sich verteidigen, aber sie verteidigen den Raub und die Vorrechte, und verstehen darf hier nicht verzeihen heißen. Der dem Menschen ein Wolf ist, ist kein Mensch, sondern ein Wolf. »Güte« bedeutet heute, wo die nackte Notwehr riesiger Massen zum Endkampf um die Kommandohöhe wird, die Vernichtung derer, die Güte unmöglich machen.

»GERMANIA«, BERLIN v. 19. 1. 1932
»Die ›Mutter‹ ist also jetzt die Entwicklung eines Menschen aus der Sphäre des Privat-Humanen ins Allgemein-Politische im marxistischen Sinne. Sie liebt ihren Sohn, einen Arbeiter, Sohn eines Arbeiters. Der Konflikt setzt ein bei der Kopeke, die an der fetten Suppe fehlt. Er hört auf bei der roten Fahne, die die alte Frau an der Spitze der Partei in Demonstrationen bis in die 1917er Revolution trägt, und in den neuen Sowjet-Staat. Daß sie dabei alle Übungen kommunistischer Schulung vom Zettelverteilen übers Abc-Lernen zum Bauernunterricht bis zur ›glorreichen‹ Lenin-Revolte durchmacht, daß sie lernt, zuerst unpersönlich, dann unhuman, dann sogar betrügerisch (im Interesse der Partei natürlich), dann agitatorisch, erst mit ehrlichen, dann sogar mit lügnerischen Mitteln zu arbeiten für die Partei, indem sie während des Krieges zuerst so tut, als ob sie tapfer mit Kupfer abgäbe, dann mit ›bourgeoisen‹ Argumenten die andern listig zum Heimgehen verführt, um endlich Farbe zu bekennen; daß sie für die ›Überleitung des imperialistischen Krieges in den Bürgerkrieg‹ (Lenin) ist, daß sie dann selbst teilnimmt an dieser ›Überleitung‹ und an seinem Sieg – das ist der Lehrstoff dieses Stückes.«

Den bürgerlichen Beurteilern scheinen solche Werke bestimmte Interessen nicht genug allgemeiner Natur vorauszusetzen, statt solche allgemeiner Natur zu wecken, aber die Interessen, die hier wenigstens als schlummernd vorausgesetzt werden, sind in Wahrheit von ganz besonders allgemeiner Art und gerade darum den Interessen der bürgerlichen Beurteiler entgegengesetzt. Jene Gruppen von Kopfarbeitern, die durch ihre existentielle Verknüpftheit mit den Besitzern der Produktionsmittel geistig festgelegt sind, haben nicht mit der Sache des Kommunismus, sondern mit der Sache der Welt nichts mehr zu tun. Sich von den Kommunisten als von einseitigen, festgelegten, unfreien Geistern trennend, trennen sie sich nur von der Sache der Menschheit und vereinigen sie sich nur mit der allerdings allseitigen, allerdings ungebundenen, allerdings freien Ausbeutung. Eine große Menge von Kopfarbeitern haben durchaus das Gefühl, daß die Welt (ihre Welt) von Unstimmigkeiten befallen ist, aber sie verhalten sich nicht dementsprechend. Wenn man jene ausscheidet, die sich einfach geistig eine Welt konstruieren, welche an sich unstimmig ist (gerade durch ihre Unstimmigkeit existiert), hat man es mit Menschen zu tun, die, der Unstimmigkeit mehr oder weniger bewußt, sich dennoch so verhalten, als wäre die Welt stimmig. In das Denken solcher Menschen greift also die Welt nur mangelhaft ein; es kann nicht überraschen, wenn ihr Denken dann nicht in die Welt eingreift. Dies bedeutet aber, daß sie dem Denken dann überhaupt kein Eingreifen zumuten: so entsteht der »Reine Geist«, der für sich existiert, mehr oder weniger behindert durch die »äußeren« Umstände. Die durch das Stück »Die Mutter« angeregten Auseinandersetzungen mit einer Arbeiterin gehören für diese Leute nicht zu den geistigen. Sie schicken die Politiker. So wie sie selber nichts mit der Praxis, haben jene nichts mit Geist zu tun. Was braucht der Kopf zu wissen, was die Hand tut, die ihm die Taschen füllt! Diese Leute sind gegen die Politik. Das bedeutet praktisch, daß sie für die Politik sind, die *mit* ihnen gemacht wird. Ihr Verhalten, selbst in ihrem Beruf, ist ein durchaus politisches. Außerhalb der Politik seinen Wohnsitz aufschlagen, ist nicht dasselbe, wie außerhalb der Politik angesiedelt werden; und außer der Politik stehen, ist nicht über der Politik stehen.

Manche von ihnen meinen, sie könnten in einem unvollkommenen Staatswesen vollkommen sein, ohne das Staatswesen zu vervollkommnen. Dabei ist es das Wesen unseres Staates, keinen vollkommenen oder sich vervollkommnenden Menschen zu brauchen. Überall sehen wir Anstalten, in denen Krüppel benötigt werden, Einarmige oder Einbeinige oder solche ohne Beine. Die Geschäfte der Verwaltung können am besten von Dummköpfen bewältigt werden. Unsere Schutzleute müssen, um ihr Amt auszuüben, Raufbolde und unsere Richter Blinde sein. Die Forscher Taubstumme oder zumindest Stumme. Und die Verlage der Bücher und Zeitungen rechnen, um nicht pleite zu gehen, nur mit Analphabeten. Nicht im Finden und Aussprechen der Wahrheit zeigt sich das, was Klugheit genannt wird, sondern im Finden der Unwahrheit und der größeren oder geringeren Feinheit des Verschweigens. Einige vermissen große Werke und schieben es dem Mangel an großen Begabungen zu. Aber kein Homer und kein Shakespeare könnte in Verse bringen, was sie hören wollen. Und die, die die großen Werke vermissen, können ohne sie ganz gut leben und könnten es vielleicht nicht mit ihnen.

14. Abneigung gegen das Lernen und Verachtung des Nützlichen

»NEW YORK SUN« v. 20. 11. 1935
»... The point is, of course, that Pelagea Vlassova, the mother, started out by believing in God, the Tsar und privat property, and was gradually converted, chiefly by precept. It was all explained to her very carefully, and after she understood she explained it all very carefully to others. Then she, and all the others, stood up and explained it, still very slowly and carefully, to the audience ...«

Einer der Haupteinwände der bürgerlichen Kritik gegen die nichtaristotelische Dramatik vom Typus der »Mutter« stützt sich auf eine ebenfalls rein bürgerliche Trennung der Begriffe »unterhaltsam« und »lehrreich«. Danach ist die »Mutter« vielleicht lehrreich (wenn auch nur, wie auseinandergesetzt wird, für einen kleinen Teil der möglichen Zuschauer), aber bestimmt nicht unterhaltend (nicht einmal für diesen kleinen Teil). Dieser Trennung nachzugehen ist nicht ohne Reiz. Es mag überraschen, daß hier eine Degradierung des Lernens schlechthin beabsichtigt ist, indem es nicht als Genuß vorgestellt wird. In Wirklichkeit wird natürlich der Genuß, indem er so sorgfältig von jedem Lehrwert entleert wird, degradiert. Aber man braucht sich nur umzusehen, welche Funktion das Lernen in der bürgerlichen Gesellschaftsordnung hat. Es funktioniert als Einkauf von materiell verwertbaren Kenntnissen. Dieser Einkauf hat stattzufinden, bevor das Individuum in den Produktionsprozeß eintritt. Seine Sphäre ist also die Unreife. Zugeben, daß ich etwas, was zu meinem Fach gehört, noch nicht kann, also mich beim Lernen ertappen lassen, ist gleichbedeutend mit eingestehen, daß ich nicht konkurrenzfähig bin und keinen Kredit beanspruchen darf. Die Erinnerung an die schreckliche

Qual, unter der die bürgerliche Jugend ihr »Wissen« eingetrichtert bekommt, hält den zu seiner »Unterhaltung« ins Theater Gekommenen ab, sich wieder behandeln zu lassen wie einer, »der auf der Schulbank sitzt«. Die Haltung des Lernenden ist diffamiert.

Wie ja auch der Nützliche und der Sinn für das Nützliche der öffentlichen Verachtung anheimgefallen ist, seit die Menschen sich selbst nur mehr durch Gemeinheiten nützen, indem der Nutzen nur mehr aus der Ausnutzung des Mitmenschen gezogen werden kann.

Nützlich ist der Ausnutzbare, Rechtlose. Bevor er sich nützlich macht, muß ihm der Brotkorb höher gehängt werden. Aber auch der ihn ausnützt, bezieht nicht mehr daraus seine Achtung, sondern nur mehr aus dem, was ihm der gezogene (und im Dunkeln gezogene) Nutzen an Aufwand an Materiellem und Geistigem ermöglicht. Aus dem feudalen Zeitalter her wirkt noch die Geste, mit der die feudale Person, in Form von Vorrechten schon gesichert, vorgab, weder sich selbst noch anderen nützen zu müssen; aus der Zeit der Niederkämpfung der Kleinbürgerwelt die Verachtung des sich nützlich Machenden von seiten des ihn überflügelnden, andere nützlich machenden Kapitalisten, und schon meldet sich die große Störung in den ideologischen Systemen durch das herunter- und heraufkommende Proletariat in der Verweisung der Nutzungsakte in die Sphäre des im Dunkeln zu verübenden Verbrechens. Zugleich aber wächst im Proletariat der neue unbefangene und mächtige Sinn für das Nützliche, der keine Skrupel erzeugen kann, da er eben auf die Ausrottung derjenigen Verhältnisse ausgeht, die den Nutzen aus der Schädigung holen.

Über die Musik

Die Musik zu »Die Mutter« ist nicht die übliche Begleitmusik eines Theaterstücks. Hanns Eisler schrieb sie 1931 für Arbeitertheater. Aus Sparsamkeitsgründen verwendete er nur vier Instrumente. Für eine Aufführung in New York 1935 arbeitete Eisler die Partitur für zwei Klaviere und Chor um und erweiterte sie um vier neue Musikstücke. In dieser Fassung wurde sie in englischer Sprache auch als Kantate aufgeführt.

Die dritte Fassung, eine große Kantate für Knabenchor, drei Solisten und zwei Klaviere, wurde 1949 in Wien gemacht und aufgeführt. In Leipzig hört man, aus technischen Gründen, die Originalfassung vom Jahr 1931, wobei noch zwei Stücke weggelassen werden, nämlich »Lied von der Suppe« und »Lob der dritten Sache«.

Beispiel für Textänderungen

Textänderungen während der Probe sind unseren Schauspielern selbstverständlich geworden. Aber auch noch nach der Premiere wird nicht nur an der Inszenierung gearbeitet – der Ablauf jeder Vorstellung wird vom Abendregisseur beobachtet –, sondern auch Texte werden umgeschrieben.

Der Text der 8. Szene der »Mutter« lautete zur Premiere:

Landstraße. Die Mutter, die in Begleitung zweier Arbeiter kommt, wird mit Steinwürfen empfangen. Ihre Begleiter ergreifen die Flucht.

MUTTER *mit einer großen Beule an der Stirn, zu den Steinwerfern:* Warum werft ihr denn mit Steinen nach uns?

JEGOR Weil ihr Streikbrecher seid.

MUTTER So. Wir sind Streikbrecher? Darum haben wir es eilig. Wo wird denn hier gestreikt?

JEGOR Auf dem Smirnowschen Gut.

MUTTER Und ihr seid die Streikenden? Das merke ich an meiner Beule. Ich bin aber keine Streikbrecherin. Ich komme aus Rostow und will einen Gutsarbeiter besuchen. Er heißt Jegor Luschin.

JEGOR Luschin, das bin ich.

MUTTER Pelagea Wlassowa.

JEGOR Bist du das, die man im Bezirk die Mutter nennt?

MUTTER Ja. Ich habe unsere Zeitungen mit für euch. Ich wußte nicht, daß ihr im Streik steht *deutet auf die Beule am Kopf.* Ich sehe aber, daß ihr euern Kampf mit Schärfe führt.

JEGOR Du kannst gleich wieder umkehren. Wir haben genug von euch Rostowern. Mit dir sind Streikbrecher aus Rostow gekommen und morgen werden wieder welche erwartet. Und wir haben nichts zu fressen, denn der Gutsmetzger, der auch ein Rostower ist, kocht Essen nur für die Streikbrecher.

MUTTER Alle Arbeiter in Rostow sind nicht Streikbrecher, und ein Metzger ist meistens kein Arbeiter.

JEGOR Oh, der unsre ist einer. Er hat zeit seines Lebens in Fabrikkantinen gekocht. Siehst du, wie der Schornstein der Gutsküche für die Streikbrecher raucht?

MUTTER Es ist eine Schande. Habt ihr mit ihm gesprochen?

JEGOR Was soll das nützen? Stadt und Land, das geht nicht zusammen. Einer gegen den anderen und den letzten beißen die Hunde! Seid verflucht!

Beide Gutsarbeiter ab.

MUTTER So zerfleischen wir uns. Arbeiter und Arbeiter. Und die Ausbeuter lachen über uns.

Auf Grund von Diskussionen wurde der Text geändert. Die Änderung betonte das Bündnis zwischen Arbeitern und Bauern.

MUTTER *mit einer großen Beule an der Stirn, zu den Steinwerfern:* Warum werft ihr denn mit Steinen nach uns?

JEGOR Weil ihr Streikbrecher seid.

MUTTER Ach, wir sind Streikbrecher. Darum haben wir es so eilig. Wo wird denn hier gestreikt.

JEGOR Auf dem Smirnowschen Gut.

MUTTER Und ihr seid die Streikenden? Das merke ich an meiner Beule. Ich bin aber keine Streikbrecherin. Ich komme aus Rostow und will einen Gutsarbeiter sprechen. Er heißt Jegor Luschin.

JEGOR Luschin, das bin ich.

MUTTER Pelagea Wlassowa.

JEGOR Bist du das, die man hier im Bezirk die Mutter nennt?

MUTTER Ja. Ich habe unsere Zeitungen mit für euch. Wir wußten nicht, daß ihr im Streik steht, ich sehe aber, daß ihr euren Kampf mit Schärfe führt. *Übergibt Luschin die Zeitungen.*

JEGOR Entschuldige, daß wir dir eine Beule geworfen haben. Unser Streik steht schlecht. Mit dir sind Streikbrecher aus der Stadt gekommen und morgen werden wieder welche erwartet. Wir haben nichts zu fressen, aber für sie schlachtet der Gutsmetzger schon die Schweine und Kälber. Da, siehst du, wie der Schornstein der Gutsküche für die Streikbrecher raucht?

MUTTER Es ist wirklich eine Schande.

JEGOR Die Gutsmetzgerei, die Gutsbäckerei und die Gutsmelkerei streiken natürlich nicht.

MUTTER Warum nicht? Habt ihr mit ihnen geredet?

JEGOR Das hat doch keinen Zweck. Warum sollen die streiken? Der Lohn wurde diesmal nur uns Landarbeitern abgebaut.

MUTTER Gib mir die Zeitungen noch mal her. *Sie teilt den Zeitungspacken in zwei Teile und gibt ihm nur den einen zurück.*

JEGOR Und die? Warum gibst du uns nicht alle?

MUTTER Die kommen in die Gutsmetzgerei, Gutsbäckerei und Gutsmelkerei. Da sind doch auch Arbeiter, mit denen muß man reden. Wo ein Arbeiter sitzt, ist noch nicht alles verloren.

JEGOR Mach dir keine Mühe! *Ab.*

MUTTER So zerfleischen wir uns, Arbeiter und Arbeiter, und die Ausbeuter lachen über uns.

Der Volksschauspieler Ernst Busch

Seit einigen Jahrzehnten fällt unsern Schauspielern die Darstellung asozialer (vom gesellschaftlichen Standpunkt aus negativer) Menschen leichter, und sie erregt gemeinhin größeres Interesse als die von Helden. Schauspieler und Publikum scheinen den Mephisto dem Faust vorzuziehen, den Dritten Richard dem Prospero. Und was in unserem Jahrhundert die Klassen betrifft, scheinen Publikum und Schauspieler mit dem Proletarier sehr viel weniger anfangen zu können als mit dem Bürger. Und es scheint auch keine Rolle zu spielen, ob das Publikum und die Schauspieler bürgerlich oder proletarisch sind.

Soweit ich es übersehen kann, ist Ernst Buschs Wiedergabe des Semjon Lapkin die erste große Darstellung eines klassenbewußten Proletariers auf der deutschen Bühne. Ich habe andere Schauspieler gut in solchen Rollen gesehen und den großen Volksschauspieler selbst in anderen Rollen dieser Art, aber ich sah bisher nichts von solcher Bedeutung.

Dabei ist Semjon Lapkin keine zentrale Rolle. Es mangelt der Figur ein privates Eigenleben, und selbst die politischen Situationen sind spärlich und nicht einmal besonders wichtig. Es ist das Wissen und das schauspielerische Genie, die Busch befähigen, aus dem dürftigen Material eine unvergeßliche Figur neuer Art zu machen.

Dieses Wissen betrifft nicht nur die der Bühne neue Gestalt des Proletariers, sondern es ist ein Teil von Menschenkenntnis allgemeiner Art, von Menschenkenntnis, die auch andere Klassen umfaßt. Buschs Darstellung zeigt das Besondere des Arbeiters – und dann wieder das Besondere des klassenbewußten Arbeiters – und zugleich, daß er jenes ganze Ensemble gesellschaftlicher Typen ist, von dem Marx spricht, das Ensemble, in dem alle andern Klassentypen »aufgehoben« sind. In seiner Darstellung vereinigen sich die Züge feudaler Feldherrn und bürgerlicher Ökonomen mit dem Spezifischen des modernen Proletariers. Auch in schauspielerischer Hinsicht stehen wir hier, wo wir etwas so Neues sehen, zugleich vor einem Endprodukt. Merkwürdig entwickelt finden wir etwas an der Haltung des Mark Anton in der Streikszene wieder, etwas von der Haltung des Mephisto in den Szenen mit dem Bruder Lehrer. Busch ist weit mehr als ein Spezialist für Arbeitertypen.

Aber dann, welch ein Wissen um den Klassenkampf! Semjon Lapkin führt eine Zelle von bolschewistischen Arbeitern. Busch gibt, in den wenigen Szenen, in denen er auftritt, eine detaillierte und komplette Übersicht über die jeweils verschiedene Haltung Semjon Lapkins zu seinen Mitkämpfern. Dem heißblütigen Stepan Pregonski, der im Zorn auf den brutalen Polizeikommissar vom Stuhl aufspringt und die Flugblätter vergißt, auf denen er sitzt, ruft er blitzschnell sein »Sitzenbleiben, du wirst erschossen!« mit einer schwer beschreiblichen Mischung von tarnendem Spott und meisterhafter Lässigkeit zu – und Busch vergißt nicht Lapkins eigenen Schrecken! Auf die kluge und ruhige Mascha stützt er sich. Wenn sie der Wlassowa das Lied von der Suppe zusingt, drückt seine Haltung aus, daß er dies als eine adäquate politische Aktion einschätzt – aber auch hier vergißt Busch nicht den Spaß an dem Lied und dem Gesang, den Lapkin selber empfindet. Gegenüber den schlaksigen Jungen trägt er jenes unpersönliche Moment zur Schau, das mitunter durch besonders reibungslose Zusammenarbeit entsteht. Pawel Wlassow ist ein Neuling in der Bewegung. Lapkin hilft ihm in jeder Hinsicht, studiert ihn aber noch insgeheim. Ein kurzer Blick, verständnisvoll und mißbilligend, wenn Pawel gesteht, der Mutter nichts von seinem Eintritt in die Bewegung gesagt zu haben. Und wenn Pawel, vom Kommissar angebrüllt, er solle aufstehen, trotzig sitzen bleibt, ein leises und freundliches »Steh auf«. Durch seine Haltung zu den Revolutionären hilft er, diese Figuren aufzubauen (er half dem Darsteller des Pawel sogar, diese Figur jung erscheinen zu lassen), und zugleich baut er dadurch die eigene Figur auf. Jeden Augenblick macht er sich den andern Schauspielern nützlich und zugleich benutzt er sie jeden Augenblick. Seine Vorschläge bei den Proben sind nicht von der alten Art; sie dienen nicht dazu, nur ihn ins Licht zu setzen. Es gehört zur Sache, die gezeigt werden soll, wenn er etwa vorschlägt, daß die andern Revolutionäre nach der Haussuchung warten sollen, bis er, Lapkin, die neu entstandene, gefährliche Lage durchdacht hat, wozu er sich Zeit läßt – worauf er sie zu schnellem Handeln bringt, allerdings nicht, bevor er jeden nach der Meinung befragt hat!

Lapkins Verhältnis zur Wlassowa zeichnet Busch äußerst differenziert. Ihre »ungastliche« Haltung am Beginn nimmt er mit Humor auf, jedoch keineswegs ohne Ernst. Er erkennt schnell, aber nicht sofort, daß in der beherzten Gegnerin eine beherzte Kampfgefährtin steckt. Ihr Mutterwitz und vor allem ihre Dickköpfigkeit, mit der sie seine Argumente für den Streik bekämpft, machen ihm sichtlich Spaß. Wie schön die unostentative Freundlichkeit, mit der er der Frau, die ihren kleinen von der Polizei zerschlagenen Schmalztopf vom Boden aufliest, im Vorbeigehen die Hand auf den Arm legt! Da ist auch noch die Gewißheit darin, daß sie es ihm trotz ihres so verständlichen Zorns auf die Revolutionäre, die all das über sie gebracht haben, gestattet! Er macht keinen Hehl daraus, daß er ihren Einsatz im Klassenkampf, selbst gegen den Willen der noch Unbelehrten, für berechtigt hält. Auf der Probe bestand Busch darauf, daß die Revolutionäre zu ersetzen hätten, was die Polizei zerstört hatte. Wenn sie am Abend zurückkehrten, sollten sie einen neuen Schmalztopf und frischen Bezug für das ramponierte Sofa mitbringen. Er wachte aufmerksam darüber, daß dies mit Humor, aber als etwas ganz Selbstverständliches geschah.

Lapkin bringt die Wlassowa nach der Verhaftung ihres Sohnes zu seinem Bruder, dem Lehrer. Er hat eingewilligt, sie als Haushälterin einzustellen; sie geht mit ihrem Bündel in die Küche nebenan. Lapkin sieht sich in der bürgerlichen Stube um, sein Blick bleibt auf dem Zarenbild an der Wand hängen. Etwas besorgt geht er auf seinen Bruder zu, ihm ein paar freundliche Worte zu sagen; sie sind anscheinend nicht allzu leicht auszusprechen, sie werden nur der vereinsamten Wlassowa wegen vorgebracht. Mit dieser Huldigung für die Wlassowa durch Lapkin vereint Busch die Skizzierung seiner Stellung zum Bruder: er hält ihn für einen unverbesserlichen Reaktionär. Hier hat er etwas zu lernen. Mit Grazie nimmt Lapkin später, bei seinem Besuch, den leisen Rüffel der Wlassowa entgegen, die sich gegen seine Verspottung des Lehrers wendet. Wieder legt er beruhigend der Wlassowa die Hand auf den Arm, wenn er dem Lehrer sagt: Hoffentlich hast du, als du sie lesen lehrtest, auch etwas gelernt. Er hat zur Kenntnis genommen, daß die Wlassowa Erfolg hat, wo er gescheitert war.

Aus dem Verhältnis zum Bruder, der studiert hat, gestaltet Busch den privaten Lapkin. Erheiternd und erschütternd der Blick, mit dem er Fjodor Trofimowitsch zuhört, der stille Spott in dem kampfverheerten Gesicht.

Busch geht bei der Gestaltung des revolutionären Arbeiters sparsam mit Gefühlen um. Es ist die Sparsamkeit des Mannes mit großen Ausgaben. Diese Menschlichkeit hat Klugheit, Mut und Zähigkeit zur Verfügung. Das Eminente an Buschs Kunst ist, daß er eine künstlerische Werkzeichnung abliefert. Die neuen Elemente, aus denen er die Figur baut, machen die Leistung unvergeßlich, aber sie bewirken auch, daß nur wenige Zuschauer sogleich gewahr werden, welche Bedeutung diese Leistung hat. Nicht ohne weiteres nennt ihn jeder einen großen Schauspieler – wie ja auch das Mittelalter, gewohnt an die Alchimisten, die Chemiker nicht ohne weiteres große Gelehrte nannte.

Der 1. Mai (5. Szene)

Die Sprechweise der Maidemonstration ist notiert durch die Eislersche Musik. Auch der Darsteller des Smilgin hat im Tonfall seines Textes scheinbar wenig Wahl. Jedoch zeigte Gnass, wie sowohl das Der-Musik-Folgen als auch das Der-Musik-entgegen-Sprechen einen eindringlich individuellen Ton erzeugen kann: die Figur des alten Arbeiters rundete sich schnell. Die Szene geht, ziemlich abrupt, von der Rezitation zur Pantomime über. Smilgin sinkt in die Knie und schlägt zu Boden. Mit Kunstverstand und Takt wußte Gnass dem aufwühlenden Vorgang doch noch die Sachlichkeit und das Referatmäßige der vorhergehenden Rezitation zu bewahren.

Lumpen

In der 8. Szene werden in der Gutsmetzgerei zwei Streikbrecher abgefüttert. Pilz und Lehmbrock zeichneten ein amüsantes Paar von Lumpen. Sie aßen aus einer Schüssel mit großen Löffeln, und wenn sie sich gegen die versteckten Angriffe des Gutsmetzgers verteidigten, ging gleichzeitig ein stiller, aber heftiger Kampf um die Schüssel zwischen ihnen vor sich. Sprach der eine, so zog der andere die Schüssel an sich und der Sprecher mußte sie sich zurückerobern. Der Kampf tobte mit drohenden Blicken und heftigen Bewegungen und zeigte Sieg und Niederlagen, bis beide von dem Metzger hinausgejagt wurden.

Das Geschmackliche

Es ist für den Zuschauer schwieriger, das Schöne in der Aufführung der »Mutter« zu entdecken, als in der Aufführung des »Hofmeister«. Und doch war auch hier aller Geschmack des Theaters aufgeboten worden. Aber hier gab es feine Abtönungen, dem Auge angenehm, fast nur in einer Farbe, nämlich grau. Und der Schnitt der Kostüme, der viele Mühe kostete, fiel nicht so auf, denn sie trugen das Stigma der Armut, und nur die Kunst brachte das Auserlesene hinein. Selbst die Projektionen des Hintergrundes »machten nicht so viel aus sich« wie die im »Hofmeister«, denn sie waren wohl schön wie jene, trugen aber nicht den Stempel der Schönheit, den der kolorierte Stahlstich verleiht. Zuviel des Gewohnten vorfindend, empfindet der Blick des Zuschauers etwa in der Gruppierung der Arbeiter in der Fabrikhofszene nicht leicht etwas Schönes in der Komposition. Allüberall hier muß die Kunst entdeckt werden, da sie sich in diesem Milieu noch nicht so oft gezeigt hat wie in den älteren Milieus.

Frisur und Maske der Darstellerin der Pelagea Wlassowa

Pelagea Wlassowa, die Mutter, ist eine russische Arbeiterwitwe, 42 Jahre alt, frühzeitig gealtert durch ein entbehrungsreiches Leben. Die Aufführung zeigt Stationen ihrer Entwicklung in einem Zeitraum von 12 Jahren.

An Stelle einer Perücke, die sich bei der Kopfform der Darstellerin – schmale Stirn, breiter Hinterkopf – ungünstig ausgewirkt hätte, und um das Pudern des Haares zu vermeiden, das nur schwer den richtigen Farbton ergibt und überdies das Haar verklebt, wurden drei Ansatzteile angefertigt, bestehend aus englischem Tüll, in den graumeliertes Haar eingearbeitet und speziell geknüpft war. Dieser Haartüll wurde unterhalb des Haaransatzes an Schläfen und Stirn geklebt. So erschien die Stirn niedriger, und ein zu intellektuelles Aussehen war vermieden. Das leicht gewellte Haar verlieh dem Gesicht der Darstellerin einen sanften und freundlichen Ausdruck. In den Zopf wurde eine Strähne grauen Haares eingeflochten.

Schminke wurde für die erste Hälfte des Stückes kaum verwendet. Die Augen, gut sichtbar, da sehr flachliegend, waren nur leicht nachgezogen, die Lippen schwach getönt. Auf Bakkenknochen und Stirn lag etwas Fett. Das Fett machte das Gesicht lebendig und plastisch.

Um das Altern zu verdeutlichen, wurden die grauen Ansatzteile an den Schläfen durch weiße ersetzt. Der zu Beginn starke Haarknoten verkleinerte sich, Haarausfall andeutend. Die natürlichen Stirnfalten wurden nachgezogen, rotgrau getönt. Dieser Farbton verleiht Tiefenwirkung. Auch um den Mund wurden Falten geschminkt.

Gegen Ende des Stückes ersetzte ein weißes Stirnansatzteil das graue. Die Lippen wurden so ausgeblaßt, daß sie sich der Farbe des Teints anpaßten. Unter den Augen lagen bräunlichgrau gezeichnete Schatten.

(In der sehr raschen Szenenfolge mußten die Veränderungen in wenigen Sekunden durchgeführt werden. So war es nötig, auf der Bühne eine kleine Schminkkabine einzurichten.)

Einige Probleme bei der Aufführung der »Mutter«

Das Stück war 1932 in Berlin durch eine eigens dafür zusammengestellte Gruppe von Schauspielern gespielt worden, darunter hochqualifizierte Berufsschauspieler und Laienschauspieler aus dem Proletariat. Die Dekoration war entworfen für das Wandern des Stücks durch Theater und Säle, und sie hatte billig sein müssen. Das historische russische Milieu war beinahe als Verkleidung für die Darstellung deutscher Verhältnisse zur Beeinflussung deutscher Verhältnisse benutzt. Die Form der Aussage war direkt, kurz, zum Punkt, agitatorisch. Die Aufführung enthielt Züge des Agitproptheaters dieser Zeit, die pointierten Situationsskizzen, die ins Publikum gesungenen Lieder und Chöre, die Dramaturgie des roten Fadens, der Szenen und Gesänge lose verknüpfte. Jedoch zeigte dieses Stück und seine Aufführung, was Agitproptheater nicht tat, wirkliche Menschen mit einer Entwicklung, eine durchgehende echte Fabel. Die Züge des Agitproptheaters waren verwoben mit legitimen Formen des klassischen deutschen Theaters (des jungen Schillers, Lenz, Goethe und Büchners). Das Modell der Aufführung, bruchstückhaft erhalten in einigen Photographien, wurde 1950 von Ruth Berlau vom Berliner Ensemble zu ihrer Inszenierung des Stücks in Leipzig benutzt. Das Berliner Ensemble benutzte zur Neuaufführung in Berlin viele Elemente dieser Aufführung, verlieh jedoch dem Ganzen ein völlig neues Gesicht.

Das Stück wurde als Historie gegeben. Für Kostüm und Milieu wurde sorgfältiges Studium verwendet. Bauweise und Projektionen verhalfen zu größerer Anschaulichkeit. Zugleich wurde die Zeichnung der Charaktere verfeinert und das Arrangement mit neuen Details ausgestattet. Auf diese Weise trugen noch Züge des Agitproptheaters eigentlich nur die Chöre, die direkt Reflexionen und Impulse auslösen.

ZU »DIE RUNDKÖPFE UND DIE SPITZKÖPFE« (Band 4)

[Stichpunkte für den Zeichner]

1
Zwei Rundköpfe, Zeitungen lesend. Der Vizekönig von Jahoo und sein Ratgeber erfahren aus der Presse, daß ihr Land bankrott ist. (Champagnerflaschen, Zigarren.)

Der Vizekönig empfängt den Rassentheoretiker Iberin. Der Staatsrat stellt ihn ihm vor.

»Ich hör, Sie haben da den Grund entdeckt
Für ein paar Übelstände in unsrer Wirtschaft. Stimmt das?«

Der Vizekönig entdeckt in seinem eigenen Arbeitszimmer das Zeichen der aufständischen Sichel. (Eskahler verbirgt die Kreide hinter dem Rücken.)

2
Der reiche tschichische Pachtherr de Guzman wird durch die Tochter eines seiner Pächter als Tschiche denunziert.

(Die drei Huas, das Mädchen, ein Tschiche, de Guzman, drei andere reiche Pachtherren.)

»Ein Tschich!«

3
Der tschuchische Pächter Callas gibt seinen tschichischen Klassengenossen Lopez den Iberinbanden preis.

(Zerfallene Hütte, offenes Tor, die zwei Familien, der Spitzkopf Lopez mit Gewehr, Callas ohne Gewehr – es liegt am Boden, oder die Frau steckt es weg.)

»Durch unsre Not bisher vereint
Sind wir durch unsres Kopfes Form uns nunmehr feind.«

4
Angelo Iberin verurteilt den Tschichen de Guzman wegen Mißbrauchs seiner Macht zum Tode.

(Anklagebank Richterstuhl – sehr hoch –)

»Seht ihn jetzt stehn mit seinem spitzen Kopf
Ertappt auf niederm Mißbrauch seiner Macht.«

Tschuchische Pachtherren geben ihren tschichischen Klassengenossen den Iberinbanden preis.

(geschildert im Brief)

»... Ihr Herren
Ihr müßt mir beistehn heut –«

5

Anwalt und Oberin verhandeln über den Eintritt der jungen Isabella de Guzman in das Kloster.

6

Der tschuchische Pächter Callas führt die erbeuteten Gäule vor.

»Warum nicht, sage ich, und treibe die Gäule weg.«

7

Angelo Iberin verurteilt, durch den günstigen Fortgang der Schlacht ermutigt, den Pächter Callas zur Rückgabe der Pferde.

»Herr, so soll ich die Gäule nicht bekommen?«

»Nein!«

8

Isabella de Guzman flieht vor den Zumutungen ihres verhafteten Bruders.

»O Bruder, nur die Not macht dich so schlecht!«

»So knapp vorm Tod ist keiner mehr gerecht.«

Das Geläute der Siegesglocken ist noch nicht verhallt, als der Pächter Callas seine Tochter wieder in dem öffentlichen Haus der Frau Cornamontis abliefert.

»Ach, Frau Cornamontis, der Lauf der Welt ist sonderbar.«

9

Das Pachtfräulein unterweist die Pächterstochter in den drei Haupttugenden.

10

Als die Anwälte eben nach einem Mann suchen, der für den Pachtherrn zum Galgen gehen könnte, taucht der Pächter Callas auf und bittet um Stundung der Pacht.

»Herr de Guzman! Herr de Guzman, hier ist Ihr Pächter Callas!«

Der Todeskandidat de Guzman feilscht mit dem Pächter Callas um den Preis, zu dem dieser für ihn einspringen soll.

»Dort kämpft der Pachtherr mit dem Knechte.
Recht hat der eine und der andere Rechte.«

II

Der Vizekönig zeigt Herrn Iberin, daß er anstatt des reichen Tschichen beinahe den armen Tschuchen hingerichtet hätte.

»Herr Iberin, gestatte, daß ich dir
Die Fische zeige, die im Netz sich fingen.«

Schlußbild:

Requisitenmöbel für die »Rundköpfe«

Der Richtertisch im Palais des Vizekönigs müßte erkennbar der gleiche Tisch sein, an dem am Schluß die Sieger speisen.

Im Kloster steht, als einziges Möbel, ein kleiner Schrank mit einem Altarbild auf der Tür. Er erweist sich als Geldschrank, wenn die Priorin die Grundbücher der de Guzmanschen Güter einschließt.

»Die Rundköpfe und die Spitzköpfe«

Das Stück »Die Rundköpfe und die Spitzköpfe« ist eine neue dichterische Bearbeitung der altitalienischen Fabel, die Shakespeare in seinem Stück »Maß für Maß« benutzte. »Maß für Maß« gilt für viele als das philosophischste aller Shakespearischen Werke, es ist zweifellos sein fortschrittlichstes. Es verlangt von den Hochgestellten, daß sie nicht nach anderem Maße messen, als sie selbst gemessen sein wollen. Und es zeigt, daß sie nicht von ihren Untertanen eine moralische Haltung verlangen dürfen, die sie selber nicht einnehmen. Das Stück »Die Rundköpfe und die Spitzköpfe« vertritt nach Möglichkeit für unsere Zeit den gleichen fortschrittlichen Standpunkt, den der große Dichter des Humanismus für die seine vertreten hat.

[Zur Kopenhagener Aufführung]

Das Land Jahoo, bewohnt von Pächtern und Pachtherrn, steht, infolge einer Krise auf dem Getreidemarkt, vor einem Aufstand der Pächter, die sich zu einem Bund »Die Sichel« zusammengeschlossen haben. Ein gewisser Iberin schlägt dem Vizekönig, der selber ein Pachtherr ist, vor, die Pächter in Verwirrung zu bringen durch eine neue Einteilung der Bevölkerung in Rund- und Spitzköpfe und die Verfolgung der Spitzköpfe, die als Feinde Jahoos bezeichnet werden sollen. Der Vizekönig übergibt Herrn Iberin die Macht. Die Parabel entwickelt sich nun folgendermaßen. Der rundköpfige Pächter Callas erfährt, daß in einem Schauprozeß des Iberin sein spitzköpfiger Pachtherr zum Tod verurteilt wurde, weil dieser die rundköpfige Tochter seines Pächters verführt hat. Auf diese Nachricht hin verläßt er die Sichel und nimmt sich zwei Gäule seines Pachtherrn, die er zum Ackern braucht. Das Gut des Pachtherrn ist jedoch inzwischen von dem Kloster San Barabas pro forma übernommen worden, und in einem Prozeß, den das Kloster anstrengt und den Herr Iberin ebenfalls als Schauprozeß führt, wird der Pächter gezwungen, die Gäule wieder zurückzuerstatten. Dieses Urteil wird Herrn Iberin ermöglicht dadurch, daß die gesprengte Sichel nunmehr geschlagen wurde. Der Pächter, um wenigstens Pachterlaß zu erlangen, erklärt sich zu dem Risiko bereit, für seinen Pachtherrn, zu dessen Rettung schon Schritte unternommen sind, zum Galgen zu gehen. Ebenso erklärt sich seine Tochter bereit, für Geld anstelle der Schwester des Pachtherrn sich einem hohen Beamten des Iberin hinzugeben. An der Spitze der siegreichen Truppen kehrt der Vizekönig zurück. Da die Pächter sich weigern würden, Pacht zu zahlen, wenn ein Pachtherr gehängt würde, gibt der Vizekönig den Pachtherrn frei. Den desillusionierten Pächter schickt er auf seinen Acker zurück, stellt ihm aber in Aussicht, daß er ihn bald wieder holen wird, und zwar für einen großen Krieg, den er gegen ein Nachbarvolk mit viereckigen Köpfen plant.

Das Stück wurde mit den Mitteln von Brechts epischem Theater aufgeführt. Szenenbilder von S. Johansen. Masken von H. Horter. Merkwürdige schauspielerische Leistungen von Anderson als Iberin und Langberg als Pächter Callas und eine amüsante Darstellung der Tochter des Pächters durch Lulu Ziegler.

Die Parabelform ermöglichte es, der in Dänemark bestehenden Zensur zu Trotz, ein antinazistisches Stück in einem kleinen Land aufzuführen, das an Deutschland angrenzt und lebenswichtige Handelsbeziehungen zu Deutschland unterhält. Die bürgerliche Kritik griff jedoch das Stück heftig an und drohte es nach einer Woche vom Spielplan zu werfen. Die lokalen Faschisten verteilten Flugblätter vor dem Theater, und es gab auch Versuche, das Justizministerium gegen das Stück zu mobilisieren. Diese Versuche führten, zusammen mit dem wachsenden Interesse des Publikums, zu dem Ziel, daß das Stück trotz der feindseligen Presse weitergespielt werden kann.

[Charakterisierungen der Figuren]

Nanna Callas hat bei aller Frische und Hübschheit die Abgebrühtheit, die das Leben im Haus der Frau Cornamontis verleiht. Sie ist eine gute Realistin und in ihrem Denken und ihrem Reagieren sehr einfach. Ihrem Pachtherrn gegenüber benimmt sie sich (2) zunächst nett und bescheiden. Enttäuscht, wird sie patzig (zum Beispiel, wenn sie über den Eintritt der Isabella ins Kloster spricht). Es muß nicht ganz klar werden, ob sie den de Guzman wissentlich den Huas denunziert oder unwissentlich. Wahrscheinlich versucht sie lediglich, ihn ein wenig zu erpressen, und ist dann selber, als es mißglückt, betroffen. Sie ist weit entfernt davon, sich »rächen« zu wollen, dazu ist sie viel zu praktisch. Den Satz: »Er hat nicht bezahlen wollen«, sagte sie eher unwillig über sich selber als über ihn; sie verteidigt sich damit nur. Den weiteren Verlauf des Falles (4) mit ausgesprochenem Mißvergnügen. Wenn sie patzig ist, ist sie es höchstens gegen das Gericht, niemals gegen ihre Arbeitgeberin, mit der sie unter allen Umständen im besten Einvernehmen bleiben will. Den großen Sprüchen des Statthalters gegenüber zeigt sie völlige Indifferenz. Sie glaubt ihm wohl kein Wort. Am schlimmsten für sie ist, daß ihr Vater sich in die Sache mengt. Sie hat von ihm keine große Meinung. Zunächst versteckt sie sich so gut wie möglich vor ihm. Wenn er sie begrüßt, ist sie sichtlich wenig erfreut. Sie ist dann angenehm überrascht und erleichtert, wenn er, nur seine Pacht im Kopf, auf die Sentimentalitäten des Iberin nicht eingeht. Wenn man sie auf den Schultern hinausträgt, sagte sie nur unfreundlich: »Nanana, zerreißt mir wenigstens nicht die Strümpfe.« Alle ihre Reaktionen sind natürlich und naiv.

Der Pächter Callas ist ein abgearbeiteter Mann, der es nicht leicht hat. Nur zögernd willigt er (3) ein, dem Pächter Perez zur Sichel zu folgen. Seinen Umfall vollzieht er in großer Verlegenheit. Die dummen Sätze seiner Frau, die sowohl dümmer als auch verräterischer ist als er, hört er mit Unwillen. Er selber versucht, was er immer versuchen wird, was hier aber fast unmöglich ist: einen guten Eindruck zu machen. Erst wenn der Pächter Perez seine Sonderlage nicht verstehen will, wird er etwas ungeduldig im Ton. Vor Gericht (4) sonnt er sich im Beifall der Menge, die für ihn greifbarer ist als der Statthalter. Die Masse hinter ihm macht ihn selbstbewußt. Dem Statthalter begegnet er mit dumm-dreister, aber liebenswürdiger Vertraulichkeit. Wenn er als Hauptpunkt der Anklage Pachtwucher anführt, so gibt er ihm ein juristisches Stichwort. Er hilft ihm sozusagen drauf, daß die Menge von ihm hauptsächlich Pachterlaß für den Pächter Callas haben will. Nur sein wirkliches Interesse schützt ihn davor, einzugehen auf die Sentimentalitäten des Statthalters, auf die er sonst seinem ganzen Charakter nach ohne weiteres eingehen würde. Es würde ihm durchaus liegen, als beleidigter Vater dazustehen, dabei käme jedoch für ihn, wie er dumpf ahnt, kaum ein Pachterlaß heraus, worauf alles ankommt. Frau Cornamontis gegenüber, von der seine Tochter abhängt, bleibt er immer unsicher, wenn er auch ihr gegenüber gelegentlich, von seiner neuen Bedeutung erfüllt, einige herausfordernde Töne anschlägt, so ist es nur, weil er unsicher bleibt.

Der Pachtherr de Guzman ist einigermaßen unangenehm berührt, wenn er (2) von Nanna Callas auf der Straße angesprochen wird. Wenn sie ihn dann anlächelt und ihm verlegen-heiter sagt, daß ihr Vater wieder einmal die Pacht nicht bezahlen kann, ist er aufs neue von ihrem Charme eingenommen und einem Abenteuer nicht abgeneigt. Es darf jedoch nicht zuviel kosten. Seine Festnahme überrascht ihn dann so, daß er völlig die Haltung verliert. Immerhin wehrt er sich, so gut er kann, dagegen, daß man ihn anrührt: er ist das nicht gewohnt. Vor dem Richter (4) ist er zuerst ziemlich überlegen. Seine aufkeimende Furcht zeigt er jedoch, wenn er dem Richter zuraunt, man möge ihn in Schutzhaft nehmen. Den Statthalter versteht er überhaupt nicht. Er sagt nur, was sein Anwalt ihm souffliert. Verurteilt, seine Klassengenossen um Beistand anflehend, ist er bereits ein Bild des Jammers.

Angelo Iberin ist ein schöner Mann mit einem gepflegten Bart und etwas verlebten Gesicht. Als Demagoge (4) ist er ein bewußter Virtuose, er spielt auf der Menge wie auf einer Geige. Er spricht sehr leise mit penetranter Sicherheit. Seine idealistischen Spekulationen spricht er wie zu sich, träumerisch an einem Pfeiler lehnend, nach oben. Er tut ständig, als verachte er den Beifall der Masse. Im Palais des Vizekönigs (1) ist er so servil, wie er sich einen Mann von Welt in solcher Umgebung vorstellt.

Anmerkung zu »Die Spitzköpfe und die Rundköpfe«
Beschreibung der Kopenhagener Uraufführung

Allgemeines
Die Kopenhagener Uraufführung fand unter der Leitung von Per Knutzon am 4. November 1936 im Theater »Riddersalen« statt. Im Theater kann geraucht und gegessen werden; es umfaßt 220 Plätze. Die Bühne ist 7 m breit, 8 m tief, 10 m hoch.

Besonderheiten der Parabelform
Das Stück, der Parabeltypus einer nichtaristotelischen Dramatik, erforderte von Bühnenbau und Spielweise einen weitgehenden Verzicht auf Illusionswirkungen. Die Vorbereitungen, die getroffen waren, das Gleichnis zur Wirkung zu bringen, mußten eingesehen werden können. Das Spiel mußte es dem Zuschauer ermöglichen und nahelegen, zu abstrahieren. Bei der Rede des Missena (am Schluß) wurde an Drähten vom Schnür-

boden ein großes Kanonenrohr über den Eßtisch heruntergelassen. Der Pächter Callas kam (in 10) ins Gefängnis durch den ganzen Zuschauerraum, seine Geschichte noch einmal den Zuschauern erzählend. Kleine Änderungen mit Parabelwirkung waren, daß den Zivilprozeß (in 7) Missena selber führte, anstatt des Richters, und daß (in 3) die Rede des Iberin die Pächterfamilie trennte. (Die Stimme von außen fuhr nach den Worten »das Ruder ergriffen hat« fort mit »und für uns ist das Wichtigste, daß unser Pachtherr bereits verhaftet ist«. Nach dem Satz »Die Zeiten des Elends, Kinder, haben ein Ende« kommt die Rede, während der sich die Familien trennen, und danach geht es weiter mit dem Satz der Frau Callas »Leider sind das für euch keine guten Nachrichten, da ihr Tschichen seid. Auch Herr de Guzman ist verhaftet worden, weil er Tschiche ist«. Der Auftritt der andern Pächter fiel aus.)

Aufbau der Rollen (Induktive Methode)

Der Rollenaufbau erfolgte nach gesellschaftlichen Gesichtspunkten. Die von den Schauspielern gezeigten Verhaltungsweisen hatten durchsichtige Motivierungen aus dem historisch-gesellschaftlichen Bereich. Nicht das »ewig Menschliche« sollte in Erscheinung treten, nicht was angeblich alle Menschen zu aller Zeit tun, sondern das, was in unserer Zeit zum Unterschied zu andern Zeiten, Menschen bestimmter gesellschaftlicher Schichten zum Unterschied zu andern Schichten tun. Die Schauspieler, gewohnt, sich hauptsächlich der Einfühlung des Zuschauers zu versichern, und deshalb sich seiner nächstliegenden Emotionen bedienend, fassen fast immer ganze Satzfolgen zusammen und geben ihnen einen einzigen Ausdruck. Bei einer Dramatik wie der vorliegenden ist es jedoch unerläßlich, Satz für Satz auf seinen gesellschaftlichen Gestus zu prüfen. Die Einheitlichkeit der Figuren wird keineswegs zerstört durch eine genaue Wiedergabe ihres widersprüchlichen Verhaltens; nur in ihrer Entwicklung werden sie wirklich lebendig. Die Nanna Callas z. B. gibt (in 6) deutlich zu erkennen, daß sie den Fall ihres Vaters für aussichtslos hält, dennoch kämpft sie (in 7) mit all ihrem Charme gegenüber dem Richter wie eine Tigerin um die Gäule. Sie macht Frau Cornamontis gegenüber (in 8) kein Hehl aus ihrer Meinung, daß ihr Vater ein Esel ist, aber sie ist gleich darauf gerührt und dankbar, wenn sie ihm Lebewohl sagt. Die Figur des führenden Huas wurde durch eine präzise Durcharbeitung jedes einzelnen Satzes, ein induktives Vorgehen von Satz zu Satz, zu einer Hauptfigur. In einem einzigen Ausruf »Heil Iberin!« brachte er in der Szene, wo sich Iberin (in 4) unter die Menge begibt (»Ihr aber seht, wie schwer es ist...«), seine Gläubigkeit zum Ausdruck. Und in wenigen Sätzen machte er es (in 6) fühlbar, daß sein Haß gegen den Pachtherrn und sein Verständnis für den Pächter aus ein und derselben Quelle stammen. Der bürgerliche Zuschauer würde vermutlich auch bei dem größten Reichtum gesellschaftlich wichtiger Aussagen die Charakteristik der Figuren für primitiv erklären, da dieselben nicht die konventionellen Emotionen auslösen; ohne differenzierte Arbeit des Schauspielers tut er dies aber mit Recht. Die Aufgabe des Schauspielers ist noch dadurch erschwert, daß er mehr als nur eine Aufgabe hat. So erfordert die Rolle der Nanna Callas nicht nur, daß die Schauspielerin, wenn Nanna allein oder unter ihresgleichen ist, ein vernünftiges und ungekünsteltes Wesen, sonst aber das professionelle Gehabe der Prostituierten zeigt; aber die Schauspielerin muß auch noch, sozusagen im Auftrag des Stückeschreibers, bestimmte Erläuterungen direkt an den Zuschauer richten (11). Auch die Stellungnahme zum Ganzen wirft aber Licht auf die Figur. Sie muß von der Figur aus erfolgen.

Der Pächter Callas wurde als ein abgearbeiteter Mann dargestellt, der (in 3) seinen Abfall in großer Verlegenheit vollzieht. Die dummen Sätze seiner Frau, die sowohl dümmer als auch verräterischer ist als er, hört er mit Unwillen. Erst als der Pächter Lopez seine (des Callas) Sonderlage nicht verstehen will, wird er etwas ungeduldiger. Sein Unverständnis den idealistischen Phrasen des Iberin gegenüber (in 6) macht ihn sympathisch, sein Zögern, auf die Ehre seiner Tochter einzugehen, hat gute Gründe, später (in 6), wenn er die Gäule zu haben glaubt, ist er durchaus bereit, die Ehre seiner Tochter zu verteidigen. Jedoch zeigt er schon hier in der ersten Gerichtsszene deutlich den entscheidenden Mangel an realistischer Denkweise, die ihn einen Rechtsspruch dem Kampf mit der Waffe vorziehen läßt. Dabei weiß er, wieviel er dem Kampf der Sichel zu verdanken hat; in seinem betrunkenen Toast auf Lopez (in 6) zeigt sich das. So vollständig der Darsteller aber diesen Pächter, seines verräterischen Opportunismus wegen, der Mißbilligung, ja der Verachtung preisgab, wußte er ihm doch die Sympathie zu erhalten, die dem betrogenen Pächter zukommt; immer blieben verächtlicher, die ihn erledigten, und im Augenblick, wo er geschlagen wird (in 7), teilt er wieder das Schicksal seiner Klasse, obwohl sie mehr durch ihn als durch ihre Feinde zu Fall kommt, und gewinnt so von dem Zorn und der Verzweiflung, die ihre Niederlage auslösen muß.

Der Vizekönig, durch Sprechweise und Kleidung als Pachtherr gekennzeichnet, läßt sich nicht ohne Koketterie (in 1) von seinem Ratgeber als unerfahren in geschäftlichen und uninteressiert in wirtschaftlichen Dingen behandeln; er bevorzugt eine unparteiische Zuschauerhaltung. Nachdem er seine Entscheidung betreffend Iberin beim Billardspiel getroffen hat (nach dem Satz »Sag schon: Iberin« fegt er die restlichen Zeitungen vom Arbeitstisch und beginnt Billard zu spielen), geht er ab ins Parkett und kehrt auch (in 11) von dort zurück, und er könnte die ganze Vorführung des Iberinexperimentes vom Parkett aus beobachten. Er könnte in diesem Fall (nach dem 8. Bild) eine kleine Ansprache vom Parkett aus halten:

Wohl schon vergessen hier in meiner Stadt
Beginne ich an Rückkehr jetzt zu denken
Ich darf schon hoffen, sie wird unbemerkt sein.
Dies Läuten da beweist, ich hab gesiegt.
Noch tret ich nicht hervor, doch weiß ich: bald
Sitz wieder ich zu Tisch, sonst wird das Essen kalt.
Die trübe Zeit ist, denk ich, nun verbracht
Und der neue Mond hält den alten im Arme die letzte Nacht.

Jedenfalls wäre es für den Darsteller gut, sich während der Proben in den Zuschauerraum zu setzen und zu den Vorgängen als Vizekönig Stellung zu nehmen. Um dem Vizekönig in dem letzten Bild, wo er sich als Meister der Verwischung zeigt, die volle Überlegenheit des deus ex machina zu nehmen, wurde er als Alkoholiker dargestellt.

Angelo Iberin wurde mit keiner äußeren Hitlerähnlichkeit ausgestattet. Schon die Tatsache, daß er in gewisser Weise ein sehr idealisiertes Abbild eines Rassepropheten ist (was für die Parabel ausreicht), verbot dies auch dort, wo es die Polizei nicht verboten hätte. Jedoch wurden einige Gesten, teilweise nach photographischem Material, verwendet. So sind die beiden Verbeugungen vor dem Vizekönig (in 1 und 11) ohne Einsicht in solches Material kaum zu bringen. Das Weinen des Iberin, der (in 11) ein großes Taschentuch herauszog, als ihm die Rückkehr des Vizekönigs angezeigt wurde, erschien vielen als allzu naive Darstellung, es ist jedoch ein charakteristischer und verbürgter Zug solcher Figuren, ebenso die demagogische Verwertung der Erschöpfung nach den großen Reden. Iberins Behandlung des Mikrophons (in 7) erlangte sogleich eine gewisse Berühmtheit, der Schauspieler zeigte die beinahe erotische Beziehung des Iberin zu diesem Instrument.

Die Kellnerin Nanna Callas wurde als ein Typus gezeichnet, der infolge doppelter Ausbeutung (als Kellnerin und Prostituierte) eine noch unentwickeltere politische Haltung als der Pächter zeigt. Ihre Einstellung ist nur scheinbar realistischer, sie ist in der Tat hoffnungslos. Die Darstellerin brachte das besonders deutlich im »Lied vom Wasserrad« zum Ausdruck, aber auch sonst an vielen Stellen.

Einflußnahme auf den Zuschauer
(bei induktivem Rollenaufbau)

Ein weitgehender Verzicht auf die Einfühlung des Zuschauers bedeutet nicht den Verzicht auf seine Beeinflussung. Die Darstellung des Verhaltens der Menschen vom gesellschaftlichen Standpunkt aus soll ja gerade das gesellschaftliche Verhalten des Zuschauers eingreifend beeinflussen. Solche Eingriffe lösen unvermeidlich gefühlsmäßige Wirkungen aus; sie sind beabsichtigt und müssen kontrolliert werden. Eine Gestaltung, die auf Einfühlung mehr oder weniger verzichtet, braucht keineswegs eine »gefühllose« Gestaltung zu sein oder eine Gestaltung, welche die Gefühle des Zuschauers außer acht läßt. Sie muß aber den Emotionen des Zuschauers kritisch gegenüberstehen, genau wie seinen Vorstellungen. Emotionen, Instinkte, Triebe werden meist als tieferliegend, ewiger, von der Gesellschaft weniger beeinflußbar hingestellt als Vorstellungen, sie sind es jedoch keineswegs. Die Emotionen sind weder allen Menschen gemein, noch unveränderbar, die Instinkte weder unfehlbar, noch unabhängig vom Verstand, die Triebe weder unbeherrschbar, noch unerzeugbar usw. Vor allem aber muß der Schauspieler berücksichtigen, daß kein wertvolles Gefühl geschwächt wird, wenn es ins klare und kritische Bewußtsein gehoben wird. Das Nach-und-nach, mit dem sich die Figur entfaltet, immer mehr Verbindungen mit andern Figuren eingehend, in immer neuen Lagen sich bestätigend oder entwickelnd, erzwingt beim Zuhörer eine reiche, mitunter komplizierte Gefühlskurve, ein Ineinanderübergehen und selbst einen Kampf der Gefühle.

Verfremdung

Bestimmte Vorgänge des Stückes sollten – durch Inschriften, Geräusch- oder Musikkulissen und die Spielweise der Schauspieler – als in sich geschlossene Szenen aus dem Bezirk des Alltäglichen, Selbstverständlichen, Erwarteten gehoben (verfremdet) werden. Solche Vorgänge sind:

im ersten Bild:

aus der Zeitung erfährt der Vizekönig von Jahoo, daß sein Land bankrott ist;

der Vizekönig erfährt bei einer Partie Billard, daß nach dem Rassepropheten Iberin nicht er und die andern Pachtherren am Elend der Pächter schuld sind, sondern Menschen mit Spitzköpfen;

der Vizekönig empfängt und beschaut sich den Rassepropheten Iberin;

im zweiten Bild:

die Kleinbürger erfahren aus der Zeitung, daß sie einen neuen Herrscher haben;

die Bordellwirtin Cornamontis, welche als erste die Iberinfahne hißt, kündigt an, daß sie in Zukunft keine Tschichin mehr in ihrem Etablissement beschäftigen wird;

die Konkurrenzkämpfe des Kleinhandels gehen über in Pogrome;

ein spitzköpfiger Lebensmittelhändler wird bedroht, weil er die Iberinfahne nicht hißt; aber als er sie hißt, wird er verhaftet;

Nanna Callas weiß für die Schwester ihres Pachtherrn einen anderen Ausweg als das Keuschheitsgelübde des Klosters;

Nanna Callas denunziert ihren Pachtherrn und einstigen Liebhaber den Huas als Spitzkopf;

im dritten Bild:
Iberins Botschaft, die die Rundköpfe zum Kampf gegen die Spitzköpfe aufruft, trennt zwei Pächter, die gemeinsam gegen ihre Pachtherren kämpfen wollten;
die Frau des Pächters Lopez nimmt das Gewehr auf, das der Pächter Callas wegstellt;
der Pächter Callas verweigert der spitzköpfigen Familie des Pächters Lopez das Obdach;
im vierten Bild:
die Huas würfeln um die Ringe des gefangenen Pachtherrn;
Volk und Richter streiten, ob der Pachtherr oder die Kellnerin auf die Anklagebank soll;
Iberin weist den Richter an, nicht nach den Akten, sondern nach den Meldungen vom Stand des Bürgerkriegs sein Urteil zu fällen;
der Pächter Callas klagt seinen Pachtherrn nicht der Verführung seiner Tochter, sondern des Pachtwuchers an;
Iberin verurteilt Herrn de Guzman nicht als Pachtherrn, sondern als Spitzkopf und nicht wegen Pachtwucher, sondern wegen Rasseschändung;
rundköpfige Pachtherren geben ihren spitzköpfigen Klassengenossen den Iberinbanden preis;
im fünften Bild:
der Anwalt zweifelt, ob die Pachten groß genug sind, daß die Pachtherrnschwester ihren Lieblingswunsch, ins Kloster zu gehen, erfüllen kann;
das Kloster San Barabas zeigt sich bereit, die Güter des Spitzkopfs de Guzman in Obhut zu nehmen, verweigert aber seiner Schwester das Obdach;
im sechsten Bild:
der Pächter Callas deutet einen Ausspruch des Iberin über die Unwichtigkeit des Besitzes so, daß er die Gäule nehmen darf, die er zum Ackern benötigt;
Callas, im vermeintlichen Besitz der Gäule, weist das Ansinnen der Familie de Guzman, die Ehre seiner Tochter preiszugeben, zurück;
Nanna beklagt sich darüber, daß sie durch die Ehrung des Iberin ihre Kundschaft verloren hat;
Pachtherren, von Iberinsoldaten verprügelt, werden von ei-

nem hohen Beamten darüber belehrt, daß man seinen Leibwächter bezahlen muß;

im siebenten Bild:

Iberin macht es vom Ausgang des Bürgerkriegs abhängig, ob er dem Pächter die Pferde des Tschichen zusprechen will oder nicht;

die Oberin des Klosters, das die Gäule des Spitzkopfs einklagt, zeigt dem Callas, daß auch ihr Kopf rund ist;

der Pächter Parr gibt als Grund dafür, daß er sich die Gäule genommen hat, an, daß er sie zum Ackern braucht. Der Pächter Callas beschimpft ihn deswegen;

der Pächter Callas, dem die Gäule abgesprochen sind, will nun zur Sichel gehen. Er erfährt, daß sie besiegt ist;

im achten Bild:

der Pächter Callas, außerstande, seine Tochter zu ernähren, liefert sie ins Bordell zurück;

der Pächter Callas erkennt, daß Iberin mit der Sichel auch ihn besiegt hat;

der Pachtherr de Guzman verlangt von seiner Schwester, daß sie sich seinem Kerkermeister hingibt. Seine Anwälte verstehen seinen Kleinmut nicht;

Nanna Callas erklärt sich als an dem Todesurteil über den Pachtherrn ihres Vaters nicht interessiert;

im neunten Bild:

das Pachtfräulein erfährt, daß auch sie geeignet ist, sich zu prostituieren. Das einzige, was gegen ihre Hingabe spricht, ist ihre Wohlhabenheit;

Nanna Callas ist gegen Bezahlung bereit, sich zu prostituieren, um den Pachtherrn zu retten, der zum Tode verurteilt worden ist, weil er sie prostituiert hat;

im zehnten Bild:

im Angesicht des Todes streiten Pachtherr und Pächter noch um die Pacht;

der rundköpfige Pächter Callas geht gegen Pachterlaß das Risiko ein, sich für seinen spitzköpfigen Pachtherrn hängen zu lassen;

im elften Bild:

Iberin, um sich an der Macht zu halten, erklärt sich bereit, seine Lehre von Rund- und Spitzkopf zu kassieren;

der Vizekönig zeigt Herrn Iberin, welche Fische sich in seinem Netz fingen;

der Vizekönig erklärt, daß er den Pächter braucht, weil ein großer Krieg gegen ein Nachbarvolk mit eckigen Köpfen bevorstehe;

der Pächter Callas weist die Suppe des Vizekönigs angesichts der Exekution der Sichelleute zurück;

am Galgen des Vizekönigs hängen und an seinem Tisch speisen Rund- und Spitzköpfe.

Beispiele von Verfremdung in der Kopenhagener Aufführung

Nanna Callas, ihr Auftrittslied (in 2) singend, trat unter die Straßenembleme des Kleinhandels *(siehe »Bühnenbau und Masken«)*, eine Ware unter Waren, und winkte vor der dritten Strophe den Zuschauern mit mechanischem, sogleich wieder abfallendem Prostituiertenlächeln zu.

Vor dem fünften Bild trat aus dem Nehervorhang eine junge Nonne mit einem Grammophonapparat und setzte sich auf eine kleine Treppe. Die Orgelmusik der Platte begleitete den ersten, frommen Teil des Bildes (bis zu dem Satz »Was bringt das Fräulein mit?«). Danach stand die Nonne auf und ging mit dem Grammophon zurück.

Das achte Bild (Gasse der Altstadt) enthält in dem Treffen der Geschwister de Guzman die Nachbildung einer Szene des elisabethanischen Theaters, nämlich die Unterredung des Claudio mit der Isabella in Shakespeares »Maß für Maß«. Die Szene muß mit vollem Ernst in dem gehobenen und leidenschaftlichen Stil des elisabethanischen Theaters gespielt werden. Die Kopenhagener Uraufführung verfremdete diesen Stil dadurch, daß sie in dieser Szene es regnen ließ und alle Auftretenden mit Regenschirmen ausstattete. Damit war die gehobene Spielweise artistisch verfremdet. Jedoch war noch nicht erreicht, daß der Zuschauer, der auf das Unzeitgemäße solchen Verhaltens hingewiesen war, auch noch merkte, daß die gehobene Ausdrucksweise verknüpft ist mit den individuellen Problemen der Oberklasse. Dies könnte erreicht werden z. B. dadurch, daß sich der Inspektor und der Hua, die den Gefangenen führten, besonders gleichgültig oder sogar belustigt, vielleicht aber auch bewundernd zu dem Vorgang verhielten.

Zu den Ausstellungen historischer Szenenformen gehört auch das neunte Bild im Kaffeehaus der Frau Cornamontis, welches Elemente des französischen Konversationsstückes im ausgehenden 18. Jahrhundert enthält. In diesem Bild war die Isabella vollständig weiß geschminkt.

Bühnenbau und Masken

Die Grunddekoration bestand aus vier elfenbeinfarbenen, horizontal leicht gebogenen Schirmen, die in jeweils verschiedener Anordnung aufgestellt werden konnten. Die Lampen wurden, soweit sie beweglich waren, gezeigt. Die zwei Klaviere waren, wenn sie arbeiteten, beleuchtet; ihr Mechanismus war offengelegt. Die Verwandlung erfolgte hinter einem kleinen Nehervorhang, der einige Einsicht gewährte, jedoch Zwischenspiele ermöglichte.

Die Dekoration wurde während der Probenarbeit aufgebaut und ergänzt.

Es wurden verwendet:

erstes Bild: ein kleiner Stuhl für den Vizekönig; ein mit Zeitungen bedeckter Billardtisch; eine Landkarte auf einem Holzständer; eine zerbrochene Lampe mit nur einer brennenden Birne; ein Hutständer für Hut und Stock des Vizekönigs; ein Türstock mit einer Tür, darauf ein kleines Emblem, eine Hyäne mit einem Zepter; ein Holzstuhl für den vor der Tür wartenden Iberin;

zweites Bild: zwei rohe hölzerne Fensterrahmen für Callamassi und Nanna; ein Schild »Zum Tabakladen Palmosa«; eine rote Laterne mit der Inschrift »Café Paradiso«; ein Strohstuhl für Frau Cornamontis; ein Türstock zum Café; zwei gemalte zweimetergroße vierstöckige Häuser mit kleinen Viktualienläden; 6 Ladenembleme zur Andeutung kleiner Geschäfte, an Drähten hängend (nach Gorelik); eine goldene Bäckerbrezel, ein silberner Zylinderhut, eine schwarze Zigarre, ein goldenes Barbierbecken, ein roter Kinderstiefel, ein roter Handschuh. Diese Embleme des Kleinhandels wurden heruntergelassen, wenn Nanna zu ihrem Auftrittslied daruntertrat; Fahnen mit dem Kopf des Iberin;

drittes Bild: ein großer Ziehbrunnen aus rohen Holzbalken; eine Strohmatte, aufgehängt;

viertes Bild: der Stuhl des Vizekönigs für den Richter, auf einem kleinen Holzbalkon seitlich außerhalb der Bühne; Leuchtschrift, wandernd auf der Rückmauer der Bühne über den Schirmen; eine rohe Holztreppe; eine alte Bank für die Angeklagten; eine beschädigte Statue der Justitia;

fünftes Bild: ein Kirchenstuhl für die Oberin; ein gemaltes Kirchenfenster auf Eisenfüßen, unten zu öffnen; zwei Holzstühle; ein Tresorschrank mit einem Heiligenbild;

sechstes Bild: ein Türstock mit einer kleinen Holztreppe; ein Tisch; 6 Stühle; die rote Laterne; ausgesägte schwarze Buchstaben »Café Paradiso«; eine Kerze; auf einem der Schirme die Silhouette zweier Pferde;

siebentes Bild: eine Holztreppe, darauf ein blauer Teppich; eine Lüsterkrone; die Statue der Justitia repariert, am Schluß des »Liedes von der belebenden Wirkung des Geldes« vermittels Zügen herabgelassen anstelle der beschädigten Statue, die hochgezogen wurde; eine kleine Tafel »Kloster San Barabas contra Pächter Callas. Streitobjekt 2 Pferde«; der Stuhl für den Richter; eine neue geschnitzte Anklagebank; in halber Höhe hängend zwei Pferde aus Sperrholz, die bei der Urteilssprechung hochgehen konnten;

achtes Bild: beschmutzte Fahnen, sonst wie zweites Bild;

neuntes Bild: Türstock mit rotem Fransenvorhang als Füllung; ein Tablett mit einem Wasserglas; ein Holzstuhl; ein altes Récamiersofa; eine grüne künstliche Topfpalme, von Nanna als Paravent verwendet; eine rote Ampel über dem Sofa. Ein Besucher, das Lokal verlassend, das Isabella betreten will;

zehntes Bild: großer Holzrahmen mit Seilen bespannt, schwarz gestrichen als Gefängnisgitter, vorn an der Rampe; 2 Holzhocker für de Guzman und Callas dicht hinter dem Gitter; kleines Podest mit Hockern für die umseilten Pächter; Lichtanlage, daß der Pächter Callas durch den Zuschauerraum kommen kann, wenn er seinen Monolog spricht; 3 Galgen hinter einem Schirm;

elftes Bild: 3 Galgen hinter einem Schirm; schwarze Tafel außerhalb der Bühne »Exekution an 1 Pachtherrn und 200 Pächtern«; gedeckter Tisch mit goldenen Stühlchen; Sperrholzsilhouetten von Soldaten, sichtbar, wenn der Vizekönig auftritt; großes Kanonenrohr an einem Draht heruntergehend über dem

Tisch, gerichtet auf den Zuschauerraum, wenn Missena vom Frieden spricht.

Die Köpfe waren etwa 20 cm hoch. Die Masken zeigten starke Verunstaltungen der Nasen, Ohren, Haare, Kinne. Die Huas hatten übergroße Hände und Füße.

Die Kostüme der Frauen waren farbig und nicht an bestimmte Moden gebunden; die Pächter trugen schwarze Hosen, Leinenhemden und Holzschuhe; die reichen Pachtherren Derbykleidung, Missena Uniform; die Kleinbürger gewöhnliche Anzüge.

Über die Geräusche

Neuerdings stellt die Schallplattenindustrie den Bühnen Originalgeräusche auf Schallplatten zur Verfügung. Sie führen zu einer beträchtlichen Verstärkung der Illusion des Zuschauers, sich *nicht* im Theater zu befinden. Sie werden von den Bühnen begierig aufgenommen, so daß man jetzt in Shakespeares »Romeo und Julia« echten Volkslärm hören kann. Unsres Wissens geschah die erste Verwertung von Schallplatten durch Piscator. Er verwertete das neue Mittel vollkommen richtig. Bei der Aufführung des Stückes »Rasputin« wurde eine Schallplatte mit der Stimme Lenins vorgeführt. Die Aufführung wurde dadurch unterbrochen. In einer anderen Aufführung wurde eine neue Errungenschaft der Technik, die drahtlose Übermittlung der Herzgeräusche eines Kranken, vorgeführt. Gleichzeitig zeigte ein Film die Kontraktion des Herzens. Im Stück spielte die Tatsache, daß man für einen Kranken auf einem Schiff oder an einem entlegenen Platz Anweisungen von Spezialisten erhalten kann, keine Rolle. Es wurde lediglich gezeigt, wie sehr die Kommunikation der Menschheit durch die Technik erleichtert wurde, daß aber der Ausnutzung dieses Faktums die gegenwärtigen gesellschaftlichen Zustände entgegenstehen.

In einem Stück von Parabeltypus dürfen Geräusche nur angewendet werden, wenn sie Parabelfunktion haben, und nicht zur Herstellung von Stimmung, Atmosphäre und Illusion. Der Marschtritt der ausziehenden Iberintruppen (in 11) kann von der Schallplatte kommen. Ebenso die Siegesglocken (in 7 und 8) und die Armesünderglocke (in 11). Nicht von der Schallplatte z. B. sollte kommen ein Geräusch des Ziehbrunnens, an dem die Pächter (in 3) arbeiten. Künstlicher Volkslärm kann das Auftreten Iberins (in 4) begleiten; auch die Reaktion der Volksmassen außerhalb des Gerichtshofes (in 4) auf die Forderungen des Pächters und die Entscheidungen des Statthalters und der Volkslärm beim Eintreffen der Siegesnachricht (in 7) können künstlich sein.

Es ist richtig, die Schallplatte ebenso wie das Orchester sichtbar zu plazieren. Wenn jedoch eine solche Maßnahme das Publikum allzusehr schockieren würde oder zu großes Amüsement erregte, unterließe man sie lieber.

ZU »DIE HORATIER UND DIE KURIATIER« (Band 4)

Vorarbeit zu »Die Horatier und die Kuriatier«

1

Kann die Fabel auf der Basis der »Gleichheit« der Kräfte aufgebaut werden? Es gibt diese Gleichheit realiter nicht. Andererseits gibt es sie momentweise und ist herbeizuführen durch Ungleichheit des Terrains usw. Außerdem entstehen Kriege nicht oder entwickeln sich nicht, wenn nicht eine gewisse Gleichheit da ist. Die List ist natürlich leichter zu demonstrieren, wenn man die Gleichheit voraussetzt; dann schafft eben sie die Entscheidung. Die List besteht aber am besten vielleicht durch die Ausnützung der eigenen Besonderheit (Schwäche oder Überlegenheit) und der Besonderheit des andern. Die Tricks allein beweisen nichts, sind Zufall und wenig lehrbar, es bleibt dann ein klägliches Anraten von List schlechthin.

2

Kann die Fabel auf der Basis der Ungleichheit der Kräfte aufgebaut werden? Schwer. Denn von drei Schlachten gehen dem Sieger zwei verloren. Die dritte gewinnt er durch geistige Überlegenheit. Der Stärkere müßte also unterliegen. Aber wodurch war er dann stärker? War er besser gerüstet – das braucht auch Intelligenz. (Bessere Produktion!) Kraftvoller? Das braucht gute Wirtschaft. Usw.

3

Die erste Schlacht könnte durch bessere Ausnützung der Besonderheit in der Ausrüstung gewonnen werden. Die zweite durch Ausnützung des Terrains. Die dritte dann durch Organisation.

Anweisung für die Spieler

1

Die Heerführer stellen zugleich ihre Heere dar. Nach einer Gepflogenheit des chinesischen Theaters können die Heeresteile durch kleine Fahnen angedeutet werden, welche die Heerführer auf einer Holzleiste im Genick tragen. Sie ragt über die Schulter heraus. Die Bewegungen der Spieler müssen langsam sein und aus dem Gefühl des Tragens der Schulterleisten und einer gewissen Breite erfolgen. Die Spieler deuten die Vernichtung ihrer Heeresteile dadurch an, daß sie mit großer Geste eine Anzahl der Fahnen aus der Leiste ziehen und wegwerfen.

2

Die Landschaft ist auf den Bühnenboden fixiert. Die Spieler sehen so wie die Zuschauer den Fluß oder das Tal aufgezeichnet. Auf ansteigendem Bühnenboden kann man eine Bodendekoration aufbauen, das ganze Schlachtfeld, kniehohe Wälder, Hügel usw. Diese Dekoration darf aber nicht verspielt (zum Beispiel nicht farbig) sein, sie soll sein wie auf alten Landkarten. Im Kapitel »Die sieben Lanzenverwertungen« können die Hindernisse (Felsspalte, Schneewehe usw.) auf kleinen Tafeln am nackten Spielgerüst bezeichnet werden.

3

Auch die Positionen der Schritte sollten fixiert sein; die Spieler treten gewissermaßen in Fußstapfen. Das ist nötig, weil die Zeit gemessen werden muß. In der ersten Schlacht ist der Sonnenträger die Uhr. In der zweiten Schlacht ist während der »sieben Lanzenverwertungen« der Kuriatier die Uhr. Die Vorgänge werden so langsam wie unter der Zeitlupe dargestellt.

4

In der Schlacht der Bogenschützen sind Pfeile nicht notwendig.

5

Um das Schneetreiben anzudeuten, werden ein paar Hände Papierschnitzel über den Lanzenträger gestreut.

6
Was das Sprechen der Verse betrifft: die Stimme setzt mit jeder Verszeile neu ein. Jedoch darf das Rezitieren natürlich nicht abgehackt wirken.

7
Man kann ohne Musik auskommen und nur Trommeln benützen. Die Trommeln werden nach einiger Zeit monoton wirken, jedoch nur kurze Zeit lang.

8
Die Titel sollen projiziert oder auf Transparente aufgemalt werden.

ZU »DIE GEWEHRE DER FRAU CARRAR« (Band 4)

Entdeckung einer grossen Schauspielerin

In einem kleinen Stück über den spanischen Bürgerkrieg sah ich dieser Tage in der Rolle einer Fischersfrau, die ich eben von einer großen Schauspielerin hatte spielen sehen, eine, wie man mir sagte, ganz unbekannte Schauspielerin, und mit steigender Verwunderung stellte ich fest, daß hier in einer Gruppe von Arbeiterschauspielern eine Frau ohne jede Vorbildung mit einer ganz und gar merkwürdigen Technik die bemerkenswerten Schwierigkeiten einer sehr diffizilen Rolle gleichsam spielend überwand.

Weigel und Andreasen als Frau Carrar. Unterschiede der Spielweise

Der Vergleich des Spiels der Weigel und der Andreasen in der deutschen und dänischen Aufführung der »Gewehre der Frau Carrar« ergibt wertvolle Aufschlüsse über einige Prinzipien des *epischen Theaters.* Die Weigel ist eine hochqualifizierte Artistin und Kommunistin, die Andreasen eine Laienspielerin und Kommunistin. Die Aufführungen glichen sich in allen Stellungen und fanden in derselben Dekoration statt.

Die Talentfrage braucht nicht gestellt zu werden, da die uns interessierenden Unterschiede des Spiels auch bei annähernd gleich großem Talent konstatiert werden würden.

Das von allen bezeugte »eindrucksvollere« Spiel der Weigel kann auf andere Ursachen als größeres Talent zurückgeführt werden.

Beide Schauspielerinnen folgten insoweit epischen Prinzipien, als sie selber auf Einfühlung in die darzustellende Figur weitgehend verzichteten und so auch einen Verzicht des Publikums auf Einfühlung zuließen. Der Unterschied bestand jedoch darin, daß die Weigel damit nicht so uninteressant wurde wie die Andreasen.

Im Gegensatz zur Andreasen ermöglichte und erzwang die

Weigel durch jede Haltung und durch jeden Satz eine Stellungnahme des Publikums (so daß ich, unter dem Publikum sitzend, immer wieder Äußerungen des Mißfallens an dem Verhalten der für Neutralität sprechenden Fischerfrau hörte), indem sie selber ständig Stellung nahm. Bei der Spielweise der Andreasen folgte das Publikum folgsam den Vorgängen. Die Meinung der Fischerfrau (man muß neutral sein) schien durch Milieu und durch das, was man über ihre Vorgeschichte hörte, vollständig erklärt und natürlich, sie konnte sozusagen gar nicht anders sein. Die Änderung ihrer Meinung durch ein bestimmtes Erlebnis (das Umkommen ihres von ihr aus dem Kampf herausgehaltenen Sohnes in einem Kampf, der durch Neutralität nicht aus der Welt geschafft war) leuchtete dann genau ebenso ein. Man folgte einem Stück Naturgeschichte, dem man in jeder Phase die Naturgesetzlichkeit zubilligte. Selbst die Widersprüchlichkeiten im einzelnen des Verhaltens der Figur wurden nicht klar: die Neutralität der Fischerfrau ist im Spiel der Weigel keine vollständige, hundertprozentige; sie war nicht immer für Neutralität, sie ist es auch jetzt nicht ganz, ihr Gefallen an der Haltung ihrer Söhne, die kämpferischen Züge, ihr Mißfallen an der Haltung des Padre, kompromißlerische Züge usw. Die Figur, welche die Andreasen darstellte, war weit passiver als die der Weigel; es geschah mehr mit ihr als durch sie. Auch die Kämpferin, zu der die Figur sich am Schluß verwandelte, war nicht eine Kämpferin besonderer und wieder widerspruchsvoller Art (eine Kämpferin für Gewaltlosigkeit) im Spiel der Andreasen. Bei der Weigel verwandelte sich eine Kämpferin für Neutralität in eine Kämpferin für Abschaffung der Kämpfe.

Das Spiel der Andreasen machte also die Handlung nicht genug interessant, so daß man bei ihr vermißte, was man beir Weigel nicht vermißte, nämlich die Möglichkeit, sich in die Figur einzufühlen und wenigstens ihre Emotionen stark und nachhaltig mitzuerleben. Man vermißte tatsächlich die Anwendung hypnotischer Kräfte, die man sonst im Theater zu spüren bekommt. Ihr großartiger Verzicht darauf, solche Mittel anzuwenden, herrührend aus einem natürlichen Schamgefühl und einer schönen Auffassung von Würde, wurde beinahe zu einem Nachteil. Für eine solche Art, die Vorgänge als natürliche widerspruchslos zu spielen, schien eine andere Spielweise, nämlich die suggestive des alten Theaters, nötig, wenn nicht allzuviel an Interesse verlorengehen sollte.

Es ergibt sich, daß die Andreasen, der es an Übung und Technik für die Spielweise des alten wie des neuen Theaters noch fehlt, zwei Möglichkeiten, sich zu entwickeln, hat: sie kann die eine oder die andere Technik erwerben. Sie muß lernen, entweder suggestiv zu spielen, Einfühlung zu praktizieren und zu erzwingen, stärkere Emotionen zu mobilisieren oder ihre Stellungnahme der darzustellenden Figur gegenüber zu präzisieren und eine solche vom Publikum zu erzwingen. Will sie das letztere, so muß sie, was sie jetzt mehr oder minder dumpf fühlt, zu Erkenntnissen ausgestalten und Wege finden, diese Erkenntnisse zu Erkenntnissen des Publikums zu machen. Sie muß wissen, was sie macht, und zeigen, daß sie es weiß. Sie muß, wenn sie eine Proletarierin spielt, nicht nur eben eine solche sein, sondern zeigen, wodurch sich eine Proletarierin von einer Bürgerin oder Kleinbürgerin unterscheidet. Sie muß die Besonderheiten einer Proletarierin bewußt und besonders darstellen.

Anmerkungen zu »Die Gewehre der Frau Carrar«

Das kleine Stück wurde im ersten Jahre des spanischen Bürgerkrieges für eine deutsche Truppe in Paris geschrieben. Es ist aristotelische (Einfühlungs-)Dramatik. Die Nachteile dieser Technik können bis zu einem gewissen Grade ausgeglichen werden, wenn man das Stück zusammen mit einem Dokumentenfilm, der die Vorgänge in Spanien zeigt, oder irgendeiner propagandistischen Veranstaltung aufführt.

ZU »FURCHT UND ELEND DES III. REICHES« (Band 4)

Anmerkung zu »Furcht und Elend des Dritten Reiches«

Bei dem Stück »Furcht und Elend« ist die Versuchung für den Schauspieler, eine Spielweise anzuwenden, die für Stücke aristotelischer Dramatik am Platz ist, größer als bei andern Stükken dieser Sammlung. Damit das Stück sogleich, unter den ungünstigen Umständen des Exils, aufgeführt werden konnte, ist es so verfaßt, daß es von winzigen Spieltruppen (den bestehenden Arbeitertruppen) und teilweise (in der oder jenen Auswahl der Einzelszenen) gespielt werden kann. Die Arbeitertruppen sind sowohl außerstande als auch unwillig, die Einfühlung des Zuschauers herbeizuzwingen; die wenigen zur Verfügung stehenden Artisten beherrschen die epische Spielweise, ausgebildet in den theatralischen Versuchen des letzten Jahrzehnts vor dem faschistischen Regime. Die Spielart der Arbeitertruppen und dieser Artisten verträgt sich ausgezeichnet. Die Theoretiker, die letzthin die Technik der *Montage* als reines Formprinzip behandelten, begegnen hier der Montage als einer praktischen Angelegenheit, was ihre Spekulationen auf einen realen Boden zurückführen mag.

[Über die Aufführung von »Furcht und Elend des III. Reiches«]

Der Zyklus »Furcht und Elend des Dritten Reiches« ist ein dokumentarisches Stück. Wegen materieller und zensureller Schwierigkeiten konnten zunächst durch die zur Verfügung stehenden kleinen Arbeitertruppen nur einzelne Szenen aufgeführt werden. Mit einfachen, nur andeutenden Dekorationen (etwa vor und unter beleuchteten Hakenkreuzfahnen) könnte aber beinahe jedes Theater auf einer Dreh- oder Etagenbühne das Stück technisch bewältigen. Zumindest könnte eine Auswahl von 17 Szenen (1, 2, 5, 6, 7, 8, 9, 12, 13, 16, 18, 19, 20, 22, 23, 25, 27) gegeben werden. Das Stück zeigt typisches Verhalten der Menschen verschiedener Klassen unter der faschistischen Diktatur, und die Gestik der Vorsicht, der Abwehr, des Schreckens usw., aber auch der Auflehnung muß besonders herausgearbeitet werden. Das Stück stellt in der Reihe der »Versuche«, die seit 1930 publiziert wurden, den 20. dar.

Anmerkungen

»Furcht und Elend des III. Reiches« beruht auf Augenzeugenberichten und Zeitungsnotizen. Mitarbeiterin: *Margarete Steffin.*

Die Szenen wurden 1938 für den Malik-Verlag in Prag gedruckt, konnten aber infolge des Hitlerschen Überfalls nicht mehr verbreitet werden.

Eine Bühnenbearbeitung für Amerika wurde unter dem Titel »The Private Life of the Master Race« in New York und San Francisco aufgeführt. Sie enthält

im 1. Teil die Szenen 1, 3, 4, 13 und 14,
im 2. Teil die Szenen 8, 9, 6 und 10,
im 3. Teil die Szenen 15, 19, 17, 11, 18, 16, 20 und 24.

Das Grundelement der Dekoration bildet der klassische Panzerkarren der Naziarmee. Er taucht viermal auf, zu Beginn, zwischen den Teilen und am Ende. Zwischen den einzelnen Szenen hört man eine Stimme und das Rollen des Karrens. Dieses Rollen wird auch hörbar während der Szenen, wenn der Terror einsetzt, der die Menschen auf den Kriegskarren bringen wird.

Als Beispiel:

1. TEIL

Aus dem Dunkel taucht zu den Klängen einer barbarischen Marschmusik ein großer Wegweiser mit der Inschrift: NACH POLEN und daneben der *Panzerkarren* auf. Er ist bemannt mit 12 bis 16 Soldaten, welche Gewehre zwischen den Knien halten, bestahlhelmt sind und kalkweiße Gesichter haben.

Folgt: CHOR:

Als nun der Führer …
… mit eisenharter Hand.

Es wird wieder dunkel. Das dumpfe Rollen des Panzerkarrens hält noch einige Sekunden an. Dann hellt sich die Bühne von neuem auf, und man sieht ein Treppenhaus. Über der Szene hängen große schwarze Buchstaben: Breslau, Schustergasse 2.

Folgt: SZENE I
Folgt: STIMME
So verriet der Nachbar…
… luden wir auf unsern Kriegskarren.

CHOR DER PANZERBESATZUNG
vor dem 1. Teil:

Als nun der Führer Ordnung hatt geschaffen
In Deutschland selbst mit eisenharter Hand
Befahl er diese Ordnung mit der Macht der Waffen
Zu schaffen uns in jedem andern Land.
So brachen wir, gehorchend unsern Obern
Gewaltig auf – 's war ein Septembertag –
In aller Blitzesschnelle für sie zu erobern
'ne alte Stadt, die hoch in Polen lag.
Bald sah Europa unsre Eisenkärren
Mit Blut beschmiert vom Seine- zum Wolgastrand
Denn unser Führer hat uns ja zu einem Herren-
volk umgeschweißt mit eisenharter Hand.

vor dem 2. Teil:

Verrat und Zwietracht wird der Welt zum Fluche
Und unser Karren nimmet seinen Lauf:
Die Zwietracht steht und winkt uns mit dem weißen Tuche
Und der Verrat sperrt uns die Tore auf.
Und unsern Karren sieht man siegreich rollen
Zum dänischen Sund, durch Flanderns Sommersaat.
Die Völker, die die Neue Zeit nicht sehen wollen
Sie kommen unter Hitlers Panzerrad.
Denn was er erst getan für deutsche Lande
Das tut er nun für ganz Europas Wohl:
Er pflanzt vom Eismeer zu des Mittelmeeres Rande
Der Neuen Ordnung Hakenkreuzsymbol.

vor dem 3. Teil:

Denn unsern Karren baute Krupp von Bohlen
Und Herr von Thyssen schraubte Räder dran.
Und drei Bankiers, die wußten, wo etwas zu holen
War, und zwölf Junker wußten, wie und wann.

nach dem 3. Teil:

Im dritten Winter freilich blieb der Karren
Der Welteroberung uns plötzlich stehn
Und eine Furcht kommt uns, wir sind zu weit gefahren
Als daß wir je die Heimat wiedersehn.
Denn wie wir auf dem Weg nach Osten waren
Fiel Schnee wohl auf des Führers Siegeskranz.
Zum ersten Mal wollt unser Karrn nicht weiterfahren
Im dritten Jahr, im Land des armen Manns.
Geknechtet fuhrn wir aus, die Welt zu knechten
Und vergewaltigt brauchten wir Gewalt:
Nun steht der Tod zur Linken und der Tod zur Rechten
Weit ist der Heimweg, und es ist kalt.

DIE STIMME

nach der 1. Szene:

So verriet der Nachbar den Nachbarn
So zerfleischten sich die kleinen Leute
Und die Feindschaft wuchs in den Häusern
und in den Stadtvierteln
Und wir schritten sicher einher
Und luden auf unsern Karren
Jeden, der nicht erschlagen war:
Dies ganze Volk von Verrätern und Verratenen
Luden wir auf unsern Kriegskarren.

nach der 3. Szene:

Aus den Fabriken und aus den Küchen und von
den Stempelstellen
Holten wir die Besetzung für unsern Karren.
Der arme Mann schleppte uns den armen Mann
auf unsern Karren.
Mit dem Judaskuß brachten wir ihn auf unsern Karren

Mit dem Freundesschlag auf die Schulter
Brachten wir sie auf unsern Kriegskarren.

nach der 4. Szene:

Die Zwietracht des Volks hat uns groß gemacht.
Unsere Gefangenen schlugen sich noch in den Konzentrationslagern
Und dann kamen sie doch alle auf unsern Karren.
Die Gefangenen kamen auf unsern Karren
Und die Wächter kamen auf unsern Karren.
Die Gepeinigten und die Peiniger
Das kam alles auf unsern Kriegskarren.

nach der 13. Szene:

Wir überhäuften den braven Arbeitsmann mit Beifall
Und wir überhäuften ihn mit Drohungen.
Wir stellten Blumentöpfe in seine Schwitzbude
Und SS-Männer an den Ausgang.
Unter Salven von Beifall und Salven von Gewehrschüssen
Luden wir ihn auf unsern Kriegskarren.

vor der 8. Szene:

Ihre Kinder an sich drückend
Stehen die Mütter der Bretagne und durchforschen entgeistert
Den Himmel nach den Erfindungen unserer Gelehrten.
Denn es sind auch gelehrte Männer auf unserm Karren
Schüler des berüchtigten Einstein
Freilich in eiserne Schulung genommen vom Führer
Und belehrt, was arische Wissenschaft ist.

vor der 9. Szene:

Ein Arzt ist auch auf unserm Karren
Der bestimmt, wer von den Frauen der polnischen Bergleute
Ins Bordell nach Krakau eingeliefert werden soll
Und er macht das gut und ohne Federlesen
In Erinnerung an den Verlust *seiner* Frau
Die eine Jüdische war und weggeschickt wurde
Denn der Herrenmensch will sorgfältig gepaart sein
Und der Führer bestimmt, mit wem er zu liegen hat.

vor der 6. Szene:

Und es sind auch Richter auf unserm Karren
Findig im Geiselnehmen, ausklaubend hundert Opfer
Angeklagt, Franzosen zu sein
Und überführt der Liebe zu ihrem Land
Denn unsere Richter sind gelehrt im deutschen Recht
Und wissen, was von ihnen verlangt wird.

vor der 10. Szene:

Und da ist auch ein Lehrer auf unserm Karren
Ein Hauptmann jetzt, mit einem Hut aus Stahl
Der erteilt seine Lektionen
Den Fischern Norwegens und den Weinbauern der Champagne
Denn da war ein Tag vor sieben Jahren
Verblichen wohl, aber vergessen niemals
Wo er im Schoß seiner Familie lernte
Spione zu hassen.
Und wohin wir kamen, hetzten wir den Vater gegen den Sohn
Und den Freund gegen den Freund
Und wir hausten im fremden Land nicht anders
Als wir in unserm Lande gehaust hatten.

vor der 11. Szene:

Und es ist kein Geschäft außer dem unsrigen
Und es weiß keiner, wie lang er zu uns gehört.

vor der 17. Szene:

Und wir kommen ausgehungert wie die Heuschrecken
Und fressen ganze Länder leer in einer Woche
Denn wir haben Kanonen bekommen statt Butter
Und in unser tägliches Brot mischten wir lange schon Kleie.

vor der 11. Szene:

Und wo wir hinkommen, sind die Mütter nicht sicher noch die Kinder
Denn wir haben unsre eigenen Kinder
Nicht verschont.

vor der 18. Szene:
Und das Korn in der Scheuer ist nicht sicher vor uns
Noch das Vieh im Stall
Denn unser eigenes Vieh ist uns weggenommen worden.

vor der 16. Szene:
Und wir nehmen ihnen die Söhne weg und die Töchter
Und schmeißen ihnen Kartoffeln hin aus Barmherzigkeit
Und heißen sie »Heil Hitler« schreien
wie unsere eigenen Mütter
Als ob sie am Spieße stäken.

vor der 20. Szene:
Und es ist kein Gott
Außer Adolf Hitler.

vor der 24. Szene:
Und wir unterwarfen die fremden Völker
Wie wir das eigene Volk unterworfen haben.

ZU »LEBEN DES GALILEI« (Band 5)

»Galileo / Die Erde bewegt sich«

Galileo ist Astronom in einer der oberitalienischen Stadtrepubliken. Die Forschung ist frei, der Papst hat nichts zu sagen, die Inquisition ist machtlos, aber das Gehalt ist klein. Wie soll er forschen, wenn er ständig Privatstunden geben muß für wohlhabende und unfähige Schüler? Er strebt nach Florenz, wo die Medicis herrschen und die Gehälter groß sind, besonders wenn man ein Fernrohr mitbringt, durch das man sieht, was in den benachbarten Gärten vorgeht.

Galileo wird nach Florenz berufen und darf forschen. Er arbeitet Tag und Nacht und richtet als erster sein Fernrohr auf die Gestirne. Die Pest kommt, er weigert sich, Florenz zu verlassen, der Ring des Saturn wartet nicht, bis die Pest vorbeigezogen ist. Als seine Entdeckung fertig ist, tritt er freudestrahlend in das von der Pest verwüstete Florenz heraus. Seine Haushälterin ist gestorben, er wird gemieden als ein Ansteckender. Nur sein Schüler hat keine Angst und nähert sich ihm.

Aber der wahre Kampf beginnt erst.

Sein Fernrohr erweckt Heiterkeit, auch ein wenig Verdacht. Sicher sind es nur Flecken auf dem Glas, was er sieht, und nicht der Saturn. Aber dann beweist er, daß es der Saturn ist, und jetzt werden die Mienen bedenklich. Auch die Entdeckung, daß die Erde nicht stillsteht, sondern sich bewegt, erweckt noch einmal Heiterkeit unter den Gelehrten. Aber mit sich häufenden Beweisen legt sie sich schnell, und die Inquisition beginnt sich für seine Forschungen zu interessieren. Sie widersprechen leider der Bibel.

Der Papst ist nicht unfreundlich, er ist selber ein Wissenschaftler und hält seine Hand über den Forscher. Leider läßt sich Galileo in einen Disput mit ihm ein und will recht behalten. Der Papst ärgert sich. Er gibt der Inquisition freie Bahn gegen Galileo, verlangt nur, daß ihm nichts wirklich passiere. So wird er nur mit den Folterwerkzeugen konfrontiert, nicht gefoltert.

Seine Schüler sitzen beisammen. Es ist angekündigt worden,

daß ihr Lehrer widerrufen wird, dann werden die Domglocken läuten. Aber sie läuten nicht. Sie sind außer sich vor Freude, fallen sich in die Arme. Die Wahrheit ist stärker als die Tyrannei, ihr Lehrer verrät die Wissenschaft nicht. Da beginnen die Glocken zu läuten.

Ihr Lehrer ist schwach geworden. Auf den Tafeln stehen seine Berechnungen, schriftliche Hinzufügungen Galileos. Galileo verweist darauf: Er hat weiter gearbeitet, nur vor den Menschen hat er widerrufen, nur angesichts der Folter. Er lobt den Schüler, daß er ihn gemieden hat, ja, daß er ihn verachtet des Widerrufs wegen. Er spricht noch, er lobt noch den Eifer für die Wahrheit, den Mut und die Verachtung der Schwachen im Fleische, seiner selber, als er entdeckt, daß der Schüler weg ist. Er ist nur gekommen, das Buch zu stehlen. Er geht scheu weg, durch die Nacht, sich umblickend nach Verfolgern, er trägt die Wahrheit, das ist gefährlich. Über ihm, die Gestirne beginnen zu laufen: Die Erde bewegt sich.

[Zur Regie]

In der vierten Szene kann man die Phasen der Venus zeigen und zugleich den Unterschied zwischen der Annahme des ptolemäischen und der des kopernikanischen Systems, die Bewegung dieses Sterns betreffend. Man kann dazu Galilei hören. Er kann, was gezeigt wird, in der Art beschreiben, wie Sagredo zu Beginn der dritten Szene, was er sieht, beschreibt. In der siebenten Szene können auf dem Schirm, den Galileis Schüler aufgebaut haben, die Sonnenflecken wandernd gezeigt werden, und zwar bevor Andrea sagt: »Wenn wir eine Rotation der Sonne nachweisen können ...« Auch hier kann, am besten durch Andrea, beschrieben werden, was gesehen wird.

Anmerkungen zum »Leben des Galilei« [1]

Es ist bekannt, wie vorteilhaft die Überzeugung, an der Schwelle einer neuen Zeit zu stehen, die Menschen beeinflussen kann. Ihre Umgebung erscheint ihnen da als noch ganz unfertig, erfreulichster Verbesserungen fähig, voll von ungeahnten und geahnten Möglichkeiten, als fügsamer Rohstoff in ihrer Hand. Sie selbst kommen sich vor wie am Morgen, ausgeruht, kräftig, erfindungsreich. Bisheriger Glaube wird als Aberglaube behandelt, was gestern noch als selbstverständlich erschien, wird neuem Studium unterworfen. Wir sind beherrscht worden, sagen die Menschen, aber nun werden wir herrschen.

Keine andere Zeile eines Liedes begeisterte die Arbeiter um die Jahrhundertwende stärker als die Zeile »Mit uns zieht die neue Zeit«; die Alten und Jungen marschierten unter ihr, die Ärmsten und Ausgemergeltsten und die sich schon etwas von der Zivilisation erkämpft hatten; sie schienen sich alle jung. Unter dem Anstreicher wurde die unerhörte Verführungskraft dieser Worte ebenfalls erprobt, auch er verhieß eine neue Zeit. Die Worte zeigten da ihre Vagheit und Leere. Ihre Unbestimmtheit, die nun von den Verführern der Massen ausgenutzt wurde, hatte lange die Stärke ausgemacht. Die neue Zeit, das war etwas und ist etwas, was alles betrifft, nichts unverändert läßt, aber doch eben ihren Charakter erst entfalten wird, etwas, in dem alle Phantasie Raum hat, was durch allzu bestimmte Aussagen nur eingeschränkt werden kann. Geliebt wird das Anfangsgefühl, die Pioniersituation, begeisternd wirkt die Haltung des Beginners. Geliebt wird das Glücksgefühl derer, die eine neue Maschine ölen, bevor sie ihre Kraft zeigen soll, derer, die in eine alte Landkarte einen weißen Fleck ausfüllen, derer, die den Grund eines neuen Hauses ausheben, ihres Hauses. Dieses Gefühl kennt der Forscher, der eine Entdeckung macht, die alles verändern, der Redner, der eine Rede vorbereitet, die eine neue Situation schaffen wird. Furchtbar die Enttäuschung, wenn die Menschen erkennen oder zu erkennen glauben, daß sie einer Illusion zum Opfer gefallen sind, daß das Alte stärker ist als das Neue, daß die »Tatsachen« gegen sie und nicht für sie sind, daß ihre Zeit, die neue, noch nicht gekommen ist. Es ist dann nicht nur so schlecht wie vorher, sondern viel schlechter; denn sie haben allerhand geopfert für ihre Pläne, was ihnen jetzt fehlt, sie haben sich vorgewagt und werden jetzt überfallen, das Alte rächt sich an ihnen. Der Forscher oder Entdecker, ein unbekannter, aber auch unverfolgter Mann, bevor er seine Entdeckung veröffentlicht hat, ist nun, wo sie widerlegt oder diffamiert ist, ein Schwindler und Scharlatan, ach, allzusehr bekannt, der Unterdrückte und Ausgebeutete nun, nachdem sein Aufstand niedergeschlagen wurde, ein Aufrührer, der besonderer Unterdrückung und Bestrafung unterzogen wird. Der Anstrengung folgt die Erschöpfung, der vielleicht übertriebenen Hoffnung die vielleicht übertriebene Hoffnungslosigkeit. Die nicht in Stumpfheit und Teilnahmslosigkeit zurückfallen, fallen in Schlimmeres; die die Aktivität für ihre Ideale nicht eingebüßt haben, verwenden sie nun gegen dieselben! Kein Reaktionär ist unerbittlicher als der gescheiterte Neuerer, kein Elefant ein grausamerer Feind der wilden Elefanten als der gezähmte Elefant.

Und doch mögen diese Enttäuschten immer noch in einer neuen Zeit, Zeit des großen Umsturzes, leben. Sie wissen nur nichts von neuen Zeiten.

»Galilei«-Vorwort [1]

In diesen Zeiten wird der Begriff des Neuen selber verfälscht. Das Alte und Uralte, neuerdings auf den Plan tretend, proklamiert sich als neu, oder es wird als neu verkündet, wenn das Alte oder Uralte auf eine neue Art durchgesetzt wird. Das wirklich Neue aber wird, da heute abgesetzt, als das Gestrige erklärt, zu einer flüchtigen Mode heruntergemacht, deren Zeit vorbei ist. Das Neue ist z. B. die Art, wie Kriege geführt werden, und alt soll sein eine Art der Wirtschaft, angedeutet, noch niemals ganz ausgeführt, welche Kriege überflüssig machen will. Auf eine neue Art wird die Gesellschaftsordnung in Klassen befestigt, und alt soll sein, die Klassen beseitigen zu wollen. Die Hoffnungen der Menschen werden nicht etwa entmutigt in solchen Zeiten. Jedoch werden sie umgelenkt. Man hat gehofft, da würde einmal Brot sein zu essen. Nun darf man hoffen, da würden einmal Steine sein zu essen.

Inmitten der schnell wachsenden Finsternis über einer fiebernden Welt, umgeben von blutigen Taten und nicht weniger blutigen Gedanken, der zunehmenden Barbarei, die unhemmbar in den vielleicht größten und furchtbarsten Krieg aller Zeiten zu führen scheint, ist es schwer, eine Haltung einzunehmen, die sich für Leute an der Schwelle einer neuen und glücklichen Zeit schicken mag. Deutet nicht alles darauf hin, daß es Nacht wird, und nichts, daß eine neue Zeit beginnt? Soll man also nicht eine Haltung einnehmen, die sich für Leute schickt, die der Nacht entgegengehen? Was ist das für ein Gerede: *neue Zeit?* Ist nicht selbst dieser Ausdruck veraltet? Wo es uns entgegengerufen wird, wird es aus heiseren Kehlen gebrüllt. Es ist eben jetzt die Barbarei, die sich als die neue Zeit gebärdet. Sie sagt von sich, sie hoffe, 1000 Jahre zu dauern.

Soll man sich also an die alte Zeit halten? Soll man von dem versunkenen Atlantis reden?

Liege ich schon auf meinem Nachtlager und denke, an den Morgen denkend, an den, der vergangen ist, um nicht an den zu denken, der kommt? Beschäftige ich mich darum mit jener Epoche der Blüte der Künste und Wissenschaften vor 300 Jahren? Ich hoffe nicht.

Die Bilder vom Morgen und von der Nacht sind irreführend. Die glücklichen Zeiten kommen nicht, wie der Morgen nach durchschlafener Nacht kommt.

»Das Leben des Galilei« ist keine Tragödie

Es wird sich so für die Theater die Frage erheben, ob sie »Das Leben des Galilei« als eine Tragödie oder als ein optimistisches Stück aufführen sollen. Sollen sie sich, was den Grundton betrifft, an die »Begrüßung der neuen Zeit« durch Galilei in der ersten Szene oder an gewisse Partien der dreizehnten Szene halten? Nach den herrschenden Regeln des Stückebaus muß der Schluß eines Stückes schwerer gewogen werden. Aber das Stück ist nicht nach diesen Regeln gebaut. Das Stück zeigt den Anbruch einer neuen Zeit und versucht, einige Vorurteile über den Anbruch einer neuen Zeit zu revidieren.

Darstellung der Kirche

Es ist für die Theater wichtig, zu wissen, daß dieses Stück einen großen Teil seiner Wirkung verlieren muß, wenn seine Aufführung hauptsächlich gegen die *katholische Kirche* gerichtet ist.

Von den auftretenden Personen tragen viele das Kleid der Kirche. Schauspieler, welche sie deshalb gehässig darstellen wollten, täten unrecht. Andrerseits hat natürlich auch die Kirche kein Recht, die menschlichen Schwächen ihrer Mitglieder überschminkt zu bekommen. Sie hat allzuoft diese Schwächen ermutigt und ihre Aufdeckung unterdrückt. Aber es handelt sich auch nicht darum in diesem Stück, daß der Kirche zugerufen werden soll: *Hände weg von der Wissenschaft!* Die moderne Wissenschaft ist eine legitime Tochter der Kirche, sie hat sich emanzipiert und gegen ihre Mutter gewandt.

In dem vorliegenden Stück fungiert die Kirche, auch wo sie der freien Forschung entgegentritt, einfach als Obrigkeit.

Da die Wissenschaft ein Zweig der Theologie war, ist sie geistliche Obrigkeit, letzte wissenschaftliche Instanz. Aber sie ist auch weltliche Obrigkeit, letzte politische Instanz. Das Stück zeigt den vorläufigen Sieg der Obrigkeit, nicht den der Geistlichkeit. Es entspricht der historischen Wahrheit, wenn der *Galilei* des Stückes sich niemals direkt gegen die Kirche wendet. Es gibt keinen Satz Galileis in dieser Richtung. Hätte es einen gegeben, so hätte eine so gründliche Untersuchungskommission wie die Inquisition ihn zweifellos zutage gefördert. Und es entspricht ebenfalls der historischen Wahrheit, daß der größte Astronom des päpstlichen römischen Kollegs, Christoph Clavius, Galileis Entdeckungen bestätigte (4. Szene). Ebenso stimmt es, daß unter seinen Schülern Geistliche waren (7., 11. und 12. Szene).

Die weltlichen Interessen hoher Würdenträger satirisch aufs Korn zu nehmen, scheint mir billig (es wäre in der 7. Szene möglich). Aber die beiläufige Art, in der diese hohen Beamten den Forscher behandeln, soll hier nur zeigen, daß sie auf Grund ihrer bisherigen Erfahrungen mit einer schnellen Willfährigkeit auch Galileis rechnen zu können glauben. Sie täuschen sich nicht.

An unsere bürgerlichen Politiker denkend, müßte man die

geistlichen (und wissenschaftlichen) Interessen dieser damaligen Politiker rühmen.

Das Stück verzichtet denn auch darauf, die von der neueren Geschichtswissenschaft unter Führung des deutschen Gelehrten Emil Wohlwill festgestellten Fälschungen in dem Protokoll von 1616 durch die Inquisitionsbehörde von 1633 zu berücksichtigen. Der Urteilsspruch von 1633 wurde zweifellos durch sie juristisch ermöglicht. Wer den oben skizzierten Standpunkt versteht, wird begreifen, daß es dem Verfasser auf diese juristische Seite des Prozesses nicht ankam.

Es besteht kein Zweifel darüber, daß Urban der Achte dem Galilei gegenüber persönlich verärgert war und in gehässigster Weise die Aktion gegen ihn zu seiner eigenen Sache gemacht hat. Das Stück geht daran vorüber.

Wer den Standpunkt des Verfassers versteht, wird begreifen, daß diese Haltung keine Verbeugung vor der Kirche des 17. oder gar des 20. Jahrhunderts bedeutet.

Die Behandlung der Kirche als Obrigkeit verhilft der Kirche in dem theatralischen Prozeß, den das Stück der Verfolgung der Verfechter der freien Forschung macht, allerdings zu keinem Freispruch. Es wäre nur höchst bedenklich, gerade heute eine Angelegenheit wie die des Kampfes Galileis um die Freiheit der Forschung zu einer religiösen zu stempeln. Dadurch würde das Augenmerk in unglücklichster Weise von heutigen reaktionären Obrigkeiten ganz und gar unkirchlicher Art abgelenkt.

Anmerkung zu »Leben des Physikers Galilei«

Das »Leben des Physikers Galilei« wurde in jenen finsteren letzten Monaten des Jahres 1938 geschrieben, als viele den Vormarsch des Faschismus für unaufhaltsam und den endgültigen Zusammenbruch der westlichen Zivilisation für gekommen hielten. In der Tat stand die große Epoche vor dem Abschluß, die der Welt den Aufschwung der Naturwissenschaften und die neuen Künste der Musik und des Theaters gebracht hatte. Die Erwartung einer barbarischen und »geschichtslosen« Epoche war beinahe allgemein. Nur wenige sahen die neuen Kräfte sich bilden und spürten die Vitalität der neuen Ideen. Selbst die

Bedeutung der Begriffe »alt« und »neu« war verdunkelt. Die Lehren der sozialistischen Klassiker hatten den Reiz des Neuen eingebüßt und schienen einer abgelebten Zeit anzugehören.

Anmerkungen zum »Leben des Galilei« [2]

Preis oder Verdammung des Galilei?

Es wäre eine große Schwäche des Werkes, wenn die Physiker recht hätten, die mir – im Ton der Billigung – sagten, Galileis Widerruf seiner Lehre sei trotz einiger »Schwankungen« als vernünftig dargestellt mit der Begründung, dieser Widerruf habe ihm ermöglicht, seine wissenschaftlichen Arbeiten fortzuführen und der Nachwelt zu überliefern. Galilei hat die Astronomie und die Physik bereichert und diese Wissenschaften zugleich eines Großteils ihrer gesellschaftlichen Bedeutung beraubt. Mit ihrer Diskreditierung der Bibel und der Kirche standen sie eine Zeitlang auf der Barrikade für *allen* Fortschritt. Es ist wahr, der Umschwung vollzog sich trotzdem in den folgenden Jahrhunderten, und sie waren daran beteiligt, aber es war eben ein Umschwung anstatt einer Revolution, der Skandal artete sozusagen in einen Disput aus, unter Fachleuten. Die Kirche und mit ihr die gesamte Reaktion konnte einen geordneten Rückzug vollziehen und ihre Macht mehr oder weniger behaupten. Was diese Wissenschaften selber betrifft, erklommen sie nie mehr die damalige große Stellung in der Gesellschaft, kamen nie mehr in solche Nähe zum Volk.

Galileis Verbrechen kann als die »Erbsünde« der modernen Naturwissenschaften betrachtet werden. Aus der neuen Astronomie, die eine neue Klasse, das Bürgertum, zutiefst interessierte, da sie den revolutionären sozialen Strömungen der Zeit Vorschub leistete, machte er eine scharf begrenzte Spezialwissenschaft, die sich freilich gerade durch ihre »Reinheit«, d.h. ihre Indifferenz zu der Produktionsweise, verhältnismäßig ungestört entwickeln konnte.

Die Atombombe ist sowohl als technisches als auch soziales Phänomen das klassische Endprodukt seiner wissenschaftlichen Leistung und seines sozialen Versagens.

Anmerkungen
Ungeschminktes Bild einer neuen Zeit

Als ich in den ersten Jahren des Exils in Dänemark das Stück »Leben des Galilei« schrieb, halfen mir bei der Rekonstruktion des ptolemäischen Weltbilds Assistenten Niels Bohrs, arbeitend an dem Problem der Zertrümmerung des Atoms. Meine Absicht war unter anderem, das ungeschminkte Bild einer neuen Zeit zu geben – ein anstrengendes Unternehmen, da jedermann ringsum überzeugt war, daß unserer eigenen alles zu einer neuen Zeit fehlte. Nichts an diesem Aspekt hatte sich geändert, als ich, Jahre danach, daran ging, zusammen mit Charles Laughton eine amerikanische Fassung des Stückes herzustellen. Das »atomarische Zeitalter« machte sein Debüt in Hiroshima in der Mitte unserer Arbeit. Von heute auf morgen las sich die Biographie des Begründers der neuen Physik anders. Der infernalische Effekt der Großen Bombe stellte den Konflikt des Galilei mit der Obrigkeit seiner Zeit in ein neues, schärferes Licht. Wir hatten nur wenige Änderungen zu machen, keine einzige in der Struktur. Schon im Original war die Kirche als weltliche Obrigkeit dargestellt, ihre Ideologie als im Grunde austauschbar mit mancher anderen. Von Anfang an war als Schlüsselpunkt der riesigen Figur des Galilei dessen Vorstellung von einer volksverbundenen Wissenschaft benutzt. Für Jahrhunderte und ganz über Europa erwies ihm das Volk in der Galilei-Legende die Ehre, nicht an seinen Widerruf zu glauben, als es schon lange die Wissenschaftler als einseitige, unpraktische und eunuchenhafte Käuze verlachte.

Der »Gelehrte«

Schon dem Wort »Der Gelehrte« haftet etwas Lächerliches an; es hat etwas vom »Abgerichteten«, etwas Passives. Im Bayerischen sprachen die Leute vom »Nürnberger Trichter«, mit dem geistig schwächlichen Personen mehr oder minder zwangsweise übergroße Quantitäten von Wissen eingeflößt wurden, eine Art von Gehirnklistier. Sie wurden nicht weiser davon. Auch wenn einer »die Gescheitheit mit dem Löffel gefressen« hatte, wurde das als ein unnatürlicher Vorgang betrachtet. Die »Gebildeten« – und auch diesem Wort haftet diese fatale Passivität an – sprachen von einer Rache der »Ungebildeten«, einem eingeborenen Haß gegen den »Geist«, und die Verachtung hatte tatsächlich häufig eine Beimischung von Gehässigkeit; im Dorf und in den Vorstädten wurde der »Geist« als fremd und sogar feindlich empfunden. Aber selbst in den »besseren Ständen« fand man diese Verachtung. Es gab die »Gelehrtenwelt«, und sie war eine andere Welt. Der »Gelehrte« war eine impotente, blutleere, verschrobene Figur, »eingebildet« und nicht sehr lebensfähig.

Die Arbeiterbewegung der zweiten Hälfte des neunzehnten Jahrhunderts formulierte Ansprüche im Namen der Wissenschaft und propagierte: Der »Held« des Werks ist so nicht Galilei, sondern das Volk, wie *Walter Benjamin* gesagt hat. Es ist etwas zu knapp ausgedrückt, wie mir scheint. Ich hoffe, das Werk zeigt, wie die Gesellschaft von ihren Individuen erpreßt, was sie von ihnen braucht. Der Forschungstrieb, ein soziales Phänomen, nicht weniger lustvoll oder diktatorisch wie der Zeugungstrieb, dirigiert Galilei auf das so gefährliche Gebiet, treibt ihn in den peinvollen Konflikt mit seinen heftigen Wünschen nach anderen Vergnügungen. Er erhebt das Fernrohr zu den Gestirnen und liefert sich der Folter aus. Am Ende betreibt er seine Wissenschaft wie ein Laster, heimlich, wahrscheinlich mit Gewissensbissen. Angesichts einer solchen Lage kann man kaum darauf erpicht sein, Galilei entweder nur zu loben oder nur zu verdammen.

[Notizen zur 6. Szene von »Galileo«]

Dies sind Höflichkeiten, die Distanz herstellen.

Galilei versteht nichts von der Kunst der Fingerzeige. Bellarmin ist berechtigt, von ihm zu erwarten, daß er, zart instruiert, sein Lebenswerk fallenläßt und dem Gastgeber graziös zustimmt, eventuell ihn noch mit einigen nur ihm, dem Fachmann, bekannten Argumenten beschenkt. Der Kardinal beginnt, ernstlich ungeduldig zu werden.

Die Wirkung dieses Satzes, gesprochen wie zu mindestens fünf Schülern, ist nicht viel anders, als wenn ein Salesman mit hübscher Frau einer Topexecutive der Standard Oil die Fehlbarkeit dieses Instituts darlegt, das heißt mild. Was Bellarmin übelnimmt, ist, daß der Mensch ihn zwingt, roh zu werden.

»Galilei«, 13

Galilei hat für eine geraume Zeit mit der Kirche laboriert, wenn sein Lieblingsschüler Andrea ihn überraschend besucht. Der Besuch schreckt ihn auf. Er kann es nicht lassen, Information über die allgemeine Lage der Wissenschaften einzuholen. Er bekommt von Andrea, der eine feindselige und kalte Haltung einnimmt, lediglich bestätigt, was er weiß: Sein Widerruf hat die Wissenschaften nahezu zum Stillstand gebracht.

Wenn Andrea sich nach dem kurzen und pausenreichen Gespräch verabschieden will – er beabsichtigt, nach Holland zu reisen –, hält Galilei ihn zurück, zugleich jedoch ihn beschuldigend, mit der Absicht gekommen zu sein, seinen teuer erkauften Seelenfrieden zu stören. Er erwähnt, daß er sowieso »Rückfälle« erleide, d. h. tatsächlich wieder in Forschungsarbeiten zurückgeglitten sei. Er beklagt dies, da es den Rest von Komfort bedroht, den die Kirche, die er »sehr geduldig« nennt, ihm gestattet. Die kirchlichen Behörden tun alles, ihn aus Ungelegenheiten zu halten; seine Manuskripte werden einbehalten. Andreas Feindseligkeit beginnt zu schmelzen angesichts des offenbaren Elends einer solchen Existenz. Der größte Physiker der Zeit pflügt Wasser. Die mildere Stimmung weicht, wenn Galilei, der bisher nur von »kleineren Arbeiten« gesprochen hat, damit herauskommt, es handle sich um das beendete Manuskript der »Discorsi«. Andrea ist entsetzt. Niemand in der Gelehrtenwelt wagte noch auf dieses Buch zu warten. Jetzt liegt es vor – nur um von der Inquisition vernichtet zu werden! Galilei zieht sich in eine luziferische Selbstzerstörungspose zurück, gibt jedoch plötzlich zu, er habe heimlich eine Kopie des Buchs angefertigt – »hinter dem eigenen Rücken«. Es ist in einem Globus versteckt. Andrea hält die »Discorsi« in den Händen. Er erkennt an, daß das Buch verlorengegeben werden muß, da jeder Versuch einer Veröffentlichung Galilei aufs äußerste gefährden muß; es kann nicht ohne seine Mithilfe ins Ausland gebracht worden sein. Galilei bestätigt dies, jedoch in einem sehr zweideutigen Satz. Es wird klar, daß seine Ängstlichkeit mehr und mehr überkommen wird von seinem Wunsch, die »Discorsi« veröffentlicht zu wissen. Er selbst ist es, der dem Andrea nahelegt, das Buch »zu stehlen«. Der Dieb würde die Verantwortung zu schultern haben.

Andrea verbirgt die »Discorsi« in seinem Wams.

Das Buch auf seinem Weg in die Öffentlichkeit wissend, verändert Galilei noch einmal seine Haltung. Er schlägt vor, dem Buch solle eine Einleitung beigegeben werden, die das Renegatentum des Autors aufs schärfste verurteile. Andrea weigert sich leidenschaftlich, solch einen Wunsch weiterzugeben. Er weist darauf hin, daß nunmehr alles verändert sei, Galilei habe sich durch seinen Widerruf die Möglichkeit verschafft, das allbedeutende Werk zu vollenden. Die landläufigen Vorstellungen von Helden, ethischen Formeln usw. wären zu ändern. Nur die Kontribution zur Wissenschaft entscheide usw.

Galilei hört sich Andreas Rede, die ihm eine goldene Brücke zurück in die Achtung der Wissenschaftler baut, zunächst schweigend an, widerspricht aber dann mit schneidendem Hohn, Andrea eines verlumpten Widerrufs aller wissenschaftlicher Prinzipien beschuldigend. Beginnend mit einer Verurteilung »schlechten Denkens«, gleichsam nur um brillant zu demonstrieren, wie ein wissenschaftlich Geschulter einen Fall wie den seinen zu analysieren habe, beweist er Andrea, daß das wertvollste Werk niemals den Schaden aufwiegen kann, der durch einen Verrat an der Menschheit entstehen muß.

Darstellung des Galilei in der 13. Szene

Der dem und jenem bekannte Umstand, daß der Verfasser ein Gegner der Kirche ist, könnte ein Theater veranlassen, der Aufführung des Stückes eine hauptsächlich antiklerikale Tendenz zu verleihen. Die Kirche ist in diesem Stück aber vornehmlich als weltliche Obrigkeit behandelt. Die spezifische kirchliche Ideologie ist von der Seite aus gesehen, wo sie als eine Stütze praktischer Herrschaft erscheint. Der alte Kardinal (in der vierten Szene) kann mit wenigen Änderungen in einen Tory oder einen Demokraten des Staates Louisiana verwandelt werden. Galileis Illusion über den »Wissenschaftler im Stuhl St. Peters« fände mehr als eine Entsprechung in der Zeitgeschichte, die wenig mit der Kirche zu tun hätte. Galilei kehrt (in der 13. Szene) nicht »in den Schoß der Kirche« zurück – er hat sich, wie bekannt, niemals daraus entfernt. Er versucht lediglich seinen Frieden mit den Herrschenden zu machen. Seine Verkommenheit zeigt sich in seiner sozialen Haltung; er erkauft sich seinen Komfort (selbst seine wissenschaftliche Betätigung ist nun zu einem Komfort herabgesunken) mit Handlangerdiensten, so seinen Intellekt schamlos prostituierend. (Seine Verwertung klerikaler Zitate ist dementsprechend rein blasphemisch.) Seine Selbstanalyse darf unter keinen Umständen von dem Darsteller dazu mißbraucht werden, mit Hilfe von Selbstvorwürfen den Helden dem Publikum sympathisch zu machen. Sie zeigt einfach sein Gehirn unzerstört – gerichtet auf welches Feld immer. Andrea Sartis Schlußbemerkung gibt keineswegs die Ansicht des Stückschreibers über Galilei wieder, sondern nur seine Ansicht über Andrea Sarti. Der Stückschreiber wünschte nicht das letzte Wort zu haben.

Galilei markiert den Standard der italienischen Intellektuellen im ersten Drittel des 17. Jahrhunderts, die von der Feudalität besiegt wurden. Die nördlichen Länder Holland und England entwickelten die Produktivkräfte weiter in der sogenannten »Industriellen Revolution«. Galilei ist in gewissem Sinn ihr technischer Schöpfer und sozialer Verräter.

Galilei nach dem Widerruf

Das Verbrechen hat ihn zum Verbrecher gemacht. Er gefällt sich in Gedanken an die *Größe* seines Verbrechens. Er wehrt sich gegen die unverschämten Zumutungen der Außenwelt an ihre Genies. Was hat Andrea getan gegen die Inquisition? Galilei wirft seinen Intellekt in die Lösung der klerikalen Probleme, übersehen bei den Holzköpfen. Sein Intellekt funktioniert routinemäßig, als leere Kraft. Seinen Wissensdurst empfindet er als den Ausschlag, der ihn juckt. Wissenschaftliche Betätigung ist ihm ein Laster, lebensgefährlich, jedoch unentbehrlich. Er haßt die Menschheit fanatisch. Andreas Bereitwilligkeit, sein Verdammungsurteil zu revidieren angesichts des Buchs, ist Korruption. Galilei wirft ihm, wie einem ausgehungerten und lahmen Wolf einen Brocken, die logische wissenschaftliche Analyse des Galilei-Phänomens hin. Dahinter steckt noch die Ablehnung der moralischen Zumutungen einer Menschheit, die nichts tut, die Tödlichkeit dieser Zumutungen und dieser Moral aufzuheben.

Verrat des Galilei

Viele, welche die Unzulänglichkeiten des Kapitalismus sehen oder zumindest ahnen, sind bereit, sie zu dulden der persönlichen Freiheit wegen, die er ihnen zu bieten scheint. Sie glauben an diese Freiheit hauptsächlich deswegen, weil sie kaum je Gebrauch von ihr machen. Unter der Hitlerfuchtel sahen sie diese Freiheit allerdings mehr oder minder kassiert; sie war vergleichbar einem kleinen Kapital auf der Sparkasse, das in normalen Zeiten jederzeit greifbar, freilich besser nicht anzugreifen war, jetzt sozusagen eingefroren, d. h. zwar nicht mehr greifbar, aber doch noch vorhanden war. Sie betrachteten die Hitlerzeit als anormal; es handelte sich da für sie um Auswüchse des Kapitalismus oder gar um eine antikapitalistische Bewegung. Um das letztere zu glauben, mußte man allerdings die Definition benutzen, welche die Nationalsozialisten dem Kapitalismus gaben, und was die Theorie der Auswüchse betrifft, hatte man immerhin im Kapitalismus ein System vor sich, das Auswüchse hervorbrachte, die sicherlich nicht von den Intellektuellen verhindert oder zum Verschwinden gebracht werden konnten. In jedem Fall konnte nur die Katastrophe die Freiheit wiederherstellen. Als die Katastrophe eintrat, stellte sie, nicht einmal sie, die Freiheit nicht wieder her.

Über die Rolle des Galilei

Die Fremdheit, Neuartigkeit, Auffälligkeit dieser neuen Figur in der Geschichte wird dadurch zustande gebracht, daß er selber, Galilei, auf seine Umwelt von 1600 wie ein Fremder blickt. Er studiert diese Welt: sie ist merkwürdig, veraltet, sie ist der Erklärung bedürftig.

Er studiert: in 1 Ludovico Marsili und Priuli; in 2 die Art, wie die Senatoren durch das Fernrohr schauen (Wann kann ich eines dieser Dinger kaufen?); in 3 Sagredo (der Prinz ist ein Kind von neun Jahren); in 4 die Hofgelehrten; in 5 die Mönche; in 7 den jungen Mönch; in 8 Federzoni und Ludovico; in 10 (eine Sekunde lang) Virginia; in 12 seine Schüler; in 13 Andrea und Virginia.

Das Sinnliche in Galilei

Galilei ist natürlich kein Falstaff: als überzeugter Materialist besteht er auf physischen Freuden. Bei der Arbeit würde er zwar nicht trinken; wichtig ist, daß er auf sinnliche Weise *arbeitet.* Es bereitet ihm Genuß, seine Instrumente mit Eleganz zu handhaben. Ein großer Teil seiner Sinnlichkeit ist geistiger Natur. Da gibt es das »schöne Experiment«, die kleine theatralische Darbietung, zu der er jede Lektion gestaltet; die häufig rohe Art, wie er einen Menschen mit der Wahrheit konfrontiert; dann gibt es in seinen Reden Stellen (in 1, 7, 13), wo er gute Wörter auswählt und sie abschmeckt wie Gewürze. (Das hat nichts zu tun mit dem »Gesang« des Schauspielers, der vielleicht mit Genuß seine Arien hinlegt, aber den Genuß der Person, die er darstellt, nicht zeigt.)

Anmerkung zu »Leben des Galilei«

In der ersten Fassung des Stücks war die letzte Szene anders. Galilei hatte in großer Heimlichkeit die »Discorsi« geschrieben. Er veranlaßt anläßlich eines Besuchs seinen Lieblingsschüler Andrea, das Buch über die Grenze ins Ausland zu schmuggeln.

Sein Widerruf hatte ihm die Möglichkeit verschafft, ein entscheidendes Werk zu schaffen. Er war weise gewesen.

In der kalifornischen Fassung, die hier gedruckt ist, bricht Galilei die Lobeshymnen seines Schülers ab und beweist ihm, daß der Widerruf ein Verbrechen war und durch das Werk, so wichtig es sein mochte, nicht aufgewogen.

Wenn es jemanden interessieren sollte, dies ist auch das Urteil des Stückschreibers.

Konnte Galilei anders handeln?

(1633: Die Inquisition beordert den weltbekannten Forscher nach Rom.)

Die Szene gibt hinreichende Gründe für Galileis Zögern, aus Florenz zu fliehen und sich in den Schutz der oberitalienischen Städte zu stellen. Trotzdem mag das Publikum sich ausmalen, daß er sich dem Eisengießer Matti anvertraute, und auch hierfür so manche Tendenzen im Charakter und in der Situation Galileis ausfinden.

Der Darsteller Laughton zeigte, daß Galilei bei seinem Gespräch mit dem Eisengießer unter großer seelischer Erregung steht. Er spielte einen Moment der Entscheidung, und sie ist falsch.

(Kenner der Dialektik werden in der folgenden Szene »Der Papst« eine weitere Aufhellung der Möglichkeiten Galileis finden, wenn der Inquisitor verlangt, daß Galilei zur Abschwörung seiner Theorie gezwungen werde, weil die italienischen Seestädte seine astronomischen Karten benötigten, die auf ihr beruhen und die man ihnen nicht verweigern könne!)

Es darf hier eben nicht objektivistisch verfahren werden.[1]

1 Der Objektivist läuft, wenn er die Notwendigkeit einer gegebenen Reihe von Tatsachen beweist, stets Gefahr, auf den Standpunkt eines Apologeten dieser Tatsachen zu geraten. (Lenin)

[Zur 1. Szene]

In der 1. Szene entwickelt Galilei Gedanken über eine neue Zeit. Im alten Theater ermöglichte der Stückschreiber dem Schauspieler die realistische Darstellung von Monologen dadurch, daß er ihm dafür bestimmte Handlungen oder eine bestimmte Situation, die die Handlung ermöglichte, gab. Selbst ein großer Schauspieler ist nicht in der Lage, das Verfahren des neuen Stückschreibers zu erkennen. Er wird nach vier Sätzen, bei denen ihm der Rücken gerieben wird, ungeduldig und verlangt andere Tätigkeiten, etwa Schuheanziehen. Er setzt die neuen Gedanken nicht in Beziehung zu dem Wohlbefinden, das der Gelehrte empfindet. Galilei müßte aufhören zu denken, wenn Andrea ihm nicht mehr den Rücken reibt.

Die Abhängigkeit der Produktion für die Gesellschaft von dem Wohlbefinden des einzelnen, das ihm die Gesellschaft bietet, ist für das Stück von außerordentlicher Wichtigkeit. Sieht das Publikum das nicht, so wird der Umfall Galileis rein idealistisch. Wenn die Gesellschaft ihm nicht Wohlbehagen ermöglicht, warum soll er sie nicht verraten? Obwohl er »an sich nicht schlecht sein darf«.

Ausgerechnet den kleinen Andrea unterrichtet Galilei über seine revolutionierenden und revolutionären Gedanken. Hier zeigt sich eine ganz neue – der kapitalistischen Entmenschlichung der »Ware Arbeitskraft« entgegengesetzte – Verhaltensweise. Die Lust am Produzieren und das Vermitteln von Wissen an jeden, der wissen will. Galilei überfordert seinen Schüler dafür sogar.

Gleich darauf bricht er die Unterrichtung des Interessierten ab, um einen Desinteressierten zu unterrichten, der zahlen kann. Seine Begründung an Andrea ist die gröbste, aber die für Andrea verständliche.

[Fabelskizze]

[Erstes Kapitel]

1. Galilei beobachtet die Beklemmung, mit der der Sohn seiner Haushälterin das uralte Weltsystem des Ptolemäus betrachtet.

In diesem Modell ist die Erde von »kristallenen Sphärenschalen« eingekapselt, und das Kind nennt es einen Käfig.

2. Der kleine Andrea reibt Galilei den Rücken trocken. Dafür wird er mit einer Schilderung des neuen kopernikanischen Weltmodells erfreut, in dem die Sonne stillsteht, die Erde sich aber in großer Bewegung befindet.

3. In kümmerlichen Verhältnissen lebend, muß der große Physiker anstelle begabter, aber armer Schüler dumme wohlhabende unterrichten.

4. Galilei bietet dem Schatzmeister der Universität einen wissenschaftlichen Traktat an. Dieser belehrt ihn, daß die Behörden der Republik Geld nur für kommerzielle Erfindungen auswerfen. Der große Gelehrte braucht jedoch Muße, um Beweise für das noch unbewiesene Weltmodell der neuen Astronomen beischaffen zu können.

5. Galilei hat von einem leicht verkäuflichen Spielzeug gehört, das in Holland konstruiert wurde, einem Fernrohr. Er vertröstet den Gerichtsvollzieher mit den finanziellen Versprechungen, welche die Universitätsbehörden ihm für eine kommerzielle Erfindung gemacht haben.

Zweites Kapitel

1. Im großen Arsenal von Venedig überreicht Galilei dem Rat ein neues Instrument, das Fernrohr, für kommerzielle Verwertung. Unberechtigterweise gibt er es als seine eigene Erfindung aus.

2. Während einer Zeremonie, in welcher der Rat von Venedig das Fernrohr seiner kommerziellen und militärischen Bedeutung wegen begrüßt, gesteht Galilei einem befreundeten Wissenschaftler, daß er das neue Instrument einem anderen Zweck zugeführt hat: verkündet astronomische Entdeckungen.

Drittes Kapitel

1. Die Hafenbehörden von Venedig stellen fest, daß ein holländisches Kauffahrteischiff Kisten von Fernrohren auslädt.

2. Der Schatzmeister der Universität unterbricht eine wichtige Sternbeobachtung, um dem Wissenschaftler zu eröffnen, daß die Behörden seine Moral beklagen. Galilei entschuldigt sich damit, daß er für seine wissenschaftliche Arbeit Geld benötigt.

3. Galilei zieht revolutionäre weltanschauliche Folgerungen aus den bislang unbekannten Bahnen von vier Monden des Planeten Jupiter. Ein befreundeter Wissenschaftler beklagt die Entdeckung, weil die Verkünder neuer Wahrheiten oft der Verfolgung ausgesetzt sind.

4. Galilei äußert seinen festen Glauben an die Macht des Beweises.

5. Galilei verspricht seiner Tochter ein komfortableres Leben am Hof von Florenz, wo er um die Stellung eines großherzoglichen Mathematikers nachgesucht hat. Seine Freunde warnen ihn, die Republik zu verlassen und an einen Hof unter dem Einfluß des Klerus zu gehen, wo die Wissenschaft unter der Theologie rangiert.

Zwei Gespräche mit Neher über »Leben des Galilei« (3. und 5. Oktober 55)

Die auf italienische Art leicht aufmontierte und als leicht aufmontiert erkennbare Bühne. Nichts Steinernes, Wuchtiges, Massives.

Keine Interieurs.

Farbe von den Kostümen her. Also in Bewegung.

Die Bühne zeigt das Milieu Galileis, in zeitgenössischen Zeugnissen. (Technische Handzeichnungen Leonardos, die Wölfin mit Romulus und Remus, ein Kriegsschiff aus dem Arsenal von Venedig usw.)

Keine Projektionen, da die Bühne dann nicht voll beleuchtet werden kann.

Eventuell riesige Fotos, edel aufgehängt.

Steinboden.

Galilei für Busch

Schon in 1 sollte Galilei nichts Schnelles an sich haben – obgleich er ungeduldig sein mag, zum Studieren zu kommen.

Ist er schnell, mit Gehen oder Schauen oder Denken, so ist *dies* eben sein Unglück und erklärt alles, aber falsch.

Er ist der *sorgfältigste* Prüfer, und *er* gibt (im Widerruf, und darum handelt es sich das ganze Stück lang) die schlampige Antwort. Er sucht am angestrengtesten und begeistertsten nach der Wahrheit, und *er* verrät sie.

So, wenn er spricht, lehrt, sich nur äußert, ist es nie, daß er *weiß,* daß er schon Erdachtes wiederholt, er fördert es immer erst hervor oder überprüft Gedachtes zumindest, *wenn* er es wiederholt.

(Betrifft Rede über Neue Zeit und Experimente mit Andrea.)

»Galilei«

Die Bourgeoisie isoliert im Bewußtsein des Wissenschaftlers die Wissenschaft, stellt sie als autarke Insel hin, um sie praktisch mit *ihrer* Politik, *ihrer* Wirtschaft, *ihrer* Ideologie verflechten zu können. Das Ziel des Forschers ist »reine« Forschung, das Produkt der Forschung ist weniger rein. Die Formel $E = mc^2$ ist ewig gedacht, an nichts gebunden. So können andere die Bindungen vornehmen: die Stadt Hiroshima ist plötzlich sehr kurzlebig geworden. Die Wissenschaftler nehmen für sich in Anspruch die Unverantwortlichkeit der Maschinen.

[Wissenschaft und Macht]

Die nützlichen Hervorbringungen der Wissenschaft werden nur allzu freudig entgegengenommen von selbstischen Männern; jedoch sehen die Autoritäten mit Unlust auf die neuen Ideen, welche die Wissenschaft nötig hat, Neues hervorzubringen. Diese Ideen haben nämlich die unerwünschte Tendenz, kommen sie erst einmal ins Volk, sich auch mit den Obrigkeiten zu befassen, welche dazu da sind, die alten Ideen zu pflegen. Word is passed down.

»Galilei«-Vorwort [2]

Denken wir zurück an den Erzvater der experimentellen Naturwissenschaften, Francis Bacon, der seinen Satz, man solle der Natur gehorchen, um ihr zu befehlen, nicht umsonst schrieb. Seine Zeitgenossen gehorchten seiner Natur, indem sie ihm Geld zusteckten, und so konnten sie ihm, dem obersten Richter, so viel befehlen, daß das Parlament ihn am Ende einsperren mußte. Macaulay, der Puritaner, trennte Bacon, den Politiker, den er mißbilligte, von Bacon, dem Wissenschaftler, den er bewunderte. Sollen wir das mit den deutschen Ärzten der Nazizeit auch tun?

Unter anderem fördert der Krieg die Wissenschaften. Welch eine Gelegenheit! Sie macht Entdecker, nicht nur Diebe. Die höhere Verantwortung (die der Höheren) ersetzt die niedere (die für die Niedern). Der Gehorsam entbindet die Willkür. Alles ist in Ordnung mit der Unordnung. Die Ärzte, die das gelbe Fieber bekämpften, mußten noch an sich selber experimentieren; die faschistischen Ärzte bekamen Material geliefert. Die Gerechtigkeit mischte sich auch da ein: sie brauchten nur »Verbrecher«, d. h. Andersdenkende, zu vereisen. Für die Enteisungsexperimente vermittels »animalischer« Wärme bekamen sie Prostituierte, Weiber, die sich gegen das Gebot der Keuschheit vergangen hatten. Diese hatten dem Laster gedient, nun durften sie der Wissenschaft dienen. Übrigens stellte es sich heraus, daß heißes Wasser mehr belebt als ein Frauenkörper, es kann mehr tun für das Vaterland, an seinem kleinen Platz. (Im Krieg müssen wir nie die Ethik vergessen.) Fortschritte ringsum. Im Anfang des Jahrhunderts waren die Politiker des niederen Volks gezwungen, als ihre Universitäten die Gefängnisse anzusehen. Nun wurden die Gefängnisse Universitäten für die Wärter (und Ärzte). Natürlich wäre, auch wenn der Staat nicht in der Lage gewesen wäre, innerhalb der ethischen Grenzen zu bleiben, mit den Experimenten alles in Ordnung gewesen, nämlich »vom wissenschaftlichen Standpunkt aus«. Trotzdem hat die bürgerliche Welt immer noch einiges Recht, empört zu sein. Auch wenn es sich nur um Grade handelt, handelt es sich um Grade. In dem Prozeß gegen die Generäle von Mackensen und Mälzer in Rom, behandelnd die Erschießung von Geiseln, gab der englische Vertreter der Anklage, ein Colonel Halse, zu, daß »reprisal killings« im Krieg nicht ungesetzlich seien, wenn die Opfer vom Schauplatz des Vorfalls genommen werden, die Hinrichtungen nicht zu zahlreich sind und wenn ein Versuch gemacht wird, die Personen ausfindig zu machen, die für die Vorfälle verantwortlich waren. Die deutschen Generäle taten jedoch des Schlechten zuviel. Sie nahmen je zehn Italiener für jeden getöteten deutschen Soldaten (übrigens nicht zwanzig, wie Hitler verlangt hatte) und machten alles zu schnell ab, in ungefähr 24 Stunden. Die italienische Polizei lieferte einige Italiener zuviel, aus Versehen, und aus Versehen erschossen die Deutschen sie mit, sich zu sehr auf die Italiener verlassend. Aber auch hier hatte man die Gefängnisse um Geiseln geplündert, und Sträflinge oder Verdächtige, die auf ihren Prozeß warteten, genommen und die Lücken mit Juden aufgefüllt. Eine gewisse Menschlichkeit kam so nicht nur in dem numerischen Irrtum zur Entfaltung. Trotzdem wurden hier Grenzen überschritten, und die Überschreitung wurde geahndet.

Immerhin kann in dieser Zeit der tiefsten Verlumptheit der Bourgeoisie gezeigt werden, daß die Lumpen aus dem gleichen Stoff sind, wie die einst sauberen Gewänder waren.

So bekommen die Wissenschaftler endlich, was sie brauchen: die Staatsmittel, die Planung im Großen, das Kommando über die Industrie; so kommt ihr Goldenes Zeitalter. Und ihre große Produktion beginnt als eine Produktion von Zerstörungsmitteln, ihre Planung führt zur äußersten Anarchie, denn sie bewaffnen den Staat gegen andere Staaten. Die Verachtung, vom Volk dem weltfremden Professor gezollt, kehrt sich in nackte Furcht, jetzt, wo er die Welt so sehr bedroht. Und im Augenblick, wo er als der absolute Spezialist sich vom Volk ganz und gar getrennt hat, sieht er sich, entsetzt, wieder als einen vom Volk, denn die Bedrohung gilt auch ihm selber; er hat zu fürchten für sein eigenes Leben, und er weiß am besten von allen, wie sehr. Seine Proteste, deren wir nicht wenige gehört haben, wenden sich nicht nur gegen die Anschläge auf seine Wissenschaft, die aufgehalten, sterilisiert, mißleitet werden soll, sondern auch gegen die Bedrohung der Welt durch sein Wissen und gegen die eigene Bedrohung.

»Galilei«-Vorwort [3]

Eben nun hatten die Deutschen eines dieser Erlebnisse, die nur sehr schwer in verwertbare Erkenntnisse umzusetzen sind. Die Führung des Staates war einem unwissenden Menschen zugefallen, der zusammen mit einer Bande gewalttätiger und »ungebildeter« Politiker einen ungeheuren Krieg anzettelte und das Land vollständig ruinierte. Kurz vor der Katastrophe und für eine geraume Zeit nach ihr wurde die Schuld diesen Leuten aufgebürdet. Sie hatten eine beinahe totale Mobilmachung der Intelligenz durchgeführt, d. h. alle Fachgebiete mit geschulten Kräften versehen, und wenn sie auch hier und da tölpelhaft eingriffen, ist es doch nicht möglich, dieses tölpelhafte Eingreifen allein für die Katastrophe verantwortlich zu machen. Nicht einmal die politische und militärische Strategie scheint schlechthin falsch gewesen zu sein, und die Tapferkeit des Heeres und der Zivilbevölkerung ist unbezweifelbar. Am Ende siegte die Übermacht der Feinde an Menschen und Technik, ins Spiel gebracht durch eine Reihe schwer vorauszusagender Vorkommnisse.

»Galilei«-Vorwort [4]

Unter den so mannigfachen Beschreibungen des Elends, das in dem enthitlerten Deutschland herrschte, war auch die des geistigen Elends. »Was sie brauchen, worauf sie warten, ist eine Botschaft«, hieß es. »Haben sie nicht eine gehabt?« sagte ich. »Sieh das Elend«, hieß es, »und da ist keine Führung.« »Haben sie nicht genug Führung gehabt?« sagte ich und wies auf das Elend. »Aber sie brauchen eine Aussicht«, hieß es. »Sind sie nicht dieser Aussichten satt?« sagte ich. »Ich höre, sie lebten lang genug von der Aussicht, daß sie ihren Führer loswürden oder daß er ihnen die Welt zum Ausrauben vor die Füße legte.«

»Galilei«-Vorwort [5]

Eben die Zeit, wo man am schwersten ohne Wissen auskommt, ist die Zeit, wo es am schwersten zu beschaffen ist. Es ist der Zustand des untersten Elends, wo es scheint, daß man ohne Wissen auskommt. Nichts mehr ist kalkulierbar, die Maßstäbe sind mitverbrannt, die nahen Ziele verdecken die fernen; da entscheidet das Glück.

ZU »WAS KOSTET DAS EISEN?« (Band 5)

Anmerkungen

Das kleine Stück muß im Knockaboutstil gespielt werden. Der Eisenhändler muß eine Perücke mit Haaren haben, die sich sträuben können; die Schuhe müssen sehr groß sein, auch die Zigarren. Als Rahmen der Dekoration werden am besten Zitate aus den Reden nordischer Staatsmänner dienen.

ZU »MUTTER COURAGE UND IHRE KINDER« (Band 6)

Die finnische Niobe

Mutter Courage hat drei Schützlinge: den kühnen und klugen Sohn, den redlichen und dummen Sohn, die stumme Karin. Der kühne und kluge Sohn stirbt an der Kühnheit und Klugheit, der redliche dumme Sohn an der Redlichkeit und Dummheit, die stumme Karin, weil sie trommelt.

Einmal bricht Frieden aus, die Glocken läuten, und Mutter Courage ist ruiniert. Strahlend baut sie ihr Zelt ab, denn ihr kluger und kühner Sohn ist gerettet. Da bringen sie ihn die Lagergasse herunter, gefesselt, zum Block. Er hat nur wieder getan, was er immer tat – im Krieg, gemordet. Dafür ist er einmal dekoriert worden. (1)

Der Tarok aus *Brot und Wein.*

Mutter Courage ohrfeigt ihren redlichen Sohn, weil er sich in Gefahr bringt.

Des Generals Niederlage ist ihr Sieg.

I

DER FELDWEBEL *Mutter C. nachblickend:*
Will vom Tod leben
Wird ihm woll müssen auch was geben.

Dramaturgische Kurve

1) Betonung des Anfangscharakters der Szene. Professionelles Marketendertum der Courage und der neue Krieg als neues Unternehmen gewohnter Art. (Es beginnt und es geht weiter; es beginnt, indem es weitergeht.) Nötig: Auftrieb, Unternehmungslust, eine neue Zeit wird erwartet, neue Geschäfte kündigen sich an, zugleich neue Gefahren. Sie erhofft und fürchtet den Krieg. Sie will sich beteiligen, aber nur friedlich geschäftlich, nicht kriegerisch. Sie will ihre Familie erhalten durch den Krieg und im Krieg. Sie will der Armee dienen und sich vor ihr retten.

Zu den Kindern: Beim ersten Sohn fürchtet sie seine Kühnheit, zählt auf seine Klugheit. Beim zweiten Sohn fürchtet sie seine Dummheit und zählt auf seine Ehrlichkeit. Bei der Tochter fürchtet sie ihr Mitleid und zählt auf ihre Stummheit. Nur ihre Befürchtungen werden sich als berechtigt erweisen.

Sie erhofft sich Geschäfte, sie wird bankrott gehen.

Das Stück beginnt mit dem Auftreten (d.h. Warten) der Kriegsleute. Die große Unordnung Krieg beginnt mit der Ordnung, die große Desorganisation mit der Organisation. (Notizbüchlein.)

Die friedliche Gegend und die Eisenmänner. Die Courage kommt zu viert, geht zu dritt.

2) Der Krieg als geschäftliches Idyll. Die Courage betrügt Bauersleute um einen Kapaun, ihr ältester Sohn raubt Bauersleuten Ochsen. Er gewinnt Ruhm und Gut, sie profitiert davon. Sie brandschatzt auch die Armee ein wenig. Die Gefahr für den Sohn wird realer.

3) Daß sie in Gefangenschaft gerät, braucht geschäftlich keinen Nachteil zu bringen. Anscheinend hatte sie nichts dagegen, daß der zweite Sohn als Zahlmeister zur Armee ging. Sie hält bei ihm nur Ehrlichkeit für nötig. Diese bringt ihn um. Wäre er mit der Armee nicht verbunden gewesen, wäre er nicht umgekommen. Ihr hartnäckiges Feilschen um ihren Wagen kostet dem Sohn den Hals. Ihre Tochter hält sie zurück von der Hurenlaufbahn (nur die stünde ihr im Krieg offen), welche der Pottier Glück bringen wird. Übrigens ist sie keine Antigone.

4) Die Courage erstickt ihre menschlichen Reaktionen (jede Art Aufruhr, Aufbegehren, Kritik) des Geschäftes wegen. Sie verspricht sich etwas von der Kapitulation.

5) Zuzeiten überrennen menschliche Reaktionen die geschäftlichen Prinzipien doch. Der Sieg des Feldhauptmanns führt zu finanziellen Verlusten.

6) Das Geschäft, das der Tochter (für den Frieden) die Aussteuer bringen soll, bringt ihr die Verunstaltung im Krieg. Spe-

kulation auf die Dauer des Krieges, die finanziell günstig ist, für die Tochter jedoch Ehelosigkeit bedeutet. Am Schluß verflucht sie erstmalig den Krieg, den sie geschäftlich wünschen muß.

7) Der Frieden ist schön, auch wenn er ruinös ist. Durch den Frieden bekommt sie ihren Sohn nicht zurück, sondern verliert ihn endgültig. Für die Tochter kommt der Frieden zu spät. Der Sohn fällt, weil er die Prinzipien des Krieges im Frieden anwandte. Die einstige Lagerhure Yvette Pottier hat durch den Krieg Karriere gemacht und ist Obristin geworden. Der Krieg beginnt wieder, wird auch das Geschäft wieder beginnen?

8) Es geht abwärts mit dem Geschäft. Der Krieg ist zu lang. Überall Desorganisation, Unordnung. Die Courage verflucht in einem Lied (als Bettlerin) alle Tugenden als nicht nur unverwertbar, sondern sogar schädlich. Ihrer Tochter wegen muß sie den Koch aufgeben, der ihr ein Obdach bieten könnte. So kann sie nicht aus dem Krieg herauskommen. Mitleid mit der Tochter hält sie im Krieg.

9) Die Tochter geht unter durch ihr Mitleid mit fremden Kindern. Die Courage zieht weiter ihren geleerten Wagen, allein, dem verlumpten Heer folgend.

Anmerkung

Die Uraufführung von *»Mutter Courage und ihre Kinder«* in Zürich während des Hitlerkrieges, mit der außerordentlichen Therese Giehse in der Titelrolle, ermöglichte es, trotz der antifaschistischen und pazifistischen Einstellung des hauptsächlich von deutschen Emigranten besetzten Züricher Schauspielhauses, der bürgerlichen Presse, von einer Niobetragödie und von der erschütternden Lebenskraft des Muttertiers zu sprechen. Hierdurch gewarnt, machte der Stückschreiber für die Berliner Aufführung einige Änderungen. Es folgt der ursprüngliche Text.

Szene 1

MUTTER COURAGE ... Seid alle vorsichtig, ihr habts nötig. Und jetzt steigen wir auf und fahren weiter.

DER FELDWEBEL Ich fühl mich gar nicht wohl.

DER WERBER Vielleicht hast du dich dabei erkältet, wie du den Helm weggegeben hast, im Wind.

Der Feldwebel reißt den Helm an sich.

MUTTER COURAGE Und du gib mir meine Papiere her. Es kann sie noch ein anderer verlangen, und dann bin ich ohne Papiere. *Sie sammeln sie in der Zinnbüchse.*

DER WERBER *zu Eilif:* Du kannst dir die Stiefel ja wenigstens anschauen. Und dann heben wir einen unter Männern. Und damit du siehst, ich hab Handgeld bei mir, komm hinter den Wagen.

Sie gehen hinter den Wagen.

DER FELDWEBEL Ich versteh nicht. Immer halt ich mich dahinter. Einen sichreren Platz, als wenn du Feldwebel bist, gibts nicht. Da kannst du die andern vorschicken, daß sie sich Ruhm erwerben. Mein ganzes Mittag ist mir versaut. Ich weiß genau, nix werd ich hinunterbringen.

MUTTER COURAGE *auf ihn zu:* So sollst du dirs nicht zu Herzen nehmen, daß du nicht mehr essen kannst. Halt dich nur dahinten. Da, nimm einen Schluck Schnaps, Mann, und nix für ungut. *Sie gibt ihm zu trinken aus dem Wagen.*

DER WERBER *hat Eilif untern Arm genommen und zieht ihn nach hinten mit sich fort:* Du bist hin so oder so. Ein Kreuz hast du gezogen, was weiter? Zehn Gulden auf die Hand und ein mutiger Mensch bist du und kämpfst für den König und die Weiber reißen sich um dich. Und mich darfst du in die Fresse haun, weil ich dich beleidigt habe. *Beide ab.*

Die stumme Kattrin stößt rauhe Laute aus, weil sie die Entführung bemerkt hat.

MUTTER COURAGE Gleich, Kattrin, gleich. Dem Feldwebel ist schlecht, er ist ein Abergläubischer, das hab ich noch nicht gewußt. Und jetzt fahrn wir weiter. Wo ist denn der Eilif hin?

SCHWEIZERKAS Er muß mit dem Werber weg sein. Er hat die ganze Zeit mit ihm geredet.

Szene 5

MUTTER COURAGE *zu dem andern:* Was, zahlen kannst du nicht? Kein Geld, kein Schnaps. Märsch spielen sie auf, aber den Sold zahlen sie nicht aus.

SOLDAT *drohend:* Einen Schnaps will ich. Ich bin zu spät zum Plündern gekommen, weil die Stadt war nur eine Stunde zum Plündern freigegeben. Er ist kein Unmensch, hat der Feldhauptmann gesagt. Die Stadt soll ihm, hör ich, was gezahlt haben.

DER FELDPREDIGER *kommt gestolpert:* In dem Hof da liegen noch welche. Die Bauernfamilie. Hilf mir einer. Ich brauch Leinen.

Der zweite Soldat geht mit ihm weg.

MUTTER COURAGE Ich habe keine. Meine Binden hab ich ausverkauft beim Regiment. Ich zerreiß für die nicht meine Offiziershemden.

DER FELDPREDIGER *zurückrufend:* Ich brauche Leinen, sag ich.

MUTTER COURAGE *kramt in ihrem Wagen heraus:* Ich gib nix. Die zahlen nicht, warum, die haben nix.

DER FELDPREDIGER *über einer Frau, die er hergetragen hat:* Warum seid Ihr denn dageblieben im Geschützfeuer?

DIE BAUERSFRAU *schwach:* Hof.

MUTTER COURAGE Die und weggehen. Meine schönen Hemden. Morgen kommen die Herren Offiziere, und ich hab nix für sie. *Sie wirft eines herunter, das Kattrin zur Bauersfrau bringt:* Wie komm ich dazu, was herzugeben. Ich habe den Krieg nicht angefangen.

ERSTER SOLDAT Das sind Evangelische. Warum müssen sie evangelisch sein.

MUTTER COURAGE Ich pfeif dir aufn Glauben. Denen ist der Hof hin.

ZWEITER SOLDAT Die sind gar nicht evangelisch. Die sind selber katholisch.

ERSTER SOLDAT Wir können sie nicht herausklauben bei der Beschießung.

EIN BAUER *den der Feldprediger bringt:* Mein Arm ist kaputt.

Eine Kinderstimme schreit im Hause schmerzlich.

FELDPREDIGER *zu der Bauersfrau:* Bleib liegen.

MUTTER COURAGE Holt das Kind heraus.

KATTRIN *rennt hin.*

MUTTER COURAGE *Hemden zerreißend:* Das Stück zu einem halben Gulden. Ich bin ruiniert. Beweg sie nicht beim Verbinden, vielleicht ist es der Rücken. *Zu Kattrin, die einen Säugling aus den Trümmern geholt hat und ihn wiegend herumschleppt:* Hast du glücklich wieder einen Säugling gefunden zum Herumschleppen? Auf der Stelle gib ihn der Mutter, sonst hab ich wieder einen stundenlangen Kampf, bis ich dich herausgerissen hab, hörst du nicht? *Kattrin kümmert sich nicht darum.* Ich hab nur Verluste von euren Siegen. So, das muß langen, Feldprediger, aasen Sie nicht mit dem Leinen, das bitt ich mir aus.

FELDPREDIGER Ich brauche mehr, das Blut kommt durch.

MUTTER COURAGE *über Kattrin:* Da sitzt sie und ist glücklich in all dem Jammer, gleich gibst es weg, die Mutter kommt schon zu sich. *Während Kattrin endlich widerstrebend das Kind der Bauersfrau bringt, zerreißt sie ein neues Hemd.* Ich gib nix, ich mag nicht, ich muß an mich selber denken. *Zum zweiten Soldaten:* Glotz nicht. Geh lieber dort hinter und sag ihnen, sie solln mit der Musik aufhören, ich seh hier, daß sie gesiegt haben. Nimm dir ein Glas Schnaps, Feldprediger, widersprich nicht, ich habe genug Ärger. *Sie muß vom Wagen herunter, um dem ersten Soldaten, der betrunken ist, ihre Tochter zu entreißen.* Du Vieh, willst du noch weiter siegen? Halt, du kommst mir nicht weg, erst zahlst du. *Zum Bauern:* Deinem Kind fehlt nix. Schieb ihr *auf die Frau zeigend* was unter. *Zum ersten Soldaten:* Dann laß deinen Mantel da. Der ist sowieso gestohlen.

Erster Soldat geht schwankend weg. Mutter Courage zerreißt weiter Hemden.

DER FELDPREDIGER Es liegt noch einer drunter.

MUTTER COURAGE Sei ruhig, ich zerreiß schon alles.

Szene 7

Landstraße. Der Feldprediger, Mutter Courage und Kattrin ziehen den Planwagen. Er ist schmutzig und verwahrlost, jedoch hängen die neuen Waren dran.

MUTTER COURAGE *singt:*

So mancher wollt so manches haben

Was es für manchen gar nicht gab.
Sich einen Unterstand zu graben
Grub er sich nur ein hastig Grab.
Schon manchen sah ich sich abjagen
In Eil macht einer Ruhestatt
Liegt er dann drin, mag er sich fragen
Warums ihm so geeilet hat.

Den Refrain »Das Frühjahr kommt« bläst sie auf der Mundharmonika.

Szene 12

BAUERSLEUT Sie müssen fort, Frau. Nur mehr ein Regiment ist dahinter. Allein könnens nicht weg.

MUTTER COURAGE Sie atmet noch. Vielleicht schläft sie ein.

In den Bauernkriegen, dem größten Unglück der deutschen Geschichte, war, was das Soziale betrifft, der Reformation der Reißzahn gezogen worden. Übrig blieben die Geschäfte und der Zynismus. Die Courage – dies sei gesagt, der theatralischen Darstellung zu helfen – erkennt zusammen mit ihren Freunden und Gästen und nahezu jedermann das rein merkantile Wesen des Kriegs: das ist gerade, was sie anzieht. Sie glaubt an den Krieg bis zuletzt. Es geht ihr nicht einmal auf, daß man eine große Schere haben muß, um am Krieg seinen Schnitt zu machen. Die Zuschauer bei Katastrophen erwarten ja zu Unrecht, daß die Betroffenen daraus lernen werden. Solang die Masse das *Objekt* der Politik ist, kann sie, was mit ihr geschieht, nicht als einen Versuch, sondern nur als ein Schicksal ansehen; sie lernt sowenig aus der Katastrophe, wie das Versuchskarnickel über Biologie lernt. Dem Stückschreiber obliegt es nicht, die Courage am Ende sehend zu machen – sie sieht einiges, gegen die Mitte des Stückes zu, am Ende der 6. Szene, und verliert dann die Sicht wieder –, ihm kommt es darauf an, daß der Zuschauer sieht.

[Die Geschäfte der Courage]

Zu einer Zeit, wo die Kriege vermeidlich geworden sind, und zwar dadurch, daß eine neue, unkriegerische, nicht auf Unterdrückung und Ausbeutung gegründete Gesellschaftsordnung möglich geworden ist, zeigt der Stückschreiber, wie die »kleinen« Leute in einem unvermeidlichen Krieg nichts gewinnen. Warum tut er das? Wenn die Mutter Courage nichts tun kann, daß ein Krieg vermieden wird, warum dann zeigen, wie sie vom Krieg ruiniert wird? Er ist ihr Schicksal, warum lassen wir sie von ihm zermalmen? Nun ist es, zur ersten Entschuldigung des Stückschreibers gesagt, richtig, daß sie auch andere Geschäfte betreiben könnte, weniger lukrative, aber auch weniger gefährliche. Dies ist aber noch nicht die Antwort des Stückschreibers.

Feststellungen bei der Verwendung des Berliner Modells in München (September 1950)

1. Bild Der »lange Weg« kann auch noch dadurch gezeigt werden, daß die Söhne im Vorspiel barfuß und in Hemd und Hose den Wagen ziehen, in der ersten Szene aber mit mehreren Joppen und die Füße mit Lappen umwickelt: Es ist Herbst geworden, wenn sie zum Heer stoßen.

1. Bild Daß die Courage, nach der Entdeckung von Eilifs Entführung, die Gürtel mit den Schnallen zornig in den Wagen wirft, ist nicht, als eine besondere Erfindung der Weigel, wegzulassen. Das stumme Weiterziehen kommt nicht zur Wirkung, wenn die Courage nicht erkannt hat, daß sie den Verlust ihrem kleinen Handel verdankt. Diese Erkenntnis ist auch gut zur Darstellung gebracht: Der Zorn der Händlerin richtet sich gegen die Gürtel!

1. Bild Dem Darsteller des Eilif ist das Spielen des Zum-Heere-Wollens erschwert dadurch, daß der Werber, um ihn beiseite zu bringen, einen Streit mit ihm vom Zaun bricht. So hat er seinem Herausforderer zu folgen – was die Szene lustiger macht.

1. Bild Wichtig die kleinen Phasen, in denen die Courage erkennt, daß Eilif ihr entgleitet. (Z.B. spricht sie den Satz

»Komm mit, fischen« so, als drücke sie damit eine Erfahrung der kleinen Familie, auch Eilifs, aus!) Unbedingt nötig, daß sie mehrmals nach Eilif zurückblickt, wenn sie dem Feldwebel einen frühen Soldatentod prophezeit. Dies tut sie ja nur, ihren kriegslüsternen Sohn einzuschüchtern.

1. Bild Charakteristisches Detail des Arrangements: Die Courage hat den Herrn Offizieren eine Schnalle zum Kauf angeboten, um sie von ihren Söhnen abzulenken (sie hat das Interesse des Werbers an Eilif wohl bemerkt). Der Feldwebel sagt ihr ernst: »Ich brauch was anderes«, läßt sie brüsk stehen und geht hinüber zum Wagen, die Söhne zu mustern. Dann kehrt er zu ihr zurück, pflanzt sich vor ihr auf und sagt barsch: »Warum drückt sich das vom Heeresdienst?« Diese Gänge zeigen, daß der Versuch der Courage, die Werber zu bezirzen, mißlungen ist. Der Einschnitt ist nötig.

11. Bild Es erhob sich die Frage, ob die Soldaten nicht sofort versuchen sollen, die Trommelnde vom Dach zu bringen. (Einer könnte mit seinem Helm nach ihr werfen.) Entscheidung: Lieber zu zeigen, daß die Soldaten sich nicht überanstrengen, sondern nur auf Befehle handeln. Es ist das Unternehmen des Fähnrichs, nicht ihres. Gut wäre es, Aufstellung, Richtung und Abfeuerung der Kugelbüchse mit Genauigkeit, als technischen Arbeitsvorgang (umständlich zur damaligen Zeit) zu zeigen. Ein solcher Aufenthalt steigert das innere Tempo der Szene.

4. Bild Charakteristischer Fehler der Modellbenutzung: Die Weigel blieb bei den Sätzen »Ich hab mir's überlegt. Ich beschwer mich nicht« sitzen. Dann stand sie auf und ging weg, der Rampe entlang, vorbei am Schreiber. Der Gang zeigte die Niederlage. Die Giehse stand zu den Sätzen auf und sprach sie mit beinahe militärischer Haltung. Erst nach einiger Überlegung kamen wir darauf, daß in diesem Fall die Szene mit den Sätzen enden müßte und der Gang eine mechanische Benutzung des Modells wäre.

1. Bild Die Giehse war für eine Abstufung ihrer Gefühle für die drei Kinder. Den Schweizerkas liebte ihre Courage am wenigsten: Er mußte, seiner Einfalt wegen, redlich sein. Nach der Entführung Eilifs sollte sie außer dem »Du einfältiger Mensch«, gerichtet an Schweizerkas, auch noch das »Ich weiß,

du kannst nicht reden, du bist unschuldig« zu Kattrin zornig sagen, schlug Monk vor.

5. Bild Nach dem »Wo ist das Leinen?« des Feldpredigers ist eine lange Pause, in der alle auf die Courage hinschauen, die bockig auf der Treppe hockt, um den Eintritt in ihren Wagen zu blockieren. Berlau gab zu bedenken, ob die Pause nicht erst nach der Weigerung der Courage kommen sollte. Wir stellten fest, daß dann die Geschichte der Kattrin, nicht die der Courage erzählt würde (und gezeigt, wie diese zur Tat schreitet). Berlau hatte nichts dagegen, daß diese Geschichte erzählt würde.

Kattrin

Es ist nötig, die Sätze zu formulieren, welche Kattrin zu sagen versucht. Nur so kann die Darstellerin präzis sein.

Der Stein beginnt zu reden

(Kattrin: Hurwicz, Fähnrich: Schaefer, Bauer: Gnass, Bäuerin: Braunbock, Bauernsohn: Schubert, 1. Soldat: Schwabe, 2. Soldat: Franz)

Wenn die stumme Kattrin auf dem Scheunendach zu trommeln anfängt, um die Stadt Halle zu wecken, ist schon lange eine große Veränderung mit ihr vorgegangen. Die lebhafte freundliche junge Person, die wir im Couragewagen in den Krieg haben fahren sehen, ist eine geschlagene Kreatur geworden, nicht ohne Bosheit. Sie ist auch äußerlich sehr verändert, nicht so sehr im Gesicht, dessen Kindlichkeit lediglich etwas Infantiles angenommen hat, aber im ganzen Körper, der unförmig und schwer geworden ist. Sie kniet mit den betenden Bauersleuten vorn an der Rampe, etwas hinter der Bauersfrau, als ihr die über die Schulter weg zuwirft, die kleinen Kinder ihres Schwagers seien auch in der bedrohten Stadt. Es geht nichts vor in ihrem Gesicht, das seit langem, ein blindgewordener Spiegel, die Fähigkeit verloren hat, irgend etwas deutlich zu zeigen. Sie kriecht lediglich rückwärts, bis sie aus der Nähe der Betenden ist, dann läuft sie lautlos zum Wagen und holt die Trommel, die dort hängt, wie zum Verkauf ausgeboten. Es ist die Trommel, die ihre Mutter vor Jahren unter den neugekauften Waren fand, welche sie gegen die marodierenden Landsknechte so hartnäkkig verteidigt hatte, daß sie die entstellende Wunde über dem Auge erhielt. Die Stumme bindet sie los, hängt sie sich auf den Rücken, schleicht zur Scheune, stopft sich die langen Röcke hoch und klettert aufs Dach. Die Menschen schweigen, der Stein hat beschlossen zu reden.

(Die Schauspielerin zeigt die Eile der Retterin, aber auch, wie sie alles als eine Arbeit macht, durchaus praktisch. Viele würden unten an der Leiter das Hochziehen der langen Röcke vor dem Publikum verbergen, vergessend, daß sie nicht nur die Schauspielerin, sondern auch die Stumme beim Klettern hindern würden.)

Auf dem Dach (die Schauspielerin behielt beim Klettern das Täppische ihres erstmaligen Kletterns fest) sieht sie hinüber, wo die schlafende Stadt angenommen ist, und fängt unverzüglich mit dem Trommeln an. Sie hält in beiden Händen Schlegel und schlägt im Zweitakt, mit dem Akzent wie im Wort Gewalt. Die Bauersleute schrecken aus dem Gebet hoch, der Bauer läuft hin, behindert durch sein Rheuma, die Stumme zieht linkisch die Leiter hoch zu sich aufs Dach und trommelt weiter.

(Von nun an teilt die Schauspielerin ihre Aufmerksamkeit qualvoll zwischen der Stadt, die sehr lang braucht, zu erwachen, und den Leuten auf dem Hof, die sie bedrohen.)

Unten der Bauer sucht gebückt nach Steinen, die Trommelnde zu bewerfen; die Bäuerin beschimpft sie und fleht sie an, aufzuhören (»Hast du kein Mitleid, hast gar kein Herz?«). Die Trommelnde wirft einen kühlen Blick herunter auf die Ängstlichen und wendet sich wieder der Stadt zu, die immer noch nicht zu erwachen scheint. (Die mit vielen Mitleid haben, dürfen keines haben mit den wenigen.)

Die Landsknechte kommen zurückgelaufen. Der Fähnrich bedroht die Bauersleute mit dem blanken Säbel. Sie sind wieder aufs Knie gesunken, wie zuvor vor ihrem Gott. Die Landsknechte bieten der Fremden einen Vergleich an. Annehmend, sie mache den Lärm, weil sie für ihre Mutter in der Stadt fürchtet, versprechen sie ihr, diese zu schonen. Die Trommelnde scheint nicht zu verstehen oder dem rufenden Landsknecht nicht zu glauben. Der Fähnrich tritt vor. Er wirft sich in die

Brust, er bürgt ihr mit seinem Offiziersehrenwort. Die Stumme hebt die Schlegel höher als je zuvor, nach einer winzigen Pause, anzeigend, daß sie gehört und daß sie bedacht hat. Lauter als zuvor trommelt sie weiter. (Die Schauspielerin benutzt den kleinen Vorgang zu einer Demonstration der Stummen: sie hält nichts von den Ehrenwörtern der Schlächter.)

Der Fähnrich rast. Die Stumme macht ihn madig vor seinen Leuten. Er weiß, sie grinsen jetzt, wenn er nicht hinsieht. Aber der Bauer rennt freiwillig nach einer Axt und hackt auf einen Holzblock zum Anschirren von Ochsen ein, den Lärm der Trommel zu übertönen durch einen »friedlichen Lärm«. Die Stumme schaut, über die Schulter, auf ihn herunter. Sie nimmt den Wettkampf im Lärmen auf, er geht eine Weile. Dann winkt der Fähnrich wütend ab. Das alles hilft nicht. Er läuft zum Bauernhaus, nach einem Scheit, die Trommelnde zu räuchern wie einen Schinken. Die Bäuerin läßt ihr mechanisches Beten und wirft sich vor die Haustür: »Das nutzt nix, Herr Hauptmann, wenn sie in der Stadt hier Feuer sehen, wissen sie alles.« Etwas Außerordentliches geschieht. Die Stumme auf dem Dach hat die Bäuerin gehört und lacht jetzt herunter, sie hängt ihr Gesicht nach vorne und lacht.

(Zwei Szenen zuvor hat die Schauspielerin Kattrin ebenfalls lachen lassen. Sie hat vor ihrem Fluchtversuch, noch einmal auf ihr bösartiges Arrangement des Rocks der Mutter mit der Hose des Kochs blickend, das unheimliche Lachen gezeigt, die Hand vor dem Mund. Das Lachen nun löscht jenes Lachen aus.)

Der Fähnrich geht in die Luft. Er schickt einen Landsknecht nach einer Kugelbüchse. Auch der Bäuerin ist etwas eingefallen. »Ich hab's«, schreit sie, verräterisch auf den Planwagen zeigend, »wenn wir den Wagen zusammenhauen, hört sie auf; sie haben nix als den Wagen.« Mit Fußtritten zwingt ein Landsknecht den Bauernsohn, mit einer Planke auf den Wagen einzuhauen. Die Stumme schaut verzweifelt hin, sie stößt jetzt jämmerliche Laute aus. Und sie trommelt weiter. (Und die Schauspielerin weiß, nähme die Stumme ihr Trommeln auch nur einen Augenblick zu früh wieder auf, wäre die Wahrheit beschädigt. Die Bäuerin hat recht, der Wagen ist alles, wieviel wurde ihm schon geopfert!)

Die Trommelnde beginnt nun schon müde zu werden,

Trommeln ist auch eine Arbeit; man sieht, wie schwer es ihr wird, die Arme mit den Schlegeln zu heben. Der Zweitakt verwirrt sich. Sie schaut gieriger und angstvoller nach der Stadt hin, vorgebeugt, mit offenem Mund, was ihr etwas Idiotisches gibt. Sie beginnt zu zweifeln, daß sie in der Stadt je gehört wird. (Die Schauspielerin hat allen ihren Bewegungen bisher etwas Linkisches verliehen. Man soll erkennen: Bereit zu helfen ist die Hilfloseste. Nun gerät sie ganz in Verwirrung.) Die Verzweifelnde erlebt noch eine Versuchung, aufzuhören. Der Bauernsohn wirft plötzlich die Planke weg und schreit: »Schlag weiter, sonst sind alle hin!«, und der Landsknecht schlägt mit dem Spieß auf ihn ein. Er wird ihn totschlagen. Die Stumme wird von einem trockenen Schluchzen überwältigt, sie macht unschlüssige, fahrige Bewegungen mit den Trommelschlegeln, bevor sie weiter trommelt. Der Landsknecht kommt zurück mit der Kugelbüchse. Er stellt sie auf die Gabel, er zielt aufs Dach. (»Zum allerletzten Mal, hör auf mit Schlagen!«) Die Stumme beugt sich vor, sie hält ein mit Trommeln, sie schaut in den Büchsenlauf. In der größten Not drückt ihr weißes infantiles Gesicht noch einmal etwas aus: Furcht. Dann hebt sie mit einer mächtigen und zugleich erschöpften Bewegung die Arme mit den Schlegeln und schlägt, laut schluchzend, weiter. Der Landsknecht gibt Feuer, die Kugel erreicht sie, als sie eben beide Arme hoch erhoben hat. Sie sinkt vornüber. Einen Schlag schlägt sie noch, der zweite, letzte, kommt zustande, weil der andere Arm niedersinkt. Einen Augenblick herrscht Stille, in die der Fähnrich hinein sagt: »Schluß is mit'n Lärm.« Dann lösen die Kanonen der Stadt, sie hört sie nicht mehr, die Trommelschläge ab. Die Stadt hat sie gehört. (Die Schauspielerin hat, eine heroische Haltung zeigend, die besondere Art gezeigt, wie sie bei ihrer Figur zustande kommt: durch eine Tapferkeit, welche die Furcht überwindet.)

Gespräch mit einem jungen Zuschauer

Z: Einige haben gesagt, das Stück ist am Ende nicht ganz richtig, weil es damit aufhört, daß die Marketenderin trotz des Unglücks, das sie getroffen hat, nichts gelernt hat.

S: Schau um dich, da sind genug Leute, denen der Krieg Unglück gebracht hat. Wie viele von ihnen haben etwas gelernt? Ich meine: selber gelernt, ohne Hilfe, wie das die Courage müßte.

Z: Du meinst, du willst einfach die Wahrheit zeigen?

S: Ja, der Dreißigjährige Krieg ist einer der ersten Riesenkriege, die der Kapitalismus über Europa gebracht hat. Und im Kapitalismus ist es ungeheuer schwierig für den einzelnen, daß der Krieg nicht nötig ist, denn im Kapitalismus ist er nötig, nämlich für den Kapitalismus. Dieses Wirtschaftssystem beruht auf dem Kampf aller gegen alle, der Großen gegen die Großen, der Großen gegen die Kleinen, der Kleinen gegen die Kleinen. Man müßte also schon erkennen, daß der Kapitalismus ein Unglück ist, um zu erkennen, daß der unglückbringende Krieg schlecht, d. h. unnötig ist.

Die Courage lernt nichts

Das Stück »Mutter Courage und ihre Kinder« schrieb ich im dänischen Exil, vor einundeinhalb Jahrzehnten. Über das grüne und freundliche Fünen fiel schon ein großer Schatten. Vom Sund her gab es Geschützdonner zu hören. Im Radio kündeten Geräusche, die menschlichen Stimmen entfernt ähnelten, daß die Vorbereitungen zu einem großen Raubzug in Deutschland vor dem Abschluß standen. Zwischen Koffern schrieb ich noch ein Stück.

Im Exil schreibt man in besonderer Weise. Man ruft sozusagen in den Wind. Aber man ruft doch in eine bestimmte Richtung. Zu niemandem gehörend, spricht man noch nicht zu allen. Von denen, die nicht herhören, spricht man zu ganz bestimmten. Und im Grunde, uneingestanden, spricht man weiter zu denen zu Hause, die gar nicht mehr hören können. Das Handwerk des Exilierten ist das Hoffen.

Ich schrieb mein Stück, soweit mir bekannt war, für Skandinavien und deshalb schreibe ich jetzt diesen kleinen Traktat für Skandinavien.

Es mag heute schwierig sein, sich daran zu erinnern, daß es damals in Skandinavien Leute gab, die nicht abgeneigt waren, sich an den Unternehmungen jenseits der Grenze ein wenig zu beteiligen. Sie werden kaum davon reden. Nicht so sehr, weil es sich um einen Raubzug handelte, sondern weil dieser Raubzug mißglückte. Es gibt sogar in Deutschland eine Menge Räuber, die den damaligen Raubzug heute ablehnen.

Im Gegensatz zu den meisten andern europäischen Ländern spielte das Theater in Skandinavien eine Rolle. Ich stellte mir, schreibend, vor, daß von den Bühnen einiger großen Städte herab, die Warnung des Stückschreibers zu hören sein würde, die Warnung, daß der einen langen Löffel haben muß, der mit dem Teufel frühstücken will. Ich mag darin naiv gewesen sein, aber ich halte es nicht für eine Schande, naiv zu sein.

Es kam nicht zu solchen Aufführungen. Die Schriftsteller können nicht so schnell schreiben, als die Regierungen Kriege machen können; denn das Schreiben verlangt Denkarbeit. Die Bühnen waren viel zu früh in den Händen des großen Räubers.

»Mutter Courage und ihre Kinder« kam also zu spät.

Als der Wagen der Courage 1949 auf die deutsche Bühne rollte, erklärte das Stück die immensen Verwüstungen, die der Hitlerkrieg angerichtet hatte. Die zerlumpten Kleider auf der Bühne glichen den zerlumpten Kleidern im Zuschauerraum.

Der säuerliche Geruch schlecht gesäuberter Kleider im Zuschauerraum tat der Feierlichkeit der Stimmung keinen Abbruch. Wer gekommen war, war aus Ruinen gekommen und ging zurück in Ruinen. So viel Licht wie auf der Bühne gab es auf keinem Platz und in keinem Haus.

Der alte, weise Bühnenmeister aus der Reinhardtzeit hatte mich wie einen König empfangen, aber es war eine bittere Erfahrung, allen hier gemeinsam, die der Aufführung zu harter Realistik verhalf. Die Schneiderinnen der Werkstätten verstanden, daß die Kostüme zu Beginn des Spiels reicher sein mußten als am Ende. Die Bühnenarbeiter wußten, wie die Plache über dem Couragewagen sein mußte: Weiß und neu zu Beginn, dann schmutzig und geflickt, dann wieder einmal etwas sauberer, aber nie mehr wirklich weiß und am Ende ein Lumpen.

Die Weigel spielte die Courage hart und zornig; d.h. nicht ihre Courage war zornig, sondern sie, die Darstellerin. Sie zeigte eine Händlerin, kräftig und verschlagen, die eins ums andere ihrer Kinder an den Krieg verliert und doch immer weiter an den Gewinn aus dem Krieg glaubt.

Davon, daß die Courage nichts lernt aus ihrem Elend, daß sie nicht wenigstens am Schluß begreift, war viel die Rede. Wenige begriffen, daß gerade dies die bitterste und verhängnisvollste Lehre des Stücks war.

Der Erfolg des Stücks, d.h. der Eindruck, den das Stück machte, war zweifellos groß. Leute zeigten auf der Straße auf die Weigel und sagten: Die Courage! Aber ich glaube nicht und glaubte damals nicht, daß Berlin – und alle andern Städte, die das Stück sahen – das Stück begriffen. Sie waren alle überzeugt, sie hätten gelernt aus dem Krieg; sie verstanden nicht, daß die Courage aus ihrem Krieg nichts gelernt haben sollte, nach der Meinung des Stückschreibers. Sie sahen nicht, was der Stückschreiber meinte: daß die Menschen aus dem Krieg nichts lernen.

Das Unglück allein ist ein schlechter Lehrer. Seine Schüler lernen Hunger und Durst, aber nicht eben häufig Wahrheitshunger und Wissensdurst. Die Leichen machen den Kranken nicht zum Heilkundigen. Weder der Blick aus der Ferne noch der aus der Nähe machen den Augenzeugen schon zum Experten.

Die Zuschauer des Jahres 49 und der folgenden Jahre sahen nicht die Verbrechen der Courage, ihr Mitmachen, ihr am Kriegsgeschäft Mitverdienenwollen; sie sahen nur ihren Mißerfolg, ihre Leiden. Und so sahen sie den Hitlerkrieg an, an dem sie mitgemacht hatten: es war ein schlechter Krieg gewesen, und jetzt litten sie. Kurz, es war so, wie der Stückschreiber ihnen prophezeit hatte. Der Krieg würde ihnen nicht nur Leiden bringen, sondern auch die Unfähigkeit, daraus zu lernen.

»Mutter Courage und ihre Kinder« läuft jetzt im sechsten Jahr. Es ist bestimmt eine glänzende Aufführung, große Künstler spielen darin. Etwas hat sich geändert, kein Zweifel. Das Stück ist heute kein Stück mehr, das zu spät gekommen ist, nämlich *nach* einem Krieg. Schrecklicherweise droht ein neuer Krieg. Niemand spricht davon, jeder weiß davon. Die große Menge ist nicht für Krieg. Aber es gibt so viele Mühsale. Könnten sie nicht durch einen Krieg beseitigt werden? Hat man nicht doch ganz gut verdient im letzten, jedenfalls bis knapp vor dem Ende? Gibt es nicht doch auch glückliche Kriege?

Der Stückschreiber fragt sich, wie viele der Zuschauer von

»Mutter Courage und ihre Kinder« die Warnung des Stücks *heut* verstehen.

[Für das Programmheft der Kopenhagener Aufführung]

Als »Mutter Courage und ihre Kinder« drei Jahre nach dem Zusammenbruch Hitlerdeutschlands in dem zerstörten Berlin über die Bühne ging, gaben viele ihrem Staunen Ausdruck, wie genau die entsetzliche Vernichtung der Menschen und Städte in diesem Stück vorausgesagt worden war. In Wahrheit bedurfte es nicht besonderer Phantasie, dies zu tun, sondern besonderer Stumpfheit, dies nicht zu tun. Gerade dieses Staunen sagte dem Stückschreiber, *wie* weit die Menschen in dieser Stadt davon entfernt gewesen waren, die Folgen ihres Tuns oder Nichttuns vorauszusehen.

Schrecklicherweise ist die Warnung des Stücks heute nicht überholt, denn nur der spezielle Krieg, vor dem es einst warnte, ist vorbei, aber neue scheinen heraufzuziehen.

Das Stück wurde vor Ausbruch des zweiten Weltkriegs unter dem fünischen Strohdach geschrieben. Es würde mich freuen, wenn es als kleine Gegengabe des so freundlich aufgenommenen Gastes von damals betrachtet würde.

[Für die Aufführung in Göttingen 1956]

Es wird jetzt, wo das deutsche Wirtschaftswunder und die Politik der Stärke in so drohender Weise Arm in Arm auftreten, besonders wichtig, die Courage als Händlerin zu spielen, die im Krieg ihren Schnitt machen möchte. Ihr Händlertum hält sie für Muttertum, aber es zerstört ihre Kinder, eines nach dem anderen.

ZU »DAS VERHÖR DES LUKULLUS« / »DIE VERURTEILUNG DES LUKULLUS« (Band 6)

Abänderungen des »Lukullus«

1
Änderung des Titels. Anstatt »Das Verhör des Lukullus« nunmehr »Die Verurteilung des Lukullus«, ein musikalisches Schauspiel.

2
Während des pomphaften Begräbnisses des Lukullus hört man die Zuschauer die Taten des Lukullus sehr verschieden bewerten. Die einfachen Leute verurteilen ihn. Die Musik kann so sein, daß sie diese Reden nicht zudeckt.

3
Szene 4 (Schulkinder). Den Vers »Sextus erobert den Pontus« singt der Lehrer, die Knaben wiederholen gelehrig »den Pontus«. So ist es auch mit den nachfolgenden Versen, d. h. es werden ihnen Eroberungen gelehrt. Unmittelbar danach kommt die Verurteilung der Eroberungen des Lukulls durch die Nachwelt. Sie läßt es nicht zu, daß er als ein Beispiel von Heldentum dargestellt wird.

4
Szene 8 (Verhör des Königs und der Königin). Nach den Worten des Lukullus »Dieser König da, der euer Mitleid fängt, als er noch oben« folgt eine neue Szene mit einer Arie des Gefangenen, in der er seinen Aufruf zur unerschrockenen Verteidigung der überfallenen Heimat wiedergibt. Zur Ehrung der Verteidiger ih-

Dessaus »Lukullus«-Musik

1

Die Musik ist unvergleichlich einfacher als die etwa Richard Straussens. Ein unvoreingenommenes Publikum kann sie genießen, besonders aber eines, das gekommen ist, zu genießen.

2

Die Musik hat überhaupt nichts mit Formalismus zu tun. Sie dient vorbildlich dem Inhalt, ist klar, melodienreich, frisch. Wir sehen Gespenster, wenn wir *überall* Formalismus sehen.

3

Dessau hat ganz neue Ausdrucksformen gefunden, die unsere Komponisten studieren sollten. Er versteht es, Arien aus einem Text zu formen, der bisher nur Rezitative hergab. Seine Musik vermag die Gefühle der Menschen auszudrücken.

Die Diskussion über »Die Verurteilung des Lukullus«

Die Oper war bereits angenommen, als die Kampagne gegen den Formalismus eröffnet wurde. Im Ministerium für Volksbildung wurden Bedenken laut. Es wurde den Autoren nahegelegt, die Oper zurückzuziehen. Diese waren jedoch nur bereit, auf den Vertrag zu verzichten, und nicht, die Oper zurückzuziehen, da sie die Oper nicht für formalistisch hielten. Die vorgebrachten Argumente überzeugten sie nicht, die von Musikern vorgebrachten schienen ihnen sogar selbst formalistisch. Sie betonten die Wichtigkeit des Inhalts, nämlich der Verdammung des Raubkriegs. Und sie schlugen vor, die Einstudierung der Oper, die schon begonnen hatte, so weit fortzusetzen, daß eine geschlossene Aufführung zur Selbstverständigung eines verantwortlichen Publikums und der Künstler veranstaltet werden könnte. Der Vorschlag wurde akzeptiert, und es wurden sehr große Mittel eingesetzt, diese Selbstverständigung zu ermöglichen. Bei der Aufführung wirkte der Inhalt sehr stark auf das Publikum ein, schon weil er der friedlichen, den Raubkrieg verdammenden Politik der DDR entsprach. Jedoch gab es auch starke Bedenken, und in einer dreistündigen Diskussion zwischen führenden Mitgliedern der Regierung unter dem Vorsitz des Staatspräsidenten und den Autoren ergab sich, daß das Werk in der vorliegenden Gestalt eine gewisse Verwirrung in die eben begonnene Kampagne tragen konnte, die von größter Wichtigkeit ist, da sie die unbestreitbare Kluft zwischen den Künsten und ihrem neuen Publikum schließen soll. Der Parabelcharakter des Textes erschwerte das Verständnis, und die Musik berücksichtigte nicht genug den augenblicklichen Stand der musikalischen Bildung des großen Publikums und entfernte sich von der klassischen Linie. Außerdem überwogen musikalisch die Teile, in denen die Beschreibung des Aggressors eine düstere und heftige Musik ergab. Brecht und Dessau erklärten sich willig, Zusätze im Geist der Diskussion zu machen und das Werk wieder vorzulegen. Als in einer zweiten Diskussion im gleichen Rahmen die neuen Texte vorgelegt wurden und auch der Komponist gewisse Änderungen in Aussicht stellte, wurde beschlossen, das Werk zur Aufführung zu bringen und der öffentlichen Kritik zu unterbreiten.

[Notiz zu »Die Verurteilung des Lukullus«]

Die Oper »Die Verurteilung des Lukullus« beruht auf einem Hörspiel. Sollten die Opernhäuser sie aufnehmen, gelangten dorthin wohl zum ersten Male Erfahrungen der Massenarbeit des modernen Radios.

Anmerkungen über die Oper »Die Verurteilung des Lukullus«

Auf dem Hörspiel »Das Verhör des Lukullus« ist die Oper »Die Verurteilung des Lukullus« aufgebaut. Das erstere Werk schloß mit den Versen

Das Gericht
Zieht sich zur Beratung zurück.

»Das Urteil« (14) entlieh es vom letzteren. Es behielt aber seinen Titel, der besseren Unterscheidung von diesem wegen.

Die Oper enthält nicht die Einvernahme der Steinernen Friesgestalten. Als Zeugen werden statt ihrer die Schatten gerufen, die auf dem Fries abgebildet sind.
Hier die neue Szene:

Herbeischaffen des Frieses

DIE SKLAVEN MIT DEM FRIES

Aus dem Leben in den Tod
Schleppen wir die Bürde ohne Weigrung
Lange schon war unsre Zeit nicht unsre
Unsrer Wege Ziel uns unbekannt.
Also folgen wir der neuen Stimme
Wie der alten. Warum fragen?
Lassen nichts zurück, erwarten nichts.

LUKULLUS

Ihr Totenschöffen, betrachtet meinen Fries.
Einen gefangenen König, Tigranes von Pontus
Seine fremdäugige Königin. Seht die schönen Schenkel.
Einen Mann mit einem Kirschbäumchen, eine Kirsche verzehrend
Zwei Jungfrauen mit einer Tafel, darauf die Namen von 53 Städten
Einen sterbenden Legionär, seinen Feldherrn grüßend
Meinen Koch mit einem Fisch!

CHOR

O seht doch, so bauen sie selbst sich ein Denkmal
Mit steinernen Schatten versunkener Opfer
Um oben zu reden und oben zu schweigen
Ohnmächtige Zeugen, die Niedergeworfnen
Des Atems Beraubten, Verstummten, Vergessenen
Im Auftrag des Siegers im Licht zu vertreten
Gar willig zu schweigen und willig zu reden.

SPRECHER DES TOTENGERICHTS

Schatte, die Schöffen nehmen den Fries
Deines Triumphes zur Kenntnis.
Sie sind begierig, mehr über deine
Triumphe zu erfahren, als dein Fries erzählt.
Sie schlagen vor, daß jene gerufen
Werden, die du auf deinem Fries
Abgebildet hast.

TOTENRICHTER
Sie sollen gerufen werden.
Immer doch
Schreibt der Sieger die Geschichte des Besiegten.
Dem Erschlagenen entstellt
Der Schläger die Züge. Aus der Welt
Geht der Schwächere, und zurückbleibt
Die Lüge. Wir hier unten
Brauchen deine Steine nicht. Haben wir doch
So viele von denen, die dich trafen, Feldherr
Hier unten. – Wir rufen
Statt der Abbildungen die
Abgebildeten. Den Steinen
Ziehen wir vor die Schatten.

LUKULLUS
Ich lege Verwahrung ein.
Ich will sie nicht sehen.

STIMMEN DER DREI AUFRUFERINNEN
Die Opfer des Feldherrn Lakalles
Aus den asiatischen Feldzügen!

Aus dem Hintergrund treten die Schatten, welche auf dem Fries des Triumphs abgebildet sind, und stellen sich gegenüber dem Fries auf.

Das Verhör

SPRECHER DES TOTENGERICHTS
Schatte, verneige dich.
Dies sind deine Zeugen.

LUKULLUS
Ich beschwere mich.

SPRECHER DES TOTENGERICHTS
Dies sind deine Zeugen.

LUKULLUS
Aber das sind Feinde!
Da seht ihr einen, den ich besiegt habe.
In den wenigen Tagen.

Nach der Probeaufführung, welche das Ministerium für Volksbildung in der Berliner Staatsoper veranstaltete, wurden auf

Grund eingehender Diskussionen zwei Einfügungen gemacht. Die erste berichtet, warum der besiegte König, der im Schauspiel nicht mehr nur als Friesgestalt, sondern auch als Schatte auftritt, das Verhör bestanden hat, das Lukullus nicht bestehen wird.
Hier die Szene, eingefügt in *Das Verhör* (Seite 132, 21):

LUKULLUS
Ja. Ich merke wohl, die Geschlagenen
Haben eine süße Stimme. Jedoch
Einst war sie rauher. Dieser König da
Der euer Mitleid fängt, als er noch oben
War auch er nicht billig. An Zinsen und Steuern
Nahm er nicht weniger als ich.
DER LEHRER *zum König:*
Warum dann
Bist du hier bei uns, König?
DER KÖNIG
Weil ich Städte baute.
Weil ich sie verteidigte, als ihr
Römer sie uns abverlangtet.
DER LEHRER
Nicht wir. Er.
DER KÖNIG
Weil ich Mann und Frau aufrief
In Hecke und Wasserloch
Ihr Land zu beschützen
Mit Beil, Hacke und Pflugschar
Am Tag, in der Nacht
In der Rede, im Schweigen
Frei oder gefangen
Im Angesicht des Feinds
Im Angesicht des Todes.
DER LEHRER
Ich schlage vor, daß wir
Uns erheben vor diesem Zeugen
Und zum Lobe derer
Die ihre Städte verteidigten.
Die Schöffen erheben sich.

LUKULLUS
Was seid ihr für Römer?
Eurem Feind spendet ihr Beifall!
Ich ging nicht für mich
Ich ging auf Befehl.
Mich schickte
Rom.
DER LEHRER
Rom! Rom! Rom!
Wer ist Rom?
Schickten dich die Maurer, die es bauen?
Schickten dich die Bäcker und die Fischer
Und die Bauern und die Ochsentreiber
Und die Gärtner, die es nähren?
Waren es die Schneider und die Kürschner
Und die Weber und die Schafescherer, die es kleiden?
Schickten dich die Säulenschleifer
Und die Wollefärber, die es schmücken?
Oder schickten dich Steuerpächter
Und die Silberfirmen und die Sklavenhändler?
Und die Forumbanken, die es plündern?
Stille.
LUKULLUS
Wer mich immer schickte,
Dreiundfünfzig Städte
Unterwarf ich Rom.
LEHRER
Und wo sind sie?
Schöffen, fragen wir die Städte.
ZWEI JUNGFRAUEN MIT DER TAFEL
Mit Straßen und Menschen und Häusern ...

Die zweite Einfügung liegt am Schluß (14), wo die gefallenen Legionäre der asiatischen Feldzüge in die Verdammung des Lukullus einstimmen. Anstatt:
Ah ja, ins Nichts mit ihm! Welche Provinz
Wiegt uns die nichtgelebten
Viel bergenden Jahre auf? (Seite 143,5)
heißt es:

DIE LEGIONÄRE
Im Rock des Räubers
In des Mordbrenners Beutezug
Sind wir gefallen
Die Söhne des Volks.
Ah ja, ins Nichts mit ihm!
Wie der Wolf
Der in die Hürde bricht
Und muß erschlagen werden
Sind wir erschlagen worden
In seinem Dienst.
Ah ja, ins Nichts mit ihm!
Hätten wir doch
Den Dienst des Angreifers gekündigt
Hätten wir doch
Uns den Verteidigern gesellt!
Ins Nichts mit ihm!

Die Einfügung von drei neuen Arien (»Aufruf zur Verteidigung« / »Wer ist Rom« / »Gesang der gefallenen Legionäre«) geben dem Komponisten Gelegenheit, eine gewisse Disproportioniertheit zu berichtigen, die darin bestand, daß das Gericht musikalisch nicht so zu Worte kam wie der Angeklagte.

[Zu »Das Verhör des Lukullus«]

Wir spielen die Oper »Das Verhör des Lukullus« von Paul Dessau. Der Oper liegt ein Hörspiel zugrunde, das von Bertolt Brecht 19   geschrieben wurde, zu einer Zeit also, als die Raub- und Eroberungskriege begannen, die im zweiten Weltkrieg Höhepunkt und Ende fanden. Es handelt sich um ein Gericht über den römischen Feldherrn Lukullus, der im letzten Jahrhundert vor unserer Zeitrechnung mit seinen Legionen in Asien einfiel und dem römischen Imperium mehrere große Reiche unterwarf.

ZU »DER GUTE MENSCH VON SEZUAN« (Band 6)

[Ankunft der Götter]

Als aber der Mangel immer mehr wuchs und nahm überhand das Geschrei aller Kreatur, entstand eine Unruhe unter den Göttern. Denn es waren der Klagen viele, daß da keine Gottesfurcht mehr sei, wo der Mangel zu groß ist. Und sie sagten: So wir die Welt änderten, die mit Mühe erschaffen ist, entstünde eine große Unordnung. Wenn wir also solche finden, die standhaft sind im Mangel und unsere Gebote halten im Elend, soll die Welt bleiben, wie sie ist, und da keine Unordnung sein.

Es machten sich aber auf drei der obersten unter ihnen, zu suchen Gottesfürchtige, daß sie sie fänden ihre Gebote halten und widerstehen dem Mangel.

Und sie kamen in die Stadt Sezuan und fanden dort einen Wasserverkäufer, der gottesfürchtig war, und er ging herum, für sie Obdach zu suchen. Und er lief herum für sie in der Stadt einen ganzen Tag, und er fand kein Obdach.

Und sagte: Ich habe gedacht, daß es leicht sei, denn sie gehören zu den obersten der Götter, und es ist nur für eine Nacht. Aber es gibt kein Haus, das ihnen Obdach böte in Sezuan.

Und er kam zu ihnen zurück und vertröstete sie und ging wieder und kehrte sich an ein Mädchen, das er kannte, mit Namen Mi-Lung, um Obdach.

Und sie sahen, daß sein Maßbecher, aus dem er Wasser verkaufte, einen zwiefachen Boden hatte.

»Der gute Mensch von Sezuan«
Zeitungsbericht

Aus der Provinz Sezuan wird eine merkwürdige Geschichte berichtet. Ein Tabakfabrikant der Hauptstadt, Herr Lao Go, stand vor Gericht unter der Anklage, seine Cousine, ein Fräulein Li Gung, ermordet zu haben. Dieses Fräulein Li Gung erfreute sich, wie die Zeugenvernehmungen ergaben, bei dem niedrigen Volk der Vorstädte des Rufs eines »guten Menschen«. Sie brachte es sogar zu dem romantischen Titel »der Engel der Vorstädte«. Ursprünglich ein einfaches Straßenmädchen, kam sie, angeblich durch ein Geschenk der Götter, in den Besitz eines kleinen Kapitals. Sie kaufte sich einen Tabakladen, den sie aber auf eine so selbstlose Art führte, daß er schon nach wenigen Tagen vor dem Ruin stand. Sie fütterte in dem übervölkerten und sehr armen Viertel eine Reihe von Leuten mit durch und zeigte sich sogar ganz außerstande, einer neunköpfigen Familie, die sie kaum kannte, in ihrem winzigen Laden das Asyl zu verweigern. Kurz vor der Katastrophe erschien jedoch ein junger Mann, stellte sich den mannigfachen Schmarotzern als Vetter des Fräulein Li Gung vor und brachte die verworrenen Geschäfte durch scharfes Zugreifen halbwegs wieder in Ordnung. Ein bestimmter Vorfall beleuchtet sein Vorgehen. Die Familie schickte einen Halbwüchsigen aus, um Milchflaschen von den Türschwellen der Nachbarn zu stehlen. Der Vetter erhob keinerlei Einspruch, rief jedoch dann einen Polizisten in den Laden und unterhielt sich so lange mit ihm, bis der Junge mit der gestohlenen Milch zurückkehrte. Die Gäste wurden sogleich auf die Wache gebracht, und Fräulein Li Gung war sie los. Das Fräulein selbst hielt sich, während der Vetter das Geschäft rettete, abseits.

Als sie wieder zurückkam und der Vetter, Herr Lao Go, sich entfernt hatte, nahm sie ihre Mildtätigkeit nur in sehr vermindertem Umfang wieder auf. Sie trat jedoch dafür in intime Beziehungen zu einem stellungslosen Postflieger, einem gewissen Yü Schan, den sie, wie man im Viertel sich zuraunte, vor einem Selbstmordversuch bewahrt hatte. Ihr Wunsch, ihm durch ein Darlehen zu einer Stellung als Postflieger in Peking zu verhelfen, scheiterte allerdings, da ihr Laden doch nicht die Goldgrube war, als die solche kleinen Geschäfte gemeinhin vom Publikum angesehen werden. Die von wenigen humanitären Rücksichten behinderten Methoden des sogenannten »Tabakkönigs von Sezuan«, Herrn Feh Pungs, bedrohten auch ihren Laden. Als in ihrer unmittelbaren Nähe einer der Kettenläden des Herrn Feh Pung eröffnet wurde, in dem man den Tabak zu halbem Preise kaufte, rief sie auf allgemeinen Rat ihren Vetter wieder zu Hilfe. Dieser wußte tatsächlich

Schon bei seinem ersten Besuch hatte er ihnen verheimlicht, daß der Laden am allerersten Tag von Feh Pung verwarnt worden war; nur so war er in ihren Verein zur gegenseitigen Unterstützung aufgenommen worden. Nun nahm er ihren Tabak an, der ihn instand setzen sollte, auszuhalten, verhandelte aber gleichzeitig mit Feh Pung und veranlaßte den Tabakkönig zu einem Sonderangebot für den Laden auf Kosten der anderen. Jedoch zögerte er, den Wunsch seiner Cousine zu erfüllen, ihrem Liebhaber Yü Schan die gewünschte Stellung zu kaufen, was ihm durch den Verkauf des Ladens möglich gewesen wäre. Dieser Yü Schan ließ ihm gegenüber anscheinend allzu unverblümt seine Spekulation auf Li Gungs Geld durchblicken. Anstatt Yü Schan entgegenzukommen, arrangierte der tüchtige Herr Vetter eine Vernunftheirat Fräulein Li Gungs mit dem wohlhabenden Herrn Kau, einem Barbier. Wie es scheint, hatte er freilich nicht mit Yü Schans Macht über seine Cousine gerechnet. Es gelang dem Flieger jedenfalls, sich ihres vollen Vertrauens zu versichern und sie zu einer Liebesheirat mit ihm zu bewegen. Die Heirat lieferte den Vorstädten allerhand Gesprächsstoff, denn sie kam nie zustande. Die kleinen Tabakhändler nämlich, die von dem Plan des Herrn Lao Go, Li Gungs von ihnen allen gemeinsam über Wasser gehaltenen Laden an den Tabakkönig auszuliefern, Wind bekommen hatten, erreichten bei Li Gung ohne große Mühe, daß sie diese Absicht durchkreuzte. Hier versagte die Macht ihres Liebhabers völlig. Herr Lao Go, den er rufen ließ, damit er seine Cousine »zur Vernunft bringe«, erschien nicht, und Li Gung bekannte sich tief betroffen durch Yü Schans Vorgehen und machte ihm gegenüber kein Hehl daraus, daß ihr Vetter ihn für einen Mitgiftjäger und schlechten Menschen halte, worauf die ganze Hochzeit aufflog. Wäre das Viertel nicht so im Bann seines »Engels der Vorstädte« gestanden, hätte es wohl zu diesem Zeitpunkt und vielleicht schon früher den erstaunlichen Tatbestand, der all dem zugrunde lag, durchschauen müssen: Herr Lao Go war niemand anders als Fräulein Li Gung selbst. Als tüchtiger »Vetter« ermöglichte sie durch nicht immer unbedenkliche Manipulationen die guten Taten, die ihr so viel Bewunderung eintrugen. Dieser Tatbestand blieb jedoch in Sezuan noch lange verborgen. Die Tabakhändler kamen leider nicht mehr in den Genuß von Li Gungs

Selbstaufopferung. Die wenige Zeit, die sie sich für ihren Heiratsversuch genommen hatte, hatte genügt, Zweifel an ihrer Loyalität aufkommen zu lassen. Die Tabakhändler hatten, einander selbst unterbietend, ihre Läden nach dem schönen Refrain »Den letzten beißen die Hunde« dem Tabakkönig ausgeliefert. Li Gung aber mußte einem alten Freund gegenüber, dem Wasserverkäufer Sun, das Geständnis machen, daß sie sich schwanger fühle. Die Not war groß. Ihr Laden stand nunmehr vor dem endgültigen Ruin. Zum dritten- und, wie es sich erwies, letztenmal tauchte der Vetter auf. Er hatte die Aufgabe, den Tabakladen für das erwartete Kind zu retten, dem nunmehr alle Liebe des Mädchens galt. Er zeigte keinerlei Bedenken, was die Wahl der Mittel anging. Die Bewunderung des Barbiers für seine »Cousine« und zugleich das Vertrauen vieler kleiner Leute in den »Engel der Vorstädte« finanziell ausschlachtend, richtete er eine Schwitzbude übelster Sorte ein, in der die alten Schützlinge und Kollegen für Hungerlöhne Tabak verarbeiteten. Auch Yü Schan, den Vater des Kindes, spannte er für das rasch aufblühende Geschäft ein. Li Gung hatte vor ihrem dritten Verschwinden seiner Mutter für ihn eine Stellung versprochen, in der er sich »durch ehrliche Arbeit bessern konnte«. Unter Herrn Lao Gos harter Hand wurde er Antreiber in der neuen Fabrik. Als Angestellten finden wir ihn ständig in Herrn Lao Gos Nähe. Dieser Verkehr wurde Herrn Lao Go denn auch schließlich zum Verhängnis. Gelegentliche kleine Geschenke privater Art brachten Yü Schan zu dem Verdacht, Herr Lao Go halte seine Cousine in einem Gelaß hinter dem Laden gefangen. Er begann Erpressungsversuche, auf die der Tabakhändler natürlich nicht einging. Am Ende holte der Enttäuschte die Polizei, und in dem Gelaß wurden sämtliche Kleidungsstücke und Habseligkeiten der verschwundenen Li Gung entdeckt. Der Mordanklage kann Herr Lao Go nur durch ein rückhaltloses Geständnis des wahren Tatbestands, seiner Identität mit Fräulein Li Gung, begegnen. Lao Go verwandelt sich vor dem erstaunten Gerichtshof zurück in Li Gung, die Geißel der Vorstädte und der Engel der Vorstädte waren ein und dieselbe Person. Die Schlechtigkeit war eine Kehrseite der Güte, gute Taten waren nur zu ermöglichen durch schlechte Taten – ein erschütterndes Zeugnis für den unglücklichen Zustand dieser Welt.

Eine poetische Beleuchtung erfährt der Vorfall, der in Sezuan sehr belacht wird, durch die Behauptungen eines Wasserverkäufers, Li Gungs Anfangskapital sei ihr tatsächlich von drei Göttern überreicht worden, die ihm gesagt hätten, sie suchten in Sezuan einen guten Menschen, und die ihm auch mehrere Male im Traum erschienen seien, um sich nach den Taten des guten Menschen zu erkundigen. In den Richtern, vor denen das Geheimnis am Ende entschleiert wird, will er diese Götter wieder erkannt haben.

Man kann annehmen, daß diese Götter, wer immer sie gewesen sein mögen, jedenfalls mit einigem Erstaunen festgestellt haben werden, wie man es in Sezuan anstellt, ein guter Mensch zu sein.

»Der gute Mensch von Sezuan«

Prolog

Drei Götter kommen in die Stadt Sezuan. Sie suchen nach einem guten Menschen, da ein Gerücht bis zu ihnen gelangt ist, daß es auf dieser Erde schwerer und schwerer geworden sei, gut zu sein. Mit Hilfe eines gefälligen Wasserverkäufers machen sie auch die Bekanntschaft eines guten Menschen, nämlich des armen Freudenmädchens Chen Te. Jedoch beschwert auch sie sich darüber, daß es ihr beinahe unmöglich sei, alle Gebote der Götter einzuhalten, da es ihr allzu schlecht gehe. Um ihr eine Chance zu geben, machen die Götter ihr ein Geldgeschenk und verlassen sie mit den besten Wünschen.

1

Mit dem Geldgeschenk der Götter hat die gute Chen Te sich einen kleinen Tabakladen eingerichtet. Da sie sich sogleich bemüht, die Gebote der Götter zu befolgen, ihren Nächsten zu helfen, ihre eigenen Interessen hintanzusetzen und selbst die übertriebensten Forderungen ihrer nicht immer gutartigen Mitmenschen zu befriedigen, ist ihr Laden allerdings schon am Abend des Eröffnungstages dem Ruin nahe. Eine achtköpfige Familie hat ihn als Asyl gewählt. Die »Gäste« raten ihr zynisch, um weitere Bittsteller abzuwehren, einen Vetter zu erfinden, dem der Laden eigentlich gehöre und der ein harter Mann sei. Zur Schlafenszeit ist für Chen Te kein Platz mehr in ihrem eigenen Laden, und sie muß weggehen.

2

Zum tiefsten Erstaunen der »Gäste« öffnet sich am nächsten Morgen die Ladentür, und ein sehr hart aussehender junger Geschäftsmann betritt den Laden. Er stellt sich als Chen Tes Vetter vor. Er fordert die Familie höflich, aber scharf auf, das Lokal zu räumen, da seine Cousine hier ihr Geschäft betreiben müsse. Als sie nicht gutwillig gehen wollen, ruft er kurzerhand die Polizei, welche einige Mitglieder der Familie wegen eines geringfügigen Vergehens ins Gefängnis abführt. Um sich vor dem Publikum zu rechtfertigen, zeigt er uns, daß es sich um schlechte Menschen handelte: einige Säcke, die die Familie zurückgelassen hat, enthalten Opium! – Die freundlichen Beziehungen, die sich zwischen dem Vetter und der Polizei angesponnen haben, tragen sogleich Früchte. Ein dankbarer Polizist macht ihn aufmerksam auf das schmeichelhafte Interesse, das der gegenüberwohnende wohlhabende Barbier Chu Fu für seine hübsche Cousine angedeutet hat. Er ist bereit, ein Stelldichein im Stadtpark zu vermitteln. Der Vetter zeigt sich interessiert: Chen Te ist ganz offensichtich unfähig, ohne Schutz ihren Laden zu führen, und er selber muß wieder wegreisen und wird kaum wieder zurückkehren können.

3

Wir sehen Chen Te im Stadtpark auf dem Wege zum Stelldichein mit dem reichen Barbier. Zu ihrem Schrecken erblickt sie unter einem Baum einen abgerissenen jungen Mann, der eben im Begriffe ist, sich aufzuhängen. Sie erfährt von ihm, daß er ein stellungsloser Postflieger ist und die 500 Dollar nicht aufbringen kann, die eine Fliegerstellung in Peking kostet. Ein Regenschauer treibt Chen Te zu ihm unter den Baum. Ein zartes Gespräch entspinnt sich. Zum ersten Mal kostet Chen Te die Freude einer von materiellen Interessen ungetrübten Beziehung zwischen Mann und Weib. Bevor sie nach Hause geht, hat sie dem Flieger auch versprochen, ihm zu seiner Stellung in Peking zu verhelfen. Sie meint, daß ihr Vetter vielleicht die 500 Dollar beschaffen kann. Freudestrahlend berichtet sie ihrem Vertrauten, dem Wasserverkäufer, daß sie, ausgehend, einen zu treffen, der ihr helfen könnte, einen getroffen hat, dem sie helfen kann.

Zwischenspiel
Vor den Augen des Publikums verwandelt sich Chen Te in den Vetter Chui Ta. Während sie in einem Lied erklärt, daß man gute Taten nicht ohne Gewalt und Härte begehen kann, legt sie Kleid und Maske des bösen Chui Ta an.

4
Chen Te hat ihren Freund, den Flieger Sun, in den Tabakladen gebeten. Anstelle des Mädchens findet er den Vetter Chui Ta. Dieser erklärt sich bereit, die 500 Dollar für die Fliegerstellung zu beschaffen, die er als eine finanziell gesunde Basis für Sun und Chen Te ansieht. Er hat die Tabakgroßhändlerin Mi Tzü herbestellt, und sie bietet für den Laden sogleich 300 Dollar. Das Geschäft wird schnell perfekt, da Sun keinerlei Hemmungen zeigt. Strahlend steckt er die 300 Dollar ein. Die Beschaffung der Restsumme von 200 Dollar ist allerdings ein Problem. Der Vetter löst es, indem er unbedenklich beschließt, jenes Opium zu Geld zu machen, das die achtköpfige Familie seinerzeit in Chen Tes Laden zurückgelassen hat. Groß ist jedoch sein Erstaunen, ja Entsetzen, als er auf eine beinahe zufällige Frage feststellen muß, daß der Flieger nicht daran denkt, das Mädchen mit sich nach Peking zu nehmen. Er bricht natürlich die weiteren Verhandlungen brüsk ab. Der Flieger läßt sich nicht so leicht abspeisen. Nicht nur gibt er die erhaltenen 300 Dollar nicht zurück – er gibt auch seiner Zuversicht Ausdruck, daß er die Restsumme von dem Mädchen ohne Schwierigkeiten herausbekommen werde, da sie ihm ja blind hörig sei. Er verläßt triumphierend den Laden, um vor der Tür auf sie zu warten. Chui Ta, außer sich vor Zorn und Verzweiflung, sendet nach dem Barbier Chu Fu und erklärt ihm, daß seine Cousine sich durch ihre grenzenlose Güte ruiniert habe und sofort eines mächtigen Gönners bedürfe. Der verliebte Barbier ist bereit, »bei einem kleinen Abendessen zu zweit« die Sorgen des Fräuleins zu bereden. Während Chui Ta geht, »seine Cousine zu verständigen«, betritt der Flieger Sun wieder den Laden, Böses

ahnend. Als Chen Te aus dem Hintergelaß des Ladens tritt, um mit dem Barbier auszugehen, tritt Sun ihr in den Weg. Er erinnert sie an ihre Liebe, er erwähnt jenen regnerischen Abend im Stadtpark, wo sie sich fanden. Arme Chen Te! Alles Wissen Chui Tas um den unverschämten Egoismus des Fliegers ist hinweggeschwemmt von den Gefühlen der liebenden Chen Te. Nicht mit dem Barbier, den ihr kluger Vetter für sie bestimmt hat, geht sie weg, sondern mit dem Mann, den sie liebt.

5

In der Frühdämmerung nach einer Liebesnacht erscheint eine glückliche Chen Te vor einem Teehaus der Vorstadt. Sie bringt ein Säcklein mit Opium, das sie im Teehaus verkaufen will, um die restlichen 200 Dollar aufzubringen, die ihrem Flieger zum Fliegen verhelfen sollen. In einer Art Pantomime mit Musik sehen wir mit ihr, wie die Opiumraucher nach einer Nacht der Ausschweifung das Teehaus verlassen, taumelnd, fröstelnd, verwüstet. Der Anblick dieser Ruinen bringt sie zur Besinnung. Sie ist ganz außerstande, mit dem Verkauf eines so tödlichen Giftes ihr Glück zu erkaufen. Sun muß das verstehen. Er wird sie nicht wegjagen, wenn sie mit leeren Händen zu ihm zurückkehren wird. Von dieser Hoffnung erfüllt, geht sie eilends weg.

6

Chen Tes Hoffnung hat sich nicht erfüllt. Sun hat sie verlassen. Er vertrinkt in niederen Kneipen das Geld, das der Verkauf des Ladens eingebracht hat. Wir treffen Chen Te wieder, wie sie ihre wenigen Habseligkeiten im Hof auf einen Wagen packt. Ihr kleiner Laden, das Geschenk der Götter, ist verloren. Als sie die Wäsche von der Leine nimmt, wird ihr schwindlig, eine Nachbarin bemerkt höhnisch, daß ihr sauberer Liebhaber ihr wohl auch noch ein Kind angehängt habe. Chen Te erfüllt diese Entdeckung mit unbeschreiblicher Freude. Sie begrüßt das Ungeborene, des Fliegers Sohn, als den zukünftigen Flieger. Sich umblickend, sieht sie, ihren Augen nicht trauend, ein Kind aus der Nachbarschaft, Speisereste aus ihrem Kehrichteimer fischend – es hat Hunger. Der Anblick bringt eine völlige Wandlung in ihr hervor. In einer großen Ansprache an das Publikum verkündet sie ihren Entschluß, sich für das Kind in ihrem Schoß in einen reißenden Tiger zu verwandeln. Nur so kann es, so scheint ihr, vor dem Elend und dem Verkommen bewahrt bleiben. Nur der Vetter kann da helfen.

Zwischenspiel
Der Wasserverkäufer fragt das Publikum, ob es Chen Te gesehen hat. Sie ist seit 5 Monaten verschwunden. Der Vetter ist reich geworden und wird allenthalben der Tabakkönig genannt. Es geht jedoch das Gerücht, daß er seinen Wohlstand dunklen Geschäften verdanke. Der Wasserverkäufer ist überzeugt, es ist Opiumhandel.

7
Der Tabakkönig Chui Ta sitzt einsam in dem alten, aber nun elegant gewordenen Tabakladen der Chen Te. Er ist dick geworden. Nur die Bedienerin weiß, warum. Die Herbstregen scheinen ihn melancholisch zu stimmen. Die Bedienerin macht sich über ihn lustig. Denkt man etwa an jenen abendlichen Regen im Stadtpark? Wartet man immer noch auf den verschollenen Flieger? Die Ladentüre geht, und ein heruntergekommener Mensch tritt ein. Es ist Sun. Chui Ta fragt ihn in tiefer Erregung, was er für ihn tun kann. Der einstige Flieger weist rauh Kleider und Essen zurück. Er will nur eines: Opium. Chui Ta, in dem unvergessenen Liebhaber ein Opfer seines dunklen Gewerbes erblickend, beschwört ihn, dieses verheerende Laster aufzugeben, da kommt der Wasserverkäufer Wang und fragt, wie allmonatlich, nach dem Verbleib der Chen Te. Er hält Chui Ta vor, er habe aus ihrem eigenen Munde erfahren, daß sie schwanger sei, und er beteuert, daß Chen Tes Freunde nie aufhören würden, nach ihr zu fragen, da gute Menschen so selten wie nötig seien. Das ist zuviel für Chui Ta. Er geht wortlos in das Nebengelaß. Sun hat mitangehört, daß Chen Te ein Kind erwartet. Er wittert sofort eine Möglichkeit zur Erpressung. Da hört er aus dem Gelaß ein Schluchzen: es ist unverkennbar Chen Tes Stimme. Wenn Chui Ta in den Laden zurückkehrt, erneuert Sun seine Forderung nach Opium, und da Chui Ta sie abschlägt, entfernt er sich, Drohungen ausstoßend. Chui Tas Geheimnis steht vor der Entdeckung. Er muß fliehen. Er ist im Begriff, den Laden und Sezuan zu verlassen, als Sun mit der

Polizei zurückkommt. Eine kurze Haussuchung fördert Chen Tes Kleid zutage. Der Tabakkönig wird unter Mordverdacht abgeführt.

8

Der Wasserverkäufer hat einen Traum. Es erscheinen ihm die drei Götter und fragen ihn nach Chen Te. Er muß ihnen sagen, daß Chen Te von ihrem Vetter ermordet worden ist. Die Götter erschrecken. Auf ihrer ganzen Reise durch die Provinz haben sie keinen zweiten guten Menschen gefunden. Sie werden sofort zurückkommen.

9

Zu dem Prozeß gegen den Tabakkönig Chui Ta, der die ganze Vorstadt auf die Beine gebracht hat, erscheinen als Richter die drei Götter. In der Verhandlung werden allgemein die guten Werke der Chen Te gepriesen und die Untaten des Chui Ta verurteilt. Chui Ta entschuldigt verzweifelt seine Härte mit seinem Bestreben, seiner weltfremden Cousine zu helfen. Er betrachtet sich als ihren einzigen echten und selbstlosen Freund. Befragt nach ihrem augenblicklichen Aufenthaltsort, weiß er keine Antwort. In die Enge getrieben, verspricht er ein Geständnis, wenn der Saal geräumt würde. Mit seinen Richtern allein gelassen, nimmt er seine Verkleidung ab: er ist Chen Te. Die Götter sind entsetzt. Der einzige gute Mensch, den sie gefunden haben, ist der verhaßteste Mann der Stadt! Das darf nicht wahr sein. Außerstande, dieser Tatsache ins Auge zu blikken, beordern sie eine rosa Wolke und besteigen sie eilig, um wieder in ihren Himmel aufzufahren. Auf ihren Knien bittet Chen Te sie um ihre Hilfe und ihren Rat. »Wie kann ich gut sein und nicht umkommen ohne meinen Vetter, Erleuchtete?« – »Versuch es jedenfalls!«, sagen die Götter verlegen. – »Aber den Vetter muß ich haben, Erleuchtete!« – »Nicht zu oft, nicht zu oft!« – »Jede Woche zumindest!« – »Jeden Monat, das genügt.« Und in Verzweiflung sieht sie ihre Götter verschwinden nach oben, lächelnd winkend.

Wenn die Tore des Gerichtssaals sich wieder öffnen, begrüßt die Menge entzückt den wiedergekehrten guten Menschen von Sezuan.

ZU »HERR PUNTILA UND SEIN KNECHT MATTI« (Band 6)

Anmerkungen zum Volksstück

Das Volksstück ist für gewöhnlich krudes und anspruchsloses Theater, und die gelehrte Ästhetik schweigt es tot oder behandelt es herablassend. Im letzteren Fall wünscht sie es sich nicht anders, als es ist, so wie gewisse Regimes sich ihr Volk wünschen: krud und anspruchslos. Da gibt es derbe Späße gemischt mit Rührseligkeiten, da ist hanebüchene Moral und billige Sexualität. Die Bösen werden bestraft und die Guten werden geheiratet, die Fleißigen machen eine Erbschaft und die Faulen haben das Nachsehen. Die Technik der Volksstückschreiber ist ziemlich international und ändert sich beinahe nie. Um in den Stücken zu spielen, muß man nur unnatürlich sprechen können und sich auf der Bühne in schlichter Eitelkeit benehmen. Es genügt eine tüchtige Portion der gefürchteten Routiniertheit des Dilettantismus.

Die Großstädte sind mit der Zeit gegangen, als sie vom Volksstück zur Revue übergingen. Die Revue verhält sich zum Volksstück wie der Schlager zum Volkslied, wenn man berücksichtigt, daß das Volksstück niemals so edel war wie das Volkslied. In neuerer Zeit ist die Revueform literarisiert worden. Der Deutsche Wangenheim, der Däne Abell, der Amerikaner Blitzstein und der Engländer Auden haben interessante Stücke in Revueform geschrieben, Stücke, die weder krud noch anspruchslos sind. Diese Stücke haben einiges von der Poesie, freilich absolut nichts von der Naivität des alten Volksstücks. Sie vermeiden seine konventionellen Situationen und schematischen Figuren, übertreffen es jedoch, genauer besehen, an Romantik. Ihre Situationen sind grotesk, und Figuren gibt es im Grund überhaupt nicht, kaum Rollen. Die monotone Fabel ist zum alten Eisen geworfen, das heißt die Monotonität zusammen mit der Fabel, denn die neuen Stücke haben keine Fabel, kaum einen »roten Faden«. Die Darstellung benötigt durchaus Artistik – Dilettanten können das nicht spielen –, jedoch ist es die Artistik des Kabaretts.

Es scheint aussichtlos, das alte Volksstück wieder beleben zu wollen. Es ist nicht nur völlig versumpft, sondern hat, was bedenklicher ist, niemals eine wirkliche Blüte erlebt. Andrerseits ist es der literarischen Revue nicht gelungen, »volkstümlich zu werden«. Sie ist zu sehr billige Delikatesse. Jedoch zeigt sie, daß hier Bedürfnisse vorliegen, auch wenn sie diese nicht befriedigen kann. Tatsächlich kann ein Bedürfnis nach naivem, aber nicht primitivem, poetischem, aber nicht romantischem, wirklichkeitsnahem, aber nicht tagespolitischem Theater angenommen werden. Wie könnte so ein neues Volksstück aussehen?

In bezug auf die Fabel gibt die literarische Revue einige wertvolle Winke. Wie erwähnt, verzichtet sie auf die einheitliche und durchgehende Fabel und bringt »Nummern«, das heißt lose miteinander verknüpfte Sketche. In dieser Form leben die »Streiche und Abenteuer« der alten Volksepen wieder auf, freilich schwer erkennbar. Die Sketche sind nicht fabulierend gehalten, sie enthalten wenig Episches, so wie die Lowschen Karikaturen im Vergleich zu den Hogarthschen wenig Episches enthalten. Sie sind spiritualistischer, mehr auf eine einzige Pointe gestellt. Das neue Volksstück könnte die Folge verhältnismäßig selbständiger Begebnisse der literarischen Revue entnehmen, müßte jedoch mehr epische Substanz bieten und realistischer sein.

Auch was die Poesie betrifft, gibt die literarische Revue Fingerzeige. Besonders in den Stücken, die Auden zusammen mit Isherwood geschrieben hat, gibt es Partien von großer poetischer Schönheit. Er verwendet chorische Elemente und erlesene Lyrik. Auch die Begebenheiten sind teilweise sublim. Jedoch ist alles mehr oder weniger symbolisch, er führt sogar die Allegorie wieder ein. Wenn man etwa den Aristophanes zum Vergleich heranzieht – was Auden erlauben wird –, erkennt man den betont subjektiven Charakter dieser Lyrik und dieses Symbolismus, und das neue Volksstück dürfte den Lyrismus hier studieren, aber müßte mehr Objektivität bieten. Die Poesie sollte vielleicht mehr in den Situationen liegen als im Ausdruck der Figuren, die auf die Situationen reagieren.

Von der größten Bedeutung ist es, einen Stil der Darstellung zu finden, der zugleich artistisch und natürlich ist. Das bietet angesichts der babylonischen Verwirrung der Stile, die auf der europäischen Bühne herrscht, eine sehr große Schwierigkeit. Man kann auf der zeitgenössischen Bühne im Grund mit zwei Darstellungsstilen rechnen, die jedoch ziemlich vermischt auftreten. Der »gehobene« Darstellungsstil, der für große dichterische Werke ausgebildet worden ist und den man z. B. noch für die Ibsenschen Jugenddramen verwenden kann, steht noch immer zur Verfügung, wenngleich in etwas ramponiertem Zustand. Er wurde durch die zweite vorhandene Spielweise, die naturalistische, eher ergänzt als ersetzt; die beiden Spielweisen existieren nebeneinander weiter wie Segelschiff und Dampfschiff. Der gehobene Stil war früher durchaus den nichtrealistischen Stücken reserviert, und die realistischen Stücke behalfen sich im Grund »ohne Stil«. Stilisiertes Theater bedeutete dasselbe wie gehobenes Theater. In der ersten, stärksten Zeit des Naturalismus kopierte man die Wirklichkeit so komplett, daß jedes stilistische Element als unnatürlich empfunden worden wäre. Als der Naturalismus schwächer wurde, schloß er vielfache Kompromisse, und heute hat man es auch in realistischen Stücken mit einer eigentümlichen Mischung von Saloppheit und Deklamation zu tun. Mit diesem Cocktail ist überhaupt nichts anzufangen. Von der gehobenen Spielweise lebt in ihm nur noch die Unnatur und Künstlichkeit, der Schematismus und die Gespreiztheit, zu deren Tiefen der gehobene Stil herabsank, bevor er durch den Naturalismus abgelöst wurde. Und vom Naturalismus der großen Epoche lebt in ihm nur noch das Zufällige, Ungestaltete, Phantasielose, das er auch in seiner besten Zeit an sich hatte. So ist es also nötig, neue Wege zu suchen. In welcher Richtung? Die Vereinigung der beiden Spielweisen, der romantisch-klassizistischen und der naturalistischen, zu einem romantisch-naturalistischen Cocktail war eine Synthese der Schwäche. Zwei taumelnde Rivalen hielten sich aneinander, um nicht vollends umzufallen. Die Mischung geschah beinahe unbewußt, durch gegenseitiges Nachgeben, stillschweigendes Aufgeben von Prinzipien, kurz durch Korruption. An und für sich aber wäre die Synthese, bewußt und kraftvoll vollzogen, die Lösung. Der Gegensatz zwischen Kunst und Natur kann dann fruchtbar gemacht werden, wenn er im Kunstwerk zwar zur Einheit gebracht, aber nicht ausgetilgt wird. Wir sahen eine Kunst, die sich ihre eigene Natur schuf, eine eigene Welt, eben die der Kunst, eine Welt, die mit der wirklichen Welt nur noch sehr wenig zu schaffen hatte und zu schaffen haben wollte, und wir sahen eine Kunst, die sich lediglich darin erschöpfte, die wirkliche Welt zu kopieren, und dabei ihre Phantasie nahezu völlig einbüßte. Wir brauchen eine Kunst, die die Natur meistert, wir brauchen die künstlerisch gestaltete Wirklichkeit und die natürliche Kunst.

Das kulturelle Niveau eines Theaters wird unter anderm durch den Grad bestimmt, in welchem es den Gegensatz zwischen »edlem« (gehobenem, stilisierendem) und realistischem (»der Wirklichkeit abgelauschtem«) Spiel zu überwinden vermag. Das realistische Spiel hat, wie oft angenommen wird, »von Natur« etwas »Unedles«, so wie das »edle« Spiel etwas Unrealistisches hat. Gemeint damit wird: Fischweiber sind nicht edel, und wenn man sie wirklichkeitsgetreu darstellt, kann nichts Edles herauskommen. Bei einer realistischen Darstellung verbleiben sogar Königinnen, wie man fürchtet, nicht edel. Hier wimmeln die Denkfehler. Faktum ist, daß der Schauspieler, wenn er Grobheit, Gemeinheit und Häßlichkeit darzustellen hat, ob nun bei Fischweibern oder bei Königinnen, keineswegs ohne Feinheit, Billigkeitssinn und Gefühl für das Schöne auskommen kann. Das wirklich kultivierte Theater wird seinen Realismus nicht mit der Preisgabe der künstlerischen Schönheit erkaufen müssen. Die Realität mag unschön sein, das verbannt sie durchaus nicht von einer Stilbühne. Gerade ihre Unschönheit kann der Hauptgegenstand der Darstellung sein – niedere menschliche Eigenschaften wie Habsucht, Prahlerei, Dummheit, Unwissenheit, Streitsucht in der Komödie, das entmenschte soziale Milieu im ernsten Drama. Schönfärberei ist selber etwas unbedingt Unedles, Wahrheitsliebe etwas unbedingt Edles. Die Kunst vermag das Häßliche des Häßlichen in schöner Weise, das Unedle des Unedlen in edler Weise darzustellen, denn die Künstler können ja auch das Ungraziöse in graziöser, das Schwache in kraftvoller Weise darstellen. Die Gegenstände der Komödie, die das »gemeine Leben« schildert, entziehen sich durchaus nicht der Veredelung. Das Theater hat die delikate Farbe, die angenehme und bedeutende Gruppierung, die originelle Gestik, kurz den *Stil* zur Verfügung, es hat

Humor, Phantasie und Weisheit, um das Häßliche zu meistern. Davon zu sprechen ist notwendig, da unsere Theater nicht ohne weiteres geneigt sind, für Stücke, die Inhalte und Formen des Volksstücks aufweisen, so etwas Hohes wie Stil aufzuwenden. Sie würden allenfalls der Forderung nach gereinigtem Stil nachkommen, wenn sie es mit einer Gattung zu tun bekämen, die sich schon äußerlich sehr sichtbar vom naturalistischen Problemstück entfernt hielte, etwa dem Versstück. Sie würden dem Versstück eine andere Stellung zum »Problem« und eine andere Behandlung des Psychologischen vielleicht unaufgefordert zubilligen. Ein Stück in Prosa, noch dazu in populärer Prosa, mit ziemlich unproblematischer Psychologie und überhaupt wenig »Problem« hat es da schwerer. Die ganze Gattung des Volksstücks wird ja, wie erwähnt, nicht als literarische Gattung anerkannt. Die Ballade und die elisabethanische Historie sind literarische Gattungen, aber auch die Moritat, aus der die erstere, und das Schauerstück der Biergärten, aus dem die letztere sich entwickelte, beide erheischten »Stil«, ob man sie als literarisch anerkennen will oder nicht. Es ist freilich schwerer, Erlesenheit auch dort zu erkennen, wo die Auslese aus einem neuen Material erfolgt, das bisher nur mit gröbster Indifferenz behandelt wurde. Um Beispiele aus dem »Puntila« anzuführen: der Leser und, was wichtiger ist, der Schauspieler wird geneigt sein, über solche Partien wie etwa das kleine Zwiegespräch des Richters und des Advokaten in der 6. Szene (über den finnischen Sommer) hinwegzulesen, da eine volkstümliche Sprechweise angewandt ist. Der Schauspieler wird die Partie jedoch nicht zur Wirkung bringen können, wenn er sie nicht wie ein Prosagedicht behandelt, denn sie ist eines. Es spielt hier natürlich keine Rolle, ob es ein gutes oder schlechtes Gedicht ist, das soll der Leser oder Schauspieler entscheiden dürfen, eine Rolle spielt nur, daß es als Gedicht behandelt werden muß, das heißt mit Distinktion, »auf goldenem Teller gereicht«. Mattis Lobgesang auf den Strömling im 9. Bild ist dafür vielleicht ein noch besseres Beispiel. Im naturalistischen Stück müßten mehrere Situationen des »Puntila« unbedingt als grob erscheinen, und es ist sicher, daß der Schauspieler, der etwa die Stelle, wo Matti und Eva eine kompromittierende Szene aufführen (4. Bild), wie eine Stelle aus einem Schwank spielte, jede Wirkung verfehlen müßte. Gerade eine solche Szene verlangt echte Artistik, und so verlangen es die Proben, denen Matti im 8. Bild seine Verlobte unterwirft. Auch hier soll nicht ein Vergleich auf qualitativer Basis herausgefordert werden, wenn an die Kästchenszene aus dem »Kaufmann von Venedig« erinnert wird – diese Szene kann tief unter der Shakespearischen stehen, und es wird doch nötig sein, um zu ihrer vollen Wirkung zu gelangen, eine Spielweise zu finden, die der angenähert ist, die das Versstück verlangt. Ohne Zweifel ist es schwer, bei einem Stück, das in Prosa geschrieben ist und »gewöhnliche« Menschen zeigt, nicht von Primitivität, sondern von künstlerischer Einfachheit zu sprechen. Die Ausweisung der vier Frauen aus Kurgela (im 7. Bild) ist aber kein primitiver, sondern ein einfacher Vorgang, und er muß genau wie das ganze 3. Bild (die Fahrt nach dem gesetzlichen Schnaps und den Bräuten) poetisch gespielt werden, das heißt die Schönheit des Vorgangs (noch einmal: ob sie nun groß oder klein ist) muß im Bühnenbild, in der Bewegung, im sprachlichen Ausdruck zur Geltung kommen. Auch die Figuren müssen mit einer gewissen Größe dargestellt werden, auch hier wird der Schauspieler einige Schwierigkeiten haben, wenn er nur naturalistisch zu spielen gelernt hat oder nicht sieht, daß hier naturalistisches Spiel nicht ausreicht. Er wird sich leichter tun, wenn er sich bewußt ist, daß er eine nationale Figur zu kreieren hat und dazu all seine Menschenkenntnis, Kühnheit und Feinfühligkeit benötigt. Zuletzt noch eines: der »Puntila« ist alles andere als ein Tendenzstück. Die Rolle des Puntila darf also keinen Augenblick und in keinem Zug ihres natürlichen Charmes entkleidet werden; es wird besondere Kunst nötig sein, die Betrunkenheitsszenen poetisch und zart, mit so viel Variation wie möglich und die Nüchternheitsszenen so ungrotesk und unbrutal wie möglich zu bringen. Praktisch gesprochen: man muß versuchen, den »Puntila« in einem Stil aufzuführen, der Elemente der alten Commedia dell'arte und Elemente des realistischen Sittenstücks enthält.

Es mag unadäquat erscheinen, für ein einzelnes kleines Volksstück so weitgehende Erörterungen anzustellen, so große Schatten heraufzubeschwören und am Ende sogar eine völlig neue Kunst der theatralischen Darstellung zu fordern. Jedoch muß diese neue Kunst sowieso gefordert werden; sie ist nötig für unser ganzes Repertoire, ganz unentbehrbar für die Darstellung der großen Meisterwerke vergangener Epochen und muß ausgebildet werden, damit neue Meisterwerke entstehen können. Mit den obigen Ausführungen ist nicht mehr beabsichtigt als ein Hinweis darauf, daß auch für das neue Volksstück der Ruf nach einer neuen realistischen Kunst erhoben werden muß. Das Volksstück ist eine lange verachtete und dem Dilettantismus oder der Routine überlassene Gattung. Es ist an der Zeit, ihr das hohe Ziel zu stecken, zu dem ihre Benennung diese Gattung eigentlich von vornherein verpflichtet.

Notizen über die Züricher Erstaufführung (1948)

1

An Stelle des üblichen Vorhangs, der die Szenen trennt, indem er sie abschneidet wie ein Fallbeil, wieder die halbhohe, leichtflatternde Leinengardine, auf welche die Szenentitel projiziert werden. Während der Verwandlungen hatte die Gardine etwas Licht, damit sie lebte, und die Zuschauer wurden der geschäftigen Vorkehrungen mehr oder weniger gewahr, welche für sie auf der Bühne getroffen wurden. Besonders sahen sie die oberen Teile der größeren Wandstücke, wenn sie hereinbewegt wurden, und sie sahen Sonnenscheibe und Mondsichel herunterkommen, an Schnüren und, da noch unbeleuchtet, als metallen erkenntlich; auch sahen sie den Austausch der diversen Wölkchen.

2

Die Embleme der Sonne, des Monds und der Wölkchen, gleichend den Aushängeschildern der Wirtshäuser und Läden, hingen vor der hohen und breiten Wand aus Birkenrinde, die den Hintergrund der Puntilabühne bildete. Je nachdem es sich um Tag, Dämmerung oder Nacht handelte, war die Birkenwand stark, schwach oder gar nicht beleuchtet, während das Spielfeld stets voll beleuchtet war. Das Atmosphärische war so im Hintergrund etabliert und von der übrigen Darstellung getrennt.

3
Es wurde keinerlei gefärbtes Licht verwendet. Wo immer die Beleuchtungsanlage leistungsfähig genug ist, sollte das Licht so gleichmäßig sein wie in unseren Varietés, wenn akrobatische Künste gezeigt werden. Scharfes Scheinwerferlicht löschte die Gesichter aus. Dunkelheiten, selbst wenn nur relative, schädigen die Repliken, die aus ihnen kommen; es wird empfohlen, vermittels fotografischer Aufnahmen festzustellen, was an Beleuchtung das Publikum anstrengen würde.

4
Für Farbe und Kontraste kann der Bühnenbauer sorgen, ohne gefärbtes Licht zu Hilfe zu nehmen. Das Farbenschema für den »Puntila« enthielt blau, grau und weiß für die Bühne, schwarz, blau, grau und weiß für die Kostüme. Die letzteren waren im übrigen streng realistisch gehalten, mit besonderer Berücksichtigung des Details (Handtaschen der Frauen aus Kurgela; die Gutsarbeiter arbeiten am Sonntag barfuß, in Sonntagshosen, Hemden und Westen usw.).

5
Die Arbeitsvorgänge müssen gut ausgestattet werden. (Eine kindlich gewachsene Schauspielerin konnte das Küchenmädchen Fina zu einer eindrücklichen Figur machen, indem sie das bis spät in die Nacht mit Wäschearbeiten (6), Butterschleppen (7), und das erschöpfte Einschlafen am Verlobungstisch des Herrn Puntila (9) zeigte.)

6
Den permanenten Rahmen bildete, wie erwähnt, eine große Wand aus Birkenrinde tief im Hintergrunde und an beiden Seiten vorne dünne Goldstabstrukturen. Die Szenenbauten bestanden aus einzelnen Elementen, die erste Szene z. B. aus zweien: 1. einem Holzpaneel mit Tisch, Stühlen, Tischtuch mit Rotweinflecken, einem Dutzend leerer Flaschen, auf dem Boden gruppiert, und 2. einer Topfpalme (Luxuselement). Elemente wie die der 6. Szene, Eingang in das Gutshaus und Hoftor, können bei den Proben platzmäßig fixiert werden. Ein anderes Luxuselement (nicht mitspielend) war eine kitschige

Gipsfigur in der zweiten Szene; das geschlachtete Schwein in der fünften, aufgehängt an einem Gerüst aus karmesinroten Holzbalken und einer Messingstange, war kein Luxuselement, da es die Vorbereitung zum Verlobungsessen erzählte, auch in der nächsten Szene über den Hof getragen wurde. Auf die Schönheit und Leichtigkeit der Elemente und die Anmut ihrer Gruppierung wurde Wert gelegt. Dabei hatten sie realistisch zu sein. Das Auto in der dritten Szene bestand nur aus einem abgeschnittenen Vorderteil, war aber aus echten Bestandteilen gebaut.

7
Die Abgenutztheit der Bühnenelemente und der Kleider und Requisiten ist nicht nur ein realistisches Moment; sie befreit auch die Bühne von dem Anschein des unerprobten Neuen.

8
Jeder Blick auf die Bühne muß, nach Sinn und Raumaufteilung und Farbe, ein sehenswertes Bild fangen können.

9
Es gibt im Deutschen kein eigentliches Fachwort für das Pantomimische, das die englische Bühne business (Geschäft) heißt, und wir schieben es meist verlegen und halbherzig ein. Das Wort »Kiste«, das bei uns dafür gebraucht wird, zeigt die Verachtung, die dafür besteht. Jedoch sind »Kisten« Hauptbestandteile erzählerischen Theaters. (*Puntila wandelt trockenen Fußes auf der Aquavitflut (1). Puntila heuert einen Waldarbeiter, weil ihm sein Auge gefällt (4). Die Frauen von Kurgela sehen Butter, Fleisch und Bier ins Haus ihres Bräutigams gehen (7)* usw.). Derlei wurde natürlich voll ausgespielt. Hier hilft der Grundsatz »Eines nach dem andern«, der bei einer Dramatik der Exposition, der Knotenschürzung und des Kulminationspunkts immerfort außer Kurs gesetzt werden muß.

10
Entscheidend ist die Ausformung des Klassenantagonismus zwischen Puntila und Matti. Die Rolle des Matti muß so besetzt werden, daß eine echte Balance zustande kommt, d.h. daß die

geistige Überlegenheit bei ihm liegt. Der Darsteller des Puntila muß sich hüten, in den Trunkenheitsszenen das Publikum durch Vitalität oder Charme so mitzureißen, daß ihm nicht mehr die Freiheit bleibt, ihn zu kritisieren.

11

Zu den edelsten Figuren des Stückes gehören die vier Frauen aus Kurgela. Es wäre völlig falsch, sie komisch darzustellen; sie sind humorvoll. Auch müssen sie schon deshalb anziehend sein, damit ihr Hinauswurf keiner andern Ursache als ihrem niederen Stand zugeschrieben werden kann.

12

Mögliche Kürzungen: Die Szene 4 (»Der Gesindemarkt«) wird gestrichen. Dafür wird in der nachfolgenden Szene (»Skandal auf Puntila«) einiges daraus verwendet.

Szene 5 beginnt dann so:

Hof auf dem Gut Puntila mit einer Badehütte, in die man Einblick hat. Es ist Vormittag. Über der Tür ins Gutshaus nageln Laina, die Köchin, und Fina, das Küchenmädchen, ein Schild »Willkommen zur Verlobung« an.

Durchs Hoftor kommen Puntila und Matti mit einigen Waldarbeitern.

LAINA Willkommen zurück auf Puntila. Das Fräulein Eva und der Herr Attaché und der Herr Oberlandesrichter sind schon eingetroffen und beim Frühstück.

PUNTILA Als erstes möcht ich wissen: was ist mit dem Surkkala? Warum packt der?

LAINA Sie haben doch dem Probst versprochen, daß Sie ihn herausschmeißen, weil er ein Roter ist.

PUNTILA Was? Den Surkkala? Den einzigen intelligenten Menschen von meinen Häuslern! Vier Kinder hat er auch, was möcht der von mir denken? Dem Probst verbiet ich mein Haus wegen Unmenschlichkeit. Der Surkkala soll sofort herkommen, daß ich mich bei ihm und seiner Familie entschuldig. Die Kinder sollen auch kommen, alle vier, damit ich ihnen persönlich mein Bedauern ausdrück für die Angst und Unsicherheit, in der sie geschwebt haben.

LAINA Das ist nicht nötig, Herr Puntila.

PUNTILA *ernst:* Doch, das ist nötig. *Auf die Arbeiter zeigend:* Die Herren bleiben. Holens ihnen einen Aquavit, Laina, ich möcht sie für Waldarbeit einstellen.

LAINA Ich hab gedacht, Sie verkaufen den Wald.

PUNTILA Ich? Ich verkauf keinen Wald. Meine Tochter hat ihre Mitgift zwischen ihre Schenkel, hab ich recht? Und die hab ich mir mitgebracht, weil ich den Gesindemarkt nicht ausstehen kann. Wenn ich Pferd und Küh kauf, geh ich aufn Markt und denk mir nichts dabei. Aber ihr seid Menschen und das sollt's nicht geben, daß man euch auf dem Markt aushandelt, hab ich recht?

EIN KÜMMERLICHER ARBEITER Freilich!

MATTI Erlaubens, Herr Puntila, Sie haben nicht recht. Die brauchen eine Arbeit und Sie haben eine und das wird ausgehandelt, ob's auf einem Markt ist oder in der Kirch oder hier, es ist immer ein Markt.

PUNTILA Bruder, schaust du m i c h an, ob ich grade Füß hab, als ob du einem Gaul ins Maul schaust?

MATTI Nein, ich nehm Sie auf Treu und Glauben.

PUNTILA *über den Kümmerlichen:* Der ist nicht schlecht, dem sein Aug gefällt mir.

MATTI Herr Puntila, ich möchte Ihnen nicht dreinreden, aber der Mann ist nichts für Sie, er halt's nicht aus.

DER KÜMMERLICHE Hat man so was gehört? Woher weißt du, daß ich's nicht aushalt?

MATTI Elfeinhalb Stunden im Sommer. Ich möcht eine Enttäuschung verhüten, Herr Puntila. Nachher müssens ihn wieder wegjagen, wenn er's nicht aushalt.

PUNTILA Ich geh in die Sauna, die Fina soll Kaffee bringen. Bis ich mich auszieh, such noch zwei oder drei aus, daß ich die Auswahl hab. *Er geht in die Sauna und zieht sich aus. Fina bringt den Arbeitern Aquavit.*

MATTI *zu Fina:* Bring ihm Kaffee.

EIN ROTHAARIGER ARBEITER Wie ist es auf Puntila?

MATTI Mittel. Vier Liter Milch, die ist gut. Kartoffeln geben sie, hör ich, auch. Die Kammer ist nicht groß.

DER ROTHAARIGE Wie weit ist die Schul? Ich hab eine Kleine.

MATTI Eineinviertel Stund.

DER ROTHAARIGE Das ist nichts bei gutem Wetter. Wie ist e r?

MATTI Zu vertraulich, für dich ist's Wurst, du bist im Wald, aber mich hat er im Wagen, ich bin ihm ausgeliefert und vor ich mich umschau, wird er menschlich, ich werd kündigen müssen.

Surkkala kommt mit seinen vier Kindern.

MATTI Surkkala! Um Gottes willen, verschwindets auf der Stell wieder. Bis er aus dem Bad kommt und seinen Kaffee gesoffen hat, ist er stocknüchtern und wehe! wenn er euch da noch auf dem Hof sieht. Ich rat euch, kommts ihm die nächsten Tag nicht unter die Augen.

Surkkala nickt und will mit seinen Kindern schnell abgehen.

PUNTILA *der sich entkleidet, dabei gelauscht und das letzte nicht gehört hat, schaut aus der Badehütte und sieht Surkkala und die Kinder:* Surkkala! Ich komm gleich zu euch hinüber. *Zu Matti:* Gib ihm zehn Mark Aufgeld.

MATTI Ja, aber können Sie's nicht auch für die Leut hier gleich entscheiden, die Leute versäumen den Gesindemarkt.

PUNTILA Ich möcht's nicht übereilen. Ich kauf nicht Menschen kalten Bluts, sondern ich geb ihnen ein Heim auf Puntila.

DER ROTHAARIGE Dann geh ich lieber. Ich muß eine Stell haben. *Ab.*

PUNTILA Halt! Jetzt ist er weg. Den hätt ich brauchen können. *Zum Kümmerlichen:* Laß dich nicht verjagen, du hältst's schon aus. Ich geb dir mein Ehrenwort. Wißt ihr, was das ist, das Wort von einem tavastländischen Gutsbesitzer? Der Hatelmaberg kann einstürzen, es ist nicht wahrscheinlich, aber er kann, aber das Wort von einem tavastländischen Bauern steht, das ist bekannt. *Zu Matti:* Komm herein, ich brauch dich zum Wasserübergießen. *Zum Kümmerlichen:* Du kommst auch mit.

Puntila, Matti und der Kümmerliche gehen in die Sauna.

(Weiter wie Seite 312, Zeile 32, bis Seite 315, Zeile 33, dann:)

PUNTILA *zu Fina:* Hören Sie zu, was ich für eine Entscheidung treff, sonst wird mir hinterher wieder das Wort im Munde herumgedreht wie üblich. Den da hätt ich genommen, aber seine Hosen sind mir zu fein, der packt nicht zu. Auf die Kleider muß man besonders schauen; zu gut, und sie sind sich zu gut zur Arbeit, zu zerrissen und sie haben einen schlechten Charakter. Ein Gärtner zum Beispiel kann mit geflickten Hosen herumgehen, wenns an den Knien geflickt sind und nicht am Hintern, bei einem Gärtner müssens am Knie geflickt sein. Ich durchschau einen mit einem Blick, was in ihm ist; aufs Alter schau ich wenig, die Alten halten gradsoviel aus oder mehr, weils nicht weggeschickt werden wollen, die Hauptsache ist mir der Mensch. Auf Intelligenz geb ich nichts, die rechnen sich den ganzen Tag die Arbeitsstunden aus, das mag ich nicht, ich will in einem freundlichen Verhältnis stehn zu meinen Leuten. *Zu einem kräftigen Arbeiter:* Du kannst mitkommen, ich geb dir drin 's Handgeld. Da fällt mir was ein. *Zu Matti, der aus der Badehütte getreten ist:* Gib mir deine Jacke. Deine Jacke sollst du mir hergeben, hörst du? *Er erhält Mattis Jacke.* Ich hab dich, Bürschel. *Zeigt ihm die Brieftasche.* Das find ich in deiner Jackentasche. Ich hab's geahnt, auf den ersten Blick hab ich dir die Zuchthauspflanze angesehen. Ist das meine Brieftasche oder nicht?

MATTI Jawohl, Herr Puntila.

PUNTILA Jetzt bist du verloren, zehn Jahre Zuchthaus, ich brauch bloß an der Station anrufen.

MATTI Jawohl, Herr Puntila.

PUNTILA Aber den Gefallen tu ich dir nicht. Daß du dich in eine Zelle flaggen, faulenzen und das Brot vom Steuerzahler fressen kannst, wie? Das könnt dir passen. Jetzt in der Ernte! Daß du dich vor dem Traktor drückst. Aber ich schreibe dir's ins Zeugnis, verstehst du mich?

MATTI Jawohl, Herr Puntila.

Puntila geht wütend auf das Gutshaus zu. Auf der Schwelle steht Eva, den Strohhut im Arm. Sie hat zugehört.

DER KÜMMERLICHE Soll ich dann mitkommen, Herr Puntila?

PUNTILA Dich kann ich nicht brauchen, du haltst es nicht aus.

DER KÜMMERLICHE Aber jetzt ist der Gesindemarkt aus.

PUNTILA Das hättst du dir früher sagen sollen und nicht versuchen, meine freundliche Stimmung auszunützen. Ich merke mir alle, die es ausnutzen. *Zu dem Arbeiter, der ihm gefolgt ist:* Ich hab's mir überhaupt anders überlegt. Ich nehme keinen. Wahrscheinlich verkauf ich den Wald und zuschreiben könnt ihr's dem da *zeigt auf Matti,* der mich wissentlich im unklaren gelassen hat über etwas, was ich hätt wissen müssen. Ich werd mich zu revanchieren wissen. *Er geht finster zum Gutshaus.*

(Weiter wie Seite 316, Zeile 29.)

Anmerkung zur Musik

Die »Ballade vom Förster und der Gräfin« wurde auf die Melodie einer alten schottischen Ballade geschrieben; »Das Pflaumenlied« auf eine Volksliedmelodie. »Das Puntilalied« ist von Paul Dessau komponiert. Die Darstellerin der Köchin Laina kommt während der Umbauten mit einem Akkordeonspieler und einem Gitarristen vor den Vorhang und singt nach der jeweiligen Szene die ihr entsprechende Strophe. Dabei absolviert sie Verrichtungen zur Vorbereitung der großen Verlobung: Bodenfegen, Staubwischen, Teigrühren, Schneeschlagen, Kuchenformeinfetten, Gläserputzen, Kaffeemahlen, Tellertrocknen.

Beispiel für einige Prinzipien der Inszenierung

Die Satire des Stückes ist von der poetischen Art. Es handelt sich für die Regie darum, die poetischen Züge in große, haftende Bilder umzusetzen.

Zu Beginn des Stückes etwa treffen wir einen Puntila von fast mythologischer Größe. Er ist der triumphierend Überlebende einer wahren Sintflut von Spirituosen; sie hat die Saufkumpane verschlungen. Vergebens beschwört der vereinsamte Puntila den letzten von ihnen, den krachend vom Stuhl fallenden Richter, mit ihm zu wachen und zu trinken. Den übermüdeten Kellner kann er schon seiner Nüchternheit wegen nicht als würdigen Adressaten seiner hohen Gedanken und Gefühle ansehen. Er findet keinen Zuschauer für seine beschwingte Darstellung eines todesmutigen Wandels auf dem Aquavitmeer, dargestellt auf dem flaschenübersäten Gasthoftisch. Da, in der Stunde seiner Vereinsamung, tritt ihm sein Schofför Matti gegenüber, der des dreitägigen Wartens vor dem Gasthof überdrüssig geworden ist. Puntila begrüßt ihn freudestrahlend als Mensch, nicht weniger bewegt wie Stanley, der den lange gesuchten, im Urwald verschollenen Forscher Livingstone begrüßt. Er lädt ihn königlich zu Tische und offenbart ihm das Geheimnis seiner furchtbaren Erkrankung: immer wieder verfällt er nämlich in kaum ertragbare Zustände völliger Nüchternheit, die ihn aus einem hochstrebenden Menschen in einen gewöhnlichen und nicht zu billigenden Gutsbesitzer verwandeln. Der Schofför, bewirtet mit den Resten des Gelages, kann sich, obgleich erbittert über die Rücksichtslosigkeit, mit der ihn sein Herr in der Kälte warten läßt, um seine geliebten Aufschwünge in die Menschlichkeit zu arrangieren, dem grotesken Scharm des besoffenen Puntila nicht ganz entziehen. Jedoch läßt er es sich nicht nehmen, die Menschlichkeit Puntilas ein wenig auf die Probe zu stellen: er erzählt ihm die Gruselgeschichte von den Geistern auf dem Gutshof des Herrn Pappmann, die nur durch den Geruch von Braten verscheucht werden können. Puntila, der in der Besoffenheit die Gabe besitzt, nicht zu hören, was er nicht hören will, weiht den neugewonnenen Busenfreund in das Dilemma ein, in das er geraten ist. Um seiner Tochter Eva eine Mitgift zu verschaffen, muß er entweder sich selbst an die ältliche Gutsherrin von Kurgela verkaufen, oder einen seiner geliebten Wälder losschlagen. Matti, der Freund, weiß ihm keinen Rat zu geben. Sie brechen auf, Matti, den bewußtlosen Richter schleppend, Puntila, ihn zwingend, mit seiner Last immer wieder stehenzubleiben, um die Zukunftspläne zu hören, die Puntila für sich und ihn schmiedet.

Die Regie hat also zu gestalten: die Verlassenheitsklage des Puntila mit der Anrufung des unzureichenden Richters; die Begegnung Puntilas mit einem echten Menschen (Puntila befindet sich auf dem Gasthoftisch, den Wandel über das Aquavitmeer demonstrierend, als er Mattis ansichtig wird. Er muß herabklettern und in weiten Gängen um den übermäßig großen Tisch herum Matti begrüßen und an den Tisch geleiten); die Offenbarung der furchtbaren Erkrankung (Puntila kriecht förmlich in den widerstrebenden Matti hinein); die Geistererzählung Mattis (er ißt und gedenkt derer, die auf den Gutshöfen ausgehungert werden); Puntilas Befragung des zum Freund ernannten Schofförs in Dingen seines persönlichen Lebens (er hält den nach Hause, ins Bett drängenden Matti auf, ihm seine schmutzigen Probleme zu lösen); Matti führt den gezähmten Puntila aus dem Gasthof (ein weiter Gang um den ganzen Tisch herum, nachdem ihm Puntila feierlich und vertrauensvoll die Brieftasche mit dem verachteten Geld übergeben hat).

Die Betrunkenheit des Puntila

Der Darsteller des Puntila findet sein Hauptproblem in der Darstellung der Trunkenheit, welche neun Zehntel der Rolle ausmacht. Es müßte abstoßend und widerwärtig wirken, wenn er die konventionelle Trunkenheitswalze der Bühne einlegte, das heißt einen Zustand der Vergiftung zeigte, der alle seelischen und körperlichen Vorgänge verwischte und entwertete. Steckel stellte die besondere, puntilaische Trunkenheit dar, nämlich diejenige, durch die der Gutsbesitzer seine Menschenähnlichkeit erringt. Weit entfernt, die üblichen Defekte der Sprache und der körperlichen Bewegung zu zeigen, zeigte er eine Sprache von fast musikalischer Beschwingtheit und gelöste, fast tänzerische Bewegungen. Die Inspiration fand freilich ihre Hindernisse in den Gliedmaßen, die für die überirdisch geplanten Bewegungen zu schwer waren und nicht ausreichten. Flügel, wenn auch leicht beschädigte, trugen ihn auf den Hatelmaberg. Jedweder Gestus des Untiers in der Trunkenheit, der Demut, des Zorns über ein Unrecht, der Großzügigkeit im Geben und Nehmen, der Kameradschaftlichkeit usw. erfuhr eine genießerische Ausbildung. Puntila entsagte seinen Besitztümern wie der Buddha, verstieß seine Tochter in biblischer Weise, lud die Frauen von Kurgela zu Gaste wie ein homerischer König.

Prologe, Gesang zwischen den Szenen und Szenentitel

Unser neues Publikum, das sich ein neues Leben aufbaut und die Geschehnisse auf der Bühne nicht mehr einfach hinnimmt (»So ist es und so bleibt es wohl«), sondern kräftig mitredet, will die Stellungnahme des Stückschreibers nicht erraten müssen. Prologe, Gesang zwischen den Szenen während der Umbauten und gelegentlich Szenentitel, welche auf die Gardine projiziert werden, stellen einen direkten Kontakt mit dem Publikum her. Ein kleiner Prolog in Versen wurde von Regine Lutz, der Darstellerin des Kuhmädchens, mit einem Strohblumenstrauß in der Hand gesprochen. In der Züricher Aufführung gab es Szenentitel wie: »Herr Puntila findet einen Menschen«, »Skandal auf Puntila«, »Der Bund der Bräute des Herrn Puntila«, »Finnische Erzählungen«. Prologe sind dem klassischen Theater bekannt, Szenentitel nur dem klassischen Abenteuerroman. Sie versetzen im Theater das Publikum in leichte Spannung und veranlassen es, etwas ganz Bestimmtes in der folgenden Szene zu suchen. In der Aufführung des Berliner Ensembles wurde an Stelle der Szenentitel das Puntilalied gesungen. Annemarie Hase, die Darstellerin der Köchin, trat mit den Utensilien ihrer jeweiligen Hausarbeit vor die Gardine, so daß man den Fortgang des großen Verlobungsfestes auf Puntila verfolgen konnte. Sie sang, begleitet von zwei Musikern, die mit Gitarre und Ziehharmonika gegenüber vor die Gardine getreten waren. Das Lied kommentierte die Vorgänge auf Puntila von der Küche aus und, indem es sie sozusagen berühmt machte, gab es den Streichen des Puntila einen lokalhistorischen Charakter.

Clownerie

Eine schöne Clownerie Steckels: In der zweiten Szene, wenn Puntila, von seiner Tochter des Alkoholvorrats beraubt, einen Ausbruch von Learschem Format hat, versucht er während der Tiraden seinen großen Mantel zuzuknöpfen. Da er ein Knopfloch oben ausläßt, bleibt ihm unten ein Knopf übrig. Kurz entschlossen reißt er ihn ab. Derlei Späße kann sich ein Schauspieler leisten, der seine Figur im ganzen mit wirklichem Ernst anlegt.

Arbeitsvorgänge

Arbeitsvorgänge gut auszugestalten ist dem bürgerlichen Theater uninteressant; gemeinhin wird da irgend etwas zusammengefummelt. Es ist unbedingt nötig, daß Matti, der Schofför, sachgemäß arbeitet, ob er nun im Gespräch mit der Gutsbesitzerstochter einen Reifen abmontiert, oder den Hof kehrt, oder Puntila massiert, oder den besoffenen Richter wegschleppt. So müssen das Kaffeeservieren, Wäscheeinweichen, Butterschleppen des Küchenmädchens stimmen.

Steckels zwei Puntilas

Steckel spielte den Puntila in Zürich, bevor er ihn in Berlin spielte. In Zürich spielte er ihn fast ohne Maske, und es entstand bei den meisten Zuschauern der Eindruck eines sympathischen Menschen mit einigen üblen Anwandlungen im Zustand der Nüchternheit, welche den Charakter des Katzenjammers annahm, so daß auch diese Anwandlungen entschuldigt schienen. In Berlin, belehrt durch diese Wirkung, wählte er einen ekelhaft geformten Kahlkopf und schminkte sich verlebte und niedrig aussehende Züge. Erst jetzt wirkte sein Scharm in der Trunkenheit gefährlich, wurden seine geselligen Annäherungen zu denen eines Krokodils. Nahezu alle Aufführungen des Stücks in Deutschland, vor und nach der Berliner Aufführung, litten an dem Irrtum, der auch in Zürich begangen wurde.

Die Frauen von Kurgela

Die Darstellung der Frauen von Kurgela, die vom betrunkenen Puntila ins Gutshaus eingeladen und vom nüchternen davongejagt werden, bereitete vom Beginn bis zum Ende der Proben große Schwierigkeiten. Sie sind die edelsten Figuren des Stücks, und lange Zeit schwankten wir, Kostüm und Maske entwerfend, zwischen dem Charakteristischen und dem Schönen, bis wir herausfanden, daß da kein echter Gegensatz bestand. Im Bemühen, der Geschichte der vier Frühaufsteherinnen etwas

Märchenhaftes zu geben, stellten wir zunächst stilisierte, sehr zartfarbige Kleider her, dann fanden wir diese fade und unwahr und gingen zu aller Schönheit spottendem Naturalismus über. Es gab zu große Stiefel und spitze Nasen. Jetzt griff Caspar Neher ein. Er setzte sich mißmutig in die Proben und schuf eine Handvoll Szenenskizzen, die zum Schönsten gehören, was in unserer Generation für das Theater gemacht wurde. Er löste den Widerspruch zwischen naivem Benehmen der Frauen und ihrer praktischen Weltklugheit, indem er sie ein humorvolles Spiel mit dem Gutsherrn spielen ließ. Sie traten unter Späßen, ein wenig Theater spielend, in corpore dem Gutsherrn gegenüber, eben als die märchenhaften »Frauen von Kurgela«, die biblischen Bräute, hoffend auf einen Tanz und einen Kaffee von ihrem hohen Bräutigam. Neher ließ sie sich Strohblumenkränze aufsetzen, und auch dem Schofför Matti verlieh er Phantasie und erfand ihm den Besen, den er, in den Boden gepflanzt, als den Hohen Gerichtshof von Viborg anredet und mit dem er die Kränze wegfegt vom Hof, die sie, übel empfangen, zu Boden geworfen haben. Masken und Kostüme wurden nunmehr, wo das Auftreten stimmte, fast mühelos realistisch und schön. Die Kostüme behielten den realistischen Schnitt, doch wurden die Konturen etwas verstärkt, und bei allen wurde das gleiche Material gewählt.[1] Den Gesichtern wurde etwas Bäuerliches, Grobes gegeben – wir versuchten es anfangs mit kleinen Kittbrocken, die an Gipsmasken ausprobiert wurden – und der Teint wurde dafür golden durch das Auftragen von warmgetöntem, geplätteltem Ocker. Die großen Schuhe, die bei einer der Frauen beibehalten wurden, taten der Schönheit keinen Abbruch, die hauptsächlich von der Würde der arbeitenden Frauen kam. Aus den eingeladenen Armen wurden sie die an Freundlichkeit Reichen, die selbst einen Gutsbesitzer noch mit ihrem Humor zu beschenken bereit und fähig waren, aus den poetischen Gestalten die Menschen, die für Poesie Sinn hatten. Die Gruppierungen, von einem großen Maler komponiert, verliehen ihrem natürlichen und realistischen Auftreten Kraft und Anmut.

1 Siehe auch »Gespräch mit dem Kostümgestalter und Maskenbildner«.

Das gesellschaftlich Komische

Für Stücke wie den »Puntila« wird man nicht allzuviel in der Rumpelkammer des »Ewig Komischen« finden. Zwar hat auch das »Ewig Komische« – der mit großem Aplomb ausmarschierende Clown fällt auf die Nase – ein gesellschaftliches Element, jedoch ist dieses verlorengegangen, so daß der Clownsturz als etwas schlechthin Biologisches, als bei allen Menschen in allen Situationen Komisches erscheint. Die Schauspieler, die »Herr Puntila und sein Knecht Matti« spielen, müssen die Komik aus der heutigen Klassensituation ziehen, selbst wenn dann die Mitglieder der oder jener Klasse nicht lachen. Wenn Matti auf Wunsch des glücklich wieder besoffenen Gutsbesitzers aus den Möbeln des Billardzimmers einen Hatelmaberg aufbaut, tut er dies zornig, weil dieser auch in der tiefsten Besoffenheit nicht vergessen hat, den roten Surkkela zu entlassen. Er demoliert Standuhr und Gewehrschrank unbarmherzig, er macht den Berg teuer. Puntila zuckt bei jedem Krach zusammen und sein Lächeln wird etwas krampfhaft. – Puntila hört sich im Dorf die Lebensgeschichte der Mädchen von Kurgela an; aber er hört nicht wirklich zu, denn er weiß, was kommt, und nach jeder Geschichte nimmt er einen langen Zug »gesetzlichen Schnaps«. Der komische Zug ist finsterer Art. – Nimmt der Gutsbesitzer das Pflaumenlied der Frauen als persönliche Huldigung entgegen, ist dies alte Komik und nichts spricht dagegen. Jedoch ist es tiefer, wenn er eine Art folkloristischen Interesses bekundet und die Miene des Kenners aufsetzt. Das zeigt die Kluft, von der die Komödie handelt. – In der vierten Szene bringt Puntila vom Gesindemarkt einen Haufen Landarbeiter mit nach Hause. Es ist der eine Tag im Jahr, wo sie eine Stelle finden, und Puntila hat keinen Bedarf für sie, möchte aber Gesellschaft haben. Er macht sogleich einem von ihnen Hoffnung. (»Dein Auge gefällt mir.«) Dann bricht er aus dem Haufen der ihn umringenden Arbeiter und läuft in die Sauna, um mit der Nüchternheit die Kraft wiederzufinden, die Arbeiter hinauszuwerfen. Die Feigheit dieser Flucht in die Nüchternheit ist ein komischer Zug, kaum produzierbar von einem Schauspieler ohne gesellschaftliches Wissen und sozialistische Einstellung.

Caspar Nehers »Puntila«-Bühne

Die symbolistische Bühne der Expressionisten und Existentialisten, welche allgemeine Ideen zum Ausdruck brachte, ist für das realistische Theater unbrauchbar, und auch auf die naturalistische mit ihrem kruden Gemisch von Wesentlichem und Unwesentlichem kann nicht zurückgegriffen werden. Ein bloßer Abklatsch der Wirklichkeit genügt nicht; sie muß nicht nur wiedererkannt, sondern auch verstanden werden können. Dazu müssen die Bilder künstlerischen Wert haben und individuelle Handschrift zeigen. Phantasie und Witz des Bühnenbauers sind besonders der Komödie willkommen.

Die Masken

Puntila, der Attaché, der Propst, die Pröpstin, der Anwalt, der Richter trugen mehr oder weniger groteske Masken und bewegten sich in königlicher und alberner Weise. Matti, die Frauen von Kurgela, das Gutsgesinde und die Landarbeiter trugen keine Masken und bewegten sich gewöhnlich. Für Eva, die Gutsbesitzerstochter, wurde das Prinzip durchbrochen, sie trug keine Maske. Der Einwand, hier handle es sich um Symbolismus, wäre nicht stichhaltig. Es wird keine hintergründige Bedeutung angestrebt. Das Theater nimmt lediglich Stellung und überhöht wesentliche Züge der Realität, nämlich Deformierungen der Physiognomien, die sich bei Parasiten finden.

Ist ein Stück wie »Herr Puntila und sein Knecht Matti« nach der Vertreibung der Gutsbesitzer bei uns noch aktuell?

Es gibt eine liebenswerte Ungeduld, die auf dem Theater jeweils nur den letzten Stand der Dinge in der Wirklichkeit gestaltet haben will. Warum sich bei einem Gutsbesitzer aufhalten? Sind die Gutsbesitzer nicht vertrieben? Warum einen Proleten wie Matti zeigen? Gibt es nicht jetzt schon aktive Kämpfer? Die Ungeduld ist liebenswert, aber es ist falsch, ihr nachzugeben.

Daß es neben den Kunstwerken, die man organisieren muß, noch Kunstwerke gibt, die man erbt, ist kein Argument, solange man nicht die Nützlichkeit der letzteren nachweisen kann, selbst nicht, wenn das Organisieren Zeit nimmt. Warum kann »Herr Puntila und sein Knecht Matti« noch als aktuell angesehen werden? Weil man nicht nur aus dem Kampf lernt, sondern auch aus der Geschichte der Kämpfe. Weil die Ablagerungen überwundener Epochen in den Seelen der Menschen noch lange liegen bleiben. Weil im Kampf der Klassen der Sieg auf einem Kampfplatz ausgenutzt werden muß zum Sieg auf einem andern und die Lagen vor dem Sieg ähnliche Züge aufweisen können. Weil das Leben der von ihren Unterdrückern Befreiten eine Zeitlang schwer sein mag wie das aller Pioniere; denn sie haben das System der Unterdrücker gegen ein neues auszuwechseln. Diese und andere Argumente können für die Aktualität von Stücken wie »Herr Puntila und sein Knecht Matti« vorgebracht werden.

ZU »DER AUFSTIEG DES ARTURO UI« (Band 7)

»Arturo Ui« [1]

Der Karfioltrust muß zum Sprung nach New York ansetzen. Dazu ist es nötiger denn je, die Arbeiter niederzuhalten, in die Hand zu bekommen, einzuschüchtern. Hier hat der Ui einzugreifen, und alles andere sind Kämpfe, um zum Kampf zu kommen, auf den es ankommt. Deshalb die »Schwäche« der Stadtverwaltung in der Bekämpfung des Ui.

Der Verteidiger im Prozeß muß alles aufdecken.

[Hinweis für die Aufführung]

Das Stück muß, damit die Vorgänge jene Bedeutung erhalten, die ihnen leider zukommt, im *großen Stil* aufgeführt werden; am besten mit deutlichen Reminiszenzen an das elisabethanische Historientheater, also etwa mit Vorhängen und Podesten. Z. B. kann es vor gekalkten Rupfenvorhängen, die ochsenblutfarben bespritzt sind, agiert werden. Auch können gelegentlich panoramamäßig bemalte Prospekte benutzt werden, und Orgel-, Trompeten- und Trommeleffekte sind ebenfalls zulässig. Es sollten Masken, Tonfälle und Gesten der Vorbilder verwendet werden, jedoch ist reine Travestie zu vermeiden, und das Komische darf nicht ohne das Grausige sein. Nötig ist plastische Darstellung in schnellstem Tempo, mit übersichtlichen Gruppenbildern im Geschmack der Jahrmarktshistorien.

Bemerkungen zu »Der aufhaltsame Aufstieg des Arturo Ui«

Man hört heute ganz allgemein, es sei unstatthaft und aussichtslos, die großen politischen Verbrecher, lebendig oder tot, der Lächerlichkeit preisgeben zu wollen. Selbst das gemeine Volk, hört man, sei da empfindlich, nicht nur, weil es in die Verbrechen verwickelt wurde, sondern weil die Übriggebliebenen in den Ruinen nicht über derlei lachen könnten. Auch solle man nicht offene Türen einrennen, da es deren in Ruinen zu viele gäbe; die Lektion sei gelernt worden, wozu sie jetzt den Unglücklichen noch einreiben? Sei aber die Lektion nicht gelernt, sei es gefährlich, ein Volk zum Gelächter über einen Machthaber aufzufordern, das es ihm gegenüber sozusagen hat an Ernst fehlen lassen. Usw. usw.

Es ist verhältnismäßig leicht, mit der Aufforderung fertig zu werden, die Kunst müsse mit der Brutalität behutsam umgehen, das schwächliche Pflänzchen der Erkenntnis liebevoll begießen, denen, die gezeigt haben, was eine Harke ist, nunmehr zu zeigen, was eine Gießkanne ist usw. Man kann auch gegen einen Begriff *Volk* angehen, der etwas »Höheres« meint als die Bevölkerung, und zeigen, wie da die berüchtigte *Volksgemeinschaft* der Henker und Opfer, der Unternehmer und Unternommenen, in den Köpfen spukt. Aber die Aufforderung an die Satire, sich hier nicht einzumengen, wo es sich um ernste Dinge handelt, ist damit noch nicht als unsittlich abgelehnt. Sie interessiert sich gerade für ernste Dinge.

Die großen politischen Verbrecher müssen durchaus preisgegeben werden, und vorzüglich der Lächerlichkeit. Denn sie sind vor allem keine großen politischen Verbrecher, sondern die Verüber großer politischer Verbrechen, was etwas ganz anderes ist.

Keine Angst vor der platten Wahrheit, wenn sie nur wahr ist! So wenig das Mißlingen seiner Unternehmungen Hitler zu einem Dummkopf stempelt, so wenig stempelt ihn der Umfang dieser Unternehmungen zu einem großen Mann. Die herrschenden Klassen im modernen Staat bedienen sich bei ihren Unternehmungen meistens recht durchschnittlicher Leute. Nicht einmal auf dem höchst wichtigen Gebiet der ökonomischen Ausbeutung ist besondere Begabung vonnöten. Der Milliardentrust der IG-Farben verwendet überdurchschnittliche Intelligenz nur, indem er sie ausbeutet; die Ausbeuter selber, eine Handvoll Leute, die meistens durch Geburt zu ihrer Macht kamen, bringen kollektiv etwas Schlauheit und Brutalität auf, werden aber durch die Unbildung, und würden selbst durch die etwaige Gutmütigkeit einzelner unter ihnen, nicht geschäftlich geschädigt. Die politischen Geschäfte lassen sie durch Leute besorgen, die oft noch erheblich dümmer als sie selber sind. Hitler konnte da dem Brüning, dieser dem Stresemann wohl das faule Wasser reichen, und auf militärischem Gebiet war wohl der Lakeitel dem Hindenburg ebenbürtig. Einen militärischen Spezialisten wie Ludendorff, der Schlachten wegen seiner politischen Unreife verlor, darf man sich ebensowenig als intellektuellen Giganten vorstellen wie einen Schnellrechner im Varieté. Solche Leute erwecken den Anschein von Größe durch den Umfang der Unternehmungen. Dabei müssen sie gerade durch diesen Umfang nicht besonders tüchtig sein, denn er bedeutet doch nur, daß eben ein riesiger Haufe von intelligenten Leuten aufgeboten wurde, so daß die Krisen und Kriege zu Ausstellungen der Intelligenz der Gesamtbevölkerung werden.

Dazu kommt, daß das Verbrechen selbst häufig Bewunderung auslöst. Die Kleinbürger meiner Heimatstadt hörte ich nie anders als mit Andacht und Begeisterung von einem Massenmörder namens Kneißl sprechen, so daß ich seinen Namen bis auf den heutigen Tag behalten habe. Es wurde nicht einmal für nötig gehalten, ihm die bekannten Freundlichkeiten zu armen, alten Mütterchen anzudichten; seine Morde genügten.

Die Geschichtsauffassung der Kleinbürger (und der Proleten, solang sie keine andere haben) ist größtenteils romantisch. Der erste Napoleon beschäftigte die arme Phantasie dieser Deutschen natürlich nicht durch den Code Napoleon, sondern durch die Millionen seiner Opfer. Die Blutflecken stehen diesen Eroberern gut zu Gesicht, wie Schönheitsflecken. Wenn in der mit Recht »Deutsche Rundschau« genannten Zeitschrift ein gewisser Doktor Pechel im Jahre 1946 über den Dschingis-Khan schrieb, »der Preis für die Pax Mongolica waren 20 zerstörte Reiche und der Tod von vielen Dutzenden Millionen Menschen«, so wird der »blutbefleckte Eroberer, der Zerstörer aller Werte, über dem man den Herrscher nicht vergessen darf, der bewies, daß er kein destruktiver Kopf war«, schon dadurch groß, weil er im Umgang mit Menschen eben nicht kleinlich war. Dieser Respekt vor den Tötern muß zerstört werden. Die Alltagslogik darf sich nicht einschüchtern lassen, wenn sie sich in die Jahrhunderte begibt; was uns für die kleinen Verhältnisse gilt, dem müssen wir in den großen Geltung verschaffen. Der Lump im kleinen darf nicht, wenn ihm die Herrschenden gestatten, ein Lump im großen zu werden, eine Sonderstellung nicht nur in der Lumperei, sondern auch in unserer Geschichtsbetrachtung bekommen. Und im allgemeinen gilt wohl der Satz, daß die Tragödie die Leiden der Menschen häufiger auf die leichte Achsel nimmt als die Komödie.

»Arturo Ui« [2]

> *Kusche* in seiner Kritik am »Ui«:
> »... im gleichen Augenblick, wo ›Ui‹ durch die Projektionen auf eine bestimmte Phase der deutschen Geschichte bezogen wird, ist hier zu fragen: wo ist das Volk.«

Der »Ui« ist ein *Parabel*stück, geschrieben mit der Absicht, den üblichen gefahrvollen Respekt vor den großen Tötern zu zerstören. Der Kreis ist absichtlich eng gezogen; er beschränkt sich auf die Ebene von Staat, Industriellen, Junkern und Kleinbürgern. Das reicht aus, die vorgehabte Absicht durchzuführen. Das Stück will keinen allgemeinen, gründlichen Aufriß der historischen Lage der dreißiger Jahre geben. Es fehlt das Proletariat, und es kann nicht in weiterem Maße berücksichtigt werden, denn ein jedes *Mehr* in diesem Gefüge wäre ein *Zuviel* und würde ablenken von der diffizilen Problemstellung. (Wie auf das Proletariat näher eingehen und nicht auf die Arbeitslosigkeit; wie darauf und dann nicht auf die Arbeitsbeschaffung und auf die Parteien sowie deren Versagen? Eines würde das andere mit sich ziehen, heraus käme ein gigantisches Werk, das den gewollten Zweck nicht erfüllt.)

Die projizierten Schriften – nach K. ein Grund, in dem Stück einen allgemeinen Aufriß zu suchen – scheinen mir den Zug des Ausschnitthaften, Panoptikumhaften nur zu verstärken.

Die Industriellen scheinen von der *Krise* alle gleichermaßen betroffen, anstatt daß die Schwächeren erschlagen werden von den Stärkeren.

(Aber vielleicht ist auch das ein Punkt, der zu weit ins Detail führen würde und auf den die *Parabel* verzichten kann.)

Der Verteidiger (9. Bild, Speicherbrandprozeß) sollte vielleicht noch einmal untersucht werden. In der jetzigen Form scheint er lediglich eine Art »Berufsehre« zu verteidigen, wenn er protestiert.

Ob er nun so gemeint ist oder nicht: das Publikum wird ihn natürlich als *Dimitroff* zu nehmen versuchen.

Was die Erscheinung von *Röhms Geist* betrifft, hat Kusche meiner Meinung nach recht.

»So wie der Text jetzt ist, erhält ein fetter, versoffener Nazi Märtyrerzüge.«

Karfiol ist leider unbekannt.

Der *Schluß*

Das Stück, geschrieben 1941, wurde als Aufführung von 1941 gesehen. Zu der Zeit war die letzte Szene richtig und am Platze, während sie mir heute nicht mehr ganz zu passen scheint.

Ein heute gemaltes Plakat, das gegen den Hitlerkrieg aufruft, mag auch als Plakat gegen den Krieg allgemein eine Wirkung haben, aber es gibt natürlich Stärkeres.

Vielleicht könnte eine andere Szene gefunden werden.

ZU »DIE GESICHTE DER SIMONE MACHARD« (Band 7)

»Die Visionen der Simone Machard«

Die kleine Simone Machard ist angestellt in der Hostellerie des Städtchens Saint-Martin in Mittelfrankreich. Sie ist dort als Aushilfe und hat vor allem an der Tankstelle der Hostellerie zu tun, die Hostellerie betreibt auch ein Fuhrunternehmen. Wir sind im Juni 1940, die Nazis haben Paris eingenommen, Ströme von Flüchtlingen ergießen sich über Mittelfrankreich und ziehen durch Saint-Martin.

Simone hat selber einen Bruder an der Front, einen Siebzehnjährigen, den sie sehr liebt und der in diesen Tagen bestimmt im Feuer ist. Hier aber, im Dorf und in der Hostellerie, muß sie erleben, daß selbst jetzt, während der großen nationalen Katastrophe, jeder, ob hoch oder niedrig, nur an sich denkt. Sie liest in dieser Zeit ein Buch, das sie von ihrer Lehrerin erhalten hat, ein Buch, das die Geschichte der Jungfrau von Orléans enthält, der größten französischen Patriotin aller Zeiten.

Erregt durch die Ereignisse rings um sie, träumt sie in den fieberhaften Nächten, wo die Deutschen schon bis zur Loire vorgedrungen sind, sie selbst sei die Heilige Johanna. Ein Engel erscheint ihr auf dem Dach der Garage und verkündet ihr, sie sei zur Rettung Frankreichs ausersehen. Er trägt die Züge ihres Bruders André, des Soldaten. In ihrem Traum mischen sich ihr die Wirklichkeit des kleinen Hotels und die Legende ihres Buches. Der Patron des kleinen Hotels ist plötzlich ein Connétable am königlichen Hof, das Personal der Hostellerie, die Chauffeure und der alte Nachtwächter, haben Rüstungen an und sind ein Fähnlein von Kriegsknechten, das sie dem König zuführt, und in dem König selber erkennt sie den schwachen Bürgermeister des Ortes.

Von nun an erlebt Simone in ihrer Hostellerie im Kleinen das schreckliche und erhebende Schicksal der Heiligen Johanna, und in ihren Träumen wird sie immer wieder die Heilige selber.

In ihrem Traum erhält sie von dem Engel eine unsichtbare

Trommel. Er verkündet ihr, Frankreichs Erde sei ihre Trommel, und in der Not werde diese Trommel, Frankreichs Erde, dröhnen und so das Volk Frankreichs zum Widerstand gegen seine Feinde aufrufen. Als die große Volksführerin geht sie denn auch in ihrem Traum zum König, hat vertrauliche Unterredungen mit dem Bürgermeister-König, ermahnt ihn, nicht immerzu mit seinen Adligen, dem Patron-Connétable und den andern Honoratioren von Saint-Martin Karten zu spielen, sondern statt dessen für die Ernährung und Ausrüstung des Volkes zu sorgen. Das Volk wieder fordert sie auf, mit Hingabe zu kämpfen. So kann sie schließlich König, Volk und Adel einigen und den König-Bürgermeister in Reims krönen.

In der Wirklichkeit der Hostellerie holt sie den Maire herbei, als der Patron und die Chauffeure beim Herannahen der Deutschen einfach fliehen wollen, und erreicht, daß die Hostellerie ihre Eßvorräte der Gemeinde überläßt, statt sie ins Hinterland zu transportieren, und daß die Chauffeure mit den Lastwägen die Flüchtlinge abtransportieren, weil die französischen Truppen auf den verstopften Straßen nicht operieren können. (Der Patron läßt das Kind gewähren, weil er dadurch wenigstens die Hostellerie vor Plünderung bewahrt, und die Chauffeure helfen ihr aus Mitleid, weil sie Angst um ihren Bruder an der Front hat.)

Als sie aber auch noch verlangt, daß die heimlichen Benzinvorräte der Hostellerie vernichtet werden, damit sie nicht dem Feind in die Hände fallen, ist sie zu weit gegangen, und die Mutter des Hoteliers entläßt sie.

In der folgenden Nacht träumt sie jenes Kapitel aus ihrem Buch, wo auch die Jungfrau nach ihren ersten Siegen auf die ersten Schwierigkeiten in den eigenen Reihen stößt. Sie bekommt kein neues Heer zuerteilt, obwohl Paris noch immer in Feindeshand ist. Der Bürgermeister-König und der Patron-Connétable machen sie zwar zur Adligen, aber sie nehmen ihr das Schwert ab. Der Engel erscheint von neuem auf dem Garagendach, und sie muß ihm eingestehen, daß sie entlassen ist. Der Engel ermahnt sie streng, auf ihrem Weg weiterzugehen und zum Beispiel das Benzin nicht in die Hände der Deutschen fallen zu lassen, da sonst ihre mörderischen Tanks immer weiter rollen können.

Wenige Tage darauf rücken die Deutschen in Saint-Martin ein. Der Patron ist geflüchtet. Seine Mutter und der alte Capitain Beleire, ein Weinbergbesitzer, ein Anhänger Lavals, wollen sich um jeden Preis mit den siegreichen Deutschen verständigen. Als Beweis ihres Willens zur Kollaboration melden sie dem deutschen Kommandanten das in der Ziegelei versteckte Benzin. Aber die Ziegelei brennt bereits, als die Deutschen hinkommen. Simone hat sie angezündet.

Die glücklich begonnene Zusammenarbeit zwischen den Deutschen und den Franzosen ist durch diesen Sabotageakt empfindlich gestört. Man sucht den Brandstifter.

In einem unheimlichen Traum erlebt Simone, jetzt wieder die heroische Johanna der Legende, wie sie von den Eigenen im Stich gelassen wird; denn am Hof haben die Königsmutter Isabeau und der verräterische Herzog von Burgund die Oberhand gewonnen und bemühen sich um einen Verhandlungsfrieden mit dem Feind. Die Königsmutter sieht genau aus wie die Mutter des Patrons, und der Herzog von Burgund wie der Connétable. Allein die wache Simone kann diesen Traum nicht glauben. Und wie die Chauffeure und der mittlerweile zurückgekehrte Patron, dem sie leid tut, sie wegbringen wollen, weigert sie sich, zu fliehen. Wie soll ihr Bruder sie wiederfinden, wenn er zurückkehrt? Und so wird sie den Deutschen angezeigt und verhaftet.

In einem letzten Gesicht träumt Simone, daß sie als Johanna von den Feinden, die sie gefangengenommen haben, einem geistlichen Gericht übergeben wird, das darüber urteilen soll, ob die Stimmen, die sie gehört hat und die sie zum Widerstand gegen den Feind aufgefordert haben, von Gott oder vom Teufel kommen. Zu ihrem tragischen Entsetzen erkennt sie, daß die hohen Richter, die befinden, daß nur der Teufel aus ihr geredet hat, und sie zum Scheiterhaufen verurteilen, lauter Bekannte sind, der Bürgermeister, der Capitain, der Patron – und die Mutter des Patrons amtet als die Anklägerin.

Am Morgen nach dem letzten Traum, den sie im Gefängnis träumt, wird Simone von den Deutschen den Franzosen zurückgegeben. Ihre Freunde unter dem Personal der Hostellerie machen ihr Hoffnungen. Sie glauben, eine Untersuchung der Brandstiftung durch eine französische Behörde werde bestimmt ihre patriotischen Motive zutage fördern. Aber die großmütige Haltung der Deutschen hat ihre Gründe. Es scheint den Deutschen nicht wünschenswert, daß ein Sabotageakt begangen worden ist, der das Beispiel zu ähnlichen Taten geben könnte. Auch würde die Erschießung eines Kindes die Kollaboration gefährden, die sie dringend brauchen. Sie haben sich also mit ihren französischen Freunden verständigt, die Sache auf ein anderes Geleise zu schieben.

Simone muß erleben, daß der Patron und seine Mutter, ihre Dienstherren, gegen sie aussagen und daß der Bürgermeister sie im Stich läßt. Mit dumpfem Erstaunen nimmt sie wahr, daß ein französisches Gericht befindet, ihrer Tat lägen keine patriotischen Motive zugrunde, sondern sie habe den Brand nur gestiftet aus persönlichen Gründen, weil sie sich boshaft für ihre Entlassung habe rächen wollen. Sie wird in eine Korrektionsanstalt überführt.

Das Volk läßt sich allerdings nicht täuschen. Wie der Patron in die Hostellerie zurückkommt, findet er, daß sein Personal weggegangen ist. Und wie Simone nach dem Urteil weggeführt wird, erbebt Saint-Martin unter Bombeneinschlägen. Englische Flieger führen den Kampf weiter.

Für Simone haben diese Detonationen eine besondere Bedeutung. Hat ihr nicht der Engel ihrer Träume verkündet, Frankreichs Erde sei ihre unsichtbare Trommel, und mit ihrem Dröhnen würden Frankreichs Söhne zur Verteidigung dieser Erde herbeieilen? Jetzt dröhnt die französische Erde. Der Engel, ihr Bruder André, schickt ihr die Flieger.

NB: Durch das Stück geht die zarte Geschichte der Beziehung der kleinen Simone zu einem verwundeten Soldaten, dem Freund ihres Bruders.

[Die Träume der Simone Machard]

Die Träume, in denen Simone die Legende der Heiligen Johanna wiedererlebt, können einem Publikum, das die Legende nicht kennt, dadurch verständlich gemacht werden, daß man in großen Projektionen einzelne Seiten aus dem Buch zeigt, vielleicht mit Holzschnitten.

Für den *ersten Traum*: »Von einem Engel berufen, Frankreich zu retten, einigt Johanna die Franzosen, indem sie in der Stadt Reims Karl VII. zum König krönt.«

Für den *zweiten Traum*: »Nach glänzenden Siegen wird Johanna in den Adelstand erhoben. Sie hat aber starke Feinde am Hof, welche einen Verständigungsfrieden wünschen.«

Für den *dritten (letzten) Traum*: »Durch Verrat in Feindeshand gefallen, wird Johanna einem Geistlichen Gericht überliefert, das sie zum Tod verurteilt.«

ZU »SCHWEYK« (Band 7)

»Schweyk«

Der brave Soldat Schweyk, der bereits den ersten Weltkrieg überlebt hat, ist noch am Leben, und unsere Geschichte zeigt seine erfolgreichen Bemühungen, auch den zweiten Weltkrieg zu überleben. Natürlich sind die Pläne und Ideen der neuen Herrscher noch größer und totaler als die der alten, und so hat es der kleine Mann heute noch schwerer, halbwegs am Leben zu bleiben.

Das Stück beginnt mit einem

Vorspiel in den höheren Regionen,
worin ein überlebensgroßer Hitler mit einer überlebensgroßen Stimme zu seinem überlebensgroßen Polizeichef Himmler über die mutmaßliche Treue, Zuverlässigkeit, Opferfreude, Hingabe, Begeisterung, geopolitische Orientiertheit usw. usw. des »kleinen Mannes« in Europa spricht. Er benötigt diese Tugenden des kleinen Mannes, da er beschlossen hat, die Welt zu erobern. Sein Polizeichef versichert ihm, daß der kleine Mann in Europa dieselbe Liebe für ihn fühlt wie der kleine Mann in Deutschland. Dafür sorgt die Gestapo. Der Führer hat nichts zu befürchten und kann unbesorgt an die Welteroberung gehen.

I
Ein Attentat auf Hitler hat stattgefunden. Freudige Zustimmung im Wirtshaus »Zum Kelch« in Prag, wo der brave Hundehändler Josef Schweyk mit seinem Freund Baloun beim Vormittagsschoppen sitzen und mit der jungen Witwe Anna Kopeka, der Wirtin des »Kelchs«, politisieren. Der dicke Baloun, der es bei seinem anormalen Appetit besonders schwer hat in diesen Zeiten der Rationierung durch die Nazis, fällt allerdings schnell in seine düstere Grundstimmung zurück. In den deutschen Feldküchen sollen, wie er aus zuverlässiger Quelle erfahren hat, immer noch beträchtliche Fleischrationen ausgegeben werden. Wie lange noch wird er, Baloun, der Verlockung, einfach sich zu der deutschen Armee zu melden, widerstehen können? Die

Kopeka und Schweyk sind sehr besorgt seinetwegen. Eine Seele in Not! Schweyk, der große Realist, schlägt vor, Baloun einen Schwur ablegen zu lassen, daß er niemals mit den Deutschen sich einlassen wird, komme, was wolle. Baloun gibt zu bedenken, daß er jetzt seit einem halben Jahr keine richtige Mahlzeit mehr bekommen hat. Für eine wirkliche Mahlzeit wäre er, meint er, zu *allem* bereit. Frau Kopeka glaubt, da etwas tun zu können. Sie ist eine feurige Patriotin, und der Gedanke an Baloun in der deutschen Armee ist ihr unerträglich. Als ihr Verehrer, der junge Fleischersohn Prohaska, kommt, stellt sie ihm in einem zarten Gespräch die zeitenalte Frage der Kleopatra: »Wenn's wirklich Liebe ist, dann sag, wieviel?« Sie wünscht zu wissen, ob seine Liebe z. B. zur Herbeischaffung von zwei Pfund Geselchtem für den hungrigen Baloun groß genug wäre. Er könnte es aus seinem väterlichen Laden nehmen, jedoch sind die Strafen der Nazis für Schleichhandel ungeheuer. Dennoch verspricht der junge Prohaska, der zum erstenmal den Weg zum Herzen der jungen Witwe offen sieht, in einem Wirbelsturm der Gefühle, das Geselchte beizubringen. Inzwischen hat der »Kelch« sich gefüllt, und Schweyk hat begonnen, seine Ansichten über das Münchener Attentat auf Hitler bekanntzugeben. Er stürzt sich kühn und unschuldig in ein lebensgefährliches politisches Gespräch mit dem allen Stammgästen bekannten Gestapoagenten Brettschneider, inspiriert durch die Meldungen des Naziradios. Sein klassisches Geblödel täuscht den Gestapomann nicht. Kurzerhand verhaftet Herr Brettschneider den erstaunten, aber bereitwilligen Schweyk.

2

Im Gestapohauptquartier in der Petschekbank ruft Schweyk, von Herrn Brettschneider vorgeführt, laut aus, die rechte Hand ausgestreckt: »Lang lebe unser Führer Adolf Hitler. Diesen Krieg gewinnen wir!« und wird wegen notorischer Blödheit entlassen.

Da der vernehmende Scharführer der SS, Ludwig Bullinger, hört, daß Schweyk Hundehändler ist, fragt er ihn nach einem Rassehund aus, den er in der Salmgasse gesehen hat. »Melde gehorsamst, daß ich das Vieh beruflich kenn«, sagt Schweyk fröhlich und verbreitet sich über Rassenfragen. Der Spitz ist der Augapfel des Ministerialrats Wodja und unverkäuflich. Schweyk und der SS-Führer beraten, wie man den Ministerialrat verhaften und als Staatsfeind enteignen kann, aber er stellt sich als »kein Jud« und als Quisling heraus. So bekommt Schweyk den ehrenvollen Auftrag, den Rassespitz zu stehlen und sich so als guter Kollaborationist zu zeigen.

3

Im Triumph zurückkehrend in den »Kelch«, findet Schweyk eine gespannte Situation vor. Der dicke Baloun wartet, wie auf Kohlen sitzend, auf seine Mahlzeit, bereit, beim ersten Anblick des Geselchten alle Absichten abzuschwören, jemals in Hitlers Heer einzutreten. Wiewohl es schon zehn nach zwölf ist, ist der junge Prohaska noch nicht erschienen. Schweyk hat aus dem Gestapoquartier freundlicherweise den SS-Mann Müller 2 mitgenommen und ihm versprochen, daß ihm die Witwe Kopeka aus der Hand seine Zukunft voraussagen wird. Die Wirtin weigert sich jedoch zunächst, weil sie schlechte Erfahrungen mit Prophezeien gemacht hat. Endlich taucht der junge Prohaska auf, aber die Anwesenden sehen seine Notenmappe – er studiert Musik auf der Akademie – mit großer Besorgnis, weil der SS-Mann natürlich das Geselchte nicht sehen darf. Um diesen loszuwerden, läßt Frau Kopeka sich herbei, ihm die Hand zu lesen. Es stellt sich heraus, daß er große Heldentaten begehen wird und ausersehen ist zum Heldentod. Deprimiert und demoralisiert wankt der SS-Mann hinaus, und Baloun stürzt sich auf die Notenmappe, die er schon lange sehnsüchtig umkreist hat. Die Mappe ist leer. Der junge Prohaska legt das jämmerliche Geständnis ab, daß er nicht gewagt hat, das Geselchte zu entwenden, weil ihm die Verhaftung Schweyks, die er mitangesehen hat, einen großen Schrecken vor der Gestapo eingeflößt hat. Zornerfüllt weist die Kopeka ihn mit biblischer Geste von sich, da er die Probe als Mann und als Tscheche nicht bestanden hat. Als aber nach seinem bekümmerten Abgang der bitter enttäuschte Dicke sich eine abfällige Bemerkung über ihren Liebhaber erlaubt, belehrt sie ihn wütend, daß für alles nur die Nazi verantwortlich sind. So wendet sich Balouns Zorn gegen die Bedrücker seiner einst so schönen Heimat, und wenn der Gestapoagent Herr Brettschneider eintritt, stimmt Baloun das heimtückische Lied vom schwarzen Rettich an, der »raus« soll, »zerstickelt und eingesalzen« werden muß, »bis er schwitzt«. Welches Lied Herrn Brettschneider verdächtig vorkommt, aber keine Gelegenheit zum Eingreifen gibt. (*Erstes Schweyk-Finale*)

Zwischenspiel in den höheren Regionen
Der gewaltige Hitler, der bei seiner Welteroberung auf Hindernisse gestoßen ist, braucht mehr Flugzeuge, Tanks und Kanonen und erkundigt sich bei dem gewaltigen Göring, ob der kleine Mann in Europa für ihn arbeiten wird. Dieser versichert ihm, daß der kleine Mann in Europa genauso für ihn arbeiten wird wie der kleine Mann in Deutschland. Dafür sorgt die Gestapo. Der Führer hat nichts zu befürchten und kann unbesorgt seine Welteroberung fortsetzen.

4
Der Schweyksche Anschlag auf den Spitz des deutschfreundlichen Ministerialrats Wodja findet in den Moldauanlagen statt. Dort nämlich pflegt das Dienstmädchen des Wodja zusammen mit ihrer Freundin Paula den Rassespitz abendlich äußerln zu führen. Schweyk und Baloun nähern sich der Bank, auf der die Mädchen sitzen, unter der Vorspiegelung erotischer Absichten. Schweyk warnt ehrlich die Mädchen, daß der SS-Führer Bullinger den Spitz wegen seiner reinen Rasse an sich bringen und seiner Frau Gemahlin nach Köln schicken will, wie Schweyk aus erster Quelle weiß. Worauf er sich »wegen eines Rendezvous im Metropol« entfernt. Baloun schäkert mit den Mädchen, und von der Lieblichkeit der majestätisch fließenden Moldau gepackt, stimmen sie ein Volkslied an. Wenn das Lied zu Ende ist, ist der Hund weg. Schweyk hat ihn verräterisch während des Gesangs an sich gelockt. Die Mädchen stürzen zur Polizeistation, und der mit dem Spitz zurückgekehrte Schweyk beginnt eben seinem Freund zu erklären, daß sie den Hund dem SS-Führer erst geben dürfen, wenn der Preis deponiert ist, als ein finster aussehendes Individuum auf der Bildfläche erscheint. Dem Hundefänger Schweyk ist ein Menschenfänger gefolgt: Das Individuum weist sich als Beamter der Naziarbeitsbeschaffung aus, der den Auftrag hat, herumlungernde Personen in den »freiwilligen Arbeitsdienst« einzugliedern. Schweyk und Ba-

loun, bekümmert des Spitzes wegen, werden zur Registrierung abgeführt.

5

Mittagspause auf dem Prager Güterbahnhof. Schweyk und Baloun, jetzt Waggonschieber im Dienste Hitlers, warten, bewacht von einem bis an die Zähne bewaffneten deutschen Soldaten, auf ihre Kohlsuppe aus dem »Kelch«. Witwe Kopeka bringt die Emailgeschirre heute selber. Der gestohlene Spitz, den Schweyk ihr in Pflege gegeben hat, beginnt zum Mittelpunkt einer hochpolitischen Affäre zu werden und muß ihr aus dem Haus. Die gleichgeschaltete Presse stellt fest, daß es sich bei dem Verschwinden des Hundes um einen Racheakt der Bevölkerung an einem deutschfreundlichen Beamten handle. Schweyk verspricht, den Hund abzuholen. Er ist nur halb bei der Sache, da der Zustand Balouns ihm Sorgen macht. Der Wachsoldat hat sein Essen bekommen, Gulasch! Baloun, am ganzen Körper zitternd, ist schnuppernd dem Kessel gefolgt, der vorbeigetragen worden ist. Jetzt erkundigt er sich, die beschwörenden Blicke seiner Freunde nur wenig beachtend, bei dem Soldaten aufgeregt, ob es im Heeresdienst immer solche Portionen gebe usw. usw. Der Soldat ißt sein Gulasch tief in Gedanken, zwischen den einzelnen Bissen immerfort lautlos die Lippen bewegend. Er hat den Auftrag erhalten, sich die Nummer 4268 eines Waggons mit Erntemaschinen für Niederbayern zu merken, was ihm schwerfällt. Schweyk, hilfsbereit wie immer, bemüht sich, ihm ein mnemotechnisches System zu lehren, das er von einem Stammgast im »Kelch«, der Rechnungsrat beim Wasserfiskus ist, gehört hat. Wenn Schweyk mit seinen Darlegungen zu Ende ist, hat sich das arme Gehirn des Wachsoldaten so verwickelt, daß er, endlich nach dem Waggon befragt, hilflos einen x-beliebigen Waggon bezeichnet. Schweyk befürchtet, daß nun vielleicht nach Bayern ein Waggon mit Maschinengewehren geht, der nach Stalingrad soll. »Aber«, tröstet er Baloun und die Kopeka philosophisch, »vielleicht mechten sie bis dahin in Stalingrad nichts nötiger brauchen als Erntemaschinen und in Bayern wiederum schon Maschinengewehre, wer kann's wissen?«

6

Samstag abend im »Kelch«. Tanz. Ein düsterer Baloun schwingt das Tanzbein mit dem Dienstmädchen des Ministerialrats Wodja, die mit ihrer Freundin gekommen ist. Die Mädchen stehen immer noch in Polizeivernehmung wegen des Spitzes. Sie haben es aber gestern dem Herrn Brettschneider gesteckt, wo der Spitz ist: bei dem SS-Führer Bullinger, vielleicht schon in Köln. Baloun macht Andeutungen, daß dies sein letzter Abend im »Kelch« sein dürfte: er ist es satt, hungrig zu sein. – Übrigens zeigt sich, daß das geräuschvolle Tanzvergnügen einem höheren Zweck dient; es soll den Londoner Sender übertönen, den die Kopeka abhört und an die Gäste weitergibt. Dann kommt Schweyk, freudig, ein Packerl unterm Arm: Gulaschfleisch für Baloun. Der Dicke kann es kaum fassen. Herzerschütternde Umarmung der Freunde. Schweyk sieht sich allerdings durch Balouns Überschwenglichkeit veranlaßt, die Witwe Kopeka diskret darum zu ersuchen, für das Gulasch reichlich Paprika zu nehmen, es sei nur Roßfleisch. Unter dem prüfenden Blick der Wirtin gesteht er sogar, daß es der Spitz des Herrn Wodja ist. Ein Polizeiauto fährt vor. SS-Führer Bullinger mit SS-Männern betritt den »Kelch«. Razzia nach dem Spitz des Herrn Wodja. Von Bullinger nach dem Hund gefragt, gibt Schweyk blauäugig an, er habe ihn nicht. »Hat der Herr SS-Führer denn nicht in der Presse gelesen, daß er gestohlen ist?« Bullingers Geduld reißt. Er brüllt, daß der »Kelch« der Quell aller subversiven tschechischen Subversivität ist und ausgeräuchert werden muß. Der Hund muß auch hier sein. Die SS beginnt mit der Haussuchung, da erscheint Herr Brettschneider. Herr Brettschneider, der sich seit langem in der Rolle des Beschützers – wir sind im Protektorat – der hübschen Witwe Kopeka gefällt, tritt energisch dem schäumenden Bullinger entgegen und bittet ihn ins Gestapohauptquartier, da er nicht uninteressante Information über den Verbleib des entschwundenen Hundes erhalten hat. Frau Kopekas Gasthaus ist einwandfrei, dafür legt er die Hand ins Feuer. Leider wird in diesem Augenblick die Aufmerksamkeit der Herrn auf ein Paket gelenkt, das auf einem der Tische liegt. Der unglückselige Baloun hat sich nicht zurückhalten können, an Schweyks Präsent herumzufingern. Triumphierend enthüllt Bullinger den Inhalt des Packerls: Fleisch! Der »Kelch« ist eine Niederlassung des schwarzen Markts! Schweyk sieht sich so gezwungen, zu gestehen, daß das Packerl er hingelegt hat. Er will es von einem Herrn mit schwarzem Bart »zum Heben« bekommen haben. Alle Anwesenden beteuern, den Herrn beobachtet zu haben, und Herr Brettschneider, der seine Hand für den »Kelch« ins Feuer gelegt hat, hält es für durchaus möglich, daß der Übeltäter die SS auf 100 Meter erkannt und darum weggelaufen ist. Bullinger besteht aber auf der Festnahme Schweyks, und die Herren verlassen mit ihm den »Kelch«, der SS-Führer, das Pakkerl unterm Arm, prophezeiend, daß er den Hund noch finden wird. – Der junge Prohaska hat den ganzen Abend verachtet von Frau Kopeka in der Ecke gesessen. Schuldbewußt schleicht er sich hinaus, gefolgt von dem eisigen Blick der Witwe. Baloun bricht in Tränen aus. Durch seine Schwäche hat er die Liebenden auseinander und den Freund in Lebensgefahr gebracht. Die Wirtin des »Kelchs« tröstet ihn. In einem großen Lied sagt sie voraus, daß ebenso wie der Moldaufluß allen Unrat hinwegschwemme, auch die Heimatliebe ihres unterdrückten Volkes die Brutalität der Eroberer wegschwemmen wird. (*Zweites Schweyk-Finale*)

Zwischenspiel in den höheren Regionen

Der besorgte Hitler, der in den russischen Winter geraten ist, braucht mehr Soldaten. Er erkundigt sich bei dem besorgten Goebbels, ob der kleine Mann in Europa für ihn kämpfen wird. Dieser versichert ihm, daß der kleine Mann in Europa genauso für ihn kämpfen wird wie der kleine Mann in Deutschland: dafür sorgt die Gestapo.

7

Die Uneinigkeit des Krokodils Bullinger und des Tigers Brettschneider sowie der Schrei Hitlers nach neuen Soldaten hat den braven Schweyk aus den Gestapokellern in das Musterungslokal des deutschen Heeres gebracht. Dort trifft Schweyk unter andern auch den Ministerialrat Wodja, der an die Front muß, weil ihm ein Spitz gestohlen worden ist. Alle Insassen unterhalten sich darüber, was für schreckliche Krankheiten sie dem untersuchenden Arzt angeben werden. Schweyk besonders fühlt sein altes Rheuma wiederkommen, da er keine Zeit hat, für den Hitler nach Rußland zu reisen, denn »in Prag is nix erledigt«. Er hat gehört, daß vor der Kaserne der junge Prohaska steht, um ihm noch eine wichtige Mitteilung zu machen, und fürchtet das Schlimmste. Glücklicherweise gelingt es dem Prohaska, durch einen bestechlichen SS-Mann eine Nachricht für Schweyk einzuschmuggeln, und es ist eine freudige. Der Bewerber um die Gunst der »Kelch«-Wirtin schreibt, daß er durch den Opfermut und das schreckliche Los des Schweyk erschüttert worden ist und jetzt »das Gewünschte« besorgen wird. Schweyk glaubt, daß er nach diesem imstand sein wird, sich den Angelegenheiten Hitlers in Rußland, die nicht zum besten stehen sollen, mit unbeschwertem Kopfe zu widmen. – Von außen kommt der berüchtigte Horst-Wessel-Marsch der Nazi. Ein Bataillon wird nach dem Osten verladen. Die Insassen stimmen ihre eigene Version der Nazihymne an, in der »der Metzger ruft« und »das Kalb marschiert«, und ein Unteroffizier kommt herein und lobt sie irrtümlicherweise, daß sie so freudig mitsingen, und teilt ihnen mit, daß sie schon alle gesund genug sein werden, ins Heer einzutreten, und also genommen sind. Sie kommen zu verschiedenen Truppenteilen, damit sie keine Schweinereien begehen, und Schweyk verabschiedet sich gerührt vom Ministerialrat Wodja, um in den Hitlerkrieg zu ziehen.

8[1]

Wochen sind vergangen. Tief in den winterlichen Ebenen des russischen Reiches marschiert der brave Hitlersoldat Schweyk, um seinen Truppenteil in der Gegend von Stalingrad zu erreichen, der mit andern Teilen des Naziheeres den furchtbaren Ansturm der Roten Armee aufhalten soll. Durch eines seiner zahlreichen Mißgeschicke hat er den Anschluß an sein Marschbataillon verloren. Er marschiert aber unbekümmert um geographische Vorurteile und in seiner gewöhnlichen heiter-zuversichtlichen Gemütsverfassung dem gesteckten Ziel entgegen, vermummt in einem großen Haufen von Kleidungsstücken, der Kälte wegen. Ein halbverwehter Wegweiser sagt, daß Stalingrad 100 Meilen entfernt ist.

1 Die Bühne ist zweigeteilt.

In rosigem Licht taucht auf diesem Marsch nach Stalingrad immer wieder der Gasthof zum »Kelch« vor unserm braven Schweyk auf. Er stellt sich vor, wie der junge Prohaska sein Versprechen hält. Die Liebe zur »Kelch«-Wirtin hat in diesem Menschen die Oberhand gewonnen über seine Angst vor der Gestapo, und er überreicht der freudig überraschten Kopeka zwei Pfund Geselchtes für Schweyks unglücklichen Freund Baloun.

Tapfer gegen die eisigen Steppenwinde ankämpfend, stellt der unermüdliche und von den besten Absichten beseelte Schweyk die unheimliche Tatsache fest, daß er seinem Bestimmungsort nicht näher kommt. Die Wegweiser zeigen, je länger er marschiert, desto größere Entfernungen von Stalingrad, wo Hitler ihn so sehr benötigt.

1000 Meilen entfernt wird die Anna Kopeka jetzt womöglich das Lied vom »Kelch« singen, dem heimischen, dem gastlichen. Die langerwartete Mahlzeit für den Fresser Baloun wird zum Hochzeitsschmaus der »Kelch«-Wirtin und des jungen Prohaska geworden sein.

Schweyk marschiert. Das Schneetreiben der unendlichen östlichen Steppe, in der es immer ungefähr gleich weit bis Stalingrad ist, verhüllt die Sonne der Tage und den Mond der Nächte, für den braven Soldaten Schweyk, der ausgezogen ist, dem großen Hitler beizustehen.

Epilog

Tief in den östlichen Steppen ist es auch, wo der brave Soldat Schweyk seinem Führer Hitler persönlich begegnet. Ihre Unterredung im Schneetreiben ist kurz und wird durch den Sturm beinahe verschluckt. Der Inhalt der historischen Unterredung ist, daß Hitler Schweyk nach dem Weg zurück fragt.

Inszenierung

Das Zentrum des Bühnenbaus bildet die Wirtschaft »Zum Kelch« in Prag, mit schwärzlicher Eichentäfelung und Messingbeschlägen am Schanktisch, sowie einer Orgel, die einen transparenten Oberteil hat, in dem ein Mond und die fließende Moldau aufglühen können. Im dritten Akt erscheint dem Schweyk in Gedanken und Traum nur noch ein Teil des »Kelch«, sein Stammtisch. Die Anabasis dieses Aktes bewegt sich im Kreis um den »Kelch«-Rest, und die Weite des Marsches kann dadurch angedeutet werden, daß zum Beispiel die Bauernhütte vor- und rückwärts rollt und sich dabei vergrößert und verkleinert. – Die Zwischenspiele sollten im Stil des Gruselmärchens sein. In ihnen allen kann die ganze Nazihierarchie auftreten (Hitler, Göring, Goebbels, wozu dann jeweils noch Himmler und von Bock kommen). Die Satrapen können durch »Heil«-Rufe die Verse akzentuieren.

ZU »THE DUCHESS OF MALFI« (Band 7)

Brechts Version von Websters »Duchess of Malfi«

1 Unterstützt von seinem Bruder Kardinal, verbietet der Herzog von Aragon seiner verwitweten Schwester, bevor er für sie in den Krieg zieht, sich je wieder zu verheiraten, und setzt einen Spitzel in ihren Haushalt.

2 Kaum den Weggang ihrer Brüder abwartend, erklärt die Herzogin ihrem Haushofmeister ihre Liebe und geht mit ihm zu Bett.

3 Der Spitzel entdeckt es, wenn sie schwanger wird, und sendet einen Brief an den Herzog.

4 Der Herzog bekommt den Brief vor einer Schlacht. Von dem Gedanken, zurückzueilen, verwirrt, kämpft er schlecht und gerät in Gefangenschaft. (Abweichung.)

5 Nach mehreren Jahren kommt der Herzog aus der Gefangenschaft zurück und entdeckt seiner Schwester Ehe. Er überhäuft sie mit Drohungen. Die Malfi lehnt das Angebot des Haushofmeisters, für sie zu kämpfen, als eine Einmengung in ihren Kampf mit dem fürstlichen Bruder ab und beschließt, zu ihrem Bruder Kardinal zu fliehen. (Abweichung.) Jedoch weiht sie, gerührt durch das Lob, das er ihrem Mann spendet, den Spitzel in den Plan ein.

6 Der Herzog bezichtigt dem Kardinal gegenüber die Schwester der Hurerei, und dieser beschließt, sie zu exkommunizieren und ihr Herzogtum einzuziehen. Er ermahnt seinen Bruder, dessen Leidenschaftlichkeit ihn in Erstaunen setzt, zu kälterer Haltung.

7 Der Kardinal exkommuniziert und verbannt die zu ihm geflüchtete Malfi und ihre Familie.

8 Die Malfi, nunmehr auf der Flucht und vogelfrei, begreift, daß ihr Bruder Kardinal aus Geldgier gehandelt hat, versteht aber nicht den Herzog und seine Motive. Aus einem Brief des Herzogs erkennt sie seinen tödlichen Haß gegen ihren Mann und schickt diesen mit einem der Kinder voraus. Sie wird verhaftet. (Unklarheit der Malfi über den Herzog ist abweichend.)

9 Der flüchtende Haushofmeister beklagt seinem kleinen Sohn gegenüber das Schicksal derer, die sich überreden lassen, nicht zu kämpfen. (Abweichung.)

10 Der Herzog läßt der Malfi die Leichen ihres Mannes und Söhnleins zeigen. Zutiefst verletzt durch ihre Verzweiflung, beschließt er, mit dem chirurgischen Messer tiefer zu gehen. (Abweichung.)

11 Ihre Henker sehend, erkennt die Malfi das Todesurteil des Bruders als seine Liebeserklärung und spricht ihr Mitleid mit ihm aus. An ihrem Sarg bedroht der Herzog den Henker, daß dieser sein Urteil ausgeführt hat. (Abweichend die Erkenntnis der Malfi.)

12 Der Kardinal, herbeigeeilt auf die Kunde von der Ermordung der Malfi, findet den Herzog nahe dem Irrsinn. Während eines Memorialgottesdienstes, angeordnet durch den Herzog, erinnert der Kardinal seinen Bruder, der sich selbst beschuldigt, daß die Malfi nichts Besseres als eine Hure gewesen war, und der Herzog erschlägt ihn dieser Beschimpfung wegen. Er selber wird von seinem Leutnant erschlagen, als er sich, einer zynischen Bemerkung wegen, auch gegen ihn wendet. (Abweichung.)

[Regienotizen]

Malfi I,1

(Die erste Szene soll mit einem fliegenden, eiligen Tempo gespielt werden, als ein eleganter und pompöser Staatsauftritt mit kostbaren und kühnen Staatskostümen. Hinter der Herzogin stehen ihre Kammerfrauen, neben dem Kardinal steht sein Kaplan, neben dem Herzog dessen Standartenträger. Das Gespräch der hohen Geschwister hat einen verblüffend intimen Gegenstand, und der Bediensteten Anwesenheit behindert sie keineswegs.)

Werbeszene
E. sollte die Einsamkeit der Herrschenden unterstreichen, denn da ist ein tragischer Unterton. Vielleicht auch die Ungeduld der an Gehorsam gewohnten und ihres Sex-Appeals sicheren Herzogin mit Antonio. (»This is flesh and blood, Sir«) Sie muß sich der Gefährlichkeit ihres Schrittes bewußt sein (»... almost impossible actions« ... »So I through frights and threatenings will assay this dangerous venture«).

Aprikosenszene
Beim Hereinkommen der Herzogin sollte das Fakt, daß der Hof getäuscht wird, unterstrichen werden. Antonio muß noch unterwürfiger sein, die kleine Szene mit dem Hutaufsetzensollen dann mehr von einem Leichtsinn der sehr fröhlichen Herzogin haben, den Antonio zurückweist. Das Aprikosenessen ist herrlich. Aber danach muß Antonio mehr verwirrt sein, mehr ängstlich (für die vom Skandal bedrohte Herzogin). Die militärischen Maßnahmen (Belagerungszustand) könnte man durch Geräusche mehr unterstützen. Hauptsache ist aber, daß Antonio Sätze wie den über den Juwelendiebstahl als Improvisation und Lüge bringt.

Der Bote darf unter keinen Umständen zur Herzogin hineingelassen werden. Und wie hat er den Gardenkordon durchstoßen? Nach wie vor: ich würde den Boten streichen.

Schlafzimmerszene
Wenn, nach dem Weggang des Ferdinand, Antonio und Cariola hereinkommen, könnte Cariola berichten, daß der Herzog der Palastwache befohlen hat, abzuziehen, und daß Gerüchte im Umlauf sind unter den Offizieren, daß der Herzog in der Stadt Truppen zusammenzieht. (Das Publikum scheint nicht zu verstehen, *warum* die Herzogin einfach flieht!)

Antonio muß sein Geständnis mehr als erzwungen und weniger als ein gewitzter Versteller vor dem Hof ablegen.

(In der Szene bevor wäre es übrigens gut, wenn E. den Abgangssatz »This deadly air is purged« besonders kräftig sagt!)

Die Duchess-Bosola-Szene sollte wirklich gekürzt werden, da ja die Herzogin trachten muß, so schnell als möglich wegzukommen.

Ancona-Szene

Die Herzogin sollte sehr erschrecken über den Brief des Herzogs, und wie sie herausfindet, was hinter der Einladung steckt, sollte klarer herauskommen. Vielleicht sollte sie den Brief schweigend lesen zuerst?

E. sollte mindestens in *einer* Vorstellung die Erzählung vom Lachs bringen. *Wirklich: Je mehr von E., desto besser für die Vorstellung.* Das Publikum hört ihr scharf und gern zu, das ist augenscheinlich.

Versuch einer Aufführung der »Duchess of Malfi« am Broadway

Die Bearbeitung der »Duchess of Malfi« von John Webster wurde unternommen auf Wunsch einer emigrierten deutschen Schauspielerin, die auf der englischen Bühne Erfolg gehabt hatte. Die zusätzlichen Verse wurden übersetzt von Auden, der auch darüber wachte, daß dem Original nicht allzuviel passierte. Die Schauspielerin hatte Angst, die New Yorker Kritik könnte die Verstümmelung einer literarischen Reliquie verargen. Es zeigte sich dann, daß diese Kritik wenig an einer vorsichtigen Restaurierung interessiert war und das Werk kaum kannte (kein einziger Vergleich mit irgendeiner Stelle des Originals wurde angestellt). Die Aufführung wurde von einem englischen Regisseur geleitet und war altmodisch deklamatorisch, folgend der sogenannten Shakespeare-Tradition, die auf Stile des letzten Jahrhunderts zurückgeht und natürlich mit dem elisabethanischen Theater nicht das geringste zu tun hat. Die Unzulänglichkeit dieser Tradition konnte klar eingesehen werden. Die Geschichte, die erzählt wird, wurde nicht gespielt, wo sie durchdrang, wurden ihre überraschenden Wendungen nach Möglichkeit vertuscht. Die übliche Sucht, das ewig Menschliche zu betonen, flachte die Charaktere ab, und der anrüchige Ehrgeiz, aus den Geschehnissen einen von allen Zufällen gereinigten Idealfall zu konstruieren – damit der Zuschauer dem »Schicksal« blind folgen kann, beraubte die Geschehnisse aller Realität. Die Schauspieler hielten sich krampfhaft an die schönen Stellen, die Arien, ohne ihnen eine Handlungsbasis zu geben und natürlich ohne singen zu können. Die Hauptdarstellerin gestattete den Situationen nicht, den Charaker der Malfi zu formen, noch hielt sie einen Charakter einfach durch; so wurde es bis zu einer bestimmten Szene Komtesse Miezi und danach Maria Stuart. Die Bearbeitung faßte das Original so auf, daß der Malfi von ihren Brüdern aus ihrer bürgerlichen Liebe der Strick gedreht wurde – die Malfi gründet eine bürgerliche Ehe –, aber die Aufführung zeigte als den »master of the duchess' household« einen prinzlichen Schönling und entfernte die Szene, in der die Malfi ihrem bürgerlichen Mann untersagt, in den Streit zwischen ihr und den fürstlichen Brüdern einzugreifen. Die immer mehr gesteigerten Torturen, denen der selber liebende Ferdinand die Malfi unterwirft, wurden meinungslos, weil seine Hilflosigkeit nicht gestaltet wurde, und die Hauptdarstellerin lehnte eine Szene im letzten Akt ab, in der die Malfi ihr Todesurteil als die Liebeserklärung ihres Bruders erkennt! Das geschah aus einem Mangel an Intelligenz und Statur, aber mehr noch aus einer handwerklichen Unfähigkeit, derlei Vorgänge zu spielen. Die handwerkliche Unfähigkeit teilte sie mit dem amerikanischen Antonio und dem englischen Ferdinand der Truppe. Sie, ausgebildet in den Münchener Kammerspielen am Ende des ersten Weltkriegs und später in den Theatern von Reinhardt und Barnowsky in Berlin, verfügte nicht über die Technik des deutschen epischen Theaters; der Rest der Truppe hatte nicht (und verachtete vermutlich) die Technik des amerikanischen Musical, welches, tief verlogen und lediglich leere Unterhaltung bietend, geldgierig dem Zug der Zeit folgend, immerhin einige primitive epische Mittel entwickelt hat, die Aufführungen der großen Elisabethaner zumindest einigermaßen zeitgemäß gestalten könnten.

Wie die »Duchess of Malfi« aufgeführt werden sollte

Man sollte sich zum Vorbild das Broadway Musical nehmen, das von bestimmten Gruppen, bestehend aus Spekulanten, populären Stars, guten Bühnenmalern, schlechten Musikern, mittelmäßigen, aber witzigen Songschreibern, einfallsreichen Kostümschneidern und wirklich modernen Tanzmeistern, in scharfer Konkurrenz zum eigentlichen Ausdruck des Amerikanischen ausgestaltet wurde. Die Bühnenmaler und die Tanzmeister benutzen weitgehend Verfremdungseffekte, die letzteren solche, die aus der Folklore geholt sind. Die Prospekte, gemalt, Hauptstücke der Dekoration, zeigen den Einfluß der modernen Malerei, unter anderm gute surrealistische Konzepte. In den Tanznummern, die mitunter intelligent ausgearbeitete Pantomimen sind, tauchen die gestischen Elemente des epischen Theaters auf. Die Handlung ist kräftig skizziert und bildet ein tragfähiges Gerüst für die »Einlagen«.

Wenn die Gruppierungen in der »Malfi« nicht die Sinnfälligkeit der Musical-Arrangements haben, die Rezitationen der Versarien nicht die

ZU »DER KAUKASISCHE KREIDEKREIS« (Band 8)

Die Spannung

Das Stück ist im elften Jahr des Exils in Amerika geschrieben, und es dankt manches in seiner Konstruktion dem Abscheu vor der kommerzialisierten Dramatik des Broadway; jedoch nimmt es auch gewisse Elemente des älteren amerikanischen Theaters auf, das in der Burleske und der Show exzelliert hat. Die Spannung in diesen phantasievollen Darbietungen, an die Filme des ausgezeichneten Chaplin erinnernd, war noch nicht lediglich gerichtet auf den Fortgang der Handlung, außer in einer viel roheren und größeren Weise als jetzt – sie betraf mehr das »Wie«. Wo heute »ein Nichts amüsant vorgebracht wird«, handelt es sich um die fiebrischen Bemühungen einer schnell gealterten Hure, durch grazienlose Tricks den Moment hinauszuschieben oder zu eliminieren, wo sie ihre zu oft operierte und sehr schmerzhafte Vagina dem Kunden auszuliefern hätte. Die Freude am Erzählen wird erstickt durch die Furcht vor der Wirkungslosigkeit. Die Entfesselung der Freude am Erzählen bedeutet nicht Zügellosigkeit für sie. Das Detail wird von großer Wichtigkeit sein, aber das bedeutet, daß auch die Ökonomie wichtig wird. Die Phantasie kann auch dazu verwendet werden, knapp zu sein. Es handelt sich darum, bei einer Sache zu bleiben, die reich ist. Die größte Feindin des echten Spiels ist die Spielerei; Umschweife kennzeichnen den schlechten Erzähler, Behaglichkeit nur verächtliche Selbstgefälligkeit. Die direkte Aussage ist eines der wichtigsten der epischen Kunstmittel, und man kann ebenso von epischer Unruhe als von epischer Ruhe.

Der Kreidekreis

Die Kreidekreisprobe des alten chinesischen Romans und Stückes sowie ihr biblisches Gegenstück, Salomons Schwertprobe, bleiben als Proben des Muttertums (durch Ausfindung der Mütterlichkeit) wertvoll, selbst wenn das Muttertum anstatt biologisch nunmehr sozial bestimmt werden soll. Der »Kaukasische Kreidekreis« ist keine Parabel. Das Vorspiel könnte darüber einen Irrtum erzeugen, da äußerlich tatsächlich die ganze Fabel zur Klärung des Streitfalls wegen des Besitzes des Tals erzählt wird. Genauer besehen aber enthüllt sich die Fabel als eine wirkliche Erzählung, die in sich selbst nichts beweist, lediglich eine bestimmte Art von Weisheit zeigt, eine Haltung, die für den aktuellen Streitfall beispielhaft sein kann, und dann ist das Vorspiel als ein Hintergrund erkennbar, der der Praktikabilität dieser Weisheit sowie auch ihrer Entstehung einen historischen Platz anweist. Das Theater darf also nicht die Technik benutzen, die es für die Stücke vom Parabeltypus ausgebildet hat.

Realismus und Stilisierung

Die Schauspieler, Spielleiter und Bühnenbauer gewinnen ihre Stilisierungen für gewöhnlich auf Kosten des Realismus. Sie schaffen Stil, indem sie »den« Bauern, »die« Hochzeit, »das« Schlachtfeld schaffen; das heißt, indem sie das Einmalige, Besondere, Widerspruchsvolle, Zufällige entfernen und ausgeleierte oder ausleierbare Muster herstellen, die meist nicht bewältigte Realität, sondern Abzeichnungen von Zeichnungen sind, leicht herstellbar, da in diesen Stilelemente schon vorhanden sind. Diese Stilisten haben nicht selbst Stil und suchen nicht den Stil der Realität zu erfassen, sondern ahmen Stilisierungsmethoden nach. Es ist klar, daß alle Kunst verschönert (was nicht heißt beschönigt). Sie verschönert schon, weil sie die Realität dem Genuß zuführen muß. Aber diese Verschönerungen, Formulierungen, Stilisierungen dürfen nicht Fälschungen und Entleerungen sein. Die Darstellerinnen der *Katja Grusche* sollten die Schönheit der Breughelschen »Tollen Grete« studieren.

Der Hintergrund und der Vordergrund

Es gibt im Englischen einen amerikanischen Ausdruck »sucker«, der genau sagt, was die Grusche ist, wenn sie das Kind übernimmt. Der österreichische Ausdruck »die Wurzen« bezeichnet etwas Ähnliches, im Hochdeutschen würde man zu sagen haben »der Dumme« (in dem Zusammenhang »man hat einen Dummen gefunden«). Ihr mütterlicher Instinkt liefert die Grusche den Verfolgungen und Mühen aus, die sie beinahe umbringen. Vom Azdak verlangt sie nichts als die Erlaubnis, weiter zu produzieren, d. h. »draufzuzahlen«. Sie liebt nun das Kind; ihren Anspruch leitet sie ab von ihrer Bereitschaft und Fähigkeit zur Produktivität. Sie ist kein »sucker« mehr nach diesem Prozeß.

[Der Schauplatz des Stückes]

Der Schauplatz des Stückes sollte sehr einfach sein; die verschiedenen Hintergründe können mit einem Projektionsverfahren angedeutet werden, jedoch müssen die Projektionen künstlerischen Wert haben. Die Schauspieler der kleineren Rollen können jeweils mehrere Rollen zugleich spielen. Die fünf Musiker sitzen mit dem Sänger auf der Bühne und spielen mit.

Über eine »Kreidekreis«-Musik

Im Gegensatz zu den paar Liedern, die persönlichen Ausdruck haben können, sollte die Erzählermusik lediglich eine kalte Schönheit haben, dabei nicht zu schwierig sein. Es scheint mir möglich, aus einer gewissen Monotonie besondere Wirkung zu holen; jedoch sollte die Grundmusik für die fünf Akte deutlich variieren.

Der Eröffnungsgesang des ersten Aktes sollte etwas Barbarisches haben, und der unterliegende Rhythmus sollte den Aufmarsch der Gouverneursfamilie und der die Menge zurückpeitschenden Soldaten vorbereiten und begleiten. Der Pantomimengesang am Aktende sollte kalt sein und dem Mädchen Grusche ein Gegenspielen ermöglichen.

Für den zweiten Akt *(Flucht in die Gebirge)* bräuchte das Theater eine treibende Musik, die den sehr epischen Akt zusammenhält; sie sollte aber dünn und delikat sein.

Der dritte Akt hat die Musik der Schneeschmelze (poetisch) und in der Hauptszene den Kontrast der Trauer- und Hochzeitsmusiken. Das Lied in der Szene am Fluß hat die Melodie des Liedes im ersten Akt (Grusche verspricht dem Soldaten, auf ihn zu warten).

Der vierte Akt müßte die treibende verlumpte Azdakballade (die übrigens besser piano wäre) zweimal unterbrechen mit den zwei Gesängen des Azdak (die unbedingt leicht singbar sein müssen, denn man muß den Azdak mit dem stärksten Schauspieler besetzen, nicht mit dem besten Sänger).

Im letzten (dem Gerichts-)Akt wäre eine gute Tanzmusik am Schluß nötig.

Führung des *Sängers* in der letzten Szene des ersten Aktes im »Kaukasischen Kreidekreis«

Der Stückschreiber empfahl, die allgemeine Idee, daß die Szenen nur die Verkörperung gewisser Stellen in dem Gesang des Sängers sind, daß also ihre Vorführung den Einzelvortrag des Sängers vor den Dörfern nicht in den Schatten stellen sollen, in der Ausführung bewußt aufzugeben.

Vorspiel

Schauplatz: Im Hintergrund eine Schule, mit Plakaten und einer Sowjetfahne versehen. Einige staubige Bäume.

Versammlung: Nicht zu viel Folklore! Die Versammelten tragen Sonntagskleider, keine Trachten. Dazwischen ein Soldat, auf Urlaub. Eine Frau hat ein Kind auf dem Schoß. Einige der Männer sind sehr kurz geschoren.

Der Sänger ist europäisch gekleidet, sehr bequem, der Anzug ist wie alle Anzüge etwas zerdrückt. Seine Musiker tragen russische Hemden, einer eine georgische Mütze.

Der Ton der Diskussion ist sehr lässig, man merkt die allgemeine Freude am Argument. Gelegentlich schießt einer der jungen Leute einen Papierpfeil auf ein gegenübersitzendes Mädchen und wird zur Ruhe angehalten.

Hintergrund

Der Großfürst ist im Feld besiegt worden. Die Armee hat gemeutert. In der Hauptstadt haben gewisse Bojaren eine Palastrevolution gemacht und den Großfürsten vertrieben. (1, 2)

Er ist zum Feind geflohen. In der Provinz herrscht Anarchie. Niemand weiß, wer am Ende herrschen wird. (3, 4, 5)

Der Feind, um die Anarchie zu beenden, führt den Großfürsten zurück, und wer von den Beamten noch lebt, erhält wieder seinen Posten. Der Großfürst belohnt seine Getreuen fürstlich. (6, 7)

Rat für die Besetzung des Azdak

Es muß ein Schauspieler sein, der einen völlig lauteren Mann darstellen kann. Der Azdak ist ein völlig lauterer Mann, ein enttäuschter Revolutionär, der einen verlumpten Menschen spielt, so wie beim Shakespeare die Weisen Narren spielen. Anders wird dem Urteil mit dem Kreidekreis alle Gültigkeit entzogen.

Zur Probe am 4. 12. Palastrevolution

Die kurzen verhaltenen Kommandos, die hinten im Palast gegeben werden (in Abständen, davon leisere, um die Größe des Palastes anzudeuten), müssen, nachdem sie den probierenden Schauspielern geholfen haben, wieder abgestellt werden. Was vorgeht auf der Bühne, soll kein Ausschnitt sein aus einem größeren Vorgang, das, was man von diesem gerade hier vor diesem Tor sieht. Es ist der ganze Vorgang, und das Tor ist *das* Tor. (Auch ist der Palast in seiner Größe nicht räumlich darzustellen!) Was wir zu tun haben, ist: die Statisten durch gute Schauspieler ersetzen. Ein guter Schauspieler ist gleich einem Bataillon Statisten. Das heißt, er ist mehr.

Hauptsächliche Widersprüche

Je mehr die Grusche das Leben des Kindes fördert, desto mehr bedroht sie ihr eigenes; ihre Produktivität wirkt in der Richtung ihrer eigenen Destruktion. Dies ist so unter den Bedingungen des Krieges, des bestehenden Rechts, ihrer Vereinsamung und Armut. Rechtlich ist die Retterin die Diebin. Ihre Armut gefährdet das Kind und wird durch das Kind größer. Für das Kind bräuchte sie einen Mann, aber sie muß fürchten, einen zu verlieren wegen des Kindes. Usw.

Die Grusche verwandelt sich langsam, unter Opfern und durch Opfer, in eine Mutter für das Kind, und am Ende, nach all den Verlusten, die sie riskiert oder erlitten hat, fürchtet sie als größten Verlust den des Kindes selbst. Der Azdak macht die Rettung des Kindes durch seinen Schiedsspruch endgültig. Er vermag ihr das Kind zuzusprechen, da zwischen ihrem Interesse und dem des Kindes kein Unterschied mehr besteht.

Der Azdak ist der Enttäuschte, der nicht zum Enttäuscher wird.

Andere Widersprüche

Die Bittsteller werfen sich vor den Gouverneur, wenn er zur Ostermette geht. Von den Panzerreitern zurückgepeitscht, kämpfen sie untereinander wild um einen Platz vorne.

Der Bauer, der seine Milch der Grusche teuer verkauft, hilft ihr danach freundlich das Kind aufheben. Er ist nicht geizig, er ist arm.

Die Baumeister verbeugen sich untertänigst vor dem Adjutanten des Gouverneurs, aber einer ist dabei, der den beiden andern die Verbeugungen erst abschauen muß. Sie sind nicht Speichellecker von Natur, sie brauchen den Auftrag.

Der feige Bruder Grusches nimmt die Schwester mit Widerstreben auf, aber er ist zornig auf seine Frau, die Kulakin, weil er von ihr abhängt.

Der feige Bruder ist kleinlaut gegen seine Frau, die Kulakin, aber zu der Bäuerin, mit der er den Heiratsvertrag macht, ist er herrisch.

Der mütterliche Instinkt der Bäuerin, die das Findelkind gegen den Willen ihres Mannes bei sich aufnimmt, ist begrenzt und bedingt: sie verrät es gegenüber der Polizei. (Auch der Mutterinstinkt der Grusche, so viel größer, so sehr groß, ist begrenzt und bedingt: sie will das Kind in Sicherheit bringen und es dann weggeben.)

Grusche, die Magd, ist gegen den Krieg, weil er ihr den geliebten Mann entreißt; sie rät ihm, sich in der Mitte zu halten, um zu überleben. Aber auf der Flucht in die Gebirge singt sie das Lied vom Volkshelden Sosso Robakidse, der Iran eroberte – um sich Mut zu machen.

Betreffs Tempo in der »Kreidekreis«-Aufführung

Um für das Pariser Gastspiel die Aufführung in Höchstform zu bringen, sind Striche im Text gemacht und ist das Tempo beschleunigt worden. Über die Beschleunigung des Tempos möchte ich einiges Theoretisches sagen.

Es wäre künstlerisch nicht verantwortbar, einfach eine mechanische, gleichmäßige, totale Beschleunigung durchzuführen. Bestimmte Szenen und bestimmte Figuren vertragen weniger Beschleunigung des Spiels als andere. Von solchen Szenen möchte ich die Szene nennen, in der der Azdak zu Schauwa vom Ende der guten Zeit spricht, von den Figuren die Grusche, die in der Turbulenz um sie her eine ganz bestimmte Geruhsamkeit zeigen muß.

Die Tempobeschleunigung dient ja nicht nur der Kürzung, sondern mehr noch der Belebung der Aufführung. Die Mehrzahl der Szenen und Figuren *gewinnt* durch das Tempo.

Gespräch mit der Sowjetdelegation zum Monat der Deutsch-Sowjetischen Freundschaft

Die Delegation hatte die »Courage« und den »Kreidekreis« gesehen. Gegen die Aufführung des »Kreidekreises« wurde eingewendet, daß die eigentliche Geschichte nicht in einem definitiven Land zu definitiver Zeit spielt, und der Musiker , ein

Grusinier selbst, vermißte grusinische Musik (lobte aber sehr Dessaus neues Instrument). Er bestätigte, daß alles allerdings in Grusinien geschehen sein könnte. Warum spielte das Stück nicht in China? B. erklärte, daß er die Fabel vom Kopf auf die Füße gestellt habe, und zwar im Jahre 1943. Er habe einen Ort benötigt, an dem diese neue Auffassung, die kommunistische, möglich war. Naturalistische Genauigkeiten seien für ihn im Geschichtlichen nicht wichtig. Grusinische Musik wäre möglich, müßte aber zitiert gebracht werden, keinesfalls direkt.

ZU »DIE ANTIGONE DES SOPHOKLES« (Band 8)

[Vorwort]

Die »Antigone« des Sophokles ist die betonte Absage an die Tyrannis und die Hinwendung zur Demokratie. Es ist ein Drama, das kämpferisch in die damaligen griechischen Zeitgeschehnisse eingreift: »Das ist kein Staat, der nur einem gehört...«, »Nicht mitzuhassen, mitzulieben bin ich da!« (»Zum Hasse nicht, zur Liebe lebe ich«, Vers 489).

Der Tyrann Kreon, der sein Volk in einen ungerechten Krieg getrieben hat, tötet den jüngsten Bruder der Antigone, Polyneikes, weil dieser die Schlacht angesichts seines Bruders verlassen hat. Er verhängt darüber hinaus das entehrendste Urteil über ihn, daß sein Leichnam nicht bestattet werden darf, sondern offen den Vögeln zum Fraß dargeboten werden soll. Wer vom Volke etwas dagegen tut, soll gesteinigt werden. Antigone empört sich gegen dieses Urteil und will ihren Bruder bestatten. Sie offenbart ihrer Schwester Ismene ihr Vorhaben. Die Schwester erschrickt und warnt Antigone:

ISMENE Schwester, man wird dich fangen, rechtlos.
ANTIGONE Aber treulos fängt man mich nicht!

Ismene beschwört die Schwester, doch nicht gegen Unmögliches anzugehen. Alles sei vergeblich, man könne gegen den Tyrannen nichts unternehmen. Antigone aber denkt anders und führt ihr Vorhaben aus. Antigone wird verhaftet und von Kreon zum entehrenden Tod verurteilt. Im Volk erwächst Kritik. Kreon will alle Widersacher töten lassen. Der Sohn Kreons, Hämon, und Verlobter Antigones, gerät mit dem Vater in Streit, da er sich auf die Seite Antigones stellt. Nach einer erregten Aussprache trennen sie sich. Der blinde Seher Tiresias warnt Kreon und sagt ihm Unheil voraus. Kreon, vom Chore bedrängt, will nun das Urteil zurücknehmen, aber das Unheil hat sich bereits vollzogen. Antigone ist tot, Hämon hat sich an ihrem Grabe getötet. Die Frau Kreons, Mutter Hämons, hat sich ebenfalls aus Verzweiflung getötet. Kreon bricht, sich verfluchend, zusammen.

Bei Brecht wird die Beziehung zur Gegenwart dadurch gesteigert, daß er den Krieg eine jähe Wendung nehmen läßt. Die Siegesfeier war nur eine vorgetäuschte. Der Feind hat sich inzwischen gesammelt und dringt jetzt siegreich gegen die Stadt Theben vor. Die Zerstörung ist unabänderlich. Kreon aber will, daß, wenn er sterben muß, die Stadt Theben mit ihm ausgelöscht wird. Und so verteidigt er Theben sinnlos bis zum Tode.

Das von Kreon scheinbar besiegte Argos rafft sich neu auf. Frauen, Kinder, alles greift zu den Waffen, und Argos wird ein Stalingrad von heute – die Parallele ist deutlich. Ein furchtbares Ende der Armee Kreons.

[Anmerkungen zur Bearbeitung]

I

Die »Antigone« des *Sophokles* gehört zu den größten Dichtungen des Abendlands. Es ist jedoch die Frage aufgetaucht, ob sie einem Publikum, das heute in ganz anderen Vorstellungen lebt, noch verständlich ist. Nach der Vorstellung der Alten ist der Mensch mehr oder weniger blind dem Schicksal ausgeliefert, er hat keine Macht darüber. Diese Vorstellung hat B. B. in seiner Nachdichtung durch die Meinung ersetzt, daß das Schicksal des Menschen der Mensch selber ist. Diese Änderung ist sehr groß, und sie konnte von der alten Dichtung nur ertragen werden, weil sie im Grunde ganz realistisch ist und mit viel praktischer Menschenkenntnis und politischer Erfahrung einen realen Vorgang gestaltet, den der Dichter überliefert bekommen hat, nämlich den Untergang des Herrscherhauses des *Ödipus*. Es geht unter in einem grausamen Raubkrieg, der auch solche Grausamkeiten gegen das eigene Volk nötig macht, daß der Teil des Herrscherhauses, der mit dem Volk geht, sich empört und dadurch eine derartige Schwäche herbeiführt, daß der überfallene Feind siegt. Da der Tyrann, um mit der Empörung im eigenen Haus fertig zu werden, einen schnellen Sieg benötigt, hetzt er seine Truppen in eine voreilige Schlacht. Durch Meutereien zerrüttet, vermögen die Truppen dem Feind, der, Mann, Frau und Kind, seine Heimat verteidigt, nicht mehr zu widerstehen. Die große sittliche Tat der Antigone, die sich gegen den Tyrannen Kreon auflehnt, besteht darin, daß sie, bewegt durch tiefe

Menschlichkeit, nicht zögert, durch offenen Widerstand das eigene Volk in die Gefahr des Besiegtwerdens in einem Raubkrieg zu bringen.

2

Weitere Änderungen des alten Gedichts bestehen z. B. noch in folgendem:

Der Krieg Thebens mit Argos ist realistisch dargestellt. Das Ziel sind die Erzgruben von Argos. Aber diese Erzgruben versehen auch die Leute von Argos mit guten Speeren. Da der Kampf so sehr hart wird und viel länger dauert, als Kreon ausgerechnet hat, braucht er allzu strenge Mannszucht, es kommt zu Meutereien; Kreon muß den Kampf gegen außen und innen führen und verliert den Krieg.

Der Seher *Tiresias*, der im alten Gedicht der Mitwisser göttlicher Voraussicht ist, ist in der Bearbeitung ein guter Beobachter und deshalb in der Lage, einiges vorauszusagen.

Bearbeitet sind auch die Chöre, in welche ebenfalls neue Gedanken kommen. Diese Chöre, wie auch manch andere Stellen des Gedichts, können bei einmaligem Anhören kaum voll verstanden werden. Teile von den Chören klingen wie Rätsel, die Lösungen verlangen. Es ist jedoch das Vortreffliche bei ihnen, daß sie, ein wenig durchstudiert, immer mehr Schönheiten herausgeben. Die Bearbeitung wollte diese Schwierigkeit, deren Überwindung soviel Freude macht, nicht einfach beseitigen – um so mehr, als das Werk »Antigone« das Glück hat, einen der größten Gestalter der deutschen Sprache, *Hölderlin*, zum Übersetzer zu haben.

Erster Chor (Vers 268–310)

Der Mensch, ungeheuer groß, wenn er die Natur unterwirft, wird, wenn er den Mitmenschen unterwirft, zum großen Ungeheuer.

Zweiter Chor (Vers 536–572)

Warnung an den Despoten, zu hart zu richten. Die gewaltsam ihrer Menschenwürde Beraubten erheben sich und stürzen ihre Unterdrücker. Als Beispiel nennt der Chor die Lachmyschen Brüder, die ungeheures Elend erdulden, selbst ihre Weiber fremdem Feind überlassen, aber sich erheben, wenn Peleas sie, wenngleich leicht, mit einem Stab schlägt, und ihn erschlagen. Seit langem wuchs der Keim der Zerstörung im Haus des Ödipus, die Erschöpfung der Unterdrückten ist endlich (kann aufhören). Der Untergang des Herrscherhauses aber wird viele mit hinabreißen (der Chor meint da sich selbst).

Dritter Chor (Vers 732–746)
Dies ist ein Loblied auf Bacchus, den Gott der leiblichen Freuden. Seine Macht über die Menschen ist groß. Selbst im Krieg setzt er sich durch. Er bringt die Familien durcheinander, so unwiderstehlich ist seine Bitte, sich zu vergnügen. Die Menschen geraten durch ihn außer sich. Er bringt sie auch dazu, sich unters Joch zu beugen in der Hoffnung auf Freuden. Selbst auf das gefährliche Meer hinaus folgt der Wunsch nach Freude dem dünnwandigen Schiff. Er mischt die Rassen in Freudenausbrüchen. Aber er ist unkriegerisch und Freund der Geselligkeit und Verständigung.

Vierter Chor (Vers 865–886)
Auf dem Weg zum Richtplatz hat Antigone die Alten gerügt, weil sie dem Tyrannen nicht Widerstand leisten, und der Stadt ein schreckliches Ende vorausgesagt. Nun wirft der Chor ihr vor, daß auch sie lange das Unrecht geduldet hat. Sie hat Brot gegessen, das in Knechtschaft gebacken wurde, sie saß gemächlich im Schatten der Zwingburgen. Erst als die Gewalt, die vom Haus Ödipus ausgeteilt wurde, in dieses Haus zurückschlug, erwachte sie.

Fünfter Chor (Vers 1190–1231)
Die untergehenden Thebaner rufen noch einmal den Schutzgott ihrer Stadt an, Bacchus. Sie gestehen, daß sie sich gegen den friedlichen Gott der Freude versündigt haben.

3
Bearbeitungen dieser Art sind in der Literatur nichts Ungewohntes. Goethe bearbeitete die »Iphigenie« des Euripides, Kleist den »Amphitryon« des Molière. Diese Bearbeitungen verhindern nicht den Genuß an den Originalwerken. In nicht

allzu ferner Zukunft wird dieser infolge der Schulung des historischen Sinns und des ästhetischen Geschmacks auch den breiten Massen der Bevölkerung möglich sein.

ZU »DIE TAGE DER KOMMUNE« (Band 8)

Anmerkungen für die Regie

1 Die Sprache ist voll von Gallizismen. Man muß die lebhafte, schnelle und plastische Sprechweise und elegante Gestik der Franzosen herausarbeiten; besonders bei der Darstellung der Arbeiter.

2 Gehässigkeit, aber kein Karikieren!

3 Für die Brotkäuferinnen genußvollste Darstellung des Vulgären!

5 Man kann zeigen, wie Jean Cabet auf die Lokomotive hinten klettert, mit dem Heizer verhandelt, anfängt, mit ihm zu raufen, von den Soldaten heruntergeworfen wird usw. Derlei ergibt das gewünschte Spectaculum magnum.

6 Die ganze Szene leicht, schnell, ein enormes Aufatmen der großen Stadt, mit vielen Geräuschen von überall her.

7a (Ministerium des Innern) Langevin beobachtet Geneviève, wie sie »regiert«.

8 Beslay ist *tragi*komisch anzulegen.

9c (Nachtsitzung der Kommune) Die Kommune *lernt* von der feindlichen Klasse.

11b (Letzte Sitzung der Kommune im Stück) Alle Reden, auch die leidenschaftlichen, werden schleppend gesprochen, von todmüden Leuten; die Bewegungen sind langsam, schlaftrunken.

12 Mitunter stocken die Gespräche, und der muntere Ton wird unsicher.

Nach 14 dreht sich die Bühnenscheibe, nach vorn kommt, in der Grunddekoration (die Häuserfahnen sind hochgezogen, die Barrikade ist weggeschafft), das gesamte Ensemble, den Schlußgesang singend.

[Notizen zu »Die Tage der Kommune«]

1 Die Bevölkerung von Paris (in der Nationalgarde) verteidigt die Hauptstadt und verlangt Waffen, Brot und Führung des Kampfs, da die Bourgeoisie schiebt und sabotiert.

2 Thiers in Bordeaux beschließt Frieden mit den Deutschen, da sonst Frankreich und besonders Paris der Bourgeoisie entgleitet.

3 Thiers hat Frieden geschlossen und Brot verteilt, aber sein Handstreich auf die Kanonen der Nationalgarde schafft Mißtrauen in der Bevölkerung.

4 Der Zentralrat der Nationalgarde beschließt den Kampf gegen Thiers, die Bourgeoisie und den Bourgeoisfrieden aufzunehmen und schreibt Wahlen für eine Kommune aus.

5 Flucht der Bourgeoisie aus Paris angesichts der bevorstehenden Wahlen.

6 Überwältigende Mehrheit für die Kommune. Paris feiert.

Bühnenbild

Das Grundschema besteht aus einem weitgestreckten, leicht oval gebogenen Podestbau und dahinter der historischen Karte des belagerten Paris von 1871 mit Standorten der Batterien und Barrikaden. Aus den Plätzen (1, 6 und 3 und 12 – letzterer hat weder Bäckerei noch Café, als wäre die Barrikade an einen Straßeneingang vorgeschoben) wird der große Sitzungssaal der Kommune (4, 7, 9, 11) entwickelt. Die Häuser der Straßenschluchten (12 und 13) sind auf dünnstoffigen Fahnen aufgemalt, die von oben herabgelassen werden. Die Interieurs (2 und 5 und 7a und 8 und 10) sind in das Halbrund des Podestbaus eingestellt. Zwei von ihnen (2 und 10) haben einen architektonischen Prospekt als Hintergrund, der die Karte von Paris verdeckt. Alle sind aufgebaut aus einzelnen, unverbundenen Elementen in Möbelart, Fenster, Tür, Tisch, Kassenschrank, Standuhr usw. Für die Szenen 4, 9a und 14 wird die Bühnenscheibe gedreht, so daß der Hinterblock des Podestbaus verwendet werden kann. Auf der halbhohen Gardine steht »Die Tage der Kommune«.

ZU »DER HOFMEISTER VON JAKOB MICHAEL REINHOLD LENZ« (Band 8)

Anmerkungen

Probenergebnisse

Bei der Aufführung des »Hofmeisters« durch das Berliner Ensemble bestand das Regiekollegium aus Brecht, Neher, Monk und Besson. Nehers Vorgangsskizzen dienten als Vorlagen für das Arrangement, und die Vorschläge aus dem Kollegium wie die aus der Schauspielerschaft wurden im allgemeinen ausprobiert, übrigens meistens auf Zuruf vom Zuschauerraum aus – auch bei den zartesten Szenen. Das Ausprobieren ersparte die üblichen psychologischen Diskussionen, der Zuruf erschwerte die ebenso übliche Bildung einer »schöpferischen Atmosphäre«, bei der das Bewußtsein zu kurz kommt. Geprobt wurde neun Wochen, mindestens fünf Stunden täglich. Von der Aufführung wurden unter der Leitung von R. Berlau Fotos und Beschreibungen für ein Modellbuch angefertigt, dem auch die folgenden Auszüge entnommen sind.

Prolog

Der Prolog vor dem Vorhang wurde zu den feinen Tönen einer Spieldose gesprochen. Da der Prologsprecher die ganze historische Spezies Hofmeister vertritt, wurde ihm etwas von der Mechanik von Glockenspielfiguren verliehen; die Bewegungen des Kopfes und der Gliedmaßen waren ruckhaft, das Sprechen war abgezirkelt. Der Eindruck war kein niedlicher, sondern ein unheimlicher, schon durch das zynische Grinsen bei den Zeilen »Der Adel hat mich gut trainiert« und durch das zynisch diskrete Hand-neben-den-Mund-Halten bei »Das ABC der Teutschen Misere«. Obgleich auch etwas die Kinnlade schnappte und die Komplimente in zwei Rucken vollführt wurden, wie üblich bei einer mechanischen Figur, war das Ganze zunächst nicht besonders durchgeführt, verblieb bei der Andeutung und bewahrte die Lebendigkeit des Schauspielers. Jedoch arbeitete dieser für die späteren Aufführungen das Puppenhafte weiter aus und, die Meisterschaft respektierend, ließen wir es gut sein.

1 Der Scharrfuß

Die Szene ist auf die Straße, vor das Gartentürchen des Geheimen Rates gelegt. Sie zeigt Läuffern sozusagen auf dem Strich. Er paßt den Major ab, wenn dieser wie alltäglich den Geheimen Rat nach dem Frühschoppen heimgeleitet. Die Brüder bleiben im Gespräch einige Schritte vor dem Gartentürchen stehen und setzen sich erst wieder in Bewegung, wenn der sich nähernde Läuffer, Überraschung über das Treffen vorspielend, schon von weitem den ersten, langsamen und sorgfältigen Scharrfuß ausführt. Sie gehen an ihm ohne Gruß vorbei, nichtsdestoweniger er, ebenfalls im Gehen, zwei weitere hastige Scharrfüße setzt. Nachdem er ihre Kälte mit einem bösen Blick über die Schulter quittiert hat, vollführt er, rückgewendet zu den Brüdern und in ihrem Rücken, noch einen vierten Scharrfuß, dabei allerdings eine Verwünschung murmelnd. (Daß er die Verwünschung während eines Scharrfußes und nicht danach ausstoßen muß, entdeckten wir nicht vor der fünften Probe – so entgeht einem zu Beginn selbst das Wichtigste und Offensichtlichste!) Die Brüder sprechen hierauf über Läuffer in der beiläufigsten Weise, während der Geheime Rat einen Schlüssel unter vielen auswählt und das Türchen aufsperrt. Mit einem lachenden »Dazu mag er ausreichen« und einem Klaps auf die Schulter läßt er den Major in den Garten ein, wo dieser stehenbleibt, eine Pflanze an der Mauer betrachtend. Das schwache Interesse an dem Farnkraut verdrängt beim Major völlig das an Läuffern; die Herkunft desselben berührt ihn tiefer als die des künftigen Erziehers seiner Kinder. Die Szene wird nicht laufen, wenn der Geheime Rat seine Frage »Übrigens, weißt du denn …« nicht plötzlich doch besorgt fragt, oder der Major darauf nicht mit einem großen oberflächlichen Achselzucken antwortet.

2 Abschied der Liebenden

Der Geheime Rat, der »Wohlfeiles nicht mag«, da er einen größeren Beutel als sein Bruder hat, begnügt sich nicht mit einem Hofmeister für seinen Sohn Fritz, sondern schickt den auf die Universität nach Halle – wodurch er freilich für sein Gustchen das Feld einem Hofmeister räumen muß. Die Abschiedsszene hat zärtlich zu zeigen, wie der junge von Berg sein Bäschen, das mit ihm in den Pavillon möchte, sich vom Leibe und an die Lektüre des Klopstock hält, bis ihn eben die Lektüre mit ununterdrückbaren Gefühlen erfüllt und er sie unter dem Eid aufs Bett wirft: ein Umweg über die Literatur! Sein olympischer Vater trennt die Liebenden wieder, so daß sie am Ende, geschieden im Namen der Vernunft, wieder in der Distanz des Beginns stehen. Er wird weggehen, ihrer würdig zu werden, und durch sein Weggehen machen, daß sie seiner unwürdig wird.

3 Engagement eines Hofmeisters

Die Lage ist zubereitet: die Tochter des Hauses ist in sinnliche Verfassung gebracht, gesteigert durch den Abschied des Geliebten, der ihn ihr entzieht. Die Familie ist verletzlich, der Hofmeister kann angestellt werden. Der arme Teufel kämpft um sein Leben, wenn er der Majorin die paar Menuettschritte vorführt: er betrachtet seine Füße zumindest so scharf, wie diese sie betrachtet. Trocknet er sich schon den Schweiß von der Stirn (»mein Sohn braucht vorderhand keinen anderen Tanzmeister«), verlangt sie noch einen Pas mehr. Leopold, der Sohn, um dessen Erziehung er sich bewirbt, fängt inzwischen Fliegen an der Wand: er hat schon vielen Engagements beigewohnt! Mit einem Wonnegrunzen quittiert Läuffer das Menuett der Majorin, herbeigeeilt, ihr umzublättern. Folgt Insterburger Französisch. Wenn die Majorin, nach dem Verweis wegen des unfranzösischen Handkusses, ihm doch noch, gnädig grinsend, die Flosse zum neuerlichen Kusse gereicht hat, ist Läuffer so im Taumel seines Erfolgs, daß sein Fauxpas einfach passieren muß. Er tritt vor, zwischen die Majorin am Spinette und den Grafen am Kanapee und ruft jenem seine Kritik des Tänzers zu. (Die Szene lief übrigens nicht, bevor Läuffer sein »Sich-auf-das-Parkett-Wagen« nicht in einem deutlichen Gang ausgeführt hatte. Er mußte nach vorn, in die Mitte treten, die Worte genügten keineswegs.) Die Herrschaften erstarren, die Lorgnons richten sich tödlich auf ihn. Er stammelt eine Entschuldigung, auf dem Kochischen Theater habe man den Mann ausgepfiffen, und wird nun endgültig aus dem Zimmer geschickt. Dennoch kehrt er, in seiner Angst, in der Tür noch einmal um, als er von sich reden hört, dem Fangstoß offen. Nach seinem Abgang eine Pause. Die Majorin segelt auf das Kanapee zu, der Graf erhebt sich, macht eine Gegenbewegung an ihr vorbei – sie lächeln krampfhaft, einander entgegengehend, lassen dann das Lächeln völlig fallen und nehmen es wieder hastig auf, sich einander wieder zukehrend. Der Graf in Gedanken bei dem Skandal, dessen Report in andern Häusern er schon vorbereitet, kneift mechanisch der Magd, die ihm die Schokolade serviert, in die Backe, bevor er der Tasse an den Henkel kneift. Der Schlußsatz der Majorin enthält die Antwort auf die Frage, warum Läuffer nicht wieder entlassen wird: er ist billig.

4 *Körbe in Insterburg*

Wir wenden uns nun Läuffer zu, dem im Hause auf seinen Platz Verwiesenen; wir zeigen, daß seine Stellung ihn auch hindert, außerhalb des Hauses auf die Weide zu gehen. Die Szene kann zur Not auch weggelassen werden, obwohl sie die Situation Läuffers in einer guten äußerlichen Art anschaulich macht. Sie ist nichts ohne artistische Finesse (spezielle Schlittschuhkünste Läuffers, ein reizvolles, doch einfaches Bühnenbild usw.). Wir zeigten Läuffer noch sehr behindert durch die pflichtmäßige Fürsorge für einen täppischen Leopold, der gleich zu Beginn zu Fall kommt und von Läuffer an einen Laternenpfahl parkiert wird, wenn die Jungfern gelaufen kommen. Nach seinem verfehlten Anschlußversuch rückwärts weglaufend, zeigte Läuffer zähnebleckend jene Wildheit, die er am Schluß gegen sich selbst anwenden wird. Gleich darauf verfällt er völlig der Lächerlichkeit: sein Schüler, sobald er ihn zurückhat, richtet sich an ihm tollpatschig auf und bringt ihn zu Fall.

5 *Eine neue Schülerin*

Nun können wir Läuffer den Köder zuwerfen, wir haben ihn isoliert nach innen und außen; den Ausgehungerten und Knappgehaltenen werden wir mit der Speise einsperren, und wir werden sie schmackhaft machen und fällig. Er muß von seinem »Glück« nicht gleich erfahren, geben wir es ihm als eine zusätzliche Ausbeutung, Mehrarbeit. Zunächst bauen wir noch ein wenig an der Grundlage, verstärken wir den Eindruck der Langeweile und Animosität! In einer kleinen Pantomime kann die Behandlung des Verhältnisses Läuffers zu seinem Schüler Leopold fortgesetzt werden: Langeweile und Animosität. Der

Anblick seines Schülers bringt Läuffer zum Gähnen; es steckt Leopold an. Dann fehlt an der Schultafel die Kreide, Leopold hat sie und stößt sie mit dem Fuß vor Läuffer hin. Der quittiert mit ohnmächtigem Haß und fängt an, aus dem Buch das Wort agricola abzuschreiben; er ist so schlecht vorbereitet, daß er nach den ersten zwei Silben ins Buch schauen muß. Der Major ist schlecht gelaunt, weil er von dem Kerl einen Dienst braucht, für den er nicht bezahlen kann. Sein Versuch, den Sohn zu erziehen, scheitert kläglich. Er stürzt sich auf ihn, wie Zietens Husaren sich auf die Österreicher stürzten, und er wiederholt die Attacke in stummer Verzweiflung, nachdem die erste keine befriedigend aufrechte Haltung Leopolds ergeben hat. Am Ende kommt heraus, daß er den Angriff nur unternommen hat, weil er Leopold aus dem Zimmer haben wollte! Er geht dann eine Zeitlang um den heißen Brei herum, und sein Gefühl, daß er einen taktischen Fehler gemacht, als er über das Gehalt herumstritt, scheint so stark, daß er Läuffers Bitte um ein Pferd gnädig in Betracht zu nehmen verspricht. Läuffer ist überwältigt. Er hat die Geldschneiderei und das Aufhalsen neuer Arbeit mit Bitterkeit über sich ergehen lassen und die Bitte mit völliger Hoffnungslosigkeit gestellt. Nun übernimmt er sich mit Verbeugungen und eilt beschwingt, seine Zeichnungen vorzuweisen. Der Major betrachtet nur die erste und schiebt die zweite schon weg. Unter der Tür ermahnt er Läuffer, seine Tochter zart anzufassen.

6 *Philosophie und Physiologie*

Sehen wir uns noch einmal nach dem fernen Liebhaber der neuen Schülerin um, fahren wir Halle heran auf unserer Drehbühne! Hier, auf der Universität, ist es, wo die jungen Leute ihre Erfahrungen sammeln, auf dem geistigen wie auf dem körperlichen Gebiet. Wir sehen unsern Fritz von Berg zwischen himmlischem und irdischem Liebhaber, zwischen Pätus und Bollwerk. Pätus fürchtet seinen Professor nicht, wohl aber seine Hauswirtin; Bollwerk zähmt die Hauswirtin und rät Unterwerfung unter den Professor. Fritz entscheidet sich für die Philosophie, geht aber doch mit Bollwerken, Mädchen zu sehen. Fritz muß als der beobachtende Gast gespielt werden.

7 *Katechismusstunde*

Die Tochter des Hauses ist dem Spiel mit dem Feuer nicht abgeneigt, und wir haben gesorgt, daß sie leichtes Spiel hat. So müssen wir Läuffer nicht erst verliebt machen; er ist verfallen vom Beginn an (»Man liebt, weil man schlafen will«). Um so steifer finden wir ihn, zugleich einen neuen, privaten Läuffer, einen Hecht im Karpfenteich, freilich einen Hecht, der sein eigener Dompteur ist. Dennoch: die Szene gibt die Gelegenheit, die soziale Überlegenheit Gustchens zu demonstrieren. Sie mischt alle Mittel ihres Körpers mit all denen ihres Rangs, ihn zum Tanzen zu bringen. Wenn die Szene beginnt, blickt der Lehrer auf eine lächelnde Schülerin, und der Fortgang der Geschichte macht, daß wir glauben, sie sehe überhaupt so dem Unterricht Läuffers entgegen. Er verfehlt nicht, sie niederzustarren. Betroffen fängt sie an, das Glaubensbekenntnis aufzusagen. »Ich glaube, daß mich Gott geschaffen hat«. Sie bleibt stecken und Läuffer setzt sich in Bewegung auf sie zu, mit lauten, abgemessenen, bedachten Schritten, welche die Dauer ihrer Pause abzumessen scheinen. Während er sie umschreitet, höhnisch auf sie niederblickend, setzt sie, wie in Terror, noch einmal mit dem Satz an und bleibt, den Mann hinter sich, noch einmal stecken. Dann aber blickt sie plötzlich lächelnd zu ihm auf und wiederholt die letzten drei Worte »geschaffen hat«, indem sie den Ton in Stärke und Höhe von »hat« auf »geschaffen« verlegt, also in graziös schamlosem Triumph des Weibchens. Von diesem Augenblick an erweist sich sein Vormarsch als Fehler, der zur Niederlage führte. Sein Examen verwandelt sich rapid in ihr Examen; nicht mehr er hilft ihr, sondern sie hilft ihm mit Wörtern aus. (Sie macht sich offen lustig über die magisterliche Pedanterie seiner Aussprache, indem sie, wie er in »Leibs«, ihrerseits in »Lebens« das Genetiv-S vom übrigen Worte trennt; im Ärger wird er überformal mit »leiblich – und – täglich«, und sie setzt sich mit ihrem »versorget« so ein, als wundere sie sich über eine so leichte und platte Frage, um dann ihr »Wider – alle Fährlichkeit – beschirmt und – vor allem Übel« mit dem Kopf auf der Seite so vorzubringen, als sei er es, der den Zusammenhang verloren habe und der freundlichen Hilfe bedürfe. Sein »bewahret« ist hoffnungslos und sein »Ohn all mein Verdienst und Würdigkeit« enthält einen kindischen

Vorwurf. Es beginnt der Streit wegen der Zeichenstunde. Ihre kaltschnäuzige Versicherung, sie habe keine Zeit gehabt, verlangt von ihm äußerste Beherrschung. Er macht unruhig gequälte Schritte hin und her, dreht sich wie auf dem Eislaufplatz spindelförmig, bleibt jäh stehen, den Tatzenstock am Rücken zwischen den Ellbögen verkrampft, als fessele er sich selbst. Sie betrachtet ihn wie ein interessantes Insekt, ist einmal beinahe gerührt; sie geht zu ihm und entschuldigt sich, daß sie ihn aussetzte. Er verpaßt den Augenblick und schaut störrisch weg. Sie ist sogleich wieder die Brotgeberin in persona und imitiert die Mama (»es war mir wahrhaftig unmöglich«), ihn auf seinen Platz verweisend. Aber erst wenn sie ihm in einem Ton, der keine Sicherheit zuläßt, sagt, Zeichnen sei das einzige, was sie mit Lust tue, fährt er endgültig aus der Haut. Sie erschrickt ehrlich über die Wildheit seines Ausbruchs. Ist er weggestürzt, streckt sie sich wohlig: er ist ein Plebejer mit der Kraft der Plebejer.

8 Ein Königreich für ein Pferd!

Gesucht: ein Ausweg. Der gebieterische Finger der Gesellschaft deutet auf das Bordell. Aber der unglückliche Brennende kann zu dem einzig erlaubten kühlenden Guß nur kommen, wenn der Patron ihm die Schöpfkelle reicht. Läuffer, verlassen, nur mit einem Versprechen bewaffnet, also unbewaffnet, muß einen Fürsprecher wählen, seinen Vater, der sich an einen Fürsprecher wenden muß, den Bruder des Patrons.

Die achte Szene ist in den Ziergarten des Geheimen Rats verlegt, den wir (von außen) aus der ersten Szene kennen. Der Geheime Rat, in Hemdsärmeln, bukolischer Gärtnerschürze und breitrandigem Strohhut, geht, nachdem er die Bitte des Pastors abgeschlagen, in die Kniebeuge, einen Buchsbaum zu beschneiden. Zwischen den beiden älteren Herrn entwickelt sich, zum Schaden Läuffers, der mit seiner praktischen Bitte nicht zu Worte kommt, ein ideologischer Streit, vom Pastor mit Cholerik, vom Geheimen Rat mit der provozierenden Selbstbeherrschung des Weltmanns geführt. Auch dieser hat einmal den Klassenblick (»Interessant, wie diese Sorte von Leuten sich aufführt!«), wenn der Pastor die Worte »und Seelenhirt« hinausbrüllt, vergeblich versuchend, die Autorität der Kirche zur Geltung zu bringen. Wenn Läuffer ausbricht, fällt ihm sein Vater in die Arme, besorgt um die Würde des Sohnes. Der bringt seine Bitte um Vermittlung so ringend mit seinem Vater vor. Die Anwesenheit des Vaters hindert ihn, dem Geheimen Rat reinen Wein einzuschenken, er sieht sich gezwungen, das Ziel seiner geplanten Reisen zu verleugnen. Der Geheime Rat nennt es brutal. Läuffer, geschlagen, folgt dem erregten Vater zur Gartentür, wendet sich jedoch noch einmal um, starrt schnaufend auf den Geheimen Rat und warnt ihn dunkel, es könnte etwas Schröckliches geschehen. Dann gehen Vater und Sohn eilig ab, der Gartenmauer entlang, zornig gestikulierend. Der Geheime Rat hat nur einen Satz lauter gesagt: »Ihn sticht wohl der Hafer«. Sorglich knipst er hie und da einen übermäßigen Sprößling des Buchsbaums mit der großen Schere ab.

9 Die verschenkten Ferien

Während sich zu Insterburg sein Gustchen einem geschlechtshungrigen Hofmeister ausgesetzt sieht, dem jeder Ausweg genommen ist, hat Fritz von Berg im fernen Halle ein Erlebnis, das ihn hindert, ihr zu Hilfe zu eilen, andrerseits ihn aber auch geistig instand setzt, ihren Fall am Ende zu verstehen und zu verzeihen. Er opfert sein Feriengeld für Jungfer Rehhaar, welche angeblich im Gedanken an den Studenten Pätus mit dem Studenten Bollwerk schlief. Zu zeigen wäre hier, in einer leichten und komischen Art, die eigentümliche Form der Selbstentmannung der deutschen Intellektuellen bürgerlicher Kreise, welche nicht nur die Revolutionen anderer Völker, sondern auch ihr eigenes Privatleben nur »im Geiste erleben«.

Details:

Der Übergang zu Pätus' großem Ausbruch (von »ich bins manchmal fast müd« zu »Bollwerk, Bollwerk«) sollte abrupt, ganz und gar plötzlich sein.

Fritz von Berg hat eine freiere Haltung in dieser Szene, auch trägt er bereits ein Schillerhemd. Wenn er nach seinem Ausspruch »hab ich mich doch auch entwickelt in eurem Halle« mit der Faust auf den Tisch schlägt, tut er es im Gefühl, nunmehr »ein Kerl« zu sein. Mit einer freiheitlichen Geste gibt er den Willen kund, mit seinem Mädchen nicht zu schlafen. Es ist der Moment seiner Selbstentmannung, und sie hat denselben heroischen Akzent, den die des armen Läuffer haben wird.

Eine gute Geste Fritzens: Bei »auch ich bin verpflichtet« hat er im großen idealen Stil die Hand auf dem Herzen. Sie wandert nach unten, zur Westentasche, ein ganz klein wenig zögernd: »Verfüge über meine Börse«.

Pätus zahlt die zwanzig Dukaten Münze für Münze auf den Tisch, dem Vorgang eine symbolische Bedeutung verleihend.

10 Es kam, wie es kommen mußte

In dem Lenzschen Original sitzt Läuffer am Bette. Uns schien es des Fortgangs der Geschichte wegen vorteilhafter, ihn im Bette mit Gustchen zu zeigen. Es soll das nächste sein, was man sieht, wenn man gesehen hat, wie ihm das Pferd für Ausflüge nach Königsberg verweigert wurde. Dies ist zunächst die Lösung eines Problems; dann erst kommen die Schatten kommender Schwierigkeiten und die Skrupeln. Die Szene ist für den Darsteller des Läuffers schwierig. Er darf nirgends grob werden, lediglich mit seinen Gedanken woanders sein. Dazu ist er körperlich entspannt, gesättigt; jedoch vergällen dem armen Teufel die Gedanken an die möglichen schlimmen Folgen den endlichen Sinnengenuß. Sein gelegentlicher Zynismus (etwa in dem Satz über seine Überfütterung, in dem er des Geheimen Rats »Ihn sticht wohl der Hafer« bestätigt) hat etwas Hilfloses. Er ist aufgestanden und hat sich vom Tisch Gustchens Morgenschokolade geholt. Wieder zum Bettrand zurückgekehrt, vertieft sich sein finsteres Grübeln. Die Kluft zwischen den beiden wird mit der Minute breiter. Es kommt schnell heraus, daß beide sich lediglich benutzt haben. Was Gustchen angeht, so ist in der neunten Szene das Thema »Liebe in Stellvertretung« ja schon vorbereitet worden. Sie ist zunächst entspannt, räkelt sich wohlig und spricht leichtfertig und faul, aber wie von einer andern Welt herüber. Sie holt sich seine Hand energisch wie man ein Requisit holt, legt sie vor sich auf den Bettrand und meditiert darüber, sie in der Luft streichelnd, als könne schon die Berührung ihre Illusion, es sei Fritzens, zerstören. Jedoch unterliegt dem oberflächlichen Ton der ersten Sätze die sexuelle Befriedigtheit, und wenn sie sich mit ihrem Fritz gewidmeten Julia-Monolog an Läuffer heranmacht, ist es zugleich aus Beunruhigung darüber, daß er sich entziehen könnte, indem er nachdenkt. Der Aufbruch Läuffers ist hastig und würdelos und das nicht nur von ihm. Mit dem Vorwurf, er sei zu lang geblieben, reicht sie ihm seine Weste aus dem Bett, die Zeugin der Vereinigung. In der Szene hat Gustchen einen rührenden Moment: wenn sie auf sein etwas mürrisches »ich bin nicht Romeo, ich bin Läuffer, wenn's beliebt« sich aufrichtet, ihn vorgebeugt anstarrt, als sehe sie einen fremden Mann in ihrem Bett, zurückfällt und schluchzt. Aber das Tragische, so es hereinkommt, muß doch bei Läuffer liegen: sie darf ihm immerhin die Stellvertreterin der anonymen Natur, er muß ihr Stellvertreter eines ganz bestimmten Mannes, Fritzens, sein.

11 Die Entdeckung

Die Gesangswut der Frau von Berg zeigt, daß die schönen Gefühle sich mit häßlichen durchaus vertragen – liebte doch auch der Gestapometzger Heyderich seinen Bach. Häßlich sollte den Vortrag weniger die Stimme als die rücksichtslose Energie machen. Wenn die Majorin, das Largo spielend, den Major beschimpft, so tut sie dies, weil er von der Arbeit kommt; er wiederum sieht die Musik als die Quelle der Liederlichkeit an und fegt mit dem Krückstock die Noten vom Spinett. Die wütende Wehklage der Majorin über die Schmach, die der Familie angetan, ist gewürzt durch das Wissen des Zuschauers über die Familie, in der die Mutter der Tochter den Freier wegfischt, jedoch muß das genügen, was Komik betrifft. Die Rollen der Majorin und des Majors müssen vital besetzt werden; Europa hat durch zweihundert Jahre die abscheuliche Vitalität ihrer Klasse kennengelernt.

12 Läuffer findet ein Asyl

Läuffers schwarze Vorahnungen haben sich erfüllt. Wir sehen ihn, gejagt wie ein Verbrecher, in einer Dorfschule Asyl suchen. Hier in der Gosse, wird sich alles noch einmal wiederholen, die Unterdrückung, die Entladung seiner Potenz, die Verfolgung: nur wird der Verfolger dann er selber sein. Das Asyl wird sich in eine Rattenfalle kehren. Das Mißtrauen des Schulmeisters Wenzeslaus geht in die Erkenntnis über, daß er in dem Verfolgten, für ein Asyl zu allem Bereiten, einen billigen Sklaven gefunden hat. Er hat ihn rasch am Tisch über den Schulheften und kann selber in seinem Lehnstuhl Feierabend machen. Der Gehetzte muß essen, arbeiten, rauchen, selbstgefällige Moralpauken anhören, alles gleichzeitig, und er tut alles, mit kriecherischer Speichelleckerei. Das Ausbeutertum ist dabei so naiv und so eingehüllt in Moral, daß Läuffer noch ein Jahr später den Schulmeister als seinen Wohltäter bezeichnet – was der Schauspieler herausbringen muß. Es ist wohl nötig, seine üblen Eigenschaften, einen abscheulichen Humor, einen Freiheitsdurst, der mit Bier und Fusel gestillt werden kann, seine Pedanterie, gepaart mit einem Höhenflug niedriger Gedanken usw., mit soviel halbwegs Menschlichem zu vermischen, als zur Hand liegt. Immerhin muß das Bild, zu dessen Ebenbild er die Kinder erzieht, Schrecken erwecken.

Bei dem Einbruch der feudalen Meute empfiehlt es sich, den angeschossenen Läuffer möglichst lange unbetreut liegen zu lassen: über dem verblutenden Korpus wird über das Unrecht geschimpft, das er erlitten und zugefügt hat. Der Major läuft in die Kammer, nach seiner Tochter zu suchen, und fährt dann fort, auf und ab zu marschieren, durch solche Aktion die Suche nach ihr fortsetzend. Der Geheime Rat zeigt nichts als Furcht vor Skandal. Die zwölfte Szene ist, dramaturgisch genommen, eine Schaukelszene, wenn man unter der Schaukel ein Brett versteht, das über einen Balken gelegt ist. Der Hofmeister betritt in dieser Szene das Brett in tiefster Bedrängnis, und er wird emporlaufen, bis das Brett, durch sein Gewicht zum Kippen gebracht, ihn in der tiefsten Tiefe landen wird.

13 Gustchen am Teich

Während wir Läuffer einem unordentlichen Geschick überlassen, das noch einiges für ihn im Ärmel hat, sehen wir seine Brotgeber ihre Angelegenheiten wieder in Ordnung bringen. Die Rettungsszene am Teich kann etwas Komik vertragen – sind doch beim Unglück Bedienstete zur Hand! Jedoch, obschon wir wissen, daß bei genügend Wohlstand die Tragik keine gesicherte Existenz hat, wäre es doch falsch, Gustchen und dem Major allen Ernst zu nehmen. Freilich muß gezeigt werden, wie Gustchen auf die Retter wartet, bevor sie in den Teich watet, wie sie die Schuhe auszieht, um den Kommenden eine Spur herzurichten, ja, noch einmal umkehrt, ihnen auch den Schal, sorglich gefaltet, hinzulegen, und mit zurückgewandtem Antlitz in das Wasser steigt, aber das ist schließlich nur, weil sie weiß, es kann bei gutem Willen alles geordnet und gerichtet werden in ihren Kreisen. Komischer ist der Graf, der, sein Freiertum vergessen habend, mitgekommen ist, Eindrücke für seine chronique scandaleuse zu sammeln, und der Geheime Rat, der sich, außerstande Hand anzulegen, damit begnügt, majestätisch die Rettungsaktion zu »organisieren« und Betrachtungen allgemeiner und schicklicher Art anzustellen. Des Majors Töne sind vollkommen ernst, sowohl sein wildes Fluchen auf die Bediensteten, die ihm die Stange nicht schnell genug reichen, als auch der Sermon mit seiner Tochter. Ihr gestatteten wir am Schluß, in den Armen des gerührten Vaters, ein kleines vergnügtes Wippen der Füßchen.

14 Die Selbstentmannung

Es ist nötig, den ganzen vierten Akt, einen der delikatesten der dramatischen Literatur, aus dem Ganzen deutlich herauszuheben und sein Poetisches zu betonen, so daß der Zuschauer imstande ist, die Selbstverstümmelung aus der sexuellen Sphäre in die allgemeinere geistige zu übertragen. Wir änderten für diesen Akt die Beleuchtungsart; die Projektionen, welche sonst die Örtlichkeit angaben, weglassend, gewannen wir zugleich einen sehr finsteren und ungewohnten Hintergrund, jedoch beließen wir die krasse Belichtung der Szene ansonsten. Außerdem umrahmten wir die drei Szenen mit Musik, dem türkischen Marsch Mozarts, auf Cembalo, Tschinelle und pfeifende Piccoloflöten gesetzt. Im übrigen waren wir besonders bedacht, im Spiel das realistische Moment zu betonen. Ist doch der Vorgang, unübertragen, ganz für sich stehend, also nicht mehr bedeutend als die Zwangslage eines armen Teufels, sich für ein Geschlechtsleben oder ein Berufsleben zu entscheiden, genug charakteristisch für diese Gesellschaftsordnung.

14a

Die Szene zeigt Läuffer in einem Alptraum. Wieder erhebt sich sein Geschlecht gegen ihn. So muß das Arrangement wohl Wiederholungen aus der siebenten Szene aufweisen, der Katechismusstunde. Das Sich-heran-Pirschen an das Opfer, den Versuch, hinter es zu kommen. Die Flucht zum Fenster. Den taumelnden Gang von dorten zur Wand, als wehe ein unsichtbarer Sturm ein Blatt ins Verderben. Die Tatze, die er sich gibt.

Hier noch einige Details: Wenn Lise mit dem Topf Kaffee zurückkommt, klopft, hält Läuffer eben den Federkiel erhoben, eine Korrektur anzubringen. Mit dem so erhobenen Federkiel geht er schlafwandlerisch zur Tür, öffnet, nimmt Lise den Topf ab, schiebt sie weg, schließt die Tür, kehrt zurück zum Tisch, stellt den Topf ab, und dann setzt er den Kiel zur Korrektur an. Lise am Ende der Szene von ihrem Paten hinausgezogen, macht sich von ihm frei, geht mit abgewandtem Gesicht zum Tisch zurück und holt ihr Lämpchen.

14b

Läuffer stand bei seinem Monolog vor der schwarzen Öffnung des offenen Fensters. Im Monolog überwog das spekulative Moment, jedoch kam der Satz »vor dem, was sie geschaffen« einem Ausbruch gleich, und bei »Soll ich mir's ausreißen, das Aug, das mich ärgert« schien der Entschluß geboren zu werden. Am Schluß, in dem Abreißen des Rockes, wurde die Wildheit sichtbar, welche die Konterrevolution immer zeigt.

14c

Für diese Szene schufen wir völlige Stille – der Nachtsturm der vorausgegangenen Szenen diente nur dieser Möglichkeit, nunmehr eine fast hörbare Stille zu erzeugen. Umgestürzte Möbel, verstreute Kleidungsstücke wiesen auf die Wildheit des Vorgegangenen. Am Schluß der Szene wurde zum erstenmal am Rundhorizont der Schneefall sichtbar, der durch den ganzen fünften Akt ging. Eine solche oder ähnliche Mischung realistischer und poetischer Elemente scheint uns hier durchaus nötig. Für die Darsteller schwierig ist der atemlose schnelle Übergang von Läuffers bangem Geständnis, er habe sich kastriert, zu dem Lobgesang des Schulmeisters. Dem Publikum ist da wenig Zeit gelassen, den Unglücklichen zu bedauern, wenn es schon wieder eingeladen wird, ihn zu verachten. Kaum hat die Verfolgung bei dem armen Hofmeister ihr Ziel erreicht, als sich auch noch der Stückschreiber auf ihn stürzt! Der schnelle Übergang, nötig für den Fortgang der Komödie, weil nur so das individuelle, medizinische Moment vernichtet werden kann, wird gelingen, wenn der Darsteller des Schulmeisters seine Erschütterung voll ausspielt, auch den natürlichen Schrecken, darauf das »Sprech Er nicht weiter, das hätt Er nicht gebraucht« noch mit diesem Schrecken färbt und das »Da ist Er ja ein zweiter Origenes« im Ton einer Entdeckung bringt.

Eine Änderung der Szene schlug der Schweizer Stückeschreiber Frisch vor: zu beginnen mit »Das hätt Er nicht gebraucht«, den Zuschauer in ahnungsvoller Ungewißheit über das Geschehene zu lassen, das so großes Lob erheischt, und erst bei der Verlesung des Briefes hinter »durch meinen gewiß schweren Entschluß« einzufügen »mich zu kastrieren«.

Jedenfalls ist es nötig, daß der Darsteller des Schulmeisters, wie der Schauspieler Maurer es tat, so realistisch wie möglich bleibt. Er sprach »Wie, es gereut Ihn?« mit der milden Ungläubigkeit eines, der einen Helden im Augenblick einer Schwäche sieht und ihn lächelnd in Ordnung bringt. Aber am Ende der Szene übertat er den herzlich aufmunternden, optimistischen Ton ein wenig, als sei auch er, privatim, nicht ganz frei von schwachen Zweifeln.

15 Ende einer italienischen Reise

Wir haben nun alles für den Schluß bereit. Das Außergewöhnliche wird als solches erkannt und das Gewöhnliche tritt in seine »Rechte«. Die Opfer sind gebracht; was übriggeblieben, kann unter die Haube gebracht werden.

Da nunmehr alles offen sein kann, verwandeln wir die Bühne in diesem letzten Akt, ohne die Gardine zu schließen, gegen einen Himmel, immer noch erfüllt von sanftem Schneefall.

Der Philosoph, einen bescheidenen kleinen Bauch klopfend, berichtet verschmitzt von seinem Verrat: das erste Paar ist gebildet. Fritz von Berg ist noch unruhig. Mit weiten Schritten den Raum durchmessend, beschreibt er eine Italienreise, deren künstlerische Erlebnisse mehr und mehr durch ansteigende Besorgnis um sein Gustchen zu Hause getrübt werden. Wenn Pätus den Brief von zu Hause verliest, den Fritz nicht zu öffnen wagte, sinkt er ohnmächtig neben dem Ofen zu Boden. Pätus läuft nach kaltem Wasser. Zurück in seinem Lehnstuhl, gibt er seine »realistische« Meinung, über die Weiber zum besten. Die eintretende Karoline Pätus weiß kein Unglück, das nicht durch eine schöne Tasse Kaffee in Vergessenheit gebracht werden könnte. Fritz verläßt taumelnden Schrittes die Ruine eines Freundes, um zum Grab der Geliebten zu eilen.

16 Verlobung bei Schneefall
Die Eröffnung der zweiten Schlußszene zerstreut geschwind die Befürchtungen, welche das Publikum am Ende der ersten zusammen mit Fritz von Berg gehegt haben mag. Das von Bergsche Haus ist tragödiensicher. Nur zu einer einzigen Konfrontierung mit den störenden Geschehnissen des Stücks kommt es: wenn der junge Liebhaber, nachdem er geistig die Untreue der Geliebten schon verwunden hat, an die Wiege geführt wird und das Resultat in Fleisch und Blut sieht. Er zögert einige Sekunden.

17 Lise bekommt Läuffer
Zuletzt der schwierigste der Schlüsse; der für Läuffer. Die Szene ist auf den Sonntagmorgen gelegt und hat viel Festliches. Lise legt ein blühweißes Tischtuch auf, und die zwei Männer beschäftigen sich mit einem würdigen Thema, der Predigt. Läuffer sitzt und spricht mit neuer Autorität, auch der dazu gehörigen falschen Bescheidenheit. Jedoch ist seine Kraft von ihm genommen. Den Vorwurf des Schulmeisters, daß sich der alte Adam in ihm anscheinend immer noch rege, nimmt er bloß unlustig auf, Lises Bereitschaft, ihn zu ehelichen, ohne besonderes Erstaunen.

Episierungen

Die Aufgabe der Probenleitung ist es, die Schauspieler in jene bequeme Haltung zu versetzen, in der sie Schwieriges zu leisten imstande sind. So wurde zunächst über Pausen und Betonungen Buch geführt und natürlich die gesellschaftliche Bedeutung der szenischen Vorgänge ermittelt, bevor die Charakterisierung in Gang kam. Ganz unhypnotisches Spielen wurde nur auf der Probe und nur in einigen Szenen versucht. Jedoch half ein Kunstmittel, das *Episieren*, besonders in Szenen mit bewegten

Vorgängen, den Schauspielern, ihr Temperament zu zügeln und sich in Kenntnis der objektiven Vorgänge im Detail und hinsichtlich der Zusammenhänge zu setzen. Die Texte in der dritten Person und im Konjunktiv wurden den Schauspielern eingehändigt. Sie hatten sie mit natürlichen Tonfällen zu verlesen und dabei die hauptsächlichen Bewegungen zu vollführen und Gesten anzudeuten. Die Tonart dieser Texte war die des Augenzeugenberichts. Dieses Episieren förderte eine sehr lebendige Vielfalt der Gesten und Tonfälle zutage.

Aus der Szene 3

GRAF. Herein kam Graf Wermuth. Nach einigen stummen Komplimenten setzte er sich aufs Kanapee und fragte, ob die Majorin schon den neuen Tanzmeister gesehen habe, der aus Dresden angekommen sei? Er sei ein Marchese aus Florenz und heiße... Der Graf machte eine kleine Pause, da ihn sein Gedächtnis im Stich ließ. Gewandt fuhr er fort, er habe nur zwei Tanzmeister auf seinen Reisen angetroffen, die dem Dresdner vorzuziehen seien.

MAJORIN. Der Graf mache sie neugierig, sagte die Majorin. Sie wisse, welchen verzärtelten Geschmack der Graf Wermuth habe.

LÄUFFER. »Pintinello ... nicht wahr?« rief da Läuffer plötzlich, einige Schritte markierend, die ihn in die Mitte des Zimmers brachten. Sei es, daß er bemüht war, dem Grafen auszuhelfen, sei es, daß ihn das soeben bestandene Examen zur Unvorsichtigkeit verführte, jedenfalls fuhr er unbedenklich fort, daß er Pintinello in Leipzig auf dem Theater habe tanzen sehen, und er tanze nicht sonderlich.

GRAF. Erstaunt sah der Graf in die Richtung, aus der sich Widerspruchsgeist bemerkbar gemacht hatte. Pintinello tanze »on ne peut pas mieux«, wie er der gnädigen Frau schon gesagt habe. In Petersburg habe er einen Belucci gesehen, der ihm vorzuziehen war: aber Pintinello habe eine Leichtigkeit in seinen Füßen, so etwas Freies, Göttlichnachlässiges in seiner Stellung, in seinen Armen, in seinen Wendungen...

LÄUFFER. Auf dem Kochischen Theater sei Pintinello ausgepfiffen worden, als er sich dort das letzte Mal habe sehen lassen, sagte Läuffer, seinen Verstoß entschuldigend; er schien nicht zu wissen, daß er durch diesen neuerlichen Verstoß seinen Fauxpas nur noch verschlimmerte.

MAJORIN. Die Majorin erstarrte völlig zur Salzsäule, suchte mit nach einem um Entschuldigung bittenden Blick den Grafen und sagte dann brutal: Läuffer solle sich merken, daß Domestiken in Gesellschaft von Standespersonen nicht mitzureden hätten, er solle auf sein Zimmer gehen. Wer habe ihn gefragt.

LÄUFFER. Läuffer, aus allen Himmeln gefallen, verstand endlich. Doppelt beschämt durch die Anwesenheit Leopolds und eines Dienstmädchens, wandte er sich, wenn auch zögernd, zur Tür.

GRAF. Der Graf, der Läuffer durch sein Lorgnon wie ein Insekt betrachtet hatte, murmelte kalt, es handle sich vermutlich um den Hofmeister, den die gnädige Frau dem jungen Herrn bestimmt.

MAJORIN. Er komme ganz frisch von der hohen Schule, sagte die Majorin, die Untat Läuffers zu erklären.

LÄUFFER. Läuffer nahm fälschlich an, es handle sich um einen Vermittlungsvorschlag, und drehte sich knapp vor der Tür noch einmal beschwörend zur Majorin um.

MAJORIN. »Geh Er nur!« rief da die Majorin, nun ernstlich empört. Er höre ja, daß man von ihm spreche; desto weniger schicke es sich, stehenzubleiben.

LÄUFFER. Mit einem steifen Kompliment ging Läuffer hinaus.

Schluß der Szene 11

GRAF. Nachdem die Majorin hinausgegangen war, äußerte der Graf, er sei embarassiert und ob er sich empfehlen dürfe. Er traf jedoch keinerlei Anstalten, aufzubrechen.

MAJOR. Der Major bat ihn zu bleiben.

GRAF. Nach einer kleinen Pause begann der Graf von der Ökonomie, dem Lieblingsthema des Hausherrn, zu sprechen. Er fragte den Major, ob er wisse, daß der König in Berlin eine Bank gegründet habe, die Akzise auf französischem Fuß...

MAJOR. »Berlin!« sagte der Major verächtlich.

GRAF. Der Graf riet ihm, nichts gegen Berlin zu sagen. Berlin schreite fort, das sei definitiv. Europa blicke auf Berlin. Erst sei das Ballett gekommen, und jetzt werde das Ganze von der Bank gekrönt, »à la bonne heure!«

MAJOR. Der Major bat den Grafen, zu glauben, daß da was faul sei. Man könne den sodomitischen Untergang auch ohne die Banken und solch neumodisches Zeug haben.

GRAF. Und das Ballett, gab der Graf zu bedenken. Scherzhaft fuhr er fort: er, der Graf, habe immer gedacht, daß hin und wieder ein kleiner Abstecher nach Sodom das Blut auffrische.

MAJORIN. In diesem Augenblick stürzte die Majorin herein, schrie um Hilfe und fiel kraftlos gegen das Kanapee.

GRAF. Der Graf fragte die Majorin, was sie anstelle.

MAJORIN. Die Majorin erklärte, die Hände ringend, es gehe um die Familie und es sei eine Infamie und sie könne nicht mehr. Unter Aufbietung der letzten Kräfte setzte sie sich auf das Kanapee.

MAJOR. Der Major herrschte sie an, sie sollte mit der Sprache heraus oder er drehe ihr den Hals um.

MAJORIN. Die Majorin, mehr und mehr einer Art Fieber verfallend, stammelte unzusammenhängend von seiner Tochter, vom Hofmeister und daß der Major laufen solle. Dann fiel sie in Ohnmacht.

MAJOR. Der Major stand erstarrt. Dann schrie er, der Hofmeister habe seine Tochter zur Hure gemacht. Glaubte man, daß er *dafür* in der Erde wühle? Drohend ging er auf seine Frau zu. Was sie da hinfalle, jetzt sei es nicht Zeit zum Hinfallen. Er schrie auch, daß jetzt die ganze Welt zur Hure werden solle! Jetzt gelte es die Mistgabel zur Hand zu nehmen und aufzuräumen. Dabei nahm er seinen Krückstock und fegte in schrecklicher Raserei die Noten, die er für eine bedeutende Ursache allen Übels zu halten schien, vom Spinett. Auch seine Frau, schrie er, sei eine Hure und er wolle ein Exempel statuieren, Gott hätte ihn bis dahin erhalten, damit er an Weib und Kindern Exempel statuieren könne. Daraufhin nahm der Major seine Frau und schleppte sie ohnmächtig vom Theater.

GRAF. Der Graf ließ mit einem lässigen »Parbleu« seine Rose fallen, und schritt über sie hinweg zur Tür hinaus, die ihm die Magd, vorauslaufend, ehrerbietig öffnete.

Szene 14a

LISE. In einer stürmischen Nacht im November, während Läuffer Hefte korrigierte, kam Lise in seine Kammer. Er begrüßte sie jedoch nicht. Sie habe ihn geschreckt, begann sie, und sie habe doch nur fragen wollen, ob der Herr Mandel noch etwas brauche, ja, ob er noch etwas brauche.

LÄUFFER. Er und etwas brauchen! antwortete Läuffer. »Niemals!« rief er aus, was sollte er Elendiger denn brauchen? Er habe alles und gehe bald zu Bett.

LISE. Hätte sie ihn nicht stören sollen? fragte sie. Sie gehe schon. Sie blieb aber in der Türe stehen und sagte noch: »Herr Mandel, Sie schreiben soviel!«

LÄUFFER. Läuffer warf einen Blick auf sie und sagte vor sich hin: »Du himmlische Erscheinung.«

LISE. Die Lampe könnte blaken, habe sie gedacht.

LÄUFFER. Gewiß, sagte er abwesend.

LISE. »Sie blake gar nicht«, sagte sie.

LÄUFFER. Läuffer redete sie dann mit »Kind« an und sagte, sie friere ja, sie solle sich das Halstuch umlegen lassen und jetzt gehen.

LISE. Lise bot ihm einen Topf Kaffee an, – daß der Herr Mandel nicht friere.

LÄUFFER. »Nein« sagte Herr Mandel. »Doch« sagte Herr Mandel, sie solle den Kaffee machen.

LISE. Als sie mit dem Topf Kaffee zurückkehrte, merkte sie, daß er sich abgeriegelt hatte. »Warum er sich verschließe?« Niemand Widriger könne zu später Nachtzeit über diese Schwelle. »Hier das wärmende Getränk« sagte sie.

LÄUFFER. »Schon gut« sagte Läuffer, sie solle es ihm geben. Er schob sie schnell zur Türe hinaus.

LISE. Unschlüssig blieb Lise vor der Tür stehen und klopfte dann noch einmal.

LÄUFFER. Läuffer hatte sich erleichtert wieder an die Arbeit gesetzt und erschrak stark über das neuerliche Klopfen: er hatte vergessen, den Riegel wieder vorzuschieben.

LISE. Da die Tür nicht wieder verriegelt worden war, trat Lise zum drittenmal in die Kammer. Sie komme noch einmal, sagte sie, an seinen Tisch tretend. Der Herr Mandel möge es nicht für ungut nehmen.

LÄUFFER. Er werde es doch für ungut nehmen, sagte Läuffer.

LISE. Sie komme, fuhr sie fort, weil Herr Mandel gesagt habe, es werde morgen keine Kinderlehre stattfinden. Bei diesem Satze verwirrte sie sich etwas und fing wieder von vorne an, sie sei gekommen zu fragen, ob morgen Kinderlehre sein werde.

LÄUFFER. Läuffer brach plötzlich aus. Die Engel sollten, so rief er verzweifelt, diese Wangen sehen! Wie sie in unschuldigem Feuer brännten und sie sollten verdammt sein, wenn sie dann noch – warum Lises Hand zittere, warum ihre Lippen so bleich und die Wangen so rot seien? Was sie wolle?

LISE. Ob morgen Kinderlehre sein werde?

LÄUFFER. Läuffer bat sie, sich zu ihm niederzusetzen, und stand selber auf, hinter ihren Stuhl tretend. Er fragte sie, wer ihr das Haar aufstecke, wenn sie nach der Kirche gehe?

LISE. Lise bat ihn um Verzeihung, die Haube werde wohl nicht richtig gesteckt sein.

LÄUFFER. Läuffer nahm ihre beiden Hände in seine Hand, ließ sie aber sogleich wieder los. Wie alt Lise sei? Ob sie niemals – Freier gehabt habe?

LISE. O ja, sagte sie, munter, einen noch die vorige Woche und des Schafwirts Grete sei neidisch auf sie gewesen und dann habe sie auch noch einen Offizier gekannt, bevor er gekommen sei.

LÄUFFER. Läuffer nahm ein Lineal vom Tisch, entfernte sich einige Schritte von ihr und fragte sie nach dem Offizier aus.

LISE. Es sei einer von den recht vornehmen gewesen, antwortete sie ihm unschuldig. Er habe drei Tressen auf dem Arm gehabt, aber sie sei noch zu jung gewesen und ihre Mutter habe sie ihm nicht geben wollen, wegen des soldatischen Wesens und weil er ja doch wieder weg gemußt hätte.

LÄUFFER. Ob sie wohl, fragte Läuffer, – unterbrach sich aber selbst – und nannte sich vor ihr einen Elenden. Dabei begann er sich geistesabwesend mit dem Lineal Tatzen zu geben.

LISE. O ja, sie würde, rief sie, von ganzem Herzen!

LÄUFFER. Läuffer redete sie nun mit »Bezaubernde« an und wollte ihr die Hand küssen. Sie wisse ja noch nicht, was er sie habe fragen wollen.

LISE. Oh, er solle sie lassen, sagte sie, ihm die Hand entziehend. Ihre Hand sei ja so schwarz vom Herdfeuer! Pfui, was er mache, und sie fing wieder an zu erzählen. Sie hätte gern einen geistlichen Herrn gehabt. Von Kindesbeinen an habe sie die studierten Herren immer gern gehabt. Sie seien alleweil so artig, so manierlich, nicht so puffpaff wie Soldaten, obwohl sie, wie sie gestand, die auch gerne habe. Sie leugne es nicht! Wegen ihrer bunten Röcke! und wenn die geistlichen Herren in so bunten Röcken gingen wie die Soldaten, das, meinte sie, wäre zum Sterben.

LÄUFFER. Er wolle ihr ihren mutwilligen Mund mit seinen Lippen zuschließen, sagte Läuffer und küßte sie. Oh, wenn sie wüßte, wie unglücklich er sei.

LISE. Pfui, sagte Lise, was er denn mache.

LÄUFFER. Noch einmal und dann ewig nicht wieder wolle er sie küssen, murmelte Läuffer und küßte sie von neuem und wilder.

LISE. Lise begann, sich erschreckt zu wehren und sogar laut um Hilfe zu schreien.

WENZESLAUS. Der Schullehrer Wenzeslaus kam, halbbekleidet, in die Kammer gestürzt. Was das sei, schrie er mit schrecklicher Stimme, ob das die Sorgfalt sei, die Läuffer seiner Herde schuldig sei? Verführe er die Unschuld selber, die er vor Verführung bewahren solle? Und er nannte ihn zornig einen reißenden Wolf in Schafskleidern.

LÄUFFER. Und als Läuffer ihn unterbrechen wollte, wollte er nichts hören.

WENZESLAUS. Und rief »Nichts mehr, kein Wort mehr«. Mandel habe sich in seiner wahren Gestalt gezeigt und er weise ihn als einen Verführer aus seinem Hause.

LISE. Dies hörend, kniete Lise vor ihrem Vater nieder, versichernd, Mandel habe ihr nichts Böses getan.

WENZESLAUS. Er habe ihr mehr Böses getan, sagte ihr Wenzeslaus, als ihr ärgster Feind ihr tun könne. Er habe ihren unschuldigen Sinn verführt.

LÄUFFER. Läuffer, jetzt ebenfalls auf den Knien, bekannte sich schuldig. Nur fragte er pathetisch, ob man solchen Reizungen widerstehen könne? Er könne es nicht, wenn man ihm nicht das Herz aus dem Leibe reiße.

WENZESLAUS. So wolle er fortfahren, Unschuldige zu schänden, fragte der erzürnte Schulmeister.

LÄUFFER. Gott sei sein Zeuge, rief Läuffer; er, Läuffer, habe diesen unschuldigen Mund mit seinen Küssen versiegelt, weil der ihn sonst mit seiner Zaubersprache zu noch weit größeren Verbrechen würde hingerissen haben.

WENZESLAUS. Und wie er sie denn ernähren wolle, er, ein Habenichts, fragte Wenzeslaus kalt.

LÄUFFER. Er habe es ihr gesagt, er sei ein Habenichts, beteuerte Läuffer.

WENZESLAUS. Das würde sie nicht satt machen, schnappte Wenzeslaus. Was er aus seinem Stande gemacht habe, wo seine Zeugnisse seien? Wo er sich noch blicken lassen könne! Er solle ihm aus den Augen gehen, morgen früh von seiner Schwelle.

Schluß der Szene 17

LISE. Lise trat hierauf mit einem Gugelhupf hervor und versicherte ihrem Vater, sie sei herzlich mit Herrn Mandel zufrieden.

LÄUFFER. »Ich Unglücklicher!« murmelte Läuffer, jedoch ohne tiefere Erregung zu verraten, und wandte sich ab.

LISE. Sie aber sagte, ihr Herr Vormund solle ihr glauben, sie lasse einmal nicht ab von Läuffer.

WENZESLAUS. Wenzeslaus versuchte, einigermaßen verlegen, seiner Tochter klarzumachen, sie verstehe das alles nicht, es ließe sich ihr nicht so sagen, aber sie könne ihn nicht heiraten, das sei unmöglich.

LISE. Lise fragte unschuldig, warum es unmöglich sein solle. Sie sah nicht ein, wie das unmöglich sein könne, wenn sie wolle oder wenn der Herr Mandel es wolle und ihr Herr Vormund es auch wolle. Ihr Vormund hätte ihr ja immer gesagt, daß sie einmal einen geistlichen Herrn bekommen könne.

WENZESLAUS. Der Kuckuck solle sie holen, rief Wenzeslaus, verzweifelt um eine fleckenlose Erklärung ringend, der Herr Mandel könne ja nicht. – Mit gerungenen Händen bat der Schulmeister Gott, er solle ihm seine Sünde verzeihen, und Lise, sie solle es sich doch sagen lassen.

LÄUFFER. Läuffer, der den Vorgängen aufmerksam gefolgt war, ließ die Hoffnung erkennen, daß sie »das« vielleicht gar nicht von ihm fordere. Dann stand er auf und sagte Lise, er könne nicht bei ihr schlafen.

Lise. So könne er doch wachen bei ihr, erwiderte Lise heiter. Es genüge ihr, fuhr sie fort, wenn sie nur bei Tage beisammen seien und sich anlachten und einstweilen die Hände küßten. Sie versicherte bei Gott, daß sie ihn gern habe. Gott wisse es, sie habe den Herrn Mandel gern.

Läuffer. Läuffer bat Herrn Wenzeslaus eindringlich um Einsicht. Wie er sähe, verlange sie ja nur Liebe von ihm. Sei es denn notwendig zum Glück der Ehe, daß man tierische Triebe stille?

Wenzeslaus. Wenzeslaus protestierte empört. »Seid fruchtbar und mehret euch!« stünde in Gottes Wort. Wo Ehe sei, erklärte er kategorisch, müßten auch Kinder sein.

Lise. Lise schwur ihrem Vormund, es sei nicht so. Sie wolle in ihrem Leben keine Kinder haben. Damit wäre ihr schlecht gedient, wenn sie noch Kinder dazu bekäme. Der Herr Vormund habe Enten und Hühner genug, die sie alle Tage füttern müsse: wenn sie da noch Kinder obenein füttern müsse ...!

Läuffer. »Göttliche Lise« rief Läuffer, ging zu ihr und küßte sie.

Wenzeslaus. Der Schulmeister gab erschöpft nach. Seinetwegen könnten sie zusammenkriechen, weil doch Heiraten besser sei als Brunst leiden. – Aber zwischen Herrn Mandel und ihm, Wenzeslaus, sei es aus. Alle großen Hoffnungen, die er sich von ihm, als einem unerhörten pädagogischen Vorbild gemacht habe, seien zunichte geworden, fuhr er erbittert fort! Alle Erwartungen, die ihm Mandels Heldenmut eingeflößt habe, seien dahin. Für ihn, Wenzeslaus, sei Mandel »wieder mal was Halbes«.

Läuffer. Läuffer stand wieder auf und umarmte Lise. Die Herren zu Insterburg würden ihm nicht länger eine Stelle versagen, des sei er gewiß, sagte Läuffer, indem er ein Stück Kuchen in den Mund schob; dann könne er sein Eheweib ernähren.

Über das Poetische und Artistische

Für einige Zeit wird über das Poetische in den Stücken und das Artistische bei ihrer Aufführung zu reden sein, nachdem dies in der jüngsten Vergangenheit nicht besonders dringend schien.

Es schien nicht dringend, ja abseits führend, nicht etwa, weil das poetische Element genügend entwickelt und wahrgenommen gewesen wäre, sondern weil in seinem Namen mit der Wirklichkeit Schindluder getrieben wurde, glaubte man doch, dort Poesie zu finden, wo die Wirklichkeit zu kurz gekommen war. Die Lüge trat als Erfindung auf, die Ungenauigkeit als Großzügigkeit, die Unterwürfigkeit unter eine herrschende Form als Kennerin der Form usw. Es war notwendig, die Abbildungen der Wirklichkeit in der Kunst auf ihre Wirklichkeitstreue hin zu prüfen und die Absichten zu untersuchen, welche die Künstler mit der Wirklichkeit hatten. So kam es, daß wir von einer Wahrheit als unterschieden von Poesie zu sprechen hatten. Neuerdings untersuchen wir Kunstwerke überhaupt nicht mehr nach ihrer poetischen (künstlerischen) Seite hin und begnügen uns auch schon mit Werken, die für das Theater keinerlei poetischen Reiz mehr haben, sowie Aufführungen, die keinerlei artistischen Reiz mehr haben. Werke und Aufführungen solcher Art mögen nun ihre Wirkungen haben, aber es können kaum tiefe sein, auch nicht in politischer Richtung. Es ist nämlich eine Eigentümlichkeit der theatralischen Mittel, daß sie Erkenntnisse und Impulse in Form von Genüssen vermitteln; die Tiefe der Erkenntnis und des Impulses entspricht der Tiefe des Genusses.

Im Nachfolgenden sind einige artistische Momente in der Aufführung des »Hofmeisters« verzeichnet, welche mit poetischen Momenten des Stücks zusammengehen. Daß die letzteren mit sozialen Momenten zusammengehen, soll hier vermerkt sein, jedoch niemanden davon abhalten, bei den poetischen und artistischen etwas zu verweilen.

I

Die vier Kratzfüße, welche Läuffer vollführt, den ersten beim Ansichtigwerden des Brüderpaars, die beiden hastigen Zwillingsscharrfüße beim Vorübergehen, den letzten im Rücken der Brüder, gewürzt durch die Verwünschung, sind, exakt exekutiert, eine artistische Prozedur, die Läuffers Unterwürfigkeit, tänzerische Ausbildung und Verhungertheit, nicht zu vergessen etwas Ungelenkes bei ihm in Maß und Rhythmus bringen. Poetisch ist es, die Szene vor die Gartentür der geheimrätlichen

Stadtwohnung zu verlegen, wodurch man den Zuschauer anregt, den Frühschoppen der Brüder, ihre festbegründeten Gewohnheiten und ihren Wohlstand gewahr zu werden. Derlei wäre beim Shakespeare vielleicht ein Zuviel, ist es aber nicht bei dem intimen, kleinmalenden Sittenstück des Lenz. Dabei geht das Bühnenbild nicht auf Illusion aus; schon die Hintergrundsprojektion eines kolorierten Stahlstichs im Geschmack der Zeit – ebenfalls etwas Poetisches – wirkt der Illusion entgegen.

2

Die Wahrnehmung, daß Menschen unter der Wirkung der Poesie zusammengebracht werden, ist selber poetisch. Die Verführung, die von der Lektüre eines Liebesgedichts ausgeht, wird in Dantes »Inferno« im fünften Gesang meisterhaft beschrieben. Etwas von dieser Poesie, leicht verfremdet durch schwache Komik, sollte das Klopstocklesen der Liebenden haben. Ein anderes Moment ist die Korrespondenz der Stellung des Liebespaares zu Beginn der Szene mit der am Ende: sie stehen beide Male im Profil, im gleichen artigen Abstand, nur daß der strenge Vater am Ende dazwischen sitzt; er hat den Abstand wiederhergestellt. Man kann fragen, ob denn derlei Subtilitäten dem Publikum auffallen, jedoch ist diese Frage unwürdig. Subtil ist auch, daß die Aufmerksamkeit des Zuschauers auf Gustchens Bett gelenkt wird, wenn der junge Liebhaber sie dorthin führt, sie ihre Treue schwören zu lassen – wir werden sie mit dem Hofmeister drin liegen sehen. Beim ersten Sehen des Stücks mag lediglich die Wirkung entstehen, daß nur der Gedanke an mögliche Untreue die Annäherung an das Bett bringt, aber die spätere, die zehnte Szene, wird eine erhöhte Wirkung haben, und beim zweiten Sehen des Stücks wird auch die frühere an Bedeutung gewinnen – und man muß immer mit dem zweiten Sehen rechnen.

3

In dieser Szene hatten wir eine Lichtwirkung, die man poetisch nennen kann. Im allgemeinen arbeiten wir nicht mit Lichtwirkungen, sondern benutzen volles Licht. Jedoch gestatteten diesmal die Projektionen die volle Benutzung der Beleuchtungsanlage nicht, und eine eigentümliche Wahrnehmung brachte uns dazu, die Wände hinten besonders schwach zu beleuchten. Der Darsteller des Leopold machte das Fliegenfangen so gut und komisch, daß die Aufmerksamkeit für das gleichzeitige Examen Läuffers dadurch leiden mußte. Wir hatten nicht das Herz, dem jugendlichen Darsteller Mäßigung aufzuerlegen, so mußten wir wenigstens das Licht einziehen. Ein poetischer Gewinn daraus war es dann, daß im weiteren Verlauf der Szene nur die Standespersonen (Majorin und Graf) ganz plastisch heraustraten, Leopold und die Magd lediglich den Hintergrund bildeten und Läuffer nur bei seinem Fauxpas ins volle Licht kam und darauf wieder ins Halbdunkel zurückgestoßen wurde. – Ein artistisches Moment, die kleine Pantomime des Stellungswechsels (Majorin, Graf, Magd) nach dem Hinauswurf des Hofmeisters, wodurch das Untersichsein der Standespersonen arrangiert wurde, ist in den Notizen beschrieben. Natürlich war auch das Examen Läuffers, der mit Angstschweiß auf der Stirn Grazie zeigen muß, sorgfältig als eine artistische »Nummer« ausgeführt.

4

Die vierte Szene zeigt Läuffer in seiner Isoliertheit, die ihm ein normales Liebesleben unmöglich macht. Er ist der »Hahn im Korb«, der als »Hecht im Karpfenteich« behandelt wird. Er zeigt groß seine Künste, die waghalsigsten Sprünge vollführend. (Natürlich darf Läuffer dabei keinesfalls als eitel gezeigt werden! Er ist viel zu sehr damit beschäftigt, auf die Mädchen zu wirken, als daß er es sich gestatten könnte, sich an seiner Wirkung selbst zu berauschen.) Die Plumpheit seines Zöglings, den er auf dem Hals hat, bringt ihn zu Fall, und dies vervollständigt seinen Mißerfolg, an dem er völlig unschuldig ist. – Für die Mädchenschar wurde eigens eine junge Schauspielerin hinzu engagiert, welche kichern konnte. In der Tat zeigte dieses Kichern alleine schon die sexuelle Gewecktheit und Gehemmtheit der Mädchen.

5

Es ist ein poetisches Moment, daß Läuffer, dem, in seiner Isoliertheit, Gustchen als Schülerin aufgehalst wird, zunächst für den zusätzlichen Unterricht die Erlaubnis einhandelt, ein Pferd für »Studienreisen« nach Insterburg benutzen zu dürfen. Dieser Handel zeigt seine erste, unschuldige Einstellung zu Gustchen, zugleich aber auch seine Hungerlage.

6

Die Darstellung des freiheitlichen Zugs, herrschend in den Universitätsstädten der Zeit, darf nicht darunter leiden, daß die Freiheit als eine recht begrenzte gezeigt wird. Selbst die Zotenreißerei Bollwerks hat eher den Charakter des »Sich-grenzenlos-Erdreustens«. Es darf da nicht nur der Scheffel, es muß auch das Licht gezeigt werden. Die Kostüme, mit dem Schwarz der Hosen und dem Leinenweiß der Hemden, waren besonders schön, und die Bewegungen und Gänge hatten Schwung und Größe. Jedoch war nicht die Darstellung der Studenten romantisch, sondern es war ihre Romantik dargestellt.

7

Die Flamme der sechsten Szene schlug mit dem einstigen Studenten Läuffer noch in die siebente hinein. Läuffer hat sich freilich bis zu seinem Ausbruch eisern in der Hand. Sein Schicksal steht fest, wenn das Publikum die neue Schülerin lächelnd dasitzen sieht. Seine Spindelbewegung, mit der er sich einmal fängt, von Gustchen mit einem »So tiefsinnig waren Sie ja noch nie« quittiert, erinnert an die Eislauffiguren der vierten Szene. Sie ist eine poetische Erfindung von Rang. So auch die Verwendung des Schulmeisterlineals, wenn er sich daran wie an einem Kreuzbalken fixiert, es in die Achselhöhlen klemmend, und wenn er sich selbst Tatzen gibt, sich für die sexuelle Gier bestrafend. In der vierzehnten Szene wird das Tatzengeben dem Zuschauer ankündigen, daß sich sein Geschlecht wieder gegen ihn erhoben hat!

8

Während er die Süßigkeit und Notwendigkeit der Freiheit lobt, stutzt der Geheime Rat seine Lorbeerbüsche. – Die Disputation zwischen Pastor und Geh. Rat, geistige Prinzipien betreffend, so hindernd dem Anliegen Läuffers, verwandelt sich in eine erregte Disputation zwischen dem nunmehr allerlei ahnenden Pastor und seinem Sohn; man sieht sie gestikulierend hinter der

Gartenmauer abgehen. – Und aus dem stürmischen Verlangen Läuffers (dem verzweifelten »Ein Königreich für ein Pferd!«) schließt das Publikum auf die Gefahr, in der Läuffers Schülerin schwebt. (Der Geh. Rat indessen ahnt nicht, daß er mit seiner streng moralischen Stellungnahme die Anverlobte seines Sohnes an den Hofmeister ausliefert.)

9

Auch die zweite Halle-Szene bedarf eines gewissen Feuers, das freilich nicht als das der Schauspieler, sondern als das der Figuren spürbar werden sollte. Der Gefühlsüberschwang der »Erlebnisse im Geiste«, diese katalaunischen Schlachten, deren Gefallene in den Lüften weiterkämpfen, muß komisch wirken, aber die Verzweiflung des Pätus und der Opferwille von Bergs dürfen nicht (etwa durch Übertreibung) unecht wirken. Noch darf das Paar Bollwerk-Rehhaar, etwa weil Bollwerk den Pätus betrogen hat und Jungfer Rehhaar in ihrer Bedrängnis kokettiert, der Sympathie beraubt werden. Die Schwierigkeiten junger Leute haben durch das Moment der Hilflosigkeit etwas Rührendes.

Die beiden Halle-Szenen wurden auf der Drehbühne bei sich öffnender Gardine herangefahren, um die Einbeziehung der Geschehnisse im »fernen Halle« sichtbar zu machen.

10

Es ist eine poetische Frage, was in der Erzählung auf was folgen soll. Wir diskutierten darüber, ob die zweite Halle-Szene zwischen der Katechismusstunde und dem Pferdebittgang gespielt werden soll oder zwischen dem Pferdebittgang und der Liebesszene. Wir entschieden uns für das letztere – und andere mögen anders entscheiden. Es ist schön, wenn nach der Verweigerung des Pferdes Läuffer unmittelbar im Bette Gustchens gesehen wird. Aber es ist auch gut, wenn der Liebesszene die zweite Halle-Szene mit der Stellung des Problems (Liebe in Stellvertretung) unmittelbar vorangeht.

Die Szene muß genug von einer echten Liebesszene haben, obwohl in ihr nur der Durst Gustchens nach Fritz und der Durst Läuffers, der auch in Königsberg gestillt werden könnte, gestillt werden. Die Vereinigung hat Nähe hervorgebracht; die

Distanzen kommen von der Verschiedenheit der gesellschaftlichen Stellung des Paares.

11

Wir halten uns wieder im Reich der schönen Gefühle auf, wenn die Katastrophe hereinplatzt. Die Werbung der Majorin um den Grafen Wermuth, diese geplante Annäherung auf Flügeln des Gesanges, ist ein groteskes Gegenstück zur Klopstocklektüre der zweiten Szene. Die poetischen Entsprechungen sind Tolstois »Kreutzersonate« und Dantes »Inferno«-Gesang. Das poetische Element wird vernichtet, wenn die Karikatur dem Vortrag der Majorin *alle* Anmut nimmt. Eine artistische Leistung, welche eine poetische Wirkung beabsichtigt, ist das Spielen des Largos durch die Majorin während ihres Gezänks mit dem Major. Ein ästhetischer und zugleich sozialkritischer Reiz ist es, wenn der Darsteller des Majors dem Ausbruch des entrüsteten Vaters etwas Untiefes verleiht, den flachen Ausdruck gesellschaftlicher Konvention. Man muß ahnen, er bleibt erfolglos. Den Hintergrund der Szene bildet die schwärmerische Anbetung des Grafen durch die Magd.

12

Einige Effekte vorausgenommen: daß es dem Schulmeister gelingt, den ersten Ansturm der feudalen Bande einzig und allein durch die Macht des Geistes zurückzuschlagen, bevor die nackte Gewalt hereinbricht und der Schuß fällt; wie das anfängliche Mißtrauen des Schulmeisters, einem Missetäter gegenüberzustehen, sich in Vertrauen auf einen Knecht verwandelt, brauchbar, weil er eine Missetat verübt hat, so daß er ein Asyl braucht; wie Läuffer die Beschwerde, daß man ihm sein Opfer aufzwang, an sein nächstes Opfer richtet.

Es ist wohl auch erlaubt, daß der Zuschauer mit einigem Vergnügen des Baus dieser Schaukelszene gewahr wird, die beide Teile des Stücks verbindet. Läuffer, ausgestoßen aus der feudalen Welt, flüchtet in die kleinbürgerliche. Er wechselt den Tyrannen, das Examen wiederholt sich und ebenso der Fehltritt – hat er dort eine Meinung über Kunst geäußert, wirft er hier die Frage nach dem Lohn auf. Sein Beruf wird noch niedriger sein, seine Berufung bedeutend ehrenhafter.

13

Das verworrene Geläut der Sturmglocken vom Dorf herüber zeigt dem Zuschauer an, daß die Suchaktion schon begonnen hat. Wir erfahren schnell, daß sie Erfolg haben wird. – Während nach dem Mädchen gefischt wird, ergehen sich Geheimer Rat und Graf in tiefsinnigen Reflexionen. Der Geheime Rat legt sich einen Trost zurecht für den Todesfall; der Graf, der nicht schwimmen kann, wäscht sich die Hände in Unschuld. – Zu Beginn der Szene freilich, für einige Augenblicke, hat zu gelten, was über die Schwierigkeiten junger Leute gesagt wurde.

14

Man hat auf der ziemlich nackten Bretterbühne die Stimmung einer schreckenshaften Station des Kalvarienberges. Das sanfte Hin und Her des verwirrten Kindes, der Kelch, der nicht vorübergehen will. Die Pferdedecke über der Schulter Läuffers, die Kälte des Raums andeutend, welche das Verlangen anstachelt, das sie nicht töten kann. Der Lehrer gibt sich wieder Tatzen. Dann wird der Verführte zum Vergewaltiger. – Der Vergewaltiger wird zum Rächer. Der Monolog ist noch äußerste Auflehnung, die Tat, in die er mündet, ist ein blindes Niederwerfen jeder Auflehnung, die Tat, alle Taten zu enden. – Der graue Morgen bringt völlige Schwäche und ihre Seligpreisung.

Zwischenspiel

Das offene Kreisen der Drehbühne, welches die diversen Schauplätze heranträgt, um den bisherigen Stand der Dinge festzuhalten und durch ein Jahr hin weiterzuentwickeln, ist ein Kunstgriff, der es ermöglicht, auch die drei Schlüsse des Stücks zusammenzufassen, indem dann die Bühne wieder kreist, diesmal mit voll ausgespielten Szenen.

15

Der Philosoph ist nicht auf dem Parnaß, sondern am wärmenden Ofen angelangt; für ihn der dünne Rotwein, nicht der Schierlingstrank. Aber dies spielt sich freilich auf dem Markt der Dutzendware ab, die persönlich im Tragischen nichts verloren hat – der Anblick wird um so betrüblicher. Pätus' Traumwelt mag komisch sein, seine Erkenntnis der Wirklichkeit ist jämmerlich. Es ist dabei so fraglich wie gleichgültig, ob er die Peitsche vergessen wird, wenn er zu des Rektors Tochter geht; nicht vergißt er, den Kant zu verstecken. – Fritzens leise Enttäuschung, eingebettet in seine andern Sorgen, ist ein springender Punkt dieser Rolle. Ein weiteres poetisches Moment ist es, daß die Erzählung vom Abbruch der italienischen Reise, der klassischen Bildungsaktion der Zeit, ihren Fluchtcharakter enthüllt. – Und Anblick wie Rede Karolinens sollten den Gedanken nahelegen, daß es besser sein mag, von einer Jungfer Rehhaar betrogen, als von einer Karoline geheiratet zu werden.

16
Die Eröffnung dieser Szene, die kleine Familienfeier mit der kurzen Rede des Geh. Rats über den Schnee, fällt leicht der Geneigtheit zum Opfer, den drei Schlußszenen (drei Schlüssen) ein lebhaftes Auskehrtempo zu verleihen. Man verlöre damit ein poetisches Moment. Hier wird die Schönheit (Reinheit) des Schnees gepriesen, der am Ende der vierzehnten Szene, im Morgengrauen nach dem Entmannungsakt des Hofmeisters, eine grausige Bedeutung hatte. Folgerichtig schließt sich die Verhöhnung des Selbstverstümmlers mit dem gewaltigen Gelächter über seinen Bittbrief an. – Die Erzählung der Magd und die Rede Fritz von Bergs sind als Bravourstücke zu bringen; beide Personen geben sich begeistert der wohlgelittenen Innigkeit hin.

17
Der kleine Bauch des Entmannten ist natürlich eine poetische Lizenz. Zusammen mit den roten Bäckchen ist es eine Ramponierung der Figur nach dem Behäbigen hin. Dazu hat man den Märchenton in den Antworten der guten Lise, erinnernd an Hans im Glück. Und es kann mehr getan werden, die Beruhigung herbeizuführen. Man soll das ganze Bild schön machen. Das Schwarz der Kleidung der Männer wie Lises und das Weiß des Tischtuchs erwirkte den Anschein der Reinheit, und die Gruppierung am Tisch war in der Aufführung dem Auge wohlgefällig.

Stückwahl

Nicht nur, um das deutsche Theater zu bestücken, dessen klassisches Repertoire in diesen Zeiten der Umwälzung erschreckend zusammenschrumpft, sondern auch um den Weg zum Shakespeare zu bahnen, ohne den ein nationales Theater kaum zustande kommen kann, schien es rätlich, zu den Anfängen der Klassik zurückzugehen, dahin, wo sie noch realistisch und zugleich poetisch ist. Bei Stücken wie dem Lenzschen »Hofmeister« nämlich können wir ausfinden, wie wir den Shakespeare aufführen können, haben wir doch hier seinen ersten Niederschlag in Deutschland vor uns. Noch hat die Idee nicht das Stoffliche vergewaltigt; es entfaltet sich üppig nach allen Seiten, in natürlicher Unordnung. Das Publikum befindet sich noch in der großen Diskussion; der Stückschreiber gibt und provoziert Ideen, gibt uns nicht das Ganze als Verkörperung von Ideen. So werden wir gezwungen (oder instand gesetzt), die Vorgänge zwischen seinen Personen zu spielen und die Äußerungen davon abzusetzen – wir brauchen sie nicht zu unseren eigenen zu machen. Auf diese Weise sind die Personen auch nicht entweder ernst oder komisch, sondern bald ernst, bald komisch. Der Hofmeister selbst erntet unser Mitgefühl, da er sehr unterdrückt wird, und unsere Verachtung, da er sich so sehr unterdrücken läßt.

»Kisten«

In der Schauspielersprache bezeichnet der Ausdruck »Kiste« eine besondere artistische Veranstaltung halb pantomimischer Art. Der Ausdruck hat etwas leicht Abfälliges, als würde von einem unerlaubten Effekt gesprochen. Es scheint mir aber die Kiste so sehr zum schauspielerischen Handwerk zu gehören, daß es sich lohnte, dem Ausdruck das Stigma des Verächtlichen zu nehmen, indem man unerlaubte, daß heißt dem Stück aufgesetzte, unnötige, als Selbstzweck dargebotene Kisten von erlaubten Darbietungen unterscheidet, die einen kräftigen schauspielerischen Gedanken umsetzen.

Eine Kiste dieser Art war im »Hofmeister« Gauglers Eislauf

in der vierten Szene. Der Hofmeister Läuffer, abgeschnitten vom Verkehr mit anderen jungen Leuten, unter zunehmendem Geschlechtshunger leidend, produziert sich hahnengleich auf dem Schlittschuhplatz vor den jungen Mädchen der kleinen Stadt, indem er schwierige Kunststücke vollführt. Sie waren mit Humor ausgedacht und mit Meisterschaft ausgeführt.

Eine andere Kiste sinnvoller Art bot Annemarie Hase in der Szene, in der sie in Anwesenheit eines geckenhaften Besuchers ihrem Mann, dem Gutsbesitzer, plumpe Manieren vorwirft. Sie tut dies mit vulgärem Pöbelton, setzt dabei jedoch ihr Clavichordspielen unentwegt fort, und zwar in äußerst gefühlvoller Weise. Nach und nach nimmt dabei der Vortrag des sanften Händelschen Largos einen immer heftigeren Charakter an.

So etwas ist wirklich ein Kunstwerk, und es ist erlaubt, weil es die Seichtheit einer gewissen Musikpflege zeigt.

In der neunten Szene hat Gnass als Major bei der Schrekkensnachricht, daß seine Tochter im Bett mit dem Hofmeister gefunden worden ist, in Raserei zu verfallen. Zunächst zeigt er sich unfähig, die Hiobspost zu kapieren: seine ersten Äußerungen sind nüchtern und unbeschwingt. Dann erhebt er den Stock, anklagend, gegen den Himmel und stapft auf das Clavichord zu. Mit einer gewalttätigen Bewegung streicht er die Notenhefte von dem Instrument; so die Kultur für den Sittenverfall in seinem Hause zur Verantwortung ziehend. Hierauf wendet er sich zum Kanapee, auf das die Majorin gesunken ist, reißt sie unter Flüchen hoch und zieht sie theatralisch zur Tür hinaus, der Welt ein blutiges Exempel androhend. Daß der Schauspieler der Raserei die Note verleiht, als führe der Major nur eine Art Zeremonie durch, die er für angebracht hält, macht sie zur Kiste.

Noerden als Leopold bot eine solche Kiste in der dritten Szene. Während die Majorin den jungen Mann examiniert, der sein Hofmeister werden soll, fängt er im Hintergrund Fliegen, die ihn weit mehr interessieren, als sein eventueller Erzieher. Er zeigt Dummheit und Raffinement, Unreife und Bösartigkeit durch die Art, wie er sich an Fliegen anpirscht, sie zu übertölpeln sucht und sie quält. Eine entkommt ihm, eine fängt er. Der Hofmeister hat sich einiges von diesem Schüler zu gewärtigen, den zu bekommen er sich abmüht.

Das aufsässige Menuett

Die Majorin von Berg unterzieht den Kandidaten Läuffer einer Prüfung auf seine Eignung als Hofmeister ihres Sohnes Leopold. Die Majorin sitzt am Spinett, Leopold fängt im Hintergrund an der Täfelung Fliegen, Läuffer, links vorn an der Rampe stehend, quittiert die schnell heruntergeleierten Forderungen, welche die Majorin anscheinend schon an eine Legion von Hofmeistern gerichtet hat, mit gierigen Bücklingen. Er behauptet etwas heiser, daß er »über fünf« Tanzlehrer in seinem Leben gehabt hat. Die Majorin verlangt ein Kompliment aus der Menuette. Sie beginnt sofort auf die zarten Tasten einzuschlagen. Läuffer ist nicht bereit, einen Augenblick scheint es, er könne überhaupt nicht tanzen, aber dann wird klar, es ist die Verwirrung, er benötigt nur einige Sekunden, seine Gedanken zu sammeln. In sehr gerader Haltung, die Fäuste in die Hüften gestützt, vollführt er einige vollendete Schritte an der Rampe entlang, die Beine sehr hoch hebend und den Raum, der ihm für die choreographische Figur zur Verfügung steht, sorglich einteilend. Sein Kopf erscheint etwas verdreht, auf die Schulter geschraubt. Er geht wie zwischen Eiern, jedoch hat seine Schulterhaltung etwas Herausforderndes, er schreitet sozusagen wie ein gebändigter Tiger, mit einer wilden Grazie. In Rampenmitte vollzieht er eine Wendung und arrangiert, der Majorin zugewendet, ein Kompliment von einem Umfang der Planung, als habe er dafür ein ganzes Ballett zur Verfügung. Die Majorin scheint befriedigt. (»Nun, das wird schon gehen.«) Der junge Herr, vor dessen Augen das Examen veranstaltet wird, wendet sich gelangweilt wieder dem Fliegenfang zu. Läuffer zieht sein Taschentuch und trocknet sich die Stirn vom Angstschweiß: wie er annimmt, überm Berg. Aber die Majorin zeigt noch Durst nach Angstschweiß. »Auch einen Pas, wenn's beliebt!« Mit verzerrtem Gesicht, man sieht es, da Gaugler das Gesicht zurückdreht, vollzieht Läuffer auch noch einen Pas. Danach steht er allerdings in völliger Erschöpfung. Die Majorin jedoch, angeregt, spielt ihm gnädig ein Menuett vor, das Spinett sozusagen die Faust fühlen lassend. Läuffer, nach kurzer Selbstüberwindung, geht mit weiten federnden Schritten, sich unaufhörlich den Schweiß vom Gesicht wischend, zum Spinett hinter, wo er einen tiefen, tierischen Laut des Entzückens ausstößt und sich gierig über die fleischige Hand der Majorin beugt. Die Szene erhält ihre Bedeutung durch Gauglers Kunst, die aufsässige, brutale Vitalität des niedriggeborenen Läuffers in den Schnürstiefel der feudalen Etikette geschnürt aufzuzeigen. Der Keim der Tragikomödie ist nun angedeutet.

Das Opferlamm

Die sehr junge Thalbach spielte die Lise, Läuffers Opferlamm, als weibliches Gegenstück zu Schaefers in »höh'ren« Regionen schwebendem und ermattendem Pätus. Der Ruf, den sie vor Läuffers Tür an sich ergehen fühlt, kommt von oben, nicht von unten; Innigkeit antwortet ihm, nicht Sinnlichkeit. Das »erwärmende Getränk«, mit dem sie kommt, ohne recht gebeten zu sein, ist nicht eben berauschend. Auch ein schwacher Instinkt ist ein Instinkt, und schwach und ein wenig blutarm folgt sie ihm gehorsam. Wenn Läuffer, hinter ihr stehend und den Schurken herauskehrend, als den er sich fühlt, sie fragt, ob sie schon etwas mit einem Mann gehabt habe, antwortet sie mit ihrer kleinen Klatschgeschichte, als sage sie ein fades Gedicht auf. Sie erschrickt vor Läuffers Umarmung, als sehe sie einen Epileptiker, und sie scheint dies als brave Leserin rührender Romane zu tun. Thalbachs Spiel ist richtig, die Dramaturgie will es. Der ausgehungerte Tiger stürzt sich noch auf ein Gänseblümchen.

Das Geschmackliche bei der Aufführung

Der krude Stoff des Lenzschen Werks erfordert eine besonders elegante Behandlung. Dazu durfte die Darstellung der deutschen Misere den Zuschauer nicht deprimieren, sollte sie Impulse für ihre Überwindung verleihen. Es kam auf die Grazie der Bewegungen und die Musikalität der Sprache an. Farbe und Schnitt der Kostüme mußten erlesen sein, ebenso die Möbel und alles, was an Architektur gezeigt wurde. Das Ensemble zog alte, geschmackvolle Kupferstiche usw. zu Rate. Es wurde daraus dennoch nicht eine bloße Idealisierung dieser Epoche: Ihr geschmackliches Niveau war verhältnismäßig hoch. Der Wurm war ja auch noch kein Lindwurm. Die Studentenbuden, Dorfschulen und Gutshäuser sahen noch anders aus als die unserer Epoche.

Ist der »Hofmeister« ein »negatives Stück«?

Von einigen ist gegen die Aufführung oder Bearbeitung des »Hofmeister« eingewendet worden, es sei ein negatives Stück. Das Berliner Ensemble vertrat die Meinung, daß das Stück, enthaltend drei Porträts von Schulmeistern (Geheimer Rat, Wenzeslaus, Läuffer) und drei von Studenten, die Schulmeister werden wollen (von Berg, Pätus, Bollwerk), aus der Zeit, wo das deutsche Bürgertum sein Unterrichtssystem errichtete, ein anregendes satirisches Bild dieses Teils der deutschen Misere gibt. Die Aufführung konnte durchaus als ein Beitrag zu der großen Erziehungsreform gelten, die eben jetzt in der Republik durchgeführt wird. Die Satire verzichtet im allgemeinen, wie es Werke von der Art des »Tartuffe«, des »Don Quichote«, des »Revisor«, des »Candide« zeigen, darauf, dem Typus, den sie verspottet, einen exemplarischen Typus entgegenzustellen; in dem Hohlspiegel, den sie aufstellt, um das zu Bekämpfende übertreibend herauszuarbeiten, würden positive Typen nicht der Verzerrung entgehen. Im »Hofmeister« ist das Positive der bittere Zorn auf einen menschenunwürdigen Zustand unberechtigter Privilegien und schiefer Denkweisen.

ZU »BIBERPELZ UND ROTER HAHN VON GERHART HAUPTMANN« (Band 8)

Die Mutter Wolffen der Giehse

Die große Menschendarstellerin war interessiert, in den beiden Stücken Hauptmanns »Biberpelz« und »Roter Hahn« hintereinander zu spielen, eventuell an aufeinanderfolgenden Abenden. Das bestehende System der Besucherorganisation, vor allem aber die Schwäche des Stückes »Der rote Hahn« veranlaßten das Berliner Ensemble, die Stücke zusammenzuziehen. Es war die Konzeption der Giehse, die Komödie und die Tragödie der Waschfrau Wolffen zu einer Tragikomödie auszugestalten.

[Bearbeitung von »Biberpelz« und »Der rote Hahn«]

Folgende Eingriffe wurden vorgenommen:

1. Um die Haltung der Wolffen, die sich durch kleinere Diebereien weiterhilft, zu einem anderen Ausweg aus ihrer gedrückten Lage, dem politischen, zu zeigen, wurde in die Ehepaar-Motes-Szene des ersten Akts »Biberpelz« und in die letzte Szene dieses Akts das Motiv des sozialdemokratischen Setzers eingebaut, der mit Frau Wolffens Tochter Leontine geht. Motes erpreßt ein paar Eier und Brot, indem er droht, Leontines »Umgang« an die große Glocke zu hängen. Die Wolffen, sich zum Diebesgang ankleidend, hält ihrer Tochter eine moralische Standpauke. Leontines Lebenslauf wird, wie sich im vierten und sechsten Akt herausstellt, dadurch ungünstig beeinflußt: Ihre Mutter versucht, sie jetzt mit dem Schmied Langheinrich zu verkuppeln, den sie nicht liebt und der noch eine kranke Frau hat.

2. Die Wolffen verschafft sich bei Hauptmann den Biberpelz durch Einbruch; in der Bearbeitung »läßt sie ihn nur mit sich gehn«. Dies geschieht auf offener Bühne.

3. Im zweiten Akt wird der Liberalismus des Dr. Fleischer, der bei Hauptmann als absoluter Fortschritt gilt, als nur relativer Fortschritt aufgedeckt.

4. Der dritte Akt enthält nur den Canossagang Krügers und Fleischers. Der Bestohlene entschuldigt sich bei der Diebin.

5. In dem ersten Akt des »Roten Hahn« (dem vierten der Bearbeitung) wird bei dem Besuch Wehrhahns in Fielitzens Schusterwerkstatt das Motiv des Deutschnationalen Flottentages verstärkt.

6. Im fünften Akt der Bearbeitung ist die Figur des Rauchhaupt durch die des arbeitslosen sozialdemokratischen Eisendrehers Rauert ersetzt. Die Fielitz läßt es zu, daß Wehrhahn ihre Brandsteckung als politischen Racheakt des Rauert aufzieht.

7. Wehrhahns Krankenbesuch bei der Fielitz kontrapunktiert deren Neubaueinweihung mit dem Flottentag. Die Behörde steht zu ihren getreuen Untertanen.

8. Im sechsten Akt gibt es der Fielitz den Rest, daß Rauert jeden Handel ablehnt; die Auseinandersetzung mit ihm vor ihrem Tod ist politisch.

Die Regie wird, der geänderten statischen Verhältnisse wegen, den Einzelszenen innerhalb der Akte mehr Autonomie verleihen müssen. Anders ausgedrückt: Eine Einteilung in Szenen muß die Einteilung in Akte aufheben. Der nunmehrig direkte Übergang der Komödie in die Tragikomödie bietet Schwierigkeiten wie Reize.

Denn sie wissen, was sie tun

Frau Fielitz, weiland Mutter Wolffen, sitzt schlapp in ihrem Lehnstuhl wie eine kranke, gealterte Kröte, denn sie hat allerhand Scherereien in diesen Tagen; ihr neues Haus wird heute eingeweiht, und die Leute sagen, sie habe das alte angezündet usw. Sie blickt Wehrhahn entgegen wie einem Schutzengel. Der große Reviervorsteher kommt in der Uniform eines Reserveoffiziers, des Flottentags wegen, und ist ein wenig zu speckig geworden für sie, sie sitzt zu prall, ein wenig zu angegossen. Aber mit dieser Uniform tritt die ganze deutsche Heeresmacht in die enge Dachkammer, sie hält die Wacht am Rhein, und sie wird auch die Wacht an Frau Fielitzens Phönixhaus halten. Es gibt Handdrücke, die tiefere Bedeutung haben, verpflichtende

Handdrücke, und Frau Fielitz und der Herr Reviervorsteher tauschen einen solchen. Die Herren – hinter Wehrhahn ist, in Zivil, der Schreiber eingetreten, hinter Frau Fielitz steht, den Ellbogen nach Diplomatenart auf die Lehnstuhlbacke gestützt, der Schwiegersohn, Herr Kaufmann Schmarowski –, die Herren verbeugen sich, es entsteht der Eindruck einer Staatsaktion, die ja auch vor sich geht. Frau Fielitz ist wieder einmal menschlich, die einfache, ehrliche Frau aus dem Volke, die die Behörde in ihr erblickt. Sie sieht treuherzig zu ihm auf, und es sind die gewünschten Bernhardineraugen. Wehrhahn, ebenfalls geübt in derlei, im Verkehr mit dem Volk, tätschelt ihr die Hand, da erscheint, im eben zu Ende geschneiderten Kostüm, Adelheid, nunmehr Frau Schmarowski, aus der Kammer nebenan tretend, wo ihre Schwester, die Näherin, ihr das Kostüm abgeliefert hat. Sie folgt ihr auf dem Fuße. Frau Schmarowski ist erstaunt, so hohen Besuch vorzufinden; Herr Wehrhahn ist entzückt von der gnädigen Frau, ein Kostüm wie ein Gedicht, man braucht Paris nicht mehr. Leontine wird nach Getränken geschickt. Verlegenheitspause. Wehrhahn steht imposant, mit dämlichem Lächeln; er setzt mehrmals zu einer Bemerkung an, läßt aber jedesmal ab, da er keine findet. Die Pause wird peinlich, es fängt schon an, geradeso auszusehen, als habe sich Regierung und Volk nichts zu sagen, da kommen die Getränke, und Wehrhahn hebt das Glas. Die Gnädige hebt ihr Glas, der deutsche Kaufmann (»Er bringt Geld unter die Leute, unser Schmarowski«) hebt das seine, die Näherin Leontine hebt auch eins, etwas unbemerkt, und Frau Fielitz hebt ihr Medizinglas, schelmisch. Eine kleine Rede des Herrn Amtsvorsteher. Frau Fielitzens Neubau hat, hm, symbolische Bedeutung. Auch die deutsche Flotte ist solch ein Neubau. Viel Feind, viel Ehr'. Der Herr Redner wird intimer, zwischen der weitblickenden Behörde und der braven Untertanin gibt es, hm, Fäden. Auch die Behörde hat Feinde, hm. Aber sie kennt, wer zu ihr steht, und sie steht zu solchen Menschen, auf Gedeih und, hm, Verderb. Dem Wehrhahn Geschonnecks gelingt etwas Außerordentliches. In unklarster Weise und klar wie Wasser zugleich gibt er, für einen winzigen Augenblick, allerdings einen historischen Augenblick, der Brandstifterin zu erkennen, daß er von der Brandstiftung weiß und sie deckt. Es ist ein ferner Blick in den verschwiemelten Augen, ein unbestimmtes Schwingen im Ton, ein schnarrendes Flügelrauschen des Schutzengels. Dann wird die Stimme wieder fester, und der Redner spricht von Deutschlands Zukunft, die auf dem Wasser liegt. Er hat geradezu eine Vision, beschreibt eines der neuen Schlachtschiffe; vor seinem geistigen Auge gibt es eine Breitseite, hurra. Und, ahnend, daß er über diesen Höhepunkt nicht hinauskommen wird, bricht der Redner schnell ab, schüttelt noch einmal die schwabblige Hand der guten Fielitzen (»In diesem Sinne. Machen Sie's gut.«) und begibt sich hinweg, und das Ganze war eine blaue, säbelblitzende Wolke, für einen Augenblick ein dämmriges Sterbezimmer besuchend.

Sprachliches

Auf den Proben konnte beobachtet werden, daß Schauspieler von einiger Gestaltungskraft weder Figur noch Vorgang zustande brachten, weil sie das Musikalische des naturalistischen Dialogs nicht trafen. Auch diese Sprache hat ja Rhythmus und bestimmte Schwingungen, und ein Teil der Charakterisierung der Figuren und der Gestaltung der Vorgänge ist vom Dichter sozusagen an sie abgegeben. Schon bei der Bearbeitung hatte sich diese Musikalität des Textes bemerkbar gemacht. Auf den Proben korrigierte die Giehse Verstöße der Bearbeiter durch Kürzungen oder Zusätze.

Kaum überwindliche Schwierigkeiten bereitete der Dialekt. Hauptmann zeichnet ein meisterhaftes Croquis der babylonischen Sprachmischung der Großstadt Berlin. Schlesischer Dialekt besonderer Örtlichkeit wird im Übergang zu dem Berlinisch des Weichbildes gezeigt; dann gebrochenes Waterkant; dann das Berlinisch niederer Beamten, zugewanderter Krautjunker, halbgebildeter Forstadjunkten usw. usw. Und auch diese Dialektfärbungen haben alle ihre dramaturgische und charakterbildende Funktion!

Die Grundkonzeption der Giehse

Wenn die Giehse an einem Abend die Mutter Wolffen im »Biberpelz« und die Frau Fielitz in »Der rote Hahn« spielt, tut sie etwas sehr Kühnes: sie verzichtet für ihre Waschfrau auf die bedenkenlose schmunzelnde Anerkennung, die ihr das erste Stück, und auf das Mitleid, das das zweite ihr verschaffen könnte. Sie erregt widersprechende Gefühle beim Zuschauer. Eben noch hat er über harmlose Gaunereien gelacht, da soll er der schon ins Herz geschlossenen Gaunerin ein Verbrechen nachsehen, das andere Menschen tief schädigt. Er hat über einen Pelzdiebstahl gejubelt, weil er gegen eine dumme und tyrannische Polizei auf ihrer Seite ist, da muß er sie an der Seite der Polizei gegen einen Sozialisten sehen. Sie scheint im ersten Stück gegen die faule Gesellschaft zu rebellieren, im zweiten verfliegt der Schein, denn sie trifft auf einen wirklichen Gegner der faulen Gesellschaft, den Arbeiter Rauert. Ein Schauspieler hat völlige intellektuelle Selbständigkeit und technische Meisterschaft nötig, wenn er gegen eine sympathische Figur Stellung zu nehmen hat; denn er muß ja weiterhin den Zuschauer erfreuen. Die Giehse entwickelt die Figur – von der Gaunerin zur Verbrecherin – und zugleich die Gefühle und Gedanken des Zuschauers. Sie muß voll den günstigen Umstand ausnützen, daß die beiden Stücke ähnliche Situationen enthalten; nur so kann die Entwicklung der Wolffen sichtbar gemacht werden. Die Wolffen hat im ersten Akt den verhältnismäßig ehrlichen, jedenfalls harmlosen Julius Wolff zum »Stibitzen« zu überreden – der Zuschauer mag ihr Erfolg dabei wünschen. Im vierten Akt hat sie den Polizeispitzel Fielitz zur Brandstiftung zu überreden – der Zuschauer darf ihr keinen Erfolg wünschen, und das, schwierig zu machen, aus Sympathie mit dem Polizeispitzel! Sie triumphiert in der Polizeiuntersuchung des zweiten Aktes über den Rentier, der Holz und Pelz eingebüßt hat – der Zuschauer juble. Sie triumphiert im vierten Akt über den Arbeiter Rauert, dessen schwachsinnigen Sohn sie für ihre Brandstiftung ins Irrenhaus manövriert – der Zuschauer empöre sich. Da ist ein harter Handel um einen gewilderten Rehbock zu Beginn – der Zuschauer darf sie bewundern. Da ist ein Handel mit dem Vater des Inhaftierten am Ende – der Zuschauer muß sie verachten. Sie bringt eine Versöhnung mit dem bestohlenen Rentier zustande im dritten Akt und keine mit dem Arbeiter Rauert im sechsten – der Zuschauer billigt beides. Zur Schlüsselszene wird die Gerichtsverhandlung des fünften Akts, in ihr setzt die Giehse die höchste Meisterschaft ein. Die Wolffen hat sich diesmal mit ihrem Vorhaben übernommen. Ihre alte Sicherheit ist weg, sie tut einen schauerlichen Mißgriff, wenn sie durchblicken läßt, daß Rauert aus politischer Animosität gegen ihren Mann, den früheren Spitzel, den schwachsinnigen Sohn zur Brandstiftung veranlaßt hat. Ihr »Ich seh' bloß, daß Sie a Roter sind!« stößt sie nach sichtbarem seelischen Kampf hervor, und wir sehen erschreckt eine sublime Mischung von brutaler Anklage (Seht, wie mir diese Anklage gegen einen Mitmenschen schwerfällt!) und der Furcht des Raubtieres, den falschen Sprung zu tun. Es ist der falsche Sprung. Die Wolffen, die von ihrer allgemeinen Beliebtheit gelebt hat – die Giehse spielt dieses sieghafte Gefühl, beliebt zu sein, mit Charme und Kritik –, stirbt an ihrer Unbeliebtheit. Der Tod der Wolffen erregt wenig Mitleid. Die Giehse erreicht das dadurch, daß sie die Brandstifterin Mitleid mit sich selbst empfinden läßt. Das »Ma langt ... Ma langt nach was!« der Sterbenden klingt hohl.

Wie spielte Therese Giehse das Altern

Ein Schauspieler, der eine Figur in ihrer Entwicklung durch mehrere Jahre oder gar Jahrzehnte bis zu ihrem Tod darzustellen hat, wird eine erschütternde Wirkung nur dann erzielen, wenn bei dem Anblick der Greisenhaftigkeit das Jugendbild noch deutlich in Erinnerung ist. Mit anderen Worten: Das Bild des allmählichen Verfalls eines Menschen macht dem Zuschauer größeren Eindruck, wenn dieser weiß, was zerstört wurde.

Die Darstellung des Alterns durch Therese Giehse war ein Beispiel für schauspielerische Ökonomie. Ließ sie die Courage in der Münchener Aufführung in der neunten Szene, der Bettelszene, fast übergangslos um etwa zwanzig Jahre altern, so baute sie als Wolffen den Grad der Verfallenheit, den sie im letzten Akt erreicht, schon zu Anfang des vierten Aktes vor. Genaugenommen begann sie damit schon im ersten Akt.

Sie spielte eine besonders vitale Waschfrau Wolffen. Sie alterte, indem sie im Verlauf des Stücks immer stärker zurücknahm. Sie spielte die Wolffen so frisch und resolut, als auf der Höhe ihrer Kräfte stehend, daß ein Weglassen genügte, um das Altersbild zu erzeugen. Ihr kräftiger Ton zu Beginn des Stücks – sie war darum nicht laut – gestattet ihr, im zweiten Teil mit dünnerer Stimme zu sprechen. Sie sprach mit weniger Luft, so klang die Stimme angegriffen. Sie machte nach kleineren Sätzen und zwischen Worten Pausen, als hätte sie Atemnot. So schien es, als sei die Wolffen, jetzige Fielitzen, im Vergleich zur ersten Hälfte des Stücks um zwanzig Jahre gealtert.

Die ersten Akte waren reich an groß ausgeführten Gängen, meist quer über die ganze Bühne. Zum Beispiel: Beim Handel um den gewilderten Rehbock macht Wulkow ihr ein zu niedriges Angebot. Da läßt die Wolffen ihn einfach ohne Antwort stehen und zieht einen Waschkorb von links nach rechts über die ganze Bühne, um ihm am Herd Wäsche zu entnehmen. Oder die Gänge in die Diebshöhle der Familie Wolff, die Kammer, wo man die Betten stehen sieht. Dorthinein gibt sie Mantel und Schuhe, wenn sie vom Wildern kommt, von da holt sie den Schnaps für Julius und die Eier für Motes. Im ganzen ersten Akt sieht man die Wolffen nur zweimal sitzen. Einmal, wenn sie, in der Annahme, Motes sei gekommen, um zu bezahlen, in ihrem Notizbuch nachrechnet, wie hoch er bei ihr in der Kreide steht, und wenn sie ihren Mann während des Essens zum Holzdiebstahl bei Krügers überredet.

Als Frau Fielitz ist sie dann nicht mehr so beweglich. Sie hat Krampfadern vom jahrelangen Stehen am Waschfaß. Es gibt keine großen Gänge mehr. Sie sitzt nun meist in dem Korbstuhl hinter einem kleinen Tischchen. In diesem Tischchen werden Notizbuch und Versicherungspolice aufbewahrt. Umso größer die Ehre für den Amtsvorsteher, wenn sie ihm, als er seine neuen Stiefel probiert, stehend die Lampe hält. Wehrhahn wird später auch dies zu würdigen wissen, dieses Ausharren in Ehrerbietung.

Im sechsten Akt, dem letzten, schien die Fielitzen der Giehse achtzigjährig. Der Akt spielt nur ein knappes Jahr nach dem fünften. Aber welche Verwüstung hat inzwischen stattgefunden. Nicht nur, daß die Fielitzen fast gar nicht mehr laufen kann. Unbeweglichkeit, herrührend von Rheuma, hat vom ganzen Körper Besitz ergriffen. Vorn rechts in der Dachkammer steht ihr Lehnstuhl. Sie wird ihn nur noch verlassen, um für den Schwindler Schmarowski – er ist beim Neubau des Hauses in Schwierigkeiten geraten – Leontines Sparkassenbuch zu holen. Ihre wenigen Habseligkeiten, Nadel und Zwirn, Medizinfläschchen mit Löffel und Glas stehen in Reichweite auf einem Tischchen. Trotz des warmen Herbsttags ist die Fielitz dick angezogen. Um den Hals hat sie ein schwarzes Umschlagtuch, um die Armgelenke schwarze gestrickte Pulswärmer, an den Füßen dicke Filzpantoffeln. Dennoch sitzt sie geduckt, als friere sie.

Der Gang nach Leontines Sparkassenbuch ist die letzte strategische Unternehmung eines geschlagenen Feldherrn. Die Fielitz befreit sich von der Decke um ihre Füße, Schmarowski hilft. Dann nimmt sie die Füße von der Fußbank, eine Aktion für sich. Sie drückt sich langsam, gestützt auf die Sessellehnen, hoch. Mit winzigen Schrittchen, vorsichtig balancierend, als sei sie lange schon nicht mehr ohne fremde Hilfe gelaufen, steuert sie auf die Kommode zu. Sie bückt sich nach der unteren Schublade, nimmt das Sparkassenbuch heraus, überreicht es Schmarowski mit einer kleinen charmanten Verbeugung und begibt sich wieder auf ihren Platz zurück. Sie macht hier noch einmal den Versuch, die Wolffen zu sein. Sie probiert einen eleganten festen Gang. Aber das verstärkt den Eindruck der Jämmerlichkeit nur noch.

Dann, wenn Schmarowski und Adelheid gegangen sind, wenn auch Wehrhahn seine Gratulation hinter sich gebracht hat, wenn Leontine zurück in ihre Kammer ist, dann hat die Wolffen eine Minute lang, bevor Rauert auftritt, die Bühne für sich. Da sitzt sie. Alt geworden beim rücksichtslosen Aufstieg aus der Misere der kleinen Leute, aufgebraucht von jahrelanger schwerer körperlicher Arbeit, müde von dem dauernden Guerillakrieg der Unteren, müde auch von dem Verstecken vor den Oberen.

Überführung von Naturalismus in Realismus

Nehmen wir den Herd der Wolffen in Akt 1.

1. Er muß so ausschauen, als ob er funktionierte, d. h. brennt.

2. Er muß historisch und sozial stimmen, also der Herd einer Waschfrau in Berlin in den achtziger Jahren sein. Er muß Frau Wolffens Herd sein.

3. Er muß schön ausschauen, d. h., er muß nicht ein schöner Herd sein, denn die Wolffen hat keinen schönen Herd, er muß jedoch Bildwirkung haben, in das Gesamtbild passen usw.

Es gibt eine Reihe von Gegenständen, die schön zusammengestellt werden können: der Herd, der Eßtisch, Wascheimer, Türrahmen mit Rehbock, Stühle, ein Bett, Schüsseln usw.

ZU »CORIOLANUS« (Band 9)

Anmerkungen

Nur das Studium der *Einheit der Widersprüche* gestattet es etwa, die erste Szene des »Coriolan« richtig zu arrangieren, und sie ist die Grundlage des ganzen Stücks! Wie anders soll der Spielleiter darauf kommen, den Unterschied zwischen dem falschen *ideologischen* Versuch des Menenius Agrippa, eine Einheit aus Patriziern und Plebejern herzustellen, und der wirklichen Herstellung dieser Einheit durch den Krieg deutlich zu machen?

Das Vergnügen am Helden

Was das Vergnügen am Helden und das Tragische betrifft, müssen wir die bloße Einfühlung in den Helden Marcius hinter uns bringen, um zu einem reicheren Vergnügen zu gelangen; wir müssen zumindest imstand sein, außer der Tragödie des Coriolan auch die Tragödie Roms, insbesondere der Plebs zu »erleben«.

Es ist nicht nötig – und bei dem Genie des Shakespeare nicht möglich –, die »Tragödie des Stolzes« außer acht zu lassen oder auch nur abzustumpfen. Es mag dabei bleiben, daß es sich für den Coriolan lohnt, seinen Stolz so maßlos auszuleben, daß Tod und Untergang da nicht »ins Gewicht fallen«. Aber schließlich bezahlt die Gesellschaft, bezahlt Rom mit; es kommt ebenfalls in die Nähe des Untergangs dadurch. Und, was den Helden betrifft, ist die Gesellschaft an einem andern Aspekt interessiert, der sie unmittelbar angeht, nämlich dem Glauben des Helden an seine Unersetzlichkeit. Diesem Glauben kann sie sich nicht beugen, ohne den Untergang zu riskieren. Das setzt sie in unabdingbaren Gegensatz zu diesem Helden, und die Art des Spiels muß ihr das gestatten, ja muß das erzwingen.

[Neue Fragestellung für Shakespeare]

Ich glaube nicht, daß die neue Fragestellung Shakespeare davon abgehalten hätte, einen »Coriolan« zu schreiben.

Ich glaube, er hätte ungefähr in der Weise, wie wir es taten, dem Geist der Zeit Rechnung getragen, vermutlich mit weniger Überzeugung, aber mit mehr Talent.

ZU »ANNA SEGHERS. ›DER PROZESS DER JEANNE D'ARC ZU ROUEN 1431‹« (Band 9)

Dialektische Momente in Bearbeitung und Aufführung von »Prozess der Jeanne d'Arc«

(B) Interessengemeinschaft von Besatzungsmacht und kollaborierendem Klerus: Johanna zu vernichten. Interessengegensatz: die Engländer wünschen Johanna als Aufrührerin, die Kleriker, sie als Ketzerin zu vernichten.

(A) Wenn Johanna die Verjagung der Engländer fordert, senken die geistlichen Richter betreten die Köpfe. Sie wissen, was sie tun.

(A) In der zweiten Szene (Eröffnung des Prozesses) kämpfen die Kleriker alle gegen Johanna, aber sie kämpfen auch miteinander, wer die Ehre haben soll, den Kampf zu gewinnen. Sie schneiden einander das Wort ab; einer liest verachtungsvoll im Protokoll, wenn der andere das Verhör führt; Manchon, der auf seinen Sessel zurückgejagt wurde, weil er durch eine törichte Frage Johanna das Stichwort für einen Angriff gegeben hat, sitzt von nun an schmollend, uninteressiert am weiteren Fortgang des Prozesses usw. Dies sind aber nur Unterbrechungen, Widersetzlichkeiten, Störungen in der sonst gut geölten klerikalen Maschine, auf deren Darstellung Sorgfalt verwendet wurde. (Die Richter übernehmen und vollenden mit Grazie die Gesten zum Bischof und zu Jeanne, wenn sie eingreifen in das Verhör.)

(B) Vom Volk abgeschnitten, bricht Johanna *plötzlich* zusammen (in der achten Szene). Jedoch sieht man (in der sechsten), wie die Isolierung ihren Widerstand nach und nach untergräbt.

(B) Die vierte Szene (Wochenmarkt in Rouen) zeigt, wie der Kunstgriff des Klerus, die große Patriotin als Ketzerin zu diffamieren, das Volk aufspaltet und verwirrt; aber auch, wie der Klerus dadurch Boden verliert.

(A) Furcht (beim Anblick des Henkers) treibt Johanna zu besonders kühnen Antworten. Sie ist umso weniger bereit, sich der Kirche zu unterwerfen, je mehr diese Henker benötigt oder anwendet. – Nicht die Todesdrohungen der Kirche, sondern die fälschlich vermutete Teilnahmslosigkeit des Volks zerbrechen zeitweise Johannas Widerstand.

(A) (B) Nachdem sie von den Unruhen in Rouen ihretwegen gehört hat, trifft den Bischof von Beauvais ihr Zorn, und es ist der Zorn gegen sich selbst. Weil sie nicht an das Volk geglaubt hatte.

[Erste Volksszene]

1

Die Menge ist gekommen wie zu einem Volksfest – Breughel stellt so die Kreuzigung Jesu dar. Sie genießt das Schaugepränge der Prozession von (englischen) Militärs und (französischen) Klerikern, kritisiert die Hüte der Pariser Doktoren, beginnt sich zu langweilen usw. Das letztere ist wichtig, es zeigt, daß etwas geboten werden muß und das Interesse sehr äußerlich ist. Die Reaktion ist natürlich nicht einheitlich; bei dem Mangel einer *nationalen* Einstellung treten die sozialen Gegensätze hervor. Der Weinhändler ist gegen die »Hexe«, weil er mit den Engländern Geschäfte macht; es ist das Fischweib, das ihm dies vorwirft. Sie macht (in 4) auch Geschäfte mit der Besatzung, aber sie halten sie nicht davon ab, gegen die Besatzung zu sein; sie sind auch kleinere. Das lockere Mädchen biedert sich bei den englischen Wachen an, nahezu jemanden denunzierend, singt aber doch das Spottlied auf den von den Engländern bestochenen Bischof von Beauvais, freilich ohne Haß, mehr des Witzes wegen und ihrem nationaler empfindenden Galan zu gefallen. Die Jungfrau wird ohne Wissen betrachtet; ihre Taten sind entstellt zu den Ohren der Leute von Rouen gekommen. Die Machtentfaltung der Besatzungsmacht anläßlich dieses Prozesses imponiert dem Fischweib nicht, ihrer Meinung nach will der Herzog die Französin verbrennen lassen, damit seine Soldaten ihm nicht mehr aus der Schlacht davonlaufen. Jedoch ist die Haltung der Bevölkerung zu den englischen Wachen nicht feindlich.

Die Menge wird so dargestellt: Der Bühnenausschnitt zeigt nicht einfach einen Ausschnitt aus der Gesamtmenge, etwa durch Licht herausgehoben, so als setze sich die Menge nach rechts, links, hinten fort. Vor dem Zuschauer steht sozusagen die Menge selber, als Pars pro toto und gegliedert, wie sie im Ganzen ist, komponiert aus 12–18 Menschen. (Die Bauernfamilie, der Wirt vom »Fischzug Petri«, ein Weinhändler, ein Arzt, ein Fischweib, Mägde, Nonnen, ein junger Geistlicher, ein lockeres Mädchen mit ihrem reichen Galan usw.)

Der riesige goldene Schrein, welcher dahinter steht, erinnert an jene historischen Gemälde, auf denen man gelegentlich Volk so abgebildet gesehen hat.

[Arrangement der ersten Volksszene]

I

Auf der äußersten Linken steht der Weinhändler; er verdeckt der Schwägerin des Bauern, der mit seiner Familie neben ihm steht, die Aussicht. Dies zeigt, daß der Platz beschränkt ist, und der Bauer hat so Aufstellung genommen, daß er nicht mit dem lockeren Mädchen rechts von ihm zusammen stehen muß. Sie lehnt sich an ihren Galan und ist flankiert von der Fischfrau, die keine solche Reserve kennt. Hinten, auf der äußersten Rechten, steht der Arzt Dr. Dufour mit zwei Mägden. Die Fischfrau kennt ihn, er ist ihr Kunde (wie man in der vierten Szene sieht; allwo man auch feststellen kann, daß die Bäuerin und die Fischfrau sich kennen, sie haben ihre Stände auf dem Wochenmarkt gegenüber). Der Henker steht, in Zivil, in der Mitte allein, nur die Fischfrau kennt ihn, allerdings nicht näher. Den Reisenden kennt niemand, er ist nicht aus Rouen, jedoch treffen ihn später (in der siebenten Szene) die Bauersleute in der Schänke »Zum Fischzug Petri«. Dort verkehren auch das lockere Mädchen und ihr Galan. An diesem Platz stehen im Grund Leute zusammen, die im »Fischzug Petri« verkehren.

Jeanne / Letzte Volksszene

Auf ein richtiges Verhalten für die englischen Soldaten kamen wir erstaunlich spät – als sogar schon einige Aufführungen stattgefunden hatten. Sie mußten nervös und brutal sein. Der Menge den Rücken zuwendend, fühlen sie sich in Nacken und Rücken bedroht, obwohl ein Seil die Menge zurückhält. Dann, wenn sie – das Seil ist aufgerollt – die Menge zurücktreiben, kommt ein charakteristischer Augenblick. Die Menge hat sich vor den Bauernsohn gestellt, das lockere Mädchen schreit hysterisch: »Ja, geht heim, geh heim, Johnny«. Der eine Soldat ist zurückgewichen, er fällt den Spieß. Wird er den Weinhändler durchbohren? Drei Sekunden steht alles still. Dann nimmt der Soldat seinen Spieß wieder quer, und mit einem mürrischen »Zurück, zurück« fährt er fort, die Menge zurückzudrängen.

Von Wichtigkeit die 15 Sekunden Pause, wenn die Verbrennung beginnt, nachdem das lockere Mädchen leise gesagt hat »Jetzt« und nachdem das Beten der niederknienden Nonnen mitten im Englischen Gruß zum Stocken gekommen ist. Und von Wichtigkeit, daß alles wie gebannt auf den Scheiterhaufen (in der Richtung des Proszeniums angenommen) starrt, auch noch durch die ganze Szene mit dem Bauernsohn und dem Henker.

Prozess der Jeanne d'Arc

Wir versuchten diese Szenen ihrer lakonischen Art wegen zuerst als großzügige Fresken zügig und großflächig hinzuwerfen. Dann aber, gewarnt durch eine deutliche Unverständlichkeit des Ganzen und der Teile, behandelten wir sie als historische Miniaturen und führten alle Details mit großem Fleiß aus.

Das Spottlied

Das Spottlied von Bischof Cauchon, Johannas Hauptfeind unter den Franzosen, wird zunächst, in der ersten Szene, ziemlich gedankenlos, ohne rechte Parteinahme gesungen. *Das lockere*

Mädchen singt einfach ein kursierendes Liedlein nach. In der vierten Szene beschäftigt der Prozeß bereits die Gemüter der Bevölkerung, und *das Fischweib* singt es den Klerikern auf dem Markt nach. Zugleich nimmt man wahr, daß das Lied zu einer Art Schlager geworden ist und die Dudelsackpfeifer es als Tanzmelodie spielen. Diese Melodie hört in der sechsten Szene Johanna im Gefängnis von draußen. Sie kennt den Text nicht, nimmt es einfach als Tanzmelodie und ist traurig, denkend, das Volk kümmere sich wenig um den Prozeß und gebe sich seinen gewöhnlichen Vergnügungen hin. In der nächsten, der siebenten Szene, hört man die Melodie in die Weinschänke hereindringen, wo ein Brief Johannas an die Engländer aus der Zeit ihrer Ruhmestaten vorgelesen und beifällig aufgenommen wird: Während Johanna, vom Volk abgeschnitten, zu fürchten beginnt, ihr Kampf könne sinnlos, da echolos sein, beginnt das Volk ihn zu verstehen. In der letzten Szene, vor der Verbrennung, taucht der letzte Vers des Spottlieds (»Für 5000 Pfund!«) noch einmal auf – nach der feierlichen Verurteilung Johannas durch den Bischof auf dem Marktplatz. Er hat jetzt einen drohenden Klang angenommen.

ZU »TURANDOT ODER DER KONGRESS DER WEISSWÄSCHER« (Band 9)

Vorwort zu »Turandot«

Zu Beginn des Sommers, in dem ich das vorliegende Stück schrieb, hatte ein schreckliches Ereignis jeden denkenden Menschen in der Republik tief erschreckt. Seit dem Ende des Hitlerkriegs, das zur Besetzung dieses Teils Deutschlands durch die Sowjets geführt hatte, hatten sozialistische Maßnahmen wie die Vertreibung der kriegerischen Junker, die Übernahme vieler Fabriken in die öffentliche Hand und die Zulassung der Arbeiter- und Bauernkinder zum Studium eine gewaltige Veränderung der Lebensweise bewirkt. Eine ebenso große Veränderung der Denkweise zu bewirken, war freilich nicht gelungen. Dies hatte viele Ursachen. Erstens einmal mußte die Veränderung der Wirtschaftsweise an einer durch den Krieg geschwächten Wirtschaft vorgenommen werden. Das Hitlerregime hatte die letzten Reserven des nationalen Wohlstands erschöpft, und die Wiederherstellung der Wirtschaft, von den Arbeitern und Bauern sogleich fleißig und erfinderisch in Angriff genommen, litt zunächst auch noch unter der Notwendigkeit, wenigstens einige der ungeheuerlichen Zerstörungen wiedergutzumachen, die das deutsche Volk unter dem Hitlerregime in der überfallenen Sowjetunion verübt hatte: Auch dieses Land war an das Ende seiner Reserven gelangt.

Zum andren waren die sozialistischen Maßnahmen neu; die sie ins Werk setzten, hatten keine oder wenig Erfahrung in derlei, jeder Schritt war ein Versuch auf unbegangenem Gelände, auch wenn die Russen ihn unterstützten. Überall wurden Fehler gemacht, Menschen geschädigt oder gekränkt, kostspielige Umwege oder kostspielige kürzeste Wege begangen, immer wieder wurde verordnet anstatt überzeugt.

Eine Revolution hatte nicht stattgefunden; nicht einmal in den letzten Tagen der Kämpfe hatte die Bevölkerung sich gegen ein Regime erhoben, das sie in Elend und Verbrechen gestürzt hatte. Das deutsche Proletariat, uneinig, geschwächt durch Arbeitslosigkeit, von einem militarisierten Kleinbürgertum terrorisiert, stellte unterirdische Kampftruppen, die Übermenschliches leisteten, kam aber über passive Resistenz nicht hinaus. Viele seiner besten Führer wurden ermordet. Gegen Ende des Hitlerkriegs zu vernichteten noch die Bombenangriffe auf die Städte neue Organisationen, die beim Zusammenbruch die Macht vielleicht hätten übernehmen können. Was nun an Maßnahmen des Wiederaufbaus ins Werk gesetzt wurde, wurde es für den Großteil der Bevölkerung, aber nicht durch ihn.

Es ist, zumal im Chaos eines verlorenen Krieges, in einem hochzivilisierten Gemeinwesen mit hochgradiger Arbeitsteilung unmöglich, auf einen Staatsapparat zu verzichten, aber schwierig, einen völlig neuen aufzubauen. Unter neuen Befehlshabern setzte sich also der Naziapparat wieder in Bewegung. Ein solcher Apparat kann durch Kontrolle von oben nicht mit neuem Geist erfüllt werden; er benötigte Kontrolle von unten. Unüberzeugt, aber feige, feindlich, aber sich duckend, begannen verknöcherte Beamte wieder gegen die Bevölkerung zu regieren.

Anmerkungen

Die Bühne muß schnell verwandelbar sein, wobei die Szenen *Gasse, Im Hof des kaiserlichen Palastes* vor dem kleinen Vorhang gespielt werden können. Die Bauten müssen schwerelos sein, poetische und realistische Andeutungen.

Der Kongreß der Weißwäscher wird am besten auf einer Drehbühne gespielt, so daß die Bühne jeweils in Vestibül und Garderoben einschwenken kann, ohne Vorhang.

Die Tuis sind durch kleine Hüte der tibetanischen und europäisch priesterlichen Art gekennzeichnet. Die Hüte sind je nach Bedeutung des Tui verschieden, mehr oder weniger prunkvoll, auch verschieden in der Farbe.

Die Kostüme können Mischungen sein, basierend auf den chinesischen.

Es muß schnell gespielt werden.

»Turandot« und die Intellektuellen

Das Stück »Turandot oder Der Kongreß der Weißwäscher« gehört zu einem umfangreichen literarischen Komplex, der zum größten Teil noch in Plänen und Skizzen besteht. Zu ihm gehören ein Roman, »Der Untergang der Tuis«, ein Band Erzählungen, »Tuigeschichten«, eine Folge kleiner Stücke, »Tuischwänke«, und ein Bändchen von Traktaten, »Die Kunst der Speichelleckerei und andre Künste«.

Alle diese Arbeiten, die den Verfasser seit Jahrzehnten beschäftigen, behandeln den Mißbrauch des Intellekts.

Bemerkungen zu »Turandot«

Den Plan, ein Stück »Turandot« zu schreiben, faßte ich schon in den dreißiger Jahren, und in der Exilzeit beschäftigte ich mich mit Vorarbeiten zu einem Roman »Das Goldene Zeitalter der Tuis«. Besonders als ich das »Leben des Galilei« geschrieben hatte, in dem ich den heraufdämmernden Morgen der Vernunft geschildert hatte, bekam ich Lust, ihren Abend zu schildern, den Abend eben jener Art von Vernunft, die gegen Ende des sechzehnten Jahrhunderts das kapitalistische Zeitalter eröffnet hatte.

ZU »DON JUAN VON MOLIÈRE« (Band 9)

[Wie soll man Molière spielen?]

In einer Zeit, wo so viele Umwälzungen vorgenommen werden, so viele Umwertungen nötig und möglich geworden sind, so viele alte Ideale aufgegeben und so viele neue Ideale aufgerichtet werden können.

Wie soll man Molière spielen? Wie den »Don Juan«? Ich denke, die Antwort muß sein: So, wie er nach möglichst genauer Prüfung des Textes unter Berücksichtigung der Dokumente von Molières Zeit und seiner Stellung zu dieser Zeit gespielt werden muß. D. h. man darf ihn nicht verdrehen, verfälschen, schlau ausdeuten; man darf nicht spätere Gesichtspunkte über die seinen stellen usw. Die marxistische Betrachtungsweise, zu der wir uns bekennen, führt bei großen Dichtwerken nicht zu einer Feststellung ihrer Schwächen, sondern ihrer Stärken. Diese Betrachtungsweise räumt mit den Restaurierungen, Verfälschungen und Entstellungen auf, die in Verfallsepochen durch das Eingehen auf schlechteren Geschmack oder durch (bewußte oder unbewußte) Versuche der herrschenden Klasse, sich durch eine selbstgefällige und selbstherrliche »Interpretierung« von Meisterwerken diese beschädigt haben.

Notate zu »Don Juan«

1 Als Szenerie vorzüglich die originale Bühne Molières mit ihrer magnifizenten Perspektive, Salonlüstern, sparsamen Andeutungen: die Welt als dekorative Fischgründe der großen Herren.

2 Das Spiel in vollkommenem Ernst, d. h. diese Gesellschaft nimmt sich verteufelt ernst.

3 Der große Verführer läßt sich nicht zu besonderen erotischen Kunstgriffen herab. Er verführt durch sein Kostüm (und diese Art, es zu tragen), seine Stellung (und die Unverschämtheit, sie zu mißbrauchen), seinen Reichtum (oder seinen Kredit)

und seinen Ruf (oder die Sicherheit, die ihm seine Berühmtheit bei sich selbst gewährt). Er tritt auf als sexuelle Großmacht.

4 Gewisse Vorgänge können durch die Musik Lullys untermalt werden. Die Unterredungen mit Donna Elvira im ersten und letzten Akt verlieren durch die Musik den tragischen und gewinnen einen schicklicheren melodramatischen Charakter. Zu dem Auftritt des rächenden Bruders (Don Alonso) im dritten Akt paßt sehr gut das Hörnerhalali. Usw.

Der Atheismus des großen Parasiten täuscht viele; sie fallen darauf herein, bewundern ihn, rühmen ihn als fortschrittlich. Aber Molière war weit entfernt davon, seinen Don Juan wegen seines Atheismus als einen vorurteilsfreien Mann zu empfehlen; er verurteilt ihn dafür – entzieht er sich, wie der ganze Hofadel der Zeit, durch seinen zynischen Unglauben lediglich den elementaren sittlichen Anforderungen! Molière läßt ihn am Ende vom Himmel bestrafen, aber nur in komisch-theatralischer Weise, damit überhaupt den Verbrechen endlich ein Ende gesetzt wird. In einer Gesellschaftsordnung wie dieser gibt es keine Instanz, die dem Parasiten Einhalt gebieten könnte, als – allenfalls – der Himmel, d. h. die Theatermaschinerie. Wenn der Bühnenboden sich nicht öffnen würde, das glänzende Scheusal zu verschlingen, ginge es ungehindert und unhinderbar weiter über die Erde.

Ohne ihre menschlichen Erdbeben brauchte die Menschheit nicht einen Felsen Petri.

Don Juan ist kein Atheist im fortschrittlichen Sinn. Sein Unglaube ist nicht kämpferisch, indem er menschliche Aktionen fordert. Er ist einfach ein Mangel an Glauben. Da ist nicht eine andere Überzeugung, sondern keine Überzeugung.

Don Juan glaubt vielleicht sogar an Gott, er will nur nichts von ihm hören, da dies sein Genußleben stören würde.

Er benutzt jedes Argument – ohne eines davon zu glauben –, das die Dame legt, wie jedes, das ihn von der Dame befreit.

Wir befinden uns nicht auf der Seite Molières. Dieser votiert für Don Juan: der Epikureer (und Gassendi-Schüler) für den Epikureer. Das Gericht des Himmels verspottet Molière, es würde zum Himmel passen, dieser dubiosen Einrichtung zur Abtötung der Lebensfreude. Gegen Don Juan läßt er nur gehörnte Ehemänner usw. sein. – Wir sind gegen parasitäre Lebensfreude, aber für Lebensfreude. Leider haben wir als Lebenskünstler nur den Tiger vorzuweisen!

Bessons Inszenierung des »Don Juan« beim Berliner Ensemble

Als Shakespeare von deutschen Truppen im siebzehnten Jahrhundert gespielt wurde, handelte es sich um einen verballhornten, aufgedonnerten, rohgemachten Shakespeare. Erst die Klassik reinigte wieder die Texte und entdeckte die Bedeutung dieser Werke. (Man täuscht sich aber, wenn man annimmt, es gäbe demnach eine echte Shakespeare-Tradition, aus der zu schöpfen wäre, denn bald erstarrte wieder das in schönen großen Fluß Gekommene und wurde zu Klischee und Schablone.) Mit dem Molière wurde die bürgerliche deutsche Bühne fertig, ohne die Texte zu demolieren, sie kriegte ihn unter, indem sie ihn »tiefer auffaßte«, »vermenschlichte«, »dämonisierte«. Der Geizhals wurde ein »fast« tragischer Mensch, einem dämonischen Trieb der Gier »ausgeliefert«. Dandin, der Hahnrei aus Snobismus, wurde eine Art Wozzek, dem der Adlige die Frau wegnimmt. Don Juan wurde der »vielleicht sogar tragische Wüstling«, der »nie zu sättigende Sucher und Begehrer«. Nichts in dem Text, der vorliegt, ermuntert eine solche Auffassung, die auch von einer völligen Unkenntnis der Zeit zeugt, in der Molière lebte, und der Stellung, die er zu ihr einnahm. Es gibt heute eine eigentümliche Meinung vom Fortschritt, die das Theater bei der Wiedererweckung großer Werke aus der Vergangenheit sehr hindert. Der Fortschritt bestand nach dieser Meinung darin, daß das Schaffen immer weniger primitiv und naiv wurde, je mehr die Zeit fortschritt. Diese Meinung ist auch im bürgerlichen Lager weit verbreitet und gehört dorthin. Als der englische Schauspieler Olivier Shakespeares »Heinrich V.« verfilmte, begann er den Film mit der Darstellung der Premiere an Shakespeares Globetheater. Die Spielweise war als pathetisch, steif, primitiv, nahezu albern dargestellt. Dann ging die Spielweise in eine »moderne« über. Die rohen alten Zeiten waren überwunden, es wurde differenziert, elegant, überlegen gespielt. Kaum ein anderer Film hat mich so geärgert. Welch eine Meinung, die Regie Shakespeares könnte so viel dümmer und roher gewesen sein als die des Herrn Olivier! Ich bin natürlich nicht der Meinung, daß das vorige Jahrhundert oder auch das unsere nichts Bedeutendes, Neues in der Darstellung menschlichen Zusammenlebens und in der Zeichnung von Menschen hervorgebracht hätte. Aber es geht in keiner Weise an, diese Fortschritte den älteren Werken »zugute kommen« zu lassen, sofern sie Meisterwerke sind. Wir dürfen nicht den Marloweschen Faust mit Zügen des Goetheschen versehen; er würde dadurch nicht goethisch und wäre nicht mehr marloweisch. Die alten Werke haben ihre eigenen Werte, ihre eigene Differenziertheit, ihre eigene Skala von Schönheiten und Wahrheiten. Sie gilt es zu entdecken. Das bedeutet nicht, daß man Molière so spielen soll, wie er hundertsiebzigmal gespielt wurde; es bedeutet nur, daß man ihn nicht so spielen sollte, wie er 1850 gespielt wurde (und 1950). Gerade die Vielfalt der Erkenntnisse und Schönheiten seiner Werke erlaubt es, Wirkungen aus ihnen zu holen, die unserer Zeit gemäß sind. Molières »Don Juan« ist für uns in der älteren Auffassung wertvoller als in der neueren (ebenfalls alten). Wir haben von der (Molière näheren) Satire mehr als von der halbtragischen Charakterstudie. Der Glanz des Parasiten interessiert uns weniger als das Parasitäre seines Glanzes. Leipziger Philosophiestudenten, welche die Aufführung Bessons diskutierten, fanden die Satire auf die feudale Auffassung der Liebe als einer Jagd noch so aktuell, daß sie mit vielem Gelächter über die heutigen Herzensbrecher berichteten. Ich bin überzeugt und hoffe, daß etwa dämonische Seelentöter sie weit weniger interessiert hätten.

In der Tat ist die Inszenierung des »Don Juan« durch Benno Besson in zweifacher Hinsicht von Bedeutung. Er stellte die Komik der Don-Juan-Figur wieder her – übrigens gerechtfertigt durch die erstmalige Besetzung im Theater Molières mit dem Komiker, der für gewöhnlich die komischen Marquis spielte –, indem er die sozialkritische Aussage des Stückes wiederherstellte. In der berühmten Bettlerszene, die bisher dazu benutzt wurde, Don Juan als Freigeist und damit fortschrittlichen Typ hinzustellen, zeigte Besson lediglich einen Libertin, zu arrogant, irgendwelche Verpflichtungen anzuerkennen, so daß sichtbar wurde, wie die herrschende Clique sich auch über den staatlich konzessionierten und befohlenen Glauben hinwegsetzte. Formal emanzipierte sich Besson ein wenig, indem er die Einteilung des Stücks in fünf Akte beseitigte, ein zeitgegebener Formalismus, durch welche leichte Operation er das Vergnügen des Publikums zweifellos steigerte, ohne etwas vom Sinn des Stücks zu opfern. Von Bedeutung für die deutsche Bühne war ferner, daß Besson sehr glücklich die unschätzbare Tradition der französischen Bühne zu benutzen wußte. Beglückt gewahrte das Publikum den weiten universalen Rang der Molièreschen Komik, jene kühne Mischung der feinsten Kammermusikkomik mit der größten Farce und dazwischen jene kleinen köstlich ernsten Passagen, die ohnegleichen sind.

Unser Theater ist in der schönen Phase des Lernens. Das macht seine Versuche wichtig und seine Fehler vielleicht entschuldbar.

ZU »PAUKEN UND TROMPETEN« (Band 9)

»Pauken und Trompeten« (nach Farquhar)

Das Feld, auf dem sich Figuren und Handlung bewegen, zeigt unter anderen diese Widersprüche:

Beruf und Berufung des Offiziers.

Der Offizier schützt das Vaterland, wo immer er kämpft, und lebt von dem Land, in dem er stationiert ist, also eventuell auch vom Vaterland, möglichst gut.

Er versorgt sich mit den Töchtern des Lands in gleicher Weise im eignen wie im fremden Land.

Der Eroberer läßt sich erobern.

Patriotismus und Egoismus decken sich in der herrschenden Klasse.

»Pauken und Trompeten«, erste Szene

Der Krieg als allgemeine Sache und als Privatsache. Captain Plume erfährt bei seiner Ankunft, wie Shrewsbury seine »militärischen Freier« aufnimmt. Es melden sich wenig Rekruten, jedoch ein junges Mädchen für den Captain.

Der Krieg wiederum mißfällt dem Captain, der für ihn Rekruten zu werben hat. Er wirft Soldaten gegen Zivilisten.

Der Captain, der Unlust verspürt, als Soldat für zivile Interessen zu kämpfen, wird im Verlauf der Episode ins Zivilleben übergehen (und anstatt in Amerika dann in England exploitieren). Der Rapport des Sergeanten Kite deutet einen Interessengegensatz zwischen der Jugend von Shrewsbury und der Krone an.

Was für Verfremdungen – außer dem verfremdenden Spiel selbst – bringen diese Widersprüche heraus?

»Pauken und Trompeten«, Captain Plume

Kein Grund, dem Werbeoffizier der englischen Restaurationskomödie mehr gesellschaftlichen Status zu verleihen, als etwa der Weinreisende im Preußen des angehenden zwanzigsten Jahrhunderts genoß. Das war nicht etwa der Beruf des Adels. Dessen Söhne besaßen Regimenter mit acht Jahren. Plume ist ein Bauernjunge, der sich durch Mutterwitz und vielleicht durch Tapferkeit hochgedient hat und keinerlei Tischmanieren benötigt. Die Fabel des Stücks verlangt, daß er halbwegs gut gewachsen ist, und niemand im Publikum braucht Victorias Gefühle für ihn zu teilen. Andrerseits braucht ihm nicht sein Stand zuschlechte gehalten werden. Der Subalterne ist hier auch der Plebejische. – Etwas über das »Äußerliche«: Stramme und elegante Haltung ist zu vermeiden. Plume kann in seiner hübschen Uniform stecken, wie er will, er imitiert nicht einen Edelmann und bewegt sich nicht wie ein Flamingo.

Zu Stücken anderer Autoren in Inszenierungen des Berliner Ensembles

ZU »WASSA SCHELESNOWA« VON MAXIM GORKI

Therese Giehse als Wassa Schelesnowa

Die Grundkonzeption

Wie jedes schauspielerische Ingenium, hatte sich die Giehse eine Vorstellung erarbeitet, die das Gesamte der Aufführung betraf. Das große Porträt der Kapitalistin Schelesnowa herzustellen, brauchte sie von der Regie Unterstützung bei der Formung der anderen Figuren. Sie erhielt sie meisterhaft von Berthold Viertel. Die Schelesnowa mußte die kräftigste, geistig bestausgestattete, imponierendste Persönlichkeit inmitten einer Brut dekadenter Parasiten sein.

Es kam dann aber alles darauf an, daß die gesellschaftliche Basis dieser Dekadenz des Mannes, des Bruders und der Töchter gut sichtbar wurde. Die Stammutter hatte es zu sein, wie die Schelesnowa sich tituliert, die sie alle, die ganze Familie, korrumpiert und entmenscht hatte. Durch ihre Tüchtigkeit, ihr organisatorisches Talent, ihre rücksichtslose Energie ermöglicht sie ihrer Familie den Müßiggang, die Schwelgerei, die Macht, die sie korrumpiert. Gegenüber tritt ihr eine andere kräftige Persönlichkeit, aus einer anderen Welt stammend, ihre Schwiegertochter Rachel, die Revolutionärin. Die Giehse wünschte sich die Schelesnowa so, daß der Zuschauer denken konnte, es möchte unter anderen Umständen, aufgewachsen in anderem Milieu, erfaßt von anderen Gedanken, sehr wohl auch sie diesen anderen Weg, den Weg der Revolutionärin gegangen sein. Und sie behandelt ihre Schwiegertochter, als wäre da wirklich ein einfacher Tausch denkbar, als wäre auch die Schwiegertochter jetzt noch zu dem Weg der Schelesnowa zu bekehren, als könnte auch Rachel mit ihrer Tüchtigkeit, ihrem organisatorischen Talent, ihrer Energie, eine Kapitalistin werden. Das ist natürlich ein Irrtum. Er zerstört sie.

Die Darstellung der Schelesnowa durch die Giehse ist dialektisch und aufschlußreich. Bei undialektischen, formalistischen Darstellungen wird nur das Äußerliche einer Figur abgebildet, und das Resultat ist etwas Formelhaftes, Unlebendiges. Der realistische Schauspieler verschafft dem Zuschauer durch seine

Kunst einen tiefen Einblick in die menschliche Natur, wie der wissenschaftliche Forscher in sein Objekt.

Der Tod

Sie ist zurückgekommen von den Geschäften, den Schiebungen, den Durchstechereien. Es ist anstrengend, zu betrügen. Sie ist »überarbeitet«, das Herz! Im Salon hat eine Orgie stattgefunden, im engsten Familienkreise, das ekelte sie an. Sie hat sich mit der ewig betrunkenen Tochter gezankt, obwohl ihr schlecht war, das Herz! Dann gab es einen Streit mit der Schwiegertochter, der Revolutionärin, und im Grunde hatte das Sterben da begonnen. Sie hatte den heißen Tee geschlürft und es noch nicht gemerkt. Sie hatte die Schwiegertochter angeschrien (»Ich bin gesund, das Geschäft liegt fest in meiner Hand«), etwas zu heftig, das Herz, und den Tee geschlürft, etwas zu gierig, ihr war kalt, aber der Tee war wieder zu heiß; sie hatte ihn geblasen und versucht, er war noch immer zu heiß, sie hatte ihn doch geschluckt, es war eine richtiggehende Orgie mit dem Tee, er labte nicht wirklich. Es war ihr jetzt sehr schlecht geworden, sie hatte sich kaum noch erheben, kaum noch zum Schreibtisch kommen können, das war ja ein Marsch gewesen, mit Verlusten, das Herz! Aber es hatte immer noch Geschäfte gegeben, die erledigt werden mußten. Sie hatte die Haushälterin überreden müssen, noch jetzt, nachts, zur Polizei zu gehen und die Schwiegertochter anzuzeigen. Jetzt ist es endlich soweit, daß sie etwas Ruhe hat, sitzend neben dem Schreibtisch, und jetzt kommt der Abschied. Ludmilla kommt, sie zum Abendbrot zu holen. Die »etwas Zurückgebliebene«, die immer noch die Elfjährige spielt, der Augapfel. Das Gespräch ist neckisch (»Du ißt wohl gern?« – »Ja, ich esse sehr gern!«). Ludmilla setzt sich neben die Mutter auf den Teppich, faßt ihre Hände, schaukelt sich. Dann geht sie allein zum Essen, die Mutter wird nur noch Himbeertee trinken, gegen das Herz, dann schlafen gehen. Aber wenn Ludmilla weggegangen ist, war es ein Abschied gewesen. Wassa dämmert es jetzt, daß diese Herzattacke nicht ist, was die früheren waren, daß jetzt etwas Neues beginnt, etwas durch und durch Schlimmes, daß jetzt gestorben werden muß. – In schwierigen Situationen ergreifen die führenden Persönlichkeiten des Geschäftslebens ihre Maßnahmen. Unverzüglich erhebt sie sich, keine kleine Aufgabe, und tritt den Marsch um den Schreibtisch an, zum Kassenschrank und zum Telefon, es wird nicht mehr ganz klar, wohin. Der Marsch wird in kurzen Schrittchen ausgeführt, wohlberechneten Schrittchen, in besonders aufrechter und sichtbar souveräner Haltung. Das Brettchen unter dem an der Wand hängenden Telefon, durch das die Verbindung mit der Außenwelt aufgenommen werden kann, zu der Welt der Polizisten, Angestellten und Ärzte, bietet noch einmal einen willkommenen Stützpunkt, der voll ausgenutzt werden muß, wie alles übrige. (Man muß alles voll ausnutzen.) Dann geschieht es. Pitjorkin, der Knecht, steht betrunken unter den grünen Gewächsen des Wintergartens im Hintergrund. Er streicht über die Gitarre, die er hält, sie hört den scharrenden Laut, dreht sich um und sieht ihn die Zunge herausstrecken. »Hinaus, du Satan!« Der Satan schleicht hinaus, es war ein Schreck, ein Schreck ist nicht gut, das Herz! Der Marsch muß fortgesetzt werden, in aller Vereinsamung, mit allen letzten Reserven. Das Ziel ist der Lehnstuhl hinten. Der Todesmarsch bewegt sich auf den Lehnstuhl zu. Dorthin muß sie sich schleppen, sich, das ist viel, es ist ein mächtiger, imposanter, ein sehr, sehr schwerer Körper, ein Imperium für sich, eine ganze Klasse, sehr, sehr schwer bewegbar, beinahe nicht manövrierbar, und der Marsch geht über dünnes Eis, da ist äußerste Vorsicht nötig. Aber man ist schon über Eis gegangen, wenn auch nicht über so dünnes und in solcher Verfassung! Wird der Lehnstuhl erreicht? Wird er nicht erreicht? Er wird erreicht. Sie erreicht ihn und setzt sich nieder und stirbt.

Teo Ottos »Wassa Schelesnowa«-Bühne

Der Schauplatz, die Diele des Schelesnowschen Hauses, war, technisch gesehen, in verschiedene Spielfelder eingeteilt, auf denen die einzelnen Szenen konzentriert gegeben werden konnten. Auf dem Sofa, nahe der Rampe im Vordergrund, versuchte die Schelesnowa ihren verkommenen Mann zum Selbstmord zu überreden; der Platz war intim, geschützt vor dem Blick etwa durchs Zimmer Gehender durch den dahinterstehenden Tisch. Dahinter war der Kaffeetisch, an dem die Familie sich versammelte und wo die Schelesnowa nach dem Mord-Selbstmord ihren Töchtern in einem Ton, als erzähle sie ein Märchen, thronend wie eine Königin, von ihrem elenden Eheleben erzählte. Rechts in der Ecke stand der Schreibtisch mit dem Kassenschrank nebenbei, hier wurde gearbeitet, das heißt verdient. Neben dem Kassenschrank hing an der Wand das Telefon, für den Verkehr mit den Behörden und zum Empfang bedrohlicher Nachrichten. Hinter dieser Ära, wo die Kapitalistin dem sozialdemokratischen Verwalter die Leviten las und am Ende des Stücks der Haushälterin nahe dem Tode den Auftrag erteilte, die revolutionäre Schwiegertochter der Polizei anzuzeigen, ist eine kleine Estrade mit dem Eingang zum Mordzimmer. Ziemlich weit hinten, in der Mitte der Bühne auf einer Estrade, stand der große Lehnstuhl, in dem gestorben wurde. Und ganz hinten, giftgrün und wächsern, gab es einen kleinen Wintergarten mit Palmen in einem etwas unwirklichen Aquariumlicht, welcher der häßlichen Nüchternheit des großen Raums das künstlich Phantastische beimischte. Dort steht der verkommene Knecht Pitjorkin; wenn ihn die Schelesnowa erblickt, und schuldbewußt nach dem Telefongespräch mit der Polizei, kann sie ihn in diesem Licht sehr wohl für den Teufel halten. Die ganze Diele, zeigend die Vermischung von Privatleben und Geschäft, eine komfortable Brutstätte der Ausbeutung und Verkommenheit, ist zu einem Ganzen verbunden durch eine geschnitzte Decke, das artistische Prunkstück der Dekoration, drückend, schief und unregelmäßig über den Bewohnern hängend.

ZU »URFAUST« VON JOHANN WOLFGANG GOETHE

[Anmerkungen zu einzelnen Szenen]

Urfaust (1)
Die Kürzungen in der ersten Szene zielen darauf ab, dem Darsteller des Faust den Abstieg in die infernalische Sphäre der Schwarzen Magie zu ermöglichen. Seine edle Verzweiflung muß übergehen können in die Lust am Abenteuerlichen, Kriminellen. Der Monolog wird so zur großen Rechtfertigung vor dem endgültigen Schritt, zu dem alle Vorbereitungen getroffen sind.

Der Famulus Wagner überrascht Faust stehend in seinem Zauberkreis. Auf diesen schielt er in unbändiger Neugier während des ganzen Gesprächs, die Anordnung der Kerzen und andern Gegenstände am Boden prüfend, wenn Faust sich abwendet. Ist er weg, nimmt Faust seine Beschwörung wieder auf.

Die Beschwörung: Faust geht nach dem großen Buch, das er ständig in Händen hält. Er legt das Pergamentband, das ihn schützen soll, stellt Kerzen und andere Gegenstände auf, umschreitet den Kreis in abgewogenen Schritten, tritt ein, legt das Buch auf einen Schädel und liest aus ihm, was geschehen wird. Dabei blickt er kurz auf, sich zu vergewissern, ob es geschieht. Die eigentlichen Formeln murmelt er halblaut, das »Komm, komm« dazwischen besonders dringlich. Dabei bekreuzt er sich wild und grinsend. Der Erdgeist antwortet ihm aus dem Theaterraum (mechanisch vom Kronleuchter aus übertragen). Das ganze Unterfangen hat etwas Illegales, Verrottetes und Abtrünniges.

Großer Wert wurde darauf gelegt, daß bei aller Lebendigkeit und allem Realismus der Diktion die Form des großen Gedichts gewahrt blieb. Der humanistische Aspekt nahm allem den Charakter des Primitiven.

Von den Versen des Erdgeists wurden die beliebten schlechten gestrichen (»in Lebensfluten, im Tatensturm – und würke« usw.).

Die Schülerszene

Der Teufel empfängt in Abwesenheit Fausts einen neuen Schüler. Er karikiert jene Lehrer, die er in die Hand bekommt. Alles Streben in den jungen Menschen wird umgebogen, die schöne Flamme des Wissensdurstes zertreten. Zunächst durch die Habgier der Lehrer, die nur verdienen wollen, an den Kollegiengeldern, selbst an der Verköstigung. Der Schüler will zur Sache kommen, zur Wissenschaft. Da führt ihm der Teufel die Wissenschaft, wie sie gelehrt wird, vor. Und zum Ende verwandelt sich der Lehrer völlig in den Teufel und lehrt dem jungen Fäustchen den Mißbrauch der Wissenschaft (der Medizin). Ein kleiner Dummkopf geht belehrt weg, entschlossen, die Scharlatanerei zu erlernen.

Urfaust (6)

Es scheint mir unzulässig, dem Verhalten Fausts in seinen Liebesangelegenheiten das Moment des Depravierten zu nehmen. Ein Moment der »Schwarzen Magie« muß ja, der Fabel nach, auch in dieser einfachen Liebesgeschichte noch auftauchen. In die »reine« Sphäre dieses Zimmers und dieses Lebens führt der Teufel den gelahrten Herrn, und selbst wenn erst allmählich teuflisch wird, was »so gut, so lieb« war, und selbst wenn dem Faust das reinste Empfinden durch den Teufel verkehrt wird – etwas von dem Üblen, das im Gange ist, muß doch von Anfang an durchscheinen.

Schwerdtlein-Szene

Gretchen zeigt das Kästchen nicht ohne Stolz. Die beiden stehen dann vor dem Spiegel, Marthe legt Gretchen die Kette und einen Ohrring an und schmückt sich dann hemmungslos selber weiter. Gretchen schaut ihr beifällig lächelnd zu.

Es ist meist nicht ganz leicht, die schnelle Zustimmung Gretchens zu dem Stelldichein mit Mephisto und seinem Freund zu spielen. (Es kommt dazu, daß Mephisto ihr unsympathisch ist.) Reichel ließ sich überrumpeln durch Mephistos Lob, wenn er sie mit dem Schmuck sieht. Sie zeigte zarte und reizvolle Empfänglichkeit dafür, ein Erwachen der Weiblichkeit.

Szene »Wie von dem Fenster dort der Sakristei«
Wir nannten die Szene *Letzter Besuch*. Faust und Mephisto tauchen vor Gretchens Hause auf. Am Ende öffnet ein blasses Gretchen, in den Händen die Lampe, die Tür und läßt Faust ein. Immer noch geht das Lieben weiter ... Die Szene steht nach der Szene am Zwinger und vor der Szene im Dom.

Szene »Im Elend! Verzweifelnd!«
Faust und Mephisto stehen voneinander abgewandt. Weder der eine noch der andere wünscht dem Gegner ins Auge zu sehn.

[Brückenverse zu »Urfaust«]

1. Nach Wagner-Szene
Doktor Faustus, eines Bauern Sohn
Paktieret mit dem Teufel nun.
Den schröcklichen Pakt, den fand man aus
Nach sei'm Tod in seinem Haus.
Sei von seiner Hand geschrieben gewesen
Blutige Schrift, gar wohl zu lesen.
Seine ewige Seel hat er dem Teufel vermacht
Daß der ihm irdische Seligkeit bracht.

Seit dem Tag – hat dazu gepaßt –
Traf man bei ihm einen seltsamen Gast.
Der ging bei ihm ein und aus
Und war bei ihm als wie zu Haus.

Nach Schülerszene
Faustus befahl dem Teufel: er sollt
Ihn rumführen, wo er immer wollt.

Nach Auerbach
Fausten stach sein fleischlich List
Daß er ein Buhler worden ist.

Nach »Brunnen«
Es lebte Fausten in der Pracht
Ein Epikureer Tag und Nacht.
Nur eins hat der Teufel ihm ausgeredt:
Daß er sein Gretchen geehelicht hätt.
Lieb wie er wollt, oder Ehestandspflicht
Zwei Herren könnt er dienen nicht.
Gretchen, saht ihr, merkt es schon
Fragt ihn nach seiner Religion.
Gab ihr nie keinen rechten Bescheid –
Trotz des tat Gretchen ihr Lieb nicht leid.
Der Teufel gab ihm um was er auch bat.
Endete alles in Missetat.

Vor »Dom«
Was der Teufel braut, ist scharfer Trank.
Gretchens Mutter wurd sterbenskrank.
Und wie die Totenmeß wurd gelesen
Ist Gretchen nit dabeigewesen.
Ein Engel stand vor dem Kirchentor
Da kam's dem armen Gretchen vor
Als ob der Engel mit sei'm Schwert
Ihr den Eintritt hätt verwehrt.

Nach »Dom«
Ein schöner Juni ist gekommen
Der Teufel hat Fausten auf eine Reis genommen.
Zeigt ihm das prächtige Thüringer Land.
Da kam sein Gretchen in Schmach und Schand.

Vor »Im Elend«
Auf dem Brocken war Walpurgisnacht
Hex und Teufel haben ein Fest gemacht.
Da ist Fauste zwischen ihnen
Im Geist sein Gretelchen erschienen.
Ein blasses Kind sah er von Ferne stehn
Sie schien mit geschlossenen Füßen zu gehn.
Ihren Hals sah er ein rotes Schnürchen schmücken
Nit breiter als ein Messerrücken.

Da wußt er, was passieret war.
Der Teufel lachte: was nit gar.

[Epilog]
Was wir gesehn von Doktor Faust
Macht, daß uns alle vor ihm graust.
Sein wild Streben um Lebensgenuß
Bringt ihm und anderen groß Verdruß.
Wollt erst sich nur im Reich der Ideen
Dann nur auf niedriger Erd ergehn.
Wollt nur empfangen oben und unten
Hat oben und unten nichts gefunden.
Sein Reis ist aber noch nicht zu End –
Es kommt dazu, daß er erkennt:
Eben der Weisheit letzter Schluß
Die Welt bereichern ist höchster Genuß.

Humor und Würde
Antwort auf einen Brief

Liebe Kollegen vom technischen Stab!

Ihr habt Bedenken über die Gestaltung zweier Szenen des Goetheschen »Urfaust« durch den jungen Regisseur Egon Monk. Es handelt sich um die Schülerszene und die Szene in Auerbachs Keller, und Ihr findet den Humor zu drastisch, mehr angemessen Carows Lachbühne als dem Deutschen Theater. Ich freue mich über Eure Kritik, da sie zeigt, daß Ihr Euch für die Aufführungen an Eurem Theater verantwortlich fühlt, und ich habe dem Regisseur geraten, zwei Einzelheiten abzuändern, aber im übrigen und hauptsächlichen kann ich mich Eurer Meinung nicht anschließen. Warum nicht?

Die erste der beiden Szenen, die Schülerszene, zeigt, wie der Teufel einen schlechten Professor spielt, d.h. einen Professor von der Art, wie er sie gelegentlich und nicht zu selten in Goethes Zeiten in die Hände bekam. Der Mann »belehrt« einen wissensdurstigen Schüler, indem er alles tut, die kleine Flamme der Wißbegier bei ihm gründlichst auszutreten. Dieser Lehrer ist nur interessiert an den Einnahmen, die er direkt oder indirekt von seinen Schülern ziehen kann, spricht nur zynisch von den Wissenschaften und rät dem jungen Mann, auch seinerseits einmal seine Wissenschaft, die Medizin, nur als zu melkende Kuh zu betrachten. Goethe zeigt dann noch, wie der junge Mann, naiv und in angelerntem Respekt vor dem »Lehrer«, dem Appell an seine niedrigsten Instinkte begeistert folgt und beglückt weggeht, kuriert von Wissensdurst und befreit von Gewissen. Goethe läßt seinen Teufel die scharfe Kritik des Leerlaufs und der Habsucht des bürgerlichen Universitätsbetriebs in der Form frecher Späße üben. Das Theater muß da Phantasie anwenden, und die Teufelsspäße dürfen nicht feine, schalkhafte Späße sein, sondern Späße der groben Art; hier gehört ein grober Keil auf einen groben Klotz. Die Späße müssen allerdings alle dazu dienen, den Schüler zu verwirren und seinen Eifer für die echte Wissenschaft zu vernichten. Von ähnlicher Art und wieder eine scharfe Satire am Universitätsbetrieb ist die berühmte Sauferei in Auerbachs Keller. Mißleitet von einer Regieanweisung »Zeche lustiger Gesellen«, vertuschen die Theater für gewöhnlich alle die Roheit, den Stumpfsinn und die Verkommenheit der Kumpane. Es ist die niedrigste Form der Kurzweil, die Faust angeboten wird, die billigste »Sozietät«. Jede Beschönigung und Verniedlichung hier tut der Größe dieses Werks Abbruch. Das Theater darf das Häßliche im Leben, das es nicht verbergen darf, nicht in häßlicher Weise darstellen; es darf bei der Darstellung des Gemeinen nicht selbst gemein werden. So hat es viele Kunstmittel entwickelt, das Böse und Niedrige so darzustellen, daß das gute und hohe Ziel immer im Auge des Zuschauers bleibt, nämlich: durch die Aufdeckung des gesellschaftlich Minderwertigen und Schädlichen in der Gesellschaft, vertreten durch die Zuschauer, die Kräfte der Abwehr zu stärken. Im vorliegenden Fall, bei der Darstellung der schlechten Vergnügungen, der geistlosen und verrohenden Kurzweil, kann das Theater, damit es selbst geistvoll und kurzweilig bleibe, seine Kritik an dem gesellschaftlichen Zustand spaßhaft und gutgelaunt vorbringen – alle seine Scherze sind so lange erlaubt, als sie die Kritik enthalten. Vielleicht betrachtet Ihr einmal die Scherze in der Schülerszene und der Szene in Auerbachs Keller daraufhin, auf die gesellschaftliche Kritik hin und nicht einfach als Scherze um der Scherze willen, als gehaltlose Clownerien!

Einige werden fragen: Was, Scherze im »Urfaust«, der Skizze zu »Faust, der Tragödie erster Teil«, also einer Tragödie? Ja, Scherze in der Tragödie! Als der junge Goethe den »Urfaust« schrieb, stand er unter einem großen künstlerischen Erlebnis: er hatte Shakespeare gelesen.

Und beim Shakespeare gibt es die berühmte Mischung von Ernst und Spaß, gibt es die Rüpelszenen und die Narrenszenen in den Tragödien, die seine Werke so lebendig und realistisch machen. Die Schülerszene und die Szene in Auerbachs Keller sind die Rüpelszenen Goethes, und sie sind Kostbarkeiten in seinem großen Werk und in der deutschen Literatur überhaupt. Es ist zweifellos die berüchtigte deutsche Misere, die uns die Lustspiele gekostet hat, die Goethe hätte schreiben können. Selbst auf den »Faust« hat sich in den letzten hundert Jahren in der Spielweise unserer Theater zentnerweise Staub niedergelassen. In den tragischen Partien ist das Zarte niedlich, das Großartige großtuerisch, ist die Verzweiflung repräsentativ, das Stürmische dekorativ geworden. Die lustigen Partien sind, der »Würde des Ortes« (nämlich des meist staatlichen Theaters) entsprechend und Rechnung tragend der »Bedeutung eines Klassikers«, matt, trocken und vor allem ideenlos geworden. Der wahre Respekt vor den klassischen Werken muß aber der Größe ihrer Ideen und der Schönheit ihrer Formen gelten, und er wird auf dem Theater dadurch gezollt, daß die Werke produktiv, phantasievoll und lebendig aufgeführt werden. Zwischen Würde und Humor besteht kein Gegensatz. In den großen Zeiten erschallte von Olymp herab Gelächter.

Ist die Aufführung des Fragments gerechtfertigt?

Es ist erlaubt, zu fragen, ob man die Skizze zu einem Stück aufführen soll, das in besonders vollendeter Form vorhanden ist. Man darf antworten, daß schon die große Bedeutung des Faustkomplexes eine Aufführung der Urform rechtfertigt, jedoch gibt es noch eine andere Rechtfertigung. Der »Urfaust« hat ein durchaus eigenes Leben. Er gehört, zusammen mit Kleists »Guiskard« und Büchners »Wozzek«, zu einer eigentümlichen Gattung von Fragmenten, die nicht unvollkommen, sondern Meisterwerke sind, hingeworfen in einer wunderbaren Skizzenform. Es ist nicht richtig, den »Urfaust« als Delikatesse für die Kenner des Faustkomplexes darzureichen. Es gibt einige Lücken in der Handlung – möglicherweise sind sogar gewisse Blätter des Manuskripts verlorengegangen –, so fehlt der Pakt mit dem Teufel und der Tod Valentins, der Fausts Weggang zur Zeit, wo Gretchen ins Unglück gerät, motiviert. Diese Lücken sollten vorsichtig gefüllt werden, ja nicht durch Aufnahme der entsprechenden Szenen aus der endgültigen Fassung, die einer sehr anderen Phase des Goetheschen Schaffens entstammen, eher durch einige Verse aus dem Faustbüchlein, das dem jungen Goethe wohl vorlag, oder durch Verse seiner Art. Derlei das Werk selber nicht direkt berührende Brücken können den Zauber eines Werkes kaum stören, das mit solcher Kühnheit und solchem Glück mittelalterliche und neuzeitliche Elemente mischt.

Diese Fabel, welch ein Wurf! Der Einfall allein, den hochaktuellen Stoff von der Kindesmörderin mit dem alten Puppenspiel vom Dr. Faustus zu verknüpfen! Diese Sprache: Der Hans-Sachs-Vers grobianischer Prägung, gepaart mit der neuen, humanistischen Prosa! Diese Gestalten! Sie waren Volksgestalten gewesen und wurden wieder Volksgestalten! Welche Grundidee: Die Tragödie des Gretchens als eine Episode bei der Vermenschlichung und Höherentwicklung des Individuums Faust!

Es ist dem Theater beim »Urfaust« leichter gemacht als beim fertigen Werk, der Einschüchterung durch die Klassizität sich zu erwehren und sich die Frische, den Entdeckersinn, die Lust am Neuen des erstaunlichen Textes anzueignen. Noch ist die Plastik nicht völlig Herrin des Steins geworden, man überrascht sie im Augenblick des Sieges. Die Dialektik der sich jung fühlenden bürgerlichen Klasse gibt sich als Humor. Der Teufel ist ganz »aus Mensch gemacht«. Dem Doktor Faust fällt es auf echt deutsche Art schwer, seinen Humanismus mit der Sinnlichkeit zu vermählen. (Und die Schülerszene, näher an der Eröffnungsszene, stellt dem großen Gelehrten, der die Gelehrsamkeit loszuwerden wünscht, unmittelbar den Schüler gegenüber, der, ein junges Fäustchen, gierig nach ihr schnappt – ein überwältigender Witz!) Gretchen endlich besitzt die Voraussetzung der Unschuld, die Sinnlichkeit. Die Liebesgeschichte ist die kühnste und tiefste der deutschen Dramatik.

Bei der Darstellung dieser großen nationalen Figuren kann der Schauspieler Humor und Würde, Kühnheit und Geschmack, Leidenschaft und Grazie vereinen.

Der »Urfaust« ist eine Art Jungbrunnen für das deutsche Theater.

Ein dialektisches Moment in der Darstellung

Die bürgerliche Tradition der Aufführung des »Faust« unterschlägt ein großartiges Hauptstück der Goetheschen Faustkonzeption: daß der strebende Faust, wenn er sich dem rein geistigen Ringen ab- und dem »wirklichen Leben« zuwendet, sich in einen Pakt mit dem Teufel einläßt. Man spielt natürlich brav die Anfangsszenen, und man kann nicht umhin, den Teufel als Mentor Fausts beizubehalten; jedoch bleibt dieser unentwegt »edel«. Die Teufeleien Mephistos läßt er sich dann nur eben gefallen und wird nicht zuletzt dadurch eine passive Figur – und die »undankbare Rolle«. In der Dichtung *zwingt* Faust den Mephisto, ihm sein Gretchen zu liefern, durch Geschenke und durch Kuppelei, reicht ihr den Schlaftrunk, der die Mutter umbringt, und entfernt sich zur Zeit, wo sie ins Unglück gerät, alle Schuld nachher auf den Teufel werfend, den er doch selbst rief. (Wir sprechen vom »Urfaust«.) Die Potsdamer Aufführung durch das Studio des Berliner Ensembles arbeitete diese Seite kräftig heraus, jedoch wurde dabei nunmehr die andere Seite beschädigt, die weit entscheidender ist. Erst jetzt, in einer völligen Neuinszenierung, wurde versucht, der so großartigen Widersprüchlichkeit der Goetheschen Faustfigur gerecht zu werden und ihr das Positive zu verleihen, die Humanität, Radikalität in Denken und Fühlen, die innere Weite, durch die sie tief in das Bewußtsein der Deutschen eingedrungen ist.

Die Faust-Figur

Das historisch Neue an diesem Menschen ist seine Begierde und sein Bemühen, sich zu entwickeln, seine Fähigkeiten auszubilden und sich alles einzuverleiben, was Natur und Gesellschaft sich will entreißen lassen. Von diesem leidenschaftlichen Unternehmen Fausts, tragisch, weil es zunächst im Bund mit dem Teufel, d. h. rein verbrauchend, plündernd, unproduktiv erfolgt, holt das große Gedicht seinen Schwung, der niemals abbrechen darf. Die gerade in diesem Stück häufigen ruhevollen Szenen mit ihrer miniaturhaften Ausmalung müssen immerfort in innerer Bewegung gehalten werden, und zwar eben von der Faustfigur her. Mephisto und Gretchen, zwei der schönsten Figuren des Welttheaters, können leicht dazu verführen, als Hauptpersonen behandelt zu werden; das darf nicht passieren, sind sie doch nur wichtig wegen der Wirkung, die Faust, die einzige Hauptfigur, auf sie ausübt oder von ihnen bezieht. Sein Feuer ist es, in dem Gretchen verbrennt, und Mephisto nimmt sein ganzes Interesse davon, daß Faust sich mit ihm einläßt.

ZU »HANS PFRIEM ODER KÜHNHEIT ZAHLT SICH AUS« VON MARTIN HAYNECCIUS

Die Musik zum »Hans Pfriem«

Es wird wenige Leute geben, welche die lustige und wahrhaft edle Musik Schwaens nicht schön finden. Aber das Einstudieren dieser Musik wird vielleicht nicht ganz leicht sein. Von solchen Schwierigkeiten in der Kunst darf man sich niemals abhalten lassen. Die guten Musiker bereiten dem Ohr Überraschungen. Sie vermeiden das Abgedroschene. Was zunächst verblüfft, wird schnell als erfrischend empfunden, wenn es fleißig geprobt wird. Erleichtert wird das Probieren durch das Verständnis dessen, was der Musiker beabsichtigt. In dem Duett der beiden himmlischen Frauenspersonen sind z. B. Pausen. Da nicken sich die Sängerinnen zu oder betrachten die Landschaft vor ihnen aus dem Fenster. Pfriems Tanzlied hat den revolutionären Unterton des Bauernkriegs bei all seiner heimlichen Lustigkeit. Der merkwürdige Takt gibt dem kleinen Lied die Kraft.

Ist der »Pfriem« ein irreligiöses Werk?

Der »Pfriem« ist kein irreligiöses Werk. Der Verfasser Hayneccius benutzt für sein kleines Stück ein Märchen aus den Bauernkriegen. Ein Bauer führt im Paradies Vernunft ein, wie er sie kennt. Er kritisiert die Heiligen Petrus, Paulus und Maria Magdalena mit Argumenten aus der Bibel und weist ihnen nach, daß diese Großen allesamt größere Sünder waren als er, der niedrig geachtete Bauer. Und er wehrt sich dagegen, daß sie den Bauern nicht im Paradies haben wollen. Die Aufführung darf sich also über den Himmel nicht lustig machen und auch die Großen des Paradieses nicht karikieren, da sonst der revolutionäre Sinn des Stückes verlorengeht.

Einstudierung der Verse

Am besten ist es, wenn die Schauspieler zuerst das Stück als ein Gedicht lesen und die Verse so schön wie möglich sprechen lernen. Dann sollte alles mehr in der Alltagssprache gesprochen werden, unter Umständen im Dialekt, damit natürliche, lebendige Gespräche entstehen und auch natürliche Haltungen entstehen. Am Ende muß dann alles wieder »gereinigt«, das heißt von Schnoddrigkeiten und Naturalismen befreit werden, und die Verse müssen wieder zu ihrem Recht kommen.

ZU »KATZGRABEN« VON ERWIN STRITTMATTER

Erwin Strittmatters »Katzgraben«

Erwin Strittmatter gehört zu den neuen Schriftstellern, die nicht aus dem Proletariat aufstiegen, sondern mit dem Proletariat. Er ist der Sohn eines Landarbeiters aus der Niederlausitz, durchlief viele Berufe, war Landarbeiter, Bäcker, Pelzfarmer und so weiter, wurde nach 1945 Bürgermeister auf dem Dorf, Volkskorrespondent, Schriftsteller. Ohne die Deutsche Demokratische Republik wäre er nicht nur nicht der Schriftsteller geworden, der er ist, sondern vermutlich überhaupt kein Schriftsteller. Sein Roman »Ochsenkutscher« stellte ihn sogleich in die nicht zu große Reihe bedeutender deutscher Schriftsteller: durch Gestaltungskraft, Originalität, Gesinnung, Wissen und Sprachgewalt. Seine Bauernkomödie »Katzgraben« zeigt ihn in rapider Entwicklung begriffen. Er geht neue Wege, nicht ohne Kenntnis der alten.

Die deutschen Bauern kamen auf die Bühne in Stücken von Anzengruber, Ruederer und Thoma und in Dialektstücken, die nur lokal bekannt sind. »Katzgraben« ist meines Wissens das erste Stück, das den modernen Klassenkampf auf dem Dorf auf die deutsche Bühne bringt. Es zeigt Großbauer, Mittelbauer, Kleinbauer und Parteisekretär nach der Vertreibung der Junker in der Deutschen Demokratischen Republik. Die Gestalten des Stücks sind voller Individualität, mit köstlichen Einzelzügen, liebens- oder hassenswert, widerspruchsvoll und zugleich eindeutig, Gestalten, die sich den bekannten Gestalten der dramatischen Literatur würdig gesellen. Die Sprache des Stücks ist außerordentlich plastisch, bilderreich und kräftig, voll von neuen Elementen. Ich zitiere:

Die Bäuerin Kleinschmidt erzählt von ihrem ersten Pflügen mit dem neuen Ochsen.

BÄUERIN

Ein Jammer war's: Zweimal ums Feld, so tief
Wie du's verlangst, da liegt er auf der Schnauze.

GÜNTER
Da war der Pflug zu leicht.

BÄUERIN
Was du schon weißt.
Ich schneid mir eine Rute, denk, leicht braucht
Der Feuer unterm Schwanz. Auch mit der Rute
Ging es nur bis zum Rain. Da wurd er freilich bienenfleißig
Und hat sich über deine Hecken hergemacht.
Stampft ein, reißt aus, verschlingt sie mit der Wurzel.
Wie schön warn die schon angewachsen, nicht?

KLEINSCHMIDT
Der Deiwel soll ... – Das Joch war ihm zu eng.
Das hat ihm weh getan. Bei mir
Trabt' er heut morgen wie ein Rennpferd.

BÄUERIN
Ja, dreimal um die Scheune. Da zog auch
Der Heuduft in der Nase mit.
Dem tut nur eins weh, und das ist sein Magen.
Ich habe mich mit ihm durchs Dorf geschämt;
Holterdiepolter über Wegrand und Graben
Wo nur ein Grünhalm stand, da mußt er hin.
Ich mußt vom Wagen. Ganz zuletzt drückt er
Um eine einz'ge Unkrautstaude
Den Gartenzaun beim Nachbar Klappe ein.

Der Grubenarbeiter und Parteisekretär Steinert ermutigt die Neubauern durch einen Hinweis auf Traktoren.

STEINERT
Ochse! Ochse! Ochse!
Ist so ein Vieh der Mittelpunkt der Welt?
Denkt doch daran, wir schaffen jetzt Stationen
Wo man sich einen Traktor leihen kann
Und ihr, ihr klammert euch an Ochsenschwänze.
Warum nicht mit der Nase Furchen ziehn!
Ein Ochse darf für uns doch nur Behelf sein
Der Kuhablöser, solang's an Traktoren mangelt.
Im Vorjahr saht ihr noch kein Ochsenhaar
Jetzt seht ihr nur noch Ochsen; die Partei
Sieht längst Traktoren pflügen.

Wie man sieht, ist das Stück in Jamben geschrieben. Wohl zum erstenmal in der deutschen Literatur finden wir eine jambisch gehobene Volkssprache. (Die Bauern im »Zerbrochenen Krug« sprechen das Deutsch ihres Schöpfers Kleist.) Die Verse sind nicht durchwegs fünffüßig wie im klassischen Drama: sie werden dadurch erstaunlich beweglich.

> Soll das so bleiben hier?
> Das Krötendasein in den Ackerfurchen
> In eurem Hinterm-Mond-Loch? Ach, ihr Bauern, ihr!

Der Neubauer erklärt, warum man in Katzgraben nicht die Methoden der Sowjetunion anwenden könne:

> Auf den Akazienbäumen Linsen, und die Quecken
> tragen Weizen.
> Kirschen wie kleine Äpfel groß – nicht in Katzgraben!
> Von Jahr zu Jahr wird's Wasser bei uns knapper.
> Sogar in einem nassen Jahr
> Wird keine Feldmaus mehr in ihrem Loch ersaufen.

Der Dialog gewinnt durch die Versifizierung schöne Schlagkraft:

KLEINSCHMIDT
> Ich würde heut nicht an die Straße rühren.

STEINERT
> Gerade. Ohne Straße gibt's kein Wasser.

KLEINSCHMIDT
> Und die baun ohne Wasser keine Straße.

Der Großbauer Großmann greift den Parteisekretär Steinert an:

GROSSMANN
> Im Krieg bist du den Russen zugelaufen.

STEINERT
> Ganz schnell sogar. Der Pest enteilt man.

GROSSMANN
> Mit solchen Kerlen sollte man gewinnen!

STEINERT
> Daß du gewinnst – grad das mußt man verhindern.

GROSSMANN
> Mit solchen Kerlen sollte man Großdeutschland halten!

STEINERT
Großbauerndeutschland meinst du – deine Pfründe!

Das Stück ist voll glücklicher Prägungen.

BÄUERIN
Die neue Straße muß gepflastert werden.
STEINERT
Womit denn pflastern?
BÄUERIN
Wüßte schon, womit.
Man könnt die Mauer rings ums Gut abreißen
Die düngt mit ihren Schatten nur die Nesseln.
Und muß der Park jetzt noch ummauert sein?
MAMMLER
Die Mauer – die gehört dem Gutsherrn.
STEINERT
Ja?
Gehört sie ihm?
MAMMLER
Hat ihm gehört.
STEINERT
Ach so.

Die Bäuerin Kleinschmidt (eine der schönsten Figuren der neueren deutschen Literatur) fragt in bezug auf das Grubenwasser und anderes:

Muß dreckig bleiben, was da dreckig ist?

Ihre Tochter, die die Mutter nicht allein in der Fron des Großbauern lassen will, schickt sie auf die Agronomenschule mit den Worten:

Studier ihn tot, den Hund!

Ihrem Mann, der in der Frage der Straße umgefallen ist, sagt sie:

Gackert von Fortschritt, aber legt kein Ei!

Dem Parteisekretär Steinert gibt die junge Agronomin einen Rat zurück, den er ihr in einer privaten Angelegenheit gegeben hat, und er sagt lachend:

Jetzt hätt ich beinah was von mir gelernt!

Die Schauspieler benutzten auf den Proben dauernd Zitate aus dem Stück.

Ich halte es für eine bedeutende Errungenschaft, daß wir unsere Arbeiter und Bauern auf der Bühne sprechen hören wie die Helden Shakespeares und Schillers.

Auch die Fabel des Stücks ist in großer Weise gestaltet. Wir bekommen Katzgraben in zwei aufeinanderfolgenden Jahren und dann noch ein halbes Jahr später zu sehen. Diese Zeitsprünge zerschneiden jedoch die Handlung keineswegs. Ein und dasselbe Thema geht durch und entwickelt sich folgerichtig, und der Klassenkampf erklimmt immer höhere Stufen. Der Neubauer muß sich 1947 in der Angelegenheit einer Straße, die Katzgraben enger mit der Stadt verbinden soll, dem Großbauern beugen, weil er noch dessen Pferde für die Erfüllung des Anbauplans benötigt: um Doppelernten zu bekommen, muß er tief pflügen. 1948 haben ihm seine Doppelernten einen Ochsen eingebracht, und er ist in der Lage, gegen den Großbauern die Straße durchzusetzen. Aber der Ochse ist sehr mager, und es fehlt Futter. 1949 wird der Grundwassermangel vordringlich; ohne eine Lösung des Problems ist alle bisherige Arbeit in Frage gestellt. Auch dieses Problem ist ein politisches, und im Nachspiel wird die Lösung auf breitester Grundlage in Angriff genommen: der Traktor ersetzt den Ochsen. Dies alles ist dichterisch gestaltet. Aus so »prosaischen« Dingen wie Kartoffeln, Straßen, Traktoren werden poetische Dinge!

Das Wichtigste freilich sind Strittmatter die neuen Menschen seines Stücks. »Katzgraben« ist ein Hohelied ihrer neuen Tugenden. Ihrer Geduld ohne Nachgiebigkeit, ihres erfinderischen Muts, ihrer praktischen Freundlichkeit zueinander, ihres kritischen Humors. Sprunghaft verändert im Laufe des Stücks das soziale Sein ihr Bewußtsein. Die Bauern, die der ersten Voraufführung beiwohnten, erkannten sich wieder in diesem Stück und diskutierten freundlich mit dem Autor seine Ansichten.

Das Stück zeigt nicht nur. Es zieht den Zuschauer mächtig in den großen Prozeß der produktiven Umwandlung des Dorfes, angetrieben durch den Dynamo der sozialistischen Partei der Deutschen Demokratischen Republik. Es erfüllt ihn mit dem Geist des kühnen Fortschreitens.

Lernt und verändert, lernt daraus aufs neue
Und ändert wieder!

»Winterschlacht«
Eine deutsche Tragödie von Johannes R. Becher

1942 schrieb Becher, als deutscher Emigrant in der Sowjetunion, die deutsche Tragödie »Winterschlacht« oder, wie ihr anderer Titel heißt, »Die Schlacht um Moskau«. Die Hitler-Armeen setzten zum Sturm auf Moskau an, als Becher die Geschichte des unbekannten Gefreiten Johannes Hörder – nach aufgefundenen Briefen – in der Form eines Theaterstückes aufzeichnete.

Johannes Hörder, der »Unbekannte Gefreite des zweiten Weltkrieges«, bringt zusammen mit seinem Freund, dem Feldwebel Gerhard Nohl, am 30. Oktober 1941 auf der Höhe X eine Tafel an: Moskau 100 km. Er tut es für Deutschland, er glaubt an Deutschland, und Deutschland heißt für ihn: Hitler. – Da Hitlers Raubkrieg dringend Helden braucht, bekommt Hörder für seine »Heldentat« das Ritterkreuz, und als »Namenloser Held« gerät er in das Räderwerk der faschistischen Propagandamaschine. Sein Freund Nohl sieht, wie er, die Verlogenheit und Bestialität ringsum, aber für ihn heißt an Deutschland glauben: gegen Hitler sein. Die düsteren Erlebnisse in Hitlers Ostfeldzug haben ihm die Augen geöffnet, die von den Blitzsiegen im Westen geblendet waren. Freilich, Nohl ist proletarischer Herkunft, während Hörders Vater SS-Obergruppenführer und Beisitzer des »Volks«-Gerichtshofes ist; und so bedarf es erst schwerster Erschütterungen, um den »Unbekannten Gefreiten« das ganze Ausmaß des Betruges und Selbstbetruges, dem er gläubig erlegen ist, ahnen zu lassen. Er kommt nicht mehr dazu, ihn wirklich zu erkennen.

Er hat noch Gerhard Nohl die Freundschaft aufgekündigt, als jener sich als Nazi-Gegner zu erkennen gab; ja, er hat sich noch freiwillig zu dessen Verfolgung gemeldet, als Nohl »fahnenflüchtig« wurde. Als er jedoch, auf Weihnachtsurlaub, von der Mutter erfährt, sein Bruder, den er als Nationalsozialist verehrte, sei in Polen als Antifaschist an einer deutschen Kugel gestorben und sein Vater habe sich damals von seinem Sohn losgesagt, – als er die ganze Verstrickung des Volkes in Terror, Furcht und Haß erkennen muß, trennt er sich ohnmächtig von der finsteren Welt seines Vaters. Verwirrt und haltlos verläßt der junge Hörder am Weihnachtsabend sein Elternhaus, um den Tod an der Front zu suchen. Die Mutter muß seinen Vater, ihren Mann, erschießen, um den Sohn vor ihm zu schützen, nachdem sie erkannt hat, daß der SS-Obergruppenführer auch der Mörder ihres älteren Sohnes ist.

Aber Johannes stirbt an der Front nicht durch eine sowjetische Kugel. Er stirbt an einer deutschen Handgranate: er weigert sich, zwei gefangene Partisanen lebendig eingraben zu lassen.

Johannes Hörder ist mit geschlossenen Augen und einem Glauben an Deutschland in den Krieg gezogen. Als ihm der faschistische Raubkrieg die Augen öffnet, wo Deutschland und wer Hitler ist, werden ihm die Augen gewaltsam geschlossen. Sein ehrlicher Glaube und seine ehrliche Enttäuschung ließen ihn keine Kriegsverbrechen begehen, aber wenige Minuten vor seiner Hinrichtung ahnt er die große Schuld, der so viele Deutsche teilhaftig wurden: »Oh, daß mir Deutschland einst die Schuld vergibt!«

Die Entwicklung des »Unbekannten Soldaten« Johannes Hörder vollzieht sich in der Zeit, da die faschistische Kriegsmaschine siegestrunken den Griff nach der sozialistischen Hauptstadt wagt und da der sowjetische Gegenschlag sie zerschlagen und völlig demoralisiert vor sich hertreibt.

Becher wagt den Versuch, die große deutsche Tragödie vor Moskau auch mit den Mitteln der großen Tragödie darzustellen: in den Kernszenen reden die Handelnden in Versen. Durch die gehobene Sprache der Verse – die dann wieder von gewöhnlicher Prosa unterbrochen wird – empfiehlt der Autor die Drehpunkte seiner Tragödie der besonderen Aufmerksamkeit des Zuschauers. Neben den unmittelbaren kriegerischen Ereignissen vermittelt er so dem Zuschauer das Wesen dieser Ereignisse: daß Deutschland nicht Hitlerdeutschland ist; warum die deutsche Jugend blind dem Rattenfänger folgte; wo die historische Schuld liegt; wie aus einem Nazi-Soldaten ein Nazi-Gegner werden konnte; auf welcher Seite die Gerechtigkeit in diesem Kriege war.

Die Regie unterstützte das Vorhaben Bechers, indem sie zu den wichtigen Versen große Musik spielen ließ. Zum Teil neue Kompositionen von Hanns Eisler, zum Teil Auszüge aus dem ersten Satz der Dritten Sinfonie von Beethoven. Die Musik, die den Rückzug des geschlagenen Heeres begleitet, reißt noch einmal den wichtigsten Widerspruch auf: Triumph und Trauer.

Zur Aufführung der »Winterschlacht« beim Berliner Ensemble

Bechers Stück hat eine in unserer Nachkriegsliteratur vernachlässigte und für die politische Erziehung in der DDR wichtige Funktion: die ideologische Abrechnung mit der Nazizeit.

Sie gehört zum Fundament, auf dem das neue Haus gebaut werden soll.

Becher zeigt die Überlegenheit der kommunistischen UdSSR über das faschistische Deutschland:

Der Verfall der bürgerlichen deutschen Moral beim Angriff auf die UdSSR beeinträchtigt den Krieg.

Die moralische Überlegenheit der UdSSR verbreitet Unsicherheit, der Krieg enthüllt sich als Unrecht.

Es stellt sich heraus, daß die große nationale Frage bei einer feindlichen Haltung zur SU nicht gelöst werden kann.

Hauptszenen:
Deutsche Proleten gehen unter Mitnahme eines Bürgerlichen in einem Panzerwagen zu den Russen über;

der Patriotismus sowjetischer Partisanen bewegt einen deutschen Ritterkreuzträger zu tödlicher Dienstverweigerung.

Monologe:
Das Monologisieren (Nohl, Hörder, Anna, Frau Hörder) zeigt die Zerrissenheit der Gesellschaft, die Isolierung des einzelnen. Die Personen finden keinen Gesprächspartner mehr, dem sie sich mitteilen oder bei dem sie Rat holen können. Sie sind umgeben von Feinden, werdenden oder gewordenen.

Johannes Hörder:
Hörder ist entschlossen, für das zu kämpfen, wofür (vermeintlich) der ältere Bruder, sein Vorbild, gefallen ist. Die Belohnung einer »Heldentat« durch das Ritterkreuz bestärkt ihn jedoch nicht, sondern erschüttert ihn in seinem Nazitum, hauptsächlich durch die Haltung seines Freundes Nohl. Immerhin fühlt er sich aber dadurch verpflichtet, die Verfolgung seines geflüchteten Freundes zu übernehmen.

Auf Urlaub erfährt er in der Heimat eine zweifache Enttäuschung: Er verliert die Sympathie von Nohls Frau gerade dadurch, womit er sie zu gewinnen hoffte (nämlich durch den Hinweis auf Nohls Verrat). Und das Vorbild des Bruders weist ihm nicht den Weg gegen Nohl, sondern Nohls Weg.

Bei der Rückkehr zur Front kann ihn die individuelle Anständigkeit zwar vor einem Kriegsverbrechen bewahren, sie führt jedoch seinen Untergang herbei.

Zum Stück:
Grundlage der Aufführung bietet die 1942 in Moskau herausgegebene Fassung des Stückes. Sie wurde gekürzt im Hinblick auf die Entwicklung des Johannes Hörder. Er erscheint in der gekürzten Fassung nicht mehr als von Anfang an schwankend.

Dialektische Betrachtung der »Winterschlacht«

Der Held kämpft gegen die Russen (den Feind der Nation) und zugleich gegen Hitler (den Führer der Nation). Der eine Kampf geht über in den andern. Beide Kämpfe gehen verloren.

Der russische Sieg ist kein Materialsieg in diesem Stück. Das »Anderssein« der Russen bricht das »Sosein« der Deutschen. (Aber die Revolution bricht die Konterrevolution nur national nieder, verwandelt sie nicht in Revolution.) Die Kälte enthüllt einen Mangel an Wärme, das Hitlerheer zeigt nicht das Feuer, das diesem Winter gewachsen wäre.

Eine Heldentat wird vollbracht (die Eroberung der Anhöhe X). Von den zwei Helden würde der eine die Heldentat leugnen, auch wenn sie eine wäre. Der andere greift nach dem Lorbeer. Und verwundet sich an ihm.

Die sehr schnelle Entwicklung. Die eroberte Anhöhe ist schon wieder verloren, wenn das Ritterkreuz dafür ausgehändigt wird. Wenn der Ritterkreuzträger mit der Nachricht von dem »schmachvollen« Überlaufen des Freundes kommt, ist die Frau des Übergelaufenen schon selber Antifaschistin. Der Held hält sich noch an das Beispiel des faschistischen Bruders, als dieser schon wegen Antifaschismus hingerichtet ist.

Der Ritterkreuzträger kommt, sich an die Stelle des Widerstandskämpfers zu dessen Frau zu legen, aber diese verweist ihn an die Seite des Widerstandskämpfers.

Der innere Zusammenbruch des Helden zeigt sich nicht in äußeren Reaktionen an, er erfolgt plötzlich. (Noch unmittelbar bevor meldet sich der Ritterkreuzträger zur Verfolgung seines desertierten Freundes. Noch vor dem Umfall bei dem Besuch der Frau des Deserteurs klagt er den Freund an.)

Die Tragödie ist eine bürgerliche Tragödie. Der Kampf (Hörder gegen Nohl) findet in der Bourgeoisarmee Hitlers statt. Die Oberkoflergruppe überredet Nohl zum Überlaufen. Hier tauchen die echten Widersacher auf, hier erscheint die echte Lösung des Hauptwiderspruchs.

Oberkofler zuerst ein »Original«, Einzelgänger, Narr. In Wirklichkeit der Vertreter der breitesten Massen und der Vernunft.

Zur Fassung des Berliner Ensemble

Die Striche wurden gemacht im Hinblick auf

1. Die Entwicklung Hörders, von der »Heldentat« bis zur tödlichen Dienstverweigerung,

2. das Herausarbeiten der zwei Hauptkonflikte:

Kommunistische Moral der UdSSR gegen bürgerliche des faschistischen Deutschlands.

Proletarische Oberkoflergruppe gegen die Nazis.

Was die Aufführung außerdem zeigen kann:

Die Flucht der Wehrmacht am Ende scheint mir für unser Publikum von sehr großer Bedeutung, weil die Armee von 400 000 Mann, die Adenauer aufzustellen sich anschickt, ja ausschließlich gegen den Osten aufgestellt werden soll. Und heute noch kann man Stimmen hören wie »wenn es gegen die Russen geht, nehme ich noch einmal das Gewehr auf den Buckel«. Es tut unserem Publikum gut, das Versacken (in geistiger wie materieller Bedeutung) der Wehrmacht auf ihrem Rußlandfeldzug warnend vor Augen geführt zu sehen. Das wird die einen abschrecken und die anderen bestärken. Da ist das hereinbrechende Gericht für das Abenteuer.

Bühnenbild zur »Winterschlacht«

Das Bühnenbild ist stark in seiner Geschlossenheit und verbreitet düstere Stimmung, die dem Grundton des Werks entspricht. Jedoch sollte noch einiges gesucht werden:

1

Jenseits des Impressionablen könnten Eigenheiten der Landschaft oder der Wohnungen ausgedrückt werden, die das *Anderssein* des invadierten Landes zeigen, das im Stück eine entscheidende Rolle spielt. (Frage: Kann sich in der Sicht von der Anhöhe des Vorspiels der neue agrikulturelle Charakter der Landschaft darbieten, der im Stück beschrieben wird? 2. Frage: Kann das Liebesmahl der Offiziere in Jasnaja Poljana stattfinden, unter verwüsteten Büchern usw.? Vielleicht ist das zu weit gegangen und bedürfte neuen Textes?)

2

Das Bühnenbild könnte Entwicklung zeigen. Etwa aus dem Grauen, Nebligen in das eisig Weiße, unheimlich Helle der nördlichen Winterlandschaft. Für den Wechsel in Uniformierung und Kleidung geben Rülickes Exzerpte aus der »Jungen Garde« einige Anregungen.

Musik

Zu dem Rückzug des Hitlerheers in »Winterschlacht« schrieb Eisler eine Musik, die zugleich Triumph und Trauer ausdrückte, Triumph über die Besiegung Hitlers durch die Sowjetarmee und Trauer über die Leiden der deutschen Soldaten und die Schmach ihres Einfalls in die Sowjetunion.

Über theatralische Darstellungen von Soldaten des zweiten Weltkriegs mit V-Effekten

In dem üblichen Fall, wo der Soldat mit Maschinerie zu tun hat, ist es rätlich, das »rein Soldatische« zu verfremden, indem man jene Züge (Verhaltungsweisen, Eigenschaften usw.) zur Geltung bringt, die er mit dem gewöhnlichen Arbeiter an der Maschine gemeinsam hat. Die soldatische Kameradschaft unterscheidet sich durchaus von der Solidarität des Arbeiters an der Maschine: die beiden Phänomene treten in einer Mischung auf, deren Akzentverteilung variabel ist. So ist es mit der militärischen Unternehmungslust und der industriellen, und die Phantasie, die Präzision, das Interesse zeigt deutliche Verschiedenheiten in dem obigen Sinn. Hierbei ist das »nicht so, sondern so« und das »zwar so, aber auch so« herauszuarbeiten. Das Verhältnis des Arbeiters zu seinem Produkt – er hat damit nur insofern zu schaffen, als er es produziert – tritt auch im Kriegsdienst auf. Auch die Art, wie produziert wird – Teamarbeit und Teilproduktion –, schafft ähnliche Verhältnisse im Feld und in der Heimatproduktion. Die Löhnungsfrage ergibt weitere Ähnlichkeiten, jedoch soll der Gegenstand hier nicht erschöpft werden. Interesse erregt für gewöhnlich die Frage der »Moral« des Soldaten.

Schwierigkeiten, denen Burians Konzeption in Berlin begegnet

Der rapide Vormarsch und das Zurückfluten des Hitlerheers als ein Nachtspuk, in dem »bessere Deutsche« nicht fehlen, ist für

Prag eine großartige Konzeption. Eine deutsche Aufführung muß mehr »Johannes Hörders Lehrjahr« herausarbeiten, den seelischen Entwicklungsprozeß eines sehr jungen Menschen, den das Naziregime körperlich und geistig mißbraucht und der sich durch ganz spezifische Erlebnisse in ganz bestimmten Phasen von der Unmenschlichkeit befreit, um am Ende sich Menschlichkeit durch den Tod zu erkaufen.

D. h., das Fieber muß gezeigt werden von Künstlern mit normalem Puls, der Nachtmahr von Wachenden. Das Stück gehört für uns nicht der romantischen, sondern der klassischen Richtung an.

Es war vor allem andern nötig, den Helden in den Mittelpunkt zu rücken. Was immer gezeigt wird (die Errichtung der Tafel, die Rundfunksendung, die Gespräche mit Nohl, das Liebesmahl der Offiziere, die Meldung von Nohls Übergang, das Gespräch mit Anna, das Gespräch mit den Eltern, die Erschießung der Partisanen), sind Erlebnisse, die ihn weitertreiben. Der Rest (die Verhaftung des alten Nohl) bereitet solche Erlebnisse vor.

Vollständig fehlte die Darstellung der deutschen Kriegsmaschinerie. Diese riesige Hierarchie mit ihren besonderen Praktiken, Dienstgraden, Traditionen muß nicht nur stimmen, weil sie einem Großteil der Zuschauer bekannt ist, sondern mehr noch, weil in diesem Räderwerk der Held steckt. Daß die Kriegsteilnehmer unter den Assistenten darüber nicht zu Wort gekommen waren, ist schwer verständlich.

Die Entwicklung der anderen Hauptpersonen (Nohl, Anna, Frau Hörder) war ebenfalls sehr undeutlich gezeigt. Anna Nohl und Frau Hörder erschienen von Anfang an als Antifaschisten.

Die Vorgänge um sich herum nicht verstehend, blieben die Schauspieler Kaiser, Hamacher, Biewer und Christian farblos.

Die Einzelszenen hatten keine erkennbare Entwicklung und waren beinahe alle unverständlich. Das Arrangement erzählte nicht die Geschichte.

Das Bühnenbild war mechanisch von der sehr kleinen Prager Bühne auf die Bühne des Schiffbauerdamms übertragen worden. Die Dekorationen wiesen weder historische noch gesellschaftliche Merkmale auf. Die Innenräume wirkten expressionistisch, die Außenräume impressionistisch. Brechts schriftliche Kritik der Skizzen wurde weder diskutiert noch beachtet.

[Über die Zusammenarbeit mit Burian]

Als das Berliner Ensemble im Frühjahr E. F. Burian bat, Bechers »Winterschlacht« in Berlin zu inszenieren, legte E. F. Burian dar, daß er wegen seiner Verpflichtungen in Prag nicht die vollen zehn Probenwochen zur Verfügung stehen konnte. Es wurde eine Abmachung getroffen, nach der er jeweils zwei Wochen in Berlin sein und in den Zwischenzeiten das Ensemble durch Assistenten die Inszenierung weiterführen sollte. Diese Abmachung wirkte sich ungünstig aus. Es gelang dem Ensemble nicht, die Inszenierung unter Beibehaltung von E. F. Burians Regiekonzeption weiterzuführen. Außerstande, der Inszenierung zusätzliche vier Wochen zu widmen, einigte sich Burian schließlich kameradschaftlich mit dem Berliner Ensemble dahin, daß dieses die Proben unter Verwendung bestimmter Teile der Burianschen Regie auf eigene künstlerische Verantwortung zu Ende führen würde. Das Berliner Ensemble und E. F. Burian stimmten überein, daß für die so wünschenswerte weitere Zusammenarbeit günstigere Bedingungen geschaffen werden mußten.

Die Schlacht in »Winterschlacht«

Weder die Leipziger Aufführung noch die Buriansche Konzeption arbeiteten den Verlauf der Schlacht deutlich heraus. Wie meistens in den herkömmlichen Aufführungen – auch Shakespearischer Stücke – blieb der Hintergrund vernebelt und unbestimmt.

Im *Vorspiel* erreicht eine Kraftradpatrouille eine Anhöhe 100 Kilometer von Moskau. Angenommen ist, daß Panzer schon weiter vorgedrungen sind, jedoch nicht in gesammeltem Verband und nur vorstoßend. Die Tat der Patrouille besteht darin, auf ungesichertem Kraftrad vorzupirschen, bedroht von russischen Gegenaktionen und von versprengten Abteilungen oder Partisanen.

In den folgenden zwei Szenen leitet die Truppe den weiteren Vormarsch auf Moskau zu ein. Er ist in der Szene mit der Rundfunkübertragung zum Stillstand gelangt. Ein Weitergang des Vormarsches wird der Heimat vorgeschwindelt.

In der ersten Szene nach dem Heimatakt (der großen Monologe Hörders und Nohls) sind die Sowjettruppen zum Gegenangriff übergegangen. In der Szene im Stabsquartier hat der Rückzug der Deutschen begonnen, und in der Szene, in der der Tank übergeht, erreicht er noch einmal die »historische Anhöhe«.

Neblige Landschaft und historischer Sinn

Burian, von Prag zurück, leuchtete die Szene zu Beginn ein, in der ein Panzergeneral seine Truppe anredet. Er benutzte einen vor die Bühne gespannten Schleier, um eine Art Nebel zu erzeugen, und tauchte drei große Panzer in ein zerstäubtes Orange und Grün. Das Bild wirkte malerisch, aber die Rede des Generals, die am Vortag bei nüchterner Probebeleuchtung fast nach jedem Satz Gelächter hervorgerufen hatte – auch die Techniker lachten in den Kulissen –, erschien plötzlich witzlos und selbstverständlich. Dies war ein nebliger Morgen und ein General und eine Panzertruppe, und was anderes sollte ein General an einem nebligen Morgen zu seiner Panzergruppe sagen? Das Wissen der Zuhörer um die Lächerlichkeit seiner Siegeszuversicht stellte sich nicht mehr ein, da es kein historischer, sondern ein aktueller Vorgang war. Der Zuhörer reagierte wie die Panzertruppe, unwissend. Sein Blick war in die (neblige) Zukunft gerichtet, nicht in die Vergangenheit.

[Der Panzeraufmarsch]

Für den Panzeraufmarsch (erste Szene der »Winterschlacht«) stellten wir links in kleiner Diagonale drei Panzer auf, so daß sie wie die Spitze einer langen Kolonne wirkten. Um die Länge der Panzerkolonne anzudeuten, ließen wir die Generalsrede hinten, wie aus ziemlicher Ferne kommend, wiederholen. Dadurch wurde auch das Sektfrühstück der Panzerleutnants in Gegensatz zu (oder Übereinstimmung mit) der heroischen Rede des Panzergenerals gebracht.

[Notiz zu »Winterschlacht«]

Die Abfahrt des LKW bot keine Schwierigkeiten. Auf die Andeutung irgendeines Zwangs wurde verzichtet, Ideologie und Maschinerie der Wehrmacht sorgten allein dafür, daß für diese Männer der kürzeste Weg in die Heimat über Moskau führte.

Liebesmahl der Offiziere

Hörend, daß sein Freund Nohl zu den Russen übergelaufen ist, meldet sich der junge Hörder zu seiner Verfolgung. Bei einer Probe erstattete der Darsteller diese freiwillige Meldung plötzlich in einer merkwürdigen unsicheren Art. Er begründete das damit, daß Hörder doch später im Stück (in der Tat, in seiner nächsten Szene) der Frau des Überläufers gegenüber in der Heimat sagt, er habe sich zur Verfolgung vielleicht auch gemeldet, um den Freund zu retten. – Der Darsteller wurde überzeugt, daß er die alte Art der Meldung beibehalten müsse, die spontan und aus ehrlicher Empörung über den »Verrat« des Freundes gebracht worden war. Zu der Zeit der Meldung ist nämlich der Widerspruch in Hörder schon vorhanden (zwischen dem Wunsch, den Freund der Bestrafung zuzuführen, und dem Wunsch, ihn zu retten), aber noch ist dieser Widerspruch tief verborgen: Der junge Mensch ist ehrlich empört, daß der Freund zu weit gegangen ist, nämlich zu den Russen, und Pflichtgefühl wie Ehrgeiz weisen ihm den Weg der Verfolgung.

Wenn er mit der Frau des Nohl spricht, in der Heimat, später, konfrontiert mit dem alten Milieu, Menschen, die sich weiter entwickelt haben als er, holt er den früher wirkungslosen Gegensatz in seinem Denken und Fühlen hervor, und wieder ist seine Aussage ehrlich und spontan. – Es ist eine üble Gewohnheit unserer bürgerlichen Bühnen, die Gegensätze zu verwischen und die Sprünge, in denen sich Entwicklungen vollziehen, in unbedeutende Schrittchen zu verwandeln.

Über das Arrangement

In »Winterschlacht« holt ein General beim Frühstück den Stabskoch über die Stimmung der Mannschaft aus. Wir plazierten ihn zu Häupten eines Tisches ganz links und den Koch an einen kleinen Serviertisch ganz rechts, so daß sie einander, die ganze Bühne zwischen sich, ins Gesicht schauten. Es wurde sehr deutlich so, daß da ein einzelner Mensch von einem andern mit Wahrung des Abstands bedient wurde; der Koch hatte, um ein Ei zu offerieren, einen wahren Fußmarsch auszuführen. Außerdem machte der Abstand es dem General schwer, sich mit dem Koch zu verständigen; er mußte über diskrete Dinge laut reden, wenn er nicht dem Thema eine unliebsame Bedeutung geben wollte, indem er ihn heranwinkte. Die Szene spielte sich leicht, nachdem wir festgestellt hatten, daß man, um zu zeigen, wie schwierig es ist, einem Untergebenen nahezukommen, diesen auch räumlich fern postieren muß.

[Das Ehepaar Hörder]

Wir hatten die Kluft zwischen dem Ehepaar Hörder im zweiten Akt außerordentlich verstärkt, indem wir Maria Hörder zum Zeugen des Blutrauschs ihres Mannes machten. Im dritten Akt, der einige Wochen später spielt, zeigen wir Maria wieder mit ihrem Mann zusammentreffen. Er bringt Blumen und ein Telegramm mit der Nachricht vom Urlaub des Sohnes. Als wir Maria ihren Mann für einen Augenblick umarmen ließen, wurden Einwände laut. B. sagte: »Ihr wollt eine hundertprozentige

Gegnerschaft zwischen den Ehegatten von dreißig Jahren. Die gibt es nicht. Da sind die Gewohnheiten, die gemeinsamen Interessen; da ist, selbst bei tiefer Entzweiung, noch Zuneigung, wie verkümmert immer. Solch echte Widersprüche dürfen bei der Darstellung menschlicher Beziehungen nicht einfach eliminiert werden. Die Zuschauer werden sich entweder über die Umarmung gar nicht wundern (da sie ihnen natürlich erscheinen wird) oder sich wundern (weil sie eine Eigentümlichkeit der Natur zeigt). Wir wären mit beiden Reaktionen zufrieden.«

Die drei Zimmer

Das Zimmer des Nazirichters Hörder sollte das repräsentative Zimmer eines Mannes sein, der auch sein Privatleben »staatlich« aufzieht. Wir studierten die Innenarchitektur gewisser Bonzenvillen und die der Reichskanzlei. Die Wände sollten saalartig, also sehr hoch werden.

Das Zimmer des Architektenzeichners Nohl dachten wir uns ausgestattet von seiner Frau, im Geschmack des Endes der zwanziger Jahre. Strohstühle in Tannenholz, zur Gitarre passend. Das Zimmer mußte für die Szene gebaut werden, in der der junge Hörder aus dem Feld zurückkehrt. Sie mußte ein Heim sein.

Das Offizierskasino mußte auf die Invasion der Hitlertruppen in die USSR hinweisen. Es wurden Fotos von Kulturhäusern studiert und solche bevorzugt, die besonders russisch wirkten.

Kommentar

1918/19: *An meinen Freund Orge!*
Winter 1921/22: *Baal-Regie.*
Ende 1925 / Anfang 1926: *Vorspruch* (für die Aufführung von *Lebenslauf des Mannes Baal* in Berlin). *Das Urbild Baals.*
Frühjahr 1928: *Der Mann Baal* (aus Anlaß der Aufführung in Kassel).

9,4 *An meinen Freund Orge!]* T: Typoskript. E: 1918/19.
Der Text ist als Widmung für Brechts Freund Georg Pfanzelt (Orge genannt) dem Stück *Baal*, Fassung 1919, vorangestellt.
Zur Textgrundlage liegt eine erste Niederschrift von 1918 mit dem Titel *Letzter Wille* vor; weitere Abweichungen dazu: 9,11-13 *Man muß ... dahinlebte.]* Erst in der Textgrundlage ergänzt. 9,14 *Es ist ... Verlaine.]* »Erinnert Ihr Euch der peinlichen Schädel des Sokrates und des Verlaine.«
9,14 *peinliche Schädel des Sokrates ... Verlaine]* Diese Charakterisierung von Baals Äußerem übernimmt Brecht aus dem Vorwort von Otto Hauser zu dessen Verlaine-Übertragung, in der es heißt, Verlaines Kopf sei »unterm Einfluß des Absinths immer mehr der eines Sokrates oder eines Fauns« geworden (Paul Verlaine, *Saturnische Gedichte. Galante Feste*, Weimar 1918, S. IX). Verlaine selbst vergleicht in dem Gedicht *A Eugène Carrière* (*Für Eugène Carrière*; 1890) seinen Schädel mit dem des Sokrates.

9,28 *Baal-Regie]* T: Manuskript. E: Winter 1921/22.
Der Text entsteht vermutlich während Brechts Aufenthalt in Berlin, als er versucht, seine Stücke *Baal* und *Trommeln in der Nacht* verschiedenen Theatern anzubieten.
10,1 f. *Seite 18 unten ... 19 Mitte]* Diese Seitenangaben beziehen sich auf den (nicht ausgelieferten) Druck: Bert Brecht, *Baal*, München: Georg Müller Verlag 1920. Vgl. 28,13 f. und 28,30 in Band 1 der vorliegenden Ausgabe.

10,20 *Vorspruch]* T: Typoskript. E: Ende 1925 / Anfang 1926.
Der Text ist im Typoskript der Fassung 1926, *Lebenslauf des Mannes Baal* (Band 1), überliefert. Bei der Uraufführung durch die Junge Bühne in Berlin am 14. Februar 1926 unter der Regie Brechts wird er von einem Ansager gesprochen.

11,1 *Das Urbild Baals]* T: Erstdruck. E: Ende 1925 / Anfang 1926. ED: *Die Scene*, Berlin, Heft 1, Januar 1926, S. 26. Nur im Druck überliefert.

Der Text wird in der Zeitschrift *Die Scene* unter der Rubrik *Dichter über ihre neuen Werke* veröffentlicht.

Brecht schreibt ihn aus Anlaß der Neufassung des Stückes (*Lebenslauf des Mannes Baal*). Elisabeth Hauptmann notiert am 18. Januar 1926, Brecht habe ihn in Form eines Zeitungsberichts geschrieben, weil es ihm helfe, die Fabel zu klären (vgl. Elisabeth Hauptmann, *Notizen über Brechts Arbeit 1926*, in: *Sinn und Form*, *Zweites Sonderheft Bertolt Brecht*, Berlin/DDR 1957, S. 241). Die Gestalt des Josef K. sowie seine Geschichte sind fingiert. Die Form des Zeitungsberichtes verwendet Brecht auch bei anderen Stücken (vgl. 31,4; 283,32 f.).

11,21 *in A.]* Gemeint ist Augsburg.

11,25 *am Lauterlech]* Straße in Augsburg.

11,31 *Der Mann Baal]* T: Erstdruck. E: Frühjahr 1928. ED: *Kasseler Neueste Nachrichten*, 12. April 1928. Nur im Druck überliefert.

Lebenslauf des Mannes Baal hat am 16. November 1927 im Kleinen Theater in Kassel Premiere. In einer redaktionellen Vorbemerkung der Zeitung heißt es: »Heute lassen wir (nach Heinrich Mann) zu der Frage nach der Herkunft dichterischer Gestalten den in Kassel in letzter Zeit viel aufgeführten Dramatiker Bert Brecht sprechen.« (Nach *Lebenslauf des Mannes Baal* kommt am 1. Dezember 1927 in Kassel *Mann ist Mann* heraus.)

12,22 *Wert von Dokumenten]* Vgl. *Kleiner Rat, Dokumente anzufertigen* (Band 21).

13,1 f. *Ein sehr berühmter ... Schauspieler]* Gemeint ist vermutlich Paul Wegener, den Brecht bittet, die Rolle des Shlink in *Im Dickicht* zu übernehmen (vgl. zu 25,7).

13,18 f. *die Figur des Dritten Richard]* Titelfigur aus *The Tragedy of King Richard the Third* (um 1592, dt.: *König Richard III.*) von William Shakespeare; gilt als Prototyp des Erzbösewichtes auf der Bühne.

ZU »TROMMELN IN DER NACHT« (Band 1)

Herbst 1922: *Glosse für die Bühne*, *Zu den »Trommeln«* (beide Texte entstehen nach der Uraufführung des Stückes am 29. September 1922 in München).
Um 1926: *Vorwort zu »Trommeln«*.
Um 1928: *Der Boden der Tatsachen*, *Meine Arbeiten für das Theater*.

14,4 *Glosse für die Bühne]* T: Erstdruck. E: Herbst 1922. ED: Bertolt Brecht, *Trommeln in der Nacht. Drama*, München: Drei Masken Verlag 1922, S. 8.

Der Text beschreibt szenische Lösungen der Uraufführung in den Münchener Kammerspielen (Regie: Otto Falckenberg; Bühnenbild: Otto Reigbert).

Eine andere Typoskriptfassung, ohne Überschrift, lautet:

Die Bühne ist klein und besteht aus Holz und Pappendeckel. Die Kartone sind dünn und unvollständig bemalt. Tür, Fenster und Wand, das sieht alles provisorisch aus. Desgleichen wirkt die große revolutionäre Aktion, die hinter den Szenen immer stärker wird, im Zuschauerraum nur dünn und gespenstisch. Die Menschen aber müssen sehr leibhaftig und das Spiel muß kindlich sein. Im Zuschauerraum hängen rote und grüne Plakate mit Sprüchen aus dem Stück, wie: »Jeder Mann ist der beste Mann in seiner Haut« und »Des Herrn Auge machet das Vieh fett« und »Glotzt nicht so romantisch!« (*Trommeln in der Nacht. Komödie von Bert Brecht*, Bühnenmanuskript des Deutschen Theaters, November 1922, Elisabeth-Hauptmann-Archiv, Berlin).

14,11 *Marseillaise]* Von dem Ingenieuroffizier Claude-Joseph Rouget de Lisle 1792 gedichtetes und komponiertes Lied, das mit dem Vers beginnt »Allons, enfants de la patrie« (Vorwärts, Kinder des Vaterlands). Am 30. Juli 1792 singen die Marseiller Verbündeten bei ihrem Einzug in Paris dieses Lied. Seitdem trägt es die Bezeichnung »Marseillaise«; seit 1870 ist es die französische Nationalhymne.

14,20 *Zu den »Trommeln«]* T: Manuskript. E: Herbst 1922.

15,7f. *daß der Mensch nicht gut ist]* Gegenposition zu einer der Thesen des Expressionismus, wie sie z. B. im Titel der Novellensammlung *Der Mensch ist gut* (1918) von Leonhard Frank zum Ausdruck kommt.

15,10 *ein einig Volk von Brüdern]* Anspielung auf den Rütlischwur: »Wir wollen sein ein einzig Volk von Brüdern [...]«, in: Friedrich Schiller, *Wilhelm Tell* (II,2).

15,22 *Vorwort zu »Trommeln«]* T: Typoskript (handschriftlich korrigiert und ergänzt). E: Um 1926.

Das »Vorwort« plant Brecht vermutlich für die Buchausgabe des Stückes im Propyläen-Verlag 1927.

Der Text weist keine Zeichensetzung auf. 16,3 f. *unbezwinglichem Mitleid]* In der Textgrundlage: »Mitleid unbezwinglichem« (möglicherweise ironisch gemeint). 16,28 *Bourgeoisie]* In der Textgrundlage: »B.«, ebenso 20,16 und 20,28; diese Abkürzung benutzt Brecht auch für »Bourgeois« (vgl. 21,5, 21,11 und 21,19). 18,10f. *Geld zu verdienen]* In der Textgrundlage danach gestrichen: », nicht um einen ästhetischen Erfolg zu haben.« 19,15 f. *leider schwierig herauszufinden, ob]* In der Textgrundlage: »leider schwierig, ob«.

15,24 *Gespräch mit George Grosz]* Brecht lernt den Grafiker und Maler George Grosz Mitte der zwanziger Jahre kennen. 1927 arbeiten beide an der Piscator-Bühne Berlin mit. Grosz illustriert später Brechts Kinderbuch *Die drei Soldaten* (*Versuche*, Heft 6, 1932) und plant 1934 Illustrationen zu Brechts Stücken (vgl. zu 201,4).

16,12 f. *»Visage der herrschenden Klasse«]* Anspielung auf den Grafikzyklus von George Grosz *Das Gesicht der herrschenden Klasse* (1921).

16,17 f. *im protestantischen Sinn]* Protestantisch: hier im Sinn von protestierend.

17,2 *auf etwa 50 bourgeoisen Bühnen]* In der Zeit der Weimarer Republik sind 25 Inszenierungen nachweisbar.

17,21 *Moskau zerstört]* Bezug auf die militärischen Interventionen ausländischer Truppen (z. B. Polens und Japans) gegen die junge Sowjetrepublik 1918-1920.

17,26-30 *untergehender Dampfer ... »Näher, mein Gott, zu dir«]* Englisches Kirchenlied (*Nearer my God to Thee*) von Sarah Flower Adams (1840), in Deutschland bekannt geworden durch die Pressemeldungen über den Untergang der »Titanic« (1912), denen zufolge das Schiffsorchester angesichts der Hoffnungslosigkeit der Lage dieses Lied angestimmt haben soll.

17,31 f. *Gott ... mit den stärkeren Bataillonen]* Anspielung auf eine Formulierung Friedrichs II.: »[...] je ne sauvais me désabuser du préjugé dans lequel je suis que à la guerre Dieu est pour le gros escadrons« (franz.: »[...] ich kann mich nicht von dem Vorurteil befreien, daß im Krieg Gott bei den starken Schwadronen ist«; Brief an die Herzogin Luise Dorothea von Gotha vom 8. Mai 1760, in: *Œuvres*, Berlin 1850/51, hg. v. J. D. Preuß, Band 18, S. 185).

17,39 *das Theater ... untergehen müßte]* Vgl. Brechts Antwort auf die Rundfrage *Stirbt das Drama?* (Band 21). In der Vorbemerkung dazu heißt es: »Immer mehr Stimmen werden laut, die den Untergang des Dramas und des Theaters in seiner gegenwärtigen Form ankündigen oder gar schon feststellen.«

18,3 f. *vermittels einiger Getränke und Zigarren]* In der Widmung der für Elisabeth Hauptmann zusammengestellten »Hauptmanuskripte« von *Mann ist Mann* schreibt Brecht 1925: »[...] ich benötigte dazu 2 Tage, ½ Flasche Kognak, 4 Flaschen Selters, 8-10 Zigarren« (Elisabeth-Hauptmann-Archiv, Berlin).

18,38 f. *Er schadet weder dir noch mir.]* Anspielung auf die Luther zugeschriebene Sexualregel: »In der Woche zwee, macht im Jahr 104, das schadet weder dir noch mir.«

19,9 *bekannt wirksamer Wörter]* Auf die Wirkung solcher Wörter bezieht sich Brecht auch später in den *Sonetten*; vgl. besonders *Das dritte Sonett, Das dreizehnte Sonett* (Band 11).

20,19 *Kohlen- und Erzgebiete von Briey]* Die Bodenschätze von Briey (Lothringen) sind eines der Eroberungsziele deutscher Truppen im ersten Weltkrieg gewesen.

20,20 *Dolchstoß ... in den Rücken der Armee]* Anspielung auf die sogenannte »Dolchstoßlegende«, wonach die deutsche Niederlage im ersten Weltkrieg auf die sozialistische Agitation in der Heimat und an der Front zurückgeführt wird. Die Formulierung geht auf einen Artikel der *Neuen Zürcher Zeitung* vom 17. Dezember 1918 zurück, der sich auf eine Äußerung des englischen Generals Sir Frederick Barton Maurice in der Londoner Zeitung *Daily News* bezieht. Hindenburg behauptet am 18. November 1918 vor dem parlamentarischen Untersuchungsausschuß der Nationalversammlung: das »im Felde unbesiegte Heer« sei durch die Novemberrevolution von 1918 »von hinten erdolcht« worden.

21,18 *den Lenin heftiger bekämpfte]* Vgl. z. B. Lenins Schrift *Ein Schritt vorwärts, zwei Schritte zurück* (1904).

21,24 f. *den Proletariern ... nicht gezeigt]* Der Anteil des Proletariats am Publikum des bürgerlichen Theaters ist gering gewesen, eine Aufführung innerhalb der »Volksbühne« kam nicht zustande.

21,28 *Der Boden der Tatsachen]* T: Typoskript. E: Um 1928.

Die Textgrundlage weist keine Zeichensetzung auf.

Der Text ist auf einem Typoskriptblatt zusammen mit *Der einzige Zuschauer für meine Stücke* (Band 21) überliefert.

22,4 *nicht so romantisch glotzen]* Vgl. in *Glosse für die Bühne* (14,16).

22,10 *Meine Arbeiten für das Theater]* T: Typoskript (handschriftlich korrigiert). E: Um 1928 (Datierung unsicher).

Brecht plant eine völlige Umarbeitung des Stückes für eine Aufführung an der Piscator-Bühne, Berlin, die dann aber nicht zustande kommt. Den Protokollen zweier Gespräche Brechts mit Piscator und Sternberg vom 18. und 24. November 1928 zufolge wird an der politischen Akzentuierung von *Trommeln in der Nacht* Kritik geübt. (Vgl.

Brecht, *Schriften zum Theater*, Band 2, Frankfurt a.M. 1963, S. 272 bis 292.) Der vorliegende Text bezieht sich auf diese Kritik.

24,3 *ohne und gegen das Proletariat]* Bezieht sich auf die zunehmenden Aktivitäten der Nationalsozialisten, die statt der sozialen eine sogenannte nationale Revolution proklamieren. (Der Satz könnte ein Indiz sein für eine spätere Entstehungszeit des Textes.)

ZU »IM DICKICHT DER STÄDTE« (Band 1)

Um 1921: *Ein Stück.*
April/Mai 1923: *Programmzettel* (für die Uraufführung von *Im Dikkicht* am 9. Mai 1923).
1926: *Neu und alt.*
24. Juli 1928: *Für das Programmheft zur Heidelberger Aufführung.*

25,4 *Ein Stück]* T: Manuskript. E: Um 1921.
Früher Fabelentwurf während der Arbeit an der Fassung *Im Dikkicht.*

25,9f. *ihre menschlichen Qualitäten]* In der Textgrundlage steht vor »menschlichen« der gestrichene Zusatz »äußersten«; danach folgt ein nicht entziffertes Wort.

25,7 *Typ Wegener]* Paul Wegener ist in dieser Zeit am Deutschen Theater in Berlin engagiert. Die massige Gestalt, das exotische Aussehen und seine schauspielerischen Fähigkeiten machen Wegener für Brecht als Typ interessant. Arnolt Bronnen berichtet, daß Brecht schon kurz nach seiner Ankunft am 7. November 1921 in Berlin mit zahlreichen Schauspielern, u.a. mit Paul Wegener, spricht und sie für die Übernahme von Rollen in seinen Stücken gewinnen will. (Arnolt Bronnen, *Tage mit Bertolt Brecht*, München/Wien/Basel 1960, S. 30.)

25,9 *Typ Granach]* Alexander Granach spielt an verschiedenen Berliner Bühnen. Brecht lernt ihn im November 1921 kennen. Granach ist für eine leidenschaftliche Spielweise bekannt, die ihn als Typ für diese Rolle geeignet erscheinen läßt. Später spielt er in zahlreichen Stücken von Brecht.

25,27 *Programmzettel]* T: Typoskript (handschriftlich korrigiert und ergänzt); Erich-Engel-Archiv, Berlin. E: April/Mai 1923.
Der Text ist Bestandteil eines Typoskripts von *Im Dickicht*, Fassung 1923. Dazu gibt es folgende szenische Anweisung: »Bevor der Vorhang hochgeht, schreien über die Bühne Stimmen von Zeitungsweibern und Zeitungsjungen die unterstrichenen Worte des dem Stück beiliegenden Programmzettels aus.« (Unterstrichenes ist in der vorliegenden Ausgabe kursiviert.)
Andere Typoskripte sind mit den Überschriften *Nachwort* bzw. *Der rätselhafte Fall Shl[ink] contra G[arga]* überliefert.

26,29 *Neu und alt]* T: Manuskript (Notizbuch). E: 1926.

26,30 *Vorrede zu »Dickicht«]* Vermutlich Entwurf eines Vorwortes für die Erstausgabe der Fassung *Im Dickicht der Städte* im Propyläen-Verlag (1927), der dann aber nicht verwendet wird.

27,1 *die Frau nicht als Puppe behandeln]* Anspielung auf Henrik Ibsens Drama *Et dukkehjem* (1879, dt.: *Nora oder Ein Puppenheim*).

27,1 f. *heiraten sei gefährlich]* Vgl. Nikolai Gogols Komödie *Shenitba* (1841, dt.: *Die Heirat*).

27,2 f. *ein Fuhrmann sei ... etwas ebenso Tragisches]* Anspielung auf Gerhart Hauptmanns Drama *Fuhrmann Henschel* (1898).

27,6 f. *der ältesten der äußerlichsten Aufmachungen]* Das Stück ist zuvor nur durch Erich Engel (Regie) und Caspar Neher (Bühnenbild) 1923 in München und 1924 in Berlin aufgeführt worden (vgl. zu 27,16 f.).

27,8 *»Valencia«]* Schlager der zwanziger Jahre (spanisches Lied und one-step von José Padilla, dt. Text von Beda). Vgl. *Wer meint wen? Oder »Valencia« contra »Tod und Verklärung«* (Band 21).

27,9 *Der Jazz allerdings ist neu.]* Nach dem ersten Weltkrieg wird der Jazz in Europa bekannt.

27,12 *Für das Programmheft zur Heidelberger Aufführung]* T: Typoskript (handschriftlich korrigiert). E: »24. 7. 28« (laut Typoskript).

Nachdem er die Heidelberger Inszenierung von *Im Dickicht der Städte* (Premiere: 14. Juli 1928) gesehen hat, schreibt Brecht diesen Text, von dem kein Druck überliefert ist.

27,16 f. *die mutigsten Theater]* Das Stück *Im Dickicht* bzw. *Im Dickicht der Städte* ist zuvor im Residenz-Theater, München (Premiere: 9. Mai 1923), im Deutschen Theater, Berlin (29. Oktober 1924), im Hessischen Landestheater, Darmstadt (10. Dezember 1927), und im Landestheater, Gotha (28. Februar 1928), inszeniert worden.

27,17 f. *völlige Ablehnung des Stückes]* Bei den (sechs) Aufführungen des Stückes in München und in den (fünf) Aufführungen in Berlin kommt es zu Theaterskandalen.

28,12 *purer Sport]* Bereits 1920 schreibt Brecht über die Beziehung des Theaters zum Sport: »Man muß ins Theater gehen wie zu einem Sportfest.« (*Das Theater als Sport*; vgl. auch *Mehr guten Sport*, Band 21).

ZU »LEBEN EDUARDS DES ZWEITEN VON ENGLAND« (Band 2)

30,5 *Zur Kölner Aufführung]* T: Manuskript. E: Ende Mai / Anfang Juni 1926. Gezeichnet: »Bert Brecht«.

Brecht schreibt den Text nach der Premiere seines Stückes im Schauspielhaus Köln (29. Mai 1926) und schickt ihn an den Kritiker Herbert Jhering mit der Bitte um Veröffentlichung im *Berliner Börsen-Courier* (Brief an Herbert Jhering, Ende Mai / Anfang Juni 1926). Als dies nicht geschieht, fragt Brecht enttäuscht bei Jhering nach, ob er einen besonderen Grund hat, seine »Zeilen unbeachtet zu lassen« (Brief an Herbert Jhering, 10. Juni 1926).

30,7 *der babylonischen Stilverwirrung]* Anspielung auf 1 Mose 11,3, wonach Gott die Sprache der Bewohner von Babylon so verwirrt, daß sie sich nicht mehr verständigen können.

30,14 *Dichter Ernst Hardt]* Ernst Hardt wird zu Beginn des Jahrhunderts als Schriftsteller bekannt, später durch seine Arbeiten in Theatern und im Rundfunk (1925/26 ist er Intendant des Schauspielhauses in Köln, 1926 bis 1933 Intendant des Westdeutschen Rundfunks, Sender Köln); 1927 inszeniert er dort die Hörspielfassung von Brechts *Mann ist Mann*. Zu den Festtagen »Deutsche Kammermusik Baden-Baden 1929« führt er Regie beim *Lindberghflug*.

ZU »MANN IST MANN« (Band 2)

1925: *Für Zeitungen*, *Epischer Verlauf*.
1926/27: *»Mannistmann«. Entwurf einer Vorrede zu dem Lustspiel »Mannistmann«*, *Aus einer Vorrede zu »Mannistmann«* (beide Texte entstehen in Vorbereitung auf die Rundfunkaufführung).
März 1927: *Zu der Aufführung im Radio*, *Die Geschichte des Packers Galy Gay* und *Rede im Rundfunk* (als einführende Texte zum Sendespiel).
Um 1927: *»Mann ist Mann«*.
Ende 1930 / Anfang 1931: *Dialog zu Bert Brechts »Mann ist Mann«*.
1931: *Zur Aufführung 1931. Zur Regie*, *Zur Frage der Maßstäbe bei der Beurteilung der Schauspielkunst* (die beiden Texte werden 1938 als Abschnitt 1 bzw. 2 für die *Anmerkungen zum Lustspiel »Mann ist Mann«* verwendet). Alle drei Texte von 1931 entstehen für die Neuinszenierung des Stückes im Staatlichen Schauspielhaus Berlin.
1936: *Zur Frage der Konkretisierung* (der Text wird 1938 als Abschnitt 3 für die *Anmerkungen zum Lustspiel »Mann ist Mann«* verwendet).
1938: *Anmerkungen zum Lustspiel »Mann ist Mann«* (Zusammenstellung früherer Texte für den Druck in den *Gesammelten Werken* im Malik-Verlag).

31,4 *Für Zeitungen]* T: Typoskript (handschriftlich korrigiert). E: 1925.

Brecht notiert in Form eines Zeitungsberichts eine frühe Fassung der Stückfabel. Die Namen der Personen und Orte unterscheiden sich von denen im Erstdruck des Stücks von 1927.

Der Text weist keine Zeichensetzung auf.

31,6 *des Worcesterregiments]* Regiment in der Division des Prince of Wales.

31,38 *Sykomoren]* (Griech.) Feigenbäume.

32,23 *Epischer Verlauf]* T: Typoskript (handschriftlich korrigiert). E: 1925.

Im Stil der Lutherschen Bibelübersetzung geschriebene Fabel; der Text ist im Typoskript durchgestrichen.

Die Textgrundlage weist keine Zeichensetzung auf.

33,29 *»Mannistmann«]* T: Manuskript (Notizbuch). E: August 1926.

34,1 *Entwurf einer Vorrede zu dem Lustspiel »Mannistmann«]* T: Typoskript. E: 1926.

Vermutlich Vorarbeit für die *Rede im Rundfunk* (vgl. 40,7); nicht abgeschlossen.

Die Textgrundlage weist keine Zeichensetzung auf.

35,11 *Aus einer Vorrede zu »Mannistmann«]* T: Typoskript. E: 1927.

Vorarbeit zur *Rede im Rundfunk* (vgl. 40,7).

Die Textgrundlage weist keine Zeichensetzung auf.

35,20f. *Väter ... umbringen]* Anspielung z.B. auf Arnolt Bronnens Stück *Vatermord* (1920), das Brecht 1922 inszeniert.

36,3 *Einige von uns]* Gedacht ist vermutlich auch an Arnolt Bronnen, Emil Burri, Hermann Borchardt und Marieluise Fleißer.

36,24 *Zu der Aufführung im Radio]* T: Erstdruck. E: Februar/März 1927. ED: *Rundfunk-Rundschau*, Berlin, 13. März 1927, S. 186. Nur im Druck überliefert.

Am 18. März 1927 strahlt die Funkstunde Berlin eine von Brecht erstellte Sendespielfassung von *Mann ist Mann* aus (Regie: Alfred Braun, Musik: Edmund Meisel; Ernst Legal spricht Galy Gay und Helene Weigel die Leokadja Begbick). In Vorbereitung der Sendung erscheint Brechts Artikel in der Programmzeitung *Rundfunk-Rundschau*. In einer redaktionellen Einleitung wird das Sendespiel kurz vorgestellt und darauf hingewiesen, daß Brecht sowohl mit diesem Text als auch mit dem *»Vorspruch«* (d.i. *Zwischenspruch* vor der 9. Szene) selbst zu Wort kommen soll. Tonbandaufzeichnungen oder Manuskripte zur Sendung sind nicht erhalten.

37,26 *»Cromwell«]* Klabunds Schauspiel *Cromwell* (1926) wird am 4. September 1926 im Lessing-Theater in Berlin uraufgeführt.

37,26 *»Bonaparte«]* Das gleichnamige Drama von Fritz von Unruh (1927) hat am 15. Februar 1927 im Deutschen Theater in Berlin Premiere, mit Werner Krauss in der Titelrolle.

37,26 *»Patriot«]* Alfred Neumanns Schauspiel *Der Patriot* (1926) steht ab 22. Februar 1927 auf dem Spielplan des Lessing-Theaters in Berlin (Regie: Karl-Heinz Martin, Bühnenbild: Caspar Neher; mit Paul Wegener und Fritz Kortner).

37,26 *»Gneisenau«]* Das Schauspiel *Neidhardt von Gneisenau* (1925) von Wolfgang Goetz wird seit dem 26. Oktober 1926 im Deutschen Theater Berlin gespielt (Regie: Heinz Hilpert; Titelrolle: Werner Krauss).

38,1 *Die Geschichte des Packers Galy Gay]* T: Erstdruck. E: März 1927. ED: *Funkstunde*, Berlin, 13. März 1927, S. 351. Nur im Druck überliefert.

Unter der Überschrift steht die redaktionelle Notiz: »Zum Sendespiel *Mann ist Mann*, am Freitag, den 18. März 1927« (vgl. zu 36,24).

40,7 *Rede im Rundfunk]* T: Erstdruck. E: März 1927. ED: *Berliner Börsen-Courier*, 19. März 1927, 1. Beilage. Nur im Druck überliefert.

Unter der Überschrift steht die redaktionelle Notiz: »Die folgenden einführenden Worte sprach Bertolt Brecht in den Berliner Sender vor der Rundfunk-Aufführung seines Lustspiels ›*Mann ist Mann*‹« (vgl. zu 36,24). Der Text wird in vielen Zeitungen und Zeitschriften ohne wesentliche Abweichungen nachgedruckt, meist unter der Überschrift *Vorrede* bzw. *Vorrede zu »Mann ist Mann«*.

In einer Kritik zum Sendespiel schreibt Arno Schirokauer, Brecht habe eine »überzeugende, kluge, hinreißende Einleitung« gesprochen. »Mit Schlagkraft ohnegleichen stellte er seine Dichtung gegen die antiquierte, ritt an der Spitze der Jugend eine tolle Attacke gegen das niedergehende Zeitalter von gestern und fand präzise Worte für Plan und Absicht seines Lustspiels, dem er damit das Gewicht eines Programms gab.« (Arno Schirokauer, *Brechts »Mann ist Mann«*, in: *Funk*, Berlin, März 1927, S. 101.)

42,13 *»Mann ist Mann«]* T: Typoskript. E: Um 1927. ED: Vorliegende Ausgabe.

Möglicherweise der Entwurf für einen Klappentext zur Buchausgabe von *Mann ist Mann* im Propyläen-Verlag 1927, der dann nicht verwendet wird. (Auf der Textgrundlage ist in gleicher Diktion ein Text zur *Hauspostille* überliefert, vgl. *»Hauspostille«*, Band 21.)

42,31 *Dialog zu Bert Brechts »Mann ist Mann«]* T: Typoskript. E: Ende 1930 / Anfang 1931.

Der Text entsteht vermutlich während der erneuten Umarbeitung des Stückes für die Aufführung im Staatlichen Schauspielhaus Berlin (Premiere: 6. Februar 1931; vgl. zu 44,25).

44,25 *Zur Aufführung 1931]* T: Typoskript. E: 1931. ED: Vorliegende Ausgabe.

Am 6. Februar 1931 kommt *Mann ist Mann* am Staatlichen Schauspielhaus Berlin heraus (Regie: ursprünglich Bertolt Brecht / Ernst Legal, nach Meinungsverschiedenheiten der Regisseure von Brecht allein beendet, Bühnenbild: Caspar Neher; mit Peter Lorre als Galy Gay, Helene Weigel als Leokadja Begbick, Paul Bildt als Sergeant Fairchild sowie Theo Lingen, Wolfgang Heinz, Alexander Granach und Leo Reuß als Soldaten). Bei der Premiere kommt es zu Tumulten im Zuschauerraum, die Inszenierung ist in der Kritik heftig umstritten.

45,1 *Schauspieler]* In der Textgrundlage: »Sch.«

45,15 *Anmerkungen zum Lustspiel »Mann ist Mann«]* T: Erstdruck. E: 1931 (Abschnitt 1 und 2) und 1936 (Abschnitt 3). ED: *Gesammelte Werke*, Band 1, London: Malik-Verlag 1938, S. 220-224.

Für die *Anmerkungen zum Lustspiel »Mann ist Mann«* stellt Brecht die Texte *Zur Regie*, *Zur Frage der Maßstäbe bei der Beurteilung der Schauspielkunst* und *Zur Frage der Konkretisierung* zusammen. Der Text *Zur Frage der Maßstäbe bei der Beurteilung der Schauspielkunst* ist bereits am 8. März 1931 im *Berliner Börsen-Courier* unter dem Titel *Maßstäbe bei der Beurteilung der epischen Schauspielkunst* mit geringfügigen Abweichungen erschienen.

45,18 *Berliner Aufführung]* Es handelt sich um die zweite Inszenierung des Stückes in Berlin (vgl. zu 44,25), erste Aufführung: in der Volksbühne am 5. Januar 1928 (Regie: Erich Engel).

46,1 *»Lied vom Fluß der Dinge«]* Das Lied wird unter dem Titel *Begbicks Song* für die Aufführung 1931 geschrieben und ersetzt den *Mann-ist-Mann-Song*.

46,14 *(Nr. 4a)]* Vgl. die Stückfassung 1938, Szene 9 (Band 2).

47,15 f. *»die Fähigkeit, klar auf Sinn zu sprechen«]* Herbert Jhering schreibt in seiner Rezension *Maskentheater auf Stelzen*: »Es geht auch nicht, daß dieses Experiment mit dem Schauspieler Peter Lorre als Galy Gay vorgenommen wird, der wohl die Liebenswürdigkeit für den Anfang, aber für die Verhärtung der späteren Szenen oder mimischen Nummern gerade die entscheidende Voraussetzung nicht hat: Deutlichkeit, Klarheit und die Fähigkeit, anschaulich und darlegend zu sprechen.« (*Berliner Börsen-Courier*, 7. Februar 1931.)

48,22 f. *»Ich verlange ... es doch?«]* Vgl. Szene 9, Nr. 4, der Fassung 1938.

49,15 *ein kleiner Film]* Der im Zeitraffer gedrehte Stummfilm der Aufführung ist überliefert (Spieldauer: 3 Minuten, 45 Sekunden).

49,39-50,1 *sein Gesicht weiß schminkt ... Todesfurcht]* Bereits bei der Uraufführung von *Leben Eduards des Zweiten von England* in den Münchener Kammerspielen 1924 läßt Brecht auf Anregung von Karl Valentin die Soldaten mit weiß geschminkten Gesichtern (als Ausdruck ihrer Todesfurcht) auftreten.

51,5 *der Schauspieler Chaplin]* Charles Chaplins Schauspiel- und Regiearbeit übt auf Brechts Theaterpraxis und -theorie einen nachhaltigen Einfluß aus. (Vgl. *Journale*, 28. Oktober 1921; *Weniger Sicherheit!!!*, Band 21, sowie das Gedicht *Ein Film des Komikers Charlie Chaplin*, Band 15.)

51,24 *Parteitag der NSDAP zu Nürnberg]* Die Aufmärsche der Nationalsozialistischen Deutschen Arbeiterpartei auf dem eigens dafür geschaffenen »Reichsparteitagsgelände« in Nürnberg sind große Propagandaveranstaltungen, die hauptsächlich der Selbstdarstellung dienen.

51,26 *SA]* Abkürzung für »Sturmabteilung«, von Hitler zunächst als »Ordnerdienst« deklariert, dann als bewaffnete politische Unterorganisation der NSDAP unter Ernst Röhm, ab 1930 zur Bürgerkriegsarmee und Schlägertruppe ausgebaut.

51,28 f. *arischer Geschäftsteilhaber]* Bereits kurz nach der Machtübergabe an die Nazis beginnt die sogenannte »Arisierung« jüdischer Geschäfte und Betriebe. Dies wird zunächst durch zwangsweise Aufnahme von »arischen« Teilhabern in die Unternehmen organisiert, die sich zu günstigen Bedingungen Geschäftsanteile verschaffen.

51,29 f. *Verbot ... Beschädigungen jüdischer Geschäfte]* SA und SS (Schutzstaffel) gehen nach der Machtübergabe an die Nationalsozialisten gegen jüdische Firmen vor. Infolge der in- und ausländischen Proteste gegen diese willkürlichen Aktionen fordert Hitler in einer Rundfunkansprache am 12. März 1933 »strengste und blindeste Disziplin«: »Wer von jetzt ab versucht, durch Einzelaktionen Störungen unserer Verwaltung oder des geschäftlichen Lebens herbeizuführen, handelt bewußt gegen die nationale Regierung.« (*Völkischer Beobachter*, Berlin, 14. März 1933.)

ZU »MACBETH« VON WILLIAM SHAKESPEARE

52,4 *Vorrede zu »Macbeth«]* T: Typoskript (von Brecht und Elisabeth Hauptmann handschriftlich korrigiert und ergänzt). E: September/Oktober 1927. Überschrift handschriftlich von Elisabeth Hauptmann.

Brecht schreibt die *Vorrede zu »Macbeth«* für die Rundfunkbearbeitung, die er von diesem Stück Shakespeares (1606) zusammen mit Alfred Braun anfertigt, und liest sie vor der Sendung des Hörspiels am 14. Oktober 1927 in der Berliner Funkstunde. Regie des Sendespiels: Alfred Braun, Musik: Edmund Meisel; mit Werner Krauss (Macbeth), Helene Weigel (Lady Macbeth), Theodor Loos (Duncan), Erich Riewe (Banquo). Von der als »Hörszenen aus Shakespeares Dramen« angekündigten Sendung sind keine Ton- oder Textaufzeichnungen erhalten.

Zwei Textpassagen sind – vermutlich für den Rundfunkvortrag – gestrichen:

53,30 *nicht gezwungen.]* Danach: »Wenn ich auch zu der Ansicht neige, daß der Hauptteil der Unlogik dem Verfasser selber angekreidet werden muß, so sind doch auch die auftretenden Personen seines Stükkes keineswegs Logiker. Im Kopf des Zuhörers muß unbedingt Verwirrung entstehen, wenn er den Macbeth, den einen Akt vorher seine Frau zum Mord am König angeregt hat, sagen hört, er wolle ihr den Mord an Banquo lieber verschweigen, um das Kind unschuldig bleiben zu lassen.«

54,13 *dem Leben eigen.]* Danach: »Prophezeiungen, wo sie Hilfsmittel des Theaters sind, pflegen auf dem Theater in Erfüllung zu gehen, wenn nicht, pflegt daraus eine Theaterwirkung zu entstehen. Prophezeiungen im Leben – es ist angenehm, diese Plattheit aussprechen zu dürfen – gehen nicht alle in Erfüllung, und nicht alle gehen nicht in Erfüllung. Fehlschläge auf dem Theater, mißglückte Anschläge wie der des Macbeth auf Banquo und seine Nachkommenschaft. Und in beiden Fällen entsteht unter Umständen keine Wirkung.«

52,34f. *wenig gestuft und überhaupt nicht geballt]* Anspielung auf eine satirische Zitierung Franz Werfels (»Gott, wie geballt! Gott, wie gestuft!«) durch Karl Kraus.

54,18f. *Döblin gegen das Drama]* In den Theaterberichten aus den Jahren 1921 und 1924 vertritt Alfred Döblin eine negative Meinung über die Gattung des Dramas: »Und das Publikum, wenn es erhobenen Hauptes hineingeht und geknickt herauskommt; immer wieder – Messieurs, es ist ja nichts mit der ›Kunst‹. Geht doch zu Bett oder in den Zirkus.« (*Prager Tagblatt*, 15. Februar 1924.)

August 1928: *Einführung* (für die Uraufführung).
Anfang 1929: *»Dreigroschenoper« [1]* (als Antwort auf eine Rundfrage).
1930: *Anmerkungen zur »Dreigroschenoper«* (für *Versuche*, Heft 3).
November / Anfang Dezember 1930: *»Dreigroschenoper« [2]* (für eine Schallplattenproduktion).
Herbst 1937: *Aufbau der »Dreigroschenopern«-Bühne, Ein alter Hut* (aus Anlaß der Aufführung in Paris).

56,4 *Einführung]* T: Erstdruck. E: August 1928. ED: *Programmblätter der Volksbühne*, Berlin, 8. September 1928. Nur im Druck überliefert.

Den Text schreibt Brecht anläßlich der Uraufführung der *Dreigroschenoper*. Der Druck in den *Programmblättern der Volksbühne* erfolgt ohne Verfasserangabe. Der Abschnitt 56,31-57,11 (»›The Beggar's Opera‹ ... Dramas.«) ist unter dem Titel *The Beggar's Opera* in: *Das Stichwort, Zeitung des Theaters am Schiffbauerdamm*, Berlin, Nr. 1, September 1928, S. 1, gedruckt. Am 9. Januar 1929 erscheint der Text in den *Augsburger Neuesten Nachrichten* unter dem Titel *Bert Brecht über seine Dreigroschenoper* mit der redaktionellen Vorbemerkung: »Das *Theaterbüro* ersucht uns um Veröffentlichung nachstehender Ausführungen Bert Brechts über seine ›Dreigroschenoper‹ unter Hinweis auf die Erstaufführung dieses Werkes im Stadttheater am 13. Januar.«

56,7 *in England durch zwei Jahrhunderte]* Nach ihrer Uraufführung am 29. Januar 1728 ist *The Beggar's Opera* von John Gay, Musik: John Christopher Pepusch, häufig gespielt worden. Eine Renaissance erlebt das Stück bei seiner Wiederaufführung am Lyric Theatre London im Jahr 1920. In der ersten Ankündigung des Stückes von Brecht wird zunächst der übersetzte englische Titel (in der Schreibweise: *Des Bettler's Oper*) beibehalten (*Charivari. Für Theater, Musik, Film und Rundfunk*, Offizielles Organ des Verlages Felix Bloch Erben, Berlin, 18. Juli 1928).

56,27 *Gaunerplatte]* Platte: (österr.) Bande.

56,32 f. *Lincoln's Inn Theatre]* Lincoln's Inn Fields Theatre, ein ehemaliges Pantomimentheater (Covent Garden Theatre). Vom 29. Januar bis 19. Juni 1728 wird dort John Gays *Beggar's Opera* 62 Mal gespielt, ein für die Zeit sensationeller Erfolg.

56,37 *auf Anregung des großen Jonathan Swift]* Swift schreibt in einem Brief an Alexander Pope vom 30. August 1716: »Or what think you of a Newgate pastoral, among the whores and thieves there?«

(Oder was denken Sie von einer Newgate-Pastorale, zwischen Huren und Dieben?; in: *The Correspondence of Jonathan Swift*, Band 2, Oxford 1963, S. 215.)

56,37 f. *Händel-Travestie]* Die *Beggar's Opera* ist eine Parodie auf die Opera seria, die im höfischen Theater dominiert. Georg Friedrich Händel hat die italienische Opera seria in England eingeführt.

56,39 *Händels Theater ruiniert]* Der Erfolg der *Beggar's Opera* führt im Sommer 1728 zur Schließung von Händels »Royal Academy of Music«.

57,14 *»Dreigroschenoper« (1)]* T: Erstdruck. E: Anfang 1929. ED: *Die Scene*, Berlin, Februar 1929, S. 60. Nur im Druck überliefert.

Der Text ist Brechts Antwort auf eine Umfrage der Zeitschrift *Die Scene* zur »Krisis der Operette«, an der sich u.a. Franz Lehár, Ralph Benatzky, Theo Mackeben, Herbert Jhering, Ernst Legal und Kurt Weill beteiligen. Die Redaktion der Zeitschrift geht in ihrer Fragestellung auch auf die *Dreigroschenoper* ein: »Da wir heute in einer grundlegenden Umwälzung der Stile begriffen sind, muß weiterhin die Frage aufgeworfen werden, ob anstelle der noch kommenden Operettenform bereits das Faktum oder der Weg einer neuen, zeitgemäßen Umwandlung (z. B. in der Art der *Dreigroschenoper*) gegeben ist.«

57,19 *Verblödung der Oper]* Ende der zwanziger Jahre wird eine breite Diskussion über die Erneuerung der Oper geführt (vgl. die *Anmerkungen zur Oper »Aufstieg und Fall der Stadt Mahagonny«*, besonders 81,23-82,29, und zu 74,5).

57,25 *Anmerkungen zur »Dreigroschenoper«]* T: Erstdruck. E: 1930. ED: *Versuche*, Heft 3 (*Versuche 8-10*), Berlin: Gustav Kiepenheuer Verlag 1931, S. 234-243 (Teil des 9. Versuchs). Nur im Druck überliefert.

Den Text schreibt Brecht für den Druck des Stückes in den *Versuchen*, Heft 3. Er ordnet ihn in der Vorbemerkung dem 9. Versuch *Über eine nichtaristotelische Dramatik* zu, dem er später noch die *Anmerkungen* (zur *Mutter*, vgl. 115-135), *Die Straßenszene* (Band 22), *Kurze Beschreibung einer neuen Technik der Schauspielkunst, die einen Verfremdungseffekt hervorbringt* (Band 22) und die *Anmerkungen zum Volksstück* (293-299) hinzufügt.

57,29 *»Nos haec novimus esse nihil«]* (Lat.) Wir haben gewußt, daß es nichts ist. Motto der *Beggar's Opera*, dort Martial zugeschrieben.

59,16 *Sporthallen voll von Fachleuten]* Vgl. den Artikel *Gladiatoren* von Alfred Flechtheim (*Der Querschnitt*, Berlin 1926, Heft 1, S. 48 f.), der Anlaß für Brechts 1926 geschriebenen Aufsatz *Mehr guten Sport* (Band 21) ist.

61,9 *Englische Originalzeichnungen]* Von William Hogarth sind aus dem Jahr 1729 zwei Kupferstiche zur *Beggar's Opera* überliefert.

62,26 *Winke für Schauspieler]* Die folgenden Seitenangaben sind auf Band 2 der vorliegenden Ausgabe umgestellt. In der Textgrundlage sind die Seitenverweise auf den Druck des Stückes im selben Heft 3 der *Versuche* (1931) bezogen.

62,39 *Versuch 5, »Über die Oper«]* Gemeint sind die *Anmerkungen zur Oper »Aufstieg und Fall der Stadt Mahagonny«* im Heft 2 der *Versuche* (1930); vgl. 74-84.

64,28 *Diese Ballade ... andere Balladen]* Die *Zuhälterballade*, die *Ballade vom angenehmen Leben*, der *Salomo-Song*, die *Ballade aus dem Gefängnis* und die *Ballade, in der Macheath jedermann Abbitte leistet* sind nach Vorlagen von François Villon entstanden. Brecht verwendet die Übersetzung von K. L. Ammer (François Villon, *Des Meisters Werke*, Leipzig 1907). Vgl. dazu die Texte über die Plagiatsaffäre (z. B. *Eine Erklärung Brechts*, *Was den Fall des Herrn Kerr betrifft*, Band 21) nach Erscheinen der Sammlung *Die Songs der Dreigroschenoper* (1928).

66,34 *bei den Elisabethanern]* Gemeint sind u.a. William Shakespeare, Christopher Marlowe und Ben Jonson aus dem sogenannten elisabethanischen Zeitalter (Regierungszeit Elisabeths I. von England, 1558-1603).

67,21 *jenes Baconschen Materialismus]* Vgl. zu dem vielfältigen Einfluß Francis Bacons auf Brecht auch *Kleines Organon für das Theater* (Band 23).

67,26f. *»das Ensemble aller gesellschaftlichen Verhältnisse«]* Von Brecht frei zitiert nach der 6. Feuerbachthese von Karl Marx, in der es heißt: »[...] das menschliche Wesen ist kein dem einzelnen Individuum innewohnendes Abstraktum. In seiner Wirklichkeit ist es das Ensemble der gesellschaftlichen Verhältnisse.« (Karl Marx, *Thesen über Feuerbach*, in: Marx/Engels, *Werke*, Band 3, Berlin/DDR 1958, S. 6.)

67,32f. *»Versuch«]* Im Sinne des Experiments in den Naturwissenschaften; deshalb nennt Brecht auch die erste Sammelausgabe seiner Werke *Versuche*.

68,17 *von einem Schwan gezogen]* Anspielung auf Richard Wagners Oper *Lohengrin* (1850).

68,25 *conditio sine qua non]* (Lat.) unerläßliche Bedingung.

68,31 *»Dreigroschenoper« (2)]* T: Typoskript (handschriftlich ergänzt). E: November / Anfang Dezember 1930.

Wegen des großen Erfolgs der *Dreigroschenoper* (Uraufführung am 31. August 1928) kommen zwischen 1929 und 1931 insgesamt 21 Schallplatten mit der Musik aus diesem Stück heraus. Für eine Produktion der Ultraphon/Telefunken, die am 7. Dezember 1930 auf vier Schellack-Platten aufgenommen wird, schreibt Brecht die verbindenden Texte (Sprecher: Kurt Gerron, der Tiger-Brown der Uraufführrung). In der Aufnahme singen: Willy Trenk-Trebitsch (Macheath), Lotte Lenja (Polly/Jenny/Lucy), Erika Helmke (Polly, Frau Peachum), Erich Ponto (Peachum) und Kurt Gerron (Tiger-Brown).

Eine erste Niederschrift der Texte für den Sprecher ist von Brecht ausgeschnitten und neu aufgeklebt worden, um dazwischen handschriftlich die Titel der Lieder eingetragen zu können, auf die sie sich beziehen.

Die Textgrundlage ist zusammen mit einem 52seitigen Konvolut überliefert, in das Brecht einen Teil der vorliegenden Texte übernimmt, das aber wesentlich mehr Sprechertexte (teilweise szenische Einleitungstexte aus der *Dreigroschenoper*) enthält und einen umfassenderen Querschnitt durch das Stück gibt, der auch Dialogpassagen und weitere Lieder enthält. Da darin neben dem alten auch der *Neue Kanonensong* aufgenommen ist, ist dieses Konvolut vermutlich erst nach 1946 entstanden.

68,33 *Oper für Bettler]* Anspielung auf die Vorlage der *Dreigroschenoper*, die Balladenoper *The Beggar's Opera* von John Gay mit der Musik von John Christopher Pepusch.

70,8 *Aufbau der »Dreigroschenopern«-Bühne]* T: Typoskript. E: Herbst 1937.

Brecht schreibt den Text im Herbst 1937 nach dem Besuch der Proben und der Aufführung der *Dreigroschenoper* im Théatre de l'Etoile in Paris (Premiere: 28. September 1937, Regie: Francesco von Mendelssohn, Bühnenbild: Eugène Bermann).

70,17f. *Neherschen Bilder]* Gemeint sind die Projektionen, die Caspar Neher für die Uraufführung des Stückes entworfen hat.

70,21f. *kleiner ... Nesselfetzen]* Den hier benutzten halbhohen Vorhang verwendet Caspar Neher bereits bei der Darmstädter Uraufführung von *Mann ist Mann* (Premiere: 25. September 1926).

71,3 *Moskauer Kammertheater]* Bezieht sich auf die Inszenierung der *Dreigroschenoper* an diesem Theater 1930 (Regie: Alexander Tairow), die Brecht während seines Aufenthalts in Moskau im Mai 1932 anläßlich der sowjetischen Premiere des Films *Kuhle Wampe* sieht.

71,8 *Ein alter Hut]* T: Erstdruck. E: Herbst 1937. ED: *Theaterarbeit. 6 Aufführungen des Berliner Ensembles*, hg.v. Berliner Ensemble, Helene Weigel; Redaktion: Ruth Berlau, Bertolt Brecht, Claus Hubalek, Peter Palitzsch, Käthe Rülicke; Dresden: Dresdner Verlag 1952, S. 363-365.

Der Text entsteht während Brechts Aufenthalt in Paris im Herbst 1937 (vgl. zu 70,8). Auf einem Typoskript lautet die Überschrift *Der Schauspieler*.

71,11 *ein junger Schauspieler]* Die Rolle des Filch spielt Jean Mercure.

ZU »AUFSTIEG UND FALL DER STADT MAHAGONNY« (Band 2)

Herbst 1930: *Anmerkungen zur Oper »Aufstieg und Fall der Stadt Mahagonny«* (für *Versuche*, Heft 2, auf der Grundlage des Aufsatzes *Zur Soziologie der Oper – Anmerkungen zu »Mahagonny«*).
Herbst 1931: *Erklärung* (für das Programmheft der Aufführung in Berlin).

74,5 *Anmerkungen zur Oper »Aufstieg und Fall der Stadt Mahagonny«]* T: Erstdruck. E: Herbst 1930. ED: *Versuche*, Heft 2 (*Versuche 4-7*), Berlin: Gustav Kiepenheuer Verlag 1930, S. 107-115 (5. Versuch). Gezeichnet: »Brecht. Suhrkamp«. Vollständiger Text nur im Druck überliefert. – Anhang: Zur dramatischen und epischen Form des Theaters, Fassung 1938. T: Erstdruck. E: Um 1937. ED: *Gesammelte Werke*, Band 1, London: Malik-Verlag 1938, S. 154.

Entstehung: Eine erste Fassung des Textes schreibt Brecht nach der Uraufführung der Oper (9. März 1930) und publiziert sie unter der Überschrift *Zur Soziologie der Oper – Anmerkungen zu »Mahagonny«* in der Zeitschrift *Musik und Gesellschaft*, Wolfenbüttel/Berlin, Heft 4 (August), 1930, S. 105-112. In der redaktionellen Vorbemerkung zu diesem Heft heißt es, daß Brecht diesen Originalbeitrag zur Verfügung gestellt hat, »in dem er selbst in ausführlicher Weise zu der Situation der Oper Stellung nimmt und seine ›Anmerkungen‹ zu einer *grundsätzlichen* soziologischen Auseinandersetzung gestaltet« (S. 105). Für den wenig später erscheinenden Druck der Oper im Heft 2 der *Versuche* überarbeitet Brecht den Text. Er erhält einen neuen Titel, und in den Vorbemerkungen zum *Versuche*-Heft heißt es: »Der fünfte Versuch: ›Anmerkungen zur Oper‹ ist eine Untersuchung über die Möglichkeit von Neuerungen in der Oper.« (Im Titel des *Versuche*-Heftes und in den *Anmerkungen zur »Dreigroschenoper«* gibt Brecht den 5. Versuch mit *Über die Oper* an.)

Da das hier enthaltene Schema der Gegenüberstellung von dramatischer und epischer Form des Theaters zu Mißverständnissen geführt hat (vgl. den Abschnitt zur Wirkung), ändert Brecht es für den Abdruck der *Anmerkungen zur Oper »Aufstieg und Fall der Stadt Mahagonny«* in Band 1 der *Gesammelten Werke*, London 1938. Hier ist der Text nur mit »Brecht« gezeichnet; der in Deutschland lebende Peter Suhrkamp sollte offensichtlich nicht gefährdet werden. Die neu gefaßte Gegenüberstellung von 1938 wird in der vorliegenden Ausgabe als Anhang gedruckt.

Text/Fassungen: Abweichungen der Textgrundlage von der ersten Fassung (in *Musik und Gesellschaft*):

75,4 f. *für die Produzenten]* Erst in der Textgrundlage ergänzt.

75,5 *Mittel gegen die Produzenten]* »Zweck«.

75,29 *ändern]* »diskutieren«.

75,31 f. *Aber sie erfinden ... seine Funktion]* »Aber der Apparat läuft längst automatisch«.

77,30-78,1 *enthält[4]]* Die Fußnote ist erst in der Textgrundlage ergänzt.

78,18 f. *verwickelt den Zuschauer in eine Bühnenaktion]* »Aktiviert den Zuschauer während und vermittels einer Bühnenhandlung, aber«.

78,29 f. *Der Zuschauer ... steht gegenüber]* »Die Dinge werden nahe gebracht - Sie werden in die Ferne gerückt«.

79,3 f. *Der unveränderliche Mensch ... verändernde Mensch]* Erst in der Textgrundlage ergänzt.

80,9 *Die Musik ... Thema[7].]* Dieser Satz und die dazu gehörige Fußnote sind erst in der Textgrundlage ergänzt worden.

80,32-81,13 *Zweifellos werden ... herauszuziehen?]* »Gewisse Wünsche des Publikums, die von der alten Oper ohne weiteres befriedigt wurden, können in der neuen Oper nicht mehr berücksichtigt werden. Diesem Publikum muß endlich vorgeworfen werden, daß es im Theater eine ganz andere Haltung einzunehmen wünscht, als es sonst (im Leben) einnimmt und als ihm angemessen ist, wenn es mit dem Hut in der Garderobe alle Selbstverständlichkeit im Benehmen abgibt und, wenn es die Garderobe verläßt, seine Plätze mit der Haltung von Königen einnimmt. Man braucht, um den Wunsch eines Käsehändlers, wie ein König dasitzen zu dürfen, lächerlich zu finden, nicht die königliche Haltung der käsehändlerischen vorzuziehen. Die Haltung des Publikums in der alten Oper ist unwürdig. Herausstürzend aus dem Untergrundbahnhof Friedrichstraße, begierig, Wachs zu werden in den Händen der Magier, hasten diese erwachsenen, im Daseinskampf erprobten und unerbittlichen Männer an die Theaterkassen. Eine Oper wie ›Mahagonny‹ erlebend, machen sie dann natürlich Krach und behaupten schlankweg, so etwas passe nicht in die Oper, während doch höchstens sie selber in ihrer Rolle als Opernbesucher nicht ins Leben passen, und zwar in ihr eigenes! Sie brauchten doch nur ihre Zigarren herauszuziehen und damit ihre Privatansichten – und die ganze schon bedrohte Veranstaltung käme sofort in ungeahnten Schwung. Der hartnäckige Kampf des Spießers um einige letzte, billig zu erstehende Illusionen ist aussichtslos und braucht nicht ernst genommen zu werden. Anders ist es mit anderem.«

80,38 *Privatsache bleiben müssen.]* »nicht betont werden dürfen.«

80,40 *und Fußnote 1 zum Dreigroschenfilm]* Erst in der Textgrundlage ergänzt.

82,2-4 *(Eine Weltanschauung ... verschleudert wird!)]* Erst in der Textgrundlage ergänzt.

82,16-29 *Fortschritte, ... Gebrauchsmusik?]* Erst in der Textgrundlage ergänzt.

83,2 *war gerettet!*[9]*]* Die Fußnote ist erst in der Textgrundlage ergänzt worden.

84,11 *Zerstörung führen*[11]*.]* Die Fußnote ist erst in der Textgrundlage ergänzt worden.

84,19 *die Neuerungen]* »die neue Form«.

84,20 *Wirkliche Neuerungen ... Basis an.]* »Die neue Form ist eine gefährliche Form. Wirkliche Neuerungen greifen immer die Basis an.«

Zur Textgestaltung in der vorliegenden Ausgabe: Die vierte Fußnote ist im *Versuche*-Druck als »3-« gezählt. Es wurde (nach dem Zweitdruck in den *Gesammelten Werken*) die fortlaufende Zählung hergestellt.

Wirkung: Reaktionen auf die *Anmerkungen zur Oper »Aufstieg und Fall der Stadt Mahagonny«* beziehen sich fast ausschließlich auf die Gegenüberstellung von dramatischer und epischer Form des Theaters. Ursache hierfür sind Mißverständnisse, die sich aus separaten Nachdrucken der aus dem Text herausgelösten Gegenüberstellung ergeben, z. B. in der Umfrage *Die dramatische Produktion* in: *Die Scene*, Berlin, Heft 8, Mai 1931, oder in einem einführenden Aufsatz Arno Schirokauers zu seinem Hörspiel *Der Kampf um den Himmel*, Berlin 1931 (hier Peter Suhrkamp zugeschrieben), und im Programmheft der Berliner Uraufführung von *Die Mutter* (17. Januar 1932). Obwohl Brecht im Text mehrfach darauf hinweist, daß es sich um Akzentverschiebungen handelt (78,12f. und 78,39f.), wird das Schema als Gegensatzbildung aufgefaßt. In der *Linkskurve*, dem Organ des Bundes proletarisch-revolutionärer Schriftsteller (BPRS), erscheinen 1932 zwei Artikel, die sich u.a. mit den *Anmerkungen* beschäftigen. Georg Lukács setzt sich bei Gelegenheit einer Polemik gegen den Roman *Denn sie wissen, was sie tun* (1931) von Ernst Ottwalt mit Brechts Thesen auseinander: Die Gegenüberstellung von »Interpretieren« und »Verändern« der Wirklichkeit, die sich auf die letzte Feuerbach-These von Marx stütze, sei »mechanisch und verfälscht den wirklichen Sinn der Marxschen These« (Georg Lukács, *Aus der Not eine Tugend*, in: *Die Linkskurve*, Berlin, Heft 11/12, 1932, S. 18). Ebenso scharf sind die Angriffe von Andor Gábor in seinem Artikel *Zwei Bühnenereignisse* im selben Heft. Er zitiert das Schema aus den *Anmerkungen* und bezeichnet es als einen Gegensatz, den Brecht konstruiert habe: »[...] Es ist aber für einen dialektischen Materialisten klar, daß diese starre Gegenüberstellung der hier genannten Begriffe, soweit sie wirklich Begriffe und wirklich Gegensätze sind, mit beiden Füßen auf idealistischem Postament steht.« (*Die Linkskurve*, S. 29.) Kritiken und Mißverständnisse dieser Art bilden die Grundlage für die späteren theoretischen Kontroversen in den Realismusdiskussionen (vgl. Band 22). Diese Kritik veranlaßt Brecht zu einer erheblichen Veränderung des Schemas (vgl. den Anhang, 85). Wie klar sich Brecht über dennoch mögliche Fehlinterpretationen der *Anmerkungen* ist, drückt er 1939 in einem Brief aus: »Sie enthalten nicht komplette Definitionen und rufen deshalb bei dem sie Studierenden oft Mißverständnisse hervor, die ihn hindern, produktiv theoretisch mitzuarbeiten. Besonders der *Opernaufsatz* zu ›Mahagonny‹ bedarf einiger Zusätze, damit die Diskussion fruchtbar werden kann.« (Brief an M., d. i. vermutlich Fredrik Martner, Juli 1939.)

Brechts Gedanken aus den *Anmerkungen* werden von Walter Benjamin in *Der Autor als Produzent* aufgegriffen (Walter Benjamin, *Gesammelte Schriften*, hg. v. Rolf Tiedemann und Hermann Schweppenhäuser, Band II,2, Frankfurt a.M. 1977, S. 683-701).

Zeilenkommentar:

74,9 *Erneuerung der Oper]* Ende der zwanziger und Anfang der dreißiger Jahre gibt es eine breit geführte Diskussion um die Reform des Musiktheaters. In zahlreichen Rundfragen werden Fachleute von Zeitschriften und Zeitungen aufgefordert, sich zu äußern, z. B. *Wie denken Sie über die zeitgenössische Weiterentwicklung der Oper* (*Blätter der Staatsoper*, Berlin, Oktober 1927) und *Über die Erneuerung der Oper* (*Berliner Börsen-Courier*, 19. Februar 1929). Die Zeitschrift *Das Kunstblatt*, Berlin, widmet dieser Fragestellung ein ganzes Heft. Hans Heinz Stuckenschmidt schreibt dazu den Leitartikel mit dem Titel *Ist die Oper überlebt?* (Heft 8, August 1930).

76,14 *Kunst ist Ware]* Brecht bezieht sich hier auf die Marxsche Definition der menschlichen Arbeitskraft als Ware und wendet sie auf die Kunst an (vgl. Marx/Engels, *Werke*, Band 23, Berlin/DDR 1963, S. 181-191).

76,16f. *Böcklinsches Seetier]* Anspielung auf die halb menschlichen, halb tierischen Fabelwesen in den Bildern des Schweizer Malers Arnold Böcklin; vgl. z. B. *Triton und Nereiden* (1873-1875).

78,38 *A. Polgar]* Alfred Polgar, *Krach in Leipzig*, in: *Das Tagebuch*, Berlin, Heft 12, 22. März 1930, S. 467.

79,12f. *Das Denken ... Sein bestimmt das Denken]* »Die große Grundfrage aller, speziell neueren Philosophie ist die nach dem Verhältnis von Denken und Sein. [...] Je nachdem diese Frage so oder so beantwortet wurde, spalteten sich die Philosophen in zwei große Lager. Diejenigen, die die Ursprünglichkeit des Geistes gegenüber der Natur behaupteten, [...] bildeten das Lager des Idealismus. Die anderen, die die Natur als das Ursprüngliche ansahen, gehören zu den verschiedenen Schulen des Materialismus.« (Friedrich Engels, *Ludwig Feuerbach und der Ausgang der klassischen deutschen Philosophie*, Wien/Berlin 1927, S. 27f.; in Brechts Nachlaßbibliothek.)

79,23 *»Gesamtkunstwerk«]* In den Schriften *Die Kunst und die Revolution* (1849), *Das Kunstwerk der Zukunft* (1849) und besonders in *Oper und Drama* (1851) entwickelt Richard Wagner eine Konzeption seines »musikalischen Dramas«, für die er gelegentlich den Begriff »Gesamtkunstwerk« verwendet.

79,37 f. *Versuch »Dialog über die Schauspielkunst«]* Der *Dialog über Schauspielkunst* (vgl. Band 21) erscheint am 17. Februar 1929 im *Berliner Börsen-Courier*. Ein Text gleichen Titels soll, wie es auf der dritten Umschlagseite von Heft 1 und 2 der *Versuche* angekündigt ist, in die *Versuche* aufgenommen werden. Dieser Plan wird nicht realisiert.

80,21 f. *Die Neherschen Projektionen]* Gemeint sind die Projektionen von Caspar Neher für die Uraufführung der Oper 1930 in Leipzig, die auch bei allen weiteren Aufführungen bis 1933 in Deutschland und 1932 in Wien verwendet werden. Die gläsernen Projektionsplatten sind Bestandteil des Aufführungsmaterials, das die Universal-Edition den Theatern zur Verfügung stellt.

80,39 f. *»Anmerkungen zur ›Dreigroschenoper‹«]* Vgl. 57-68.

80,40 *Fußnote 1 zum Dreigroschenfilm]* »Es besteht beim Tonfilm die Unsitte, prinzipiell auf Titel zu verzichten. Die Titel des Dreigroschenfilms sind Totalaufnahmen der geistigen Schauplätze ganzer Abschnitte. Sie dienen keineswegs nur dazu, Nachfolgendes dem Verständnis näherzubringen. Unter Umständen können sie Selbstwert beanspruchen: ihre Funktion bestünde dann lediglich darin, gesehen zu werden. Außerdem gewährleisten sie, indem sie den Film in Kapitel einteilen, den epischen Fluß. Sie wegzulassen wäre idiotisch.« (*Die Beule. Ein Dreigroschenfilm*; vgl. Band 19.)

81,30 *»Zauberflöte«]* Oper von Wolfgang Amadeus Mozart (1791).

81,30 *»Figaro«]* Wolfgang Amadeus Mozarts Oper *Die Hochzeit des Figaro* (1786).

81,30 *»Fidelio«]* Oper von Ludwig van Beethoven (1814).

82,4 *»Elektra«]* Oper von Richard Strauss (1908).

82,4 *»Jonny spielt auf«]* Diese 1926 von Ernst Křenek geschriebene Oper ist eines der erfolgreichsten Werke der zwanziger Jahre. Křenek verwendet Elemente des Jazz.

82,23 *Lokomotiven]* Vgl. z. B. Křeneks Oper *Jonny spielt auf*.

82,23 *Maschinenhallen]* Vgl. z. B. Max Brands Oper *Maschinist Hopkins* (1929).

82,23 *Aeroplane]* Vgl. z. B. George Antheils Operneinakter *Flight* (1927).

82,23 f. *Badezimmer]* Vgl. z. B. Paul Hindemiths Oper *Neues vom Tage* (1929).

82,25 *in lateinischer Sprache]* Vgl. z. B. Igor Strawinkys Opernoratorium *Ödipus Rex* (1927).

82,31 *l'art pour l'art]* (Franz.) Die Kunst für die Kunst. Gemeint ist Kunst als Selbstzweck. Der Ausspruch geht auf den französischen Philosophen und Politiker Victor Cousin zurück, von Alfred Michiels bezeugt in: *Histoire des idées littéraires en France au XIXe siècle*, Paris 1863, Band 2, S. 112.

82,33 *schaumgeboren]* Hier gemeint: aus dem Nichts. Anspielung auf Aphrodite, die griechische Göttin der Liebe, die der Legende nach aus dem Schaum des Meeres geboren worden ist.

83,33-45 *Das Leben ... Freud...]* Gekürzt zitiert nach der Ausgabe: Sigmund Freud, *Das Unbehagen in der Kultur*, Wien 1930.

84,18 f. *Und das haben mit ihrem Singen]* Anspielung auf Heinrich Heines Gedicht *Ich weiß nicht, was soll es bedeuten* (1823): »Und das hat mit ihrem Singen / Die Lorelei getan«.

84,23 *vor drei Jahren, 1927]* 1927 entsteht das Songspiel *Mahagonny* (vgl. Band 2), die Oper wird zwischen 1927 und 1929 geschrieben.

84,24 *anschließenden Arbeiten]* Gemeint sind die Lehrstücke *Der Flug der Lindberghs* und *Das Badener Lehrstück vom Einverständnis* sowie die Schuloper *Der Jasager* (vgl. Band 3).

85,30 *natura non facit saltus – facit saltus]* (Lat.) Die Natur macht keine Sprünge – sie macht Sprünge. – Die erste These beruht auf Gedanken von Aristoteles (in der *Historia de animalibus*), die von verschiedenen Wissenschaftlern aufgenommen und von Carl von Linné als Grundsatz formuliert worden sind (*Philosophia Botanica*, 1751); die Gegenthese entspricht neueren physikalischen Erkenntnissen und der materialistischen Dialektik.

86,1 *Erklärung]* T: Erstdruck. E: Herbst 1931. ED: *Aufstieg und Fall der Stadt Mahagonny*, Programmheft der Ernst-Josef-Aufricht-Produktion, Theater am Kurfürstendamm, Berlin 1931. Nur im Druck überliefert. Der Titel ist aus dem Inhaltsverzeichnis des Programmheftes übernommen.

86,5 *Skandale]* Vgl. Abschnitt »Wirkung« im Kommentar zur Oper (Band 2).

ZU »DER FLUG DER LINDBERGHS« (Band 3)

87,4 *Erläuterungen]* T: Erstdruck. E: Um 1929. ED: *Versuche*, Heft 1 (*Versuche 1-3*), Berlin: Gustav Kiepenheuer Verlag 1930, S. 17f. (Teil des 1. Versuchs). Gezeichnet: »Brecht. Suhrkamp«.

Der Text entsteht nach der Uraufführung des Stückes (27. Juli 1929 im Rahmen der Festveranstaltung »Deutsche Kammermusik 1929« in Baden-Baden, mit dem Titel *Der Lindberghflug*). In der Vorbemerkung zum Heft 1 der *Versuche* heißt es: »Die *Erläuterungen* zum ›Flug der Lindberghs‹ enthalten Teile einer Musiktheorie.« Peter Suhrkamp beschäftigt sich zu dieser Zeit mit der Problematik von Schulmusik und Schuloper und arbeitet mit Brecht bei den *Anmerkungen zur Oper »Aufstieg und Fall der Stadt Mahagonny«* zusammen (vgl. 74-84).

Zwei zusätzlich überlieferte Typoskripte des Abschnitts 87,23-37 enthalten folgende Variante zu 87,35-37 (»im Buch ... Schulklasse).«): »mitliest und in ihr fehlende Stimmen mitsummt oder im Buch mit den Augen verfolgt oder im Verein mit anderen laut singt. So gibt der Staat eine unvollkommene Musik, aber der einzelne macht sie vollkommen.« Eines dieser Typoskripte ist mit *Radiotheorie* überschrieben, das andere mit *Zu projizieren:*. Das letztere schickt Brecht im Juli 1929 an den Regisseur der Uraufführung, Ernst Hardt; im Brief bezeichnet er den Text als »Grundsätze der Radioverwendung«. Bei der Uraufführung wird dieser Text auf eine Leinwand hinter den Mitwirkenden projiziert.

88,12f. *Vorführung ... Musikfest 1929]* Die Uraufführung findet am 27. Juli 1929 im Rahmen einer dreiteiligen Abendveranstaltung von »Deutsche Kammermusik Baden-Baden 1929« statt. Die öffentliche Generalprobe wird am 27. Juli 1929 in der Schlesischen Funkstunde Breslau ausgestrahlt. Am 28. Juli 1929 folgt eine Sendung vom Sender Frankfurt a.M. und am 29. Juli 1929 vom Sender Köln.

88,22 *die Theorie]* Gemeint ist der Text 87,23-37.

88,27f. *Disziplinierung ... Grundlage der Freiheit]* Anspielung auf die marxistische Definition der Freiheit, welche die Erkenntnis der Notwendigkeit als Grundlage der Freiheit bezeichnet: »Nicht in der geträumten Unabhängigkeit von den Naturgesetzen liegt die Freiheit, sondern in der Erkenntnis dieser Gesetze, und in der damit gegebenen Möglichkeit, sie planmäßig zu bestimmten Zwecken wirken zu lassen« (Friedrich Engels, *Herrn Dührings Umwälzung der Wissenschaft*, in: Marx/Engels, *Werke*, Band 20, Berlin/DDR 1962, S. 106).

89,38f. *»Versuche«, 2]* Gemeint ist der erste Teil des 2. Versuchs, *Geschichten vom Herrn Keuner* (vgl. Band 18), im gleichen *Versuche*-Heft 1.

ZU »DAS BADENER LEHRSTÜCK VOM EINVERSTÄNDNIS« (Band 3)

Juli 1929: *Zum »Lehrstück«* (für das Programmheft der Uraufführung).
1930: *Anmerkung* (für den Stückabdruck in *Versuche*, Heft 2).

90,5 *Zum »Lehrstück«]* T: Erstdruck. E: Juli 1929. ED: Programmheft »Deutsche Kammermusik Baden-Baden 1929«. Nur im Druck überliefert. Gezeichnet: »(B.B.)«

Der Text ist Brechts Beitrag für das Programmheft des Musikfestes in Baden-Baden. Die Uraufführung am 28. Juli 1929 erfolgt unter dem Titel *Lehrstück*. Paul Hindemith komponiert die Musik, Brecht führt Regie, assistiert von Ernst Hardt, die musikalische Leitung liegt in den Händen von Hermann Scherchen.

90,17 *Anmerkung]* T: Erstdruck. E: 1930. ED: *Versuche*, Heft 2 (*Versuche 4-7*), Berlin: Gustav Kiepenheuer Verlag 1930, S. 147f. (Teil des 7. Versuchs).

Der Text ist eine Auseinandersetzung Brechts mit dem Vorwort von Paul Hindemith zur Partiturausgabe des Stückes.

90,20f. *»Theorie der Pädagogien«]* Vgl. Band 21.

90,21f. *Anweisungen des Komponisten]* In: Paul Hindemith, *Lehrstück*, Partiturausgabe, Mainz: Musikverlag Schott & Söhne 1929 [Oktober], S. 3 (Edition Schott Nr. 1500).

90,23 *erste, ganz unvollständige Fassung]* Die in der Partiturausgabe gedruckte Fassung des *Lehrstücks* wird von Brecht vermutlich im Sommer bzw. Herbst 1930 für den Druck in *Versuche* überarbeitet und erhält den neuen Titel *Das Badener Lehrstück vom Einverständnis*.

ZU »DER JASAGER« / »DER JASAGER. DER NEINSAGER« (Band 3)

92,5 f. *Protokolle von Diskussionen über den »Jasager« (auszugsweise) in der Karl-Marx-Schule, Neukölln]* T: Erstdruck. E: Ende 1930 / Anfang 1931. ED: *Versuche*, Heft 4 (*Versuche 11-12*), Berlin: Gustav Kiepenheuer Verlag 1931, S. 326-328 (Teil des 11. Versuchs).

Die Schuloper *Der Jasager* entsteht im Frühjahr 1930 mit einer Musik von Kurt Weill. Im November des Jahres wird das Stück von Schülern des Kaiser-Wilhelm-Gymnasiums (später Karl-Marx-Schule) in Berlin-Neukölln einstudiert; sie führen Protokoll über ihre Diskussionen zum Stück. Mit einem Brief vom 9. Dezember 1930 schickt der Kunsterzieher Dr. Freese die Protokolle an Brecht. In Auswertung der Materialien überarbeitet Brecht das Stück *Der Jasager* und ergänzt diese neue Fassung durch *Der Neinsager*. Aus den Protokollen stellt Brecht Auszüge zusammen und publiziert sie gemeinsam mit dem Erstdruck der Stückekombination *Der Jasager. Der Neinsager* im Heft 4 der *Versuche*.

92,8 f. *dem Japanischen nahe Fassung]* Die Vorlage für den *Jasager* bildet eine von Elisabeth Hauptmann angefertigte deutsche Übersetzung des dem japanischen Dramatiker Zenchiku (1405-1468) zugeschriebenen No-Spiels *Tanikô*. Sie geht wiederum zurück auf eine freie, gekürzte Nachdichtung des Originals durch den Engländer Arthur Waley aus dem Jahr 1921 (*Tanikô. The Valley-Hurling*).

92,18 *Sperrdruck]* In der vorliegenden Ausgabe kursiv.

ZU »DIE MASSNAHME« (Band 3)

Mai 1930: *Offener Brief an die künstlerische Leitung der Neuen Musik Berlin 1930* (vgl. *Anmerkungen*).
Dezember 1930: *Das Lehrstück »Die Maßnahme«* (zur Uraufführung des Stückes in Berlin).
1931: *Über Begriffe*.
Frühjahr/Sommer 1931: *Anmerkungen* (für *Versuche*, Heft 4).
Um 1934: *Für das Einstudieren*.

96,4 *Das Lehrstück »Die Maßnahme«]* T: Erstdruck. E: Dezember 1930. ED: Programmheft des Veranstalters »Die Internationale Tribüne« zur Uraufführung von *Die Maßnahme*, Berlin, 13. Dezember 1930.

Den Text schreibt Brecht für das Programmheft der Uraufführung, das außerdem einen Vorabdruck der *Maßnahme* (mit dem Vermerk: »Aus dem 4. Heft der ›Versuche‹«), ein Besetzungsverzeichnis sowie Werbung enthält. Der Text, der (mit geringfügigen Abweichungen) in einem Typoskript von Brecht überliefert ist, enthält im Erstdruck keinen Verfassernachweis. Die Seiten sind perforiert, so daß sie leicht herausgelöst werden konnten. Auf der Seite mit den Fragen an die Zuschauer steht die Aufforderung, den ausgefüllten Zettel an Slatan Dudow zu senden, den Regisseur der Aufführung. Weiter heißt es: »Die Beantwortung der Fragen soll Diskussionsstoff abgeben.« Eine Diskussion des Stückes kündigt das Programmheft für den 20. Dezember 1930 in der Schulaula Weinmeisterstraße an, zu der nur Zuschauer der Uraufführung zugelassen sind. Antworten auf die Fragen konnten nicht ermittelt werden. Ebenfalls gibt es kein Protokoll der Diskussion. Einem Bericht zufolge hat die Diskussion den Charakter einer »kollektiven Produktionsberatung« gehabt. »Die Aussprache«, heißt es, »und die Beantwortung der Fragebogen hat die Autoren bereits dazu veranlaßt, an dem Text der *Maßnahme* politische Änderungen vorzunehmen« (D. [Alfred Kemény], *Hat die »Maßnahme« einen Lehrwert?*, in: *Die Rote Fahne*, Berlin, 24. Dezember 1930).

96,8 f. *bei unserer heutigen Aufführung]* Gemeint ist die Uraufführung am 13. Dezember 1930 im Haus der Berliner Philharmonie mit drei Berliner Arbeiterchören (Regie: Slatan Dudow, Dirigent: Karl Rankl).

96,9 f. *4 Schauspieler]* In dieser Aufführung spielen Helene Weigel, Ernst Busch, Alexander Granach und der Sänger Anton Maria Topitz.

97,1 *Über Begriffe]* T: Typoskript. E: 1931.

Der Text ist möglicherweise eine Vorarbeit für die *Anmerkungen* zur *Maßnahme* (vgl. zu 97,12).

97,12 *Anmerkungen]* T: Erstdruck. E: Frühjahr/Sommer 1931. ED: *Versuche*, Heft 4 *(Versuche 11-12)*, Berlin: Gustav Kiepenheuer Verlag 1931, S. 359-361 (Teil des 12. Versuchs). Gezeichnet: »Brecht. Dudow. Eisler«. Nur im Druck überliefert.

Die *Anmerkungen*, die sich auf die Fassung von 1931 beziehen, stellt Brecht für den Druck in den *Versuchen* zusammen.

97,14 *Offener Brief]* Er wird am 13. Mai 1930 im *Berliner Börsen-Courier* veröffentlicht, dazu eine Stellungnahme der künstlerischen Leitung der »Neuen Musik Berlin 1930« mit folgendem Wortlaut: »In der von Herrn Brecht veranlaßten Mitteilung, daß sein Stück ›Der Jasager‹ (Musik von Hanns Eisler) von der künstlerischen Leitung der ›Neuen Musik - Berlin‹ aus politischen Gründen abgelehnt worden sei, teilen wir mit, daß das vollständige Stück bisher überhaupt nicht vorgelegen hat und deshalb auch nicht abgelehnt werden konnte. Die künstlerische Leitung hat sich zunächst nur mit dem Text befassen können. Die Einreichung des gesamten Stückes mit Musik bei dem Programmausschuß hat Herr Brecht abgelehnt.« (Der Titel ist falsch wiedergegeben, es handelt sich um *Die Maßnahme*.) Zwei Tage später teilt die künstlerische Leitung in einem Antwortschreiben Brecht und Eisler mit, daß das Stück, wenn auch aus anderen Gründen, nicht angenommen wird: »Szenische Stücke kommen für eine Aufführung nur in Betracht, wenn die Musik von entscheidender Bedeutung für die Haltung des Werkes ist. Dabei spielt die politische Tendenz keine Rolle [...]. Nach Kenntnisnahme des Textes müssen wir aber annehmen, daß die Musik dem Text gegenüber eine untergeordnete Stelle einnimmt.« (*Die »Neue Musik« antwortet Bert Brecht*, in: *Berliner Börsen-Courier*, 15. Mai 1930.) Dieser Ablehnung aus formalen Gründen ist vermutlich eine Ablehnung aus politischen Gründen vorangegangen, die Brecht und Eisler zu ihrer öffentlichen Äußerung veranlaßt haben. In einem Entwurf zum *Offenen Brief* schreibt Brecht: »Die Veranstaltung ›Neue Musik Berlin‹ unter der Leitung von Professor Paul Hindemith, Musikdirektor Heinrich Burkard und Professor Schünemann hat die angekündigte Aufführung des neuen Lehrstücks von Brecht und Eisler aus politischen Gründen abgesagt. Es hängt dies mit der Neuorganisierung des früheren Donaueschinger bzw. Baden-Badener Musikfestes unter nunmehr staatlichem Protektorat zusammen.« (Nachlaß.)

97,14f. *der Neuen Musik Berlin 1930]* Diese Veranstaltung ist eine Fortführung der Donaueschinger Musiktage (1921-1926) und der »Deutschen Kammermusik Baden-Baden« (1927-1929). Sie wird von der Rundfunkversuchsstelle bei der Staatlichen Hochschule für Musik ausgerichtet und findet vom 19. bis 22. Juni 1930 statt.

97,15 *Heinrich Burkard]* Der Kapellmeister Heinrich Burkard leitet von 1921 bis 1926 die Kammermusikaufführungen in Donaueschingen, von 1927 bis 1929 die »Deutsche Kammermusik Baden-Baden« und gehört 1930 zur Leitung der Neuen Musik Berlin.

97,15 *Paul Hindemith]* Der Komponist Paul Hindemith schreibt 1929 die Musik zu Brechts *Lehrstück* (späterer Titel: *Das Badener Lehrstück vom Einverständnis*). 1930 wird er in die Leitung der Neuen Musik Berlin berufen (vgl. zu 90,5).

97,15 f. *Georg Schünemann]* Der Musikwissenschaftler, Musikerzieher und Komponist Georg Schünemann ist von 1920 bis 1933 an der Staatlichen Hochschule für Musik Berlin tätig, ab 1927 ist er deren Rektor. Er befaßt sich besonders mit Fragen der Musikerziehung.

98,20 *Ablehnung einer Aufführung der »Maßnahme«]* Durch die Auseinandersetzungen sehen sich Brecht und Kurt Weill veranlaßt, auch ihre Schuloper *Der Jasager* als Beitrag zum Musikfest zurückzuziehen; sie wird am 23. Juni 1930 innerhalb einer Veranstaltung des Berliner Zentralinstituts für Erziehung und Unterricht in der Aula dieses Instituts uraufgeführt.

98,20 f. *»wegen formaler Minderwertigkeit des Textes«]* Bezieht sich auf den Ablehnungsbescheid, der nicht überliefert ist.

98,24 *Zeile 1 bis 25 (S. 101,1-19)]* Die Zeilenangaben beziehen sich auf den Druck des Stücks in den *Versuchen*, das einen fortlaufenden Zeilenzähler hat. Die in Klammern eingefügten Zahlen nennen (auch im folgenden) die Stellen in Band 3 der vorliegenden Ausgabe.

101,12 *Band 25]* Brecht zitiert aus dem 1930 erschienenen Band 25 von Wladimir Iljitsch Lenin, *Sämtliche Werke*, Wien/Berlin; ebenso 101,23.

101,26 *Für das Einstudieren]* T: Manuskript. E: Um 1934.
Der Text ist auf der Rückseite eines Aufführungsfotos der *Maßnahme* in Brechts Handexemplar von Heft 4 der *Versuche* überliefert.

101,34 *Vers 289 (107,35 f.)]* Vgl. zu 98,24. Der Erstdruck des Stücks (*Versuche*) ist mit einem Zeilenzähler versehen (nicht Verszähler); gemeint ist die Frage: »Siehst du nicht, daß der Boden zu glatt ist?«

101,37 *Vers 49 ... sechs Neins]* Vgl. 102,5-26 in Band 3 der vorliegenden Ausgabe.

ZU »DIE HEILIGE JOHANNA DER SCHLACHTHÖFE« (Band 3)

Um 1930: *Darstellung der Geschäfte des Pierpont Mauler*, *Erklärung des Sinns der »Heiligen Johanna der Schlachthöfe«*.

Um 1932: *Zur »Heiligen Johanna der Schlachthöfe«* (als Anmerkung zum Druck des Stückes in den *Versuchen*, Heft 5, vorgesehen).

Um 1933: *Ist »Die heilige Johanna der Schlachthöfe« ein realistisches Werk?*

Mai/Juni 1935: *Anmerkungen zur »Heiligen Johanna der Schlachthöfe«* (für eine geplante Aufführung in Kopenhagen).

102,5 *Darstellung der Geschäfte des Pierpont Mauler]* T: Typoskript. E: Um 1930.

Dieser Text entsteht vermutlich gemeinsam mit dem Text *Über die Darstellung von Geschäften im Drama* (Band 21) während der Ausarbeitung des Stückes.

102,28 f. *Erklärung des Sinns der »Heiligen Johanna der Schlachthöfe«]* T: Typoskript. E: Um 1930.

103,8 *Zur »Heiligen Johanna der Schlachthöfe«]* T: Typoskript (handschriftlich korrigiert). E: Um 1932.

Möglicherweise schreibt Brecht den Text nach der Sendung von sieben der elf Szenen des Stückes in der Berliner Funkstunde (11. April 1932, Regie: Alfred Braun; mit Carola Neher als Johanna und Fritz Kortner als Mauler) als Anmerkung zum Stück; er wird aber nicht zusammen mit dem Stück (*Versuche*, Heft 5, 1932) gedruckt.

105,1 *und ihn anzuempfehlen]* In der Textgrundlage: »und von ihm anzuempfehlen«.

104,7 f. *Sekte der Schwarzen Strohhüte]* Bezeichnung für die Heilsarmee (engl. Salvation Army), die 1865 von William Booth als religiöse Sekte gegründet und 1878 nach militärischem Muster organisiert worden ist. Die Bezeichnung ist von der Kopfbedeckung der Heilsarmee-Soldaten, den schwarzen Strohhüten, hergeleitet.

104,10 *Ingenium]* Talent, Begabung.

104,29 f. *von Katholiken mit Empörung zitierte]* Ein Beleg dafür konnte nicht ermittelt werden.

104,30 f. *Dark: zu verstehen]* Lücke von 5 Zeilen im Text; möglicherweise sollte eingefügt werden:

Darum, wer unten sagt, daß es einen Gott gibt
Und ist keiner sichtbar
Und kann sein unsichtbar und hülfe ihnen doch

Den soll man mit dem Kopf auf das Pflaster schlagen
Bis er verreckt ist.
(Johanna Dark in der 11. Szene.)

105,5 f. *Ist »Die heilige Johanna der Schlachthöfe« ein realistisches Werk?]* T: Typoskript. E: Um 1933.

Der Text entsteht vermutlich 1933, als eine Aufführung des Stückes in Moskau erwogen wird.

105,37 f. *»Verwandlung ... Bürgerkrieg«]* Forderung, die auf dem Internationalen Sozialistenkongreß am 24./25. November 1912 in Basel als wichtigste Aufgabe für die internationale Arbeiterbewegung erhoben wird (*Manifest der Internationale zur gegenwärtigen Lage*).

106,10 f. *Anmerkungen zur »Heiligen Johanna der Schlachthöfe«]* T: Erstdruck. E: Mai/Juni 1935. ED: *Gesammelte Werke*, Band 1, London: Malik-Verlag 1938, S. 334 f.

Brecht schreibt den Text 1935 in Vorbereitung einer Inszenierung des Stückes am Königlichen Theater Kopenhagen. Am 12. Juni 1935 teilt er dem Chefregisseur des Theaters, Thorkild Roose, über die Texte der Zeitungsaufrufer in einem Brief mit: »Die Einfügungen, die es dem Publikum erleichtern sollen, jenen Teil der Handlung zu verstehen, der aus Geschäften besteht, sind inzwischen von mir fertiggestellt und stehen Ihnen zur Verfügung.« Die Aufführung kommt nicht zustande.

In der Textgrundlage beziehen sich die Seitenverweise auf den Druck des Stücks im gleichen Band der Malik-Ausgabe (1938); sie sind hier auf Band 3 der vorliegenden Ausgabe (*Versuche*-Druck von 1932) umgestellt worden.

107,30 *5. Anderer Teil der Schlachthöfe]* Im Druck in den *Gesammelten Werken* sind die zehn Teile der 9. Szene numeriert, und die Szenennumerierung ist geändert.

108,3 *Riesenfleischkorner]* To corner: (engl.) aufkaufen, bunkern; in der Börsensprache bedeutet es, eine lebensnotwendige Ware möglichst vollständig aufzukaufen, um den Preis diktieren zu können.

108,5 *Fallissement]* Zahlungsunfähigkeit.

ZU »DIE AUSNAHME UND DIE REGEL« (Band 3)

109,4 *Anmerkungen]* T: Typoskript. E: Um 1936.

Der Text entsteht bei einer Überarbeitung des Stückes für eine Fassung mit Chören (1934-1936). Vermutlich hat Brecht den historischen Stoff für den in Rede stehenden Chor an anderer Stelle in folgender Passage formuliert:

Ich führe folgende Beispiele aus der Geschichte meines Landes an, als der große Staatsmann Hitler die Macht ergriff, herrschte gerade eine tiefe Unzufriedenheit in den unteren Volksschichten, bei den Kulis meines Landes. Trotzdem kam es zu keinem Aufruhr. In weniger Monaten als nötig sind, ein Haus aufzubauen, vernichtete Hitler die Macht der Kulis, indem er alle ihre Führer ins Gefängnis warf und alle ihre Rechte aufhob. So behandelte er sie nicht anders, als wenn sie einen blutigen Aufruhr gemacht hätten. Ja, er ließ sogar ein öffentliches Gebäude in Brand setzen und behandelte die Führer der unteren Schichten nicht anders, als wenn sie es in Brand gesetzt hätten. Dies tat er, weil er sagte: da sie hungern, haben sie genug Grund zum Aufruhr, und da wir hart sind, haben sie genug Grund zu einem blutigen Aufruhr. Es kann sein, daß sie ihn nicht durchführen, aber wer weiß das? Laßt sie uns behandeln als Aufrührer, dann werden wir keinen Aufruhr haben. Das war weise. Ein Jahr später wurden diejenigen unzufrieden, welche ihm die Macht verschafft hatten, denn die Versprechungen waren ihnen nicht gehalten worden. Bevor sie jedoch Aufruhr machten, ließ er ihre Führer gefangensetzen und erschießen und warf viele von ihnen ins Gefängnis, so daß ein Aufruhr vermieden wurde. Er sagte sich: haben sie nicht Hunger und wurden ihnen nicht von mir Versprechungen gemacht? Sie haben Grund zum Aufruhr. Ich will sie als Aufrührer behandeln. Das war wieder weise. Niemand kann anders verfahren, wenn er herrschen will. (Um 1936, Nachlaß.)

109,15 *folgendes vortragen:]* Text bricht ab.

109,6 f. *Das Lehrstück ... 1931 verfaßt worden.]* Bereits 1930 beginnt Brecht mit der Arbeit am Stück, Ende 1932 liegt eine Fassung zur Veröffentlichung in den *Versuchen* vor. Zwischen 1934 und 1936 arbeitet Brecht erneut daran.

ZU »DIE MUTTER« (Band 3)

Anfang 1932: *Das Stück »Die Mutter«*, *Was ist primitiv?* (aus Anlaß der Uraufführung am 17. Januar 1932 in Berlin). *Anmerkungen [1933]* (für den Druck in *Versuche*, Heft 7).
September/Oktober 1935: *Empfehlungen für die Theatre Union.*
22. November 1935: *Memorandum über die Verstümmelung und Entstellung des Textes* (nach der amerikanischen Erstaufführung).
November 1935: *Zur amerikanischen Aufführung der »Mutter«.*
Ende 1935 / Anfang 1936: *»Die Mutter«.* Texte für eine konzertante Aufführung.
1936: *Anmerkungen zur »Mutter« [1938]* (für den Druck in *Gesammelte Werke*, London 1938, Band 2, als Überarbeitung der *Anmerkungen* von 1933).
Januar 1950: *Über die Musik* (für die Aufführung an den Leipziger Kammerspielen).
1951: Für *Theaterarbeit* zur Dokumentation von Brechts Inszenierung am Berliner Ensemble: *Beispiel für Textänderungen*, *Der Volksschauspieler Ernst Busch*, *Der 1. Mai (5. Szene)*, *Lumpen*, *Das Geschmackliche*, *Frisur und Maske der Darstellerin der Pelagea Wlassowa*, *Einige Probleme bei der Aufführung der »Mutter«.*

110,4 *Das Stück »Die Mutter«]* T: Typoskript (handschriftlich korrigiert). E: Anfang 1932.

Brecht verwendet Teile des ersten Abschnittes später für die *Anmerkungen [1933]* (115-135).

110,19f. *des Gorkischen Romans »Die Mutter«]* In der Textgrundlage: »des gorkisch.«; nach einer Abschrift ergänzt. 111,18 *alte Frau]* Über ungestrichenem: »die Mutter«.

110,6f. *1932 in Berlin aufgeführt]* Die Uraufführung findet am 17. Januar 1932 im Komödienhaus Berlin am Schiffbauerdamm statt. Voraus gehen ab 12. Januar vier geschlossene Voraufführungen für »Hunderte von Betriebsräten und Frauenvertrauensleuten« (*Berlin am Morgen*, 17. Januar 1932) im Wallner-Theater. Die Inszenierung ist eine Ernst-Josef-Aufricht-Produktion in Zusammenarbeit mit der Gruppe Junger Schauspieler, die durch namhafte Künstler im Regiestab und im Darstellerkollektiv sowie Laien verstärkt wird. Als Regisseur zeichnet Emil Burri, obwohl Brecht wesentlichen Anteil an der Regie nimmt; Bühnenbild: Caspar Neher; die Projektionen nach Nehers Entwürfen stammen von Wolfgang Roth; mit Helene Weigel (Pelagea Wlassowa), Ernst Busch (Pawel), Gerhard Bienert (Lehrer), Theo Lingen (Polizeikommissar) und Margarete Steffin (Dienstmädchen). Die Aufführungen werden von der Jungen Volksbühne organisiert, einer gegen die

Theaterkonzeption der Volksbühne opponierenden Besucherabteilung. Bis März 1932 finden 35 Vorstellungen statt.

110,10 *Der szenische Rahmen]* Eine genaue Beschreibung gibt Brecht im zweiten Abschnitt der *Anmerkungen [1933]* (vgl. 115 f.).

110,19 f. *Nachdichtung des Gorkischen Romans]* Die Anregung zur Dramatisierung des Romans von Maxim Gorki *Mat* (1906, dt.: *Die Mutter*, 1907) erhält Brecht von Günther Weisenborn, der gemeinsam mit dem Dramaturgen der Berliner Volksbühne, Günther Stark, bereits eine gleichnamige Theaterfassung für eine Aufführung in der Volksbühne am Bülowplatz geschrieben hat. Während Maxim Gorkis Roman 1905 endet, führt Brecht die Handlung bis in das Jahr 1917 weiter.

110,33 f. *von großen proletarischen Organisationen]* Vgl. zu 110,6 f.

111,3 *»Bürste den Rock, bürste ihn zweimal!«]* Vgl. *Die Mutter*, Fassung 1933, Szene 1. Alle folgenden Szenenangaben beziehen sich auf diese Fassung.

111,5 *In mehreren Szenen]* Vgl. die Szenen 3, 5, 6, 8, 10 und 14.

111,16-32 *»Lob des Kommunismus« ... »Lob des Lernens« ... »Lob des Revolutionärs«]* Szene 6.

112,6 f. *»Sie haben Gesetzbücher...«]* Gemeint ist das *Lied*, Szene 7.

112,14 *»Tod eines Revolutionärs«]* Szene 11.

112,25 *»Lob der dritten Sache«]* Szene 9.

112,31 *»Lob der Wlassowas«]* Szene 8.

113,24 f. *Wasser ... den Felsen unterhöhlt]* Abwandlung der auf Ovid zurückgehenden sprichwörtlichen Wendung: »Gutta cavat lapidem« (lat.: steter Tropfen höhlt den Stein).

113,26 *In einer Szene]* Gemeint ist die Szene 12.

113,31 *»Die Partei ist in Gefahr«]* Szene 13.

113,33 f. *die Zelle]* Gemeint ist die Parteizelle, Parteigruppe.

113,35 f. *die großen Demonstrationszüge der Petersburger Arbeiter]* Am 23. Februar 1917 kommt es in Petrograd (bis 1914 Sankt Petersburg, seit 1924 Leningrad) zu riesigen Demonstrationen, die am 25. Februar in einen Generalstreik und am 26. Februar in den Aufstand übergehen, der zum Sturz des Zaren und zur Einsetzung einer bürgerlichen Regierung führt.

114,1 *Gedicht über die Dialektik]* Szene 15.

114,6 *aufgeführt am Todestag]* Am 15. Januar 1932, dem 13. Jahrestag der Ermordung von Rosa Luxemburg und Karl Liebknecht, findet die vierte Voraufführung statt.

114,13 *Was ist primitiv?]* T: Erstdruck. E: Januar 1932. ED: *Neue Montagszeitung*, Berlin, 25. Januar 1932.

Der Text entsteht als Reaktion auf die Zeitungskritiken zur Uraufführung, die Brecht auch in den Abschnitten 7, 8 und 9 der *Anmerkungen [1933]* (vgl. 124-132) analysiert.

114,23 *Neuruppiner Bilderbogen]* Seit 1810 zuerst beim Neuruppiner Buchbinder Kühn erscheinende handkolorierte Bilderbogen in Holzschnittechnik (mit Versen), die als Einzelblätter vertrieben werden.

115,5 f. *Der Westen]* Gemeint ist das bürgerliche Theaterpublikum, das zu dieser Zeit vorwiegend in den westlichen Stadtteilen Berlins wohnt.

115,13 *Anmerkungen (1933)]* T: Erstdruck. E: Anfang 1932. ED: *Versuche*, Heft 7 (*Versuche 15-16*), Berlin: Gustav Kiepenheuer Verlag 1933, S. 65-77 (Teil des 9. Versuchs). Der vollständige Text ist nur im Druck überliefert.

Entstehung: Die *Anmerkungen* entstehen nach der Uraufführung des Stückes 1932 und werden gemeinsam mit dem Stücktext im Heft 7 der *Versuche* publiziert. Nach den *Anmerkungen zur Oper »Aufstieg und Fall der Stadt Mahagonny«* 1930 und den *Anmerkungen zur »Dreigroschenoper«* 1931 sind sie die dritte umfangreiche Zusammenstellung von Texten zu einem Stück, die Brecht zusammen mit dem Stück selbst in die *Versuche* aufnimmt. In den Vorbemerkungen zu Heft 7 schreibt er: »Die *Anmerkungen* zur ›Mutter‹ gehören zum 9. Versuch *Über eine nichtaristotelische Dramatik*«; er zählt dazu die *Anmerkungen zur »Dreigroschenoper«* (57-68), später *Die Straßenszene* (Band 22), die *Kurze Beschreibung einer neuen Technik der Schauspielkunst, die einen Verfremdungseffekt hervorbringt* (Band 22) und die *Anmerkungen zum Volksstück* (293-299).

Text/Fassungen: In den Erstdruck nicht aufgenommen ist ein Abschnitt mit der Überschrift *8. Über das dramaturgische Prinzip*, der mit folgendem Text eingeleitet wird: »Wenn man sich nicht an das Qualitative hält, so kann man durch einen Vergleich der Einleitungsszene der ›Mutter‹ mit der Einleitungsszene einer anderen früheren Dramatisierung des Gorkischen Romans das dramaturgische Prinzip feststellen.« Hierauf folgt die 1. Szene des Stückes von Günther Weisenborn und Günther Stark (vgl. zu 110,19 f.). In den *Anmerkungen zur »Mutter« [1938]* realisiert Brecht diesen Plan und fügt in Abschnitt 8 (*Eine amerikanische Bearbeitung*) einen solchen Vergleich, dort mit der Einleitungsszene der Übersetzung seines Stückes durch Paul Peters ein (vgl. 164,13-169,33).

Die Seitenangaben im 3. und 6. Abschnitt sind in der Textgrundlage auf die *Versuche*-Ausgabe bezogen, sie sind auf Band 3 der vorliegenden Ausgabe umgestellt worden.

Zeilenkommentar:

115,22 *Katharsis]* (Griech.) wörtlich: Reinigung. In seiner *Poetik*, Kapitel 6, spricht Aristoteles von der »reinigenden Befreiung von den bei der Betrachtung der tragischen Ereignisse erregten Affekten (Furcht und Mitleid)«.

115,30 f. *ersten Aufführung ... in Berlin]* Vgl. zu 110,6 f.

115,35 f. *die Bühne (Caspar Nehers)]* Vgl. zu 110,6 f.

116,33 f. *Die Theorie ... ergreift!]* Frei zitiert nach Karl Marx, *Zur Kritik der Hegelschen Rechtsphilosophie* (1843/44; in: Marx/Engels, *Werke*, Band 1, Berlin/DDR 1956, S. 385).

116,36 *Arbeiter aller Länder, vereinigt euch!]* Abwandlung nach: »Proletarier aller Länder, vereinigt euch!« aus dem *Manifest der Kommunistischen Partei* (1848; in: Marx/Engels, *Werke*, Band 4, Berlin/DDR 1959, S. 493).

117,2 f. *Die Werktätigen ... zu ihrem Sieg]* Die Herkunft dieses Zitats konnte nicht ermittelt werden.

117,5 *Beweist, daß ihr kämpfen könnt!]* Lenin-Zitat nach den in Brechts Nachlaßbibliothek befindlichen *Erinnerungen an Lenin* von Clara Zetkin (Wien/Berlin: Verlag für Literatur und Politik 1929, S. 78).

117,14-16 *Das soziale Wirken ... abstreifen]* Bei Clara Zetkin heißt es: »Und alles erwachende soziale Leben und Wirken der Frauen muß gefördert werden, damit sie die Enge ihrer spießbürgerlichen, individuellen Heim- und Familienpsychologie abstreifen.« (*Erinnerungen an Lenin*, S. 60)

117,18 *Beweist, daß ihr kämpfen könnt!]* Vgl. zu 117,5.

117,20 *Religion ist Opium fürs Volk]* Frei zitiert nach Karl Marx: »Die Religion ist der Seufzer der bedrängten Kreatur, [...] das *Opium* des Volks.« (Karl Marx, *Zur Kritik der Hegelschen Rechtsphilosophie*, in: Marx/Engels, *Werke*, Band 1, Berlin/DDR 1956, S. 378).

117,24 f. *Der Zar, der deutsche Kaiser, Poincaré, Wilson, Grey]* Bezug auf den russischen Zaren Nikolaus II., den deutschen Kaiser Wilhelm II., den französischen Staatspräsidenten Raymond Poincaré, den Präsidenten der USA Thomas Woodrow Wilson und den britischen Außenminister Edward Viscount Grey of Falladon.

117,27 f. *Für Umwandlung ... Bürgerkrieg]* Vgl. zu 105,37 f.

117,35 f. *Ohne die Frauen ... Massenbewegung.]* Zitiert nach Clara Zetkin, *Erinnerungen an Lenin*, S. 68.

121,7 *vor der Gardine]* Bezeichnung für den halbhohen Vorhang Caspar Nehers, vgl. zu 70,21 f.

124,12 *»Acht-Uhr-Abendblatt«]* Berliner Abendzeitung, Zitat aus der Rezension *Lehrstücke am laufenden Band* von Kurt Pinthus.

124,18 *»Deutsche Zeitung«]* Zitat aus dem Beitrag *Marxistische Theaterschule* von Richard Biedrzynski.

124,26 *»Westfälischer Kurier«]* Am 11. Februar 1932 erscheint im *Westfälischen Kurier* ein Beitrag von Hanns Heinrich Bachmann zur Inszenierung von Richard Billingers Stück *Rauhnacht* am Staatstheater Berlin (Regie: Jürgen Fehling, Premiere: 17. Dezember 1931) und zur Uraufführung der *Mutter* mit dem Titel *Berliner Theaterbrief*.

125,8 *»Deutsche Tageszeitung«]* Zitat aus der Rezension *Partei-*

theater und Bluff von Hugo Kubsch in der Berliner *Deutschen Tageszeitung*.

125,12 *»Der Vorwärts«]* Zitate aus dem Beitrag *Bert Brechts Episches Theater* von Max Hochdorf.

125,23 *»Berliner Tageblatt«]* Zitat aus Alfred Kerrs Kritik *Die Mutter*.

125,35 *Besprechung ... von Bechers »Großem Plan«]* Gemeint ist Andor Gábors Artikel *Zwei Bühnenereignisse* in der kommunistischen *Linkskurve*, Berlin, Heft 6, November/Dezember 1932, S. 27-32. Johannes R. Bechers Chordrama *Der große Plan und seine Feinde* (1931) wird am 21. Oktober 1932 in der Regie von H. W. Hiller und Karl Niles durch die Junge Volksbühne in den Tennishallen Berlin-Wilmersdorf uraufgeführt.

126,18 *»Welt am Abend«]* Zitat aus der Rezension *Auf der Bühne sah man: »Die Mutter«* von Kurt Kersten.

128,19 *»Neue Preußische Kreuzzeitung«]* Zitat aus dem Beitrag *Man sieht nur noch Trümmer rauchen* von Junghans.

128,30 *»Deutsche Allgemeine Zeitung«]* Zitate aus der Kritik *Brecht: »Die Mutter«* von Paul Fechter.

129,11 *»Germania«]* Zitate aus dem Artikel *Die kommunistische Mutter* von Hanns Heinrich Bachmann.

129,23 *»Königsberger Allgemeine Zeitung«]* Zitat aus dem Beitrag *Theater ohne Direktor* von Paul Fechter.

129,32 *»Deutsche Allgemeine Zeitung«]* Vgl. zu 128,30.

130,1 *»Germania«]* Vgl. zu 129,11.

130,6 *»Deutsche Allgemeine Zeitung«]* Vgl. zu 128,30.

130,13 *»Neue Leipziger Zeitung«]* Zitat aus der Rezension *»Die Mutter« von Brecht* von Hermann Kesten, die am 27. Januar 1932 erscheint.

132,4 *»Germania«]* Vgl. zu 129,11.

132,14 *Lenin-Revolte]* Gemeint ist die sozialistische Oktoberrevolution in Rußland 1917.

132,21 f. *›Überleitung...‹ (Lenin)]* Vgl. zu 105,37 f.

135,22 *Empfehlungen für die Theatre Union]* T: Typoskript. E: September/Oktober 1935.

Die New Yorker Theatre Union, ein Arbeitertheater, beauftragt im Frühjahr 1935 den Dramatiker Paul Peters mit der Übersetzung von Brechts Stück *Die Mutter*. Im Juli 1935 erhält Brecht diese Übersetzung, die ihn nicht zufriedenstellt. Er will die Aufführungsgenehmigung zurückziehen, wenn seine Änderungswünsche nicht berücksichtigt werden (vgl. Brief an Paul Peters, Ende August 1935). Er wendet sich an Victor Jerry Jerome, den Leiter der Agitpropabteilung der Kommunistischen Partei der USA, mit der Bitte um Vermittlung. Jerome steht der Theatre Union sehr nahe, ist aber ihr gegenüber nicht weisungsberechtigt, da es sich nicht um ein von der Partei verwaltetes Theater handelt (vgl. Brief an Jerome, Anfang September 1935). Ende September 1935 besucht Manuel Gomez, Mitglied der Leitung der Theatre Union, Brecht in Dänemark, um mit ihm über die strittigen Fragen zu diskutieren. Es wird eine mündliche Vereinbarung über die Aufführung getroffen. Die *Empfehlungen für die Theatre Union* schreibt Brecht unmittelbar nach den Gesprächen mit Gomez und fügt sie seinem Brief an Paul Peters vom 3. Oktober 1935 bei.

135,24 *I. Akt]* Angaben nach der verwendeten englischsprachigen Übersetzung von Paul Peters, die eine Einteilung in drei Akte aufweist. Dem 1. Akt entsprechen die Szenen 1 bis 5 der späteren Fassung 1938 (Szene 1 und 2 sind zu einer Szene zusammengefaßt). Im 2. Akt sind die späteren Szenen 6 bis 9 auf sieben Szenen verteilt. Der 3. Akt besteht aus der *Eisenbahnszene* (vgl. zu 136,12), der 10. Szene, außerdem einer vom Übersetzer hinzugefügten Szene, in der Pawel wieder auftritt und von der Polizei erschossen wird, sowie als letzter Szene einer Zusammenfassung aus der späteren 11. und 14. Szene.

136,12 *Szene im Eisenbahnabteil]* Im Brief an Paul Peters vom 3. Oktober 1935 schreibt Brecht: »Ich lege Ihnen einige Seiten bei, auf denen Sie meinen Vorschlag für die kleine Umarbeitung Ihrer Eisenbahnszene finden werden, welche durch die getroffene Umstellung nötig geworden ist.« Vgl. den Abdruck der Szene im Anhang zum Stück *Die Mutter* (Band 3).

136,28 *Im Original]* Gemeint ist der Erstdruck in *Versuche*, Heft 7, 1933.

136,29f. *Projektionen des Zaren ... Kaisers]* Vgl. zu 117,24f.

137,20f. *Memorandum über die Verstümmelung und Entstellung des Textes]* T: Typoskript. E: »November 22., 1935« (laut Typoskript). Gezeichnet: »Brecht«.

Am 12. Oktober 1935 reist Brecht nach New York, um an den Proben zur *Mutter* (vgl. zu 135,22) teilzunehmen. Hanns Eisler, der bereits vor ihm nach New York gekommen ist, nimmt daran ebenfalls teil. Dabei führen Brechts Eingriffe in die Probenarbeit zu grundsätzlichen Auseinandersetzungen mit dem Regisseur Victor Wolfson (vgl. Brechts Briefe an die Theatre Union vom 9., 13., 17. und 21. November 1935). Nachdem die Inszenierung am 19. November 1935 im Civic Repertory Theatre Premiere gehabt hat (Bühnenbild: Mordecai Gorelik; mit Helen Henry in der Titelrolle), schreibt Brecht mit Hanns Eisler das Memorandum. Äußerer Anlaß ist die Nichteinhaltung von Absprachen mit der Leitung der Theatre Union, welche die von Brecht geforderte Wiederaufnahme von gestrichenen Teilen des 3. Aktes betreffen. Vermutlich gibt Brecht das Memorandum der Theatre Union und der Agitpropleitung der Kommunistischen Partei der USA zur Kenntnis. Reaktionen darauf konnten nicht ermittelt werden.

137,27 f. *Manuel Gomez in Dänemark]* Vgl. zu 135,22.

137,28 f. *einigte sich vertraglich]* Ein schriftlicher Vertrag kommt nicht zustande, es bleibt bei mündlichen Vereinbarungen.

137,33 *Fassung des dritten Aktes]* Vgl. zu 135,24.

137,36 *Theatre-Board]* (Engl.) Theaterleitung.

138,7 *Genossen Jerome]* Vgl. zu 135,22.

138,15 *Fraktion]* Gemeint ist die Parteigruppe der Kommunistischen Partei der USA in der Theatre Union.

138,29 *Anlage 1]* Diese und auch die anderen Anlagen konnten nicht aufgefunden werden.

139,6 f. *Landarbeiterszene]* Gemeint ist die 5. Szene des 2. Aktes (entspricht der 8. Szene der Fassung 1938).

139,20 f. *Bibelszene]* Gemeint ist die 2. Szene des 3. Aktes (entspricht Szene 10 der Fassung 1938).

139,37 f. *Antikriegspropaganda-Szene]* Entspricht Szene 13 der Fassung 1938.

140,15 f. *die persönliche Arbeit ... unmöglich gemacht]* Brecht wird am 11. November 1935 von der Leitung der Theatre Union aus dem Theater verwiesen, die weitere Teilnahme an den Proben wird ihm untersagt.

140,21 *Fait accompli]* (Franz.) vollendete Tatsache.

140,36 *Szene »The Party is in Danger«]* (Engl.) die Partei ist in Gefahr. (Entspricht Szene 11 der Fassung 1938.)

141,1 *Szene an der Straßenecke]* Entspricht Szene 12 der Fassung 1938.

141,4 *»Die Mutter bei den Landarbeitern«]* Vgl. zu 139,6 f.

141,27 *Broadwaytheater]* Vgl. dazu *Das Theater am Broadway* (Band 23).

142,1 *Zur amerikanischen Aufführung der »Mutter«]* T: Typoskript (handschriftlich korrigiert). E: November 1935.

Dieser Text ist möglicherweise Teil eines Briefes an die Theatre Union. Es könnte sich aber auch um erste Notierungen handeln, die im 9. Abschnitt der *Anmerkungen zur »Mutter« [1938]* aufgegriffen werden.

Im Nachlaß ist ein Text mit dem Titel *Proletariat braucht neue Ausdrucksformen* überliefert, der möglicherweise als Vorstufe des ersten Abschnittes anzusehen ist:

> Die Herstellung und Darstellung von neuen Bühnenwerken verlangt große politische Kenntnisse, artistisches Können, Mut (Bereitschaft, dem Publikum nicht hinterherzulaufen, sondern voranzugehen), Bereitwilligkeit zum Lernen, Verzicht auf Routine und Angst vor der Konvention und vor allem Fleiß. Der Versuch der Theatre Union, das Stück »Die Mutter« aufzuführen, bewies, daß dieses Theater, das zweifellos Verdienste um das politische Theater aufzu-

weisen hat, diese Eigenschaften oder zumindest einen großen Teil dieser Eigenschaften nicht oder noch nicht zur Verfügung stellen konnte. Dies soll kurz an zwei Beispielen auf dramaturgischem und theatralischem Gebiet gezeigt werden.

143,11 f. *wie das M. Gold befürwortet]* Vermutlich meint Brecht den Schriftsteller Michael Gold, der im Juni 1935 am I. Internationalen Schriftstellerkongreß zur Verteidigung der Kultur in Paris teilnimmt und dort mit Brecht bekannt wird. Von 1926 bis 1937 ist Michael Gold Herausgeber der kulturpolitischen Zeitschrift der amerikanischen Linken, *New Masses*, New York, in der er vorwiegend eine internationalistische Haltung vertritt.

143,25 *»Die Mutter«]* T: Typoskript (handschriftlich korrigiert und ergänzt). E: Ende 1935 / Anfang 1936.

Der Text entsteht auf Anregung von Hanns Eisler. Im Mai 1936 findet im Auditorium der New School of Social Research unter Hanns Eislers Leitung eine konzertante Aufführung nach den vorliegenden Texten statt. Bereits am 1. Februar 1936 besuchen Brecht und Eisler ein Konzert der New Singers in der New Yorker Steinway Hall, in dem die Lieder und Chöre aus der *Mutter* vorgetragen werden. Ob diese Aufführung mit den vorliegenden Texten erfolgte, konnte nicht ermittelt werden. (Vgl. auch *Über die Musik*, 190 f.)

143,30 *Twersk]* Der im Stück (Fassung 1933 und 1938) verwendete Ortsname ist – wie auch der Fabrikname Suchlinow-Werke – von Brecht erfunden. Seit der Inszenierung des Berliner Ensembles 1951 und dann in der Druckfassung von 1957 lautet der Ortsname Twer (nach dem früheren Twer, heute Kalinin, im Wolgagebiet nordwestlich von Moskau).

143,38 *Nr. 1 »Wie die Krähe...«]* Die Reihenfolge der Gesangsnummern entspricht der Fassung 1938 (Band 3).

144,29 *»Wacht auf, Verdammte dieser Erde«]* Gemeint ist *Die Internationale* (Text: Eugène Pottier, 1871, dt. von Emil Luckhardt, 1910; Musik: Pierre Degeyter, 1888).

144,30 *»Brüder, zur Sonne, zur Freiheit«]* Kampflied der russischen Arbeiter (Text: Leonid P. Radin, 1887, dt. von Hermann Scherchen, nach 1918; der Komponist ist unbekannt).

147,19 *der Stolypinschen Reaktion]* Unter Ministerpräsident Pjotr Arkadewitsch Stolypin wurden die revolutionären Erhebungen in Rußland 1905-1907 gewaltsam unterdrückt.

148,10 *»Lied des eingekerkerten Sohns!«]* Der Titel wird nur in diesem Text verwendet; sonst: *Lied für alle, die verzagen wollen (Im Gefängnis zu singen).*

148,16 *»Lob der unbekannten Soldaten der Revolution«]* Im Stück nennt Brecht das Lied *Lob der Wlassowas.*

148,30 *Chor]* Gemeint ist der Chor aus der 11. Szene, für den es auch den Titel *Bericht über den Tod eines Genossen* gibt.

149,2 *Oktoberrevolution]* Im Stück handelt es sich um die russische Februarrevolution von 1917.

149,7 *Als wir über den Lybin-Prospekt kamen]* In Petrograd (Leningrad) ziehen am 23. Februar 1917 die Putilow-Arbeiter, denen sich Werktätige anderer Betriebe, darunter zahlreiche Frauen, anschließen, unter Losungen wie »Brot!«, »Nieder mit dem Krieg!« und »Nieder mit der Selbstherrschaft!« in die Innenstadt. Diese Protestbewegung geht am 25. Februar in einen Generalstreik und am 26. Februar in den Aufstand über, der zum Sturz des Zarismus und zur Einsetzung einer bürgerlichen Regierung führt.

150,13 *Anmerkungen zur »Mutter« (1938)]* T: Erstdruck. E: 1932-1938. ED: *Gesammelte Werke*, Band 2, London: Malik-Verlag 1938, S. 219-250.

Entstehung: Nach der Aufführung der *Mutter* in New York im November 1935 (vgl. zu 135,22) erweitert Brecht die *Anmerkungen [1933]* (vgl. 115-135) um die Erfahrungen der amerikanischen Aufführung; die überarbeiteten *Anmerkungen* erscheinen zusammen mit der Stückfassung von 1938.

Text/Fassungen: Zum Abschnitt *9 Kritik der New Yorker Aufführung* (169,35-173,16) ist eine Variante überliefert, die mit *Bemerkungen zur Aufführung der »Mutter« in New York von Brecht* überschrieben ist. Bis 170,10 (»...unbekannt.«) entspricht sie dem Druck, danach folgt:

> In einer Szene, in der die Mutter die Nachricht von der Erschießung ihres Sohnes erhält, weist sie den religiösen Trost kleinbürgerlicher Nachbarinnen zurück. Obgleich als Mutter zutiefst getroffen, nimmt sie sofort den Kampf gegen den Aberglauben (im allgemeinen) und die Diffamierung der ermordeten Revolutionäre auf. Durch das Streichen einer kurzen, aber entscheidenden Stelle ernsthafter antireligiöser Propaganda bekommt der Charakter der Mutter einen Zug von Unempfindlichkeit und Unmenschlichkeit, und die Szene wird zu einer rein komischen und dadurch menschlich rohen.
>
> In der nächsten Szene liegt die Mutter schwerkrank danieder. Der Tod ihres Sohnes hat ihre Gesundheit gebrochen. Da kommt der Ausbruch des Krieges, der die Partei verschärften Repressalien ausliefert. Die Mutter beschließt trotz ihrer Schwäche die Parteiarbeit wieder aufzunehmen. Der Satz »Wenn der Zar mobilisiert, müssen wir Arbeiter auch mobilisieren«, womit sie diesen Entschluß begründet, ist gestrichen.
>
> Die nächste Szene zeigt, wie die Mutter vergeblich versucht, den eingeschüchterten Arbeitern die bolschewistischen Losungen zu vermitteln. Diese Losungen sind gestrichen.

Die nächstfolgende Szene, die Hauptszene des dritten Aktes, ist ganz gestrichen. Es ist eine Szene, in der die Mutter beim Betreiben von Antikriegspropaganda gezeigt wird. Auf die Szene, in der die Arbeiter die Losungen der Bolschewiki zurückweisen, folgt unmittelbar die Schlußszene, in der die Arbeiter unter der Führung der Bolschewiki 1917 demonstrieren.
Mit dem Hinweis auf politische Untragbarkeit hatte das Theater aus dem Gesang »Lob des Kommunismus« einen Gesang »Lob des Sozialismus« [Brecht schreibt hier irrtümlich: Kommunismus] gemacht und den Ausspruch der Mutter in der Antikriegsszene »Ich bin eine Bolschewikin« in allen Aufführungen, in denen diese Szene gezeigt wurde, in »Ich bin eine Revolutionärin« verwandelt.
Außerdem wurden am letzten Tage gegen alle Verabredungen die Kostüme der Arbeiter russifiziert, und dies mit der klaren, auch vom Theater oft betonten Erkenntnis, daß dadurch die revolutionäre Sache zu einer spezifisch russischen, exotischen gemacht würde.

Durch eine dilettantische, die Anweisungen des Komponisten außer acht lassende Verwertung der Musik durch die Regie entstand ebenfalls eine Schädigung der politischen Wirkung des Stückes.
Bei der Aufführung der Szene »Die Partei ist in Gefahr« etwa stellt das eigentliche Musikstück den Aufruf der Partei an das revolutionäre Proletariat dar. Dieses Musikstück muß also direkt zum Publikum oder unsichtbar durch einen Lautsprecher gebracht werden. Während des Gesanges erhebt sich die kranke alte Wlassowa und folgt dem Ruf der Partei, wie viele andere Revolutionäre. In der falschen Darstellung der Theatre Union dringt eine Gruppe von Arbeitern in das Krankenzimmer der Wlassowa ein und befiehlt ihr in einem schreienden und befehlenden Tonfall, zur Arbeit zu gehen. Das ist eine unmenschliche Haltung, und diese bedeutet einen enormen politischen Fehler. Hätte der Musiker es sich zur Aufgabe gemacht, gleichsam ein Zwiegespräch zwischen den Vertretern der Partei und einer kranken alten Parteigenossin zu komponieren, so hätte er eine ganz andere Art der Komposition schreiben müssen, die sich in Tonfall, Rhythmus, Melodik weit hätte unterscheiden müssen von der Art, in der er einen Aufruf der Partei in einer gefährlichen Situation zu machen hatte.
Ein anderes Beispiel: Den zweiten Akt beschließt ein Musikstück »Lob der Wlassowas«, das eine öffentliche Ehrung einer Genossin für ihre revolutionäre Arbeit ermöglicht. Dieses Musikstück muß völlig getrennt von der vorhergegangenen Szene direkt zum Publikum gesprochen werden. Der in diesen Dingen noch völlig unerfahrene junge Regisseur ließ dieses Stück, in der Szenerie, die eine Küche darstellt, von den Schauspielern, die noch eben vorher

Streikbrecher dargestellt hatten, der Darstellerin der Mutter selbst ins Gesicht brüllen. Dadurch wurde die ganze Art der Musik, die eine kalte, scharfe und komplizierte ist, unwirksam gemacht und hatte zur Folge, daß der Zuhörer völlig verständnislos und kopfschüttelnd sich dieses wilde Herumschreien in der Küche betrachtet.
Ähnliche Fehler lassen sich aber an fast allen Stellen dieser Aufführungen nachweisen.
Im Interesse des proletarischen Theaters, der Zehntausende von Arbeitern, die das Stück noch sehen werden, muß unbedingt gefordert [werden], daß ohne jeden Verzug der volle Text des Stücks wiederhergestellt wird und die Anweisungen des Komponisten, die Verwertung der Musikstücke betreffend, streng befolgt werden.

Die Seitenangaben im 3. und 6. Abschnitt sind in der Textgrundlage auf den Band 2 der *Gesammelten Werke* (London 1938) bezogen, sie sind auf Band 3 der vorliegenden Ausgabe umgestellt worden.

Zeilenkommentar:

150,22 *Katharsis]* Vgl. zu 115,22.

150,35 f. *Bühne (Caspar Nehers)]* Vgl. zu 110,6 f. und zu 115,35 f.

151,9 *Max Goreliks]* Gemeint ist der Bühnenbildner Mordecai Gorelik.

151,35 f. *Die Theorie ... ergreift!]* Vgl. zu 116,33 f.

151,38 *Arbeiter aller Länder, vereinigt euch!]* Vgl. zu 116,36.

152,5 f. *Die Werktätigen ... zu ihrem Sieg]* Vgl. zu 117,2 f.

152,8 *Beweist, daß ihr kämpfen könnt!]* Vgl. zu 117,5.

152,17-19 *Das soziale Wirken ... abstreifen]* Vgl. zu 117,14-16.

152,21 *Religion ist Opium fürs Volk]* Vgl. zu 117,20.

152,23 f. *der Zar ... Grey]* Vgl. zu 117,24 f.

152,28 f. *Für Umwandlung ... Bürgerkrieg]* Vgl. zu 105,37 f.

152,35 f. *Film ... verboten)]* Ein Verbot der Filmeinspielungen konnte nicht nachgewiesen werden. Es gab verschiedene Versuche, die Aufführung zu unterbinden.

152,38 f. *Ohne die Frauen ... Massenbewegung]* Vgl. zu 117,35 f.

153,2-155,18 *Before ... power.]* Übersetzung:

Vor Szene 1

Titel: Das Leben der Revolutionärin Pelagea Wlassowa aus Twersk.

Bild der Mutter.

Szene 1

Titel: 1907. Die Arbeiter der Stadt Twersk lebten unter Bedingungen äußerster Not.

Bild: Einkaufsliste in der großen Handschrift einer ungebildeten Person:

Brot	4 Kopeken
Schmalz	7 Kopeken
Kohl	3 Kopeken
Kartoffeln	5 Kopeken
Zwiebeln	2 Kopeken
Tee	5 Kopeken
	26 Kopeken

Szene 2
Titel: Pelagea Wlassowa sieht mit Besorgnis, daß sich ihr Sohn in der Gesellschaft revolutionärer Arbeiter befindet.
Bild von vier armen Frauen unterschiedlicher Nationalität, darunter einer Negerin und einer Chinesin mit der Unterschrift: In jedem Land der Erde gibt es Frauen wie Pelagea Wlassowa.
Szene 3
Titel: Die Mutter verteilt selbst Flugblätter in den Suchlinow-Werken, um ihren Sohn aus der revolutionären Tätigkeit herauszuhalten.
Bild: Flugblatt:
Arbeiter:
Laßt nicht Herrn Suchlinow
eure Löhne kürzen!
Verhandelt nicht!
Streikt!
Komitee der Suchlinow-Fabrik
Szene 4
Titel: Die Mutter erhält ihre erste Lektion in Ökonomie.
Bild der Fabrik und darauf, in ovaler Form, das Bild des Fabrikbesitzers; Unterschrift unter dem Ganzen: Suchlinow-Werke, und unter der Fotografie des Mannes: P. Suchlinow, der Besitzer.
Szene 5
Titel: Am 1. Mai demonstrieren die Arbeiter von Twersk gegen die Lohnkürzung. Die Mutter erhält eine Lektion in Politik.
Bild einer Demonstration.
Szene 6
Titel: 1908. Pawel ist im Gefängnis. Iwan Wessowtschikow bringt die Mutter in die Wohnung seines Bruders Nikolai, des Lehrers, der in der Stadt Rostow lebt.
Bild: Reproduktion der Mitgliedskarte der Wlassowa mit einem Bild der Mutter mit dem Untertitel: Pelagea Wlassowa, Mitglied der Russischen Sozialdemokratischen Arbeiterpartei.
Titel: Der Lehrer überrascht seine Haushälterin bei einer Versammlung.
Titel: Die Mutter lernt lesen und schreiben.
Bild: Wissen ist Macht. (Francis Bacon.)
Bild: Die Wörter: Klassenkampf – Arbeiter – Ausbeuter.

Titel: Iwan Wessowtschikow erkennt seinen eigenen Bruder nicht wieder.
Bild: Gerahmtes Bild des Zaren.
Szene 7
Titel: Die Mutter benutzt einen Besuch bei ihrem Sohn im Gefängnis, um die Adressen mit der Bewegung sympathisierender Bauern zu bekommen.
Bild eines Gefängnisses.
Szene 8
Titel: In den Jahren 1909-1913 versuchten die Arbeiter wiederholt, die armen Bauern in ihre Bewegung einzubeziehen.
Bilder von Arbeitern auf der einen Seite und Bauern auf der anderen Seite.
Szene 9
Titel: Pawel kehrt nach langer Verbannung aus Sibirien zurück.
Bild: Zeilen aus »Lob der dritten Sache«.
Szene 10
Titel: Beim Überschreiten der finnischen Grenze ist Pawel Wlassow gefaßt und hingerichtet worden.
Bild: Fotografie Pawels. Später: Sein Bild aus der Verbrecherkartei.
Szene 11
Titel: Der Krieg ist erklärt.
Bild: Fotografie des Zaren und seiner Generäle.
Szene 12
Titel: Während der ersten Kriegsjahre wollten die Arbeiter nicht auf die Revolutionäre hören.
Bild: Textzeile: Wenn ihr versagt!
Szene 13
Titel: Die Mutter betreibt weiter Antikriegspropaganda.
Bild: Verlustliste (von drei Schlachten an der Ostfront).
Szene 14
Titel: Januar 1917, in den Reihen der streikenden Arbeiter und meuternden Soldaten marschiert Pelagea Wlassowa, die Mutter.
Bild: Fotografie einer bewaffneten Demonstration.
Ende
Titel: Im November 1917 ergriff das russische Proletariat die Macht.

154,17 *Knowledge is Power]* (Engl.) Wissen ist Macht. Bei dem englischen Philosophen Francis Bacon heißt es: »Nam et ipsa scientia potestas est« (lat.: Denn die Wissenschaft selbst ist Macht; Bacon, *Meditationes sacrae*, 1597, in: *The Essays*, 1597-1625). Brecht verwendet den Satz auch im *Tuiroman*, vgl. *Drei Berichte* (Band 17).

158,23 *vor der Gardine]* Vgl. zu 70,21 f.

161,35 *Der Papiermantel]* 10. Szene der Fassung 1933. 1935 nimmt Brecht bei der Vorbereitung der New Yorker Aufführung die Anregung seines amerikanischen Übersetzers Paul Peters auf und schreibt die *Eisenbahnszene*, vgl. Band 3 der vorliegenden Ausgabe, Anhang zum Stück.

162,36 f. *das kleinere Übel]* Von Eduard Bernstein hergeleitete Losung in der deutschen Sozialdemokratie und den von ihr beeinflußten Gewerkschaften; sie zielt darauf hin, die Klassenauseinandersetzungen durch Reformen zu überwinden.

163,39-164,1 *er gibt nicht warm]* (Mundartlich) er wärmt nicht.

164,15 *Um das dramatische Prinzip zu beleuchten]* Vgl. zu 115,13.

164,21-169,30 *It is ... be shot.]* Übersetzung:

Es ist früher Morgen in der Küche und dem Wohnzimmer von Pelagea Wlassowa. Die Mutter kocht Suppe für ihren Sohn. Pawel kommt aus dem kleinen Nebenzimmer, seinen Hemdkragen zuknöpfend. Er hat eine Broschüre in der Hand.

PAWEL Guten Morgen, Mutter.

MUTTER Aber Pawel, es ist erst fünf Uhr.

PAWEL Ich weiß, Mutter. Ich bin heute morgen zeitig aufgestanden. Ich habe noch Arbeit zu erledigen. *Er setzt sich und fängt an, sich die Schuhe zuzuschnüren, wobei er in der Broschüre liest, die er auf den Tisch gelegt hat.*

MUTTER *sieht ihn besorgt an; dann, den Kopf schüttelnd:* Arbeit zu erledigen! *Sie geht zum Herd zurück und rührt die Suppe um.* Pawel.

PAWEL *ohne von seinem Buch aufzusehen:* Ja, Mutter.

MUTTER Ich schäme mich fast, dir diese Suppe als Mittagessen mitzugeben; sie ist so dünn. Aber ich kann weiter nichts hineintun, Pawel: ich habe nicht das mindeste im Hause. Der Penny pro Stunde, den sie dir vorige Woche von deinem Lohn abgezogen haben: der macht so viel aus, Pawel. Ich knausere, und ich spare, aber irgendwie kann ich das einfach nicht wieder ausgleichen.

PAWEL *in seine Lektüre vertieft, abwesend:* Ist schon gut, Mutter.

MUTTER Nein, es ist gar nicht gut. Du arbeitest lange; und du arbeitest schwer; du brauchst Essen, das vorhält. *Zum Herd zurückkehrend, den Kopf schüttelnd:* Oh, es ist schlimm, es ist schlimm. Mein einziger Sohn, und ich kann ihm nicht mal einen guten Topf Suppe zum Mittagessen geben! Du bist jung, Pawel. Du mußt noch wachsen. *Sie dreht sich zu ihm um, aber er ist völlig in sein Buch vertieft.* Warum liest du dauernd diese Bücher? Jetzt bist du schon unzufrieden. Wo dir nun der Lohn gekürzt worden ist und die Suppe immer dünner wird, wirst du nur noch unzufriedener werden. *Sie hat inzwischen die Suppe in sein Geschirr gegeben und ihm gebracht, während er, über das Buch gebeugt, am Tisch sitzt.*

PAWEL Danke.

Ohne von seinem Buch aufzusehen, nimmt er den Deckel des Geschirrs ab und riecht an der Suppe; dann tut er den Deckel wieder hinauf und schiebt das Geschirr weg.

MUTTER Ja, ich weiß, ich weiß; sie ist nicht gut, Pawel. Aber was soll ich machen? Was soll ich machen?
Pawel antwortet nicht. Kleine Pause.

MUTTER Ich weiß, was du denkst. »Die Alte, die ist mir keine Hilfe mehr. Sie ist bloß noch eine Last. Warum muß ich sie von meinem geringen Verdienst unterhalten und ernähren und kleiden?« Ja, ja, du wirst eines schönen Tages noch weggehen. *Sie setzt sich hin, sorgenvoll.* Was soll ich machen, Pawel, was soll ich machen? Ich drehe jeden Pfennig dreimal um. Ich geize mit Holz, und ich knausere mit Licht. Ich flicke, und ich stopfe, und ich spare. Aber es nutzt einfach nichts, Pawel. Es nutzt nicht das geringste. Ich weiß nicht mehr, was ich machen soll.

PAWEL *ist immer noch in sein Buch vertieft.*
Die Mutter steht auf und fängt an, das Zimmer sauberzumachen. Sie bürstet seine Jacke ab, sie wischt auf den Möbeln Staub und fegt aus. Währenddessen erscheint ein Chor revolutionärer Arbeiter auf beiden Seiten der Bühne und singt:

CHOR

Arbeite! Arbeite mehr, mehr!
Knausre und geize und spare!
Rechne, rechne genauer!
Aber wenn das Geld fehlt
Kannst du nichts machen.

Tu, was du willst
Es wird dir nichts nützen;
Du bist in einer schlechten Lage:
Sie wird noch schlechter;
Du kannst so nicht weitermachen
Aber was ist die Antwort?

Es war einmal eine Krähe
Die ihre Jungen nicht mehr füttern konnte
Und hilflos gegen die Winterstürme kämpfte
Und dann, geschlagen, sich hinsetzte und weinte;
So bist auch du geschlagen
Und so weinst auch du.

Tu, was du willst
Es wird dir nichts nützen;
Du bist in einer schlechten Lage:
Sie wird noch schlechter;
Du kannst so nicht weitermachen
Aber was ist die Antwort?

Umsonst arbeitest du und scheust keine Mühe
Um zu beschaffen, was niemals beschafft werden kann
Um zu ersetzen, was niemals ersetzt werden kann;
Aber wenn das Geld fehlt, ist keine Arbeit genug.
Nicht du entscheidest darüber
Ob Fleisch in deiner Küche ist oder nicht.

Tu, was du willst
Es wird dir nichts nützen;
Du bist in einer schlechten Lage:
Sie wird noch schlechter;
Es kann so nicht weitergehen
Aber was ist die Antwort?

Der Chor verklingt. Es klopft an der Tür. Pawel steht schnell auf. Die Mutter, überrascht, dreht sich um und beobachtet ihn. Eine kleine Gruppe revolutionärer Arbeiter tritt ein. Mehrere von ihnen haben Ausbuchtungen unter ihren Jacken.

ANTON RYBIN So, da sind wir.

PAWEL Hallo, Anton! Andrej!

MASCHA *sich umsehend:* Ja, hier sieht es sicher aus. Hier finden sie uns nie.

ANDREJ Das ist Mascha Chalatowa, Pawel. *Sie schütteln sich die Hand.* Pawel hat sich uns gerade erst vorige Woche angeschlossen. Und das ist Iwan, Iwan Wessowtschikow. Pawel hat uns seine Wohnung angeboten, wenn es besondere Arbeit gibt. *Weiteres Händeschütteln.*

IWAN Davon gibt's wahrlich genug.

ANDREJ Wir müssen heute Flugblätter drucken, Pawel. Diese Lohnsenkung hat das ganze Werk in Aufregung versetzt. Die letzten drei Tage haben wir schon Flugblätter verteilt.

MASCHA Aber heute ist der Tag, auf den es ankommt.

ANDREJ Heute abend findet eine Betriebsversammlung statt, die entscheiden soll, ob wir sie damit durchkommen lassen – oder streiken!

ANTON So, *er zieht einen Hektographen unter seiner Jacke hervor und hält ihn hoch* wir haben unsere kleine Druckerei mitgebracht.

PAWEL *mitlachend:* Setzt euch. Setzt euch, Mutter wird euch Tee kochen.

Sie ziehen alle die Jacken aus, gehen zum Tisch, stellen ihren Apparat auf und bereiten sich auf die Arbeit vor.

ANDREJ *reicht Pawel das Tischtuch, das er abgenommen hat:* Hier. Du hängst besser das Fenster zu, Pawel.

ANTON Übrigens – wo ist denn dein Bruder, Mascha?

MASCHA Wir haben beschlossen, daß er besser nicht herkommt. Anscheinend ist ihm gestern auf dem Nachhauseweg jemand gefolgt. Er hielt es für besser, heute morgen direkt in die Fabrik zu gehen.

PAWEL Hört mal *sie blicken zu ihm auf, und er senkt die Stimme,* sprecht bitte leiser, ja? Es wäre mir lieber, wenn sie uns nicht hört – *er deutet mit einem Kopfnicken auf die Mutter am Herd.* Sie ist nicht mehr jung, wißt ihr.

Sie sehen ihn an und nicken. Eine Pause.

ANTON Hier ist die Matrize. Na, dann wollen wir mal.

Jeder hat eine bestimmte Aufgabe, und sie sind bald eifrig am Werk. Am Herd macht sich die Mutter langsam daran, Tee zu kochen. Hin und wieder dreht sie sich verstohlen um und beobachtet die anderen. Was sie sieht, gefällt ihr nicht.

MUTTER *vor sich hin murmelnd:* Das ist ja eine feine Gesellschaft, mit der er sich da eingelassen hat. Die gefallen mir ganz und gar nicht. Sie werden ihn ruinieren. Sie werden ihn in Gott weiß was für schlimme Sachen mit hineinziehen. *Sie knallt den Kessel auf den Herd.* Nein, mein Lieber! Für solche Leute koche ich keinen Tee. *Sie geht entschlossen zum Tisch hinüber.* Pawel, ich habe nicht mehr genügend Tee. Ihr wollt doch keinen dünnen Tee, oder?

PAWEL Aber ja. Dünner Tee ist uns auch recht, Mutter.

MUTTER *weiß nicht, was sie sagen soll:* Na gut. Na gut. *Sie geht zu der Nische zurück, in der der Herd steht, und setzt sich auf einen Schemel.* Was soll ich denn nun machen? Wenn ich ihnen keinen Tee koche, dann weiß er, daß ich sie nicht leiden kann. *Anton und Mascha flüstern miteinander, während sie sie beobachtet.* Sie flüstern, damit ich sie nicht verstehen kann. Hm! Das müssen ja schöne Sachen sein, wenn sie nicht laut darüber reden können. *Sie steht auf und geht entschlossen zum Tisch.* Pawel, was meinst du wohl, was der Hausbesitzer denken würde, wenn er merkt, daß seltsam aussehende Leute hier früh um fünf Uhr zusammenkommen und Sachen drucken. Wir sind sowieso mit der Miete im Rückstand.

PAWEL Wie kommst du darauf, daß er's merken wird, Mutter?

IWAN Glauben Sie mir, Frau Wlassowa, das ist es gerade, worüber wir uns hauptsächlich Gedanken machen, nämlich, daß Sie mit der Miete im Rückstand sind. Vielleicht sieht es nicht so aus, aber es ist die Wahrheit.

MUTTER *schroff:* Da bin ich mir nicht so sicher. *Sie kehrt zum Herd zurück und setzt sich wieder.*

MASCHA Ich glaube, deine Mutter mag uns nicht, Pawel.

ANDREJ Meine Mutter ist genauso. Es ist schwer für sie, zu begreifen, daß das, was wir machen, ihr helfen wird, Tee zu kaufen und die Miete zu bezahlen.

MASCHA *singt der Mutter zu:*

Wenn du keine Suppe hast,
Wie willst du da was zu essen kriegen?
Da mußt du den ganzen Staat nehmen
Und ihn auf den Kopf stellen
Bis du deine Suppe kriegst.
So wirst du was zu essen kriegen.

Wenn du keine Arbeit hast,
Wovon willst du da leben?
Da mußt du den ganzen Staat nehmen
Und ihn auf den Kopf stellen
Bis du dein eigener Boß bist.
Dann wird es für dich Arbeit geben.

Wenn die Leute lachen und sagen, du bist schwach,
Dann ist keine Zeit zu verlieren;
Es ist an dir
Alle, die schwach sind, zusammenzuschließen.
Dann hast du eine große Macht.
Dann wird keiner wagen, über dich zu lachen.

Draußen ertönt ein schriller Pfiff. Die kleine Gruppe hört sofort auf zu arbeiten.

IWAN Polizei!

ANDREJ Schnell, der Hektograph. *Mascha geht damit zum Sofa.* Nein, nicht hier. Aus dem Fenster. Anton, versteck die Flugblätter. Setz dich drauf. *All das wird hastig ausgeführt. Die Mutter sieht verblüfft zu.*

MUTTER Die Polizei? Pawel, was hast du gemacht? Warum kommt die Polizei hierher, Pawel? Was habt ihr gedruckt?

MASCHA *führt sie sanft zu einem Stuhl in der Nähe des Fensters:* Na, Mutter. Es passiert nichts. Setz dich und sei still.
Inzwischen ist der Hektograph weggeräumt worden, und die Arbeiter setzen sich. Es folgt eine kurze Pause; dann dringt, ohne anzuklopfen, die Polizei in das Haus ein.

EIN POLIZIST Bleiben Sie, wo Sie sind! Der erste, der sich rührt, wird erschossen...

169,32 *Diese Bearbeitung wurde von uns abgelehnt]* Vgl. zu 137,20f.

169,36 *Für die Zeitschrift »New Masses«]* Brecht ist an einer Publikation in der linken, der kommunistischen Partei der USA nahestehenden Wochenzeitung *New Masses* (vgl. zu 143,11f.) interessiert. Obwohl eine englische Übersetzung existiert, wird dieser Text nicht in der Zeitschrift gedruckt.

171,2 *Schwesterkünste]* Erste Erwähnung des von Brecht später häufig verwendeten Begriffs. »Schwesterkünste« sind z. B. Bühnenbau, Kostümgestaltung, Musik, Akrobatik, Pantomime, Maskengestaltung.

171,4 f. *der ausgezeichnete Bühnenbauer]* Mordecai Gorelik.

172,36-38 *»Smilgin ... etc.«]* (Engl.) »Smilgin, Arbeiter, Revolutionär, fünfzehn Jahre in der Bewegung, am 1. Mai 1905, um 11 Uhr vormittags usw.«

173,18-177,7 *Brief an das Arbeitertheater ... vertrauend.]* Das Gedicht entsteht zwischen August und Oktober 1935 (vgl. auch Band 14).

177,18 *»Acht-Uhr-Abendblatt«]* Vgl. zu 124,12.

177,24 *»New York Daily Herald«]* Zitiert aus der Rezension *The Theaters* von Howard Barnes aus *New York Herald Tribune*: »... Pudowkin hat den Roman zu einer packenden, meisterhaften Filmtragödie umgestaltet. In der Brechtschen Adaption hingegen ist die bittere Geschichte einer Arbeitermutter, die ihren Sohn unwissentlich verrät und als Sühne bei einem Streik mit ihm in den Tod marschiert, unglaublich entstellt worden ... es wird gezeigt, wie die Mutter eine Art Seminar der Klassenkampftaktik von 1905 bis 1917 absolviert, und fast das ganze Kolorit des Gorkischen Klassikers ist verschwunden...«

177,33 *»Deutsche Zeitung«]* Vgl. zu 124,18.

178,1 *»Westfälischer Kurier«]* Vgl. zu 124,26.

178,22 *»Deutsche Tageszeitung«]* Vgl. zu 125,8.

178,26 *»Daily Mirror«]* Zitiert aus der Rezension *»Mother« at Repertory Theatre* von Robert Colemann: »... Die Mutter ist ein dürftiger Stoff, dilettantisch dargeboten.«

178,29 *»Der Vorwärts«]* Vgl. zu 125,12.

179,1 *»Berliner Tageblatt«]* Vgl. zu 125,23.

179,6 *»Brooklyn Daily Eagle«]* Zitiert aus dem Artikel *The Theater* von Arthur Pollock: »... Es sollte als Unterhaltung für Kinder eingestuft werden, denn es ist ein simpler Kindergarten für kommunistische Knirpse...«

179,10 *»New York Evening Journal«]* Zitiert aus dem Artikel *Premiere of »Mother«* von John Anderson: »... Sie unterschätzen vermutlich die Intelligenz ihres Publikums. – Ihre Methode ist so naiv wie eine Wandtafel, so kindisch wie ein Holzbaukasten. – ›Ich bin Pelagea Wlassowa‹, sagt die alte Frau, direkt ans Publikum gewandt, ›und ich koche Suppe für meinen Sohn, einen Arbeiter. Die Suppe wird immer dünner, und er wird sie nicht mögen. Er wird allmählich unzufrieden werden und in Schwierigkeiten geraten. Er liest Bücher.‹ – Sie hätte ebensogut die bedeutungsvolle Neuigkeit hinzufügen können, daß man ›CAT‹ c-a-t buchstabiert...«

179,30 *Besprechung ... von Bechers »Großem Plan«]* Vgl. zu 125,35.

180,11 *»Welt am Abend«]* Vgl. zu 126,18.

180,16 *»New York Post«]* Zitiert aus der Rezension *The Reporter at the play* von James K. Martindale: »... Die von diesem Reporter interviewten Premierenbesucher kamen aus einem von zwei Gründen – aus Neugier oder aus Sympathie für den Arbeiterkampf. Ihre Kommentare ließen größtenteils die unkonventionellen Methoden der Inszenierung außer acht und waren eher Argumente für das politische Thema als für das Stück als Stück...«

180,23 *»The New Leader«]* Zitiert aus dem Artikel *»Mother« a Stirring A-B-C of the Class War*, gezeichnet mit J.T.S.: »... Akzeptiert man Brechts eigene Maßstäbe, ist ›Die Mutter‹ das offenste, direkteste und geradlinigste Drama, das die Theatre Union bisher aufgeführt hat. Man braucht ein paar Minuten, um die Ebene der Aufführung zu erkennen, und während dieser Zeitspanne erscheint ›Die Mutter‹ sentimental und naiv. Das ist sie auch, denn sie ist die Dramatisierung einer Lektion, dargestellt am Leben einer Frau, ein elementares Traktat mit den Mitteln des Theaters, das Thema des Klassenbewußtseins, von dem das ganze Fleisch der Verwicklungen sauber bis auf den Knochen des Konflikts abgelöst ist - Knochen und Mark hämmernder Predigt das ganze Stück hindurch. Auf diese Weise wird ›Die Mutter‹ zu einem bedeutsamen Dokument, schlüssig erdacht und seltsam beeindrukkend... Es ist kein Stück im üblichen Sinne; aber es ist auf die einfachste Art ein neuer Beweis für die weitreichende Kraft und den Wert des Theaters. Es ist, nicht chronologisch, sondern hinsichtlich Struktur und Geist und fruchtbarer Energie, die ›Mutter‹, die Stammform, aller ›Lehr-Stücke‹, aller Propagandastücke.«

181,1 *»New York Daily Worker«]* Zitiert aus dem Artikel *Mother: The Theatre Union's new play* von M. J. Olgin: »... Es war Brechts Plan, ein Schauspiel zu schaffen, das die dramatische Geschichte des heutigen Klassenkampfes darstellt, der im Sieg des Proletariats gipfeln muß. Er plante sein Stück in grandiosem Maßstab. Szene um Szene, Bild um Bild des Weltkonflikts sollte vor den Augen des Zuschauers abrollen ... *Revolutionäre Techniken*: Es erübrigt sich festzustellen, daß eine solche Aufführung eine ganz eigene Technik erfordert. Man hat behauptet, das Spiel müsse notwendigerweise abstrakt sein, da soziale Kategorien Abstraktionen repräsentierten. Wir halten das nicht für richtig. Die Arbeiter, Kapitalisten und Staatsbeamten, die in solch einem Stück auftreten, können durchaus lebendige Menschen, Männer und Frauen von Fleisch und Blut sein. Mit anderen Worten, sie können real sein. Allerdings stimmt es, daß dies ein Realismus besonderer Art wäre ... Im Civic Theatre zeigt die Theatre Union ein aufregendes neues Stück ... Es unterscheidet sich von jedem anderen Stück auf den amerikanischen Bühnen ... Der Autor hat in Stil, Inszenierung und Musik kühn eine neue Technik angewandt, um eine große Geschichte zu erzählen... Im Mittelpunkt des Stückes steht eine der denkwürdigsten Bühnengestalten, Pelagea Wlassowa, die revolutionäre Mutter.«

183,19 *»Neue Preußische Kreuzzeitung«]* Vgl. zu 128,19.

183,30 *»Deutsche Allgemeine Zeitung«]* Vgl. zu 128,30.

184,11 *»Germania«]* Vgl. zu 129,11.

184,23 *»Königsberger Allgemeine Zeitung«]* Vgl. zu 129,23.

184,32 *»Deutsche Allgemeine Zeitung«]* Vgl. zu 128,30.

185,1 *»Germania«]* Vgl. zu 129,11.

185,6 *»Deutsche Allgemeine Zeitung«]* Vgl. zu 128,30.

185,13 *»Neue Leipziger Zeitung«]* Vgl. zu 130,13.

187,4 *»Germania«]* Vgl. zu 129,11.

187,14 *Lenin-Revolte]* Vgl. zu 132,14.

187,21 f. *›Überleitung ...‹ (Lenin)]* Vgl. zu 105,37 f.

189,10 *»New York Sun«]* Zitiert aus der Rezension *»Mother«, Propaganda with Musik, Opens at Civic Repertory* von Richard Lockridge: »... Der springende Punkt ist natürlich, daß Pelagea Wlassowa, die Mutter, ursprünglich an Gott, den Zaren und das Privateigentum glaubte und allmählich bekehrt wurde, hauptsächlich durch Belehrung. Ihr wurde alles sehr gründlich erklärt, und nachdem sie es verstanden hatte, erklärte sie alles sehr gründlich anderen. Dann standen sie und die anderen auf und erklärten es, immer noch sehr langsam und gründlich, dem Publikum...«

190,32 *Über die Musik]* T: Erstdruck. E: Januar 1950. ED: Maschinenschriftliches Einlegeblatt im Programmheft von *Die Mutter*, Leipziger Kammerspiele 1950.

Brecht beauftragt Ruth Berlau, als Test für die geplante Aufführung am Berliner Ensemble, das Stück in Leipzig (als DDR-Erstaufführung, Premiere: 15. Januar 1950) zu inszenieren, und unterstützt ihre Arbeit durch Beteiligung an den Endproben.

190,39 *vier neue Musikstücke]* Hanns Eisler ergänzt das *Lied vom Flicken und vom Rock* und *Lob der Dialektik* und nimmt *Das Lied von der Suppe* wieder auf; das *Lob des Revolutionärs* war in der New Yorker Inszenierung gestrichen worden.

190,40 *als Kantate]* Vgl. zu 143,25.

191,1 *große Kantate für Knabenchor]* Aufführung im Wiener Rundfunk, Sendung: 29. Mai 1949, musikalische Leitung: Hanns Eisler.

191,9 *Beispiel für Textänderungen]* T: Erstdruck. E: 1951. ED: *Theaterarbeit* (vgl. zu 71,8), S. 134 f.

Diesen und die folgenden fünf Texte schreibt Brecht 1951 für den Abschnitt *Die Mutter* in *Theaterarbeit*, das, ursprünglich als Theateralmanach geplant, einen Einblick in die ersten sechs Inszenierungen des 1949 gegründeten Berliner Ensembles gibt.

191,17 *zur Premiere]* Gemeint ist die Premiere einer überarbeiteten Fassung der *Mutter* am 12. Januar 1951 am Berliner Ensemble.

193,23 *Der Volksschauspieler Ernst Busch]* T: Erstdruck. E: 1951. ED: *Theaterarbeit* (vgl. zu 71,8), S. 150-152.

Vgl. zu 191,9.

In Brechts Inszenierung der *Mutter* am Berliner Ensemble (Premiere: 12. Januar 1951) spielt Ernst Busch den Arbeiter Semjon Lapkin, eine Figur, die aus verschiedenen früheren Rollen für die Aufführung des Berliner Ensembles neu geschaffen wird. In der Uraufführung 1932 hatte Ernst Busch den Pawel gespielt.

193,29 *den Mephisto dem Faust]* Figuren aus Johann Wolfgang Goethes *Faust* (1808/1833).

193,29 f. *den Dritten Richard dem Prospero]* Figuren aus *König Richard III.* (um 1592) und *Der Sturm* (um 1611) von William Shakespeare.

194,12 f. *Ensemble ... von dem Marx spricht]* Vgl. zu 67,26 f.

194,14 *»aufgehoben«]* Bei Hegel heißt es: »Das *Aufheben* stellt seine wahrhaft doppelte Bedeutung dar, welche wir an dem Negativen gesehen haben; es ist ein *Negieren* und *Aufbewahren* zugleich.« (Hegel, *Die Phänomenologie des Geistes*, in: *Werke in 20 Bänden*, Band 3, Frankfurt a.M. 1970, S. 94.)

194,20 *Mark Anton]* Anspielung auf die Titelfigur aus William Shakespeares *Antonius und Cleopatra* (1607).

194,24 *Zelle]* Vgl. zu 113,33 f.

194,28 *Stepan Pregonski]* Für die Inszenierung des Stückes am Berliner Ensemble neu gestaltete Figur (vgl. zu 193,23).

197,1 *Der 1. Mai (5. Szene)]* T: Erstdruck. E: 1951. ED: *Theaterarbeit* (vgl. zu 71,8), S. 141.

Vgl. zu 191,9.

197,5 *Gnass]* Friedrich Gnass spielt den Arbeiter Smilgin in der Aufführung des Berliner Ensembles 1951.

197,16 *Lumpen]* T: Erstdruck. E: 1951. ED: *Theaterarbeit* (vgl. zu 71,8), S. 146.

Vgl. zu 191,9.

197,19 *Pilz und Lehmbrock]* Georg Peter Pilz und Peter Lehmbrock spielen die beiden Streikbrecher in der Szene *Gutsmetzgerei*.

197,30 *Das Geschmackliche]* T: Erstdruck. E: 1951. ED: *Theaterarbeit* (vgl. zu 71,8), S. 160.

Vgl. zu 191,9.

197,33 f. *Aufführung des »Hofmeister«]* Brechts Bearbeitung *Der Hofmeister von Jakob Michael Reinhold Lenz* hat am 15. April 1950 am Berliner Ensemble Premiere (Regie: Brecht / Caspar Neher, Bühnenbild: Caspar Neher).

198,12 f. *Frisur und Maske der Darstellerin der Pelagea Wlassowa]* T: Erstdruck. E: 1951. ED: *Theaterarbeit* (vgl. zu 71,8), S. 168.
Vgl. zu 191,9.
Helene Weigel spielt die Pelagea Wlassowa in der Aufführung des Berliner Ensembles 1951 (wie schon bei der Uraufführung 1932).

199,12 *Einige Probleme bei der Aufführung der »Mutter«]* T: Typoskript (handschriftlich korrigiert). E: 1951. ED: Vorliegende Ausgabe.
Brecht schreibt den Text für *Theaterarbeit*, stellt ihn aber dann Ruth Berlau zur Verfügung, die Teile davon in ihren Beitrag *»Die Mutter«. Berlin 1932 – Kopenhagen 1935 – New York 1935 – Leipzig 1950 – Berlin 1951* einarbeitet; in: *Theaterarbeit* (vgl. zu 71,8), S. 332-341.
199,19 *Das historische]* Darüber handschriftlich vermerkt: »Zitat: Gedicht 4 Zeilen«.
199,23 *des Agitproptheaters dieser Zeit]* Die Agitproptheater entwickeln sich in den zwanziger Jahren als kleine Kollektive, die mit künstlerischen Mitteln (Revue, Satire, Sprechchöre und Lieder) Agitation und Propaganda für die Ziele der revolutionären Arbeiterbewegung betreiben. Die bekanntesten Agitproptheater sind »Das Rote Sprachrohr«, »Truppe 31« und »Spieltrupp Südwest«.
199,33 *Ruth Berlau ... zu ihrer Inszenierung]* Vgl. zu 190,32.

ZU »DIE RUNDKÖPFE UND DIE SPITZKÖPFE« (Band 4)

Anfang 1935: *Stichpunkte für den Zeichner* (als Anregung für George Grosz).
Mitte 1936: *Requisitenmöbel für die »Rundköpfe«* (in Vorbereitung der Kopenhagener Uraufführung des Stücks).
Oktober 1936: *»Die Rundköpfe und die Spitzköpfe«* (für die Theaterzeitung *Riddersalen*, Kopenhagen).
November 1936: *Zur Kopenhagener Aufführung*, *Charakterisierung der Figuren* (nach der Uraufführung am 4. November 1936).
Ende 1936: *Anmerkung zu »Die Spitzköpfe und die Rundköpfe«* (für den Stückabdruck in den *Gesammelten Werken*, 1938, Band 2).

201,4 *Stichpunkte für den Zeichner]* T: Typoskript. E: Anfang 1935.

Auf Wunsch von Wieland Herzfelde und Brecht soll George Grosz Zeichnungen zu Brechts Stücken für die Ausgabe der *Gesammelten Werke* anfertigen, dafür schreibt Brecht die Stichpunkte. Grosz zieht sich 1937 von dem Auftrag zurück.

Der Text ist zusammen mit einer Vorstufe zur Fassung 1938 überliefert. Die Absätze enthalten jeweils am Schluß Szenen- und Seitenzahlen, die sich auf dieses Stückmanuskript beziehen; sie sind hier weggelassen. Links neben der ersten Textzeile steht: »(klein)«. (Vermutlich auf sämtliche Zeichnungen zu beziehen.)

201,25 f. *3 / Der tschuchische Pächter]* In der Textgrundlage: »Der tschuchische Pächter«. 203,12 *Schlußbild:]* Text bricht ab.

202,3 *geschildert im Brief]* Vgl. Brief an George Grosz, Januar 1935.

203,15 *Requisitenmöbel für die »Rundköpfe«]* T: Typoskript. E: Mitte 1936.

Die Vorschläge Brechts sind bei der Kopenhagener Uraufführung berücksichtigt worden (vgl. zu 207,23).

203,26 *»Die Rundköpfe und die Spitzköpfe«]* T: Typoskript. E: Oktober 1936. ED in dänisch: *»Rundhoder og Spidshoder«* in: *Riddersalen*, Nr. 3, 1936, S. 3.

Brecht schreibt den Text in Dänemark für *Riddersalen*, die Zeitschrift des gleichnamigen Theaters in Kopenhagen, an dem das Stück inszeniert wird. Der Beitrag erscheint anläßlich der Uraufführung (4. November 1936) in Nr. 3 (November), 1936, S. 3, in dänischer Sprache unter der Überschrift *»Rundhoder og Spidshoder«*. In einer redaktionellen Vorbemerkung wird der Text als »Brechts Stellungnahme zum Stück« charakterisiert.

203,29 f. *der altitalienischen Fabel ... Shakespeare]* Die Anregung für *Measure of Measure* (1604, dt.: *Maß für Maß*) nimmt Shakespeare aus einer Novelle von Giraldi Cinthio aus dessen Sammlung *Hecatommithi* (1565, dt.: *Hundert Geschichten*).

204,1 *Zur Kopenhagener Aufführung]* T: Typoskript (von Margarete Steffin handschriftlich ergänzt). E: November 1936.

Der Aufsatz entsteht unter dem Eindruck der Kopenhagener Uraufführung (Premiere: 4. November 1936; Regie: Per Knutzon, Bühnenbild: Svend Johansen). Das Stück wird (bis 24. November) 21 Mal gespielt. Der Text ist eine Vorarbeit für die *Anmerkung zu »Die Spitzköpfe und die Rundköpfe«* (vgl. 207-219).

Auf dem Typoskript stehen zusätzlich folgende Notierungen:

> Am 4. Nov. / Im Theater Riddersalen (400 Mal »Melodien«) / Regie: Per Knutzon / Frühere Varietébühne, noch jetzt Rauch- und Trinkerlaubnis / Die Truppe ein Kollektiv / Das einzige experimentelle Theater Skandinaviens. / Bühne klein / Stück geschrieben 1932, danach bearbeitet. Musik von Hanns Eisler, gesetzt für kleines Orchester, gegeben auf 2 Klavieren. / Eine Parabel über die Rassentheorie.

Mit *Melodien* ist die musikalische Revue *Melodien, der blev voek* (*Die verschwundene Melodie*, 1935) des dänischen Dramatikers Kjeld Abell gemeint, die vor Brechts Stück am Theater Riddersalen aufgeführt wird.

204,38 f. *Anderson]* Die Rolle des Iberin spielt Asbjørn Anderson.

204,39 *Langberg]* Die Rolle des Pächters Callas spielt Sigurd Langberg.

205,10 f. *das Justizministerium ... zu mobilisieren]* Am 12. November 1936 berichtet die Tageszeitung *Berlingske Tidende*, Kopenhagen, die Schriftstellerin Olga Eggers habe persönlich den Justizminister ersucht, gegen die Aufführung im Theater Riddersalen zu protestieren.

205,16 *Charakterisierungen der Figuren]* T: Typoskript. E: November 1936.

Diese Beschreibungen sind Vorarbeiten für die *Anmerkung zu »Die Spitzköpfe und die Rundköpfe«* und in den Abschnitt »Aufbau der Rollen« teilweise übernommen (vgl. 208-211). Die Zahlenangaben beziehen sich auf die Szenen-Numerierung der Uraufführung.

207,23 *Anmerkung zu »Die Spitzköpfe und die Rundköpfe«]* T: Erstdruck. E: Ende 1936 bis 1938. ED: *Gesammelte Werke*, Band 2, London: Malik-Verlag 1938, S. 139-147.

Brecht schreibt den Text nach der Kopenhagener Aufführung (vgl. zu 204,1) für die Buchausgabe. Er verwendet den Titel der Fassung von 1933 *Die Spitzköpfe und die Rundköpfe*. Die mit diesem Beitrag beginnende ausführliche Beschreibung von Arbeitsschritten auf den Proben wie von praktischen Ergebnissen der Theaterarbeit setzt Brecht in seinen späteren »Theatermodellen« (vgl. Band 25) sowie in *Theaterarbeit* (vgl. zu 71,8) fort.

Brecht geht bei der *Anmerkung* im wesentlichen von der Bühnenfassung (November 1936) aus, bezieht aber auch die Veränderungen ein, die er für die Druckfassung 1938 vorgenommen hat. So werden der Name des Staatsrates, der bei der Uraufführung Eskahler heißt, in Missena und der Name des Pächters Perez in Lopez geändert.

215,17 *Nehervorhang]* In der Textgrundlage: »Nebenvorhang« (korrigiert nach Typoskript). 219,5 *können]* In der Textgrundlage: »kann«.

208,31 *gesellschaftlichen Gestus]* Zentrale Kategorie in Brechts Theatertheorie (vgl. z. B. *Über den Gestus*, Band 22).

210,34 *deus ex machina]* (Lat.) Gott aus der Maschine. In der griechischen Tragödie verwendetes theatralisches Mittel: plötzliches Auftreten eines »Gottes« mit Hilfe einer kranartigen Maschinerie, der den dramatischen Konflikt löst und das vom Mythos »geforderte« Ende der Tragödie herbeiführt.

211,1 f. *nach photographischem Material]* Im Nachlaßmaterial zum Stück befinden sich zahlreiche Fotos von Hitler.

211,2 f. *die beiden Verbeugungen]* Vermutlich Bezug auf das bekannte Foto mit Hitlers Verbeugung vor Hindenburg, das John Heartfield für die Einbandgestaltung der 1933 im Malik-Verlag, Prag, anonym erschienenen Broschüre *Hitler der Eroberer* (von Rudolf Olden) verwendete.

215,17 *Nehervorhang]* Vgl. zu 70,21 f.

215,24-26 *Nachbildung ... »Maß für Maß«]* Das Stück *Die Rundköpfe und die Spitzköpfe* entsteht aus einer nur teilweise ausgeführten Bearbeitung von Shakespeares *Maß für Maß* (vgl. zu 203,29 f.). Die angesprochene Szene ist bei Shakespeare die 1. Szene des 3. Aktes.

216,3 *des französischen Konversationsstückes]* Bezieht sich z. B. auf die Stücke von Eugène Scribe und Victorien Sardou, die den Konversationston der feudal-bürgerlichen und bürgerlichen Salons pflegen.

216,30 f. *Viktualienläden]* Lebensmittelgeschäfte.

216,32 *nach Gorelik]* Der amerikanische Bühnenbildner Mordecai Gorelik, den Brecht 1935 bei der New Yorker Aufführung der *Mutter* kennengelernt hat, besucht Brecht im Herbst 1936 in Dänemark und nimmt an einigen Proben zu *Die Rundköpfe und die Spitzköpfe* in Kopenhagen teil.

217,5 *Statue der Justitia]* Justitia: die römische Göttin der Gerechtigkeit.

217,8 *Heiligenbild]* Vgl. 203,21.

217,25 *Récamiersofa]* Liegebank mit hochgezogener Seitenlehne, benannt nach dem Bild *Madame Récamier* (um 1800) von Jacques-Louis David.

218,20f. *Aufführung des Stückes »Rasputin«]* Unter dem Titel *Rasputin, die Romanows, der Krieg und das Volk, das gegen ihn aufstand* wird eine Bearbeitung des Stückes *Sagowor imperatrizy* (1926, dt.: *Die Verschwörung der Kaiserin*) von Alexej Tolstoi und Pawel Stschegolew an der Piscator-Bühne am Nollendorfplatz aufgeführt (10. November 1927). An der Bearbeitung beteiligten sich Erwin Piscator, Felix Gasbarra, Leo Lania und Bertolt Brecht.

218,23 *In einer anderen Aufführung]* Gemeint ist die Aufführung von *Hoppla, wir leben!* von Ernst Toller (1927) an der Piscator-Bühne am Nollendorfplatz (Premiere: 3. September 1927; Regie: Erwin Piscator).

ZU »DIE HORATIER UND DIE KURIATIER« (Band 4)

1934: *Vorarbeit zu »Die Horatier und die Kuriatier«* (als erste Überlegungen zur Stückfabel).
Herbst 1935: *Anweisung für die Spieler* (zum Abdruck des Stückes in der Zeitschrift *Internationale Literatur. Deutsche Blätter*, Moskau).

220,4 *Vorarbeit zu »Die Horatier und die Kuriatier«]* T: Typoskript. E: 1934.

220,8 *realiter]* (Lat.) tatsächlich, in Wirklichkeit.

221,1 *Anweisung für die Spieler]* T: *Gesammelte Werke*, Band 2, London: Malik-Verlag 1938, S. 327. E: Herbst 1935. ED: *Internationale Literatur. Deutsche Blätter*, Moskau, 1936, Heft 1, S. 43.

Die vorliegende Ausgabe folgt dem Malik-Druck, der im Vergleich zum Zeitschriftendruck von 1936, bei dem Brecht nicht Korrektur lesen konnte, geringfügige Textänderungen hat.

221,5 f. *des chinesischen Theaters ... kleine Fahnen]* Bereits in den zwanziger Jahren gibt es zahlreiche Berichte über das Theater in China, die Brecht zur Kenntnis nimmt. Auf die Gepflogenheit, Heere durch Fahnen anzudeuten, verweist z. B. Arthur Holitscher: »Die Generäle und großen Feldherren tragen hinter ihren wunderbaren bunten Brokatkostümen viele kleine bunte Fahnen auf den Rücken gesteckt, fast wie ein Pfauenrad.« (Arthur Holitscher, *Theater in China und Japan*, in: *Die neue Rundschau*, Berlin, 1926, Oktober, S. 420-432.) Eine Begegnung mit chinesischem Theater hat Brecht im Frühjahr 1935, als er in Moskau das Gastspiel der Truppe des chinesischen Schauspielers Mei Lan-fang sieht. Vgl. dazu *Verfremdungseffekte in der chinesischen Schauspielkunst*, *Über das Theater der Chinesen* (Band 22).

222,7 *Man kann ohne Musik auskommen]* Auf Wunsch Brechts soll Hanns Eisler die Musik zum Stück komponieren; dazu kommt es wegen zeitweiliger Meinungsverschiedenheiten jedoch nicht. 1955/56 komponiert Kurt Schwaen die Bühnenmusik.

222,12 *Die Titel]* Gemeint sind die Szenentitel innerhalb des Stükkes.

ZU »DIE GEWEHRE DER FRAU CARRAR« (Band 4)

Ende 1937 / Anfang 1938: *Entdeckung einer großen Schauspielerin* (nach der Aufführung des Einakters in Kopenhagen).
Frühjahr 1938: *Weigel und Andreasen als Frau Carrar.*
1938: *Anmerkungen zu »Die Gewehre der Frau Carrar«* (für den Druck in den *Gesammelten Werken*, Band 2).

223,4 *Entdeckung einer großen Schauspielerin]* T: Typoskript. E: Ende 1937 / Anfang 1938.

Der Text entsteht nach der Aufführung von *Die Gewehre der Frau Carrar* durch das »Arbejdernes Teater«, Kopenhagen (Premiere: 20. Dezember 1937, Regie: Ruth Berlau; Bühnenbild: Heinz Lohmar).

223,7 f. *eben von einer großen Schauspielerin]* Helene Weigel spielt die Carrar in der Uraufführung des Stückes in Paris (Premiere: 16. Oktober 1937).

223,9 *ganz unbekannte Schauspielerin]* Dagmar Andreasen ist eine Laienschauspielerin, die bereits 1935 im Arbeitertheater »RT« in Kopenhagen die Titelrolle in Brechts Stück *Die Mutter* gespielt hat (vgl. 223,17-225,19).

223,17 f. *Weigel und Andreasen als Frau Carrar. Unterschiede der Spielweise]* T: Typoskript. E: Frühjahr 1938.

Brecht nimmt die deutschsprachige Aufführung des Stückes an der »Borups Højskole« in Kopenhagen am 13. Februar 1938 (Regie: Ruth Berlau; Bühnenbild: Heinz Lohmar; Helene Weigel in der Titelrolle) zum Anlaß, die Spielweisen der beiden Schauspielerinnen zu vergleichen. Dagmar Andreasen hat die Carrar in der Aufführung des »Arbejdernes Teater« gespielt (vgl. zu 223,4).

225,22 *Anmerkungen zu »Die Gewehre der Frau Carrar«]* T: Erstdruck. E: 1938. ED: *Gesammelte Werke*, Band 2, London: Malik-Verlag 1938, S. 397.

225,24 f. *im ersten Jahre des spanischen Bürgerkrieges]* Der spanische Bürgerkrieg hat im Juli 1936 begonnen; Brecht schreibt das Stück zwischen April und August 1937.

225,25 *für eine deutsche Truppe in Paris]* Slatan Dudow schlägt Brecht vor, ein aktuelles Stück über den spanischen Bürgerkrieg zu schreiben (Dudow an Brecht, 4. September 1936). Der Einakter wird unter Dudows Regie mit einer Truppe emigrierter Schauspieler und Laien, die sich vor allem aus Mitgliedern des antifaschistischen Emigrantenkabaretts »Die Laterne« zusammensetzt, in Paris uraufgeführt (Helene Weigel als Gast in der Titelrolle; Premiere: 16. Oktober 1937).

225,28-30 *Dokumentenfilm ... propagandistischen Veranstaltung]* Vgl. Abschnitt »Wirkung« im Kommentar zu *Die Gewehre der Frau Carrar* (Band 4).

ZU »FURCHT UND ELEND DES III. REICHES« (Band 4)

Um 1938: *Anmerkung zu »Furcht und Elend des Dritten Reiches«*, *Über die Aufführung von »Furcht und Elend des III. Reiches«.*
Mitte 1945: *Anmerkungen* (für den Druck der Szenen im Aurora Verlag, New York).

226,4f. *Anmerkung zu »Furcht und Elend des Dritten Reiches«]* T: Typoskript. E: Um 1938.

Vermutlich ist der Text für eine Veröffentlichung im geplanten, dann aber nicht realisierten Band 3 der *Gesammelten Werke* im Londoner Malik-Verlag gedacht, für den auch die Szenenfolge vorgesehen war.

Vermutlich als Vorarbeit ist folgendes Typoskript im Nachlaß überliefert, ebenfalls mit der Hauptüberschrift *Anmerkung zu »Furcht und Elend des Dritten Reiches«*:

Ein Stück des epischen Theaters

Leichter als bei anderen Stücken dieser Sammlung können die Schauspieler und Spielleiter versucht sein, eine Spielweise mit restloser Herbeiführung der *Einfühlung* für ausreichend zu halten. Die Sprechweise des Alltags, das Interieurdetail, der Fortfall chorischer Elemente und sogleich in die Augen fallender Verfremdungen lassen das Stück schwerer als andere als ein Stück des epischen Theaters erkennen.

226,5 *»Furcht und Elend des Dritten Reiches«]* Von Brecht häufig verwendete Schreibart des Titels (im Erstdruck: *Furcht und Elend des III. Reiches*, vgl. zu 227,8).

226,9f. *bei andern Stücken dieser Sammlung]* Bezug auf die Stücke, die für den Band 3 der *Gesammelten Werke* vorgesehen sind (*Baal*, *Leben König Eduards des Zweiten von England*, *Im Dickicht der Städte* und *Trommeln in der Nacht*).

226,20f. *Die Theoretiker, die letzthin...]* Anspielung auf Georg Lukács, der die Montage als künstlerisches Mittel der Dekadenz zurechnet. Dazu notiert Brecht an anderer Stelle: »Lukács hat den *Spitzel* bereits begrüßt, als sei ich ein in den Schoß der Heilsarmee eingegangener Sünder. Das ist doch endlich aus dem Leben gegriffen! Übersehen ist die Montage von 27 Szenen, und daß es eigentlich nur eine Gestentafel ist [...]« (*Journale*, 15. August 1938).

226,27f. *Über die Aufführung von »Furcht und Elend des III. Reiches«]* T: Typoskript. E: Um 1938. ED: Vorliegende Ausgabe.

227,5 *»Versuche« ... den 20.]* Diese Zuordnung behält Brecht nicht bei. Mit der Fortsetzung der Reihe der *Versuche* 1949 wird *Mutter*

Courage und ihre Kinder als 20. Versuch gezählt (die Szenenfolge erscheint nicht in den *Versuchen*).

227,8 *Anmerkungen]* T: Erstdruck. E: Mitte 1945. ED: *Furcht und Elend des III. Reiches*, New York: Aurora Verlag 1945, S. 108-112.

Die *Anmerkungen* beschreiben und dokumentieren eine Bühnenfassung der Szenenfolge, die Brecht 1942/43 unter dem Titel *The Private Life of the Master Race* (Das Privatleben der Herrenrasse) angefertigt hat. Die bis dahin nur in Englisch veröffentlichten Texte *Chor der Panzerbesatzung* (228,10-229,19) und *Die Stimme* (229,21-232,19) werden in den *Anmerkungen* erstmals in deutscher Sprache gedruckt. Brecht schreibt den Text für den Druck der Szenenfolge im Aurora Verlag.

227,13 f. *für den Malik-Verlag ... gedruckt]* Es ist nur der Umbruch überliefert; ein Druck der Szenenfolge im Malik-Verlag kommt nicht zustande; vgl. zu 226,4 f.

227,17 *in New York]* Am 12. Juni 1945 wird eine (im Vergleich zur Uraufführung in Berkeley) gekürzte Fassung von der Theatergruppe The Theatre of All Nations in einem New Yorker Off-Broadway-Theater aufgeführt (Regie: Berthold Viertel).

227,17 f. *San Francisco]* Am 7. Juni 1945 wird die Bühnenbearbeitung an der Universität von Kalifornien in Berkeley in Zusammenarbeit zwischen dem Institut für Theaterwissenschaft und dem Little Theatre uraufgeführt (Regie: Henry Schnitzler).

227,18-21 *Sie enthält ... und 24.]* Die Szenenziffern beziehen sich auf die im Aurora Verlag, New York 1945, veröffentlichte Fassung vom 24 Szenen; sie unterscheidet sich von der Fassung 1938 in der vorliegenden Ausgabe, die 27 Szenen umfaßt (vgl. Band 4).

228,17-36 *'s war ein Septembertag ... Rande]* Der Chor zeichnet den Verlauf des zweiten Weltkrieges von seinem Beginn am 1. September 1939 bis 1942 nach.

228,19 *Stadt... in Polen lag]* Gemeint ist Danzig (heute Gdansk).

229,2 *Krupp von Bohlen]* Gustav Krupp von Bohlen und Halbach, Inhaber der Krupp-Werke (führendes Unternehmen der deutschen Schwerindustrie) in Essen, ist einer von Hitlers maßgeblichen Financiers und stellt seine Produktion in den Dienst der faschistischen Kriegspolitik (»Rüstungsschmiede« Deutschlands); Krupp wird in den Nürnberger Prozessen 1948 als Kriegsverbrecher verurteilt.

229,3 *Herr von Thyssen]* Fritz Thyssen, Inhaber eines der größten Stahlkonzerne in Deutschland (Oberhausen), ist ebenfalls einer der maßgeblichen Finanziers von Hitlers Aufstieg; er setzt sich 1932/33 nachdrücklich für dessen Ernennung zum Reichskanzler ein.

229,15 *Land des armen Manns]* Gemeint ist die Sowjetunion.

229,39 *Judaskuß]* Geht zurück auf Matthäus 26,48 f.: Der Kuß des Judas, mit dem er Jesus dessen Verfolgern preisgibt, gilt als Sinnbild infamer Heuchelei und des Verrats.

230,27 *Schüler des berüchtigten Einstein]* Der Schöpfer der Relativitätstheorie und Nobelpreisträger Albert Einstein muß wegen seiner politischen Anschauungen und seiner jüdischen Herkunft 1933 emigrieren.

230,38 *Herrenmensch ... sorgfältig gepaart]* Anspielung auf die Nürnberger Rassengesetze von 1935, nach denen die Heirat von »Ariern« mit Juden als Schande gilt und verboten wird.

231,31 *Kanonen ... statt Butter]* Auf Hermann Göring zurückgehende und von Rudolf Heß anläßlich einer Rede in Hof (11. Oktober 1936) auf die Formel »Kanonen statt Butter« gebrachte Naziparole.

231,32 *unser tägliches Brot]* Sprichwörtliche Redewendung aus dem *Vaterunser* (Matthäus 6,11).

232,14f. *kein Gott / Außer Adolf Hitler]* Anspielung auf eine gebräuchliche alttestamentarische Redewendung; z.B. 2 Samuel 7,22: »[...] und ist kein Gott außer dir [...]«.

1938/39: *»Galileo / Die Erde bewegt sich«*, *Zur Regie*, *Anmerkungen zum »Leben des Galilei« [1]*, *»Galilei«-Vorwort [1]*, *»Das Leben des Galilei« ist keine Tragödie*, *Darstellung der Kirche* (bei der Arbeit an der dänischen Fassung 1938/39).
1944-1947: *Anmerkung zu »Leben des Physikers Galilei«*, *Anmerkungen zum »Leben des Galilei« [2]*, *Anmerkungen / Ungeschminktes Bild einer neuen Zeit*, *Der Gelehrte*, *Notizen zur 6. Szene von »Galileo«*, *»Galilei«,13*, *Darstellung des Galilei in der 13. Szene*, *Galilei nach dem Widerruf*, *Verrat des Galilei* (während der Entstehung der amerikanischen Fassung *Galileo* von 1947).
1948: Zusammenstellung des Modellbuchs *Aufbau einer Rolle. Laughtons Galilei* (vgl. Band 25).
Um 1948: *Über die Rolle des Galilei*, *Das Sinnliche in Galilei.*
1952: *Anmerkung zu »Leben des Galilei«* (für einen Druck des Stückes in den USA).
1954-1956: *Konnte Galilei anders handeln?*, *Zur 1. Szene*, *Fabelskizze*, *Zwei Gespräche mit Neher über »Leben des Galilei«*, *Galilei für Busch*, *»Galilei«*, *Wissenschaft und Macht*, *»Galilei«-Vorwort [2]*, *»Galilei«-Vorwort [3]*, *»Galilei«-Vorwort [4]*, *»Galilei«-Vorwort [5]* (bei der Arbeit an der Berliner Fassung 1955/56).

233,4 *»Galileo / Die Erde bewegt sich«]* T: Typoskript (Titel handschriftlich ergänzt); Elisabeth-Hauptmann-Archiv, Berlin. E: 1938. ED: Vorliegende Ausgabe.

Frühe Fabelskizze. Der Titel der ersten Niederschrift des Stückes (1938) lautet *Die Erde bewegt sich.*

233,6f. *der oberitalienischen Stadtrepubliken]* Galilei ist 1592 bis 1610 Professor für Mathematik an der Universität Padua, das zur Stadtrepublik Venedig gehört.

233,7f. *die Inquisition ist machtlos]* Die Inquisition ist die seit dem 13. Jahrhundert allein dem Papst unterstellte Gerichtsbarkeit der katholischen Kirche, die mit strafrechtlicher Gewalt über die Einhaltung der Glaubenslehre wacht. Während in den italienischen Fürstentümern die römische Inquisition ihre Macht nahezu unumschränkt ausüben kann, untersteht sie in Venedig der Oberaufsicht der Republik.

233,10f. *die Medicis]* Das zu dieser Zeit in der Toskana (Hauptstadt Florenz) herrschende Fürstengeschlecht.

233,32f. *Der Papst ... selber ein Wissenschaftler]* Kardinal Carlo Maffeo Barberini (ab 1623 Papst Urban VIII.) ist ein in der Kirche anerkannter Wissenschaftler und zugleich Dichter. Dem Wissenschaftler Galilei, mit dem er seit 1611 persönlich bekannt ist, bringt er große Wertschätzung entgegen.

234,12f. *der Schwachen im Fleische]* Anspielung auf Matthäus 26,41: »Der Geist ist willig; aber das Fleisch ist schwach.«

234,20 *Zur Regie]* T: Typoskript. E: 1938.

234,22 *Phasen der Venus]* 1610 beobachtet Galilei, daß sich die Venus – wie der Mond – der Erde in zunehmender und abnehmender Gestalt zeigt. Damit ist ein weiterer Beweis für das heliozentrische Weltbild erbracht.

234,23f. *des ptolemäischen]* Bezeichnung für das geozentrische Weltbild (Bewegung der Himmelskörper um die Erde), wie es von dem ägyptischen Astronomen Claudius Ptolemäus im 2. Jahrhundert systematisch dargestellt worden ist.

234,24 *des kopernikanischen Systems]* Bezeichnung für das heliozentrische Weltbild (Bewegung aller Planeten um die Sonne), das von Nikolaus Kopernikus begründet, systematisch dargestellt und theoretisch-mathematisch bewiesen worden ist.

234,35 *Anmerkungen zum »Leben des Galilei« (1)]* T: Typoskript (handschriftlich korrigiert und ergänzt). E: Um 1938.

235,9f. *»Mit uns zieht die neue Zeit«]* Zitat aus dem Lied *Wann wir schreiten Seit an Seit* (Text: Hermann Claudius; Musik: Michael Englert), das während des ersten Weltkrieges entsteht und u.a. von der Arbeiterjugend gesungen wird.

235,13 *Anstreicher]* Anspielung auf Hitlers triviale Malerei (Hitler ist zweimal von der Wiener Kunstakademie wegen mangelnder Begabung abgelehnt worden) sowie seine Tätigkeit als Maler (Anstreicher). Darüber hinaus im übertragenen Sinn für das »Übertünchen« von Mißständen und Widersprüchen. Das Wort wird von Brecht als Kennzeichnung Hitlers in zahlreichen Werken benutzt.

236,10-12 *kein Elefant ... gezähmte Elefant]* Vgl. das *Lied vom achten Elefanten* in *Der gute Mensch von Sezuan* (Band 6) sowie das Fotoepigramm Nr.55 *Ein Brüderpaar, seht...* in der *Kriegsfibel* (Band 12).

236,18 *»Galilei«-Vorwort (1)]* T: Typoskript (handschriftlich ergänzt). E: Um 1938.

In diesem Text greift Brecht Gedanken auf, die er bereits in den *Anmerkungen zum »Leben des Galilei« [1]* (vgl. 234,35) äußert. Auch 1947 und 1956 schreibt Brecht Texte für ein Vorwort zu *Leben des Galilei* (vgl. zu 246,13 und 253-256).

236,33f. *einmal Brot ... einmal Steine]* Vgl. Matthäus 7,9.

236,38 *der zunehmenden Barbarei]* Vgl. dazu Brechts Rede auf dem I. Internationalen Schriftstellerkongreß zur Verteidigung der Kultur: *Eine notwendige Feststellung zum Kampf gegen die Barbarei* (Band 22).

237,10 *1000 Jahre zu dauern]* Anspielung auf das biblische tausendjährige Reich (Offenbarung des Johannes, 20,7). In der faschistischen Propaganda wird dieser Begriff als Bezeichnung für die angeblich ewige Existenz des Naziregimes mißbraucht. Hitler spricht von der »deutschen Revolution«, die »für Jahrhunderte das Gesicht der deutschen Zukunft prägen« werde (Rede auf der SS- und SA-Führertagung in Bad Reichenhall, 1. Juli 1933). Auf dem Nürnberger Parteitag (4. September 1934) sagt Hitler u.a.: »Die deutsche Lebensform ist für das nächste Jahrtausend endgültig bestimmt.« Und: »In den nächsten tausend Jahren findet in Deutschland keine Revolution mehr statt.«

237,12 *Atlantis]* Sagenumwobenes Inselreich im Atlantik (jenseits der Meerenge von Gibraltar, nach antiker Anschauung jenseits der bekannten Welt), das nach Plato im Meer versunken ist.

237,23 *»Das Leben des Galilei« ist keine Tragödie]* T: Typoskript (handschriftlich korrigiert). E: 1939.

Dieser und der Text *Darstellung der Kirche* (238,1) stehen auf demselben Typoskriptblatt. Über dem Text steht der gestrichene Titel *Anmerkung*.

237,32 *gebaut.]* Es folgt der gestrichene Satz: »In der Tat muß die Kunst der Aufführung darin bestehen, daß sie das moralische Schwanken des großen Physikers nur als ein Straucheln darstellt.«

238,1 *Darstellung der Kirche]* T: Typoskript (handschriftlich korrigiert). E: 1939.

Vgl. zu 237,23.

238,8-9 Auf Höhe dieser Zeilen steht am Rand: »(Ballszene)« als Bezug auf Szene 7. 239,10 *nicht ankam.]* Danach in der Textgrundlage gestrichen: »Die Frage, ob Galilei gefoltert wurde, ist im Stück ebenfalls nicht behandelt. Nicht einmal, was aus den vatikanischen Protokollen feststeht, daß der Papst befahl, ›den Galilei de intentione zu befragen unter Androhung der Tortur, als ob er sie ertragen solle‹, wird erwähnt. Es kommt auch darauf nicht an.« 239,11 *der Achte]* In der Textgrundlage: »der Zweite«. 239,25 *abgelenkt.]* Danach ein gestrichener Abschnitt mit der eigenen Überschrift *Demonstrationen*:

> Die Aufführung des Stückes gewinnt vermutlich durch einige Demonstrationen der astronomischen Entdeckungen Galileis beträchtlich. In der dritten Szene kann der Mond und die Erscheinung, die der beobachtende Sagredo beschreibt, sowie der Jupiter mit seinen Trabanten gezeigt werden während der Verwandlung.

238,18 *Wissenschaft ein Zweig der Theologie]* Im Mittelalter gehört die Theologie zu den »oberen« Wissenschaften, von denen sich andere, z. B. die Naturwissenschaften, ableiten.

238,28 *des päpstlichen römischen Kollegs]* Gemeint ist das Collegium Romanum, die führende Lehr- und Forschungsanstalt der katholischen Kirche in Rom, von Jesuiten geleitet und in allen Fragen der Wissenschaft die höchste den Papst beratende Instanz der Kirche.

238,28 f. *Christoph Clavius]* Der Jesuitenpater leitet die Untersuchungen des Collegium Romanum über die Beobachtungen Galileis.

239,5 *Emil Wohlwill]* Die Galilei-Biographie von Emil Wohlwill *Galilei und sein Kampf für die copernicanische Lehre* (Band 1: Hamburg/Leipzig 1909; Band 2: Leipzig 1926) ist für Brecht eine der Hauptquellen bei der Ausarbeitung des Stückes.

239,11 *Urban der Achte]* Vgl. zu 233,32 f.

239,28 *Anmerkung zu »Leben des Physikers Galilei«]* T: Typoskript. E: Ende 1944 / Anfang 1945.

Der Text entsteht zu Beginn der Zusammenarbeit mit Charles Laughton; zu der Zeit gebraucht Brecht gelegentlich diesen Stücktitel.

239,30 f. *finsteren letzten Monaten des Jahres 1938]* Nach dem Münchner Abkommen, das am 29. September 1938 von Arthur Neville Chamberlain, Édouard Daladier, Benito Mussolini und Hitler unterzeichnet wird, werden die tschechischen Grenzgebiete an Deutschland ausgeliefert. Die Verfolgung der jüdischen Bevölkerung in Deutschland nimmt zu (»Kristallnacht« am 9./10. November 1938).

240,2 *der sozialistischen Klassiker]* Gemeint sind Karl Marx, Friedrich Engels und Wladimir Iljitsch Lenin.

240,6 *Anmerkungen zum »Leben des Galilei« (2)]* T: Typoskript (handschriftlich korrigiert). E: 1945 (Datierung unsicher).

240,9 f. *wenn die Physiker recht hätten]* Bezug auf verschiedene Diskussionen Brechts mit Physikern: Bereits 1938 spielt die Frage der Bewertung von Galileis Widerruf in Gesprächen mit dem Physiker Christian Moller, einem Assistenten des dänischen Physikers Niels Bohr, eine wichtige Rolle. 1941 berät sich Brecht über das Stück mit dem emigrierten Physiker Hans Reichenbach (vgl. *Journale*, 26. Oktober 1941), nach dem vorläufigen Abschluß der Arbeiten am englischen Text finden Lesungen des Stückes mit Diskussionen sowohl im kleineren Kreis (vgl. *Journale*, 1. Dezember 1945) als auch vor Mitarbeitern eines physikalischen Instituts in Kalifornien statt.

240,36 *Die Atombombe]* Gedacht ist an die Abwürfe der Atombomben auf Hiroshima (6. August 1945) und Nagasaki (9. August 1945); Brecht notiert einen Monat danach: »Die Atombombe hat tatsächlich die Beziehungen zwischen Gesellschaft und Wissenschaft zu einem Leben-und-Tod-Problem gemacht.« (*Journale*, 20. September 1945.) Vgl. dazu auch 241.

241,1 f. *Anmerkungen. Ungeschminktes Bild einer neuen Zeit]* T: Typoskript (handschriftlich korrigiert). E: 1947.

Der Text entsteht als *Vorrede zur amerikanischen Fassung von »Le-*

ben des Galilei«. Dieser Titel ist jedoch von Brecht gestrichen und der neue Titel handschriftlich hinzugefügt.

241,6 *des ptolemäischen Weltbilds]* Vgl. zu 234,23 f.

241,6 *Assistenten Niels Bohrs]* Vgl. zu 240,9 f.

241,14 *Debüt in Hiroshima]* Vgl. zu 240,36.

241,25 f. *Galilei-Legende]* Galilei soll nach seinem Widerruf vor der Inquisition die Worte »Eppur si muove!« (Und sie bewegt sich doch!) gesprochen haben. Darauf gründet sich die Legende, nach der Galilei der Inquisition widerstanden hat.

241,31 *Der »Gelehrte«]* T: Typoskript. E: 1947 und 1955.

Vermutlich ist der Text in zwei Phasen entstanden: 1947 bei der Arbeit mit Laughton (241,33-242,13: »propagierte:«) und 1955 bei der Inszenierung des Stückes am Berliner Ensemble (242,13-26). Der erste Absatz (241,33-242,10) wird von Brecht in *Aufbau einer Rolle. Laughtons Galilei* eingearbeitet (vgl. Band 25).

242,11-13 *Die Arbeiterbewegung ... propagierte:]* Der Satz (am Seitenende) wird in der Textgrundlage auf dem Folgeblatt wiederholt.

241,35 *»Nürnberger Trichter«]* Der Begriff geht zurück auf den Nürnberger Ratsherrn Georg Philipp Harsdörffer und dessen Buch *Poetischer Trichter. Die teutsche Dicht- und Reimkunst, ohne Behuf der lateinischen Sprache, in VI Stunden einzugießen* (1647-1653).

242,14 *wie Walter Benjamin gesagt hat]* Walter Benjamin geht in *Was ist episches Theater?* auf Brechts *Leben des Galilei* ein (in: *Maß und Wert*, Heft 2, Zürich 1939, S. 831-837). Ein Wortbezug zu der Behauptung Brechts ist nicht festzustellen. Möglicherweise bezieht er sich auf ein Gespräch mit Benjamin, der gerade zur Zeit der Arbeit an *Leben des Galilei* Brecht in Dänemark besucht.

242,29 *Notizen zur 6. Szene von »Galileo«]* T: Typoskript. E: 1947. ED: Vorliegende Ausgabe.

Den Text schreibt Brecht während der Proben in Beverly Hills.

243,1 *dieses Satzes]* Bezieht sich möglicherweise auf den Satz Galileis: »In his blindness man is not only liable to misread the sky but also the Bible.« (»Aber, meine Herren, schließlich kann der Mensch nicht nur die Bewegungen der Gestirne falsch auffassen, sondern auch die Bibel!« - Szene 7 der Fassung 1955/56.)

243,2 *Salesman]* (Engl.) Verkäufer.

243,3 *Topexecutive]* (Engl.) oberste Geschäftsführung.

243,3 *Standard Oil]* John D. Rockefeller gründet 1870 die Standard Oil Company und baut sie bis Ende des Jahrhunderts zum größten amerikanischen Öltrust aus.

243,8 *»Galilei«, 13]* T: Typoskript. E: 1947.

In diesem Text beschreibt Brecht die völlig neu konzipierte Szene 13 der amerikanischen Fassung.

In der Textgrundlage stehen für Galilei und Andrea nur die Initialen.

243,32 *»Discorsi«]* Galileis Werk *Discorsi e dimostrazioni matematiche intorno à due nuove scienze attenenti alla mecanica ed i movimenti locali* (*Unterredungen und mathematische Demonstrationen über zwei neue Wissenzweige, die Mechanik und die Fallgesetze betreffend*), 1638.

244,32 *Darstellung des Galilei in der 13. Szene]* T: Typoskript (handschriftlich ergänzt). E: 1947.

244,32 *13. Szene]* Vgl. zu 243,8.

245,2 *Tory]* Bezeichnung für die Anhänger der Konservativen Partei in Großbritannien.

245,3 *Demokraten des Staates Louisiana]* Die Demokraten sind in den USA traditionell eine konservative Partei. Louisiana steht für die Südstaaten, in denen die Demokraten eine ausgeprägt konservative Politik verfolgen.

245,4 *»Wissenschaftler im Stuhl St. Peters«]* Gemeint ist Papst Urban VIII., vgl. zu 233,32f.

245,19 *Schlußbemerkung]* Bezieht sich auf Andreas Satz in der 13. Szene der Fassung 1947 (14. Szene der Fassung 1955/56): »With reference to your evaluation of the author in question, I do not know the answer. But I cannot think that your savage analysis is the last word.« (Hinsichtlich Ihrer Einschätzung des Verfassers in dieser Frage weiß ich keine Antwort. Aber ich kann nicht denken, daß Ihre grausame Analyse das letzte Wort ist.)

245,27 *»Industriellen Revolution«]* Prozeß des Übergangs von der Manufaktur zum kapitalistischen Fabriksystem auf der Grundlage der Entwicklung von Maschinen, die die Handarbeit ablösen. Sie beginnt in Großbritannien im letzten Drittel des 18. Jahrhunderts, ermöglicht durch eine Reihe wichtiger Erfindungen und mit der Dampfmaschine als neuer Antriebskraft.

245,31 *Galilei nach dem Widerruf]* T: Typoskript. E: 1947.

Für »Galilei« steht in der Textgrundlage abgekürzt: »G.«

246,4 *angesichts des Buchs]* Vgl. 243,8-244,29.

246,13 *Verrat des Galilei]* T: Typoskript. E: 1947.

Nach dem Titel steht die Abkürzung »(VW)«. Brecht kennzeichnet vermutlich damit den Text als Vorarbeit für ein Vorwort (vgl. zu 236,18).

246,27-29 *Definition ... dem Kapitalismus gaben]* In *Meyers Lexikon* von 1939 (Leipzig, Band 6, S. 825) heißt es: »Für den Nationalsozialismus ist der Kapitalismus eine Wirtschafts- und Gesellschaftsordnung, bei der die Rente des in den einzelnen Unternehmen investierten Kapitals im Mittelpunkt *aller* Interessen steht.«

247,1 *Über die Rolle des Galilei]* T: Typoskript (handschriftlich korrigiert). E: Um 1948.

Die Zählung bezieht sich auf die amerikanische Fassung.

247,17 *Das Sinnliche in Galilei]* T: Typoskript. E: Um 1948.

247,19 *Falstaff]* Bezieht sich auf Sir John Falstaff, ein dicker großsprecherischer und heruntergekommener Ritter aus Shakespeares Stücken *The History of King Henry the Fourth* (um 1598, dt.: *König Heinrich IV.*) und *The Merry Wives of Windsor* (um 1599, dt.: *Die lustigen Weiber von Windsor*).

247,34 *Anmerkung zu »Leben des Galilei«]* T: Typoskript. E: 1952 (Datierung unsicher).

Brecht schreibt den Text vermutlich für einen Druck der amerikanische Fassung in der Reihe *From the Modern Repertoire*, Band 2, hg. v. Eric Bentley, University of Denver Press 1952, er wird dort aber nicht aufgenommen.

248,11 *Konnte Galilei anders handeln?]* T: Typoskript. E: Um 1954.

Die Passage über den Schauspieler Charles Laughton (248,21-24) ist in die Textgrundlage eingeklebt. 248,12 *1633]* In der Textgrundlage: »1631«.

248,12 f. *1633: Die Inquisition ... Rom.]* Titel der Szene 10 (Fassung 1938/39) bzw. 11 (Fassung 1955/56).

248,18 *Eisengießer Matti]* Um eine Verwechslung mit Matti aus *Herr Puntila und sein Knecht Matti* zu vermeiden, ersetzt Brecht den Namen des Eisengießers Matti seit dem Druck in *Versuche*, Heft 14 (1955), durch Vanni.

248,37-39 *Der Objektivist ... (Lenin)]* Zitat aus W. I. Lenin, *Der ökonomische Inhalt der Volkstümlerrichtung und die Kritik an ihr in dem Buch von Herrn Struve* (1894/95); Neuübersetzung, in: W. I. Lenin, *Werke*, Band 1, Berlin/DDR 1961, S. 415.

249,1 *Zur 1. Szene]* T: Typoskript. E: Um 1955.

Der Text ist mit dem Zuordnungsvermerk »(Galilei)« überschrieben.

249,24 f. *Entmenschlichung der »Ware Arbeitskraft«]* Vgl. dazu Karl Marx, *Das Kapital*, in: Marx/Engels, *Werke*, Band 23, Berlin/DDR 1963, S. 181-191.

249,31 *Begründung an Andrea]* Vgl. Fassung 1955/56, 1. Szene: »[...] du zahlst nichts.«

249,35 *Fabelskizze]* T: Typoskript (handschriftlich korrigiert). E: Um 1955.

Vermutlich entsteht diese Skizze bei der Vorbereitung der Inszenierung am Berliner Ensemble.

250,20 *haben.]* Danach folgt der gestrichene Satz: »Er ist jetzt mit der Konstruktion eines Spielzeugs beschäftigt.«

249,39 *Weltsystem des Ptolemäus]* Vgl. zu 234,23 f.

250,1 f. *»kristallenen Sphärenschalen«]* Sphäre: (griech.) Kugel, Kugelschale. Bezieht sich auf die im 4. Jahrhundert v.d.Z. von Aristoteles begründete Sphärentheorie. Danach sind die Himmelskörper fest mit kristallenen Schalen verbunden, die als materielle Träger die Gestirne in Kreisbahnen um die Erde führen.

250,4 f. *des neuen kopernikanischen Weltmodells]* Vgl. zu 234,24.

250,17 *in Holland konstruiert]* Das erste Fernrohr wird 1608 von dem holländischen Linsenschleifer Hans Lippershey gebaut. Ein Jahr später erfährt Galilei von der Erfindung. Das von ihm nachkonstruierte und zunächst als eigene Erfindung ausgegebene Instrument erreicht eine zwanzigfache Vergrößerung und ist erstmals für astronomische Beobachtungen einsetzbar.

250,23 *Arsenal von Venedig]* Das große Zeughaus von Venedig gilt seit dem 13. Jahrhundert als führende technische Produktionsstätte in Europa. Seine Manufakturen und seine Werft, zur Zeit Galileis Orte bürgerlicher ökonomischer Entwicklung, befördern ein praxisorientiertes wissenschaftlich-technisches Denken.

250,35 *Kauffahrteischiff]* Veraltet für: Handelsschiff.

251,2 f. *von vier Monden des Planeten Jupiter]* Galilei entdeckt 1610 mit seinem Fernrohr vier Monde des Jupiter (drei am 7. Januar, den vierten am 13. Januar 1610). Der Nachweis ihrer Existenz und die Art ihrer Bewegung um den Planeten schließt die aristotelische Behauptung aus, der Jupiter sei fest mit einer undurchdringlichen kristallenen Schale verbunden.

251,16 f. *Zwei Gespräche mit Neher über »Leben des Galilei« (3. und 5. Oktober 55)]* T: Typoskript. E: Oktober 1955. ED: Vorliegende Ausgabe.

Das Bühnenbild zur Aufführung des Berliner Ensembles (1957) entsteht nach Entwürfen von Caspar Neher.

251,25 *Technische Handzeichnungen Leonardos]* Von Leonardo da Vinci sind neben den künstlerischen viele technische Zeichnungen überliefert.

251,26 f. *Arsenal von Venedig]* Vgl. zu 250,23.

251,34 *Galilei für Busch]* T: Manuskript. E: 1956. ED: Vorliegende Ausgabe.

Die Notizen entstehen während der Proben zum Stück, die Brecht vom Dezember 1955 bis März 1956 leitet (Ernst Busch spielt den Galilei).

251,36 *Galilei]* In der Textgrundlage: »G.«.
252,9 *Betrifft Rede über Neue Zeit]* Vgl. Szene 1.

252,12 *»Galilei«]* T: Typoskript (handschriftlich korrigiert). E: 1956 (Datierung unsicher).
252,18 *E = mc²]* Formel für: Energie ist gleich Masse mal dem Quadrat der Lichtgeschwindigkeit (Energie-Masse-Äquivalenz). Gleichung, mit der Albert Einstein 1915 die allgemeine Relativitätstheorie begründet (Einsteinsche Gleichung). Sie gehört zur theoretischen Grundlage der Kernspaltung.
252,20 *die Stadt Hiroshima]* Vgl. zu 240,36.

252,25 *Wissenschaft und Macht]* T: Typoskript. E: 1956 (Datierung unsicher).
252,31 *Diese Ideen haben]* In der Textgrundlage: »Diese Ideen«.
252,34 *Word is passed down]* (Engl.) Das Wort ist hinabgestiegen.

253,1 *»Galilei«-Vorwort (2)]* T: Typoskript. E: 1956 (Datierung unsicher).
Der Text stammt vermutlich aus der Zeit 1955/56; dem Inhalt nach (Generalsprozeß in Rom, vgl. zu 253,38 f.) ist nicht auszuschließen, daß es sich um die Abschrift eines bereits 1947/48 entstandenen Textes handelt. Vgl. zu 236,18.
253,3 f. *Erzvater der experimentellen Naturwissenschaften]* Formulierung in Anlehnung an Friedrich Engels und Karl Marx, die Bacon als »wahren Stammvater des englischen Materialismus und aller modernen experimentierenden Wissenschaft« bezeichnen (Friedrich Engels / Karl Marx, *Die heilige Familie oder Kritik der kritischen Kritik. Gegen Bruno Bauer und Konsorten*, 1844, in: Marx/Engels, *Werke*, Band 2, Berlin/DDR 1970, S. 135).
253,5 *der Natur gehorchen, um ihr zu befehlen]* Bei Francis Bacon heißt es: »Denn man kann der Natur nur gebieten, wenn man ihr gehorcht.« (*Franz Baco's Neues Organon*, übersetzt, erläutert und mit einer Lebensbeschreibung des Verfassers versehen von J. H. v. Kirchmann, Berlin 1870, S. 179.) Vgl. dazu den Titel *Kleines Organon für das Theater* (Band 23).
253,8 f. *das Parlament ihn ... einsperren mußte]* Francis Bacon wird am 3. Mai 1621 wegen Bestechung zu einer hohen Geldstrafe und zu Gefangenschaft im Tower verurteilt. Er verliert seine Ämter, seinen Sitz im Parlament und das Recht, am Hofe zu erscheinen. Bacon bleibt nur zwei Tage in Haft. Vgl. Brechts Erzählung *Das Experiment* (Band 18).
253,9-11 *Macaulay ... bewunderte.]* Brecht bezieht sich hier auf den liberalen englischen Politiker und Historiker Thomas Babington Baron Macaulay of Rothley und dessen Aufsatz *Bacon* (1837). Dort heißt es: »In Bacons Wesen – wir sprechen von Bacon dem Philoso-

phen, nicht von Bacon dem Juristen und Staatsmann – fand sich eine eigentümliche Vereinigung von Kühnheit und Nüchternheit.« (*Macaulay's kleine geschichtlichen und biografischen Schriften*, nach der 6. Original-Ausgabe übersetzt von Friedrich Bülau, Band 2, Leipzig 1850, S. 163.)

253,11 f. *den deutschen Ärzten der Nazizeit]* Brecht spielt hier auf die Tatsache an, daß von einigen deutschen Ärzten zwischen 1933 und 1945 in Konzentrationslagern und Kliniken an Menschen Experimente durchgeführt worden sind. Im Nürnberger Ärzteprozeß 1946/47 werden die Verantwortlichen als Kriegsverbrecher verurteilt.

253,14 *nicht nur Diebe]* Der zum geflügelten Wort gewordene Ausspruch »Gelegenheit macht Diebe« geht auf Francis Bacon zurück.

253,17 f. *Die Ärzte, die das gelbe Fieber bekämpften]* Der Erreger des Gelbfiebers wird 1881 von dem englischen Arzt David W. Finlay entdeckt. Vgl. die Filmgeschichte *Die Fliege* (Band 19).

253,21 f. *Enteisungsexperimente]* Die Experimente sind im Konzentrationslager Dachau im Auftrag der faschistischen Luftwaffe hauptsächlich an sowjetischen Kriegsgefangenen vorgenommen worden. Die weiblichen Versuchspersonen sind Gefangene aus dem Konzentrationslager Ravensbrück gewesen. Die Experimente sind im wesentlichen von SS-Untersturmführer Dr. Rascher vorbereitet und durchgeführt worden.

253,38 f. *Prozeß gegen die Generäle ... in Rom]* Generaloberst Eberhard von Mackensen ist 1944 Oberbefehlshaber der 14. Armee der faschistischen deutschen Wehrmacht, Generalleutnant Kurt Mälzer Kommandant von Rom. Beide werden am 6. Mai 1947 von einem britischen Militärgericht in Venedig verurteilt, u.a. wegen ihrer Verantwortlichkeit für die Massaker in den Ardeatinischen Höhlen bei Rom im März 1944.

254,2 *»reprisal killings«]* (Engl.) Tötungen als Vergeltungsmaßnahme.

254,25 *Goldenes Zeitalter]* Als »goldenes Zeitalter« bezeichnet ursprünglich Hesiod die Ära des Kronos, in der die Menschen ein glückliches Leben führen, frei von Krankheit und Alter sowie ohne Arbeit und Leid (in: *Werke und Tage*, Vers 109-120).

255,1 *»Galilei«-Vorwort (3)]* T: Typoskript. E: 1956 (Datierung unsicher).

255,23 *»Galilei«-Vorwort (4)]* T: Typoskript. E: 1956 (Datierung unsicher).

Auf dem Typoskript ist als Zuordnung »Gal. Vorw.« vermerkt.

256,1 *»Galilei«-Vorwort (5)]* T: Typoskript. E: 1956 (Datierung unsicher).

Auf dem Typoskript ist als Zuordnung »Gal. Vorw.« vermerkt.

ZU »WAS KOSTET DAS EISEN?« (Band 5)

257,4 *Anmerkungen]* T: Typoskript. E: Sommer 1939.
Der Text entsteht vermutlich während der Proben zur Uraufführung des Stückes (am 14. August 1939 in der Volkshochschule in Tollare bei Stockholm innerhalb eines Kurses für Laienspielinstrukteure des Reichsverbands der schwedischen Amateurtheater). Regie führt Ruth Berlau. Brecht nimmt an einigen Proben teil. Ruth Berlau erinnert sich: »Unter Brechts Händen wurde unser Agitpropstück eine eher lustige Sache im Knockaboutstil. Als Schlußpointe wollte Brecht unbedingt, daß sich bei dem Darsteller des Eisenhändlers die Haare sträuben wie bei einem Clown. Das ist uns mit einer Perücke auch gelungen.« (*Brechts Lai-Tu. Erinnerungen und Notate von Ruth Berlau*, hg. v. Hans Bunge, Darmstadt/Neuwied 1985, S. 118 f.)
257,6 *Knockaboutstil]* (Engl.) knockabout: herumstoßen. Hier gemeint als Radau- und Clownspiel mit viel Lärm und Gags.

ZU »MUTTER COURAGE UND IHRE KINDER« (Band 6)

1939: *Die finnische Niobe*, *Dramaturgische Kurve* (vor der ersten vollständigen Niederschrift des Stückes).
1949: *Anmerkung*, *Die Geschäfte der Courage* (nach der Aufführung in Berlin).
Herbst 1950: *Feststellungen bei der Verwendung des Berliner Modells in München (September 1950)* (anläßlich Brechts Inszenierung des Stückes in München).
1949/50: *Couragemodell 1949* (vgl. Band 25).
Herbst 1951: *Der Stein beginnt zu reden* (für *Theaterarbeit*).
Um 1952: *Gespräch mit einem jungen Zuschauer.*
September 1953: *Die Courage lernt nichts*, *Für das Programmheft der Kopenhagener Aufführung.*
30. Juli 1956: *Für die Aufführung in Göttingen 1956.*

258,4 *Die finnische Niobe]* T: Typoskript. E: 1939.
In diesem Text, der vermutlich im Sommer 1939 entsteht, notiert Brecht erste Überlegungen zum Stück und führt den ersten Teil der Fabel aus.
258,4 *Niobe]* In der griechischen Sage die Tochter des Tantalos, Frau des Königs Amphion von Theben, sie erstarrt zu Stein, weil ihre 14 Kinder von der Titanin Leto getötet worden sind. Vgl. zu 260,33 f.
258,7 *stumme Karin]* Im Stück heißt die Figur Kattrin.

258,28 *Dramaturgische Kurve]* T: Typoskript (handschriftlich korrigiert und ergänzt). E: 1939.
Diese Fabel entsteht vermutlich vor der ersten vollständigen Niederschrift des Stückes (Herbst 1939).
258,31 *Courage]* In der Textgrundlage immer »C.«. 259,35 *Prinzipien doch.]* Es folgt der gestrichene Satz: »Spekulationen auf die Dauer des Krieges.«
259,28 *Antigone]* In der griechischen Sage Tochter des Ödipus und der Iokaste, die trotz des Verbotes von König Kreon ihren toten Bruder Polyneikes bestattet und dafür lebendig eingemauert wird. Brecht verwendet das Beispiel hier in dem Sinn, daß Mutter Courage sich nicht gegen die herrschenden Verhältnisse auflehnt, sondern sich ihnen anpaßt. (Vgl. Brechts Bearbeitung der Tragödie unter dem Titel *Die Antigone des Sophokles*, Band 8, sowie die Beschreibung seiner Churer Inszenierung in *Antigonemodell 1948*, Band 25.)
260,15 *in einem Lied (als Bettlerin)]* Gemeint ist der *Salomon-Song* (in der 9. Szene), der 1928 für *Die Dreigroschenoper* (Band 2) geschrieben wird und hier durch neue Strophen ergänzt ist.

260,26 *Anmerkung]* T: Erstdruck. E: 1949. ED: *Versuche*, Heft 9 (*Versuche 20-21*), Berlin/West und Frankfurt a.M.: Suhrkamp Verlag, vorm. S. Fischer 1949, S. 79-82 (Teil des 20. Versuchs).

260,28 f. *Uraufführung ... in Zürich]* Das Stück wird am 19. April 1941 im Zürcher Schauspielhaus uraufgeführt (Regie: Leopold Lindtberg; Bühnenbild: Teo Otto; mit Therese Giehse als Courage).

260,32 *von deutschen Emigranten]* Das Zürcher Schauspielhaus ist in der Zeit von 1933 bis 1945 Zufluchts- und Wirkungsstätte vieler deutscher und österreichischer Theaterleute und entwickelt sich zu einem Zentrum antifaschistischer Theaterkunst, besonders durch Schauspieler wie Therese Giehse, Wolfgang Heinz, Wolfgang Langhoff, Karl Paryla, Leonard Steckel.

260,33 f. *Niobetragödie ... des Muttertiers]* Der Begriff »Niobetragödie« (vgl. zu 258,4) konnte in keiner Kritik der Züricher Aufführung nachgewiesen werden. Der Rezensent Bernhard Kissel schreibt im *Tages-Anzeiger*, Zürich, Brecht habe mit *Mutter Courage und ihre Kinder* ein »Denkmal der unbekannten Mutter« geschaffen (21. April 1941). Als »Prototyp der Urmutter« bezeichnet Elisabeth Thommen die Courage in der Baseler *National-Zeitung* (22. April 1941). »Sie ist in ihrer Derbheit ein warmblütiges Muttertier«, meint Bernhard Diebold in *Die Tat*, Zürich (22. April 1941).

260,35 f. *Berliner Aufführung]* Inszenierung am Deutschen Theater, Berlin (Premiere: 11. Januar 1949; Regie: Bertolt Brecht / Erich Engel; Bühnenbild: Heinrich Kilger nach Entwürfen von Teo Otto; mit Helene Weigel als Courage).

264,32 *am Ende der 6. Szene]* Mutter Courage: »Der Krieg soll verflucht sein.«

264,33 f. *daß der Zuschauer sieht.]* Vgl. *Formprobleme des Theaters aus neuem Inhalt* (Band 23).

265,1 *Die Geschäfte der Courage]* T: Typoskript. E: 1949.

265,17 f. *Feststellungen bei der Verwendung des Berliner Modells in München (September 1950)]* T: Typoskript (handschriftlich korrigiert). E: Herbst 1950. ED: Vorliegende Ausgabe.

Im September 1950 inszeniert Brecht, ausgehend von der Aufführung am Deutschen Theater, Berlin, *Mutter Courage und ihre Kinder* an den Münchner Kammerspielen (Premiere: 8. Oktober 1950; mit Therese Giehse in der Titelrolle). Er notiert über die Arbeit mit dem Berliner Aufführungsmodell: »Die Arrangements des Modells triumphieren. Giehse, Domin, Blech, Wilhelmi, Lühr liefen ganz verschieden von Berlin und ausgezeichnet.« (*Journale*, 8. Oktober 1950.) Die in München gesammelten Erfahrungen werden im *Couragemodell 1949* (Band 25) berücksichtigt.

267,2 *Monk]* Egon Monk, zu dieser Zeit Regieassistent am Berliner Ensemble (vgl. *Journale*, 3. Oktober 1950).

267,6 *Berlau]* Ruth Berlau begleitet Brecht nach München und nimmt an den Proben teil.

267,17 *Der Stein beginnt zu reden]* T: Erstdruck. E: Herbst 1951. ED: *Theaterarbeit* (vgl. zu 71,8), S. 272f.

Brecht schreibt den Text nach der Inszenierung des Stückes mit dem Berliner Ensemble (Premiere: 11. September 1951) für *Theaterarbeit* und setzt damit die Reihe der Beschreibungen großer schauspielerischer Leistungen und bedeutender Schauspieler fort, die er 1929 mit dem *Dialog über Schauspielkunst* (Band 21) begonnen hat. Vgl. auch 47-51, 71-73, 119-121, 193-196, 223-225 sowie die Schauspielerbeschreibungen in den Theatermodellen (Band 25).

In einer Textvariante lautet die Überschrift *Hurwicz in der elften Szene von »Mutter Courage und ihre Kinder«.*

267,17 *Der Stein beginnt zu reden]* Anspielung auf Lukas 19,40: »Wenn diese schweigen werden, dann werden die Steine schreien.« In der 3. Szene wünscht sich die Courage ihre Tochter unauffällig wie »ein Stein in Dalarne«.

270,28 *Kanonen der Stadt]* Im Stück sind es die Glocken.

270,35 *Gespräch mit einem jungen Zuschauer]* T: Typoskript. E: Um 1952.

Es handelt sich um das fiktive Gespräch eines Zuschauers (Z) mit dem Stückschreiber (S).

271,8 *für den einzelnen, daß...]* Gemeint: »für den einzelnen, zu begreifen (oder: zu erkennen), daß [...]«.

271,11 *Kampf aller gegen alle]* Von (lat.) bellum omnium contra omnes; auf die Antike zurückgehende Formel von Thomas Hobbes für die Lage der Menschen außerhalb der bürgerlichen Gesellschaft. Vgl. auch Brechts Rede bei der Verleihung des Internationalen Stalin-Friedenspreises in Moskau *Der Friede ist das A und O* (Band 23).

271,18 *Die Courage lernt nichts]* T: Typoskript (handschriftlich korrigiert). Gezeichnet: »Bertolt Brecht«. E: September 1953. ED in dänisch: *Mutter Courage Laerer intet of krigen* (Mutter Courage lernt nichts aus dem Krieg), in: *Politiken*, Kopenhagen, 7. Oktober 1953.

Das Kongelige Teater Kopenhagen bringt am 8. Oktober 1953 *Mutter Courage und ihre Kinder* in der Inszenierung von Torsten Anton Svendson heraus. Zur Vorbereitung auf die Aufführung und als Einführung in das Stück schickt Brecht an Ruth Berlau, die sich zu dieser Zeit zur Unterstützung des Theaters in Kopenhagen aufhält, den Text *Die Courage lernt nichts*. Er schreibt dazu: »Ich habe ein paar Seiten einer kleinen Chronik über die ›Courage‹ geschrieben [...] vielleicht kann man es in Dänemark drucken« (Brief an Ruth Berlau, September 1953), und in einem späteren Brief: »Die kleine Chronik ist eigentlich nicht fürs Programm, sie stünde gut in ›Politiken‹, aber die nehmen sie wohl nicht?« (Brief an Ruth Berlau, September 1953.) Seine Mitarbeiterin erreicht, daß der Text in der linksliberalen Zeitung gedruckt wird.

In einer weiteren unvollständigen Niederschrift ist nach 272,17 gestrichen: »Das Stück kam zu spät und kam nicht zu spät. Wenn die Warnung vor dem Krieg durch den Krieg überholt wird, kann sie stehenbleiben für den nächsten Krieg. Denn Kriege drohen immerfort.« 272,40 *Krieg glaubt.]* Danach bringt die dänische Druckfassung einen größeren Einschub, der aus verschiedenen früher geschriebenen Texten Brechts zusammengesetzt ist. Die Montage reiht ausgewählte Passagen aus folgenden Texten aneinander: *Kleines Organon für das Theater* (Abschnitte 47 bis 49; Band 23) und *Kurze Beschreibung einer Technik der Schauspielkunst, die einen Verfremdungseffekt hervorbringt*, zweiter Absatz, einschließlich Anhang 3 (Band 22). Es ist kaum wahrscheinlich, daß Brecht selbst die Montage vorgenommen hat. Vermutlich wurde sie (unter Beratung oder) von Ruth Berlau hergestellt. Den Text in *Politiken* kommentiert und übersetzt Klaus Bohnen in seinem Beitrag *»Mutter Courage - lernt nichts aus dem Krieg«* in: *Neue Zürcher Zeitung*, 15./16. August 1981.

271,20-27 *Das Stück ... noch ein Stück.]* Brecht verläßt Svendborg (auf der Insel Fünen), wo er seit Ende 1933 mit seiner Familie Zuflucht gefunden hat, am 23. April 1939 und siedelt nach Schweden über. Nach Aufzeichnungen von Margarete Steffin schreibt er *Mutter Courage und ihre Kinder* erst im schwedischen Exil im September/Oktober 1939.

272,27 *Bühnenmeister aus der Reinhardtzeit]* Gemeint ist Karl Ruppert, der spätere Technische Direktor des Deutschen Theaters Berlin.

272,32 *Plache]* (Österr.) Plane, Wagendecke.

273,6f. *Leute zeigten auf der Straße auf die Weigel]* Vgl. das Gedicht *Das Theater des neuen Zeitalters* (Band 15) sowie *Journale*, 1. Mai 1950.

273,29f. *im sechsten Jahr]* Das Stück lief im September 1953 in der 6. Spielzeit (Berliner Premiere am Deutschen Theater: 11. Januar 1949).

274,5 *Für das Programmheft der Kopenhagener Aufführung]* T: Typoskript. Gezeichnet: »Bertolt Brecht«. E: September 1953. ED in dänisch: Programmheft *Mutter Courage og hendes Born*, Det Kongelige Teater, Kopenhagen 1953.

Den Text schreibt Brecht auf Anregung von Ruth Berlau (vgl. zu 271,18).

274,20f. *unter dem fünischen Strohdach geschrieben]* Vgl. zu 271,20-27.

274,26 *Für die Aufführung in Göttingen 1956]* T: Typoskript (handschriftlich ergänzt). E: »30. 7. 56« (laut Typoskript).

Die Inszenierung am Deutschen Theater in Göttingen hat am 22. September 1956 Premiere (Regie: Eberhard Müller-Elmau; Bühnenbild: Wilhelm Pretorius; Grete Wurm in der Titelrolle).

Auf dem Typoskript ist von fremder Hand vermerkt: »Anzeige Mutter Courage, für Göttingen«. Ein Druck konnte nicht ermittelt werden. Das Programmheft bringt (nach Brechts Tod) vorwiegend Nachrufe und Würdigungen.

274,28 *das deutsche Wirtschaftswunder]* Schlagwort zur Charakterisierung des raschen Wiederaufbaus der Industrie in der Bundesrepublik Deutschland. Besonders begünstigt wird diese Entwicklung durch die separate Währungsreform in den westlichen Besatzungszonen 1948 und durch das European Recovery Program (europäisches Wiederaufbauprogramm; »Marshall-Plan«).

274,28 f. *Politik der Stärke]* Bezeichnung für eine seit Beginn der fünfziger Jahre vertretene Doktrin, die eine ständige militärische Überlegenheit der Westmächte über die sozialistischen Länder garantieren soll.

ZU »DAS VERHÖR DES LUKULLUS« / »DIE VERURTEILUNG DES LUKULLUS« (Band 6)

März/April 1951: *Abänderungen des »Lukullus«, Dessaus »Lukullus«-Musik* (nach der ersten Aufführung am 17. März 1951 und der Absetzung der Oper).

Frühjahr/Sommer 1951: *Die Diskussion über »Die Verurteilung des Lukullus«, Notiz. Anmerkungen über die Oper »Die Verurteilung des Lukullus«* (für den Abdruck des Hörspiels *Das Verhör des Lukullus* in *Versuche*, Heft 11). *Zu »Das Verhör des Lukullus«.*

275,5 *Abänderungen des »Lukullus«]* T: Typoskript. E: Ende März 1951.

Am 17. März 1951 findet vor ausgewähltem Publikum die erste Aufführung der Oper *Das Verhör des Lukullus* in der Deutschen Staatsoper Berlin statt, die später als »Voraufführung« oder »Probeaufführung« bezeichnet wird. Über das Ergebnis der Inszenierung sowie über das Stück und die Musik Paul Dessaus diskutieren am 24. März 1951 führende Vertreter der Regierung der DDR und der SED mit Brecht und Paul Dessau sowie dem Dirigenten Hermann Scherchen und dem Regisseur Wolf Völker. Brecht schreibt den Text nach diesem Gespräch und fixiert darin die Veränderungen des Librettos. (Vgl. *Journale*, 25. März 1951.)

275,32 f. *Verteidiger ih-]* Text bricht ab (Anschlußblatt fehlt).

Im Nachlaß ist folgender Text zum gleichen Sachverhalt überliefert, dessen Autor nicht ermittelt werden konnte:

Änderungen des »Lukullus«-Textes

Die folgenden Änderungen des *Lukullus*-Texts wurden von Brecht vorgenommen aufgrund von Fragen, die bei der Besprechung vom 24. März aufgeworfen wurden.

1. Frage: Kann die Szene der Kinder im Mausoleum so mißverstanden werden, als seien wir gegen Heldenehrung?

Änderung: Obgleich es aus dem Zusammenhang hervorgeht, daß hier ein Held geehrt wird, der im Nachfolgenden, vor dem Gericht der Nachwelt, deswegen verurteilt, weil er ein Kriegsverbrecher war, kann dem unmittelbaren Mißverstehen dadurch begegnet werden, daß der Lehrer die Aufforderung zu Eroberungen an die Kinder richtet, welche ihrerseits dann nur wiederholen. (Lehrer: Sextus erobert den Pontus. – Schüler: den Pontus. Usw.)

2. Frage: Wie kommt es heraus, daß nur der Angriffskrieg, nicht aber der Verteidigungskrieg verurteilt wird?

Änderung: In das Verhör des Königs und der Königin wird eine neue Szene eingefügt. Der König des überfallenen Landes wird von den Schöffen gefragt, wie es ihm gelang, die Prüfung der Nachwelt zu bestehen. Er gibt den Aufruf wieder, in dem er zur unerschrokkenen Verteidigung der Heimat aufrief. (Dieser Aufruf ist positiv und anfeuernd gehalten.) Zur Ehrung der Verteidiger ihrer Heimat erheben sich die Schöffen von ihren Stühlen.

3. Frage: Wie kann herauskommen, daß es nicht in erster Linie die Feldherrn sind, welche die Kriege veranlassen, sondern...?

Änderung: Lukullus behauptet, er sei auf Befehl Roms zur Eroberung Asiens geschritten. Ein Schöffe untersucht: Wer ist Rom? Er stellt fest, daß ihn nicht die Maurer, Bäcker, Weber, Bauern, sondern die Silberfirmen, Sklavenhändler und Banken nach Asien schickten.

4. Frage: Kann über die Verurteilung des Angriffskriegs hinaus noch gesagt werden, was man gegen ihn tun kann?

Änderung: Gegen Schluß zu wird ein Gesang der in Asien gefallenen Legionäre des Lukullus eingefügt, in dem diese sich selbst beschuldigen, daß sie sich haben mißbrauchen lassen, und beklagen, daß sie nicht Lukullus den Dienst verweigerten und den Überfallenen geholfen haben, ihr Land zu verteidigen.

5. Der Titel soll statt »Das Verhör des Lukullus« heißen: »Die Verurteilung des Lukullus«, und als Gattungsbegriff soll es anstatt Oper heißen: »Ein musikalisches Schauspiel«.

275,9 f. *ein musikalisches Schauspiel]* Brecht behält die Bezeichnung »Oper« bei.

276,1 *Dessaus »Lukullus«-Musik]* T: Typoskript. E: März/April 1951.

Den Text schreibt Brecht während der Auseinandersetzungen um die Oper. Die im Rahmen der Formalismusdiskussion (vgl. zu 276,22 f.) vorgebrachten Angriffe gegen *Das Verhör des Lukullus* zielen in erster Linie gegen Paul Dessaus Musik.

276,20 *Die Diskussion über »Die Verurteilung des Lukullus«]* T: Typoskript. E: Frühjahr/Sommer 1951.

Brecht faßt noch einmal den Ablauf der Auseinandersetzung über die Oper *Das Verhör des Lukullus* zusammen. Zum Zeitpunkt der Niederschrift des Textes ist die Oper bereits überarbeitet und umbenannt.

276,22 f. *Kampagne gegen den Formalismus]* Brecht meint die durch die 5. Tagung des Zentralkomitees der SED (15.-17. März 1951) und deren Entschließung *Kampf gegen den Formalismus in der Kunst und Literatur, für eine fortschrittliche deutsche Kultur* forcierte Kampagne gegen »formalistische Kunst« (vgl. *Zur Formalismusdebatte* und *Notizen über die Formalismusdiskussion*, Band 23).

276,23 f. *Ministerium für Volksbildung]* 1949-1951 ist das Ministerium für Volksbildung auch für Wissenschaft und Kultur zuständig. Auf Anregung des Zentralkomitees der SED wird 1951 die Staatliche Kommission für Kunstangelegenheiten gegründet und dieses Sachgebiet aus dem Ministerium für Volksbildung herausgelöst.

276,24 *wurden Bedenken laut]* Dazu schreibt Brecht in den *Journalen* (15. Januar 1951): »[...] aber jetzt fordert das Volksbildungsministerium die Partitur noch einmal ein, und Dessau würde lieber die Aufführung auf den Herbst verschieben«.

276,28 *von Musikern]* Kritik an der musikalischen Gestaltung der Oper übt besonders der Musikwissenschaftler und Komponist Ernst Hermann Meyer: »Paul Dessau geht nicht den richtigen Weg, weil er im wesentlichen mit den Mitteln der Negation arbeitet, Negation des Volksliedes, des klassischen Erbes. Er bringt viel Septimen, Zusammenballung von kleinen Sekunden, scharfe Blasinstrument-Akkorde, in hohem Maße Charakteristik des Häßlichen, viel Schlagzeug, die Melodie klingt auf lange Strecken nicht auf. Statt dessen bringt er Rezitative, es wirkt auf die Dauer monoton, die Mittel der Satire und Persiflage sind außerordentlich stark verwendet worden.« (*Protokoll* über die Diskussion anläßlich der öffentlichen Probe des *Lukullus* am 13. März 1951; Nachlaß.)

276,33 *geschlossene Aufführung]* Für die erste Aufführung am 17. März 1951 (vgl. zu 275,5) werden Karten an ein ausgewähltes Publikum verteilt, von diesem aber teilweise an andere Interessenten weitergegeben. Die Zuschauer applaudieren der Oper mit ungewöhnlich langem Beifall und mit Ovationen für die beteiligten Künstler.

276,35 f. *sehr große Mittel eingesetzt]* Vgl. dazu den Dank Brechts an den Volksbildungsminister: »Die großzügige Überlassung solch glänzender Mittel wie der unserer Staatsoper und das Engagement eines weltbekannten Dirigenten wird viel dazutun, den Künstlern Klarheit über ihre (nicht leichte, aber begeisternde) Aufgabe zu verschaffen.« (Brief an Paul Wandel, 19. März 1951.)

277,1-3 *dreistündigen Diskussion ... des Staatspräsidenten]* Gemeint ist die Beratung am 24. März 1951 unter Leitung von Wilhelm Pieck, vgl. zu 275,5.

277,9 f. *Stand der musikalischen Bildung]* Vgl. *Journale*, 25. März 1951.

277,15 *in einer zweiten Diskussion]* Am 6. April 1951 schickt Brecht die Umarbeitung der Oper an Wilhelm Pieck. Am 5. Mai 1951 kommt es zu einer Besprechung zwischen Brecht, Dessau und dem Staatspräsidenten Wilhelm Pieck mit dem Ergebnis, die veränderte Oper in den Spielplan der Deutschen Staatsoper aufzunehmen.

277,22 *Notiz zu »Die Verurteilung des Lukullus«]* T: Typoskript. E: Frühjahr/Sommer 1951. Gezeichnet: »Dessau. Brecht«.

277,25 *Hörspiel]* Das Hörspiel *Das Verhör des Lukullus* entsteht im schwedischen Exil 1939 (vgl. *Journale*, 7. und 12. November 1939, sowie Band 6).

277,30f. *Anmerkungen über die Oper »Die Verurteilung des Lukullus«]* T: Erstdruck. E: Frühjahr/Sommer 1951. ED: *Versuche*, Heft 11 (*Versuche 25/26/35*), Berlin/West und Frankfurt a.M.: Suhrkamp Verlag 1951, S. 155-159. Gezeichnet: »Brecht. Dessau«.

Den Text schreibt Brecht nach der Umarbeitung und Umbenennung der Oper *Das Verhör des Lukullus* in *Die Verurteilung des Lukullus.* (Im Heft 11 der *Versuche* läßt er nicht den Text der Oper von 1951, sondern den der Funkoper von 1949/50 drucken und bezeichnet ihn als »Hörspiel«.)

Die Textgrundlage ist mit Seitenverweisen auf den Druck des Hörspiels im *Versuche*-Heft 11 versehen; sie sind auf Band 6 der vorliegenden Ausgabe umgestellt worden.

277,33 *Hörspiel]* Gemeint ist hier die erste Fassung, die in *Internationale Literatur*, Heft 3, 1940, S. 3-19, gedruckt ist. Daraus entsteht zuerst die Funkoper und danach die Oper in 12 Bildern mit gleichem Titel, die bei der ersten Aufführung am 17. März 1951 gezeigt wird (vgl. Band 6).

277,38 *»Das Urteil« (14) entlieh es vom letzteren.]* Die 14. Szene ist erstmals in der Funkoper *Das Verhör des Lukullus* enthalten, diese – und nicht das Hörspiel von 1939 – ist die Vorstufe für die *Verurteilung des Lukullus.*

278,17 *Einen gefangenen König, Tigranes von Pontus]* Tigranes, Schwiegersohn des Königs Mithridates von Pontus, König von Armenien. Er wird von Lucullus 69 v.d.Z. besiegt, aber nicht gefangengenommen.

278,18 *Seine fremdäugige Königin]* Gemeint ist Cleopatra, die Tochter des Mithridates und Gattin des Tigranes von Armenien.

278,19 *Kirschbäumchen]* Daß Lucullus den Kirschbaum nach Italien eingeführt hat, ist eine seit dem Altertum überlieferte Legende.

279,38f. *das Ministerium für Volksbildung]* Vgl. zu 276,23f.

279,39-280,1 *auf Grund eingehender Diskussionen]* Vgl. zu 275,5 und zu 277,15.

282,19 *von drei neuen Arien]* Vgl. die Szenen 4, 8 und 12 der Fassung *Die Verurteilung des Lukullus* in Band 6.

282,26 *Zu »Das Verhör des Lukullus]* T: Typoskript. E: 1951.

Der Text entsteht möglicherweise für die westdeutsche Erstaufführung in Frankfurt a. M. (Premiere: 30. Januar 1952.)

282,30 *19 geschrieben]* Lücke im Text; das Hörspiel entsteht 1939.

1939: *Ankunft der Götter* (bei der Planung des Stückes).
15. September 1939: *Der gute Mensch von Sezuan. Zeitungsbericht* (während der Ausarbeitung des Stückes).
Frühjahr 1943: *Der gute Mensch von Sezuan* (für Kurt Weill, um ihn für die Komposition zu gewinnen).

283,4 *Ankunft der Götter]* T: Typoskript. E: 1939 (Datierung unsicher).

Wie schon bei *Mann ist Mann* (vgl. zu 32,23) im Stil der Lutherschen Bibelübersetzung geschriebenes Fabeldetail.

Eine exakte Datierung des Textes ist nicht möglich; der nur hier benutzte Name Mi-Lung für die Hauptperson läßt auf eine sehr frühe Arbeitsphase schließen. Während der Arbeit am Stück verändert Brecht den Namen zunächst in Li Gung, später in Shen Te.

283,32 f. *»Der gute Mensch von Sezuan«. Zeitungsbericht]* T: Typoskript (handschriftlich korrigiert). E: »15. 9. 1939« (laut Typoskript).

Den Zeitungsbericht als Form für eine Fabelerzählung verwendet Brecht bereits bei *Lebenslauf des Mannes Baal* (vgl. zu 11,1) und bei *Mann ist Mann* (vgl. zu 31,4). Der Text bezieht sich auf frühe Entwürfe des Stückes, in denen die Personen anders benannt sind.

284,39 *wußte tatsächlich]* Satz bricht ab (Anschlußblatt fehlt).
286,16 *er eine Schwitzbude]* In der Textgrundlage: »er Schwitzbude«.

287,16 *»Der gute Mensch von Sezuan«]* T: Typoskript (handschriftlich korrigiert). E: Frühjahr 1943.

Der Text ist für Kurt Weill geschrieben, um ihn zur musikalischen Mitarbeit anzuregen, als Brecht sich 1943 um eine Aufführung des Stückes in Amerika bemüht. Bei seinem Aufenthalt in New York notiert er: »Weill will das Sezuanstück produzieren [...]« (*Journale*, März, April, Mai 1943). Um es am Broadway herauszubringen, schreibt Brecht nach dieser Fabel eine »Version 1943« (sogenannte Opium-Version, vgl. *Der gute Mensch von Sezuan*, Band 6), in der die Namen in der gleichen (anglisierten) Schreibweise verwendet sind. Unterschiedliche Schreibungen der Namen Chen Te und Chui Ta sind nach der Häufigkeit vereinheitlicht worden.

ZU »HERR PUNTILA UND SEIN KNECHT MATTI« (Band 6)

September 1940: *Anmerkungen zum Volksstück* (nach der Niederschrift des Stückes).
1948: *Notizen über die Züricher Erstaufführung (1948)* (nach der Uraufführung am 5. Juni 1948 in Zürich).
Ende 1949: *Anmerkung zur Musik* (für den Druck des Stückes in *Versuche*, Heft 10).
1951: *Beispiel für einige Prinzipien der Inszenierung*; *Die Betrunkenheit des Puntila*; *Prologe, Gesang zwischen den Szenen und Szenentitel*; *Clownerie*; *Arbeitsvorgänge*; *Steckels zwei Puntilas*; *Die Frauen von Kurgela*; *Das gesellschaftlich Komische*; *Caspar Nehers »Puntila«-Bühne*; *Die Masken*; *Ist ein Stück wie »Herr Puntila und sein Knecht Matti« nach der Vertreibung der Gutsbesitzer bei uns noch aktuell?* (Texte für *Theaterarbeit*).

293,5 *Anmerkungen zum Volksstück]* T: Erstdruck. E: September 1940. ED: *Versuche*, Heft 10 (*Versuche 22-24*), Berlin/West: Suhrkamp Verlag vorm. S. Fischer 1950, S. 117-122 (Teil des 9. Versuchs).

Den Text schreibt Brecht nach der Niederschrift des Stückes im September 1940 in Finnland und ordnet ihn 1950 in einer Vorbemerkung zum Druck in Heft 10 der *Versuche* dem 9. Versuch zu (»Die *Anmerkungen zum Volksstück* gehören zum neunten Versuch ›Über eine nichtaristotelische Dramatik‹. Sie wurden 1940 geschrieben.«). Zum 9. Versuch gehören auch die *Anmerkungen zur »Dreigroschenoper«* (vgl. 57-68), die *Anmerkungen* zu *Die Mutter* (vgl. 115-135), *Die Straßenszene* (Band 22) und *Kurze Beschreibung einer neuen Technik der Schauspielkunst, die einen Verfremdungseffekt hervorbringt* (Band 22).

Der Titel lautet in einem Typoskript zunächst *Nachwort*, dann *Anmerkungen zu »Herr Puntila und sein Knecht Matti«*. 1952 wird der Text in *Theaterarbeit*, S. 13-16 (vgl. zu 71,8), unter dem Titel *Über das Volksstück* nachgedruckt. Hier werden unterhalb der Überschrift thematische Schwerpunkte des Aufsatzes in Stichworten zusammengefaßt:

> Politisierung des Volksstücks in den dreißiger Jahren. Das neue Volksstück. Artistische und zugleich natürliche Spielweise. Realistische und zugleich gehobene Spielweise. Wie ein Stück wie »Herr Puntila und sein Knecht Matti« gespielt werden muß.

Dieser Druck weicht sonst nur geringfügig vom Erstdruck ab.

293,26 *Wangenheim]* Gustav von Wangenheim gehört seit Mitte der zwanziger Jahre zu den Künstlern, die sich um die politisch-literarische Revue bemühen. Sein größter Erfolg ist 1931 *Die Mausefalle* mit der Truppe 31.

293,26 *Abell]* Vgl. zu 204,1.

293,26 f. *Blitzstein]* Der amerikanische Komponist, Librettist und Dramatiker Marc Blitzstein, den Brecht 1935 in New York kennenlernt, hat zahlreiche sozialkritische Bühnenwerke geschrieben, z.B. 1937 das Drama mit Musik *The Cradle Will Rock* (Da schaukelt die Wiege), das er Brecht widmet.

293,27 *Auden]* Der englische Dichter Wystan Hugh Auden schreibt u.a. *The Dog Beneath the Skin* (Der Hund unter der Haut, 1935), *The Ascent of F 6* (Die Besteigung des F 6, 1936), *On the Frontier* (An der Grenze, 1936) zusammen mit Christopher Isherwood. Während seines Exils in Amerika arbeitet Brecht mit Auden u.a. am *Kaukasischen Kreidekreis* und an *The Duchess of Malfi*.

294,4 f. *»volkstümlich zu werden«]* Vgl. dazu *Volkstümlichkeit und Realismus* (Band 22) und das Gedicht *Da das Instrument verstimmt ist* (Band 14).

294,18 f. *die Lowschen Karikaturen]* David Low ist in den dreißiger Jahren der Karikaturist des Londoner *Evening Standard*. In Brechts Bibliothek befindet sich Lows Buch *A Cartoon History of Our Times* (Eine Geschichte unserer Zeit in Karikaturen), New York: Simon und Schuster 1939.

294,19 *den Hogarthschen]* In Brechts Bibliothek befindet sich eine Ausgabe der Werke des satirischen Kupferstechers William Hogarth, von dem auch zwei Kupferstiche zur *Beggar's Opera* überliefert sind (vgl. zu 61,9).

294,26 f. *Auden zusammen mit Isherwood]* Vgl. zu 293,27.

295,1 *der babylonischen Verwirrung]* Vgl. zu 30,7.

295,7 *Ibsenschen Jugenddramen]* Gemeint sind *Catilina* (1850), *Sancthansnatten* (1852, dt.: *Die Johannisnacht*), *Fru Inger til Ostrat* (1855, dt.: *Frau Inger auf Östrat*).

296,15-18 *Fischweiber ... Königinnen]* Den Streit der Königinnen (aus Schillers *Maria Stuart*, 3. Akt) versetzt Brecht in *Der Streit der Fischweiber* in ein »prosaisches Milieu«. Durch solche »Verfremdung der klassischen Szenen« soll bei der Theaterprobe »das Interesse an den Vorgängen« und an der Verssprache der Originalszenen wiederhergestellt werden. (Vgl. *Parallelszenen* aus den *Übungsstücken für Schauspieler*, in: *Der Messingkauf*, Band 22.)

296,26 *Stilbühne]* Bezeichnung für eine Bühnenausstattung aus Vorhängen und stilisierten Versatzstücken, die zu Beginn des 20. Jahrhunderts als Antithese zu vorher üblichen naturalistischen Dekorationslösungen entsteht.

297,15 *die elisabethanische Historie]* Vgl. zu 66,34.

298,4 *Kästchenszene]* Bezieht sich auf William Shakespeares *The Merchant of Venice* (um 1596, dt.: *Der Kaufmann von Venedig*), III,2.

298,33 *Commedia dell'arte]* Die im 16. Jahrhundert entstandene italienische Commedia dell'arte ist eine volkstümliche Stegreifkomödie mit feststehenden Charakterfiguren und Kostümen.

299,13 *Notizen über die Züricher Erstaufführung (1948)]* T: Erstdruck. E: 1948. ED: *Versuche*, Heft 10 (*Versuche 22-24*), Berlin/West: Suhrkamp Verlag vorm. S. Fischer 1950, S. 110-114.

Der Text entsteht nach der Uraufführung des Stückes am 5. Juni 1948 (für die Regie zeichnet im Programmheft Kurt Hirschfeld, da Brecht als Ausländer offiziell nicht in der Schweiz arbeiten darf; Bühnenbild: Teo Otto; mit Leonard Steckel als Puntila und Gustav Knuth als Matti).

Ein Typoskript weicht in einigen Stellen ab: Bis einschließlich Abschnitt 7 stimmt es (bei geringen Abweichungen) mit dem Druck überein, danach folgt als Abschnitt 8 der Abschnitt 11 des Druckes (mit geringen Abweichungen). Als 9 folgt der Satz: »Hilflosigkeit der Eva.« Als Abschnitte 10 und 11 sind (mit geringen Abweichungen) die Abschnitte 8 und 9 des Druckes enthalten. Der 12. Abschnitt hat den Wortlaut:

> Fragwürdigkeit der Dekoration für die Szene 7 (*Finnische Erzählungen*). Es ist wohl richtig, die Szene aus den übrigen herauszuheben und dazu vom Prinzip ein wenig abzuweichen. Das bloße Hereinhängen eines bemalten Prospekts ist aber bestimmt falsch. Ursprünglich war daran gedacht worden, dem gemalten Bild den Apparatcharakter eines Elements zu verleihen, indem es als Rollbild hereingestellt wurde. Aber auch die Art der Bemalung ist wohl fragwürdig.

Es folgt als 13. Abschnitt der 10. des Druckes. Danach enthält das Typoskript noch:

> 14) Für episches Spiel brachte Steckel eine reiche Phantasie im Gestischen mit (wandeln auf der Aquavitflut in 1; Verdammung der Frau Klinckmann in 2; die drei Liebkosungen der Frauen von Kurgela und die Herausforderung des Telegraphenmastes in 3; der Morgenspaziergang und die Vermahnung des Matti in 4; die Amokläufe und das Nach-den-Sternen-greifen bei dem Ausruf »Ein Mensch bin ich geworden« in 8), auch gelangen ihm Verfremdungen im Sprachlichen (»Was wird der Eino von dir denken« in 4; »Ich bin beinahe ein Kommunist« in 8; usf.); das Mimische stand nicht auf der gleichen großen Höhe. Dadurch daß die Verfremdungstechnik nicht (zumindest nicht bewußt und durchgehend) benutzt wurde, blieb dem Publikum nicht die Freiheit, den *betrunkenen* Puntila zu kritisieren, es hatte ihn einfach und primitiv für »gut« zu halten. Hier reichte der Aufwand von Verfremdungstechnik, den der Darsteller aus der Komödie beziehen konnte, nicht mehr aus.
>
> 15) Episch war die Bühne und das Grundarrangement (Gruppierung und Bewegung der Gruppen).

In der Textgrundlage beziehen sich die Seiten- und Zeilenverweise auf den Stückabdruck in *Versuche*, Heft 10; sie sind auf Band 6 der vorliegenden Ausgabe umgestellt worden.

299,17f. *die halbhohe ... Leinengardine]* Vgl. zu 70,21f.

299,30-37 *Die Embleme ... getrennt.]* Einige Tage nach der Premiere notiert Brecht: »Wiederaufgenommen habe ich Nehers ›Trommeln-in-der-Nacht‹-Mond der Münchener Aufführung; vor die als Hintergrund benutzte große Wand aus Birkenrinde wurden, wie Firmenschilder gemacht, Embleme von Sonne, Mond und kleinen verschiedenen Wölkchen gehängt (gemacht aus Messing oder lackiertem Holz), und die Wand wurde für die Tage stark, für die Nächte schwach beleuchtet (natürlich niemals mit gefärbtem Licht).« (*Journale*, 10. Juni 1948.)

300,23 *kindlich gewachsene Schauspielerin]* Die Rolle des Stubenmädchens Fina spielt Elisabeth Müller.

301,25 *»Kiste«]* Brecht definiert den Begriff wie folgt: »In der Schauspielersprache bezeichnet der Ausdruck ›Kiste‹ eine besondere artistische Veranstaltung halb pantomimischer Art.« (388,29-31.)

302,2 *Trunkenheitsszenen]* Vgl. dazu auch 308,7-30.

302,14 *Mögliche Kürzungen]* Bei der Uraufführung und bei der Aufführung durch das Berliner Ensemble (Premiere: 12. November 1949) werden so gekürzte Fassungen gespielt.

305,23 *flaggen]* (Oberdt.) flacken: faul herumliegen, faulenzen.

306,6 *Anmerkung zur Musik]* T: Erstdruck. E: Ende 1949. ED: *Versuche*, Heft 10 (*Versuche 22-24*), Berlin/West: Suhrkamp Verlag vorm. S. Fischer 1950, S. 88.

Den Text notiert Brecht nach der Inszenierung des Berliner Ensembles, für die Paul Dessau die Musik komponiert (Premiere: 12. November 1949), Regie: Bertolt Brecht / Erich Engel; Bühnenbild: Caspar Neher; mit Leonard Steckel als Puntila und Erwin Geschonneck als Matti).

Der Abdruck erfolgt im Anschluß an das Stück und vor der Wiedergabe von Text und Noten zum *Puntilalied*.

306,9 *einer alten schottischen Ballade]* Die hier gemeinte Seeräuberballade *Henry Martin* aus dem 16. Jahrhundert lernt Brecht Weihnachten 1935 in New York kennen (vgl. Brief an Helene Weigel, Ende Dezember 1935 / Anfang Januar 1936).

306,9f. *»Das Pflaumenlied«]* Von Brecht auf die Melodie eines amerikanischen Schlagers vermutlich 1948 geschrieben.

306,10 *»Das Puntilalied«]* Für die Aufführung des Berliner Ensembles 1949 komponiert.

306,21 *Beispiel für einige Prinzipien der Inszenierung]* T: Erstdruck. E: 1951. ED: *Theaterarbeit* (vgl. zu 71,8), S. 18.

In einem Typoskript ist der Titel gestrichen und durch *Beispiel für dramaturgisches Arrangement* ersetzt.

307,1f. *Stanley ... Livingstone]* Der englische Journalist und Afrikaforscher Sir Henry Morten Stanley (d. i. John Rowlands) wird 1871 mit der Suche nach dem in Afrika verschollenen schottischen Missionar und Forschungsreisenden David Livingstone beauftragt. Am 10. November 1871 findet er ihn krank in Udschidchi am Tanganjikasee.

308,7 *Die Betrunkenheit des Puntila]* T: Erstdruck. E: 1951. ED: *Theaterarbeit* (vgl. zu 71,8), S. 19.

308,33 *Prologe, Gesang zwischen den Szenen und Szenentitel]* T: Erstdruck. E: 1951. ED: *Theaterarbeit* (vgl. zu 71,8), S. 20.

Eine frühe Fassung des Textes mit dem Titel *Prolog und Puntilalied* entsteht vermutlich schon 1949.

309,3 f. *Regine Lutz ... des Kuhmädchens]* Regine Lutz hat bereits in Zürich wie auch in der ersten Inszenierung des Berliner Ensembles diese Rolle gespielt.

309,25 *Clownerie]* T: Erstdruck. E: 1951. ED: *Theaterarbeit* (vgl. zu 71,8), S. 21.

309,29 *Ausbruch von Learschem Format]* Anspielung auf William Shakespeares Drama *King Lear* (1605) und den darin gezeigten Konflikt Lears mit seinen Töchtern.

310,1 *Arbeitsvorgänge]* T: Erstdruck. E: 1951. ED: *Theaterarbeit* (vgl. zu 71,8), S. 21.

310,13 *Steckels zwei Puntilas]* T: Erstdruck. E: 1951. ED: *Theaterarbeit* (vgl. zu 71,8), S. 22.

310,30 *Die Frauen von Kurgela]* T: Erstdruck. E: 1951. ED: *Theaterarbeit* (vgl. zu 71,8), S. 22 f.

In der Aufführung des Berliner Ensembles spielen Angelika Hurwicz (Schmuggler-Emma), Eleonore Zetzsche (Apothekenfräulein), Regine Lutz (Kuhmädchen) und Carola Braunbock (Telefonistin).

311,5 f. *eine Handvoll Szenenskizzen]* Die Skizzen sind in *Theaterarbeit*, S. 24-28, veröffentlicht.

311,11 *in corpore]* (Lat.) in Gesamtheit.

311,12 f. *die biblischen Bräute]* Die festlich geschmückt dem Bräutigam entgegengehende Braut ist häufiges Sinnbild in der Bibel; vgl. auch das Gleichnis von den zehn Jungfrauen, Matthäus 25,1-12.

311,39 *»Gespräch mit dem ... Maskenbildner«]* Vgl. diesen Text in *Theaterarbeit*, S. 359-363.

312,1 *Das gesellschaftlich Komische]* T: Erstdruck. E: 1951. ED: *Theaterarbeit* (vgl. zu 71,8), S. 42.

Mit dieser Darstellung spielt Brecht möglicherweise auf Formulierungen von Marx an: »Die Geschichte ist gründlich und macht viele Phasen durch, wenn sie eine alte Gestalt zu Grabe trägt. Die letzte Phase einer weltgeschichtlichen Gestalt ist ihre *Komödie*. [...] Warum dieser Gang der Geschichte? Damit die Menschheit *heiter* von ihrer Vergangenheit scheide.« (Karl Marx, *Zur Kritik der Hegelschen Rechtsphilosophie. Einleitung*, in: Marx/Engels, *Werke*, Band 1, Berlin/DDR 1956, S. 382.)

313,1 *Caspar Nehers »Puntila«-Bühne]* T: Erstdruck: E: 1951. ED: *Theaterarbeit* (vgl. zu 71,8), S. 44.

Ein Typoskript trägt den Titel *Das Bühnenbild*, unter diesem Text steht der handschriftliche Vermerk Brechts »(Hochzeitsmahl und letztes Bild)«.

313,3 f. *Die symbolistische Bühne...]* Bezug auf Gestaltungslösungen von Bühnenbildnern wie Adolphe Appia, Edward Gordon Craig, Cesar Klein, Emil Pirchau und Ludwig Sievert, die zu Beginn des 20. Jahrhunderts nachhaltigen Einfluß auf die Theaterentwicklung genommen haben.

313,15 *Die Masken]* T: Erstdruck. E: 1951. ED: *Theaterarbeit* (vgl. zu 71,8), S. 45.

313,30-32 *Ist ein Stück wie »Herr Puntila und sein Knecht Matti« nach der Vertreibung der Gutsbesitzer bei uns noch aktuell?]* T: Erstdruck. E: 1951. ED: *Theaterarbeit* (vgl. zu 71,8), S. 46.

313,31 *Vertreibung der Gutsbesitzer bei uns]* Mit der Bodenreform 1945/46 werden in der sowjetisch besetzten Zone Deutschlands alle Grundbesitzer mit mehr als 100 Hektar Land sowie der Bodenbesitz aktiver Nazis entschädigungslos enteignet und großenteils in kleinbäuerliche Betriebe aufgeteilt.

ZU »DER AUFSTIEG DES ARTURO UI« (Band 7)

Frühjahr 1941: *Arturo Ui [1]* (bei der ersten Niederschrift des Stükkes). *Hinweis für die Aufführung.*
Um 1953: *Bemerkungen zu »Der aufhaltsame Aufstieg des Arturo Ui«* (bei der Vorbereitung der Inszenierung am Berliner Ensemble).
Anfang 1954: *Arturo Ui [2]* (nach einem Gespräch mit jungen Schriftstellern).

315,4 *»Arturo Ui« (1)]* T: Typoskript. E: Frühjahr 1941.
Die Fabelnotiz entsteht vermutlich zu Beginn der Arbeit am Stück. Später soll nicht New York, sondern Cicero erobert werden.
315,6 *Karfioltrust]* Karfiol: (österr.) Blumenkohl. Brecht spielt mit »Karfioltrust« auf die Verbindung von Kapital und Junkern in Deutschland an.

315,15 *Hinweis für die Aufführung]* T: Typoskript. E: Frühjahr 1941.
Der Text ist in einem Typoskript von *Der Aufstieg des Arturo Ui* überliefert.
315,18 *im großen Stil]* Neben dem Gangstermilieu, in dem das Stück angesiedelt ist, sieht Brecht bei Verwendung einer Darstellungsform »im großen Stil« eine weitere Verfremdungsebene. (Über die »Doppelverfremdung« vgl. *Journale*, 28. März 1941.)
315,19f. *das elisabethanische Historientheater]* Vgl. zu 66,34.
315,29 *Jahrmarktshistorien]* Bildliche Darstellungen von geschichtlichen Ereignissen, die auf Jahrmärkten gezeigt und, teilweise mit Gesang, erklärt werden. 1954 erinnert sich Brecht an den großen Eindruck solcher Bilder; vgl. *Bei Durchsicht meiner ersten Stücke* (Band 23).

315,32f. *Bemerkungen zu »Der aufhaltsame Aufstieg des Arturo Ui«]* T: Typoskript (handschriftlich korrigiert). E: Um 1953.
Den Text notiert Brecht vermutlich 1953/54, als er sich erneut mit dem Stück beschäftigt. Er greift hier auf den Titel der ersten Niederschrift des Stückes von 1941 *Der aufhaltsame Aufstieg des Arturo Ui* zurück.
317,17 *Kneißl]* In der Textgrundlage: »Kneisel«. 318,3 *bekommen]* In der Textgrundlage: »werden«.
316,14 *Volksgemeinschaft]* Von der nationalsozialistischen Propaganda als demagogische Parole vielfach verwendeter Begriff; propagiert wird damit eine angeblich klassenlose Gesellschaft deutscher Arbeiter und Unternehmer, der »Volksgenossen«, aus der Marxisten und

andere fortschrittliche, demokratische Kräfte sowie Juden ausgeschlossen sind. (Vgl. dazu auch die Szene *Volksgemeinschaft* in *Furcht und Elend des III. Reiches.*)

316,32f. *Milliardentrust der IG-Farben]* 1925 gegründete Interessengemeinschaft Farbenindustrie AG, bestehend aus den Chemiefabriken Bayer AG, Farbwerke Hoechst AG und der Badischen Anilin- und Sodafabriken AG (BASF). Der Konzern stellt sich während der faschistischen Herrschaft in den Dienst des Regimes und wird ein wichtiger Lieferant von Treibstoff und Autoreifen sowie des »Zyklon B«-Gases zur Vernichtung von Menschen in den Konzentrationslagern.

317,2 *Brüning]* Der Politiker Heinrich Brüning (katholische Zentrumspartei) ist von 1930 bis 1932 deutscher Reichskanzler und ebnet durch den Abbau des Parlamentarismus, besonders mit Hilfe von Notverordnungen, den Weg zur Machtübergabe an Hitler.

317,2 *Stresemann]* Der Vorsitzende der Deutschen Volkspartei Gustav Stresemann ist von August bis November 1923 deutscher Reichskanzler, danach bis zu seinem Tod 1929 Außenminister.

317,4 *Lakeitel]* Kontamination aus Lakai und dem Namen Keitel. Wilhelm Keitel, Generalfeldmarschall und Chef des Oberkommandos der Wehrmacht (1938-1945), gehört zu den engen Vertrauten Hitlers und ist wegen seiner Dienstbeflissenheit bekannt. 1946 wird er als einer der Hauptkriegsverbrecher im Nürnberger Prozeß schuldig gesprochen und hingerichtet.

317,4 *Hindenburg]* Der Generalfeldmarschall Paul von Beneckendorff und Hindenburg ist von 1925 bis 1934 deutscher Reichspräsident und ernennt in dieser Funktion Hitler am 30. Januar 1933 zum Reichskanzler.

317,5 *Ludendorff]* General Erich Ludendorff ist erster Generalquartiermeister bei der Obersten Heeresleitung unter Hindenburg im ersten Weltkrieg, gehört zunächst zum engen Kreis um Hitler und ist 1923 an dessen Putschversuch in München maßgeblich beteiligt.

317,16f. *Massenmörder namens Kneißl]* Die Geschichte des Matthias Kneißl ist zu Beginn des 20. Jahrhunderts im süddeutschen Raum Gegenstand zahlreicher Abhandlungen (so z.B. von Alto Gruner, *Matthias Kneißl – Der Schachermüller. Eine Räuber- und Heimatgeschichte,* Aichach 1910). Am 21. Februar 1902 wird Kneißl wegen Mordes hingerichtet.

317,23f. *Der erste Napoleon ... Code Napoleon]* Bezeichnung für das 1804 von Napoleon I. eingeführte bürgerliche Gesetzbuch »Code civil des Français«.

317,27-33 *»Deutsche Rundschau ... Kopf war«]* Brecht zitiert aus dem Artikel *Der andere Dschingis-Khan* von Rudolf Pechel, in: *Deutsche Rundschau*, Berlin, Juni 1946, S. 199-201.

317,29 *Pax Mongolica]* (Lat.) mongolischer Friede; hier: das durch die mongolische Fremdherrschaft »befriedete« Großreich Dschingis-Khans (Anfang des 13. Jahrhunderts).

318,8 *»Arturo Ui« (2)]* T: Typoskript (handschriftlich korrigiert). Gezeichnet: »b«. E: Anfang 1954.

Ende 1953 führt Brecht ein Gespräch über sein Stück mit den Schriftstellern Lothar Kusche und Günter Kunert und dem Lektor des Aufbau-Verlages Benno Slupianek. In einem Brief an Slupianek vom 21. Januar 1954 geht Kusche auf die wichtigsten Punkte der Diskussion ein. Benno Slupianek übergibt Brecht einen Auszug aus dem Brief, den Brecht zum Anlaß für diesen Text nimmt.

318,10 *Kusche in seiner Kritik am »Ui«]* Brecht zitiert hier nur einen Satz von Kusche. Zum besseren Verständnis wird die entsprechende Passage aus Kusches Brief wiedergegeben:

> [...] Im Grunde genommen gibt es über »Ui« meiner Meinung nach nur einen Diskussionspunkt. Brecht hat geschrieben (über Eislers »Faustus«): »Wir müssen unbedingt ausgehen von der Wahrheit des Satzes: ›Eine Konzeption, der die deutsche Geschichte nichts als Misere ist und in der das Volk als schöpferische Potenz fehlt, ist nicht wahr‹ (ND [*Neues Deutschland*, Berlin/DDR])« [Vgl. *Thesen zur »Faustus«-Diskussion*, Band 23].
>
> Nimmt man den »Ui« lediglich als Parabelstück, wobei auf die kommentierenden Schriften verzichtet werden müßte, so kommt die Konzeption nicht in Konflikt mit dem obigen Satz.
>
> Im gleichen Augenblick aber, wo »Ui« durch die Projektionen auf eine ganz bestimmte Phase der deutschen Geschichte eindeutig bezogen wird (was das Stück ja keineswegs des allgemeinen Parabelcharakters entkleidet), im gleichen Augenblick ist also hier zu fragen: wo ist das Volk. Und damit wären wir wieder bei Dimitroff. Brecht sagt vielleicht: »Ihr seid verrückt, ich kann da nicht Dimitroff einbauen«; das ist richtig. Ich vermisse nicht Dimitroff als Figur, sondern als Potenz. Vermißt wird *irgend etwas*, das die schöpferische Potenz des Volkes repräsentiert. Sicher ist dies schwierig darzustellen. Aber die Satire, als realistisches Kunstwerk, muß doch den ganzen Vorgang zeigen; wenn auch satirisch synkopiert, soll heißen: unter Verschiebung des dramaturgischen Gewichts auf bislang nicht betonte Taktteile, Situationen. War es nur ein Kampf der Gangster und Händler untereinander? War »Dimitroff« (die Potenz, die wir hier der Einfachheit halber so nennen) ein Händler? Spielte er eine wichtige Rolle, repräsentierte er Wichtiges?
>
> Ich bin mir wohl dessen bewußt, daß dies sehr grobe Kritik ist. Nur bin ich jetzt gar nicht in der Lage und Zeit, es näher zu betrachten und eine Analyse zu versuchen.
>
> Nur noch kleine Anmerkungen. Im Auftritt von Röhms Geist sieht man, wie sich Brecht von der parodistisch benutzten Form verfüh-

ren ließ, Schritte zu gehen auf eine Glorifizierung des Mannes; was nicht Brechts ernstliche Absicht gewesen sein kann. Auch ist nichts einzuwenden (natürlich nicht) gegen einen Geist des Shakespeare-Theaters, der auch als sichtbarer Geist auftritt. Schade ist nur, daß es sich nicht um einen echten Gegenspieler Uis handelt. So wie der Text jetzt ist, erhält ein fetter, versoffener Nazi Märtyrerzüge.

Zu den Schriften [vgl. zu 318,12]. Diese sollen noch *deutlicher* als jetzt sein (soweit sie jetzt schon formuliert sind). Neulich saß neben mir ein Mann im Theater, der sagte: »Ach, der Reichstagsbrand war 1933? Ich dachte, der war 1870.« Es war ein junger Mann und natürlich ein Idiot. Aber es gibt ziemlich viele Idioten, und auch ihre Beseitigung wird ja von Brecht beabsichtigt. Weiß jedermann sogleich, welchen Staatsposten Hindenburg bekleidete? Sollte man es nicht ausdrücklich sagen? Weiß jedermann sogleich, was die »Nacht der langen Messer« war? usw. Dies zur Diskussion. Nun, Benno, entschuldige, zum Schluß etwas ganz Blödes, was ich damals schon schrieb. Es ist ganz privat: Hier in unseren nördlichen Landen weiß kein Mensch, was *Karfiol* ist, und ich glaub, die würden es für eine Art Karbolineum oder dergleichen halten.

(Nachlaß.)

318,12 *die Projektionen]* Gemeint sind die Zeittafeln, die zu den einzelnen Szenen projiziert werden sollen.

319,6 *Dimitroff]* Der bulgarische Kommunist Georgi Dimitroff wird 1933 im Reichstagsbrandprozeß angeklagt. In seiner Verteidigung klagt er seinerseits die Nationalsozialisten scharf an, vgl. das Gedicht *Adresse an den Genossen Dimitroff, als er in Leipzig vor dem faschistischen Gerichtshof kämpfte* sowie den *Entwurf für ein Braunbuch* (Band 22).

319,8 *Erscheinung von Röhms Geist]* In der 15. Szene des Stückes erscheint Ui der Geist des von ihm ermordeten Ernesto Roma, eine Figur mit Zügen des SA-Führers Ernst Röhm, den Hitler am 1. Juli 1934 ermorden ließ.

319,13 *Karfiol]* Vgl. zu 315,6.

319,15 *Der Schluß]* Die letzte Szene der ersten Niederschrift *Cicero. Aus einem zerschossenen Lastwagen [...]* wird später der 9. Szene (*Der Speicherbrandprozeß*) nachgeordnet.

ZU »DIE GESICHTE DER SIMONE MACHARD« (Band 7)

320,5 *»Die Visionen der Simone Machard«]* T: Typoskript (handschriftlich korrigiert und ergänzt). E: Ende 1942 / Anfang 1943.

Die Fabelerzählung entsteht vermutlich in Zusammenarbeit mit Lion Feuchtwanger (Oktober 1942 bis Februar 1943) und bezieht sich auf eine frühe Fassung des Stückes.

320,7 *Die kleine Simone Machard]* Folgt im Typoskript der gestrichene Nebensatz: »eine Halbwüchsige zwischen dreizehn und fünfzehn«. 320,8 *Saint-Martin]* In der Textgrundlage durchgängig: »St. Martin«.

320,9 *Hostellerie]* Hôtellerie: (franz.) Gasthaus, Wirtshaus. In der Schreibweise »Hostellerie« eine in der Schweiz gebräuchliche Bezeichnung.

320,11 *die Nazis haben Paris eingenommen]* Am 14. Juni 1940 besetzen die deutschen Truppen Paris.

320,20f. *Jungfrau von Orléans]* Die zahlreichen Biographien über Jeanne d'Arc basieren auf den Akten der gegen sie geführten Prozesse (*Procès de condamnation et de réhabilitation de Jeanne d'Arc*, 5 Bände, Paris 1841-1849). Jeanne d'Arc gilt als französische Nationalheldin; 1920 wird sie von der katholischen Kirche heiliggesprochen.

320,24f. *Deutschen ... zur Loire vorgedrungen]* Nach der Besetzung von Paris rücken deutsche Truppen an die Loire vor, die am 15. Juni 1940 überschritten wird.

320,30 *Patron]* (Franz.) Wirt, Arbeitgeber, auch Familienoberhaupt.

320,30f. *Connétable]* (Franz.) Oberstallmeister; eines der ranghöchsten Hofämter der französischen Monarchie.

321,12 *in Reims krönen]* Karl VII. wird am 17. Juli 1429 in der Kathedrale von Reims zum König von Frankreich gekrönt. Während der Zeremonie steht Jeanne d'Arc mit ihrem Banner neben dem Altar.

321,13 *Maire]* (Franz.) Bürgermeister.

322,3 *Anhänger Lavals]* Pierre Laval ist von 1942 bis 1944 Ministerpräsident der französischen Regierung in Vichy, die mit dem faschistischen Deutschland kollaboriert.

322,14f. *Königsmutter Isabeau]* Die intrigante Königinmutter Isabeau von Bayern, Gemahlin Karls VI., Mutter Karls VII., gilt als Parteigängerin der Engländer. 1490 schließt Isabeau den umstrittenen Vertrag von Troyes, nach dem England und Frankreich in Personalunion regiert werden sollen.

322,15 *Herzog von Burgund]* In der Auseinandersetzung um die Krone Frankreichs Rivale Karls VII., zeitweilig mit den Engländern verbündet, später auf seiten des Königs.

323,15f. *Korrektionsanstalt]* Veraltet für Erziehungsanstalt.

323,34 *Die Träume der Simone Machard]* T: Typoskript. E: Ende 1942 / Anfang 1943.

323,36 *Legende]* Vgl. zu 320,20f.

323,39f. *aus dem Buch ... mit Holzschnitten]* Bezieht sich möglicherweise auf das Buch *Vie de Jeanne d'Arc* von Anatol France (*Leben der Jeanne d'Arc*, München-Feldafing 1930).

324,3 *Karl VII.]* Vgl. zu 321,12.

325,4 *»Schweyk«]* T: Typoskript (handschriftlich ergänzt). E: »Mai 1943, New City (N.Y.)« (laut Typoskript).

Brecht schreibt den Text während eines einwöchigen Aufenthalts Mitte Mai bei Kurt Weill in New City unweit von New York. In dieser detaillierten Fabel sind alle wichtigen Elemente des Stückes enthalten, dessen erste Niederschrift im folgenden Monat fertiggestellt wird. Nur die Namen einiger Personen werden geringfügig korrigiert.

In der Textgrundlage verwendet Brecht für Baloun teilweise den Namen Faloun (auch Falun), dies ist vereinheitlicht worden. 326,12 *Liebe]* Fehlt in der Textgrundlage, nach einem Typoskript ergänzt.

325,17 *Polizeichef Himmler]* Heinrich Himmler ist seit 1929 Chef der SS (Schutzstaffel der NSDAP), später Reichsführer der SS, ab 1936 leitet er die Gestapo (Geheime Staatspolizei) und als Reichsinnenminister auch die Polizei.

325,28 *Attentat auf Hitler]* Am 8. November 1939 verübt der Schreiner Johann Georg Elser im Münchner Bürgerbräukeller einen Bombenanschlag auf Hitler.

326,13 f. *zwei Pfund Geselchtem]* Geselchtes: (österr./bayr.) geräuchertes Fleisch.

326,30 *Petschekbank]* Im Bankgebäude des Petschek-Palais war die Zentrale der Geheimen Staatspolizei (Gestapo) in Prag untergebracht.

326,35 *Scharführer]* Unteroffizier-Dienstgrad in der SS.

327,4 *Quisling]* Nach dem norwegischen Faschistenführer Vidkun Quisling wird der Name als abschätzige Bezeichnung für Politiker benutzt, die im zweiten Weltkrieg mit der deutschen Besatzungsmacht kollaboriert haben.

328,9 *Göring]* Hermann Göring leitet seit 1922 die SA (Sturmabteilung der NSDAP), wird 1932 Reichstagspräsident und preußischer Innenminister, Chef der Polizei, gründet 1933 die Geheime Staatspolizei. 1936 übernimmt er das Amt des »Rohstoff- und Devisenkommissars«, auf das in dem vorliegenden Text besonders angespielt wird.

328,20 f. *äußerln zu führen]* (Österr. und umgangssprachlich): den Hund auf die Straße führen.

328,38 f. *in den »freiwilligen Arbeitsdienst«]* Anspielung auf den 1935 gegründeten Reichsarbeitsdienst (RAD), eine faschistische, halbmilitärische Zwangsorganisation, die wesentlich zur Kriegsvorbereitung beiträgt. Im zweiten Weltkrieg werden in den besetzten Gebieten zunächst überwiegend »freiwillige«, ab 1942 zwangsweise ausländische Arbeitskräfte für die deutsche Wirtschaft oder für kriegswichtige Betriebe der betreffenden Länder rekrutiert.

329,12 *Die gleichgeschaltete Presse]* Nach dem 1. Gleichschaltungsgesetz der Länder (31. Januar 1933) wird der Begriff »Gleichschaltung« allgemein als Bezeichnung für das »Führerprinzip« durchgesetzt im Sinne einer Vereinheitlichung nach nationalsozialistischen Vorstellungen, hier auf die Vereinheitlichung der Presse bezogen.

329,27 *mnemotechnisches System]* Auf Merkhilfen beruhendes Erinnerungs- bzw. Gedächtnissystem.

329,29 *Wasserfiskus]* Staatskasse, zuständig für die Einziehung von Abgaben, die sich auf die Nutzung von Wasser beziehen.

329,34 *Stalingrad]* Heute Wolgograd. Hier beginnt am 19. November 1942 die Gegenoffensive der Roten Armee, die eine Wende im zweiten Weltkrieg einleitet.

330,11 *Londoner Sender]* Die BBC (British Broadcasting Corporation) London strahlt während der Zeit des Hitlerfaschismus in den verschiedenen europäischen Sprachen Informationen aus. Die Auslandssendungen für die Tschechoslowakei sind von der tschechoslowakischen bürgerlichen Exilregierung Beneš beeinflußt worden. Brecht ändert die Sendequelle später in »Moskauer Radio« um.

330,30 *Protektorat]* Wörtlich: Schutzherrschaft. Die offizielle Bezeichnung der Nationalsozialisten für die besetzten tschechischen Gebiete lautet: »Reichsprotektorat Böhmen und Mähren«.

331,4 *»zum Heben«]* Hier im Sinne von aufbewahren.

331,26 *Goebbels]* Joseph Goebbels ist ab März 1933 »Reichsminister für Volksaufklärung und Propaganda«.

332,14 *der berüchtigte Horst-Wessel-Marsch]* Die Nazipropaganda stilisiert den SA-Führer und Zuhälter Horst Wessel, der 1930 in seiner Wohnung erschossen wird, zu einem politischen Märtyrer. Das von ihm verfaßte Lied *Die Fahne hoch* wird in der Nazizeit als *Horst-Wessel-Lied* bezeichnet und als zweite Nationalhymne zusammen mit dem *Deutschlandlied* (*Lied der Deutschen* von Hoffmann von Fallersleben) gesungen. Vgl. dazu Brechts Prosasatire *Die Horst-Wessel-Legende.*

332,16 *eigene Version]* Gemeint ist der *Kälbermarsch* (vgl. *Schweyk*, Szene 7).

333,34 *Inszenierung]* T: Typoskript. E: Juni 1943.

Der Text entsteht während der ersten Niederschrift des Stückes und ist dem Typoskript von *Schweyk* (1943) beigefügt.

334,3 *Anabasis]* (Griech.) das Hinaufsteigen (insbesondere eine Reise oder ein Feldzug, vom Meer ins Binnenland). Brecht spielt auf das Kapitel »Schweyks Budweiser Anabasis« (Teil 2, 2. Kapitel) aus dem Hašekschen Roman an: »Xenophon, ein Feldherr des Altertums, durcheilte ganz Kleinasien und kam ohne Landkarte weiß Gott wohin. Die alten Goten trafen ihre Vorbereitung gleichfalls ohne topographische Kenntnisse. Fortwährend geradeaus marschieren, das nennt man Anabasis.« (Jaroslav Hašek, *Die Abenteuer des braven Soldaten*

Schwejk während des Weltkrieges, aus dem Tschechischen übertragen von Grete Reiner, Prag 1926, Band 2, S. 41; Hašek spielt hierbei auf das Geschichtswerk des Xenophon, *Anabasis*, 7 Bände, 400/399 v.d.Z., an.)

334,10 *von Bock]* Generalfeldmarschall Fedor von Bock ist führend beim deutschen Angriff auf Moskau beteiligt, wird aber im Dezember 1941 nach einer Kontroverse mit Hitler abgelöst und aufgrund seiner Kritik an dem gleichzeitigen Angriff auf Stalingrad und den Kaukasus im Sommer 1942 entlassen.

334,10 *Satrapen]* Altpersische Statthalter in den Verwaltungsbezirken (»Satrapien«); wegen ihrer Willkür und Bestechlichkeit hat der Begriff eine negative Bedeutung.

ZU »THE DUCHESS OF MALFI« (Band 7)

April/Mai 1943: *Brechts Version von Websters »Duchess of Malfi«* (zu Beginn der Stückbearbeitung).
September/Oktober 1946: *Regienotizen, Versuch einer Aufführung der »Duchess of Malfi« am Broadway* (anläßlich der Probeaufführungen in Boston); *Wie die »Duchess of Malfi« aufgeführt werden sollte* (für die anschließende Aufführungsserie in New York).

335,4 *Brechts Version von Websters »Duchess of Malfi«]* T: Typoskript. E: April/Mai 1943. ED: Vorliegende Ausgabe.

Brecht fixiert zu Beginn der Bearbeitung des Originalstücks die beabsichtigten Veränderungen der Fabel.

335,4 *Websters »Duchess of Malfi«]* Der englische Dramatiker John Webster, Zeitgenosse Shakespeares, schreibt 1623 *The Tragedy of the Dutchesse of Malfy* (dt.: *Die Herzogin von Amalfi*, 1858).

335,32f. *exkommunizieren]* In der katholischen Kirche: aus der Kirchengemeinschaft ausschließen.

336,25 *eines Memorialgottesdienstes]* Eines Gedenkgottesdienstes.

336,34 *Regienotizen]* T: Typoskript. E: Ende September 1946. ED: Vorliegende Ausgabe.

Brecht schreibt die Notizen für Elisabeth Bergner nach seinem Besuch der Probevorstellung von *The Duchess of Malfi* in Boston (25. September 1946), wo das Stück in einer anderen, nicht von ihm gebilligten Version im Schubert Theatre aufgeführt wird (Regie: George Rylands, mit Elisabeth Bergner als Herzogin). Bergner berichtet, daß Brecht nach der Abreise des Regisseurs Rylands (Ende September 1946) wieder zur Mitarbeit an der Inszenierung herangezogen worden ist. Für die anschließende New Yorker Premiere (15. Oktober 1946) bleiben Brechts Eingriffe wirkungslos.

Die drei nicht gemeinsam überlieferten Typoskriptblätter sind in der Reihenfolge der Szenen im Stück (vgl. Band 7) zusammengestellt.

337,7 *Werbeszene]* Bezieht sich auf I,2.

337,8 *E.]* Gemeint ist Elisabeth Bergner, für die Brecht die Bearbeitung gemacht hat.

337,16 *Aprikosenszene]* Gemeint ist I,3.

337,29 *Gardenkordon]* Absperrung durch die Leibgarde.

337,32 *Schlafzimmerszene]* Bezieht sich auf II,3.

338,7 *Ancona-Szene]* Gemeint ist II,6.

338,18f. *Versuch einer Aufführung der »Duchess of Malfi« am Broadway]* T: Typoskript. E: Oktober 1946.

Nach der Aufführung in Boston wird das Stück vom 14. Oktober bis 16. November 1946 im Ethel Barrymore Theatre in New York gespielt. Die Aufnahme durch die Kritik ist sehr zurückhaltend bis ablehnend.

338,22 f. *einer emigrierten deutschen Schauspielerin]* 1933 emigrieren Elisabeth Bergner und ihr Ehemann Paul Czinner nach London, 1940 in die USA.

338,24 *Auden]* Vgl. zu 293,27.

338,31 f. *einem englischen Regisseur]* George Rylands, vgl. zu 336,34.

338,34 f. *dem elisabethanischen Theater]* Vgl. zu 66,34.

339,10 *Komtesse Miezi]* Gemeint ist die Titelfigur aus Arthur Schnitzlers Stück *Komtesse Mizzi oder Der Familientag* (1909).

339,11 *Maria Stuart]* Titelfigur des gleichnamigen Trauerspiels von Friedrich Schiller (1800).

339,14 f. *»master of the duchess' household«]* Gemeint ist die Rolle des Haushofmeisters Antonio, des Geliebten der Herzogin.

339,25 f. *dem amerikanischen Antonio]* Gemeint ist der amerikanische Schauspieler Whitfield Connor, der in der Aufführung die Rolle des Antonio spielt.

339,26 *dem englischen Ferdinand]* Gemeint ist der englische Schauspieler Donald Eccles, der die Rolle des Ferdinand spielt.

339,27 *in den Münchener Kammerspielen]* Elisabeth Bergner ist von 1920 bis 1922 an den Münchner Kammerspielen und am Bayrischen Staatstheater engagiert. (Ihre Ausbildung erhält sie am Wiener Konservatorium.)

339,28 f. *in den Theatern von Reinhardt und Barnowsky]* 1918/19 spielt Elisabeth Bergner im Lessing-Theater Berlin (Leitung Victor Barnowsky), ab 1922 sowohl dort wie am Deutschen Theater Berlin unter Max Reinhardt.

340,1 *Wie die »Duchess of Malfi« aufgeführt werden sollte]* T: Typoskript. E: Oktober 1946.

340,20 *nicht die]* Text bricht ab (Anschlußblatt fehlt).

1944: *Die Spannung, Der Kreidekreis, Realismus und Stilisierung, Der Hintergrund und der Vordergrund, Der Schauplatz des Stückes, Über eine »Kreidekreis«-Musik, Führung des Sängers in der letzten Szene des ersten Aktes im »Kaukasischen Kreidekreis«, Vorspiel* und *Hintergrund* (bei der Ausarbeitung des Stückes).
1953/54: *Rat für die Besetzung des Azdak, Zur Probe am 4. 12. Palastrevolution, Hauptsächliche Widersprüche* und *Andere Widersprüche* (anläßlich der Inszenierung am Berliner Ensemble).
Juni 1955: *Betreffs Tempo in der »Kreidekreis«-Aufführung* (in Vorbereitung eines Paris-Gastspiels des Berliner Ensembles).
November 1955: *Gespräch mit der Sowjetdelegation zum Monat der Deutsch-Sowjetischen Freundschaft.*

341,4 *Die Spannung]* T: Typoskript. E: 1944.
Der Text entsteht vermutlich nach der ersten Niederschrift des Stückes.

341,25 *Es handelt sich darum,]* In der Textgrundlage: »Es handelt sich,«. 341,30f. *von epischer Ruhe.]* So in der Textgrundlage; möglicherweise zu ergänzen: »sprechen«.

341,12 *Chaplin]* Vgl. zu 51,5.

341,34 *Der Kreidekreis]* T: Typoskript. E: 1944.
Der Text entsteht vermutlich im September 1944, nachdem Brecht das Vorspiel umgearbeitet hat.

341,36f. *des alten chinesischen Romans und Stückes]* Das chinesische Singspiel *Hoei-Lan-Ki* von Li Hsing-dau (13. Jahrhundert, dt.: *Der Kreidekreis*, in der Bearbeitung von Klabund, 1924) wird als Brechts literarische Vorlage für das Stück angenommen. Wahrscheinlicher ist aber die Kenntnis des chinesischen Stückes in der neuen Übersetzung von Alfred Forke, die 1927 im Verlag Philipp Reclam herauskommt.

341,37 *Salomons Schwertprobe]* Vgl. 1 Könige 3, 16-18: Salomo droht, das umstrittene Kind in zwei Hälften zu teilen, um aus der Reaktion darauf die leibliche Mutter erkennen zu können.

342,16 *Realismus und Stilisierung]* T: Erstdruck. E: 1944. ED: Bertolt Brecht, *Der kaukasische Kreidekreis*, Programmheft des Berliner Ensembles, Berlin/DDR, Oktober 1954.
Der Text entsteht vermutlich bei der Ausarbeitung des Stückes.
Abweichend von der Textgrundlage hat ein Typoskript den zusätzlichen Haupttitel *Anmerkungen zum »Kaukasischen Kreidekreis«.*

342,32 *Katja Grusche]* Brecht verwendet hier für die weibliche Hauptfigur des Stückes den Namen Katja Grusche aus der ersten Arbeitsphase, den er später in Grusche Vachnadze verändert.

342,33 *der Breughelschen »Tollen Grete«]* Bild von Pieter Breughel dem Älteren (um 1562). Brecht hat das Bild in ein Typoskript des Stückes eingeklebt.

342,36 *Der Hintergrund und der Vordergrund]* T: Typoskript. E: 1944.

Der Text entsteht vermutlich bei der Ausarbeitung des Stückes.

342,38 f. *»sucker«]* (Amerik.) der Unerfahrene (»Säugling«), Dumme, der Geneppte.

343,13 *Der Schauplatz des Stückes]* T: Typoskript. E: 1944.

Der Text entsteht vermutlich bei der Ausarbeitung des Stückes.

343,23 *Über eine »Kreidekreis«-Musik]* T: Typoskript. E: 1944.

Der Text entsteht während der Arbeit am Stück. Die Musik für Brechts Inszenierung am Berliner Ensemble (1954) schreibt Paul Dessau 1953/54 unter wesentlicher Berücksichtigung von Brechts Vorschlägen.

343,37 *Flucht in die Gebirge]* Gemeint ist die Szene 2.

344,15 f. *Führung des Sängers in der letzten Szene des ersten Aktes im »Kaukasischen Kreidekreis«]* T: Typoskript. E: 1944. ED: Vorliegende Ausgabe.

Der Text entsteht vermutlich bei der Ausarbeitung des Stückes.

344,16 *im »Kaukasischen Kreidekreis«]* In der Textgrundlage: »im KKK«.

344,25 *Vorspiel]* T: Typoskript. E: 1944. ED: Vorliegende Ausgabe.

Der Text entsteht vermutlich bei der Ausarbeitung des Stückes.

345,1 *Hintergrund]* T: Typoskript. E: 1944. ED: Vorliegende Ausgabe.

Der Text entsteht vermutlich bei der Ausarbeitung des Stückes.

345,14 *Rat für die Besetzung des Azdak]* T: Typoskript. E: Um 1953.

Den Text schreibt Brecht in Vorbereitung seiner Inszenierung am Berliner Ensemble (Premiere: 7. Oktober 1954, deutsche Erstaufführung) und besetzt die Rolle des Azdak mit Ernst Busch: »Und das ganze Leben Buschs, von der Kindheit im proletarischen Hamburg über die Kämpfe in der Weimarer Republik und im spanischen Bürgerkrieg zu den bitteren Erfahrungen nach 45, war nötig, diesen Azdak hervorzubringen.« (*Journale*, 7. Februar 1954.)

345,24 *Zur Probe am 4.12. Palastrevolution]* T: Typoskript. E: Dezember 1953.

345,24 *am 4.12.]* 4. Dezember 1953. Die Proben am Berliner Ensemble beginnen im November 1953, Premiere ist – nach insgesamt 125 Probentagen – am 7. Oktober 1954.

346,1 *Hauptsächliche Widersprüche]* T: Typoskript. E: 1954.

346,22 *Andere Widersprüche]* T: Typoskript (handschriftlich ergänzt). E: 1954.

347,10 *Sosso]* In der Textgrundlage: »Osso«.

346,35 *Kulakin]* (Russ.) Großbäuerin.

347,10 *Lied vom Volkshelden Sosso Robakidse]* Bezieht sich auf das Lied »Vier Generäle / Zogen nach Iran« in der 2. Szene (*Die Flucht in die nördlichen Gebirge*).

347,14 *Betreffs Tempo in der »Kreidekreis«-Aufführung]* T: Typoskript. E: Juni 1955.

Anlaß für die Entstehung des Textes sind die Repetitionsproben zur Vorbereitung eines Gastspiels des Berliner Ensembles mit dem *Kaukasischen Kreidekreis* vom 20. bis 24. Juni 1955 in Paris.

347,24 f. *die Szene ... vom Ende der guten Zeit]* Vgl. Szene 4.

347,33 f. *Gespräch mit der Sowjetdelegation zum Monat der Deutsch-Sowjetischen Freundschaft]* T: Typoskript. E: November 1955. ED: Vorliegende Ausgabe.

347,33 f. *Monat der Deutsch-Sowjetischen Freundschaft]* Vom 28. Oktober bis 29. November 1955 findet in der DDR ein »Monat der Deutsch-Sowjetischen Freundschaft« statt.

347,39 *Musiker   , ein]* Lücke im Text für den Namen, er konnte nicht ermittelt werden.

348,2 *Dessaus neues Instrument]* Für die Musik zum *Kaukasischen Kreidekreis* erfindet Paul Dessau ein Instrument, das er »Gongspiel« nennt. »Das Instrument hat Klaviermechanik mit Unterdämpfung. Das heißt, daß der angeschlagene Ton so lange klingt, wie die Taste heruntergedrückt wird. Läßt man die Taste los, wird der Ton abgedämpft.« (Paul Dessau, *Zur »Kreidekreis«-Musik*, in: *Brechts Kaukasischer Kreidekreis*, hg. von Werner Hecht, Frankfurt a.M. 1985, S. 107 f.)

348,4 f. *vom Kopf auf die Füße gestellt]* Diese Formulierung spielt auf Friedrich Engels' Feststellung an, Marx und er hätten die Hegelsche Dialektik »vom Kopf auf die Füße gestellt«. (Friedrich Engels,

Ludwig Feuerbach und der Ausgang der klassischen deutschen Philosophie, in: Marx/Engels, *Werke*, Band 21, Berlin/DDR 1962, S. 293.)

348,5 *1943]* Brecht beginnt 1944 die Arbeit am Stück.

ZU »DIE ANTIGONE DES SOPHOKLES« (Band 8)

Ende 1947: *Vorwort* (während der Stückbearbeitung).
1948: *Antigonemodell 1948* (nach der Uraufführung in Chur, Erstdruck des Modells: 1949; vgl. Band 25).
Herbst 1951: *Anmerkungen zur Bearbeitung* (für die deutsche Erstaufführung in Greiz).

349,4 *Vorwort]* T: Typoskript (von Caspar Neher handschriftlich ergänzt). E: Ende 1947.

Der Text entsteht als Entwurf für ein Vorwort in Zusammenarbeit mit Caspar Neher während der Bearbeitung von *Die Antigone des Sophokles*, wird jedoch nicht benutzt. Neher entwirft für die Uraufführung am 15. Februar 1948 in Chur das Bühnenbild (Regie: Brecht / Caspar Neher; mit Helene Weigel als Antigone).

349,11 *Vers 489]* In der Textgrundlage: »Seite 22, Zeile 489«; Verweis auf einen frühen Text der Bearbeitung; die Verszählung entspricht dem *Antigonemodell 1948*; vgl. auch Band 8 der vorliegenden Ausgabe.

349,9 f. *»Das ist kein Staat ... bin ich da!«]* Die beiden Zitate sind der von Brecht benutzen Hölderlinschen Übertragung des Stückes entnommen (Sophokles, *Antigone*. In der Übertragung von Friedrich Hölderlin, Bern: Verlag Seldwyla [o.J.]).

349,10 f. *»Zum Hasse nicht, zur Liebe lebe ich«]* Brechts Variante der zitierten Hölderlinverse (vgl. zu 349,9 f.).

350,13 *Anmerkungen zur Bearbeitung]* T: Typoskript. E: Herbst 1951.

Brecht schreibt die *Anmerkungen* (sowie einen neuen *Prolog*, vgl. *Die Antigone des Sophokles*, Band 8) für die deutsche Erstaufführung in Greiz (Premiere: 18. November 1951; Regie: Otto Ernst Tickhardt; Bühnenbild: Hans Reichard; mit Olly Dille als Antigone).

352,20 *Vers 865-886]* Fehlt in der Textgrundlage.

350,22 f. *das Schicksal . . . der Mensch selber]* Dieser Zentralgedanke wird von Brecht wiederholt formuliert, z. B. in seiner Schrift *Fünf Schwierigkeiten beim Schreiben der Wahrheit* (Band 22) oder auch in seinem Stück *Die Mutter* (Szene 11 der Fassung 1933).

351,27 f. *Hölderlin, zum Übersetzer]* Vgl. zu 349,9 f.

351,38 f. *Lachmyschen Brüder]* Von Brecht vermutlich erfunden, in der Antike nicht belegt.

352,1 *Peleas]* Pelias, Herrscher von Iolkos (Kolchis).

352,9 *Bacchus]* Römischer Name für Dionysos (Bakchos), den griechischen Gott der Fruchtbarkeit, besonders des Weines.

352,37 *Goethe ... die »Iphigenie« des Euripides]* Johann Wolfgang Goethe legt seinem Stück *Iphigenie auf Tauris* (Prosafassung 1779, Versfassung 1786) die *Iphigenie im Lande der Tauren* (414 v.d.Z.) von Euripides zugrunde.

352,38 *Kleist den »Amphitryon« des Molière]* Heinrich von Kleists Tragikomödie *Amphitryon* (1806) ist eine eigenständige Nachdichtung des Lustspiels *Amphitryon* (1668) von Molière.

ZU »DIE TAGE DER KOMMUNE« (Band 8)

354,4 *Anmerkungen für die Regie]* T: Typoskript (handschriftlich korrigiert). E: 1949. ED: Vorliegende Ausgabe.

Die vorangestellten Ziffern verweisen auf die entsprechenden Szenen.

354,19 *Spectaculum magnum]* (Lat.) Großes Schauspiel, hier im Sinne der Theatralik der Geschehnisse.

355,7 *Notizen zu »Die Tage der Kommune«]* T: Typoskript (handschriftlich korrigiert). E: 1949. ED: Vorliegende Ausgabe.

Die Handlungsskizze ist nur bis zur 6. Szene ausgeführt.

355,9 *Nationalgarde]* Die Nationalgarde ist eine Bürgerwehr, die 1789 von Lafayette eingeführt wird und mit Unterbrechung bis 1872 existiert. Hier ist der Teil der französischen Armee gemeint, der sich von der Unterstellung unter die »Regierung der Nationalen Verteidigung« lossagt, sich auf die Seite der Pariser Bevölkerung stellt und am 18. März 1871 mit der Besetzung des Stadthauses von Paris die Macht übernimmt.

355,13 *Thiers in Bordeaux ... mit den Deutschen]* Der französische Politiker und Historiker Adolphe Thiers wird am 13. Februar 1871 in Bordeaux zum »Chef der Exekutive« ernannt. Am 26. Februar 1871 wird in Versailles von ihm und seinem Außenminister Jules Favre als Vertretern der »Regierung der nationalen Verteidigung« das deutsche Waffenstillstandsdiktat unterschrieben.

355,31 *Bühnenbild]* T: Typoskript (handschriftlich korrigiert). E: 1949. ED: Vorliegende Ausgabe.

Der Text entsteht 1949 nach der Niederschrift des Stückes. Brecht beabsichtigt zunächst, es als seine erste Aufführung mit dem neugegründeten Berliner Ensemble im Herbst 1949 herauszubringen, und entwickelt erste Vorstellungen über ein Bühnenbild. Dieser Inszenierungsplan wird zugunsten von *Herr Puntila und sein Knecht Matti* aufgegeben. Die Aufzeichnungen sind ursprünglich als Ergänzung zum Abdruck des Stücks im Heft 15 der *Versuche* vorgesehen, Elisabeth Hauptmann korrigiert die Druckfahnen 1956, läßt den Text dann aber (vermutlich auf Wunsch Brechts) weg.

ZU »DER HOFMEISTER VON JAKOB MICHAEL REINHOLD LENZ« (Band 8)

357,5 *Anmerkungen]* T: Erstdruck. E: Um 1950. ED: *Versuche*, Heft 11 (*Versuche 25/26/35*), Berlin/West: Suhrkamp Verlag 1951, S. 56-66 (Teil des 35. Versuchs).

Der Text entsteht nach der Aufführung des Stückes am Berliner Ensemble (Premiere: 15. April 1950; Regie: Brecht / Caspar Neher; Bühnenbild: Caspar Neher; mit Hans Gaugler als Hofmeister Läuffer) und bildet vermutlich die Grundlage für ein geplantes Modellbuch (worauf auch die folgenden Texte hinweisen). In ein weiteres Typoskript (das geringfügig abweicht) sind neun Fotos der Aufführung (ähnlich wie beim *Galilei*-Modell *Aufbau einer Rolle. Laughtons Galilei*, vgl. Band 25) eingeklebt. Unter dem Titel *Beispiele szenischer Analysen* sind die Abschnitte zu den Szenen 13-15 in *Theaterarbeit* (vgl. zu 71,8), S. 88 f., aufgenommen.

Der Abschnitt *Probenergebnisse* (357,7-21) liegt in einem Typoskript vor, das von der Textgrundlage abweicht: 357,7 *Probenergebnisse]* Überschrift fehlt. 357,8.f *Bei der Aufführung ... Regiekollegium]* »Das Regiekollegium bestand«. 357,13 *auf Zuruf vom]* »auf Grund von Zurufen aus dem«. 357,16 *schöpferischen]* Fehlt. 357,17 *bei der das Bewußtsein zu kurz kommt.]* »welche dem Unterbewußten Vorschub leistet«; hier schließt der Text 371,32-372,7 (Einleitung zu dem Text *Episierungen*) an. 357,19 f. *und Beschreibungen]* Fehlt.

357,10 *Nehers Vorgangsskizzen]* Brecht orientiert sich bereits bei früheren Arbeiten mit Neher an dessen zeichnerischen Vorschlägen für Positionen und Arrangements der Bühnenfiguren: »Manchmal bekommen wir von vornherein seine Bilder, und er hilft uns dann bei den Gruppierungen und Gesten und nicht selten bei der Charakterisierung der Personen und der Art, wie sie sprechen.« (*Rede des Stückeschreibers über das Theater des Bühnenbauers Caspar Neher*, in: *Der Messingkauf*, vgl. Band 22.) Vier Szenenskizzen zum *Hofmeister* von Caspar Neher sind in *Theaterarbeit* (vgl. zu 71,8), S. 115 und 117, veröffentlicht.

357,17 f. *Geprobt wurde neun Wochen]* Die Proben zu *Der Hofmeister* beginnen Anfang Februar 1950 (Premiere: 15. April 1950).

357,19 f. *von R. Berlau ... Modellbuch angefertigt]* Brecht beauftragt Ruth Berlau, von den Inszenierungen des Berliner Ensembles Fotomodellbücher herzustellen. Sie hat bereits an den Modellbüchern *Aufbau einer Rolle. Laughtons Galilei* und *Antigonemodell 1948* mitgearbeitet und zeichnet später für die Herausgabe der gedruckten Modellbücher verantwortlich (vgl. Band 25).

358,1 *Der Scharrfuß]* Verbeugung mit zurückgezogenem Fuß.

359,1 *Lektüre des Klopstock]* Fritz von Berg und Gustchen lesen in der zweiten Szene Verse aus Friedrich Gottlieb Klopstocks *Oden* (1771).

359,3 f. *olympischer Vater]* Der Geheime Rat von Berg.

359,35 *auf dem Kochischen Theater]* Der Schauspieler und Theaterprinzipal Gottfried Heinrich Koch beginnt seine Laufbahn bei der Neuberin in Leipzig, gründet dort 1750 eine eigene Schauspielergesellschaft, mit der er in Leipzig und ab 1771 ständig in Berlin auftritt.

361,5 *agricola]* (Lat.) Landmann, Bauer.

361,9 f. *Zietens Husaren]* Hans Joachim von Zieten (auch: Ziethen) ist unter Friedrich II. der bekannteste Reitergeneral, in den Schlesischen Kriegen (1740-1742 und 1744/45) kämpft seine Truppe gegen die Österreicher.

362,15 f. *Glaubensbekenntnis ... geschaffen hat«]* Hier: die evangelische Bekenntnisformel nach Martin Luthers *Der kleine Katechismus* mit der Anfangszeile der dazugehörigen Erklärung zum ersten Artikel des zweiten Hauptstücks (*Der Glauben*), die Gustchen im folgenden weiter aufsagt.

363,5 *Tatzenstock]* Schulmeisterlineal, Rohrstock (abgeleitet von Tatze: Schlag).

363,19 *Ein Königreich für ein Pferd!]* Zitat aus William Shakespeares *König Richard III.*, V,4.

363,29 *bukolischer Gärtnerschürze]* Bukolisch: im Stile ländlicher Idyllik (Bukolik: Hirtendichtung).

364,34 *trägt er bereits ein Schillerhemd]* Nach Friedrich Schiller benanntes Hemd mit offenem Kragen, der über dem Jackenkragen getragen wird, eine Opposition gegen die bestehenden Kleiderordnungen (und damit gegen überalterte Verhältnisse).

365,37 *Julia-Monolog]* In der 10. Szene rezitiert Gustchen aus William Shakespeares *Romeo und Julia* (um 1595), den Monolog der Julia aus II,4.

366,15 *Gestapometzger Heyderich]* SS-Obergruppenführer Reinhard Heydrich leitet ab 1936 die Sicherheitspolizei und die Gestapo (Geheime Staatspolizei), berüchtigt für terroristische Maßnahmen in seiner Funktion als stellvertretender Reichsprotektor von Böhmen und Mähren. Ihm werden musikalische Neigungen nachgesagt. Das Attentat auf Heydrich regt Brecht 1942 zu dem Film *Hangmen Also Die* an.

366,17 *Largo]* Gemeint ist vermutlich die Instrumentalfassung einer Arie aus der Oper *Xerxes* (1738) von Georg Friedrich Händel.

368,5 *chronique scandaleuse]* (Franz.) Klatschgeschichten.

368,25 f. *dem türkischen Marsch Mozarts]* Wolfgang Amadeus Mozart, *Klaviersonate A-Dur* (1778), KV 331, Schlußsatz.

368,26 *Tschinelle]* (Ital.) Becken, Schlaginstrument aus Messing.

369,17 f. *»Soll ich mir's ausreißen...«]* Anspielung auf Matthäus

5,29: »Wenn dich aber dein rechtes Auge zum Bösen reizt, so reiß es heraus und wirf's von dir.« (Zum gestischen Gehalt dieses Bibelwortes vgl. *Über gestische Musik*, Band 22.)

370,4 f. *Origenes]* Der griechische Theologe Origines soll sich der Überlieferung zufolge selbst entmannt haben.

370,6 f. *Schweizer Stückeschreiber Frisch]* Max Frisch, der mit Brecht seit dessen Aufenthalt in der Schweiz 1947 bekannt ist, besucht ihn Ende April / Anfang Mai 1950 in Berlin und sieht sich am 1. Mai 1950 die *Hofmeister*-Aufführung des Berliner Ensembles an.

370,13 *Schauspieler Maurer]* Friedrich Maurer spielt den Dorfschullehrer Wenzeslaus.

371,24 f. *der alte Adam]* Die Redewendung geht zurück auf Römer 6,6 und steht für: Urheber der Sünde und des Todes.

371,30 *Episierungen]* T: Erstdruck. E: Um 1950. ED: *Versuche*, Heft 11 (*Versuche 25/26/35*), Berlin/West: Suhrkamp Verlag 1951, S. 67-72 (Teil des 35. Versuchs).

Der Text entsteht aus Vorarbeiten seiner Mitarbeiter Egon Monk und Benno Besson während der Proben. Dazu schreibt Brecht: »Lasse jetzt den Text einiger Szenen von den Assistenten in Geschichtenform abfassen, so daß die Schauspieler ihren Text in der dritten Person, mit beschreibenden Zufügungen, lesen können. Lesend vollführen sie dann die Bewegungen und Hauptgesten. Dies klärt Gehalt und Gang der Szene [...].« (*Journale*, 8. März 1950.) Brecht redigiert die Texte für den Abdruck in Heft 11 der *Versuche*. Auszüge davon nimmt er unter dem Titel *Beispiel einer Episierung* (Szene 14a) in *Theaterarbeit* (vgl. zu 71,8), S. 94-96, auf.

372,32 *»on ne peut pas mieux«]* (Franz.) wie man es nicht besser kann.

372,37 *dem Kochischen Theater]* Vgl. zu 359,35.

373,29 *embarrassiert]* (Franz.) verwirrt.

373,34 f. *in Berlin eine Bank]* Friedrich II. gründet am 20. Juli 1765 die Königliche Bank in Berlin, die nach kurzer Zeit bankrott geht.

373,35 *die Akzise auf französischem Fuß]* Anspielung auf die von Friedrich II. 1766 gegründete »Administration générale des Accises et Péages« (Generalverwaltung für Steuern und Zölle, kurz »Regie« genannt), mit der er die Steuerpacht nach französischem Vorbild einführen will.

373,40 *»à la bonne heure!«]* (Franz.) Redefloskel im Sinne von »Nichts für ungut!«.

374,2 *den sodomitischen Untergang]* Vgl. 1 Mose 19,24: Sodom und Gomorrha werden wegen ihrer Sittenlosigkeit von Gott vernichtet.

374,34 *»Parbleu«]* (Franz.) Veraltet für: potztausend!; Donnerwetter.

375,15 *blaken]* (Niederdt.) schwelen, rußen.

376,3 *Kinderlehre]* Schulunterricht, Katechismusunterricht.

377,24 *Wolf in Schafskleidern]* Sprichwörtlich nach Matthäus 7,15.

377,30 *ihrem Vater]* Anders als im Stück, wo von »Paten« und »Mündel« die Rede ist, wird hier (wohl irrtümlich) von »Vater« (gleichzeitig »Vormund«) und »Tochter« gesprochen.

378,15 *Gugelhupf]* Napfkuchen.

379,10f. *»Seid fruchtbar und mehret euch«]* 1 Mose 1,28.

379,35 *Über das Poetische und Artistische]* T: Erstdruck. E: Um 1950. ED: *Versuche*, Heft 11 (*Versuche 25/26/35*), Berlin/West: Suhrkamp Verlag 1951, S. 73-78 (Teil des 35. Versuchs).

In einem Typoskript lautet der Titel *Über das Poetische*. Auszüge (Teil des Einführungsabschnitts und 3 Beispiele: 15.-17. Szene) nimmt Brecht in *Theaterarbeit* (vgl. zu 71,8), S. 93 f., auf.

380,15 f. *die für das Theater keinerlei]* In der Textgrundlage: »die für das Theater, die keinerlei« (so auch im Typoskript); möglicherweise sollte »die für das Theater« gestrichen werden.

381,14 *Dantes »Inferno«]* Erster Teil von Dante Alighieris *Göttlicher Komödie*, der einen Gang durch die Hölle (Inferno) darstellt (*Divina commedia*, 1307-1321, dt. 1767-1769 in Prosa, 1809-1821 in Versen). Im 5. Gesang wird beschrieben, wie zwei Liebende über die Lektüre eines Buches zur Vereinigung finden.

381,16 *Klopstocklesen]* Vgl. zu 359,1.

382,2 *Darsteller des Leopold]* Joseph Noerden.

382,15 *in den Notizen beschrieben]* Vgl. 359f.

383,10f. *der Scheffel ... das Licht]* Anspielung auf die Redewendung »sein Licht unter den Scheffel stellen«, vgl. Matthäus 5,15.

384,2 *»Ein Königreich für ein Pferd!«]* Vgl. zu 363,19.

384,12 *diese katalaunischen Schlachten]* Auf den katalaunischen Feldern (Gebiet in der Champagne/Frankreich) wird 451 der Hunnenkönig Attila mit seinem Heer vom römischen Feldherrn Aetius geschlagen. Der Sage nach bekämpften sich die Geister der Gefallenen noch drei Tage nach der Schlacht weiter.

385,7f. *auf Flügeln des Gesanges]* Anspielung auf Heinrich Heines Lied, *Lyrisches Intermezzo*, Nr. 9 (1823).

385,10 *Tolstois »Kreutzersonate«]* Erzählung von Lew Tolstoi (1887), in der die Unmöglichkeit der Ehe als sozialer Einrichtung dargestellt wird.

385,10 *Dantes »Inferno«-Gesang]* Vgl. zu 381,14.

385,14 *des Largos]* Vgl. zu 366,17.

386,8 *wäscht sich die Hände in Unschuld]* Redensart, geht zurück auf 5 Mose 21,1-9, sprichwörtlich geworden durch den Ausspruch des Pilatus (Matthäus 27,24).

386,14 *Station des Kalvarienberges]* (Von lat. calvaria: Hirnschädel) »Schädelstätte«, besonders Bezeichnung für den Kreuzigungsort Jesu; das Ende des katholischen Kreuzweges und seiner Andachtsstationen.

386,15 f. *der Kelch, der nicht vorübergehen will]* Vgl. dazu Matthäus 26,39, wo Jesus vor der Kreuzigung spricht: »Mein Vater, ist's möglich, so gehe dieser Kelch von mir.«

386,34 *auf dem Parnaß]* Der mittelgriechische Gebirgszug galt in der Antike als Sitz der Musen (Göttinnen der Künste und Wissenschaften).

386,36 *Schierlingstrank]* Der Philosoph Sokrates ist wegen seiner Lehre zum Tode verurteilt worden und hat freiwillig den Trank mit dem Gift der Schierlingspflanze, das in der Antike zur Hinrichtung verwendet worden ist, genommen.

387,1 f. *die Peitsche vergessen]* Anspielung auf Friedrich Nietzsches *Also sprach Zarathustra* (1883-1885), wo es im Kapitel *Von alten und jungen Weiblein* heißt: »Du gehst zu Frauen? Vergiß die Peitsche nicht!«

387,32 *Hans im Glück]* Titelfigur eines Märchens aus Jakob und Wilhelm Grimms *Kinder- und Hausmärchen* (1812-1815). Vgl. Brechts gleichnamiges Stückprojekt (Band 10).

388,1 *Stückwahl]* T: Erstdruck. E: Um 1950. ED: *Theaterarbeit* (vgl. zu 71,8), S. 83.

Den Text schreibt Brecht für *Theaterarbeit.* In einem Typoskript lautet die Überschrift *Bemerkungen.*

388,11 f. *seinen ersten Niederschlag in Deutschland]* Jakob Michael Reinhold Lenz knüpft mit seiner Komödie *Der Hofmeister oder Vorteile der Privaterziehung* (1774) an die offene Form Shakespeares an und sprengt im Bemühen um ein Charakterdrama die Einheit von Zeit, Ort und Handlung.

388,27 *»Kisten«]* T: Erstdruck. E: Um 1950. ED: *Theaterarbeit* (vgl. zu 71,8), S. 102 f.

Brecht schreibt den Text für *Theaterarbeit.*

388,39 *Gauglers]* Hans Gaugler spielt den Hofmeister Läuffer.

389,7 *Annemarie Hase]* Darstellerin der Majorin von Berg.

389,7 f. *in der Szene]* 11. Szene.

389,8 *eines geckenhaften Besuchers]* Bezieht sich auf den Grafen Wermuth.

389,12 f. *des sanften Händelschen Largos]* Vgl. zu 366,17.

389,16 *In der neunten Szene]* Gemeint ist die 11. Szene.

389,16 *Gnass als Major]* Friedrich Gnass spielt den Major von Berg.

389,31 *Noerden als Leopold]* Joseph Noerden spielt die Rolle des Leopold von Berg.

390,1 *Das aufsässige Menuett]* T: Erstdruck. E: Um 1950. ED: *Theaterarbeit* (vgl. zu 71,8), S. 105-107.

Der Text entsteht für *Theaterarbeit*. Ein Typoskript ist überschrieben mit »*Gaugler in der dritten Szene des ›Hofmeister‹* / Läuffer: Gaugler, Majorin: Hase, Leopold: Noerden«.

391,9 *Das Opferlamm]* T: Erstdruck. E: Um 1950. ED: *Theaterarbeit* (vgl. zu 71,8), S. 108.

Den Text schreibt Brecht für *Theaterarbeit*. Auf einem Typoskript lautet die Überschrift *Thalbach in der elften Szene des »Hofmeisters«*.

391,11 *Thalbach]* Sabine Thalbach.

391,12 *Schaefers]* Gert Schaefer.

391,30 *Das Geschmackliche bei der Aufführung]* T: Erstdruck. E: Um 1950. ED: *Theaterarbeit* (vgl. zu 71,8), S. 113.

Der Text entsteht für *Theaterarbeit*.

Ein Typoskript mit dem Titel *Das Geschmackliche in der »Hofmeister«-Aufführung* hat folgende Fassung:

> Bei der Darstellung der deutschen Misere zu Ende des achtzehnten Jahrhunderts schien das Geschmackliche von besonderer Bedeutung. Die Farben und der Schnitt der Kostüme mußten erlesen sein, ebenso die Möbel und alles, was an Architektur gezeigt werden konnte. Auch kam es auf die Grazie der Bewegungen und die Musikalität der Sprache an. Zumindest hierin mußte angedeutet werden, wie tief die Bourgeoisie in dem folgenden Jahrhundert ihres materiellen und politischen Aufschwungs in kultureller Hinsicht gesunken ist. Wird doch in der Komödie schließlich nur der Wurm gezeigt, der sich später zum Lindwurm entwickelte.

391,33 f. *der deutschen Misere]* Der Begriff geht auf Friedrich Engels zurück, der in seinem Aufsatz *Karl Grün: »Über Goethe vom menschlichen Standpunkte«* (1847) schreibt:

> Goethe verhält sich in seinen Werken auf eine zweifache Weise zur deutschen Gesellschaft seiner Zeit. [...] es ist ein fortwährender Kampf in ihm zwischen dem genialen Dichter, den die Misere seiner Umgebung anekelt, und dem behutsamen Frankfurter Ratsherrnkind resp. Weimarschen Geheimrat, der sich genötigt sieht, Waffenstillstand mit ihr zu schließen und sich an sie zu gewöhnen. So ist Goethe bald kolossal, bald kleinlich; bald trotziges, spottendes, weltverachtendes Genie, bald rücksichtsvoller, genügsamer, enger Philister. Auch Goethe war nicht imstande, die deutsche Misere zu besiegen; im Gegenteil, sie besiegte ihn, und dieser Sieg der Misere über den größten Deutschen ist der beste Beweis dafür, daß sie »von innen heraus« gar nicht zu überwinden ist. (Marx/Engels, *Werke*, Band 4, Berlin/DDR 1971, S. 232 f.)

Brecht bezeichnet damit den Zustand, den er in *Die Dialektik auf dem Theater* (Band 23) wie folgt beschreibt: »Der reinigende Prozeß einer Revolution war Deutschland nicht beschieden worden. Die große Umwälzung, die sonst im Gefolge einer Revolution kommt, kam ohne sie.«

392,8 *Ist der »Hofmeister« ein »negatives Stück«?]* T: Erstdruck. E: Um 1950. ED: *Theaterarbeit* (vgl. zu 71,8), S. 120.

Den Text schreibt Brecht für *Theaterarbeit*. Von wem Einwände, es handle sich um ein »negatives Stück«, erhoben worden sind, konnte nicht ermittelt werden.

392,17 *der deutschen Misere]* Vgl. zu 391,33 f.

392,19 *Erziehungsreform ... in der Republik]* Gemeint ist die demokratische Schulreform in der DDR, die alle Bildungsprivilegien aufhebt.

392,21 *»Tartuffe«]* Die Komödie *Le Tartuffe ou l'imposteur* von Molière (1664-1667).

392,21 *»Don Quichote«]* Roman von Miguel de Cervantes Saavedra (1605-1615).

392,22 *»Revisor«]* Komödie von Nikolai Wassilewitsch Gogol (1836).

392,22 *»Candide«]* Roman von Voltaire (1664).

ZU »BIBERPELZ UND ROTER HAHN VON GERHART HAUPTMANN« (Band 8)

393,5 *Die Mutter Wolffen der Giehse]* T: Typoskript. E: 1951. Brecht schreibt den Text für *Theaterarbeit* (vgl. zu 71,8), nimmt ihn aber nicht auf.

Brechts gemeinsame Bearbeitung der beiden Stücke von Gerhart Hauptmann (*Biberpelz*, 1893; *Der rote Hahn*, 1901) hat am 24. März 1951 Premiere (Regie: Egon Monk; Ausstattung: Heinz Pfeiffenberger).

393,7 *Die große Menschendarstellerin]* Brecht lernt Therese Giehse im Juli 1929 in München bei den Endproben zur *Dreigroschenoper* (als Celia Peachum) kennen. Sie wirkt später in wesentlichen Uraufführungen Brechtscher Stücke am Zürcher Schauspielhaus mit: 1941 in der Titelrolle von *Mutter Courage und ihre Kinder*, 1943 als Hausbesitzerin Mi Tzü in *Der gute Mensch von Sezuan* und 1948 unter Brechts Regie als Schmuggleremma in *Herr Puntila und sein Knecht Matti*. 1949 engagiert Brecht sie für die Titelrolle in *Wassa Schelesnowa* von Maxim Gorki an das Berliner Ensemble. 1950 inszeniert er mit ihr als Courage an den Münchner Kammerspielen sein Stück *Mutter Courage und ihre Kinder* in einer Modellaufführung. Nochmals gastweise spielt die Giehse 1951 am Berliner Ensemble Mutter Wolffen und Frau Fielitz in *Biberpelz und Roter Hahn* von Gerhart Hauptmann, inszeniert dort 1952 Kleists Lustspiel *Der zerbrochene Krug* und tritt dabei als Marthe Rull auf.

393,10 *Das bestehende System der Besucherorganisation]* Zu dieser Zeit wird ein Teil der Theaterkarten (für Werktätige) durch die 1890 gegründete Besucherorganisation Volksbühne vertrieben, 1953 übernimmt diese Aufgabe in der DDR der FDGB (Freier Deutscher Gewerkschaftsbund).

393,17 *Bearbeitung von »Biberpelz« und »Der rote Hahn«]* T: Erstdruck. E: 1951. ED: *Theaterarbeit* (vgl. zu 71,8), S. 177.

Der Text entsteht für *Theaterarbeit*. Da er dort unmittelbar auf einen Brief Brechts an Berthold Viertel (vom November 1950) mit Gedanken zu dem Hauptmann-Projekt folgt, hat Brecht die Überschrift des dem Druck zugrunde liegenden Typoskripts *Bearbeitung von »Biberpelz« und »Der rote Hahn«* weggelassen.

394,1 *Canossagang]* Redensart für eine besonders tiefe Demütigung; sie geht zurück auf den Kniefall, den Kaiser Heinrich IV. 1077 in Canossa vor Papst Gregor VII. macht, um die Zurücknahme des über ihn verhängten Bannes zu erreichen.

394,26 *Denn sie wissen, was sie tun]* T: Erstdruck. E: 1951. ED: *Theaterarbeit* (vgl. zu 71,8), S. 211 f.

Den Text schreibt Brecht für *Theaterarbeit*. Auf einem Typoskript lautet die Überschrift *Geschonneck als Wehrhahn (»Biberpelz« und »Roter Hahn«, letzter Akt)*.

394,26 *Denn sie wissen, was sie tun]* Umkehrung von Lukas 23,34: »Vater vergib ihnen; denn sie wissen nicht, was sie tun!«

394,37 *die Wacht am Rhein]* Das Lied *Die Wacht am Rhein* (1840) von Max Schneckenburger, verbreitet in der Vertonung von Karl Wilhelm (1854), wird 1870/71 zum antifranzösischen Schlachtgesang und hat bis 1918 den Rang einer Nationalhymne.

394,38 *Phönixhaus]* Anspielung auf den altägyptischen Sagenvogel, der sich alle 500 Jahre selbst verbrennt und verjüngt aus der Asche aufsteigt. Frau Fielitz hat ihr Haus selbst abgebrannt und ein neues gebaut, das eingeweiht werden soll.

395,29 f. *deutsche Flotte]* Durch die Flottenbaugesetze von 1898 und 1900 wird der Aufbau einer deutschen Seekriegsflotte forciert.

395,30 *Viel Feind, viel Ehr'.]* Sprichwörtlich nach dem Wahlspruch des deutschen Landsknechtsführers Georg von Frundsberg (16. Jahrhundert).

396,3 f. *Deutschlands Zukunft ... auf dem Wasser]* Die Redewendung geht auf Kaiser Wilhelm II. zurück. Zur Einweihung des Stettiner Freihafens am 23. September 1898 ergänzt er die Rede des Oberbürgermeisters mit der Feststellung: »Unsere Zukunft liegt auf dem Wasser.«

396,15 *Sprachliches]* T: Erstdruck. E: 1951. ED: *Theaterarbeit* (vgl. zu 71,8), S. 213.

Der Text entsteht für *Theaterarbeit*. In einem Typoskript lautet der Titel *Sprache*.

396,28 *Croquis]* (Franz.) Riß, Plan, Skizze.

396,28 f. *der babylonischen Sprachmischung]* Vgl. zu 30,7.

396,32 f. *Krautjunker]* Abfällige Bezeichnung für die ostelbischen, preußischen Landadligen.

396,33 *Forstadjunkten]* Dienstrang im Forstwesen: Forstgehilfe.

397,1 *Die Grundkonzeption der Giehse]* T: Erstdruck. E: 1951. ED: *Theaterarbeit* (vgl. zu 71,8), S. 213 f.

Der Text entsteht für *Theaterarbeit*.

Ein Typoskript hat die Überschrift *Die Mutter Wolffen der Giehse*.

398,24 *Wie spielte Therese Giehse das Altern]* T: Erstdruck. E: 1951. ED: *Theaterarbeit* (vgl. zu 71,8), S. 215 f.

Den Text schreibt Brecht für *Theaterarbeit*.

398,34 f. *Courage in der Münchener Aufführung]* Vgl. zu 265,17 f.

401,1 *Überführung von Naturalismus in Realismus]* T: Typoskript. E: 1951. ED: Vorliegende Ausgabe.

ZU »CORIOLANUS« (Band 9)

402,4 *Anmerkungen]* T: Typoskript. E: 1951.
Den Text schreibt Brecht vermutlich zu Beginn seiner Bearbeitung von Shakespeares Stück *Coriolanus* (1608) im Frühjahr 1951. In *Theaterarbeit* (vgl. zu 71,8) publiziert er die für eine Aufführung am Berliner Ensemble fertiggestellte 1. Szene (S. 419-424). Vgl. auch *Studium des ersten Auftritts in Shakespeares »Coriolan«* in der Textsammlung *Die Dialektik auf dem Theater* (Band 23).

402,16 *Das Vergnügen am Helden]* T: Typoskript. E: Um 1951.
402,22 *Plebs]* Volksmasse, Gesamtheit der freien Bürger des römischen Volkes, die nicht zum herrschenden Patriziat gehören.

403,1 *Neue Fragestellung für Shakespeare]* T: Typoskript. E: Um 1951.

ZU »ANNA SEGHERS. ›DER PROZESS DER JEANNE D'ARC ZU ROUEN 1431‹« (Band 9)

404,5 f. *Dialektische Momente in Bearbeitung und Aufführung von »Prozeß der Jeanne d'Arc«]* T: Typoskript (handschriftlich korrigiert). E: Herbst 1952.

Brecht bearbeitet das gleichnamige Hörspiel von Anna Seghers aus dem Jahre 1937 im Herbst 1952 für die Aufführung durch das Berliner Ensemble (Uraufführung: 23. November 1952, künstlerische Leitung: Brecht; Regie: Benno Besson; Bühnenbild: Hainer Hill; mit Käthe Reichel in der Titelrolle).

404,8 *(B)]* Bedeutet Bearbeitung.

404,13 *(A)]* Bedeutet Aufführung.

405,14 *Erste Volksszene]* T: Typoskript (handschriftlich korrigiert). E: Herbst 1952. ED: Vorliegende Ausgabe.

405,14 *Erste Volksszene]* Entspricht der 1. Szene des Stückes, Fassung 1952.

405,17 f. *Breughel ... Jesu]* Anspielung auf das Gemälde *Die Kreuztragung Christi* (1564) von Pieter Breughel, dem Älteren. (Vgl. *Verfremdungseffekte in den erzählenden Bildern des älteren Breughel*, Band 22.)

406,7 *Pars pro toto]* (Lat.) ein Teil steht für das Ganze.

406,13 *jene historischen Gemälde]* Vgl. zu 405,17 f.

406,17 *Arrangement der ersten Volksszene]* T: Typoskript. E: Herbst 1952. ED: Vorliegende Ausgabe.

407,1 *Jeanne / Letzte Volksszene]* T: Typoskript. E: Herbst 1952.

407,1 *Letzte Volksszene]* Entspricht der 14. Szene des Stückes.

407,11 *»Ja, geht heim, geh heim, Johnny«]* Im Stück heißt es: »Henry, geh heim!«.

407,19 *im Englischem Gruß]* Katholisches Gebet nach Lukas 1,28 und 1,42: Gruß des Engels Gabriel an Maria (lat.: Ave Maria).

407,26 *Prozeß der Jeanne d'Arc]* T: Typoskript. E: Herbst 1952. ED: Vorliegende Ausgabe.

407,35 *Das Spottlied]* T: Typoskript. E: Herbst 1952.

Zu dem Spottlied (»Der Bischof Cauchon von Beauvais«) ist eine Komposition Brechts überliefert.

ZU »TURANDOT ODER DER KONGRESS DER WEISSWÄSCHER« (Band 9)

409,5 *Vorwort zu »Turandot«]* T: Typoskript (handschriftlich korrigiert). E: Sommer 1953. ED: Vorliegende Ausgabe.

409,8 *ein schreckliches Ereignis]* Gemeint sind die Ereignisse des 17. Juni 1953 in der DDR. Den tiefen Eindruck, den das Geschehen dieses Tages auf Brecht macht, schildert er seinem Verleger Peter Suhrkamp in einem ausführlichen Brief mit folgender Zusammenfassung:

> Lieber Suhrkamp, machen wir uns nichts vor: Nicht nur im Westen, auch hier im Osten Deutschlands sind »die Kräfte« wieder am Werk. Ich habe an diesem tragischen 17. Juni beobachtet, wie der Bürgersteig auf die Straße das »Deutschlandlied« warf und die Arbeiter es mit der »Internationale« niederstimmten. Aber sie kamen, verwirrt und hilflos, nicht durch damit.
>
> Die Sozialistische Einheitspartei Deutschlands hat Fehler begangen, die für eine sozialistische Partei sehr schwerwiegend sind und Arbeiter, darunter auch alte Sozialisten, gegen sie aufbrachten. Ich gehöre ihr nicht an. Aber ich respektiere viele ihrer historischen Errungenschaften, und ich fühlte mich ihr verbunden, als sie – nicht ihrer Fehler, sondern ihrer Vorzüge wegen – von faschistischem und kriegstreiberischem Gesindel angegriffen wurde. Im Kampf gegen Krieg und Faschismus stand und stehe ich an ihrer Seite. (Brief an Peter Suhrkamp, 1. Juli 1953.)

Vgl. außerdem *Zum 17. Juni 1953* und *Notwendigkeit einer großen Aussprache* (Band 23).

409,12 *Vertreibung der kriegerischen Junker]* Vgl. zu 313,31.

409,12 f. *Übernahme ... in die öffentliche Hand]* Nach einem Volksentscheid im Lande Sachsen am 30. Juni 1946 (mit 77,6% Zustimmung) über die entschädigungslose Enteignung der Betriebe von aktiven Nationalsozialisten und Kriegsverbrechern werden in der sowjetisch besetzten Zone Deutschlands diese Betriebe in Volkseigentum überführt.

409,13 f. *Zulassung ... zum Studium]* Um jungen Arbeitern und Bauern die Vorbereitung auf ein Hochschulstudium zu erleichtern, werden für sie 1945 in der sowjetisch besetzten Zone Deutschlands Vorstudienanstalten gebildet; 1949 entstehen daraus die Arbeiter-und-Bauern-Fakultäten an den Universitäten und Hochschulen der DDR.

409,23 f. *Notwendigkeit ... wiedergutzumachen]* Das Potsdamer Abkommen vom 2. August 1945 legt fest, daß durch Reparationen ein Teil der von den Deutschen im zweiten Weltkrieg angerichteten Schäden wiedergutzumachen ist.

409,35-37 *Eine Revolution ... erhoben]* Brecht hofft gegen Ende des Krieges noch auf eine Erhebung des deutschen Volkes gegen das Hitlerregime (vgl. *Journale*, 12. September 1944, 10. März 1945).

410,21 *Anmerkungen]* T: Typoskript. E: Sommer 1953.

410,30 *Tuis]* Wortbildung aus Tellekt-uell-in. Eine Definition Brechts lautet: »Der Tui ist der Intellektuelle dieser Zeit der Märkte und Waren. / Der Vermieter des Intellekts.« (*Der Tuiroman*, Band 17.)

411,1 *»Turandot« und die Intellektuellen]* T: Typoskript. E: Sommer 1953.

411,6f. *ein Roman, ... ein Band Erzählungen]* Vgl. *Der Tuiroman* und darin die *Tuigeschichten* (Band 17).

411,7 *eine Folge kleiner Stücke]* Die Stücke sind im Nachlaß nicht überliefert.

411,8 *ein Bändchen von Traktaten]* Vgl. *Tuitraktate* im *Tuiroman* (Band 17).

411,10f. *die den Verfasser seit Jahrzehnten beschäftigen]* Erste Zeugnisse der Beschäftigung mit dem Turandot-Stoff und parallel dazu mit dem Tui-Komplex stammen vom Anfang der dreißiger Jahre.

411,14 *Bemerkungen zu »Turandot«]* T: Typoskript. E: Sommer 1953.

411,17 *in den dreißiger Jahren]* Vgl. zu 411,10f.

411,18 *zu einem Roman]* Vgl. zu 411,6f.

ZU »DON JUAN VON MOLIÈRE« (Band 9)

412,4 *Wie soll man Molière spielen?]* T: Typoskript (handschriftlich korrigiert). E: Anfang 1954.

Brecht bearbeitet Molières Komödie *Dom Juan* mit Benno Besson und Elisabeth Hauptmann 1951/52 für eine Aufführung am Berliner Ensemble. Die Proben beginnen Anfang 1954. Premiere, und gleichzeitig erste Vorstellung des Berliner Ensembles im Theater am Schiffbauerdamm, ist am 19. März 1954; Regie: Benno Besson; Bühnenbild: Hainer Hill; mit Erwin Geschonneck in der Titelrolle.

Die Zusammengehörigkeit dieser beiden Absätze auf einem Typoskriptblatt ist nicht gesichert. Zwischen dem ersten und zweiten Abschnitt notiert Brecht in der Textgrundlage »Kutschinski!!«, vermutlich ein Hinweis auf den Wirtschaftshistoriker Jürgen Kuczynski.

412,23-25 *sich durch ... diese beschädigt haben.]* So in der Textgrundlage.

412,11 *»Don Juan«]* Molières Komödie *Dom Juan ou Le festin de pierre* (dt.: *Don Juan oder Der steinerne Gast*) entsteht 1664/65.

412,28 *Notate zu »Don Juan«]* T: Typoskript. E: Anfang 1954.

Der Text entsteht während der Proben am Berliner Ensemble.

412,31 *magnifizenten]* Magnifizent: prunkhaft, prächtig, herrlich.

413,3 *die Musik Lullys]* Für die Aufführung werden Kompositionen von Jean-Baptiste Lully, dem Hofkomponisten Ludwigs XIV. und Zeitgenossen Molières, in der musikalischen Einrichtung von Paul Dessau verwendet.

413,27 *Felsen Petri]* Anspielung auf den Apostel Petrus, dessen Name im Griechischen Fels bedeutet und der als Begründer des römischen Papsttums gilt (Stuhl Petri; vgl. auch Matthäus 16,18).

414,2 *der Epikureer]* Anhänger der Lehre des griechischen Philosophen Epikur, der sich für eine diesseitsbezogene, furchtlose und beschauliche Lebensweise eingesetzt hat. Seit der römischen Zeit steht der Begriff auch für Genußmensch.

414,2 *Gassendi-Schüler]* Der französische Philosoph und Naturwissenschaftler Pierre Gassendi, ein Zeitgenosse Molières, begründet seine Anschauungen auf den Lehren des Epikur.

414,11 f. *Bessons Inszenierung des »Don Juan« beim Berliner Ensemble]* T: Erstdruck. E: Sommer 1954. ED: *Sinn und Form*, Berlin/DDR, 1954, Heft 6, S. 780-782.

Während einer Pressekonferenz bei einem Gastspiel des Berliner Ensembles in Paris Ende Juni 1954 versäumt Brecht bei einer Information über die *Don Juan*-Inszenierung, den anwesenden Regisseur Benno Besson vorzustellen. Darauf aufmerksam gemacht, bittet

Brecht Besson um Entschuldigung und teilt ihm mit, er wolle »einen kleinen Artikel über Ihre Aufführung schreiben und ihn an Frau Sereau zur Veröffentlichung schicken« (Brief an Benno Besson, 15. Juli 1954). Ein Druck in Frankreich aus der Zeit konnte nicht ermittelt werden.

414,14 *Als Shakespeare von deutschen Truppen...]* Ende des 16. und Anfang des 17. Jahrhunderts findet Shakespeares Werk durch Schauspieltruppen englischer Wanderbühnen in Deutschland Verbreitung und wird bald von deutschen Wandertruppen übernommen.

414,16f. *die Klassik reinigte ... die Texte]* Bezieht sich auf die gedruckten Übersetzungen von Christoph Martin Wieland (1762-1766) und Johann Joachim Eschenburg (1775-1782).

414,24f. *Der Geizhals]* Titelfigur aus Molières Komödie *L'avare* (1668, dt.: *Der Geizige*).

414,26 *Dandin]* Titelfigur aus Molières Komödie *George Dandin ou Le mari confondu* (1668, dt.: *George Dandin*).

414,27 *Wozzek]* Gemeint ist die Titelfigur aus Georg Büchners *Woyzeck* (1835/36). Den Titel *Wozzek* gab auch Alban Berg seiner Oper (1925) nach dem Stück von Büchner (das zunächst unter dem Titel *Wozzek* publiziert worden ist).

414,38f. *Als der englische Schauspieler ... verfilmte]* Der englische Spielfilm *Henry V* (Heinrich V.) entsteht 1945 (Produktion: Two Cities; Drehbuch: Alan Dent nach William Shakespeares gleichnamigen Stück; Regie: Laurence Olivier, der auch die Titelrolle spielt; Premiere: 10. September 1945).

415,1f. *Shakespeares Globetheater]* Am Südufer der Themse gelegenes Londoner Theater, 1599 erbaut, die Hauptwirkungsstätte William Shakespeares. Sein Stück *Heinrich V.* wird dort als eines der ersten Stücke aufgeführt.

415,14 *den Marloweschen Faust]* Christopher Marlowes Tragödie *The Tragical History of the Horrible Life and Death of Doctor Faustus* (um 1588, Die tragische Geschichte vom Leben und Tod des Dr. Faustus).

416,2 *In der berühmten Bettlerszene] Don Juan*, IV,2.

416,4 *Libertin]* (Franz.) ursprünglich: Freigeist; dann: liederlicher Mensch, Wüstling.

416,14 *Tradition der französischen Bühne]* Der aus der französischsprachigen Schweiz stammende Regisseur Benno Besson ist mit dieser Theatertradition gut vertraut.

ZU »PAUKEN UND TROMPETEN« (Band 9)

417,4 *»Pauken und Trompeten« (nach Farquhar)]* T: Typoskript. E: 1955.

Brecht bearbeitet George Farquhars *The Recruiting Officer* (1706, dt.: Der Werbeoffizier) mit Elisabeth Hauptmann und Benno Besson für das Berliner Ensemble (Premiere: 19. September 1955, Regie: Benno Besson, Bühnenbild: Karl von Appen; mit Dieter Knaup als Captain Plume und Regine Lutz als Victoria Balance).

417,10 *in dem er stationiert ist]* In der Textgrundlage ist das Wort »er« verschrieben und gestrichen.

417,19 *»Pauken und Trompeten«, erste Szene]* T: Typoskript. E: 1955.

417,36 *»Pauken und Trompeten«, Captain Plume]* T: Typoskript. E: 1955.

417,38 f. *der englischen Restaurationskomödie]* Farquhars Komödie schließt an die sogenannte Sittenkomödie (»comedy of manners«) des 17. Jahrhunderts in England an.

421,4 *Therese Giehse als Wassa Schelesnowa]* T: Erstdruck. E: 1951. ED: *Theaterarbeit* (vgl. zu 71,8), S. 61 f.

Den Text schreibt Brecht für *Theaterarbeit*. Als zweite Inszenierung bringt das Berliner Ensemble am 23. Dezember 1949 Maxim Gorkis Drama *Wassa Schelesnowa* (1936) heraus. Berthold Viertel erhält den Regieauftrag. Das Bühnenbild entwirft Teo Otto, die Titelrolle spielt Therese Giehse. Die Aufführung ist sehr erfolgreich; am 17. Januar 1950 schreibt Brecht in einem Brief an Viertel: »Lieber Viertel, wir hören, die Russen – der Plural wird gebraucht, weil man einzelne nicht kennt – seien begeistert von Ihrer Aufführung, bis zu der Bemerkung, eine solche Gorkiaufführung könne man in Moskau nicht sehen; was allerhand Lob bedeutet! Sie scheint auch noch in Ordnung oder sogar eindrucksvoller geworden; Giehse sagt, der Beifall wachse noch. Sie haben eine große Visitenkarte abgegeben.«

421,7 *Ingenium]* Talent, Begabung.

423,30 *Teo Ottos »Wassa Schelesnowa«-Bühne]* T: Erstdruck. E: 1951. ED: *Theaterarbeit* (vgl. zu 71,8), S. 63.

Brecht schreibt den Text für *Theaterarbeit*.

ZU »URFAUST« VON JOHANN WOLFGANG GOETHE

Frühjahr 1952: *Anmerkungen zu einzelnen Szenen*, *Brückenverse zu »Urfaust«* (bei den Proben für die Aufführung in Potsdam).
Anfang 1953: *Humor und Würde* (Antwort auf Bedenken der Techniker des Berliner Ensembles).
Februar/März 1953: *Ist die Aufführung des Fragments gerechtfertigt?*, *Ein dialektisches Moment in der Darstellung*, *Die Faust-Figur* (für den Personenzettel der Aufführung am Berliner Ensemble).

425,4 *Anmerkungen zu einzelnen Szenen]* T: Typoskripte (handschriftlich korrigiert). E: Frühjahr 1952.

Um einen künstlerischen Beitrag zu der Diskussion über Formalismus und über den Wert der Klassik (vgl. u.a. *Zur Formalismusdebatte*, *Notizen über die Formalismusdiskussion*, sowie die 1953 geschriebenen *Thesen zur »Faustus«-Diskussion*, Band 23) anzubieten, entschließt sich Brecht zu einer Aufführung von Goethes *Faust* in der 1773-1775 geschriebenen ersten, fragmentarischen Fassung (dem sogenannten *Urfaust*). Mitte Februar 1952 beginnen die Proben, an denen er sich sehr intensiv beteiligt, für ein im Brandenburgischen Landestheater Potsdam vorgesehenes Gastspiel (Premiere: 23. April 1952, Regie: Egon Monk; Bühnenbild: Hainer Hill; Johannes Schmidt als Faust und Käthe Reichel als Gretchen). Nach dem Test der Aufführung in Potsdam übernimmt Brecht die Inszenierung Anfang 1953 in das Berliner Ensemble und rät Monk, eine Reihe von Umbesetzungen vorzunehmen (Premiere in Berlin: 13. März 1953, mit Paul Albert Krumm als Faust und wiederum mit Käthe Reichel als Gretchen).

In der vorliegenden Ausgabe folgt die Anordnung der Texte der Szenenfolge im Stück. Zuordnungsvermerke »Urfaust« sind weggelassen. 425,26 *sich zu vergewissern]* In der Textgrundlage: »sich zu gewissern«. 426,38 f. *Mephisto ... Reichel ... Mephistos]* In der Textgrundlage jeweils abgekürzt: »M.«, »R.«, »M.s«.

425,8 f. *der Schwarzen Magie]* Im Mittelalter: angeblich mit Hilfe des Teufels und böser Geister ausgeübte Zauberei, im Gegensatz zur sogenannten höheren, weißen Magie, die sich der guten Geister bedient.

426,5 *Die Schülerszene]* 2. Szene der Bühnenfassung.

426,21 *des Depravierten]* Des Verderbten, Verschlechterten.

426,31 *Schwerdtlein-Szene]* 8. Szene der Bühnenfassung.

427,4 *Szene »Wie von dem Fenster dort der Sakristei«]* 14. Szene der Bühnenfassung.

427,11 *Szene »Im Elend! Verzweifelnd!«]* 17. Szene der Bühnenfassung.

427,16 *Brückenverse zu »Urfaust«]* T: Typoskripte. E: Frühjahr 1952.

Wie bei seiner Inszenierung von *Die Antigone des Sophokles* in Chur 1948 (vgl. die Bildlegenden im *Antigonemodell 1948*, Band 25) verwendet Brecht auch bei der Probenarbeit an *Urfaust* sogenannte Brückenverse, die jeweils die Verbindung von Szenendetails oder Szenen erleichtern sollen.

Die Brückenverse sind unterschiedlich überliefert. In einem nicht vollständigen, von Brecht geschriebenen Exemplar fehlen die Zuordnungsüberschriften. Ein anderes Typoskript, das als Textgrundlage dient, weist außer diesen Vermerken mehr Brückenverse auf. Der *Epilog* (429,4-16) ist auf einem Einzelblatt überliefert.

428,1 *Nach »Brunnen«]* Zu diesen Brückenversen gibt es die folgende kürzere Fassung:

Dr. Faustus kam zum Teufel gerannt
Ob er treten dürft in den Ehestand.
Was das sei, der Teufel spricht
Zweien Herren könn er dienen nicht.
Der Ehstand sei ein göttlich Band
Wir aber lieben Sünd und Schand.

428,29 *Gretchen]* In der Textgrundlage: »Gretgen«.

428,29 *Schand.]* In einem Typoskript folgen zwei weitere Verse:

Als sich tät das Kindlein regen
Ist Faust bei anderen gelegen.

429,19 *Humor und Würde]* T: Typoskript (handschriftlich korrigiert). E: Anfang 1953.

Der Text entsteht während der Berliner Proben Anfang 1953, allerdings konnte der Brief, auf den er sich (nach dem Untertitel) bezieht, nicht aufgefunden werden. Nach Auskunft von Käthe Rülicke-Weiler hat es mehrfach Diskussionen Brechts mit Bühnenarbeitern über die *Urfaust*-Inszenierung gegeben.

429,27 *Carows Lachbühne]* In den zwanziger Jahren volkstümliche Kleinkunstbühne am Weinbergsweg in Berlin-Mitte.

429,27f. *dem Deutschen Theater]* Das Berliner Ensemble spielt bis 1954 (ohne eigenes Haus) im Deutschen Theater.

430,21 *»Sozietät«]* Eigentlich Gesellschaft, gesellige Vereinigung.

431,12 *berüchtigte deutsche Misere]* Vgl. zu 391,33f.

431,27 *vom Olymp herab Gelächter]* Anspielung auf das sprichwörtlich gewordene Gelächter der Götter von ihrem Göttersitz, dem Olymp, herab, im achten Gesang von Homers *Odyssee* (Vers 266-367).

431,30 *Ist die Aufführung des Fragments gerechtfertigt?]* T: Erstdruck. E: Februar/März 1953. ED: *Personenzettel* zum *Programmheft »Urfaust«*, Berliner Ensemble, Berlin/DDR, März 1953.

431,38 *Kleists »Guiskard«]* Heinrich von Kleists *Robert Guiskard,* Fragment (des 1. Aktes, 1802-1809).

431,38 *Büchners »Wozzek«]* Vgl. zu 414,27.

432,11 *Faustbüchlein]* Brecht meint hier die *Historia von D. Johann Faustus, dem weitbeschreiten Zauberer und Schwarzkünstler* (1587).

432,18 *Stoff von der Kindesmörderin]* Seit dem 18. Jahrhundert mehrfach gestalteter Stoff in der Literatur, z. B. *Die Kindermörderin* (1776) von Heinrich Leopold Wagner.

432,18 f. *Puppenspiel vom Dr. Faustus]* Das Puppenspiel ist in zahlreichen, nach Fundorten oder Spielern benannten Versionen überliefert; die ersten stammen aus dem 17. Jahrhundert.

432,20 *Hans-Sachs-Vers]* Knittelvers, vierhebiger unregelmäßiger Reimvers, der u.a. von dem Nürnberger Schuhmacher und Dramatiker Hans Sachs verwendet wird. Goethe entdeckt sein Werk wieder und würdigt ihn in seinem Lobgedicht *Hans Sachsens poetische Sendung* (1776).

432,26 f. *beim fertigen Werk]* Goethes *Faust. Der Tragödie erster Teil* erscheint 1808.

432,27 *Einschüchterung durch die Klassizität]* Vgl. Brechts Schrift mit gleichem Titel (Band 23).

433,10 *Ein dialektisches Moment in der Darstellung]* T: Erstdruck. E: Februar/März 1953. ED: *Personenzettel* zum *Programmheft »Urfaust«*, Berliner Ensemble, Berlin/DDR, März 1953.

433,29 f. *einer völligen Neuinszenierung]* Gemeint sind die Wiederaufnahme- und Umbesetzungsproben des Berliner Ensembles (vgl. zu 425,4), die im Februar/März 1953 stattfinden. Nach den kritischen Urteilen der Presse über die Potsdamer Aufführung wertet Brecht die Übernahme des *Urfaust* durch das Berliner Ensemble als Neuinszenierung auf.

434,1 *Die Faust-Figur]* T: Erstdruck. E: Februar/März 1953. ED: *Personenzettel* zum *Programmheft »Urfaust«*, Berliner Ensemble, Berlin/DDR, März 1953.

Ein weiteres Typoskript endet mit dem gestrichenen Satz: »Das Theater darf nicht, wie es oft geschieht, dulden, daß die Faustfigur als eine undankbare Rolle behandelt wird.«

ZU »HANS PFRIEM ODER KÜHNHEIT ZAHLT SICH AUS« VON MARTIN HAYNECCIUS

435,5 *Die Musik zum »Hans Pfriem«]* T: Erstdruck. E: Anfang 1954. ED: Martin Hayneccius, *Hans Pfriem oder Kühnheit zahlt sich aus*, Programmheft des Berliner Ensembles, Berlin/DDR, 1954.

In einer Studioaufführung des Berliner Ensembles inszeniert Käthe Rülicke das von Wera und Claus Küchenmeister bearbeitete Stück *Hans Pfriem oder Kühnheit zahlt sich aus* von Martin Hayneccius (1580 in lat. Sprache: *Hansoframea*, 1582 in dt. Sprache: *Hans Pfriem oder Meister Kecks*). Die Premiere ist am 4. März 1954 (Bühnenbild: Annemarie Rost, mit Heinz Schubert in der Titelrolle). Die Inszenierung ist als »Modellinszenierung für Laienspielgruppen« dokumentiert (Martino Hayneccio, *Hans Pfriem oder Kühnheit zahlt sich aus*, bearbeitet von Wera und Claus Küchenmeister, Inszenierung und Notate: Käthe Rülicke, Leipzig: Friedrich Hofmeister o.J. [1955]).

435,24 *Ist der »Pfriem« ein irreligiöses Werk?]* T: Erstdruck. E: Anfang 1954. ED: Martin Hayneccius, *Hans Pfriem oder Kühnheit zahlt sich aus*, Programmheft des Berliner Ensembles, Berlin/DDR, 1954.

435,27f. *Märchen aus den Bauernkriegen]* Im 16. Jahrhundert entsteht das Märchen von Hans Pfriem, das 1843 in die *Kinder- und Hausmärchen* der Gebrüder Grimm aufgenommen wird (*Meister Pfriem*).

436,1 *Einstudierung der Verse]* T: Typoskript. E: Anfang 1954.

Der Text ist mit *Die Musik zum »Hans Priem«* und *Ist der »Pfriem« ein irreligiöses Werk?* auf einem Typoskriptblatt überliefert; Brecht schreibt ihn für das Programmheft zur Aufführung des Berliner Ensembles, nimmt ihn jedoch nicht auf. Mit Brechts Zustimmung verwendet Käthe Rülicke den Text ohne Verfasserangabe in ihrer Dokumentation der Aufführung (vgl. zu 435,5).

ZU »KATZGRABEN« VON ERWIN STRITTMATTER

437,4 *Erwin Strittmatters »Katzgraben«]* T: Erstdruck. E: »3. Juni 1953« (Notiz auf einem Typoskript). ED: *Sinn und Form*, Berlin/DDR, Heft 3/4, 1953, S. 97-101.

Brecht bearbeitet die Komödie *Katzgraben* von Erwin Strittmatter 1952 zusammen mit dem Autor für eine Aufführung am Berliner Ensemble. Am 24. Februar 1953 beginnen die Proben, bei denen die *»Katzgraben«-Notate 1953* entstehen (vgl. Band 25). Premiere ist am 23. Mai 1953; Regie: Brecht, Bühnenbild: Karl von Appen, Musik: Hanns Eisler. Den Artikel schreibt Brecht, um Erwin Strittmatter, der bisher nur durch Prosa bekannt ist, auch als Dramatiker vorzustellen.

437,4 *»Katzgraben«]* Der Name des Dorfes ist frei erfunden. Als Vorbild dienen Strittmatter die Gemeinden Klein-Kölzig und Eichwege (Kreis Senftenberg in der Lausitz). (Vgl. *Journale*, November 1952, sowie Brief – *Aushang* – an alle Mitglieder des Berliner Ensembles, 14. Januar 1956; Band 23.)

437,14 *Roman »Ochsenkutscher«]* 1949 geschrieben, wird der Roman zunächst 1950 in Fortsetzungen in der Zeitung *Märkische Volksstimme*, Potsdam, gedruckt und kommt 1951 als Buch heraus.

437,20 f. *in Stücken von Anzengruber, Ruederer und Thoma]* Ludwig Anzengruber gestaltet in seinen Dramen vor allem Stoffe aus dem österreichischen Landleben, so in den Komödien *Der Meineidbauer* (1871), *Die Kreuzelschreiber* (1872) und *Der G'wissenswurm* (1874); Joseph Ruederer schreibt Dramen, die den bayrischen Alltag auf dem Dorfe darstellen, so in *Die Fahnenweihe* (1895) und *Die Morgenröte* (1905); eine gleiche Thematik findet sich in Stücken von Ludwig Thoma wie *Die Medaille* (1901), *Die Lokalbahn* (1902), *Moral* (1909), *Magdalena* (1912) und *Brautschau* (1913).

437,25 *Vertreibung der Junker]* Vgl. zu 313,31.

439,3 *im »Zerbrochenen Krug«]* Komödie von Heinrich von Kleist (1808).

439,39 *Großdeutschland]* In der Zeit der Frankfurter Nationalversammlung 1848/49 geprägte Bezeichnung für ein Deutschland, das mit Österreich vereint sein sollte; von der nationalsozialistischen Propaganda nach der Annexion Österreichs 1938 übernommen.

441,35 *der sozialistischen Partei]* Gemeint ist die Sozialistische Einheitspartei Deutschlands (SED), die am 21./22. April 1946 in der sowjetisch besetzten Zone als Vereinigung von KPD und SPD gegründet wird.

ZU »WINTERSCHLACHT« VON JOHANNES R. BECHER

442,4 *»Winterschlacht«]* T: Erstdruck. E: 1954. ED: Einführungsblatt Nr. 1 des Berliner Ensembles, Berlin/DDR, 1956.

Brecht besucht mit Helene Weigel die DDR-Erstaufführung von Johannes R. Bechers Tragödie (in Moskau 1942 veröffentlicht) am 31. Januar 1954 im Schauspielhaus Leipzig und ist enttäuscht. Er schreibt danach an Becher, daß er beschlossen habe, dieses Stück »unsern jungen Leuten zu übergeben, damit sie es gründlich durcharbeiten« (Brief an Johannes R. Becher, 2. Februar 1954). Im Frühjahr 1954 nimmt er Kontakt mit dem tschechischen Regisseur Emil František Burian auf (der Bechers Stück 1952 in Prag zur Uraufführung gebracht hat), um ihn für eine Inszenierung der *Winterschlacht* am Berliner Ensemble zu gewinnen. Im Oktober 1954 beginnt Burian mit den Proben. Es kommt zu terminlichen Schwierigkeiten und prinzipiellen Meinungsverschiedenheiten über die Konzeption der Inszenierung. Im gegenseitigen Einvernehmen legt Burian die Regie nieder (vgl. *Über die Zusammenarbeit mit Burian*, 450). Brecht übernimmt die Inszenierung zusammen mit Manfred Wekwerth und bringt die »deutsche Tragödie« am 12. Januar 1955 heraus (Bühnenbild: Karl von Appen / Dieter Berge, Musik: Hanns Eisler; mit Ekkehard Schall als Johannes Hörder).

Ein Typoskript mit geringfügigen Abweichungen ist im Elisabeth-Hauptmann-Archiv, Berlin, überliefert.

442,26 *den Blitzsiegen im Westen]* Gemeint sind die Überfälle auf Frankreich und die Beneluxländer, die am 10. Mai 1940 beginnen und mit den Kapitulationen der Niederlande am 13. Mai 1940, Belgiens am 28. Mai 1940 und Frankreichs am 22. Juni 1940 enden.

442,27f. *SS-Obergruppenführer]* Hoher Dienstgrad in der faschistischen Schutzstaffel (Generalsrang).

442,28 *des »Volks«-Gerichtshofes]* Höchstes nationalsozialistisches Sondergericht für Hoch- und Landesverrat, wirkt als Hauptinstrument der faschistischen Terrorjustiz von 1934 bis 1945 in Berlin.

443,24f. *Griff nach der sozialistischen Hauptstadt]* Ende September 1941 beginnt der deutsche Angriff auf Moskau, am 5. Dezember 1941 eröffnet die Rote Armee die Gegenoffensive.

444,9f. *Zur Aufführung der »Winterschlacht« beim Berliner Ensemble]* T: Typoskript. E: 1954.

Die Notizen entstehen während der Proben.

444,24 *die große nationale Frage]* Gemeint ist der friedliche Wiederaufbau eines geeinten deutschen Staates, der in der DDR bis 1954 (Aufnahme der Bundesrepublik Deutschland in die NATO durch die Pariser Verträge, Oktober 1954) als eine politische Hauptaufgabe angesehen worden ist.

445,19 f. *die 1942 in Moskau herausgegebene Fassung]* Bechers *Winterschlacht* erscheint zuerst in: *Internationale Literatur. Deutsche Blätter*, Moskau, 1942, Heft 1/2 sowie Heft 5/6.

445,25 *Dialektische Betrachtung der »Winterschlacht«]* T: Typoskript. E: 1954.

446,32 *Zur Fassung des Berliner Ensemble]* T: Typoskript (Archiv des Berliner Ensembles). E: 1954.

Der Text ist in einem Typoskript im Archiv des Berliner Ensembles überliefert, welches auch Teile der Texte *Zur Aufführung der »Winterschlacht« beim Berliner Ensemble* (vgl. zu 444,9 f.) und *Dialektische Betrachtung der »Winterschlacht«* (vgl. zu 445,25) enthält. Dieses Typoskript ist die Druckvorlage für ein Einlegeblatt im Programmheft des Berliner Ensembles anläßlich der Wiedereinstudierung der *Winterschlacht* 1959. Das Einlegeblatt ist überschrieben: *Brecht zur »Winterschlacht«*.

447,15 *Bühnenbild zur »Winterschlacht«]* T: Typoskript. E: 1954. ED: Vorliegende Ausgabe.

447,28 *Jasnaja Poljana]* In der Textgrundlage: »Jasnaja Polnaia«.

447,28 f. *Jasnaja Poljana ... unter verwüsteten Büchern]* Das Gut Jasnaja Poljana (bei Tula), ehemaliger Landsitz Lew Tolstois, wird 1941 von deutschen Truppen geplündert und verwüstet.

447,36 f. *Rülickes Exzerpte aus der »Jungen Garde«]* In Vorbereitung der Inszenierung fertigt Käthe Rülicke, Mitarbeiterin der Regie und Dramaturgie des Berliner Ensembles, ein Exzerpt aus Alexander Fadejews Roman *Molodaja Gwardija* (2. Fassung 1951, dt.: *Die junge Garde*, 1953) an.

448,1 *Musik]* T: Typoskript. E: 1954.

Auf dem Typoskript steht, möglicherweise als Zuordnungsvermerk, der Buchstabe »D«.

448,10 f. *Über theatralische Darstellungen von Soldaten des zweiten Weltkriegs mit V-Effekten]* T: Typoskript. E: 1954.

448,23 f. *nicht so, sondern so]* Vgl. dazu *Kleines Organon für das Theater*, Abschnitt 57 (Band 23).

448,35 f. *Schwierigkeiten, denen Burians Konzeption in Berlin begegnet]* T: Typoskript. E: 1954. ED: Vorliegende Ausgabe.

Vgl. zu 442,4.

449,2 *»Johannes Hörders Lehrjahr«]* Anspielung auf den Titel des Bildungsromans *Wilhelm Meisters Lehrjahre* (1796) von Johann Wolfgang Goethe.

449,34 *Schauspieler Kaiser ... Christian]* Wolf Kaiser spielt den Major von Trenk, Hans Hamacher den SS-Obergruppenführer Karl Hörder, Gerd Biewer den Kriegsberichter und Norbert Christian den General.

450,1 f. *der sehr kleinen Prager Bühne]* Gemeint ist Burians Theater »D 46« (ab 1956 »D 34«), in dem Bechers Stück 1952 uraufgeführt worden ist.

450,5 *Brechts schriftliche Kritik]* Sie ist nicht überliefert.

450,9 *Über die Zusammenarbeit mit Burian]* T: Typoskript. E: 1. Dezember 1954. ED: Vorliegende Ausgabe. Gezeichnet: »Berlin, 1. 12. Bertolt Brecht«.

450,31 *Die Schlacht in »Winterschlacht«]* T: Typoskript. E: 1954. ED: Vorliegende Ausgabe.

451,18 *Neblige Landschaft und historischer Sinn]* T: Typoskript. E: 1954. ED: Vorliegende Ausgabe.

452,1 *Der Panzeraufmarsch]* T: Typoskript. E: 1954.

452,13 *Notiz zu »Winterschlacht«]* T: Typoskript. E: 1954.

452,15 *Abfahrt des LKW]* Vgl. *Winterschlacht*, I,3.

452,21 *Liebesmahl der Offiziere]* T: Typoskript (handschriftlich korrigiert). E: 1954.

Auf dem Typoskript steht, möglicherweise als Zuordnungsvermerk, der Buchstabe »D«.

Der Text bezieht sich auf die Szene 3 des 3. Aktes.

452,25 *der Darsteller]* Gemeint ist Ekkehard Schall, der die Rolle des Johannes Hörder spielt. Vgl. auch *Brief an den Darsteller des jungen Hörder in der »Winterschlacht«* in der Textsammlung *Die Dialektik auf dem Theater* (Band 23).

453,11 *Über das Arrangement]* T: Typoskript. E: 1954.

Bezieht sich auf die Szene 2 des 3. Aktes.

453,13 f. *holt ... aus]* Landschaftlich für: »aushorchen«.

453,30 *Das Ehepaar Hörder]* T: Typoskript. E: 1954.

Auf dem Typoskript steht, möglicherweise als Zuordnungsvermerk, der Buchstabe »D«.

454,12 *Die drei Zimmer]* T: Typoskript. E: 1954.

Zu diesem Band

Band 24 der vorliegenden Ausgabe versammelt sämtliche Texte Brechts mit unmittelbarem Bezug zu eigenen Stücken und Stückbearbeitungen. Sie sind in der Reihenfolge der Stücke in den Bänden 1-9 angeordnet.

In einem zweiten Teil sind die Texte zu Stücken anderer Autoren in Inszenierungen des Berliner Ensembles zusammengestellt.

Liegen zu einem Stück mehrere Texte vor, die zu verschiedenen Zeiten entstanden sind, ist den einzelnen Kommentaren eine chronologische Übersicht mit Angaben zu Entstehungszeit und Anlaß vorangestellt.

In den Kommentaren werden jeweils zu Beginn die für diese Edition verwendete Textgrundlage (T), die Entstehungszeit (E) und – falls es eine Publikation zu Brechts Lebzeiten gegeben hat – der Erstdruck (ED) genannt. An zweiter Stelle folgen, soweit zu ermitteln, eingehendere Angaben zur Entstehung, an dritter Stelle Hinweise zu relevanten Fassungen und Varianten sowie zur Textgestaltung, an vierter Stelle, soweit zu ermitteln, Angaben zur Wirkung und zuletzt der Zeilenkommentar. Umfangreichere Kommentare sind durch die entsprechenden Stichworte (Entstehung, Text/Fassungen, Wirkung und Zeilenkommentar) gegliedert.

Die Texte des vorliegenden Bandes sind im alphabetischen Gesamtverzeichnis der Schriften in Band 25 aufgenommen.

Ausführliche editorische Hinweise zur Abteilung Schriften werden im abschließenden Band 25 gegeben.

Zu eigenen Stücken und Stückbearbeitungen

Zu dieser Ausgabe

Die Große kommentierte Berliner und Frankfurter Ausgabe der Werke Bertolt Brechts ist eine Gemeinschaftsausgabe des Aufbau-Verlags Berlin und Weimar und des Suhrkamp Verlags Frankfurt am Main; sie erscheint gleichzeitig in beiden Verlagen. Die Edition basiert auf den zu Lebzeiten Brechts publizierten Texten und auf dem Nachlaß im Bertolt-Brecht-Archiv der Akademie der Künste zu Berlin.

Innerhalb der Gruppierungen nach Gattungen sind die Werke in der Chronologie ihrer Entstehung angeordnet. Bei Stücken und Romanen werden die Fragmente gesondert behandelt; innerhalb der Gedichte und der Prosa wird zwischen Sammlungen und Einzeltexten unterschieden; bei den Schriften sind die Texte zu Stücken und die Theatermodelle jeweils in einem gesonderten Band versammelt.

Die Ausgabe enthält grundsätzlich die autorisierten und wirksam gewordenen Erstdrucke oder geht bei postum erschienenen Werken auf die Texte aus dem Nachlaß zurück. Ohne die Normen einer historisch-kritischen Ausgabe anzustreben, dokumentiert sie gegebenenfalls durch Varianten und Druck mehrerer Fassungen Hauptstufen der weiteren Umformung eines Werkes. Diese erscheinen jeweils im Anschluß an die frühe Fassung.

Sämtliche Texte sind anhand der Drucke und des Materials im Nachlaß überprüft worden. Die Orthographie ist unter Erhaltung des Lautstandes modernisiert. Auch die Interpunktion ist, bei Bewahrung einiger charakteristischer Eigentümlichkeiten Brechts, den heute gültigen Regeln angeglichen. Alle Zusätze der Herausgeber, z.B. bei Titeln, stehen in eckigen Klammern.

Der Kommentar beschreibt jeweils knapp Quellen, Entstehungs- und Textgeschichte sowie die Wirkung bis zu Brechts Tod. Der Zeilenkommentar beschränkt sich auf Sacherläuterungen. Allgemeine Angaben zu den erwähnten Personen bietet das kommentierte Gesamtregister.

Ein ausführlicher Editionsbericht erscheint in Band 30.

Der vorliegende Band wurde von Peter Kraft (Berlin) bearbeitet.

Bertolt Brecht Werke

Band 1
Stücke 1: Die Bibel · Baal (1919) · Baal (1922) · Lebenslauf des Mannes Baal · Trommeln in der Nacht · Die Hochzeit · Der Bettler oder Der tote Hund · Er treibt einen Teufel aus · Lux in tenebris · Der Fischzug · Prärie · Im Dickicht · Im Dickicht der Städte

Band 2
Stücke 2: Leben Eduards des Zweiten von England · Mann ist Mann (1926) · Mann ist Mann (1938) · Die Dreigroschenoper · Mahagonny · Aufstieg und Fall der Stadt Mahagonny

Band 3
Stücke 3: Der Flug der Lindberghs · Das Badener Lehrstück vom Einverständnis · Der Jasager · Der Jasager. Der Neinsager · Die Maßnahme (1930) · Die Maßnahme (1931) · Die heilige Johanna der Schlachthöfe · Die Ausnahme und die Regel · Die Mutter (1933) · Die Mutter (1938)

Band 4
Stücke 4: Die Spitzköpfe und die Rundköpfe · Die Rundköpfe und die Spitzköpfe · Die sieben Todsünden der Kleinbürger · Die Horatier und die Kuriatier · Die Gewehre der Frau Carrar · Furcht und Elend des III. Reiches

Band 5
Stücke 5: Leben des Galilei (1938/39) · Galileo · Leben des Galilei (1955/56) · Dansen · Was kostet das Eisen?

Band 6
Stücke 6: Mutter Courage und ihre Kinder · Das Verhör des Lukullus (1940) · Das Verhör des Lukullus (1951) · Die Verurteilung des Lukullus · Der gute Mensch von Sezuan · Herr Puntila und sein Knecht Matti

Band 7
Stücke 7: Der Aufstieg des Arturo Ui · Die Gesichte der Simone Machard · Schweyk · The Duchess of Malfi

Band 8
Stücke 8: Der kaukasische Kreidekreis · Die Antigone des Sophokles · Die Tage der Kommune · Der Hofmeister des J. M. R. Lenz · Biberpelz und Roter Hahn von Gerhart Hauptmann

Band 9
Stücke 9: Coriolanus · Anna Seghers. Der Prozeß der Jeanne d'Arc zu Rouen 1431 · Turandot oder Der Kongreß der Weißwäscher · Don Juan von Molière · Pauken und Trompeten

Band 10
Stücke 10: Stückfragmente. Darunter: Hans im Glück · Galgei · Hannibal · Dan Drew · Joe Fleischhacker · Untergang des Egoisten Johann Fatzer · Der Brotladen · Der böse Baal der asoziale · Das wirkliche Leben des Jakob Gehherda · Leben des Konfutse · Der Wagen des Ares · Büsching

Band 11
Gedichte 1: Sammlungen 1918-1938: Lieder zur Klampfe von Bert Brecht und seinen Freunden. 1918 · Psalmen · Bertolt Brechts Hauspostille · Die Augsburger Sonette · Die Songs der Dreigroschenoper · Aus dem Lesebuch für Städtebewohner · Geschichten aus der Revolution · Sonette (1933/34) · Englische Sonette · Lieder Gedichte Chöre · Chinesische Gedichte · Studien

Band 12
Gedichte 2: Sammlungen 1938-1956: Svendborger Gedichte · Steffinsche Sammlung · Hollywoodelegien · Gedichte im Exil · Kriegsfibel · Deutsche Satiren (Zweiter Teil) · Kinderlieder. Neue Kinderlieder · Buckower Elegien · Gedichte aus dem Messingkauf. – Gedichtverzeichnis zu den Sammlungen (Band 11-12)

Band 13
Gedichte 3: Gedichte, Gedichtfragmente, Gedichte aus Stükken. 1912-1926

Band 14
Gedichte 4: Gedichte, Gedichtfragmente, Gedichte aus Stükken. 1926-1945

Band 15
Gedichte 5: Gedichte, Gedichtfragmente, Gedichte aus Stükken. 1945-1956. – Gesamtverzeichnis zu den Gedichten (Band 11-15)

Band 16
Prosa 1: Dreigroschenroman

Band 17
Prosa 2: Romanfragmente und Romanentwürfe: Der Tuiroman · Die Geschäfte des Herrn Julius Caesar · Das Buch Gasgarott · Die Rothaut · Flucht Karls des Kühnen nach der Schlacht bei Murten · Das Renommee · Tatsachenreihe

Band 18
Prosa 3: Geschichten (Sammlungen) und Dialoge: Geschichten vom Herrn Keuner · Buch der Wendungen (Me-ti) · Kalendergeschichten · Flüchtlingsgespräche · Mies und Meck

Band 19
Prosa 4: Geschichten, Filmgeschichten. 1918-1941

Band 20
Prosa 5: Geschichten, Filmgeschichten. 1941-1956

Band 21
Schriften 1: 1914-1933

Band 22
Schriften 2: 1933-1941

Band 23
Schriften 3: 1941-1956

Band 24
Schriften 4: Texte zu Stücken

Band 25
Schriften 5: Theatermodelle (Aufbau einer Rolle. Laughtons Galilei · Antigonemodell 1948 · Couragemodell 1949) · »Katzgraben«-Notate. – Register zu den Schriften (Band 21-25)

Band 26
Journale 1: 1913-1941: Tagebuch 1913 · Tagebuch 1916 · Tagebücher 1920-1922 · Autobiographische Schriften 1920-1941 · Journale 1938-1941

Band 27
Journale 2: 1941-1956: Journale 1941-1956 · Autobiographische Schriften 1941-1956. – Register zu den Journalen (Band 26-27)

Band 28
Briefe 1: 1919-1941

Band 29
Briefe 2: 1941-1956. – Register zu den Briefen (Band 28-29)

Band 30
Registerband: Editionsbericht · Gesamtinhalt der Bände 1-29 · Brecht-Titelregister · Personenregister (kommentiert)

Bertolt Brecht, Werke, Band 24
Suhrkamp Verlag Frankfurt am Main
Satz: In Garamond von Wagner GmbH, Nördlingen
Druck: Wagner GmbH, Nördlingen
Bindung: Buchbinderei Lachenmaier, Reutlingen
Säurefreies Werkdruckpapier der Papierfabrik Niefern
Feincanvas-Gewebe der Vereinigten Kaliko, Bamberg
Naturnarbiges Lammleder der Kripper Lederfabrik, Remagen
ISBN 3-518-40024-X (Leinen)
ISBN 3-518-40084-3 (Leder)